破云

大结局

淮上 著

江苏凤凰文艺出版社
JIANGSU PHOENIX LITERATURE AND ART PUBLISHING

破雪

谢谢你带我
回到这人世间

目录

CONTENTS

不论前方是否樯倾楫摧，
踏出一步便将粉身碎骨；
所有罪恶与仇恨，
都将在你我的手中了结。

我来接你了，江停。

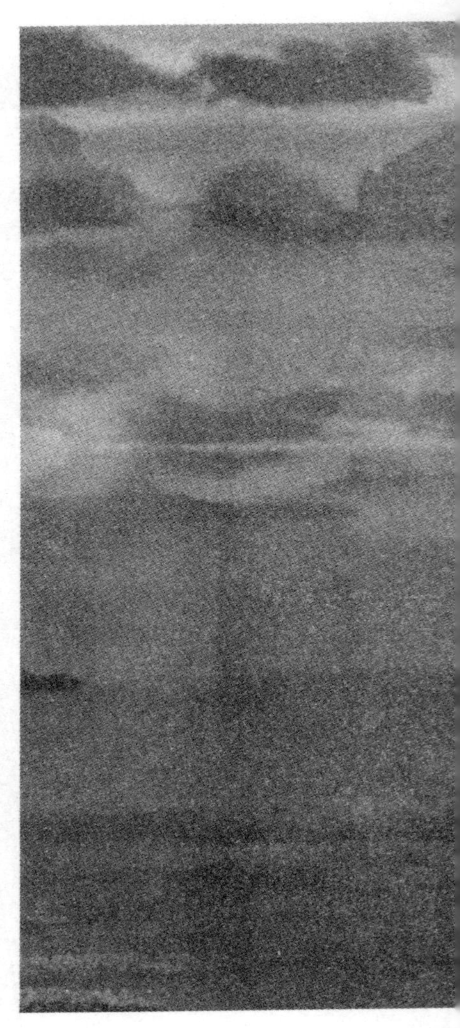

停云霭霭，时雨濛濛

八表同昏，平陆成江

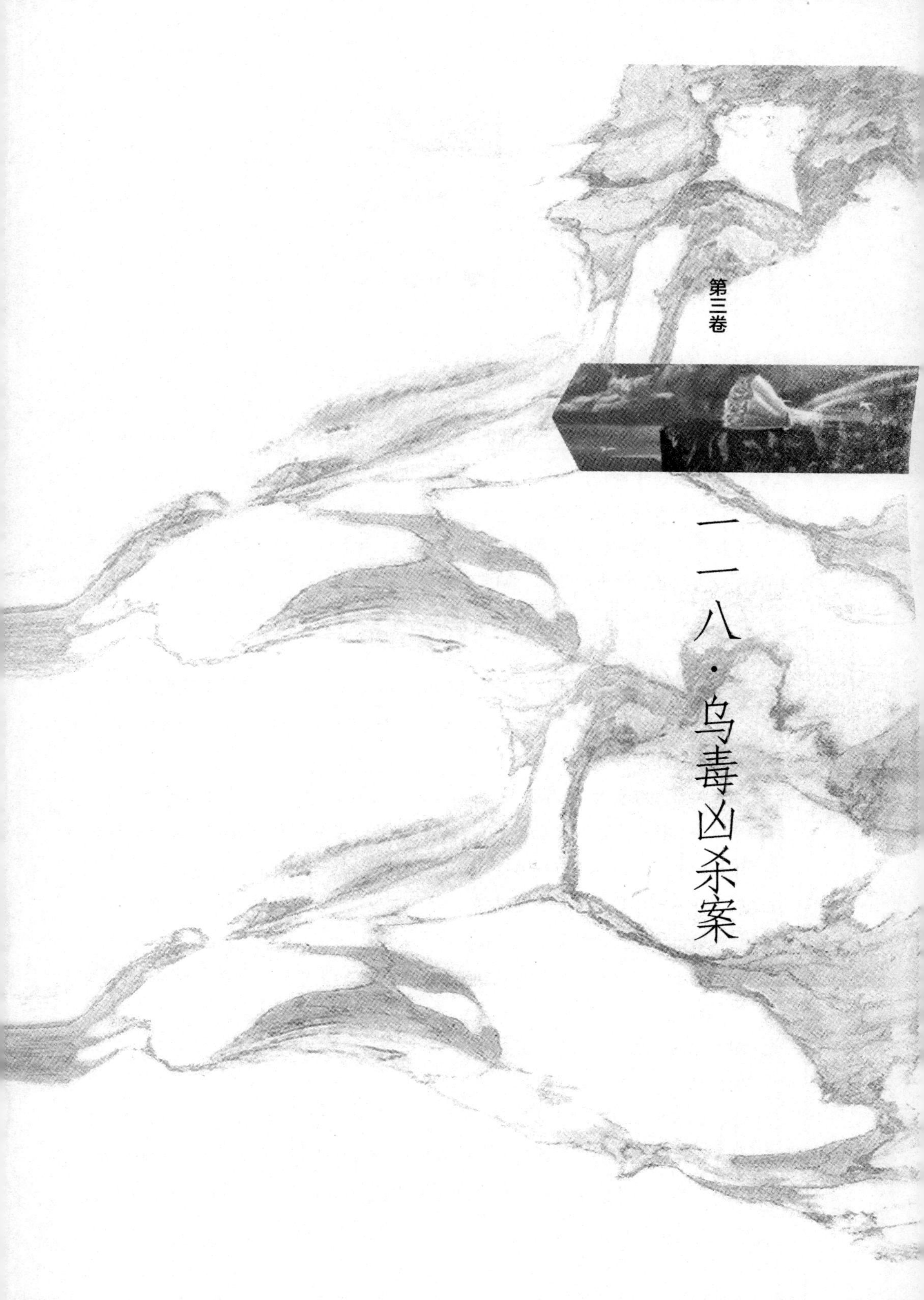

第三卷

一一八·乌毒凶杀案

第 16 章

只要再多愣一秒，身后的跟踪者就会发现自己已经暴露的事实，那么是否会发展到鱼死网破的结局就难以预料了。

在这个全凭本能反应的瞬间，严岈弯下腰，状若无意般卷起自己的裤脚，动作自然毫无异状，随即起身继续向前走去。

——他卷裤脚时视线瞬间向后一瞥，身后的树丛整整齐齐，在路灯下犹如安静的黑影。

楼下不可能埋伏着很多人，首先，如果有的话自己不会一路走来都毫无感觉；其次，小区管理也没疏漏到那个地步，溜进一两个外人是有可能的，无登记车辆进出就太扯淡了。

那么假定跟踪者为一或两人，距离大概十五到二十米，在这种可视条件下，射击精度很难保证，也就是说即便对方有枪也暂时不会贸然射击；如果从灌木丛中突然逼近的话，对方从发出声音到发动袭击，所需要的时间起码是两秒。

而现在——严岈不动声色地目测了一下自己离前方大门的距离，八十米左右。

只要再过一分钟，就能进入监控区域了。

啪嗒啪嗒，严岈的拖鞋在水泥地上拍打，没人看见他拎着垃圾袋的那只手背上青筋暴起。

跟踪他的人想干什么？

他们已经在这个小区里埋伏了多少天？

为什么像狗仔似的对着他拍照？

如果不是时机不对，严岈内心几乎要生出一丝荒唐和可笑来。但他现在最关心的不是自己没有枪、没有刀、修剪漂亮的小区绿化连根木棍都没处捡，而是一江停住在这个公寓里。

如果自己有任何闪失，对方的下一个目标，会不会是身单力薄的江停？

大门越来越近，值班室明亮的灯光渐渐清晰，身后窸窸窣窣的动静好像停了。严峫的心随着一步步前进而逐渐沉定下来，上去敲了敲值班室的玻璃，正歪着头打瞌睡的保安立刻醒了，上前打开门："哎，严哥！"

这保安已经在小区里干很长时间了，知道严峫是个警察，只不知道他是什么警。严峫站在值班室门口没进去，摸了根烟给他："劳驾，借个火。"

保安连忙道谢摸出打火机，两人面对面抽了会儿烟，严峫问："你今晚一直在这儿值班？"

保安说："那可不是。"

"见到有陌生人进来吗？"

"那没有，我盯着看呢！"

严峫心想你还盯着看，我刚才敲窗的时候睡得快冒鼻涕泡泡的是谁。

保安赔笑问："严哥这是去干什么，买东西？"

严峫含糊应了声，摁熄烟头，算时间差不多跟踪的人应该撤了，便说："你的警棍借我用用。"

这要是别人借的话保安肯定不答应，但严峫是个真警察，保安也就将信将疑地给了。严峫把警棍拿在手里掂了掂，似乎是在习惯它的重量和手感，然后说："回值班室去，把门锁上。"

保安："啊？"

保安没意识到发生了什么，就被严峫一手推进值班室里，只见他猝然转身，以一种堪称迅疾的速度径直走向树丛，下一刻本来平静的灌木丛里突然猛烈晃荡，紧接着一道黑影就向反方向扑了出去！

保安："……"那边有人？！

跟踪者还没走！

严峫在来人选择逃跑的瞬间心就定了下来，一个发力跃过树丛，厉喝划破黑夜："站住！"

风从耳边呼呼刮过，跟踪者撒腿狂奔，严峫紧追不舍。两人的速度都极其快，在保安反应过来之前就冲出去了上百米，跟踪者似乎对小区地形非常熟悉，只拣黑暗崎岖的地方走，眨眼间绕过花园水池和几栋公寓楼，冲到了小区深处。

严岈穿着人字拖，狂奔时影响了速度，眼见他要跳墙，脱口而出：“拦住他！”

这个吃饭的点儿附近根本没人，几个夜跑遛狗的早就躲了，严峫视线余光只见正从停车场走出来的三五个人，打眼一瞥还全是女的，叫谁拦？万一跟踪者狗急跳墙怎么办？

就这么眨眼间的分神，跟踪者已经直直冲向了后墙！

“让开！”严峫不再犹豫，咆哮声吓得那几个女生尖叫后退，旋即他扬手就把警棍抛了出去！

警棍呼呼打旋，精准无比，只听“砰——”金属回音久久震荡，贴着跟踪者的手重重打在了后墙栏杆上！

“啊——”

跟踪者发出一声极其低沉的痛呼，应该是被打中了手臂。严峫拔腿追上去，但被剧痛刺激的跟踪者助跑几步借力飞跃，身手比严峫想象得更灵活，硬生生蹿上了一人多高的墙头！

下一秒，目标闪身消失。

“我×！”严峫大骂一句，飞跑跃上墙头，在身后女生们的惊呼中四下张望。然而小区后是一大片城市花园，远处马路上车灯闪烁，跟踪者的身影早就消失在了茫茫黑夜里。

“严峫！”

江停？

严峫一回头，只见江停竟然已经赶来了，身后还有几个保安，刚在值班室借他警棍的那个兄弟拿着步话机，急匆匆大声问：“没事吧严哥？是小偷吗？是不是小偷？”

当着外人的面，严峫不好说什么，含糊答应着从围墙上跳了下来。保安还招来了好几名同事，围着他七嘴八舌地问：“您是被偷东西了吗严警官？”“要不要报警啊？”

“不用，就是个小毛贼，我明天叫局里的同事来看看。”严峫三言两语打发了感激涕零的保安们，让他们增派人手彻夜巡逻，等人都纷纷散去了，才转头低声问江停：“你怎么来了？”

江停穿着一件浅灰色薄毛衣，深灰的居家棉质长裤和软底鞋，手里还拿着家门钥匙。大概因为走得急，他说话时还有些吹了风的沙哑：“等你半天没回来，我就下楼看看，正好碰见一群保安往这边赶。怎么回事？”

“有人跟踪。”严峫简短地道。

他简单叙述了下刚才发现被跟踪的经过，然后从口袋里又摸了根烟出来，手臂肌肉还带着紧绷过度之后的细微颤抖，咔嚓点上火，狠抽了两口才稳定情绪，旋即递给江停。

江停接过烟，一明一灭的火光映照着他的手指，尼古丁的白雾缓缓消散在路灯下。

两人都没说话，半晌江停嘶哑道：“我感觉不太对。”

“怎么？”

“跟踪你的只有一个人，而且没有枪，被发现后立刻就跑了？”

“……”

江停深深抽了口烟，仰起头，不知道在思索什么。黄铜路灯映照着他形状漂亮的眼睛，几秒后他才徐徐地、彻底地吐出了白雾，说：“确实有人想杀你。但根据我对黑桃K的了解，他杀人的时候不会只有这个阵势。”

严峫狐疑地一拧眉。

“明天就启程去恭州吧。”江停沉沉地道，“是时候找齐思浩聊聊了。”

恭州。

大剧院。

富丽堂皇的灯光在大厅中缓缓变暗，沸腾的人声趋于静默，随即金红帷幕徐徐拉开，舞剧在如潮掌声中奏响了第一个音符。

观众席后沉重的侧门被推开一条缝，旋即一名约五十岁、头发灰白的中年人闪身进来，视线尚未习惯昏暗的音乐厅，用力眨了眨眼睛，突然肩膀被人拍了下。中年人一惊，尚未出声，只听一个带着浓重口音的男声冷冷道：“跟上来。”

那引路的年轻男子穿一身黑衣，看上去就像剧院服务生，但身形步伐远比常人矫健，后裤兜里鼓鼓囊囊的不知道塞了什么。中年人没敢吱声，低头快速跟上，两人一前一后穿过观众席，顺着东侧旋转楼梯来到二楼，在回荡不绝的歌唱声中来到了最中间的那个包厢门前。

“等着。”年轻男子丢下两个字。

他轻轻敲了敲门，随即钻进包厢。中年人强行压抑着忐忑等在外面，约莫过了两三分钟，才见那“服务生”出来，还是很简洁利落：“大哥叫你进去。”

包厢正对舞台，黑暗却宽敞的空间里靠墙摆放着三张红色大沙发，呈环形面对木质护栏。护栏前还有一张小几、两把扶手椅，一名裹着风衣的男子正跷腿坐在左边那把宽大的椅子上，因为角度问题看不清整张脸，从侧面只见他眼睛紧盯着歌剧，神情似乎饶有兴味，修长的手指在小几上摆着的点心坚果盘里摸索花生，一个个慢慢地吃着。

中年人满心焦躁，快速向包厢环视一圈，却只能望见几名保镖模样的人背着手站在墙角。

“您就是……”中年人忍不住咬牙问，最后一丝理智让他把“黑桃K”三个字硬生生咽了回去。

黑桃K笑起来，食指竖在唇边示意他噤声，说：“嘘，第十三位公主出来了。”

舞台上，少女在音乐中捧着金果翩翩起舞，长笛在单簧管的伴奏下渐渐趋于明朗。最后出来的那位公主天真娇嫩、美貌绝伦，她在小提琴轻松欢快的旋律中光彩照人地登场，王子随之一见钟情，发誓要娶她为妻。

“美吗?”黑桃K冲舞台扬了扬下巴。

中年人生硬地吐出一个字：“美。”

“你觉得王子爱她吗?”

“……爱。”

黑桃K点点头，似乎感觉很有趣：“是啊，人人都这么觉得。”

“……”中年人不知道该说什么，他强迫自己站直，但背后已渗出了细密的冷汗。也许是发现了这隐秘的恐惧和窘迫，黑桃K微笑着摇摇头，指关节在桌面上“咚！咚!”叩了两下。

包厢门又开了，一个低眉顺目的奶妈抱着襁褓走进来，里面有个熟睡的婴儿。

中年人立刻欣喜若狂地将襁褓接到怀里：“熙熙，熙熙——”

“据说这姑娘挺乖，不哭不闹，吃了就睡，是个有福气的孩子。”黑桃K又拣了个花生丢进嘴里，含笑道，“不过如果再有下次的话，可能她就没这么有福气了，知道吗?”

中年人面上肌肉一僵，针刺般的恐惧从心头扎过，开口时声音连自己都听得出虚弱：“我……我明白，但我也只是按流程办事，下头那么多人盯着，确实没办法……”

“流程有让你收草花A的钱？”

中年人呼吸一顿，整个身体都僵住了。

“墙头草，两头倒，最终柴刀落下时第一个被割的就是它。”黑桃K就着这个靠在椅背上的姿势抬起手，用手背在中年人心口处拍了拍，语重心长道，“你这003的警号来之不易，好歹是拿命拼的，别轻易糟蹋了。”

中年人只觉心胆俱裂，脸色都变了，讷讷得说不出话来。

这时他身后传来门被打开的声音，开门的保镖毕恭毕敬，用缅甸语小声叫了句：“杰哥！”

阿杰随便点点头，走到黑桃K身边站住，上下打量了中年人一番。他目光有种狙击手特有的精亮，尤其站在暗处时，简直猛兽般亮得瘆人，眉头一蹙就透出了不加掩饰的冷酷和凶狠，看得中年人不禁心中发寒。

“大哥，被警方缴获待销毁的蓝金又被私下卖出去的事调查清楚了。”阿杰没跟中年人啰唆，戴着露指手套的手从怀里摸出个小本子，道，“前后牵扯的主要就是这几个人。”

这个笔记本每一页都贴着不同的二寸免冠头像，下面记载着涉事人员的名字和公职。黑桃K翻了翻，略微兴味索然，随手把那个小本子丢给中年人：“瞧瞧，你们市局内部出问题，竟然还得我们来帮忙调查。”

中年人措手不及，抱着婴儿接过本子一看，从一堆公职头衔中赫然瞥见了恭州市局禁毒支队、刑侦支队、省公证处、废品处理公司……职位最高的竟然还是个叫齐思浩的支队长。

他背上又开始发凉：“……我明白了，我会去处理的。”

“弄干净点，”黑桃K盯着歌剧，缓缓道，“那个姓齐的支队长先留下，有用。”

有用？

——有什么用？

大概中年人眼底的疑惑太明显了，连阿杰都不禁问：“怎么样，大哥？”

“支队长这个级别在很多事情上，领导职能与操作权限皆备，能派上的用处反而更大，所谓找县官不如找现管就是这个道理。”黑桃K悠然反问，“这些不是咱们已经证明了的吗？”

阿杰心领神会地点头应“是”，而中年人在旁边听着，似乎也明白了什么，心中霎时浮现出一个人名——那是后来恭州系统内几乎公开默认了的黑警——原禁毒二支队长，江停。

台下突然响起的热烈掌声打断了他的思绪，中年人觅声一望，舞台上的芭蕾剧已进行到了高潮阶段。闯入魔国拯救公主的伊凡王子被抓住，魔王凯斯奇想要把王子变成石头，情急中王子向自己救过的火鸟求助；火鸟在光明中出现，以神咒令魔王与群妖陷入了永难停歇的舞蹈，又唱起歌曲使他们陷入沉眠。

火鸟带领王子找到了附着魔王灵魂的蛋，将蛋打碎后，魔王凯斯奇便与他的罪恶王国一并消失了。变成石像的战士们复苏，公主们重获自由，伊凡王子宣布与最美的第十三位公主结婚，他们将在众人的庆贺之下，在圣咏合唱式的旋律与演奏中举行盛大的婚礼。

“多完美的结局，”黑桃 K 唏嘘道，“可惜真正的故事却不是人们所看到的那样。”

没人敢吱声，中年人不敢动，连阿杰都眼观鼻、鼻观心地肃立在边上。

“魔王绑架了十三位公主，我却觉得他内心所爱和期待的一直是火鸟。尽管火鸟为他带来死亡，他却只会在火鸟降临时歌唱，否则整个王国乃至永恒的生命，对他而言不过都是一尊尊冰冷僵硬的石像。

“——或许王子爱的也是火鸟，但无所谓，王子注定与门当户对的公主在一起。”

没有人明白他在说什么，中年人不由得愣住了。只见黑桃 K 站起身，在最后的欢呼掌声和大团圆合唱中活动了下脖颈，遗憾道：“接下来没什么好看的了，走吧。”

第 17 章

“严峫，你的事情我知道了。咱俩兄弟那么多年，其他话都不用说，我也明白……不对不对。

“严峫，你的事情我都知道了。吕局他们来问我的时候一切都是照实说的，你知道方支队是我的直属领导，所以说……还是不对。

“严峫，你中毒还出车祸的事我都已经知道了。虽然方支队是我的直属领导，但咱们兄弟那么多年……”

“你干吗呢秦哥？”马翔跟同事勾肩搭背路过走廊，只见一个熟悉的背影站在严峫办公室门外念念叨叨，走近一看赫然是秦川，上去就啪地拍了下肩，“你咏唱法术呢？严哥不在，呦，这是吃的？”

秦川吓了一跳，猛地回头：“什么？”

马翔已经熟练地扒开塑料袋，掏出个桃子，在衣服上蹭蹭咬了一口，笑道：“据说严哥昨儿跟吕局吵了一架，今儿就称病没来上班。你找他有事？要不上他家去？”

得，半天的腹稿白打了。

秦川瞬间只觉自己浪费了两吨重的珍贵感情：“吵架？吵什么？”

“这我哪知道，应该就是——”马翔压低声音，往禁毒支队方向指了指，“你们老大的事儿吧。嗐，您别往心里去，反正跟您又没关系，让他们大神斗法去呗，今晚一道打本哈。”

“……行行行行。”秦川把水果兜往马翔手里一塞，哭笑不得地挥挥手，“走了，严峫什么时候回来叫我一声啊。”

“哎！好！”马翔乐颠颠地拎着那袋水果回了办公室。

恭州。

晚上七点，灯红酒绿。

夜总会二楼包厢走廊光线昏暗，装修浮夸，淡金色墙纸与地上厚厚的红底花纹地毯交相辉映，成功打造出了老牌夜总会骨子里的便宜奢华感。

齐思浩戴着墨镜，穿一身低调的休闲装，在妈妈桑殷勤的指引下推开最大那间包厢的门，里面一个吞云吐雾的男子立刻站起身："哎哟，老齐来了！"

姑娘们纷纷跟起来："齐哥！"

"齐哥！"

齐思浩摆摆手，吩咐开两瓶"麦卡伦18年"上来，妈妈桑立刻笑开了花，一扭一扭地出去了。

包厢里显然已经喝过一轮，空酒瓶横七竖八地躺在茶几上，四五个"香槟公主"穿着露肩迷你小短裙，脸上都带着兴奋和微醺。齐思浩迅速一扫，透过她们厚得妈都不认的妆容，隐约认出那几个都是相熟的姑娘，便稍微放下了心，低声埋怨为首那大腹便便的男子："你可真是行啊老刘，这个月都第二次了！我一开始怎么说的来着？"

"是是是——但我怎能想到货卖得这么好呢？"老刘粗短的手指夹着烟，笑着夸张地一摊手，"你看，这还没入冬，年中的货就走掉七八成了，供不应求啊！叫我有什么办法？"

齐思浩坐着喝酒，脸上似乎不太高兴。

"不过呢，我也按你说的把价格往上提了三成，光'批发'就走了这个数。"老刘比了个手势，又拍他肩膀压低声音，"老规矩，已经打到你儿子国外的账户上了，放心吧！"

齐思浩脸色这才好看了点："哎，咱俩这都什么交情了，钱的事不用那么着急……"

老刘赶紧跟他客套，又盛赞他辛苦。

"不是我手紧不肯批，实在是这阵子风声紧哪。"齐思浩长叹一口气，"前阵子建宁破了个'五零二'制毒贩毒杀人案，不知怎么惊动了公安部，现在有风声说要严查什么新型毒品，可能年前又要新一轮全国严打。你说这日子过得风声鹤唳，万一哪天……唉，反正我总感觉不太好。"

果然是个一把年纪才熬上来的，天生就没有当官儿的命，发点小财就嫌钱烫，怪不得那个姓江的掌权的时候他连屁都不敢放。

老刘心里不满他这副丧气样儿，但表面上不能说什么，只得好言好语地劝：“你怕什么？货一旦从你们公安运到废品处理公司，就再不会有人清点数量了。再说了，最后销毁前的清点也是我们省公证处的人来做的，上上下下我早就已经交代好打点好，再不会出一点儿纰漏——还有什么值得担心的？”

这话说得也很有道理，齐思浩脸色似乎有些松动：“但我们刚开始做这个生意，上边就要开始严打，这巧合未免也太……”

“我说老兄，严打算什么，严打那是年年都有的哇！那些几十公斤上百公斤卖的都没事，国家哪来那么多工夫盯咱们这点小打小闹？我看你就是太小心了，来来来，给齐哥敬酒！”

几个“香槟公主”都上来娇笑劝酒，花红柳绿环肥燕瘦，几杯下去灌得齐思浩脸热心跳，怀里搂着个姑娘，最后那点谨慎都抛到了天边。

“我这星期再弄出一批货来，”齐思浩端着半杯酒，对老刘推心置腹地道，“但你也注意点儿，这种事不能老干，控制一下，常在河边走……”

老刘一个劲地敷衍：“知道！知道！”

他俩喝得上头，搂着姑娘唱歌、做游戏、扔骰子，齐思浩夹着根烟拍拍老刘，醉醺醺地说：“知道就好～哎，我去解个手。”

包厢门开了又关，齐思浩晕晕沉沉地向走廊尽头走去，没看到身后拐角的暗处，一道倩影裹着红裙衣角翩然飘过。

“江哥，”杨媚轻声道，“他出来了。”

正红色丝绒连衣裙包裹住杨媚凹凸有致的身材，头发绾得妩媚又精干，露出修长如凝脂般的脖颈，钻石项链在深凹的事业线中闪烁着璀璨的光。她撩了下耳垂边微卷的鬓发，顺势按了按耳朵里那枚小小的纽扣联络器，只听江停沉稳的声音传来：“不用跟踪，继续观察。”

杨媚紧张而焦虑：“他不会发现不对打算跑路了吧？”

“……”耳麦对面静默片刻，随即江停平静道，“根据我对男性的了解，应该是喝多了上厕所。”

杨媚：“……”

同一时刻，夜总会后门巷口。

江停戴着蓝牙耳机，一手支着头，一手搭在辉腾方向盘上。这时副驾门突然被打开了，严峫裹挟着车外的冷风坐进来，不知为何面色发青，似乎带着难以言说的隐秘痛苦。

“呼——”严峫一屁股坐下，长长松了口气。

耳麦那边杨媚显然听见了动静：“怎么啦？姓严的又上厕所去啦？”

严峫翻了个含蓄得体的白眼。

“我说严副支队，咱俩认识时间不长，也不知道你身体是否‘微有隐疾’，不过如果你每次上完厕所都一副精尽人亡的样子，那是不是得去医院看看哪。”杨媚幸灾乐祸道，“毕竟你才三十多岁，还没找老婆，这以后的几十年婚姻生活哪——”

从建宁开到恭州，严峫忍气吞声了一路，这次终于不打算再忍了。

“瞎，没事，”他抽了张湿纸巾擦手，懒洋洋道，“其实我一直没告诉你，这锅应该是韩小梅的。”

杨媚：“？”

江停摁住了额角。

“都怪她没事给我带什么韭菜炒鸡蛋——韭菜嘛，杨老板，你懂的，再强的男人也有被榨干的时候啊。”严峫谦虚道，“没事，不用担心，我今儿晚上就好了。”

杨媚满脸表情空白，半晌憋出俩字：“江哥？”

江停肯定道：“嗯，确实是韩小梅的错。”

严峫坐在副驾驶上得意扬扬地跷起了大腿。

“韩小梅给他带的韭菜炒鸡蛋没放辣椒，严峫嫌没味道，非要自己切小米椒下锅重炒。切完辣椒后他突然内急，没来得及洗手就去了厕所……”

严峫发觉不对，飞身上来捂江停的嘴，但已经来不及了。

“等回来后他就这样了，”江停微笑道，“总而言之就是……燃烧吧，火鸟！”

杨媚作为线人多少年的职业素养在这一刻救了她，如果不是在执行盯梢任务，她一定会发出这辈子最丧心病狂的大笑声。

火鸟严峫一手捂脸，从指缝中能看见他惨不忍睹的表情。

“你应该知道我是不会保守这个秘密的，”江停戏谑道，“从你过高速收费站时主动跟人说你昨晚差点被榨干了开始。”

杨媚隐藏在墙角，一边用补妆用的小镜子观察包厢走廊，一边捂着嘴吭哧吭哧，突然从镜子反射的景象中望见了什么，连忙小声说：“齐思浩回来了！”

“不急，注意隐蔽。”

“不，等等。”杨媚突然发现不对，“不是齐思浩，是领班带着另外两个男的……奇怪。”

来了新客人，妈妈桑脸上却全然没有丝毫热情谄媚，相反她低着头缩肩含背，走路动作也相当僵硬，似乎正竭力隐藏着一丝……害怕？

她为什么要害怕？

杨媚壮着胆子略微探头，只见妈妈桑带着那两个全身黑衣的男子进了齐思浩那间包厢，少顷后带着几个花红柳绿的暴露公主出来了，发着抖带上门，脚步都不敢停，立刻招呼着姑娘们急匆匆往外走。

来者是什么人？

杨媚狐疑地望向那扇紧闭的包厢门，然而夜总会的墙壁和房门都是隔音设计，阻绝了一切信息外泄，让她无从探知里面到底发生了什么。

江停在耳麦中问：“怎么了？”

“情况不太对，”杨媚低声快速汇报了刚才发生的事情，忧心忡忡道，“齐思浩怎么还没回来？”

辉腾车里，江停和严峫对视一眼。

“等等，他回来了！”

齐思浩红头涨脸，满身酒气，没注意到周遭任何异常，也完全不知道自己即将大祸临头。他大步走到包厢门前一推，下一刻，杨媚清清楚楚看见他的背影僵了下。

“你们是谁?!”

话音未落，他被包厢里的人一把拉了进去，砰！门被重重地关上了！

“江哥！”杨媚失声道，“情况有变！”

“——你们干什么？你们想干什么？”包厢里齐思浩满脸酒意退得一干二净，叫声尖厉得走了调，“住手，你们是什么人?!”

莺莺燕燕已经没了踪影，老刘满脸红紫，被一名黑衣男子单脚当胸踩住，死死抵在沙发靠背上不断挣扎，嘴里发出呜呜的声音。那男子制住老刘易如反掌，同时从口袋里摸出纸包，将白粉倒进酒瓶口里随便晃了几下，然后探身抓住老刘的下巴，强迫他张开口，整瓶酒对着喉咙就灌了进去。

“快住手！来人，来人！救命！”

齐思浩掉头扑向房门，刚转身就撞上了另一名男子，被后者照着肚子一记铁拳，重重摔倒在地，发出凄厉的惨叫声。

老刘濒死挣扎，却无法挣脱杀手训练有素的钳制，混乱中小半瓶酒泼洒在了身上、沙发上，大半灌进他喉咙里，致命的高纯度海洛因很快融人了血液。

男子手一松，老刘肥胖的身躯无力滑下，瞳孔迅速扩散，嗓子里发出“咯咯”的捌气声响。

“完事了。”男子蹲下一翻他眼皮，冷冷道，“吸毒过量致死，剩下的警察会处理的。”

齐思浩早已瘫软在地，恐惧令他全身战栗：“我、我是警察，你们竟敢……”

“就你还警察，”一拳揍翻他的男子嗤笑道，“把我们老板的货偷偷拿出去卖的时候怎么想不起自己是条子?”

齐思浩霎时如遭雷击，连发抖都忘了。

那人不知想起什么，轻蔑地嘀咕了句：“都是警察，怎么你的骨头就这么软呢?!”

“行了，少说两句。”先前杀人的黑衣男子走上前，轻而易举从地上拖起死狗般的齐思浩，说，“走吧。”

“你、你、你们，你们要带我上哪儿去？你们——”

“闭嘴!”黑衣男子不耐烦地呵斥，“敢多啰嗦一个字，老子路上就弄死你!”

齐思浩就像被一块石头活生生塞住了咽喉，膝盖软得连站都站不起来。两名杀手彼此一点头，左右架着他打开了包厢门。

“他们出来了。”杨媚全身隐没在落地大花瓶后，竭力令自己听起来更加冷静，“现在怎么办，江哥?”

“跟上去。”

杨媚顿了顿。

下一秒她听见联络器中传来砰的声响，那是辉腾车门被甩上的声音，江停一手按着无线耳麦，大步流星地走进后巷，外套在身后随夜风扬起。

“我跟严峫正往里走，”他的指令一贯简洁，“准备会合。”

齐思浩不敢吭声，甚至不敢抬头看人。不过来人事先显然做了准备，二楼包厢整条走廊空空荡荡，连个鬼影子都没有。

他就这么被暴力挟着，踉踉跄跄穿过走廊，一头扎进了安全消防楼道，没注意到关门那瞬间两名杀手似乎都感觉到了什么，彼此飞快交换了一个眼色。

“二楼消防通道，他们应该是往下走了。”杨媚脱下高跟鞋，随手塞进拐角垃圾桶里，像只猫一样光着脚悄无声息跟在后面，小声说，“我进去看看，江哥，你可千万当心。我猜那个姓刘的公证处主任已经被灭口了，这个夜总会八成跟贩毒的有些关系……”

江停说：“知道了，你也小心。”

杨媚刚要回答，联络器中赫然传来另一道别扭的声音：“小心。”

“？”杨媚忍不住问，“刚才那是严副支队？”

江停：“……”

严峫：“……”

“严副叫谁小心？”杨媚就像发现了新大陆一般震惊，“我吗？是我吗？”

“是的，是你！”严峫咬牙切齿道，“你是颜色不一样的烟火！你是最坚强的泡沫！还有疑问吗？！”

杨媚：“……”

江停扶额唏嘘：“我以后再也不会带你俩同时出来办事了……”

杨媚猫腰躲在消防门前，内心默数到二十，然后将门轻轻推开了一条缝。

吱呀——

白炽灯光透进，没有任何动静，黑衣男子押着齐思浩往下走的脚步声在楼道里隐约回响。

杨媚无声出了口气，按着耳朵里的联络器：“我现在进去了。”随即敏捷地闪身钻进了消防通道。

她上次跟江停来恭州调查的时候，就已经摸到了这个被齐思浩当作秘密据点的夜总会，同时摸清了这里的基本地形。除了一、二楼之外，夜总会还有个地下层作为仓库，电梯是不通的，只有走楼道才能进去，黑衣男子显然是打算把齐思浩往仓库里带。

那么，地下仓库里有什么呢？

他们是不是正打算杀人灭口？

杨媚柔软的脚尖踩在水泥台阶上，下楼轻盈迅速，不发出任何声音。走到一楼拐弯处，她果然听见了负一层仓库门被推开的声音，正欲继续往下跟，却突然察觉到什么，头皮倏而一炸，背上冷汗唰地就冒出来了——

前方脚步声怎么只有两个人的？

两名黑衣男穿的都是高帮短靴，齐思浩穿的也是硬底鞋，在这种有回声的楼道里动静是很明显的，除非齐思浩已经昏过去被扛着走了，否则下楼进负一层的脚步声响，怎么数都该是三道才对。

那么还有一个人呢？

还有一个人在哪里——

杨媚下意识抬头，瞳孔霎时紧缩。

上方楼道扶手边，一名黑衣男正居高临下俯视着她，缓缓从裤袋里摸出短刀，露出了阴森森的笑容。

第18章

杨媚就像被猛兽盯上了的猎物，发着抖向后退了半步。紧接着，黑衣男子一手撑住楼道扶栏，纵身飞跃而下，老鹰抓小鸡一般摁住她的脖子，“砰!”狠狠把她掼上了墙!

“……”杨媚根本来不及呼救，甚至连发声都没做到。她双手扒着那男子的胳膊，但根本就是徒劳，只感到自己的身体正被贴着墙一寸寸拎起来，脚尖几乎离地，全身重量都挂在了掐住自己咽喉的那只凶狠的手上。

可怕的窒息几秒钟内就让她满脸血红，由红转青，由青变紫。

江哥……她模糊不清地想。

对不起，我可能……可能就要……

这最后一点思维渐渐趋于模糊，就在她完全陷入深渊之前，突然——

“什么人?!”

男子猛然回头，但已经太迟了。他的脖颈被一条肌肉紧绷的手肘从后一勒，那简直就是足以将喉骨绞断的可怕力道，巨力甚至令他和来人都重重翻倒在地!

“咳咳咳咳咳咳!!”

杨媚跪倒在地疯狂呛咳，新鲜空气从受伤的喉骨中大股大股地涌进气管，直咳得她差点把肺都喷出来。足足咳了一分多钟她才挣扎着抬起头，两手胡乱抹掉满脸呛咳出的眼泪，抬头一看，嘶声惊道：“严峫!”

负一层。

齐思浩被刚才那个揍他的黑衣男子推着，跌跌撞撞经过一条走廊，眼前豁然开朗——是夜总会的地下酒窖。成排的木桶和酒架靠墙摆放，中间有块空地，空地上端端正正放着一把椅子。

“你……”齐思浩似乎认出了椅子上坐着抽烟的年轻人是谁，止不住战栗起来，“你是……”

阿杰右脚横着架在左膝盖上，在香烟袅袅中淡淡道：“你知道我是谁?”

虽然不知道，但见过，甚至抓过。

齐思浩抖得更加厉害了，甚至连肉眼都能清清楚楚看见裤管下小腿战栗的频率——那是当年他还在缉毒支队，在那个流星般耀眼夺目、神话般年轻有为的江停手下，当个领死工资跑腿小碎催的时候；在一次奔赴码头的缉毒行动中，前方特警持枪包围了一辆高度可疑的防弹豪车，然后从车后座上抓住了眼前这个年轻人。

当时他还更年轻，也更嚣张，面对十多个黑洞洞的冲锋枪口，笑着迎风举手站在那里，不怀好意地打量着现场的每一名特警，似乎要将他们的脸都记在脑海里。特警大队长被他阴森森的目光盯得很不舒服，通过步话机向指挥车汇报抓住嫌犯一名，当时齐思浩清清楚楚地听见步话机那头传来江停冷酷的声音：“怎么没击毙?”

“什么?”特警大队长以为他没听清楚，加重语气重复，“报告指挥车，嫌犯一名已经投降，是已经投降！请指示。”

频道内沉默良久，才听江停说：“那铐回来吧。”

行动结束后，那个年轻人被反铐着押上警车，突然一扭头，阴鸷锐利的目光紧紧盯住了江停。这种眼神让所有看见的人都备感不适，特警刚要呵斥，却只听他突然开了口：“听说你想击毙我?”

谁也不知道他是如何从那么多警察当中一眼认出总指挥官的，或者也可能是江停穿一身深蓝制服，肩上警衔最高的缘故。

江停那张常年不见一丝表情的脸转过来，不带任何情绪地盯着他，跟打量一个窃贼、强盗或嫖客没什么两样。在这种堪称居高临下的注视中，年轻人突然有点扭曲地笑起来，伸头对着江停耳边说了一句话。

当时齐思浩站得比较远，听不见说的是什么，单从口型看应该是一句脏话，但周围特警反应比较大，几个人同时厉声呵斥着把他拉了回去。

江停倒挺平淡的，活动了下手腕，问：“你再说一遍?”

年轻人还是那样笑着，放慢语速缓缓重复，话音未落便“啪”一声亮响，半边身体被江停一巴掌打偏了过去！

江停手劲肯定不是开玩笑的，年轻人抽着气站起来的时候，嘴角已经明显溢出了血。

“再说一遍。”江停清晰地道。

齐思浩确定这个年轻人有病，他像是突然被激发了某种极大的兴趣似的，竟然又把那句脏话骂了一遍。

啪!!

耳光声响亮无比，甚至老远都有人受惊望来。

江停道：“再说一遍。”

“……”年轻人喘息着，再次直起身。

这次他齿缝里都洇出了血，令森白的牙齿更加可怖，竟给人一丝噬血吃肉般的错觉。那吊诡的景象令周遭特警都有些发寒，有人刚要上前阻止，就只见他附在江停耳边，沾血的牙轻轻开合，语气竟然堪称温柔：“干吗这么狠呢？你明明知道我会被释放的，未来日子还长，是不是?”

江停说：“是啊。”

然后他就这么八风不动地，甩手重重一耳光，把年轻人打得一头砸上了警车门!

“下次在现场看到他，不用警告，不等反抗，就地击毙。”江停从车里抽出张消毒纸巾，慢条斯理地擦着手，说，“责任算我的。”

他转身走向远处，而年轻人被特警七手八脚押着，粗暴地推进了警车。

——你明明知道我会被释放的。

当时齐思浩像现场所有人一样以为这不过是可笑的狂妄，然而没过多久，他在整理案卷的时候发现，这个人竟然真的因为证据不足而取保候审，随即无法定罪而被释放了。

当得知这一点时，齐思浩在办公室里呆愣了许久，错愕、诧异、难以置信等情绪都消退之后，一幅印象深刻的画面伴随畏惧，从他心底缓缓浮现了出来——

那是当天押送嫌疑人的警车开走时，那个年轻人透过车后窗玻璃，死死盯着背对他的江支队长。警车越开越远，他那毒蛇吐芯般的注视却仿佛还停留在原地，预兆着未来某种不幸，令所有注意到这一点的人都不寒而栗。

——你明明知道我会被释放的。

然后他就被释放了，此刻悠闲地抽着烟，出现在齐思浩面前。

阿杰弹了弹烟灰，语调平静略沙，却让齐思浩就像通电般再次战栗起来：“知道你为什么会在这里吗？”

“不，不……不……”

“冷静点，站直了，好歹你也是个支队长呢。”

“不知道，都是他们主使的，真的都是他们。”齐思浩后悔得肠子都青了，不断重复，“我只是签个字而已，是我一时糊涂，都是我一时糊涂，我可以把钱都拿回来还给你们——”

“钱，”阿杰笑道，“钱是这世上最不值钱的东西。”

齐思浩茫然无措，要不是被杀手挟持站着，估计下一刻就要摔到地上去了。

“你本来可以想要多少钱就能有多少钱——如果你没卖过这个东西的话。”

阿杰抬手从裤兜里摸出一张照片，随手向前扔去。照片打着旋落在地上，齐思浩条件反射低头一看，只见图上赫然是一包幽蓝色粉末，被透明密封袋包着，右下角泛黄的标签上用褪了色的钢笔字写着：C组九箱7704。

这是什么？

确实像齐思浩说的那样，他只负责签字，实际操作的开箱拿东西、传递出去、发展下线、卖到各个渠道……这些都跟他无关，认不出来也是正常的。

“知道这是什么吗？”阿杰徐徐吐出一口烟雾，眼底浮现出揶揄，“这可能是你下半辈子的荣华富贵，也可能是你的催命符。”

就在这时，酒窖深处传来暗门开合的声响，随即先前那个领班妈妈桑急匆匆奔了过来：“杰哥！”

阿杰一抬头，领班在他耳边小声说了几句。

齐思浩正处在极度惶恐中，也没听清她到底在说什么，但紧接着就看见阿杰的脸色微微发生了变化：“什么？”

领班惊惧地点了点头。

“……这命真是硬。”阿杰轻轻说了句，也不知道是在说谁，随即起身大步向出口走去，经过齐思浩身边时吩咐，“看着他，别让他跑了。”

杀手心领神会，点了点头。

消防通道。

“咯咯咯……”

黑衣男子平躺在地，拼死抓着严峫的手臂，活生生将十指掐进了肌肉里。几道血痕顺着严峫虬结的手肘缓缓流淌下来，顺着小臂汇聚在筋骨暴突的手腕上。

但这点痛苦没让严峫的表情变化半分，他单膝半跪在地上，眼睁睁盯着黑衣男子的脸由紫变黑，却连一丝示警或呼救都发不出来，身体就像脱水的鱼一般猛烈弹了几下，旋即猛地一软，再也没动静了。

狭窄的楼道间里，空气僵硬得仿佛冻结，杨媚死死堵着自己的嘴。

“呼……呼……”直到确认杀手已然气绝，严峫才缓缓松开黑衣男子颈间的手，喘息着站起身。

“严、严、严峫，你、你、你……”

严峫一个凌厉的噤声手势，制止了杨媚颤不成句的叫喊，旋即向楼上一指：“快走。”

“那、那你怎么办？江哥、江哥他……”

“快走！”严峫几乎是低声呵斥了，粗鲁地拽着胳膊把她拉起来，推搡她身不由己地往楼梯上走了好几步，“别啰嗦了，出去开车后门等着，十分钟之内我们没出来你就别管了，自己走吧！”

杨媚几乎要冲口说出不行，但紧接着，她的视线越过严峫，定在了不远处的某个景象上，牙关止不住地打起战来。

“——走什么？”

一个阴狠的声音响起来，竟然是笑着的，就像饥饿的凶兽终于嗅到了手无寸铁的人类的气味：“我看不用走了，都留下来吧。”

严峫猝然转身。

楼道尽头出现了一道劲瘦剽悍的身影，紧接着那身影回过头来，露出了阿杰冰冷桀骜的脸。那瞬间严峫肩颈肌肉明显绷紧了，两人目光隔空相撞，阿杰一字一字慢慢笑道：“我说过，再见面的时候，就是你的死期。”

杨媚的嘴唇因为恐惧而剧烈发抖，犹如救命稻草般紧抓着满是灰尘的墙壁，才不至于双膝一软跪倒下去。

就在这一刻，她听见严峫缓缓一笑：“好啊。”

然后只见严峫骤然发力飞扑，凌空抄住了先前黑衣男子丢下的短刀——

而同时阿杰也动了，弓腰从小腿上拔出匕首，闪电般冲向了严峫！

负一层酒窖。

大门阻挡了外面的一切声音，酒窖里安静得连呼吸都清晰可闻。齐思浩站不稳，背上的汗出了一层又一层，简直像刚从水里捞出来一般，杀手从裤兜里摸出烟来抽，点火时放开了他，他立刻踉跄两下差点摔倒。

“现在知道怕了，当初干什么去了？”杀手鼻腔中发出半声嗤笑，“你要是老老实实当个条子，这事儿也摊不上你，都是你自找的。”

齐思浩讷讷应声。

“你之前在谁手下做事来着，缉毒二支队？”

江停当支队长的时候作风非常硬朗，像齐思浩这样的性格，是不可能在他手下得到重用的，因此那段唯唯诺诺的历史后来一直被齐思浩引以为耻，从不多提。

他应付着小心“嗯嗯”了两声，只听那杀手又随口道：“姓江的是你们支队长吧？这个人倒挺难缠。”

齐思浩刚下意识“嗯”了声，突然又感觉不对，难缠？

什么难缠？

江停不是死得很利落吗？

“不过后来据说还是死了，”杀手哼笑一声，“跟我们老板作对，就是这么个下场。”

齐思浩内心惊疑不定，不知道杀手是纯粹威胁还是在暗示什么，难道他跟这帮毒贩作对，现在也要落得跟江停一样的下场？

他们是不是想在这里杀他?!

杀手没注意到齐思浩惨白的脸色，也不知想起了什么，满怀恶意地掀起嘴角：“天堂有路他不走，地狱无门他偏来，说的就是你们江支队长，偏偏你这个不走运的还曾经是他的人……”

“我不是！我不是！”齐思浩尖厉地失声喊了起来，“我跟那姓江的根本不是一路人，你们不能杀我！你们杀了我事情就没那么好收拾了！”

杀手嘲道：“你？你算什么东西，真要弄死你还不跟弄死只蚂蚁似的。连那姓江的当年都不行了，你知道他最后都——”

噗。

其实只是很小的声音，但杀手的动作突然停滞住了，身体向前晃了晃，烟头从指间滑落在地。

齐思浩恐惧地睁大了眼，瞳孔中清晰映出了杀手生前的最后一幕景象——他似乎想回头去看看到底是谁杀了自己，但力气已经不够支撑这最后的动作了。他左胸心脏位置汩汩冒血，然后就保持着这个半回头的姿势，轰隆！颓然倒地，溅出了满地尘烟。

“谁……是谁，”齐思浩神经质地向后退了半步，“快出来……啊啊啊……鬼啊!!”

尸体倒地后露出了他背后的景象，成排酒架中，江停垂下手中的枪，顺手把套在枪口上做消音用的矿泉水瓶扔了，弯腰捡起掉在地上的金属弹壳。

“你，江，江队……”齐思浩简直怀疑自己在做梦，扑通一下软倒，连滚带爬向后，“你、你、你到底是鬼还是——还是一啊啊啊……别过来！别过来!”

“我跟你确实不是一路人。”江停平淡道。

他的语调仍然像当年一样带着无可置疑的冰冷和强硬，随即走上前，单膝半跪在尚自冒血的尸体边，吩咐道：“不想死就闭嘴。”

齐思浩急促喘息，仿佛真的活生生陷入了惊悚的噩梦里。他看见江停从外套下拔出折叠刀，咔嚓弹出刀刃，对着尸体左胸弹孔扑哧就刺了进去，然后掏挖几下，叮当一声清响，从肋骨间撬出了沾满血肉的弹头。

江停从地上捡起弹头，示意梦游般的齐思浩：“跟上来。”

第 19 章

同一时刻，消防楼道。

叮！

金属刀刃两相撞击，亮响震耳欲聋，紧贴着严峫的脸一划而过。阿杰手持匕首步步紧逼，严峫闪电般偏头、后退，顷刻间脊背已贴上了楼道石灰墙。

唰——横刀劈开空气，距离脖颈动脉不过分毫，霎时严峫都感觉到了刺痛的寒风划过皮肤，本能地抬手阻挡。

其实他刚做出这个动作就立刻意识到了不对，立刻把手往回缩。但在瞬息万变的战况中，像阿杰这种等级的杀手，是不可能错失对手的任何一丝破绽的，当即刀锋就重重剁进了严峫手腕！

杨媚失声惊叫："严峫！"

严峫全身一震，但剧痛并没有如期到来，一只被匕首砍断的精钢腕表啪嗒掉在了地上。

阿杰活动了下肩膀肌肉，盯着那只表笑道："我果然最烦跟我爱好相似的人。"

严峫反手一撑墙，箭步向前，怒道："老子是他家的全球顶级 VIP，你算个鸟！"

先前从黑衣男尸体边捡起的那把短刀自下而上横剁阿杰手腕，大概因为角度太刁钻，阿杰这下没躲过去，锋利至极的刀刃当场划破小臂，飞出一泼血星。

阿杰"嘶"地吸了口气，随即被严峫当胸一脚，横飞出去，轰然砸上对面墙壁！

阿杰体重少说七八十公斤，当场把墙灰碎石撞得簌簌而下，大片灰尘到处都是，令人睁不开眼睛。但这种生死格斗最怕有半点迟疑，严峫连丝毫停顿都没有，纵身直扑摁倒阿杰，同时短刀扬手上抛，旋转的刀柄被啪的一声稳稳接住，刀尖直向阿杰瞳孔刺下。

——只要0.01秒的时间，这把刀就能穿透阿杰的眼珠，贯穿颅脑，把他的整个头活生生钉在水泥地上。

但就在这一瞬，阿杰就着这个仰躺在地的姿势抓住严峫手臂，双手同时反向一推。几乎将手肘活活扭错位的剧痛让严峫失手，短刀飞了出去，打着旋掉在了两米开外——

当啷！

仿佛裁判的发令枪，严峫和阿杰贴地扑向短刀，阿杰一手把刀身打飞出去，从栏杆缝隙中掉进了下一层楼道！

“这才对嘛，”阿杰冷冷道，“打架就打架，动刀动枪的多伤感情。”

短刀在楼下台阶上滚动落地的声响传来，严峫心内暗骂一声，就地摁住阿杰挥拳就揍。

两人都是格斗的行家里手，都知道在这种时候，谁先从地上站起来谁就赢了。他们就像两头凶狠的野兽，用尽一切手段捣对方的眼珠、掐住对方的咽喉，翻滚着从楼道掉下去，加起来超过三百斤的重量和惯性哗然撞碎了消防栓玻璃门。

崩裂的玻璃犹如漫天撒花，撒了满身满地，地上扭打翻滚的两人霎时被割得全身血口。严峫一手撑在满地锋利的玻璃碎片中，挥拳打得阿杰眼前发黑，紧接着半跪起身，夺过消防斧，照头就砍了下去。

阿杰爆出了一句缅甸大骂，仓促就地打滚，锋利的消防斧紧贴他头顶，削断几根头发后砰地砍进了砖墙！

碎石尘土哗哗泼下，严峫冷冷道：“早说了谁跟死刑犯有感情？”

阿杰单膝跪地，满头满脸血泥，原本就戾气十足的五官看上去更加凶狠。他抬手毫不在意地擦掉耳孔中被严峫重拳打出的血，一字字缓缓地嘶声道：“你完了……”

空气似霎时凝固，随即只见阿杰伸手抓住灭火器，硬生生从墙上拽了下来。严峫见势不对，箭步上前，但就在这迅雷不及掩耳的眨眼之间，阿杰呼地抡起灭火器，咣当——

沉重的铁制灭火器足有八公斤往上，狠狠当头砸下，立时将严峫打得口鼻喷血！

"——啊!"

杨媚不由自主发出压抑的惊呼，连忙用拳头紧紧塞住自己的嘴，突然瞥见不远处闪过一道鬼鬼祟祟的人影。是那个妈妈桑!

她趁没人注意到自己的时候，偷偷从负一层仓库大门中溜了出来，轻手轻脚地顺着楼道往正一层爬，似乎要跑出去叫人。

杨媚知道这个夜总会跟阿杰有着说不清楚的关系，要是让她跑出去了，指不定会通风报信叫来多少马仔，立刻想也不想，尖叫道："站住!"

妈妈桑一愣看见杨媚，当即叫骂："小婊子给我闭嘴!"紧接着手脚并用往上跑。

"你这婊子叫谁呢?!"杨媚大怒，踩着满地碎石噔噔噔飞奔上去。她之前已经把高跟鞋脱下来扔了，这时候光脚跑得飞快，夜店领班躲闪不及，被杨媚尖尖的指甲一把薅住了头发，当即痛叫："你这个贱货，快给我放手!"

两个女人滚倒在楼梯台阶上，你撕我裙子，我拽你头发，扭打中眼线口红糊了满脸，项链手串叮叮当当滚得满地都是。这俩打起来的激烈程度也许不如男人，但残忍性是丝毫不差的，杨媚拿出了从小不好好学习当太妹的全部撕架技能，拼着对手用指甲死命掐自己的胸也不管，抓着妈妈桑的短裙就三两下撕开，又抓起敌人的高跟鞋，"啪！啪!"用力照脸抽，没几下就把妈妈桑打得不住哀号。

"反了天了你还!"杨媚到底年轻力壮，把被夜店领班扯得皱巴巴的裙子一撩，雪白大腿往敌人腰上一跨再狠命一坐，披头散发彪悍无比，抬手就是狠狠两巴掌，"想跑去搬救兵？嗯？谁是贱货?"

"救命！救命!"妈妈桑扯着嗓子尖叫，"快来人！来人啊!"

"给老娘闭嘴!"杨媚柳眉倒竖，左右开弓噼里啪啦连打了七八个巴掌，怒吼，"叫你掐我胸！叫你撕我衣服!！撕坏了你赔得起吗？穷鬼!"——砰！楼道回声将枪响几倍放大，杨媚惊得乍跳，猛地回头。一道她十分熟悉的侧影站在负一层中间那个楼道口，右手持枪，居高临下对着阿杰——是江停!

"不准动，"他一字字清晰道，"举起手来。"

仿佛快进的电影突然被按下暂停，阿杰举到半空的灭火器停顿住了，阴森森地盯着严峫。

他们两人脸上、双臂、前胸后背都被锋利的玻璃碎片割出了无数血痕，严峫额头上的鲜血顺着鼻梁流到嘴边，阿杰两鬓血迹也源源不断地顺着脖颈淌进了衣领里，就像两头狰狞对峙的野兽，毫不相让盯着彼此。

许久，阿杰冷笑一声，“哐当!”扔了灭火器，缓缓直起身举起了双手。

江停说：“过来。”

杨媚紧张地望着这一幕，连继续斯打妈妈桑都忘了。严峫握着消防斧的手紧了紧，低低吐出两个字：“小心!”

江停说：“我知道。”

阿杰倒好像置若罔闻似的，从江停出现那一刻就眼眨也不眨盯着他，脸上带着若有若无的笑容。他就这么举着手，一步步缓缓登上楼梯台阶，像是挺悠闲似的，开口问：“你是跟着姓齐的那软蛋过来的，对吧?”

江停枪口遥遥指着他的头，没有回答。

“早在五月初你就发现那包蓝金的存在了，为什么到现在才开始追齐思浩这条线?”阿杰目光上下扫视一圈，舔了舔嘴唇，若有所思地眯起眼睛，“让我猜猜——因为健康支撑不住?”

“……”

“你的身体恢复状况，连单独追到恭州都做不到，对吧?所以就算知道齐思浩这边有突破口，也只能耐着性子养精蓄锐，直到——”

阿杰倏然住口，阴冷的眼珠死死盯着江停，露出了一个不无恶意的笑容。

他其实说得没错，胡伟胜制毒案中江停再次陷入危险的深度昏迷，醒来后整整一个夏天没恢复状态，晚上睡眠多梦、易惊醒，白天又经常十分困倦，即便在最热的时候体温都明显偏低，连稍微走长路都承受不了。

这种病态的虚弱，对江停这样习惯处于掌控地位的性格来说应该是极其难以忍受的，然而他没有被这挑衅所激怒，甚至连丝毫搭理的意思都没有：“站住。”

阿杰依言停下，站定在了离江停还有三级台阶的地方。

“有件事我上次没机会问你。”江停稍微抬起枪口，指着阿杰眉心，按在扳机上的食指就像他的声线一般稳定，“胡伟胜一案中，警方发现被害人冯宇光服了假的蓝金，即大量东莨菪碱及MDMA的混合物，该配方在现有的毒品市场上从未被发现过，也就是说，假蓝金是丁家旺私下胡乱混合出来的东西。几天后你杀死了被步薇雇佣来杀我的范正元，为了引走警方的视线，你自制出一颗由东莨菪碱和MDMA配方组成的毒品药片，并放在了尸体口袋里，以此误导警方范正元的死跟胡伟胜制毒团伙有关。”

阿杰戏谑地看着他的脸："我以为你想问到底是谁想杀那姓严的……"

"你怎么知道冯宇光体内的毒品成分是东莨菪碱？"

阿杰微愣。

杨媚不明所以，然而不远处的严峫猛地意识到了这一点！

"建宁市局内有人把尸检报告透露给黑桃 K 了，"江停直直盯着阿杰的瞳孔，问，"那个内鬼是谁？"

空气比刚才的生死一瞬还要紧绷，看不见的弓弦在每个人耳膜深处越来越紧，发出濒临崩断的尖鸣。

"……"

阿杰突然咧嘴一笑："想知道？"

那笑容在他满是鲜血的脸上显得有些冷酷，但开口却是很柔和的："要不你靠近点，我就告诉你？"

江停枪口一抬，还没来得及开口，突然所有人头顶上一扑通！

杨媚失声："是谁？"

江停眼角余光一瞥，只见他们上方的正一层楼道中，赫然只见人影一闪，是个穿黑衣的男子，转身就扑向楼道通往大厅的消防门。

不好！

说时迟，那时快，在那连眨眼都来不及的千分之一秒里，阿杰和严峫同时有动作了——

阿杰闪电前扑，一掌抓住江停右手腕。江停反应也快，在被制住的同时扣下扳机，砰！枪声响起，灯管爆裂！

严峫飞身上前："小心！"

到底是专业的精英杀手，阿杰没有丁点迟疑，那贴着耳朵飞过去的子弹对他全无影响，掐着江停腕骨反拧、夺枪，就势把江停往自己身前一拉，整套动作连半秒都不到，枪口往江停太阳穴上一顶，厉声喝道："站住！不然我开枪了！"

——严峫脚步瞬间凝固在了楼梯台阶正中。

杨媚破了音："不！江哥！"

阿杰呼了口血气笑起来，贴在江停耳边，说："你猜我敢不敢先打腿再打手……"

江停说："哦，那你猜我敢不敢先打头？"

阿杰来不及反应，只见江停两手指关节往他手肘处一撞，顿时半边手臂酸软，险些扣下了扳机！

“我×——”

阿杰大脑空白，胸腔发麻，满心里只有这么一个念头。紧接着枪脱手而出，他条件反射地去捞，江停的动作却更快，半空中食指准确插进扳机孔，啪地抓住枪柄，转身毫不犹豫地——

砰！

从挣脱挟持到枪响，连环变故不超过一秒，阿杰捂着胸口倒在了地上。

杨媚呆滞地张着嘴，倒被她拦腰坐在地上的那个妈妈桑适时爆发出骇人的惨叫：“啊啊啊杀人啦——”

江停面色如冰，咔嚓上膛，似乎还要再补一枪。但千钧一发之际，上方一楼的消防门被再度撞开了，无数道脚步纷沓而至，为首赫然是刚才那个通风报信的马仔：“站住！”

“站住不准动！”

严峫抬头一望，起码七八个人冲了下来！

此刻事不宜迟，连补枪的时间都没有了。严峫冲上去一把搂住江停、就地打滚，钢弹在水泥地上打出了利箭般的尘烟，他们已顺势滚进了负一层的消防门。

“杨媚！”江停吼道。

“放手，你个贱人！！”杨媚手脚并用，把抓着她的妈妈桑撕扯开，急急忙忙捂着胸口奔过来。刚跑几步她似乎掉了什么，还弯腰捡了一下，然后才连滚带爬冲向消防门，被江停一把抓住臂膀，强行拖了进去。

消防门里就是那道曲折的走廊，里面是地下酒窖。江停一马当先狂奔在前，杨媚拎着裙角气喘吁吁在中间，严峫持枪断后，梗着脖子怒吼道：“姓杨的，你刚才在捡什么？！”

杨媚手里攥着那条从地上捡回来的钻石项链，白金链条随着跑动前后甩动，心虚地支支吾吾：“没……没什么！”

严峫：“那个姓金的死没死？！”

江停：“不知道！”

“姓齐的呢？！”

江停正想说逃跑的时候问题不要这么多，紧接着这个问题就不用回答了。

他们一转弯，刚才妈妈桑进出酒窖的暗门出现在眼前，赫然只见齐思浩被单手铐在暗门边的铁制酒架上，满脸惨白发青。

这时酒窖外走廊尽头响起了砰砰两声，是消防门被用力撞开，阿杰手下那些人冲了进来。严峫和江停对视一眼，根本不用语言交流，两人就同时采取了行动——

江停把折叠刀扔给杨媚，把她推进暗门，然后从裤袋里摸出手铐钥匙，咔嚓给齐思浩解开手铐，重重一脚踹进了暗门后的通道里。

严峫抓住酒架一推，四五十瓶酒砸在地上，高纯度的威士忌、伏特加等酒精混合流了满地。这时正好追兵赶到，为首那人只抬头瞥了一眼，登时脸色惨变，头也不回地往后狂奔："回去！回去——"

严峫掏出打火机，咔嚓点着，甩手一扔。

淡蓝色的幽光顺地缝而起，轰——

火焰熊熊燃烧，转眼喷起了大半人高！

"走走走走！"严峫脱下外套，一把罩住江停头脸，把他推进暗门，然后自己也钻了进去。

暗门后是另一道通向后厨的楼梯，也不知道是为了方便吧台平时来拿酒，还是专门供妈妈桑这样的人跟黑社会联系。这时候后厨帮工早跑光了，杨媚轻车熟路地跑出后门，江停、严峫左右挟着踉踉跄跄的齐思浩，几个人前后奔进后巷，在远处消防警笛隐约响起的同时，冲上了先前停在后巷口的辉腾车。

江停点火发动，杨媚坐在副驾驶上，喘得上气不接下气："怎、怎么办啊，会不会烧起来？"

"那点火不至于。"严峫单手持枪，在后座按着齐思浩，说，"你看人都从前门撤出来了。"

江停一言不发，点火倒车，神乎其技地退出狭窄的后巷，辉腾在车轮摩擦地面的刺耳尖响中画出半弧，嗖地冲上夜间繁华的马路。

"这是怎么回事？你、你、你们想干什么？"齐思浩已经被今晚一连串惊骇变故折磨得有气无力了，在生死边缘走了一遭的他全身发软，听起来非常绝望，"你们放了我吧，要不让我自首也行，我跟他们真不是一伙的……嗷！"

严峫枪口一顶，齐思浩立刻噤声。

"别这样嘛，齐队。"严峫懒洋洋道，"我们可是刚刚才救了你的命，放松点不好吗?”

齐思浩瞪着驾驶座上江停的背影，眼神好似活生生看见了鬼。

“啊!!”突然杨媚发出一声撕心裂肺的惨叫。

严峫：“你怎么了?!”

“钻石掉了!”杨媚捧着冒死抢救回来的项链，满脸欲哭无泪，果然只见白金钻托上空空如也，钻石早已不翼而飞，“肯定是那个贱人给我扯掉的，我要回去宰了她祖宗十八代！我的五克拉啊——”

毕竟才经历过生死，严峫刚想安慰两句，结果听到最后忍不住问：“你那个石头最多一克拉撑死，五克拉？你是不是当没结过婚的男人都眼瞎?”

杨媚脸色一沉：“你凭什么这么说，你看见了?!”

“我当然看见了啊，你不是一路上都戴着——”

“好啊，你偷偷看我胸?!”

严峫：“……”

严峫额角青筋直跳，而杨媚得意非凡，笑嘻嘻说：“我给你示范个教科书版本的。”然后转向驾驶座上的江停，可怜巴巴地捧着项链：“我的五克拉啊——”

“你戒指掉了?”江停头都没偏一下，稳稳地把着方向盘。

“……”严峫满脸“还能这样”的表情。

江停语调中充满了赶紧息事宁人的口气：“严峫明天去给她买个便宜点的戒指补偿一下。”

可怜严峫自己的婚戒还没戴上，就莫名其妙多了个给别的女人买钻戒的任务，呆若木鸡地愣在后座，被杨媚送了个飞吻。

消防车由远而近，呼啸着冲向空空荡荡的夜总会后门。而辉腾与消防车擦肩而过，汇聚在车流中，向远方飞驰而去。

第20章

哗哗哗——

酒店套房浴室中，温水从头顶洒下，从线条紧绷流畅的肩膀、后背和数不清的累累血痕上冲刷而过，带出几丝淡红的血迹。

“嘶……”严峫不断吸气，被碎玻璃片割出来的伤口有些还挺深，肾上腺素井喷的时候不觉得，放松下来之后就真是刺骨地疼了。

这时他听见身后传来浴室门被推开的声音，回头一看，只见江停走了进来，臂弯里搭着酒店的白浴袍和医药箱。

“没事吧？”江停问。

严峫探头往外望了一眼，扬了扬下巴，声音在玻璃浴室里听起来闷闷的：“那俩呢？”

“在外屋。”

他们说的是杨媚和齐思浩。从夜总会逃出来之后，江停用杨媚的身份证找了个暂时歇脚的地方，稍微休息和补充体力，准备下一步计划，然后再好好盘问齐思浩。

严峫挺拔的身体在热气蒸腾中若隐若现，他砰地双手按在玻璃上，盯着江停，眯起了眼睛：“来干吗？”

江停悠闲地将后腰靠在流理台边：“上药。”严峫冲他勾起半边嘴角，少顷后关了水，随便扯毛巾擦擦头发，推开浴室的门，冲江停走来。

咚咚咚！

“江哥——”浴室门被敲了几下，杨媚扯着嗓子在外面喊，“那姓齐的非要订客房餐一！”

江停扬声喝道："你帮他订，别让他接触服务生！"

杨媚得令，噔噔噔跑了。

江停把梳妆台前的板凳向严峫踢近了些，示意他坐下，然后打开医药箱给他上药。

严峫悻悻看着镜子里的自己，他结实的上半身光粗略一数就有二十来道不同的伤痕，短发因为潮湿格外乌黑，额角随着水汽还微微渗着红丝，被江停拿酒精一点点擦去了血迹。

"那个阿杰到底死了没？"

"不知道。"江停聚精会神地上着云南白药粉，顿了顿说，"当时好像没怎么看到血。"

"没打中？"

"可能吧，也可能穿了软式的防弹背心。"

严峫有点不满："这么惜命。"

"你当谁都跟你似的，"江停眼底浮现出微许揶揄，随即话锋一转，"刚才齐思浩在外面交代，他今晚去夜总会本来是跟省公证处一个姓刘的主任接头，商量多批一些货出来的。中途出去上了个厕所，没想到回来姓刘的就被人杀了，然后他被带到地下酒窖，见到了阿杰，他也知道如果不是我们的话，自己现在估计已经死了。"

严峫不相信："黑桃 K 真打算杀他？"

"当然不，应该还是想威胁拉拢的，不过现在都无所谓了。"

"那他现在愿不愿意跟咱们合作？"

"你说呢？"江停为所有较深的伤口都上好药，最后拿医药纱布在额角上一贴，望着镜子里的严峫笑道，"他跟人合作偷卖待销毁毒品，万一被捅出去的话不仅仕途完蛋，还要进监狱，同时黑桃 K 那边又要他的命。左右道路都被堵死，除了跟我们合作，还有其他办法吗？"

他们两人在镜子中对视，酒店浴室温暖的橙色光芒映照在江停眼底，就像柔和的明珠闪烁着熠熠水光。那个冷酷刚烈、作风强硬的江支队长，仿佛被什么炽热的东西从里到外融化了，即便是极少流露出情绪的脸，都盖不住眉眼间年轻又柔软的神采。

他回头看看浴室门，低声道："下次不能这么拼命了，万一你出什么事，你想让我……”

严峫仰起头看他，戏谑又柔和地挑起眉：“万一我出事会怎么样，嗯？”

——咚咚咚！

这时门再次被敲响，杨媚扯着嗓子在外面大喊：“套餐来了！江哥你上个药为什么那么久？姓严的你到底在干什么！你不要太过分！”

江停笑起来，拎起浴袍往严峫怀里一扔：“好好养养吧！”

严峫哼哼着，披上浴袍出去了。

短短几个小时，齐思浩就跟老了十岁似的，味同嚼蜡地吞咽嘴里的食物，一副心不在焉的模样。

“齐队的手机响十多次了，”杨媚向茶几上示意，“我让他先接一下，他都没敢。”

严峫跟撵小鸡似的把杨媚赶到沙发角，自己一屁股坐了下来，拿着酒店送来的云吞开始吃，又示意江停吃。江停摆手拒绝了，拿起手机一看，说：“正常，失火的夜总会在第一支队辖区内，肯定是要跟齐队汇报的。”

说着他瞥向齐思浩，眼底似笑非笑：“你怎么不接呢？”

齐思浩嘴巴嚅动了一下，终于发出了艰涩的声音：“……你怎么没死？”

江停把手机轻轻丢还给他，反问：“我死了的话，今天谁来救你？”

齐思浩放下筷子，一口都咽不下去了：“你们为什么要救我？到底想让我干什么？事先说好，我可不是这件事的主使人，我不过就是掺和了一脚顺便赚点外快而已，你们要问更多的话我也不知道……”

“没人对你那点破事感兴趣，与其担心被我们要挟，不如多想想黑桃 K 下一步会怎么做吧。”

“黑桃 K?”齐思浩疑道。

严峫和杨媚不约而同扶额，心想姓齐的真是艺高人胆大，竟然什么都不知道就敢下水捞钱……

江停拉出一把椅子，坐在齐思浩对面，一字一顿道：“黑桃 K 是毒贩。”

他顿了顿，又盯着齐思浩满是血丝、不住发抖的眼珠，缓缓摇了摇头：“不，说毒贩不准确，他是东南亚出口新型芬太尼化合物时间最久、数量最大的毒枭。”

“……”齐思浩嘴唇战栗，不知过了多久，房间里终于破冰般渗出他的呢喃，“他没那么容易搞死我，没那么容易……我好歹是支队长，不至于不明不白就……

就……”

这时嗡嗡声响起，是齐思浩的手机又一次振起来了。江停拿起手机瞥了眼，递给齐思浩，示意他：“接一下，支队长不能消失太久。”

齐思浩对江停其实有种骨子里的、他自己都未必能发现的畏惧和服从，又正是不知所措的时候，便下意识接通了来电：“喂？”

“齐队、齐队，哎呀，你怎么一直不接电话？金辉夜总会发生火灾，死了三个男的，上头分局正问着呢！”

“啊，”齐思浩干巴巴道，“死了三个人。”

“有一个还是咱们省公证处的刘主任，我听分局来人说是协助救火的时候被烧死的。哎，你说这事儿，这事儿——咱们支队刚才已经把现场封锁起来了，分局说明儿一大早就要派人下来，协助咱们一起去调查火灾原因和消防隐患。我这就赶着跟您知会一声，明天早上八点……”

手机那边声音还在继续，但齐思浩已经什么都听不见了。

他松开手，当啷一声，尚在通话的手机掉在茶几上，旋即被江停挂断。

声音戛然而止，房间里恢复了安静，半晌，齐思浩才神经质地重复：“协助救火……协助救火?!”

“一具被高纯度海洛因毒死在二楼包厢里的尸体，都能‘活’过来变成舍身救火的英雄，想必你这个支队长在某次执行任务时‘英勇牺牲’也是可行的。老齐，”江停伸手拽着齐思浩苍白发青的脸，令他不得不正视自己，“你看我，你以为你这个支队长的位置坐得比我稳？我都能变成畏罪殉职的黑警，为什么你不能？”

齐思浩涣散的目光终于渐渐聚焦，充满了恐慌和惊惧；而江停的眼神镇静如坚冰，直直刺进他眼窝深处，似乎能穿透他泥浆般混乱的大脑，主宰他最后那根没被烧断的神经。

齐思浩终于崩溃了：“为什么偏偏是我，为什么?! 我明明只是签了个字，根本没拿多少钱啊——”

“法律的准绳只要被触犯，跨越一步和一万步都是没区别的。对犯罪者如此，对负责执法的警察来说更是如此。”江停平静地望着他，说，“你本来可以享受作为正处级退休的优越晚年，但要是与虎谋皮，只会彻底毁了你的后半辈子。”

“……”

齐思浩两手在裤腿上胡乱抓挠，手背青筋暴起，指甲皆尽变色。足足过了好几分钟，他终于把脸埋进潮湿的掌心里，发泄般重重一抹脸，抬头问：“可我现在还能怎么办?”

江停望向严峫，点了点头。

严峫起身走进套房卧室，只听酒店保险箱开关，少顷他出来，将一个牛皮纸档案袋丢在齐思浩面前。

“这份子弹膛线数据，可能是将黑桃 K 绳之以法的重要物证之一。”江停指关节叩了叩档案袋，沉声道，“我需要知道它来自恭州的哪一把警枪。”

翌日。

“齐队。”

“齐队早!”

齐思浩隔夜的衬衣皱皱巴巴，紧紧夹着公文包，心不在焉地应付点头，飞快钻进支队长办公室，咔嗒关上了门。

直到进入自己熟悉的办公室，他才仿佛取得了某种虚无的安全感，微微松了口气。然后他放下包，刚从柜子里拿出一瓶矿泉水要拧开喝，动作又突然停住，神经质地把那瓶水塞回了柜子。

会不会被人下毒呢？他想。

毕竟“协助救火牺牲”的老刘就是这么死的啊。

一想到老刘被害时自己眼睁睁在边上看着，齐思浩就像热锅上的蚂蚁，站也不是，坐也不是，门外的任何动静都让他心烦意乱。他甚至开始后悔今天没请假，而是按照江队——不，前江队的指令，乖乖来市局上了班，还要装作若无其事的模样。

那姓江的怎么就没死呢？按理说毒贩最想杀的明明是他啊。

——从昨晚到今天，齐思浩心中第一百零八次不由自主地冒出了这个念头。

丁零零零——

齐思浩吓了一跳，如临大敌般地望去，却只见是自己办公桌上的电话，“技侦队”那个分机红点一闪一闪。

“……喂?”

“齐队，您一大清早发来的膛线对比结果出来了，要不要过来技侦这边看看?”

齐思浩简直是迫不及待地冲进技侦队办公室，进门时险些撞翻实习警的茶杯，被几滴热水溅在了衬衣上。实习警登时惊呼一声“哎呀”，然后慌忙道歉，齐思浩却连停顿的心思都没有，急匆匆把水一抹就走开了。

“齐队怎么这么急，”办公室里间的技侦坐在电脑前笑道，“突然好好来对比这颗子弹的膛线，是出什么案子了吗？”

“哦，陈年旧案。”齐思浩不欲多说，敷衍地摆摆手，“——结果出来了？到底是谁的枪？”

技侦把显示屏向他推了个角度，说：“您自己看吧。”

荧幕幽幽映着齐思浩虚白的脸，他一目十行地看下去，瞳孔慢慢地张大了。

江停站在酒店套房的落地窗前，半边面容倒映在玻璃上。他脚下是正在渐渐苏醒的恭州，清晨的中心商业区已经车水马龙，而远方天穹不见一丝朝阳，翻滚的阴云覆盖着城市天顶。

“——岳广平？”

身后沙发上，严峫蓦然抬头。

“……我知道了。”江停简洁道，“照常上班，不要露怯，记得给你老婆打电话。下班时我让杨媚开车去接你。”

江停挂断通话，回过头：“那颗弹头膛线所匹配的枪支，是三年前塑料厂爆炸发生后，岳广平牵头营救‘铆钉’和我时，丢失在行动现场的。”

严峫意外地挑起眉峰。

“失枪是大事，按理说要进行详细调查，然而调查到一半的时候岳广平就死了，对外说是心脏病发。”江停神情沉静，说，“但很多高层都认为有极大可能性是我杀了岳广平。”

“……是你？”

江停迎着严峫的注视，没有直接回答这个问题。从外表很难看出他在思考什么，良久之后他才从落地窗前转过身，双手插在长裤口袋里，逆光中只显出一道修长的身影。

他说：“这件事……要从我被黑桃K‘释放’开始说起。”

第21章

三年前，恭州。

一月十号。

砰！废弃宅院内的房门被推开，寒风卷进室内，无数灰尘在暗淡的光线中猛然扬起，又飞舞着渐渐沉寂下去。

“进去。”阿杰低声命令。

被他押着的年轻人已经消瘦到了极点，脸上全无一丝血色，嘴唇泛着浅淡的苍青，甚至连肩膀骨都支棱着硌手。大概因为长时间被剥夺视觉，骤然解下蒙眼布后视线无法接受外界光照，他的眼睛一直是半闭着的，乌黑的眼睫被虚汗凝结，乱七八糟地覆盖在憔悴的眼帘下，末端形成了一道疲惫的弧度。

光线确实太微弱了，室内景象大多只勾勒出几道朦胧的线条。

只看剪影的话，估计没人会认出这个年轻人，就是数月前被绑回来的恭州禁毒第二支队长江停。

江停被阿杰半扶半推地挟持进门，有人上前用枪口顶住了他的头，有人往他虚弱的手里塞了个坚硬冰冷的东西——那竟然是一把枪。

阿杰拿起手机靠在江停耳边，紧接着那个噩梦般温和又残忍的声音响了起来：“杀了你面前的这个卧底，你就自由了。”

“不行，我做不到。我……”

“你能。”

“不能。干脆你杀了我吧，痛快点杀了我——”

“你做得到，”黑桃K还是很耐心，话里甚至带着笑意，“你不想死，江停，你是我见过的这世上最不想死的人。在任何绝境中你都不会放弃争取哪怕一丝一毫的生机，这是你的天性，生下来就是这样的，所以你能做到。”

“……”

“杀了他，然后你就自由了，否则你也要死在这里。”

江停急促喘息，拿枪的手剧烈发抖。他一辈子都不曾对枪这么恐惧过，似乎手里拿的并不是枪柄，而是蛇类冰冷的毒牙，毒液一丝丝透过皮肤浸透血液，直到将死亡带给心脏。

“江停，”黑桃 K 语气中充满了诱导，说，“你不是说你能赢我吗？证明给我看。”

过了不知多久，时间缓慢得每一秒都无比漫长，阿杰一直死死盯着的那只手终于动了——

枪被缓缓抬到半空，随即枪口一转，顶向了江停自己的太阳穴！

阿杰破口大骂，说时迟，那时快，一把拧住江停的手转过枪口，下一秒只听：砰！

前方昏暗角落里的人影一震，随即靠墙滑倒，无力地摔在地上。

十多秒凝固般的死寂，随即啪的一声，那是江停手中的枪掉在了地上。他最后一根绷紧到极限的神经终于断了，整个人向后仰，被阿杰一把抓住，强行翻开眼皮看了眼瞳孔，厉声喝道：“镇静剂！”

有人疾速奔来，有人在叫，但江停什么都听不清。

注射器针头刺进皮肤，那一瞬间的刺痛让他醒了，意识无比清楚，身体却不听使唤。他在战栗中竭力挣扎起身，针头带着一线血星脱离身体，啪嗒掉在了满是灰尘的地上。

然后他开始不停咳嗽，咳得气管痉挛，全身都蜷缩起来，嗓子里满是铁锈的甜腥。换气的间隙中他听见阿杰硬邦邦的声音说：“你还是打一针比较好。”

但他没有回答，勉强止住剧咳，把满口血沫咬牙咽了回去，不知道撑着谁的手，狼狈不堪地站了起来。

“别管他，江停就是这么一个人。”黑桃 K 的声音在电话里悠悠道，“他现在已经自由了。”

江停抽回手，似乎想凭自己的力量站稳，但多日急剧消耗的健康和体力已经连这么简单的自我要求都做不到了。他摇摇晃晃地连退几步，脊背靠上墙，感觉整个世界都在眼前天旋地转。

然后在昏沉中他听到了什么——

那是由远而近的警笛声。

“警察来了，江停，我要把你还给他们了。”

手机那头的黑桃 K 听起来似乎非常怀念，他不管说什么都像是在说情话，带着永远稳定的、让人厌恶的醇厚柔和，如同梦魇在耳边呓语。

“当你回到警察的队伍中，面对无数怀疑、质问和指责，承受所有的痛恨、憎恶和谩骂，请别忘记我们今天打的赌；哪怕你这条如簧巧舌编出再完美的言辞，也没有人会信任，没有人愿意听，因为所有事实都已经证明了你是个叛徒。”

“总有一天你会发现我是对的，那时你会心甘情愿回到我们初见的地方。而在那之前，只要还有一个警察愿意相信你——哪怕只有一个，”黑桃 K 嘲弄的笑意加深了，说，“都算我输了。”

警笛飞速驰近，越来越响。废弃宅院外传来泼水声，那是毒贩在周围泼汽油。

“再见，江停。”黑桃 K 说，“我欢迎你随时认输。”

熊熊大火吞没了宅院，在阴沉苍穹下，怒吼的烈焰肆意狂舞。

红蓝警灯闪烁，消防车尖锐呼啸，潮水般的脚步向着火的宅院蜂拥而去，但江停没有回头，也不敢回头。他所有的力气都用在躲藏和奔跑上，即便那其实只能算孤注一掷的跌跌撞撞。

不知道跑了多远，纷沓人声和烈焰喧嚣都被远远抛在了身后，耳边只剩下呼啸的北风。

他眼前一黑，踉跄倒地，终于失去了意识。

“……江队……”

“江队……”

“江支队长！”蒙咙中有人在高声喊他，“快醒醒！快！”

不知道过了几分钟或者更长，江停终于慢慢睁开了眼睛。

他视线无法聚焦，模糊涣散的目光投在半空中，只看到大片阴灰空白的天穹。大概又过了很久，千万根针刺般的痛觉终于回到这具身体，五脏六腑都紧绞着缩成一团。

就在那剧痛中，他恍惚听见有人不停念叨：“……我知道你一定还活着，我知道你一定没放弃……”

江停用尽全身力气，终于微微转过头，看清了周遭的景象。

他昏倒在城郊平原上的一处灌木丛间，离警车包围的着火现场已经很远了。一名穿深蓝制服、白色衬衣的干瘦老头儿半跪在身侧，白发在寒风中簌簌发颤，面容通红急切，不住激动地说着什么。

“幸亏你没死，活着就好，活着就好！……”

江停闭上眼睛，再睁开时终于迟钝地认出了他是谁——恭州前副市长兼公安局局长，岳广平。

“别动，别动，你受太多伤了。我已经打电话给你那个叫杨媚的联络人，通知她过来这里接上你。不会有事了，先好好养伤，只要活着一切都可以从长计议——”

“……没有了……”

岳广平顿住：“什么？”

江停躺在地上，仰望着苍穹，眼神绝望空白，说：“铆钉死了。”

岳广平全身剧震：“你说什么？!”

“我失败了，毒品交易在生态园，我的队员都死在了塑料厂……我失败了。”江停颤抖着手，紧紧捂住浑然不似活人的脸，一遍遍神经质的重复从掌心里传出来，“根本没有什么从长计议，我的队友都死了，铆钉也被我杀了，他们再也没有从长计议了……”

岳广平捂住嘴，半晌重重抹了把脸，一字一顿说：“但你还活着！”

江停面色茫然。

岳广平咬着牙道：“只要活着，就能报仇！”

他起身把江停扛起来，虽然前副市长年纪已经大了，但这时候的江停根本没多少分量，不费什么劲就被扶到了一块较为平滑的岩石边。

“我是营救行动的监督人，不能离开现场太久，必须回去了。”岳广平让他靠着石头坐下，冷静地叮嘱，“待会儿杨媚过来接你去我们之前一直见面的那个安全屋，然后再进行下一步转移。安全屋还记得吗？你记得地址和密码对吧？”

江停耳朵轰轰震响，精神极不稳定，仓促点了点头。

“对一〇〇九塑料厂爆炸案的调查专案组级别非常高，连我都处在全天候监视中，估计未来一周内都没法随时联络外界。你先把伤养好，七天后我联系你，我们还是在安全屋见面。”

岳广平起身要走，突然又停下脚步，欲言又止地踌躇了片刻，才慢慢地道：

“我最近在调查另外一件事，已经差不多有眉目了……”

江停昏昏沉沉，状态极差。

“等拿到确定的结果后再告诉你。”岳广平咬咬牙，低声说，“一定要坚持下去，等我联系。”

岳广平快步走远，荒野远处黑烟滚滚，那是消防队扑灭了被汽油点燃的废弃宅院，他们应该已经发现了铆钉的尸体和江停的枪。

而更远的地方，接到通知的杨媚正迅速赶来，准备把江停接到安全的地方养伤——

广袤天幕之下，乌云堆积翻滚，一切阴谋构陷和走投无路的陷阱，都在此刻正式开启。

酒店套房内。

“——岳广平在调查什么？”严峫坐在沙发上，敏锐地皱起了眉，“为什么说是‘另外’，难道你们之前在调查别的？”

江停站在落地窗前，逆着光看不清表情，只见他缓缓地摇了摇头：“我不知道他说的‘另外’具体指什么事，他没来得及告诉我就死了。但在那之前，我们两人一直在恭州市局内进行追踪调查，希望能在打掉黑桃K的同时，把内部的钉子也揪出来。”

严峫意外道：“你们两人？”

“……”江停似乎苦笑了下，“对。你还记得我之前告诉你，铆钉在一〇〇九塑料厂缉毒行动之前就暴露了吗？”

严峫紧盯着他。

“铆钉暴露了，是谁出卖的？这个人必定在恭州系统内，而且位置相当高。结合之前针对黑桃K的围剿总是失败这一点，我猜测高层有人是黑桃K的内应，但我不确定到底是谁。

“——你知道这种感觉是很可怕的，叛徒就在身边，你却不知道他是谁，可能是你最敬仰的前辈，也可能是你最亲密的搭档。人来人往，鬼影幢幢，它在暗处窥视你，你却无法抓住这只披着人皮的鬼。”

江停吸了口气，说：“当时留给我的时间已经不多，因为一〇〇九行动马上就要开始了。如果我想临时修改行动计划，必须找一个完全清白、可以信任的领导来做依仗，经过再三考虑后，我选择了岳广平。”

严峫问："为什么是他？"

"这个原因是分两方面的。"江停解释道，"第一，他是一直关照我、提拔我的直属上司，我对他了解最多；第二，他是恭州副市长、公安局长，恭州警号000001的大领导，我不信任他还能信任谁？如果连他都是鬼，那我怎么样都完蛋，根本就没有跟黑桃K斗的必要了。"

严峫微微颔首，思忖道："所以在一〇〇九塑料厂缉毒行动开始前，岳广平就相信你不是黑警。"

"单凭我一个人的说辞他不会信，应该是通过各种方法求证过，只是不知道是如何求证的。"江停吸了口气，说，"他相信我的坦白之后，我们两人联手在市局内部调查了一段时间，却一无所获，根本查不出很多内部消息是怎么泄露到黑桃K那里去的。这个鬼隐藏得太深、太完美，以至于有时我都会产生一种它到底存不存在的错觉。

"就这样，随着时间推移到了十月初，一〇〇九行动开始。我在征得岳广平同意后，临时修改行动计划把警力从生态园调去了塑料厂。"

严峫意识到什么，追问："也就是说修改行动计划的事，除了你之外只有岳广平知道？"

"理论上确实是这样。"江停淡淡道，"但实际上，如果内鬼权限够高，也可以从很多蛛丝马迹上观察到行动计划临时被修改的事……所以不能说泄露计划的就一定是岳广平。"

——话是这么说，但严峫还是立刻就明白了为什么爆炸后，唯一拼命主张要去营救江停的人是岳广平：如果他是无辜的，他确实死活都得把江停救出来，一方面证明自己的清白；另一方面也好两人对质，排查内鬼。

"后来呢？"严峫追问，"一周后岳广平联系你了吗？"

江停稍作沉默，然后点了点头："一月十八号那天，我接到了岳广平的电话。"

三年前，一月十八号——

"上次我跟你说正在调查的事情，是关于黑桃K如何得知你临时修改行动计划的，现在结果基本确定了。我没想到，真的没想到……如果我们俩早点发现的话，这一切都不会发生……"

窗帘拉得严严实实，房间里透不进一丝光。连续七天的静躺疗养让江停稍微有所恢复，但精力还是非常不济，嗓音也极其嘶哑："到底发生了什么？"

电话那边传来岳广平强行压抑的喘息声，过了好几秒，他才冒出一句："我好像查出了内鬼是谁。"

——霎时江停瞳孔紧缩。

"我不知道他们有没有盯上我，我可能已经被盯上了。这件事很复杂，电话不安全，一个小时后安全屋见面。"岳广平不住地沙哑呼吸，那明显是因为紧张造成的，"我对不起你，江队，不管发生什么……不管以后发生什么，我可以去死，但请你一定要活下去，对不起。"

他挂断了电话。

严峫的坐姿是双腿大开，胳膊肘撑在自己俩膝盖上，手指不断摩挲下巴，琢磨道："岳广平这话说得怎么这么怪异……"

"确实怪异，但我想不通怪在哪里。"江停顿了顿，说，"我挂了电话就出门赶往安全屋——是之前我与岳广平私下见面时，在他经常钓鱼的公园边租的一间地下室，安装有全套防窃听设备。但在半路上我收到岳广平的一条短信，说他家临时来人，让我先去，他要晚到半小时左右。"

这个时候严峫发觉不对了。

按岳广平之前在电话里的语气，他想要告诉江停的事应该异常重要、极其关键，那为什么随随便便就能推迟半小时？换作严峫的话，哪怕只是出门跟人约会，都不会随便迟到半小时的。

再者，岳广平明明知道自己"可能已经被他们盯上了"，那为什么还会将临时造访的客人请进门？

他这么没有安全意识吗？

"我永远记得那一天，一月十八号。我在地下室等到下午三点，岳广平都没有来，电话不接，短信不回。"江停语调有些不稳，他扬起脖颈深吸了口气，说，"终于我等不及了，离开安全屋开车去了岳广平家，他家门虚掩着……"

咚咚咚！

"外卖，你点的外卖！"江停穿着外卖小哥的背心，戴着棒球帽，站在门前提高声音，"喂！有没有人在家！"

吱呀——

木门向里打开了一道缝隙。

江停眉梢倏而一跳，某种不知从何而来的惊惧突然涌上心头，但已经来不及了。

房门完全敞开，毫无遮挡地露出了门内的情景。岳广平穿着毛衣、秋裤，仰面躺在客厅地面上，青紫的脸颊边有一摊呕吐物，双眼空洞圆睁，明显已经没了呼吸。

“……”江停全身一丝力气也没有，慢慢地倒退了几步。

怎么会？他反复想，怎么会？

就像坠人了错综复杂的迷宫，每个房间里都藏着毒涎般的噩梦，一个连着一个，永远没有尽头。

就在此刻，小区外响起了遥远的警笛声。

“我立刻下楼开车准备逃离，但被警察发现了。当时我心里只有一个念头：绝对不能被他们抓住，因为第一我说不清楚，第二我不知道他们是真的警察，还是黑桃 K 另一个阴谋的开始。”

即便过去了三年多，在复述这段经历时，江停的肩膀还是有一点发抖，他插在裤袋里的双手紧紧攥住，指甲毫不留情地刺进了自己的皮肉。

“几辆警车在后面追逐，而我开车冲上了高速公路……最后的记忆是一辆货车从斜里冲出来，紧接着我一头撞了上去，就什么也不知道了。”

——犹如困兽在陷阱中左冲右突，明知道四面楚歌，却还想拼死撞出一条生路，哪怕最终粉身碎骨。

空旷的套房里，回荡着江停冷静又清晰的声音：“就这样，等我再次醒来，已经是两年零三个月之后了。”

他们都没有再说话，很久之后严峫终于用手捂着嘴，长长地、深深地吐了口炙热的气。

“杨媚不可能在警方的天罗地网中把你救出来，所以当时追捕你的警车应该有蹊跷。而岳广平的死，基本上可以确定跟黑桃 K 有关。”严峫向后仰靠在沙发上，乌黑浓密的剑眉紧锁，喃喃道，“但他想告诉你的内鬼，到底是谁呢？”

——这名内鬼到底拥有什么样的一个身份，以至于岳广平不能直接在电话里报出名字，而是要亲自见面、解释原委，结果在关键时刻被灭口身亡？

江停说：“我不知道，警车来得太快了，我甚至没时间进入岳广平的死亡现场去做任何检查。但有一件事我始终耿耿于怀，至今也想不通为什么。”

严峫蓦然抬眼。

“岳广平生前留下的最后一句话是对不起。”

江停略微一顿，仿佛每个字都在唇齿间酝酿了很久，才轻轻地、一个字一个字地问：“如果这是他留下的线索，他为什么会认为自己对不起我？”

第22章

天还是暗的，不知什么时候吕局醒了，听见外屋电话铃声在响。

丁零零零——

丁零零零——

他知道那是谁打来的。

仿佛重复了千百次一般，他翻身下床，衰老浮肿的光脚踩在冰凉的地砖上。窗外是腊月的黑风呼啸，呜呜吹着哨子，掩盖了他原本就近乎于无的脚步声。他推开门，听见卧室那缺少润滑的门轴发出一声长长的擦响。

丁零零零——

丁零零零——

电话在黑暗中发出红光，一闪一闪。

他站定在那跳跃的红点前，盯着那个电话机，感觉自己肥胖的身躯似乎要溶进冬夜里，化作虚无阴冷的水汽。

“你接呀，”他听见一个又尖又厉的声音说，“接呀——”

丁零零零——

丁零零零——

咔嗒一声，吕局拎起了听筒。

就像老式录音机被咔嚓按下放音键，磁带开始唰唰转动，跟重复过的千百次一样，电话那边传来似哭似笑的叫喊，无数尖锐的钩子争先恐后伸进耳孔，拼命掏挖他的耳膜：

“我对不起他们，我对不起江停，老吕——

“我害死了他，我害死了他们，老吕——”

吕局站在电话机前，他想说什么，喉咙却像是被堵住了似的。他听见有蛇一样的动静在身后窸窸窣窣，冰冷的吐息越来越近，越来越近，然后一只腐朽的手搭在了他皮肉松弛肥厚的肩膀上，电话里的哭喊突然清清楚楚出现在耳后：

“为什么还要悼念我？”

吕局瞪着前方，手一松，话筒就像上吊后垂死的头颅，颓然落在地上。

“我不是告诉过你吗？

“我特地告诉你的？

“为什么要悼念我？为什么？为什么——”

不要回头，他心想，不要回头。但冥冥中那股无法抗拒的力量迫使他一寸寸转过脖颈，看见了紧贴在身后七窍流血的紫脸，青紫的嘴唇还在一开一合，发出凄厉的哭诉：“为什么悼念我——”

“啊！”

吕局猛地惊醒，胸膛剧烈起伏，刹那间分不清自己是在梦境还是在现实。

丁零零零——办公室里空空荡荡，桌上的电话铃还在不屈不挠地响着，来电显示是张秘书。

“……”吕局接起电话，声音嘶哑难辨，“喂？”

“哎吕局，秦副有些支队内部的常规报告需要征求您的意见和确认，可以吗？”

圆胖憨重的老局长闭了闭眼，感觉到耳膜还在嗡嗡作响，冷汗已经湿透了白衬衣下的跨栏背心。足足过了十多秒，他终于竭力把呼吸稳定下来，心脏还在咽喉处一下下搏动，胸腔隐隐有点针刺般的疼痛。

“可以。”吕局终于开口稳稳地道，“让秦川进来。”

他咔嗒挂了电话。

“波涛园小区 701 栋 A 座 301 室，”严峫反手甩上车门，用手挡着阳光，抬头仔细打量这栋灰扑扑的居民楼，眯起眼睛道，“岳广平住的这地方不咋地嘛。”

老式居民楼只有六层，三层以上阳台清一色敞开式，抬头便能看见花花绿绿的床单被套，短裤尿布，花鸟鱼虫，纸箱杂物。每家每户的空调机箱都挂在墙外，雨水将空调支架淋生了锈，每一户阳台下都整整齐齐挂着几道黄色的锈迹。

出租车刺溜开走，江停走上前，同样仰头望向三零一室那因为空空荡荡而格外醒目的阳台。

严峫扭头问齐思浩：“岳广平死了都快三年了吧，这房子还没卖啊？”

齐思浩这两天有点神经质，到哪儿都戴着口罩、墨镜、棒球帽，闻言点点头含糊地“唔”了一声。

“那也没人住？就空着？”

“岳广平在这儿没有亲戚。”江停回答了他的疑问，“他老家不在恭州本地，老伴很早就过世了，据说不能生，所以也没有儿女。平时家里就一个上了年纪的保姆，是他老家人，在他出事前一段时间已经回乡下带孙子去了。”

严峫随口说：“这可真够……”

他想说真够孤家寡人的，但转念一想，随便议论过世的人总是不好，就硬生生把话咽了回去，笑着一拍江停的肩：“走吧，上去。”

楼道狭窄又堆满了杂物，三零一室生锈的铁门上贴着封条。严峫刺啦两下把封条撕了，示意拿着钥匙的齐思浩：“开门。”

钥匙是从恭州市局的档案箱里偷拿出来临时配的，齐思浩也别无他法，只得上去开了门。随着吱呀刺耳锐响，铁门和木门都依次打开，三年前梦魇般的客厅再次出现在江停眼前——只是这一次地上没有了那具死不瞑目的尸体，只有技侦人员用白粉笔画出的一个人形。

“咳咳咳……”

浮灰飞舞，光线昏暗，家具摆设全部尘封在静止的岁月里。严峫率先钻进门，站定在客厅中间，四下打量这虽然面积宽敞，却显然是二十世纪九十年代的装修风格，摸着下巴“啧啧”了两声。

难怪江停选择相信岳广平，向他交代了所有隐情。

看这生活水平，岳广平明显是个纯靠工资、津贴、过节费、取暖费等过活的独居老人，跟普通人比经济条件应该算极其优越了，但离“有钱人”还有相当远一段距离。

“你们这技侦活儿也够糙的啊，”严峫突然发现了什么，终于可以把江停曾经嘲弄建宁的话原封不动丢还给恭州了，转头问齐思浩，“怎么这现场干干净净连个物证标识都没有，都撤了？”

齐思浩在室内终于摘下了墨镜，为难地望着他：“可是，这里不是现场啊。”

严峫一愣，紧接着反应过来。

“岳副市长的死对内一直说是心脏病发作，所以……”

既然是心脏病发作，那连调查都没必要，画个人形出来已经算勘验技侦比较负责了。

江停戴着手套，缓缓半跪在地，定定地看着脚下白粉笔勾勒出的人形，伸手从地面上轻轻抚过，仿佛在抚摩老副市长无法瞑目的尸体。他的头发已经有点长了，刘海遮住了眼神，从严峫从上往下的角度，看不清他眼底闪烁的微光。

“他就是这么仰躺在这里的。”江停淡淡道，“脸色紫绀，嘴唇发青，周围有呕吐物……直直瞪着前方，到最后都没闭上眼睛。”

严峫蹲下身：“你跟我说过，岳广平死时穿着毛衣和秋裤？”

江停点头不语。

——在那种惊惧紧张的情况下还能注意到尸体表面细节，与其说是江停心理素质强大，不如说是他作为刑侦专家深入骨髓的职业本能。

“你还记得其他细节吗？”严峫不抱什么希望地问。

“没多少了。”江停疲惫地苦笑一声，“我当时身体状态非常不好，再加上突遭变故，又听见警笛……为了不留下脚印和指纹，我甚至连门槛都没进。”

他停顿少许，突然又想起什么，指了指沙发前的茶几脚下：“对了，当时地上有个翻倒的烟灰缸。”

——烟灰缸？

“难道是被人用烟灰缸做凶器杀死的？”严峫狐疑道，“但尸体表象明显是中毒啊。”

“不知道。有可能是茶几被人撞歪，烟灰缸从桌面滑下去摔在了地上；也有可能被激情杀人的凶手抄起来当作凶器，然后随便扔在地上的。这两者给烟灰缸表面造成的痕迹完全不同，但我当时只远远看了一眼，无法分辨这个区别。”

严峫颔首思忖，突然冒出一句：“也有可能是凶手刚从烟灰缸中，清理出带有自己 DNA 的烟头。”

江停眉梢一跳。

“一个干瘦的老年男性穿秋裤，形象不会非常好，即便是在家见客，来者为女性的可能性也非常小。如果换成关系亲密的男性熟人，两人坐在沙发上一边谈话一边抽烟，差不多就说得通了。”说到这儿严峫抬头看向江停，又转向齐思浩，扬了扬下巴，“你们知道岳广平有私交关系非常亲密的男性熟人吗？”

齐思浩茫然以对。

“据我所知没有。”江停突然停顿了一下，似乎有点古怪，然后才慢慢地说，“除非有一个人……”

严峫问："谁?"

"……我。"

他们对视片刻，严峫站起身，捶了捶大腿："这个笑话不仅不好笑，同时我也不相信。"

江停苦涩地轻轻呼了口气。

"进里屋看看吧，"严峫拽着江停胳膊把他拉起来，状若浑然无事，甚至还顺手一拍他的屁股，"箱子橱子衣柜抽屉，任何带字的纸，待客用的茶叶茶杯——说不定还能找到点儿鸡零狗碎的线索。"

然而事实证明严峫是想多了，岳广平出事后他家肯定已经被扫荡过一轮，别说日记、笔记、便笺条这类敏感物品，甚至连任何报纸、杂志等书籍都没剩下。

这是一套四室一厅的住宅，分为主卧、书房、茶室和保姆卧室，卧室床头里有个录音机，旁边堆着几盒不知道多少年历史的老磁带，清一色的凤飞飞、邓丽君。严峫把磁带放在录音机里挨个儿试了，大多数已经彻底毁损不能再听，只有一两盒还能转，但都只是普通的老磁带，没有留下任何信息。

不过也是一严峫在悠扬甜美的"何日君再来"中想。

这种音像制品还能从黑桃 K 的人手里留下来，想必已经被检查过一遍了，之所以没被打包带走，应该是现场有录音机而无磁带的话，看起来会比较古怪吧。

严峫从床边站起身，环视主卧一圈，信手打开了靠墙大衣柜。

岳广平的衣柜跟任何上了年纪的公安老干部都差不多，深蓝警服，制服白衬衣，两三条打着警徽钢印的皮带，公安系统配发的蓝、灰两色围巾各数条；另外还有出席正式场合用的定做西服大衣等。

衣柜内部的小抽屉里放着袖扣、领带夹、摇表器等物，严峫打开摇表器一看，里面一块劳力士无历黑水鬼，一块帝舵钢表，一块明显日常佩戴、磨损最多的牛皮表带钢面浪琴。

严峫心头不知道是什么滋味，半晌呼了口气，轻轻把摇表器放回了抽屉。

衣柜也没有什么发现，老年人穿在衬衣底下的跨栏白背心最多。严峫已经不抱什么希望了，随手往里翻了翻，突然瞥见什么，"嗯?"了一声。

——衣柜最深处挂着一个黄色的防尘袋。

拉下防尘袋拉链，里面是一件崭新的风衣。

"江停!"严峫高声道，"江停！过来看看!"

江停正在书房里翻检，衬衣袖口卷在胳膊肘上，闻言走进主卧：'怎么了？这是……”

严峫啪地将衣服连防尘袋扔到床铺上。

那是一件Burberry黑色男式风衣，里面还罩着簇新的白衬衣、领带、皮带和黑色长裤，全部同品牌配成整套。严峫仿佛预料到什么，转身往衣柜底下掏了掏，不出所料又搬出来一个崭新的鞋盒，打开里面是男士正装皮鞋，散发出好皮料特有的气味。

“……”江停弯腰看了眼衣服尺码，说，“岳广平穿不了52号，大了。”

“这双鞋是42码，他放在门口的那几双皮鞋是40码，相比之下也大了，整套都不是他穿的。”严峫拆开防尘袋，示意给江停，“你看，这件风衣后领、袖口都有皮质装饰，是他家经典款的升级版本，价格应该在两万出头。再加衬衣、长裤、领带、皮带，还得再加鞋，全套估计三万五上下，远远超过了岳广平的消费水准。”

江停双手抱臂：“我只能看出这全套着装都非常新……”

“对，而且设计风格相对年轻，二十到四十岁之间比较合适，岳广平这个老人穿太突兀了。”

他们两人都望着床上那厚厚实实的防尘袋，一时谁都没有作声。

“——他会不会是打算买来送礼？”严峫吸了口气，突然说。

江停抬起眼睛：“送谁？”

确实，到了副市长这个级别，如果再往上送的话，礼物跟现金都已经是太简单粗暴不上台面的手段了。再说真要送礼也不会这么整，还把衣服、裤子的价签和包装都拆了，好似生怕给收礼人增加拆包装的麻烦一样。

“你看不出来？”严峫奇道。

江停茫然地一耸肩。

“这不很明显嘛，”严峫伸手比画，“全套内外正装，颜色式样都显然经过了精心挑选，挑贵的买好的，还给配了领带和鞋……一个老年男性给人送礼送这个，以正常人的思维方式揣测，我只能想到一种情况。”

江停：“？”

“父亲。”

江停愣住了。

“儿子刚成年，刚毕业，或者刚走上社会准备发展事业，作为父辈为他准备全套高档正装，寄托鼓励和祝愿，这是很正常的思维模式，当然也可以替换成外甥、侄子或是女婿。这跟女儿出嫁之前母亲把压箱底的首饰拿出来送她是一样的道理。”严峫脑子一时没转过来，笑道，“怎么你连这个都想不……”

紧接着他的话戛然而止。

屋里窒息般安静。

三秒钟后，严峫若无其事笑道：“你真的想不到岳广平有侄子、外甥之类的亲戚吗？”

江停没说话，只听见安静的呼吸声，严峫不敢回头去看他的脸色。

“唔……我还是第一次知道这个。”半晌后江停慢慢道，“以后你外甥或侄子大学毕业的时候，我会记得的。”

一股滚烫的情感从心里涌过，五脏六腑都被熨得微微发颤，甚至连鼻息都带上了奇怪的战栗。

“……好，”严峫竭力让自己的声音听起来自然流畅，好像没什么发生似的，笑道，“那到时候咱俩都要记得。”

“这个愿望不错。”江停略微笑起来，说，“不过我确实不知道岳广平在恭州本地有任何子侄，如果是战友家的晚辈或者老家亲戚的话，那我就更说不出来了……不过有一个人肯定对岳广平的人际关系非常了解。”

严峫不由得问：“谁？”

江停说：“他回老家的那个保姆。”

老保姆奚寒香，邻里间称奚阿姨。江停只逢年过节去领导家拜见的时候见过几次，知道这大妈得有六十多岁了，是岳广平的老家远房亲戚。

说是亲戚，其实乡里乡亲差八百里，奚寒香在岳广平家里干了大概得有八九年。岳广平妻子早早过世，这么多年来并没有再娶，据江停平素观察，他跟黑脸门神般壮实大嗓门的奚阿姨应该就是平常的主雇关系，并没有什么空巢老人与老保姆之间的风月故事。

但好歹是这么多年的住家保姆，如果说这世上还有谁对岳广平的亲属关系比较了解，那确实只有奚寒香一个人了。

从岳广平家离开时，严峫给那套正装拍了照，然后整理好放回防尘袋，重新挂回了衣柜最深处。

江停先下楼叫车去了，严峫关上衣柜门，盯着那因为常年使用而脱了漆的柜门把手，呼地出了口气，心想：我还没送过江停礼物呢。

江停现在这个心理状态，对物质的需求非常淡薄，严峫想来想去，也没想到他曾对任何东西产生过特别的注意，唯一表现出明显喜爱的就只有那几个普洱茶饼了。

真是个保温杯成精——严峫这么想着，心里有些既欣慰又酸涩的复杂情绪。

等所有事情都解决了，江停也能名堂正道出现在众人面前了，我一定给他从头到脚地置备好，严峫心想，虽然我对他的了解还是太少了，都说不清他最喜欢吃什么做什么，也不知道他的着装喜欢什么材质、样式和颜色，但到时候可以再慢慢打探，总能打探清楚。

他这么想着，只听齐思浩探进头问：“怎么样，我们能不能走啦？”

“哦。”严峫转过身，随口问，“江队呢？”

齐思浩缩着脑袋，再次神经兮兮地戴上墨镜、口罩，含混不清道：“在楼下，已经打上车了。”

严峫点点头，跟齐思浩一同出去，看着他原样把门锁好。

“我待会儿要回趟家，我老婆已经在问了。”齐思浩只要出了室外，就不停打量周围，总是担心路边随时可能冲出个人来拿刀捅他，“我得应付应付我老婆，拿点换洗衣服，十分钟就出来——你们能在车里等我吗？别让我一个人在外面行动。”

严峫叹了口气：“行吧。”

齐思浩这才稍微放心，还特地强调：“我家不远，就在这儿附近小区，跟酒店是顺路的。”

严峫点点头，突然想起什么：“江队家住哪儿？”

“啊？”

严峫蓦然来了兴趣，心说自己对江停以前在恭州的生活简直一无所知，便问：“你们江队不至于还住警局宿舍吧，他买房了没？”

“你突然问这个……”齐思浩愣了会儿，搔搔下巴，“这还真不知道。江队一周上七天班，放假也不参加集体活动，更别说请人回家聚餐什么的，局里应该没人知道他家住哪儿吧。”

这时他们已经走到小区出口，江停侧对着他们，站在那辆出租车边。

“行，”严峫随口吩咐，“那你回头上警务通帮我看看。”

然后他不由得加快步伐，迎向江停。

第 23 章

“所以这一趟还是没搞清岳广平的枪是怎么丢的?”杨媚绾着头发，盘腿在后座上吃着海南鸡饭，一边呼噜噜的一边问。

“媚媚，你是个大姑娘了，能注意一下吃相吗?”严峫揉着额角从副驾驶回过头，一脸恶心人的慈爱与无奈，“你看你这还没嫁人的黄花闺女，坐没坐相，吃没吃相的，牙缝里塞着葱花儿，头发都要掉进饭里了，油不油哇?”

“我注意吃相就能嫁人了?”杨媚翻了个大白眼。

严峫说：“怎么不能？爸爸给你陪嫁一间茅草房，一辆三轮车，八百八十八块现金……”

杨媚立马探身向驾驶座：“江哥！还是咱俩过吧，严家破产了!”

严峫连忙把她往后座推：“去去去，爸爸改变主意决定让你待字闺中一辈子了!”

江停冷静目视前方，对周遭发生的一切都置若罔闻，汽车顺着高速公路向前方奔驰而去。

奚寒香，今年六十二岁，高荣县下属岳家村二村住户。

高荣县离恭州倒不算太远，车程三个小时，抵达县城后再往岳家村走，临近晚饭时就到了村头。

齐思浩今天开会实在没法请假，只得貌似外表克制、实则心惊胆战地留在市局，只有他们三个赶到岳家村——这是个人口稀疏的村庄，因为离大城市恭州近，青壮年尤其是妇女都跑出去打工了，村子里新盖的小楼房十室九空，基本都是空巢老人带着留守儿童。

他们这种做惯了刑侦工作的人都知道，小地方出现一两个陌生人都很突兀，要是同时出现三个，那新闻就像长了翅膀似的，瞬间就能从村头传到村尾。所以商量过后他们决定把杨媚这个踩着高跟鞋、抹着大红唇、一看上去画风就十分迥异的女人留在车里，只有江停戴着墨镜，外加严峫提着路上买的礼品烟酒等步行去目的地。

之前齐思浩通过当地派出所查出了具体地址，奚寒香家是个三层白墙小楼，具有非常鲜明的农村自建别墅风，地基用大石头垫底，再盖水泥浆，整个建筑不讲究外观装修，但看上去倒还挺新的。门口有个穿红毛衣的小孩在玩，见到严峫走来，好奇地吸了吸鼻涕。

“过来!”严峫冲他招了招手，“过来喊叔叔，给你糖!”

小孩把手往裤子上一抹，蹦蹦跳跳地跑下台阶，严峫顺手从礼品袋里摸出一包进口巧克力扔给了他，指指白墙小楼问：“你家大人在吗?”

小孩箭一般撒腿往回跑：“家家——公公——!”

严峫没听懂：“什么?”

江停说：“外公外婆。奚寒香应该是他外婆。”

小孩跟泥鳅似的钻进了门，少顷后，木门再次打开，一位黝黑的方脸妇人探出半边身体，疑惑的目光依次从两人身上扫过：“……你们是……”

严峫半边身体挡着江停，上前一步，从口袋里摸出警察证一亮。

“抱歉奚阿姨，”虽然动作强硬，他的话却是很温和有礼貌的，“我们是岳广平老局长之前的下属，有些关于岳老的事，想跟您打听一下。”

五分钟后，一楼客厅。

“我闺女两口子都进城打工去了，只有我跟老头儿在家，忙着做活儿看孩子。”奚寒香冷冰冰地坐在沙发上，礼品袋被她推回了严峫面前，“东西就不收了，有话赶紧问，我还忙。”

明显不配合。

“……”严峫和江停对视一眼，后者在室内还戴着墨镜，向他微不可见地摇了摇头。

“咳，是这样的。”严峫对审讯嫌疑人很有经验，但面对六十多岁充满敌意且一看就很有战斗力的大妈，莫名其妙有点儿没底，于是清了清嗓子，“我们听人说，您在岳老家做了八九年，是这样的吗?”

大妈吐出一个字：“是。”

“那您应该对岳老挺了解的?”

"不太了解。"

"……岳老过世的原因，您知道是怎么回事吗？"

不出严峫所料，奚寒香在面对这个问题时出现了微妙的表情变化。

"心脏病。"她喉头猛地上下滑动，好似防守反击一般，硬邦邦地反问，"我们这个年纪的老人，心脏血压有问题不是很正常的吗？怎么，人都入土为安了，你们还能拉出来再做个尸检？"

不愧是在公安局长家当保姆的大妈，说起话来用词一套一套的。

但严峫没有接招，只点了点头重复道："心脏病。"

奚寒香翻了个白眼，抱起健壮的手臂。

"——那请问您对岳老生前的人际关系有了解吗？关系特别亲密的男性晚辈，比如说战友的儿子、老家来投奔的子侄，或者……"严峫紧盯着她的脸，不放过任何微表情的变化，慢慢一字字加重语气，"私生子？"

最后三个字出来，奚寒香就像触电似的，屁股差点从沙发上跳起来："你在胡说八道什么？就算岳老过世了，你们也不能这么侮他清名，你们——你们简直是—"

"这只是警方的正常猜测，我们在岳老家发现了这个。"严峫从手机相册里调出那套风衣的照片，啪地扔在奚寒香面前，冷冷问，"你知道这一套正装要多少钱吗？"

奚寒香眼珠往手机屏幕上一瞥，剧烈颤抖几下，立刻挪开了视线。

"果然您也清楚，这是岳老买回来准备送给那个人的礼物。"严峫食指在手机边敲了敲，说起话来清晰又残忍，"一个老局长，花远超自己平时消费习惯的金钱去购买这样的奢侈品，作为礼物送给另一名年轻男性——如果不能确定是子侄辈的话，警方会产生更多你想象不到的猜测，其中有很多会比私生子更龌龊、更肮脏、更让人不能接受得多。"

奚寒香瞪着眼一张口，还没来得及说什么，就被严峫平静犀利的话打断了："我明白您的隐瞒或许是为了岳老的身后名，但您真以为岳老是'心脏病'离世的？您是他的保姆，他平时心脏怎么样、要不要吃药、是否真严重到致死的地步，这些您难道不知道？没有一点怀疑？"

奚寒香的嘴还张着，但咆哮像突然被抽掉了音，直愣愣盯着严峫。

半晌她才硬挤出几个字："这跟那……有关系？"

"岳老生前曾接待过一名房客，应该是跟他关系极其亲密的男性。"严峫向后靠坐，略微抬高了下巴，俯视着奚寒香，“这名访客离开后，岳老就被害了。您觉得有没有关系？”

气鼓鼓如斗鸡般的奚寒香突然像被抽掉了脊椎骨似的，软软地倒在沙发靠背上。

突然一直很安静的江停开了口，声音不高且很平缓：“如果我没观察错的话，这栋楼应该是一两年前，最多不超过三年前建的吧？”

奚寒香心乱如麻，下意识反问：“那又怎么样？”

严峫倒没注意到这一点，不由得看了江停一眼。

“农村很多人喜欢翻修老宅，哪怕平时在城镇工作，老家并没有人住，也会建起不落后于人的小楼房，否则容易被左邻右舍笑话。”江停环视周遭，说，“我刚才只是在想您家这栋小楼是怎么建起来的，因为据我所知，您老伴曾因为严重风湿而几乎丧失劳动能力，对吧？”

“我没有——”

“我知道您不至于做出什么触犯法律的事，毕竟岳老就是公安局长。但三年前岳老在辞退您的时候，应该为您的晚年生活做了一些安排吧。”

“……”奚寒香不说话，似乎是默认了。

“岳老为您考虑了那么多，为什么您不为他考虑考虑呢？”江停略微向前探身，直直盯着她混浊发红的眼睛，“到底岳老是心脏病发还是为人所害，也许只有您才能提供最后的线索了。”

奚寒香长久地沉默着，紧抱在胸前的双臂不知什么时候垂落在了身侧，松弛地耷拉着，仔细看的话她的双手正微微发抖，指甲掐着自己的大拇指腹。

“……都是他，”突然她从嘴里蹦出来三个字，又狠狠地重复，“肯定是他！”

严峫精神一振。

“那个所谓的‘养子’！”奚寒香咯吱咯吱地咬着牙，“我就说哪儿来那么大的野种突然跳出来，不知道灌了什么迷魂汤，让岳老兴高采烈地回来要认他当养子？不是骗人的是什么？谁知道到底是不是岳老的种？！”

严峫和江停对视了一眼，立刻追问：“是谁？”

“不知道，我没见过这个人。”奚寒香摇了摇头，“就是在离岳老过世前半年，突然开始提起自己要收一名养子。虽然他也许是要面子……没直说，但我听那言下之意和兴奋劲儿，那人似乎是他年轻时亲生的种，这么多年从来没听他提过，不知道怎么回事突然又联系上了。我当时就担心是骗子，这年头骗子可多了是不是？但岳老不知喝了什么迷魂汤，一个劲地说不可能认错，他心里都清楚得很！”

——心里都清楚得很。

严峫看看江停，两人心里都同时掠过一个念头：难道做亲子鉴定了？

像岳广平这个位置是不可能跑去做亲子鉴定的，无论如何都做不到完全隐蔽，风声必定会流出去，对官声造成致命的打击。但如果没有亲子鉴定这种铁证，是什么让一个公安局长对亲子关系坚信无疑？

“岳老有没有描述过这个人长什么样？”严峫问。

奚寒香凝神回忆片刻，遗憾地摇了摇头。

“那在岳老过世之前，有过什么不同寻常的反应或举动吗？”

严峫这个问题大概是正中关窍了，话音刚落就只见奚寒香立刻开始搓手，仿佛有些欲言又止，半晌才下定决心般，嗫嚅着蹦出来一句：“我现在说什么都不会影响岳老身后的事情了，对吧？像葬礼啊，告别仪式啊……”

严峫说：“这个您不用担心，岳老的葬礼都已经过去三年了。”

“那就好，那就好。”奚寒香低着头说，“有……有一天半夜，我听见岳老哭着给人打电话……”

一个公安局长、副市长，三更半夜哭着打电话？

严峫肌肉一紧，连江停都不由自主地略微坐正了身体。

“那段时间岳老特别忙，每天早出晚归，经常神神秘秘地把他自己关在书房里。开始我没怎么注意，毕竟岳老生前绝大多数时间一直都忙——直到某天深夜，就是岳老离世前五六天的时候，我突然被书房里传来的号啕大哭声惊醒了，轻手轻脚地站到书房门边一听……”

奚寒香艰难地顿了顿，严峫紧盯着她：“您是不是听见了什么？”

“对，但其实翻来覆去就那几句，岳老说……说‘我对不起江队，不值得被悼念，我不配’！”

两人同时一愣。

江停的表情唰地空白。

“怎么能不愿意被悼念呢？他怎么能这么说自己呢？”奚寒香扭着自己粗糙的手指，忐忑不安地来回注视他俩，“你们说，那个叫江队的，会不会就是他的养子啊？岳老觉得自己没养过他，对不起他，所以才不愿意被悼念？而岳老生前最后接待的那名访客会不会就是他？他害了岳老，好偷盗岳家的财产？”

屋里一片安静。

奚寒香被对面两名警察阴晴不定的脸色弄得非常惊慌，赶紧结结巴巴找补了一句：“更多的我也不知道了，我可实话告诉你们啊。”

“……您不用害怕，这是非常有价值的线索。”严峫终于从震惊中找回了自己的声音，下意识地端起搪瓷茶杯喝了一大口——水面上还漂浮着奚寒香因为看他们不爽而故意没洗掉的微许油花，不过没人提醒他，“对了，您知道岳老那天深夜打电话的对象是谁吗？”

奚寒香赧然道：“这可不知道，我不过就是个保姆，哪儿知道那么多事。不过我恍惚听见岳老管那人叫……叫……”

她想了会儿，才犹犹豫豫说：“……老吕？”

当啷一声，严峫手里的搪瓷茶杯结结实实掉在了桌面上。

二十分钟后。

“今天您告诉我们的细节，包括我们来访的事，都属于高度机密，为了您的个人安全请不要再向任何人提及，明白了吗？”

奚寒香一手扶着门框，满脸严肃地不住点头。

严峫郑重地道了谢，扶着江停转身离开。

“等……等等，”突然奚寒香终于忍不住似的探出脖子，“这位戴眼镜的警官，你……”

江停顿住了脚步。

奚寒香看着他瘦削挺拔的背影：“我是不是曾经在哪儿见过你？”

过了好几秒，江停偏过脸，对她浮现出一个几不可见的微笑：“您应该是认错了。”

奚寒香疑惑地点了点头。

“你认为有多大可能性岳广平打电话的那个人就是吕局?”严峫问。

十月底太阳下山早，从奚寒香家出来的时候，天已经完全黑了。乡下一到天黑，除了月光之外，就只有各家各户窗子里透出的灯光照亮土路，通向村头的每一步都坑坑洼洼的，因此严峫和江停互相搀扶着往前走。

“挺大的，我记得以前曾经在庆功宴上看到这两个人聊天，聊得还挺高兴。”江停拢了拢衣襟，将手插在外套口袋里，说，“回去查查吕局和岳广平的毕业院校和工作经历，或许能有更切实的证据。”

严峫颔首不语，也把手放在外套口袋里。

不知道谁家在用猪油炒腊肉，嗞嗞油香从窗缝隙中透出来，江停深呼吸了一口，喃喃道：“还挺香。”

但严峫仿佛没听见这句话一般：“如果真是吕局的话，他跟岳广平之间联系比我们想象得深，很可能他对一〇〇九塑料厂爆炸案的内情有所了解，知道岳广平如此愧疚的原因是什么，甚至有可能……”

“甚至有可能知道我还活着。”江停静静道。

他们两人都没有再说话，深一脚浅一脚地穿过村庄，远远只见杨媚在车里闪了闪前灯。

“严峫，”江停突然边走边极其轻声地开了口，问，“我们一直假设岳广平准备送礼的那名年轻男性，即奚寒香所说的‘私生子’，就是最后一刻来访的凶手。但有没有可能这种思路从开始就错了，最后的访客其实是……”

严峫仿佛预料到他要说什么，蓦然站定了脚步。

江停在月光下望着他，还是吐出了那个名字：“——是吕局?”

“……”严峫久久没有吱声，寒意从心底蹿升到喉头，半晌才说，“不能排除这种可能。”

——如果吕局是岳广平可以三更半夜打电话哭诉的至交关系，那在家里穿秋裤接待，或者是跨栏背心甚至打赤膊，那都是说得过去的。

但现在已经没有任何线索能还原当时的景象了，两人在夜幕中面对面默站了一会儿，杨媚终于忍不住从车里下来，敞开嗓子“喂——”了一声，怒气冲冲地叉上腰：“严峫你在干吗？你这是故意当着我面搞花前月下吗?!”

严峫一回头：“我们这是在看雪看月亮！从诗词歌赋谈到人生理想！你有什么意见?!”

杨媚：“……”

严峫笑起来，又一拍江停：“你先上车，我有点事。”

“你——”

严峫已经三步并作两步钻进了夜色里，头也不回地挥挥手：“打火机丢在奚大妈家了！五分钟就回来!”

“他干吗去?”杨媚怀疑地走上前，“打火机丢人家里了?”

“不，他在奚寒香家里并没有把打火机拿出来过。”

“哇！果然是跟哪个村口小芳对上眼儿了偷摸私会去了吧！姓严的，你给我回——”

杨媚大怒要去追赶，但话音未落就被一把按住了，她回过头，只见江停眼底倒映着月光揉出的细微笑意：“没事，我知道他要去干什么。”

第 24 章

十分钟后，严峫拎着俩热气腾腾的塑料袋，从月光下的石板路上一溜小跑地回来了。

“干吗呢！”严峫一开副驾驶车门，颐指气使地冲杨媚扬了扬下巴，“去，坐后面去，前座是我的！”

“……”杨媚看看严峫近一米九的个头，忍气吞声上后座去了。

严峫立刻钻进车里，把那个散发出浓郁香气的塑料袋往江停膝上一放，得意扬扬地翘着尾巴说：“看我特地……不是，在拿打火机之余顺道给你带什么来了？”

江停眼底有止不住的笑意，打开塑料袋一看。

昏黄的车灯映出两盒油汪汪、红通通的辣椒炒腊肉，以及几个香喷喷刚出锅的农家自制手工馒头。

本来说上县城吃饭去的，现在也不用了，几个人坐在车里开着暖气吃馒头、夹腊肉，吃得车窗上蒙起了一层白雾。

“再吃两口，你身体不好，不用怕油。”严峫拿着湿纸巾仔细擦干净江停沾上油的嘴角。

“你们在干什么？”后座杨媚一抬头，立刻警惕地竖起了翎毛。

严峫手一顿，从容不迫地解释道：“给你做现场教学。看，找男朋友就得找像我一样懂事大度心疼人、成熟稳重会来事的，明白吗？学着点。”

“……”杨媚咬牙切齿，然而吃人嘴软、拿人手短，心说我忍了，继续低头吃饭。

严峫犹嫌不足，继续拿腔作调地刺激她，继续劝江停：“再多吃两块肉，别嫌肥，你太瘦了，应该多摄人点动物蛋白，反正咱们这盒肉多。来，吃啊——”

杨媚敏锐地听见“肉多”两字，蓦然再次抬头，登时醍醐灌顶。

“等等，为什么你们那盒肉那么多?”杨媚手中的筷子在颤抖，发出了直指心灵的质问，“肉本来就该那么多的吗？为什么我这盒基本全是辣椒?!”

江停：“……”

杨媚：“……”

严峫手忙脚乱把她推回后座：“媚媚乖，你是个大姑娘了，连人都没嫁，保持身材很重要，爸爸其实也是为你的体重着想……”

媚媚拒绝了爸爸的好意并表示自己对体重不在意，在江停睁一只眼闭一只眼的掩护下，扒拉了几筷子腊肉过来自己碗里，垂涎欲滴地缩回了车后座。对此严峫痛心疾首，连连喟叹这大闺女是嫁不出去了，估计要砸手里，将来可怎么办哪?

杨媚嚼着筷子让他别担心，反正这么多年都过来了，嫁不出去正好黏糊江哥一辈子。

“……”严峫瞪着她半晌，悻悻冒出来一句，“等回建宁我就托人给你招上门女婿!”

杨媚神气活现地塞着馒头，半边脸鼓鼓囊囊，跟仓鼠似的梗着脖子硬咽下去，然后抽了张纸巾说要解手，就拎着手电筒从后车座下去了——杨老板上哪儿都跟全副武装的女战士一样穿着高跟鞋，刚下车就一个趔趄，险些大脸朝下栽出个人形坑来。

“你小心点!”严峫冲外面喊了一嗓子，“大姑娘家家的这么不矜持，幕天席地的说上厕所就上厕所?!”

杨媚头也不回地高声发嗲：“江哥来帮我望风呗?!”

江停在严峫锐利的注视中咳了一声，装作什么都没听见，老老实实坐在驾驶座上。

杨媚窸窸窣窣地走进土路边的树林，只见手电筒光在某处停下了。严峫正打算就其狂放的画风进行一下抨击，突然眼角余光只见手电猛晃，紧接着杨媚像是突然提裤子蹿向远处，树林间一片哗啦啦的脚步声。

“她怎么了这是?”

严峫的疑问刚冒头，只听杨媚歇斯底里的尖叫响了起来：“啊啊啊——有人偷窥!”

“……”两人面面相觑，严峫怀疑道，“她这是……故意的吧。”

下一刻杨媚直上云霄的咆哮回答了他的疑问：“打死你个变态！别跑!!”

严峫和江停对视一眼，同时推门下车狂奔。

黑暗的树林非常崎岖，没跑多远就只见手电光在前方一晃一晃，严峫三步并作两步奔过去，果然只见杨媚气急败坏地拎着高跟鞋："在那儿！就在那儿！冲那个方向跑了！"

严峫劈手夺过手电，冲江停使了个眼色，让他留在原地跟杨媚待在一起，然后撒丫子就追了上去。

江停迅速上下扫视杨媚一眼："你没事吧？"

"没，没事，"杨媚满脸通红气喘吁吁，"我刚蹲下就听见那边有人，好像是踩着树枝往远处走，我就立刻追了过去，一定是偷窥的。呼、呼，看见老娘还敢跑，吓死老娘了……"

江停心说发现被偷窥后第一反应不是呼救而是追上去打人的，你也算独一份了，受惊吓的是你还是偷窥贼还真不好说……

"别跑！"严峫怒吼，"站住！"

手电颠簸照耀，前方的猎物匆忙奔逃，只能映出他黑色的兜帽衫和长裤。不知怎的，严峫感觉那身影有点眼熟，尤其是奔跑时的姿势，都莫名其妙让他想起不久前相似的场景，那是从建宁去恭州前一天晚上的小区楼下——

那个跟踪者！

他竟然一路跟到了这里？！

"别跑！"严峫灵机一动破口大骂，"我认出你了！就是你！"

果不其然，话音刚落跟踪者明显有反应了，脚下一个错乱，险些被灌木丛绊倒。

严峫飞身直扑过去，一把抱住跟踪者，黑暗中只觉天地旋转，两人抱团从山坡上滚了下去，无数碎石树枝抽得严峫眼冒金星。

砰——几秒后他们轰然落地，严峫还没来得及从眩晕中回过神来，就只感觉腹部被狠狠重击，跟踪者把他踹开，爬起来就想跑！

严峫凶性大发，伸腿直接把那人绊了个嘴啃泥，扑上去把对手拦腰坐在地上，左右开弓几拳下去，犹如鲁提辖拳打镇关西，一边打一边怒吼："敢偷袭你爸爸！敢偷袭你爸爸！！"

"……"那人捂着脸拼命挣扎，"唔唔"地发出声音。

"严峫！"江停赶到了，踉踉跄跄地从山坡上下来，"你没事吧？"

严峫头也不回："没事，抓住这孙子了，你小心点别摔！"紧接着一拳重重砸在跟踪者太阳穴上，甚至发出了皮肉挤压的轻微声响，随即狠狠拎起对方衣襟，“那天开车跟踪的也是你对吧？我家小区楼下的也是你对吧?!”

江停怕他打出人命来，疾步上前拦住：“好了，差不多行了，手电呢?”

严峫伸手在周围一摸索，抓起手电，啪地拧亮。

这时候跟踪者已经被打得毫无还手之力，只能捂着脸在地上哼哼了，面对骤然刺到脸上的手电光，立刻呻吟着扭过脸，不清不楚地狠狠骂了几句。

“你还——”严峫一把拽掉那人捂脸的手，待看清那张青青紫紫的脸时，突然难以置信地愣住了，“……方正弘?!”

犹如晴天霹雳当空劈下，严峫被劈了个外焦里嫩，连江停都一呆。

距离建宁数百公里的乡村山坡下，刑侦副支队长摁着禁毒支队长大骂暴打，旁边还有个恭州前支队长目瞪口呆地围观，这场景突然变得特别可笑。

方正弘也不知道是怒火冲天、尴尬难堪，还是纯粹被打得没力气说话，嘴里嘟嘟囔囔骂着只有他自己能懂的话，咬牙把眼一瞪：“就是我，怎么啦?! 你自己做的亏心事——”

突然，他就像被点了静音键，整个人消了音。

严峫想拦，但已经拦不住了。

方正弘直勾勾盯着江停，张大了嘴，惊怒涨红的面孔上表情突然变得非常滑稽。他的嘴巴张了又合，合了又张，终于吐出几个字：“你……你是江停?!”

江停挑起眉梢，与严峫对视一眼。

“你，你，”方正弘急促喘息着，语无伦次，胸腔就像呼哧呼哧的破风箱，“你还活着?!”

清晨，县招待所。

天刚蒙蒙亮，窗外树梢上鸟叫声响成一片，宾馆楼下摆摊卖早点的吆喝混杂着电动车、自行车的叮当铃声，在寒冷的初冬晨风中穿梭大街小巷，活跃富有生气。

杨媚梳洗完毕，坐在床边对着镜子画眼线，一边瞪眼张嘴做扭曲状，一边开始了从昨晚到今早的第十八遍叨叨：“你说你好好一个支队长，为什么就养成了偷窥女人上厕所这种恶习呢?!”

方正弘：“……”

方正弘被绑在双人间的另一张床床头，嘴里塞着杨媚的皮手套，从他面部狰狞蠕动的动作来看，估计真的很想把手套吐出来怒吼一句“我不是，我没有”!

“他没有，”房间门被推开了，严峫拎着几袋热气腾腾的早点，和江停前后走进了屋里，“他的目标是我。”

油条、肉包子、鸡蛋香肠灌饼、豆浆……杨媚幸福地挑了一袋格外丰富实在、沉甸甸、香喷喷的灌饼，刚要伸手去拿，严峫却突然把塑料袋提过头顶，戏谑道：“想要吃的？叫爸爸！”

杨媚踮着脚气得干瞪眼，随即眼珠一转，硬挤出一个甜蜜到令人打寒噤的笑容：“爸爸太老了，怎么能称呼风华正茂的严副支队您呢，明明应该是哥才对呀。”

哥这个称呼叫得严峫心满意足，正要说什么，只听杨媚千回百转地喊了句：“是不是，情——哥——哥？”

“……”严峫满脸下一刻就要忍不住吐出来的表情，手忙脚乱把鸡蛋香肠灌饼塞给杨媚，转身立刻翻了个惊天大白眼。

杨媚喜滋滋一扭。

从江停进屋开始，方正弘就一直忍不住打量他，江停淡淡回瞥了一眼，坐下拿起个肉包子慢慢地吃。

“怎么样，吃不？”严峫拎着一袋早餐晃了晃，斜睨方正弘，“想吃就点点头。”

方正弘立马哼的一声，狠狠地扭过了头。

杨媚语重心长说：“呦，还犟上了。你说你好好的一个支队长，半夜潜伏在树林里，就算不是为了偷窥我上厕所，而是为了严峫，可偷窥人家严副上厕所也是不对的呀——大家说是不是？”

从方正弘双眼凸出的表情来看，可能他马上就要吐血了。

“得了，别逗他了，再逗待会儿心脏病犯了怎么办？”严峫一屁股坐到方正弘对面，盯着他青筋暴起满眼血红的脸，神情若有所思。

突然他说：“你的嫌疑没洗清，现在按规定应该是约束行动，不能离开建宁的对吧。”

方正弘面无表情。

“吕局没管束你，为什么？”

方正弘还是不吭声。

严峫放慢语调：“因为他确信你是无辜的，还是说，你俩是共犯？”

果然话音刚落，方正弘立刻脸红脖子粗地闷吼起来，严峫一把扯掉手套，下一刻响起了他愤怒的咆哮，只是咆哮的内容让所有人大出所料：“别给我装了，你俩才是站在一边的！”

严峫一愣。

江停的动作也停住了。

短暂的安静过后，严峫立刻追问：“你说什么？”

方正弘蜡黄的脸上泛着病态的红晕，很难想象这么一个满市局闻名的病痨是怎么跟踪了严峫那么长时间，又如何不辞辛苦跨越省市，一路数百公里跟到岳家村的。

该是多么丰厚的利益，才能诱惑他这么做？

严峫眯起了形状锋利的眼睛，目光简直要透过方正弘气哼哼的面皮，刺到他的骨头里去。令人窒息的僵持持续了好几分钟，他才缓缓道：“毒贩给你许诺了什么，让你来要我的命？”

方正弘发出一声响亮的冷笑。

严峫也不在意，说：“方队，盗窃警枪的刑期是十年起步的，你应该明白吧。”

方正弘冷冰冰：“我不知道你在说什么。”

“不知道？那我说给你听。三年前一〇〇九塑料厂爆炸案后恭州成立了专案调查组，一月十号当天，岳广平领导的行动组来到现场准备营救江支队长和卧底‘铆钉’，行动结束后岳广平发现自己的配枪丢失了，但整个恭州范围内都没查到警枪丢在了哪儿。”严峫上前倾身，近距离盯着方正弘，一字一顿道，“吕局告诉过我，那次营救是恭州和建宁联合行动的，建宁方面的带队领导是你。”

方正弘一张嘴。

“岳广平身为副市长，可不是随便谁都能近身的，而作为领队的你不仅有机会近距离接触他，同时在丢枪发生后，又因为你建宁领导的身份，不太会遭到岳广平的怀疑。天时地利人和齐备，连作案动机都有，你是不是该向我们解释一下？”

方正弘怒道：“胡说八道！我为什么要——”

“因为三年后这把枪出现在了江阳县袭警现场，”严峫轻快犀利地打断了他，说，“枪手尾随跟踪警车，并用这把枪中射出的子弹打穿了我。”

方正弘就像被扼住了脖子的公鸡。

半晌，他挤出一句话：“你被枪击那天我明明在市局……”

“没人说枪手就是你，但枪手被灭口那天晚上，本该来值班的你却失踪了。”严峫稍微拉远距离，嘴角浮现出冷酷、凶狠、咄咄逼人的笑意，就像高空中的鹰隼盯住了地上的肉，“现在你可以对长期跟踪尾随我的事做出解释了吗，方支队？”

破云
大结局

方正弘胸脯快速鼓动、落下，鼓动、落下，重复了约莫十多遍后，他混乱如同泥浆般的思绪终于找到了一根线头，猛地转向江停："那你是不是也该解释一下？"

江停抬起眼睛。

"你跟严峫一道出现在这里，是不是说明你也是毒贩的人？！"

只要是稍有刑侦逻辑思维的人，都会立刻感觉这话极其古怪。屋里除了一无所知的杨媚，江停和严峫的眼神都发生了微妙的变化。

——这话说得，好像他本来就知道江停不是"毒贩的人"一样。

江停沉思片刻，缓缓回答："……不，我只是随行人员家属。"

方正弘："？"

江停刚要说什么，突然手机响了。

"齐。"他一看来电，对严峫简短道，随即起身接起电话，"怎么了？"

手机对面传来齐思浩仓皇的喘息和汽车行驶时特有的打灯嘀嗒声，他似乎非常激动，已经有点说不出话来了，但关键时刻竟然还保留着立刻联系前领导的本能，可想而知当年江停留给他的心理阴影有多大。

宾馆房间一片静寂，大概等待了好几秒，几个人才突然听见他尖厉到变调的声音："有人——有人——"

江停眉头一蹙。

"——有人要杀我！"

第 25 章

江停迅速下楼，穿过宾馆大堂，一头扎出大门，站在了车水马龙的街道边，拧着眉头向远处的车流望去。

严峫从他身后尾随而出，把自己臂弯里的风衣裹在江停身上，简单道："外面冷。"

江停点点头："齐思浩说再过几分钟就到。"

黑桃 K 竟然敢这么快下手是他们都没想到的——毕竟他之前并没有打算杀齐思浩，只是想威逼利诱、收归己用。因此当齐思浩在跟随他们行动还是留在恭州这两者之间犹豫不定时，江停告诉他最好保持日常生活的步骤，不要被其他人看出异常。

"你觉得方正弘到底是怎么回事啊？"齐思浩的车还不见踪影，严峫便摸了根烟出来点燃，问江停，"他这个态度，怎么好像以前认识你似的？"

江停伸手要去拿烟，被严峫摁住了："你身体不好，还是算了吧。"

严峫最近不知道看了曾翠翠女士朋友圈里发的什么养生邪说，买早点的时候坚决不给买豆沙包，非要江停多吃肉，说吃肉才能补身体。现在又按着不给抽烟，为了不让江停顺他嘴里的烟抽，甚至还故意扭了扭身体，满脸写着警惕的表情。

江停长叹口气，心说杨媚发来的微信文章果然很对，没有经济收人果然没有话语权，于是无奈地揉了揉鼻子说："见过面，但不熟。"

"怎么个不熟法？"

"之前恭州建宁联合行动的时候，建宁方面的带队领导基本都是他，所以合作过几次，感觉这个人对我的指令还算配合，做什么事也都有商有量。所以你当时说方正弘对你家有钱这点很看不惯的时候，我还挺意外，因为在我的印象里他从不倚老卖老，相反一直都很尊重人。”

说到这里江停顿了顿，谨慎地补充：“但这一点也只能说明他对我这个人的看法还算好，不可能因为那区区几次合作，就坚信我没有跟毒贩同流合污。”

——那方正弘对两人截然不同的古怪态度从何而来？

严峫抽着烟沉吟了会儿，“嘶”地吸了口气：“你觉得岳广平的枪真是方正弘偷的？”

“难说，这要看黑桃K能用什么利益把他拉下水。”江停若有所思道，“但我总感觉……方正弘对你的态度，与其说是被利益所诱惑，倒不如说是……”

严峫看向他，两人在喧闹的街道边彼此对视，片刻后江停终于疑惑地吐出了那两个字：

“恨意。”

刺溜——

这时一辆奔驰车唰地停在人行道边，车窗降下，里面探出了齐思浩满头大汗的脸：“我来了，快上去！快上去！”

为了迎接齐思浩的到来，方正弘又被皮手套塞着嘴关进卫生间去了，年过半百的人被严峫折腾得怒发冲冠，在里面不断发出吱吱呜呜的抗议声——不过齐思浩被吓得够呛，进屋后哆哆嗦嗦地捧着杯热水，从卫生间里传出的动静被他直接忽略掉了。

“我今早出门去市委开会，刚出小区门就有一辆白色货车追了上来，始终不远不近地跟在我身后。开始我没注意，结果从高架桥出口下来比较僻静的时候，后面突然又超上来另外一辆卡车，不断越线把我往马路右侧逼——我再迟钝这个时候都感觉到不对了，他们分明是想撞我呀！就想加速往前摆脱这两辆车，但只要我加速，货车跟卡车也同时加速，一左一后想逼停我！”

齐思浩惊魂未定，喝了好几口热水，才稳了稳心神：“左边的卡车狠劲挤我，后面货车又不断上来碰撞我的车尾，持续了好几公里都是这样。我没办法跟你们详细形容，当时太紧张了，连车牌号都看不清楚，只要稍微分神现在就已经车毁人亡了，幸亏我……那是什么声音?!”

齐思浩吓了一跳，望向卫生间，严峫轻描淡写道：“没事，流浪狗。”

齐思浩：“?”

卫生间里的抗议更响了。

“所以你没去市委开会，直接改道来了高荣县?”江停问。

“我哪还敢去开会啊！”齐思浩哭丧着脸，“连去市委的路上他们都敢下手，这帮人胆子该大到什么地步?!”

严峫抱臂靠在电视机柜边，闻言哼笑起来：“你胆子也挺大的，小百万的车都敢往市委开，生怕纪委不知道你捞了多少钱呢。”

“是，是，”齐思浩把两手一摊，既后悔又冤屈，“但我怎么知道捞这点钱会触怒黑桃 K 这样的毒枭呢？制毒贩毒的是他们，赚大钱的也是他们，我不过就批点儿‘零包’喝点肉汤，至于这么一而再、再而三地，非要置我于死地吗?!”

——不知道是不是严峫的错觉，齐思浩说完这话之后，卫生间里的动静突然停了。

“你要是这么想的话，以后还会出更大的事。”江停淡淡地道。

他不这么说还好，一听这话齐思浩脸色青红交错，烦躁地跳了起来：“现在是讨论我有没有错的时候吗？你们答应我只要配合调查岳广平被害死的事，就能抓住毒贩的罪证，把黑桃 K 绳之以法——但现在呢？你们调查的进展在哪儿?!”

严峫说：“你冷静点老齐，我们至少已经查出了岳广平很可能有一名非婚生子的事……”

“会不会那就是黑桃 K?”又急又气的齐思浩迫不及待打断他，“他儿子是毒贩，所以一〇〇九行动才会被提前泄露，他愧疚自责要求跟江队见面，结果被他儿子抢先下手灭了口?”

屋内一片安静，几个人面面相觑，半晌，终于只听杨媚发出一声满足的感叹：“齐队怎么不去写警匪小说啊。”

“黑桃 K 的家族算是个正儿八经的犯罪集团，他的父辈甚至祖父辈，往上数全不干净。他早年在西南边境地区被人叫黑桃 K，还是因为他父亲曾经被人叫草花 A，因此而演变过来的。”江停说，“如果说他儿子就是黑桃 K 本人，那可就太扯了。但我怀疑岳广平的私生子与黑桃 K 犯罪集团有一定联系，甚至有可能是毒贩安插在岳广平身边的内应。”

“那你们快去查呀！”齐思浩简直要心梗了，“你们不是信誓旦旦要把内鬼揪出来吗？不是要给江队正名平反吗?！江队，你跟黑桃 K 那孙子可是有泼天血仇了，你不能眼睁睁看着他再残害忠良是不是？你得救救我啊！”

齐思浩上来就要拉江停的手，被后者轻快敏捷地向后一缩，原本靠在几步远之外的严峫立马大步赶上，强硬地插进了江停和齐思浩之间：“喂，你干什么呢？好好说话别动手动脚的！”

“不是，不是，”齐思浩接连险遭毒手，以他贪财胆小的性格和心理素质来说已经快到极限了，急赤白脸地就要越过严峫去求江停，“江队，你听我说，现在这个紧急关头……”

严峫不分青红皂白地把他往外推，怒道：“就你还好意思自称忠良！给我站远点好好说话！”

咚咚咚！

捶门声重重响起，所有人都愣住了，江停觅声一望。

咚咚！

“……”齐思浩颤颤巍巍指着卫生间门，“有、有人敲门？”

门把手被艰难地一旋，随即在众目睽睽之下打开了。

被捆着双脚好不容易站起来的方正弘用手腕开了锁，拧着身子一跳一跳，从门缝中艰难地挤出来，对众人怒目而视。

“……”齐思浩目瞪口呆，回头用震撼的目光打量严峫：这就是你捡回来的流浪狗？

严峫捂着额角长吁一口气，上前抽掉了方正弘嘴里破破烂烂的皮手套，满面真挚两手一摊。

“大家还没见过吧，我先帮你们彼此介绍一下。这位是恭州刑侦支队齐思浩，疑似目前正被黑桃K追杀；这位是建宁禁毒支队方正弘，疑似目前正帮黑桃K追杀我——你俩可以交流下追杀和被追杀的经验，互相学习，好好相处，啊。”

下一刻，方正弘就像什么都没听见般打断了严峫，直勾勾地盯着江停：“岳广平是被人害死的？”

江停双手插在裤袋里，没有吱声。

方正弘满是皱纹的眼睛眨巴着，转向严峫，难以置信：“……难道内鬼不就是你?!”

十分钟后，宾馆房间。

严峫啪啪啪狠命拍打扶手，被人七手八脚按在椅子上：“你把他放开！让我再打他一顿！打不服我改跟他姓方！”

江停在房间另一头护着不敢吭声的方正弘，杨媚假惺惺地不断劝严峫：“严副，你别这样，人家好歹是个正支队长，你看你勤勤恳恳干了十多年也才是个副，咱们胳膊是拧不过大腿的，别跟人家斗气了……”

杨媚的眉梢眼角都藏不住喜悦，严峫一听气血上头，险些又把袖子撸起来：

"放开我!"

"你还嘴硬?!"方正弘忍不住了，从江停的桎梏中涨红着脸探出头，"建宁市局里的内鬼不是你还能是谁? 从胡伟胜制毒那个案子开始，你的行踪就鬼鬼祟祟，动不动单独跑出去办案，还开警车从解救人质的现场擅自撤离，谁知道你搞什么鬼去了?!"

严峫剑眉倒竖，刚要回骂，江停轻巧地插进了一句："方队，胡伟胜案解救人质当晚我发现了狙击手的行踪，甚至在废弃公路上短兵交接，严队擅自行动是为了去抓那名狙击手。"

方正弘语塞，随即又梗直了脖子："他还整天关着办公室门，不知道搞什么名堂，经常在办案的时候偷偷摸摸打电话通风报信——"

"那是打给我，"江停温和地道，"韩小梅和马翔等人都可以做证。"

严峫不失时机发出一声极其嘲讽的冷笑。

"……那，那，"方正弘被这声冷笑刺激得食指哆嗦，简直要口不择言了，"这姓严的喝药酒中毒那天，明明换作任何正常人都不可能活下来，偏偏他竟然在空无一人的盘山公路上得救了，还活了，这怎么可能?! 为什么没人觉得那是他为了洗脱嫌疑，故意自导自演的一出好戏?!"

严峫作势要喷他，江停无奈地说："可方队，那天盘山公路上并不是空无一人的啊。"

方正弘眼睛一瞪，却只见江停左手按着他肩膀，右手撩起自己的头发，示意他看额角上鲜红未愈的伤疤："案发当天我开着越野车尾随严峫，毒发时撞车施救，然后是马翔赶到把我们送去医院，所以严峫才捡回了这条命。"

房间一片安静，方正弘张着嘴，表情特别荒唐和滑稽。

"你们……你们……"半晌，他终于扭曲着挤出几个字，"你们到底是什么关系?"

江停扶着额角叹了口气："告诉你了，随行人员家属。"

方正弘摇摇晃晃退后几步，一屁股坐在床上，看上去颇有种三观被震撼后的失魂落魄。

所有人都望着他没出声，只有杨媚满面同情，心中洋溢着诡异的同病相怜。

"现在该我问你了吧，方队?"严峫半边嘴角一勾，神情中满是不加掩饰的嘲讽与得意。

方正弘："……"

严岬居高临下斜睨着他，一字字道：“老子到底做了什么，让你不仅觉得我是建宁内鬼，还一而再、再而三下毒手要害我，嗯?!”

“……”

所有人的目光都集中在方正弘身上，只见这个平日里总青白蜡黄、横眉挑眼、遇事死板得让人浑身不舒服的老警官，此刻活像是换了个人，嘴巴张了又合，合了又张，半晌才沙哑地道：“我没有想害你。我跟踪你只是为了找到证据，向吕局证明你跟毒贩有勾结。但我真的从来没有要下手杀你……”

“没有?”严岬立刻冷冰冰反问，“那你为什么要阻止秦川喝我的药酒，事后还扔掉了那个唯一能作为物证的药酒瓶?”

方正弘就像凝固了似的，良久后终于抬起头盯着严岬，那目光精亮得瘆人。

“因为我觉得你有可能想害他，”方正弘慢慢地道，“就像当初我明明只是受伤，喝完你的药酒后……就一病不起到现在一样。”

第26章

“你喝我的药酒？”严峫的第一反应是，“怎么什么锅都能推给我的药酒？!”

周围只有江停神情微变，而杨媚和齐思浩都一头雾水，连药酒是指什么都不知道。

方正弘短促地笑了声，神情中似乎有种破釜沉舟的狠意：“严峫，本来吕局就是站在你那边的，我又跟踪你被发现，是跳进黄河也说不清楚了。况且这里都是你的人，自然是你想怎么否认就能怎么否认，哪怕说出花来这帮人都只会相信你而不相信我——既然这样还用得着跟我装糊涂吗？档次也太低了吧？”

“……”严峫此刻实实在在感受到了无辜市民被拎到刑侦支队审问的冤枉，“可是我真不知道啊，你啥时候喝了我的药酒？!”

方正弘怒道：“不是你送到我家来的吗？!”

严峫：“我犯贱吗？我送你东西干吗？!”

这两人简直天生属猫狗，见了面就要吵起来。所幸江停咳了一声，问：“到底怎么回事，方队慢慢说。”

方正弘对江停始终抱着一丝诡异又勉强的信任，闻言狠狠地呼了口气：“那是一年半前我受伤的时候，市局各个科室都往我家送了慰问品，当时我对这姓严的小子还没那么——没那么——”

没那么横挑鼻子竖挑眼，两人还保持着面子上和谐平静的工作关系。

“啊，对。”严峫终于想起来了，“当时吕局吩咐大家都表示下慰问，当作那个季度的团队建设。我怕我随便选的礼物价格太高，别的部门脸上不好看，就随口吩咐了马翔还是谁去准备点便宜营养品啥的……”

“送到我家的是两盒营养品加两小瓶药酒，”方正弘没好气道，“药酒上还挂着你严峫的手写慰问卡。”

严峫闻言立马奓毛了：“我手写东西送给你？你脑子没出问题吧老方？从警校毕业后我就再没写过自己名字以外的汉字，连情书都没手写过！”

江停：“……”

方正弘：“……”

江停揉了揉太阳穴：“然后呢？”

“我本来对中药喜好其实一般，但受伤后确实筋骨不如以前了，再加上也受了身边人的影响，知道药酒对活血风湿还是很管用的。”方正弘顿了顿，有点不情愿地承认，“严峫这小子虽然轻浮，但送人的都是好东西，所以我看到是他送来的，就……”

“你就一点不剩地全喝了。”江停确认。

方正弘悻悻地点点头。

江停和严峫对视一眼，后者满脸写着“搞什么”式的冤枉。

“然后你就立刻中毒了？”江停又问。

“我每天喝一小盅，开始也没觉得哪里不对，但过阵子就感觉心脏不太舒服，经常早搏。我以为这种情况是劳累所致，于是渐渐减少了上班时间，也不再所有工作都事必躬亲，以为过阵子就能恢复，病情却发展得越来越严重，去医院也没检查出个所以然来。”

方正弘吸了口气，摇头道：“就这么好好坏坏地拖了几个月，直到我太太学中医的老熟人来家探望，才提出我可能是摄人了中药材毒素，我立刻就想起了那两瓶药酒。那时第二瓶只剩个底子了，熟人拿去一化验，果然发现了痕量、不足以致死的乌头碱。”

乌头碱！

严峫和江停同时站直了身体。

“所以你怀疑是我故意投毒？”严峫不可思议地问，“那你当时为什么不说？”

方正弘又气又恼：“我说了！我立刻就把物证拿给吕局要求彻查，但你知道吕局是如何反应的吗?!”

一年前，建宁市局——

“他对我的工作一直非常不配合，有很大的个人成见！这就是他的作案动机！”局长办公室里，方正弘把大办公桌拍得砰砰响，气得脸色通红，“严峫这样轻浮高调的富家子弟，因为平时受过我几次训斥而怀恨在心，进而蓄意报复，这是可以说通的！否则怎么解释这化验单上明明白白的乌头碱?!”

吕局坐在办公桌后，圆脸上毫无表情，直到方正弘咆哮完、发泄完，才缓缓地开口道：“你没有证据，老方。”

“这怎么不叫证据？这明明——”

“川乌、草乌如果不经过程序严格的正规炮制，残留痕量乌头碱是常事，这个剂量的生物碱毒素换作身体健康的正常人，不会有你这么大的疾病反应，因此很难证明严峫是故意投毒。”

方正弘火冒三丈：“您这分明是包庇他，您分明……”

“我没有。”吕局静静地道，“我只是在阐述事实，事实是你根本无法证明这瓶药酒是严峫所赠，而不是你自己配出来的。”

“……”方正弘难以置信地盯着吕局，仿佛今天第一次认识他。

“老方，”吕局仿佛意识到自己话说重了，换了个更加和缓的语气，“虽然你跟严峫有矛盾，这个大家都知道，但我了解你，知道你不至于故意诬陷他。我只想提醒你必须考虑到两种可能性：第一是你确实对他抱有很深的个人成见，以至于从感情上偏向于他要害你；第二是……”

“你们是站同一边的。”方正弘向后退去，咬牙一字字道，“你们才是站同一边的。”

吕局皱起眉：“老方——”

“我明白了。”方正弘脸色一变，愤怒的红潮全数化作了青白，双手在身侧紧紧攥成拳，说，“我会向你证明的。”

吕局起身抬手，仿佛还想分辨什么，但方正弘已经转身夺门而出，回答他的只有“砰”一声重重的摔门声响。

“那不是我送的，”宾馆房间里，严峫满脸荒谬地摇头，说，“当时我随口吩咐人去买点补品，但绝对没有让他们送药酒！”

方正弘冷冷地盯着他。

“开什么玩笑？越熟悉药酒的人越知道这东西不能随便乱送，万一药性与病情相冲，反而对病人不利。何况我跟方队关系一般，如果出了什么事说不清，我能不知道吗？哪怕送两瓶脑白金也比送药酒好啊！”

这话倒是实情。

严峫表面大大咧咧，实则心细如发；他确实有些富豪出身的从容和骄纵，但很多敏感的人情世故，他也非常懂。

送来路不明的药酒给自己工作上的对头，太不像严峫会干出来的事了。

江停问："那是谁送的？"

严峫疾步踱了两圈，突然站定，摸出手机打了个电话："喂，马翔？"

"哎呀喂我的严哥！严哥你可总算有消息了，我们全队上下都特别特别想念你，陆顾问啥时候体检需要马仔陪同？你随时打招呼随时吩咐哈……"

严峫打断了他："去年夏天方正弘受伤，吕局让咱们队送点东西表示慰问，当时礼品谁准备的？"

手机那边马翔明显一愣："啊？"

"谁准备的？！"

"你……你叫我准备，我当时忙着不知道干啥，就随便买了两盒脑白金跟两盒更年期口服液……"

所有人的嘴角都微微抽搐，方正弘的脸又气红了。

马翔是不可能存在"忙着不知道干啥"的情况的。他的小本本详细记载着每天干了多少活儿，加了多少班，国家欠他多少加班费、车马费、过节费、精神损失费、心理补偿费——所谓"忙着不知道干啥"，那差不多就是他当时忙着蹭市局wi－Fi打本的意思了。

严峫揉了揉生疼的眉心："你给方正弘送自制药酒了？！"

"什么，不是，药酒？"马翔满口叫冤，"那是能随便送的吗？我是那么不着调的人吗？！"

严峫望向方正弘，后者的脸色也变了。

江停抱臂站在边上，扬了扬下巴："问马翔准备好的慰问品是怎么送去方正弘家的。"

"哎，那是陆顾问吗？！"马翔听到了江停的声音，热情洋溢地打招呼，"陆顾问，你好呀！我们全队上下都特别想念你，严哥有没有不干家务活儿？有没有惹你生气？如果需要打手随时打招呼随时吩咐哈……"

严峫："问你话呢！"

"哦哦，对对，我淘宝下单以后直接快递到市局然后转总务科了，这种写作慰问读作团建的鸡零狗碎都是总务科派小碎催跑腿的，应该是把各部门的礼品都堆一块儿，然后统一送去姓方的他们家。"马翔反应过来什么，疑惑道，"怎么严哥，为什么突然提起这事？姓方的小妖精又来纠缠你啦？"

没人敢回头去看方正弘的表情。

严峫苍白无力地训斥道："怎么说话呢？对公安前辈要学会尊重——给我通知总务科去查，一年半前负责把慰问品送去方正弘家的人是谁，实在查不出就调方正弘他们家附近的监控。这件事非常重要，立刻去办！不多说了，挂了哈。"

马翔还要絮叨，严峫逃命般挂断了通话。

室内一片沉寂，良久后只听姓方的小妖精冷冷道："你们刑侦警察上行下效，果然教育得都不错啊！"

严峫自知理亏，打着哈哈表示小马年轻不懂事，以后一定多多调教。

江停强行转开了这个令人尴尬的话题："所以方队在看到秦川准备喝药酒的时候，理所当然就感到非常愤怒，觉得严峫有可能以相同的手法再一次害人？"

方正弘对严峫翻了个白眼，转向江停摇了摇头，艰涩道："其实也不至于，我再怎么糊涂，也不会认为严峫有胆子在市局里光明正大地杀人——他要是偷偷摸摸把药酒送给秦川，估计我就是另一种反应了。"

"所以你当时只是嫌恶？"江停向他确认。

"对。从那件事后我有了很大的心理阴影，任何吃进嘴里的东西都绝不假以他人之手，像药酒这类东西更是连牙都不会沾了。"

江停一手抱在胸前，另一手摩挲自己的咽喉，半晌问："市局有多少人知道你这个心理阴影？"

方正弘明确地回答："我只告诉过吕局。是几个月前我回来上班，他问我为什么不在食堂吃饭了的时候。"

周遭安静异常，众人都似懂非懂，只有严峫猛地想到了什么，蓦然看向江停。

江停颔首不语，随即问出了最后一个关键的问题："那你的副队秦川知道吗？"

方正弘脸色变了，唰地从床上站起来："秦川？不，不可能—不可能是秦川！"

"我只是猜测。"江停的态度非常平静，那永远不会绷紧的面部肌肉还维持着放松状态，"药酒投毒事件没有监控，没有目击，没有证据，刑侦人员只能以自身代入的思维方式去尝试摸清凶手的想法。如果我是秦川，跟刑侦支队大多数人的关系都很好，可以随意进出刑侦支队大办公室而不惹人怀疑，那就具备了充分的投毒时间和条件……"

"可如果不是我阻止，秦川已经把毒酒喝下去了啊！"方正弘激烈地反对，"而且他可不是装腔作势地喝一点儿，他准备喝进嘴的药酒，那可是绝对的致死量！"

对，的确说不通。

如果秦川是投毒者，在明知道药酒有毒的情况下，即便以苦肉计洗脱自己的嫌疑，也不会虎到把满满一杯毒药往嘴里灌，否则那简直就是拿命在犯罪，根本没有必要。

齐思浩作为刑侦人员——虽然确实比较水——在旁边听了半晌，终于忍不住犹犹豫豫地举手发言："那个……你们刚才不是说方队有心理阴影来着，万一那个秦川就是利用了这一点……"

"不，太牵强了。"话音刚落就只听严峫摇头否定，"万一方正弘偏偏没阻止呢？万一方正弘甚至凑上来说给我也喝点呢？在不确定因素太大的情况下，拿致死剂量的毒酒来赌博是不可能的。"

齐思浩有点讪讪："我只是觉得，既然你们说的秦川是副支队，那方队出事后明显是他得利最多，嫌疑也最大……"

严峫随口说："这倒未必。副支队暂代正职的时候很多权力都是受限制的，就像我的日常工作要向魏副局汇报一样，秦川也有很多工作要向吕局汇报。这么说来如果方队不在了，禁毒支队的很多具体决策反而是吕局……吕局。"

他的话音蓦然而止，与江停面面相觑，两人的脸色都变得不太好看。

半夜三更被岳广平打电话哭诉自己罪过的那名"老吕"是谁？

在最后一刻登门造访，与毫不设防的岳广平私下对话，并杀死了他的人是谁？

假设在万一的情况下，江停的存在早已暴露，那么一直不动声色予以掩护的吕局到底是出于什么心理？

——某种莫名其妙的职业良心，还是干脆源于黑桃K的指示？

明明窗外阳光明媚，森冷幽深的寒意却从他们心底缓缓弥漫上来，冻僵了每个人的喉头。

"不会是这样，怎么会这样？……"方正弘抱住脑袋不住喃喃。他本来就比常人更加多疑和固执，现在更是神经质地不断抓挠自己的头发："想害我的人竟然不是严峫，难道是……难道是……"

这要是在平常，严峫肯定会翻个白眼损他两句，但现在也没什么心思了。

"不行，我要回去再看一遍，现在就回去。"方正弘霍然起身，狠狠咬牙凸眼，掉头就往外扑，"这事肯定有办法验证，不可能就这么死无对证了，绝不可能！"

没人来得及阻止他，严峫三步并作两步愕然上前："你上哪儿去？"

方正弘已经冲出了宾馆房间，在铺着红地毯的走廊上急匆匆往前走，闻言回头怒吼："我想到什么地方可能还有线索了，我这就去找！"

这姓方的老小子眼见一副马上心脏病就要发作的样子，甚至连刑侦人员的基本职业素质都忘了，直接在走廊上就这么吆喝起来。严峫徒劳地跟在后面劝阻：“你先等等，我们收拾收拾跟你一块回建宁……”

“我没有想害你，枪手出事那天晚上我有不在场证明!”方正弘大步往电梯方向后退，挥舞着右手咬牙切齿赌咒发誓，“姓严的，我从来就没有想过要害你！等我电话!”

严峫一张嘴，还没来得及喊，就只见方正弘怒气冲冲一转身，差点把路过的服务员撞个趔趄。

严峫：“……”

方正弘犹如脱了缰的野驴，在小女服务员惊恐的注视中冲进了电梯。

严峫真是把这辈子涵养都用尽了，才把那句“你神经病啊”硬生生憋回嗓子眼里，回头冲着满房间人：“你们看看他，就他这样，还整天骂我们刑侦支队做事不牢靠?！……”

江停皱眉道：“他刚才说他想到什么地方还有线索了?”

严峫莫名其妙一耸肩。

几个人都不知道该如何反应，只见江停抓起外套和车钥匙，当机立断：“他想到的凶手也能想到。别让方正弘单独行动，我们跟上去。”

第 27 章

半小时后，建恭两地高速公路。

严峫车里开着蓝牙外放，后视镜中映出他烦躁拧起的乌黑眉头："我说老方，你这人怎么越活越回去了？大家现在是绑在同一根绳上的蚂蚱，不管你想到了什么线索，至少先跟我们打声招呼，也防着万一你出了什么事导致线索中断，你说是不是？"

下一刻蓝牙中响起了方正弘的怒吼："你才是蚂蚱呢！秋后的蚂蚱！"

"啧，行行行，我是还不行吗？"严峫无奈地说，"你那句'可能想到了线索'到底是什么意思？"

方正弘支支吾吾的，明显不肯细说，逼急了开口就骂："谁跟你坐在同一条船上，谁知道你私底下又有什么勾当！不跟你说了，我现在正打着长途车，到建宁再联系吧！"

严峫提高声音："呦，还敢叫网约车！实时行程分享一个呗，虽然你不是大姑娘而是个糟老头儿，但安全还是……"

方正弘愤怒地挂了电话。

"你们说他甲亢八成是有问题吧，成天着急上火的。"严峫摇头叹了口气，"我这片好心白白给当成了驴肝肺——就算他一没钱二没貌，不像你俩坐网约车风险那么高，但也要有点起码的安全意识啊。"

后排的杨媚和齐思浩面面相觑。

"你是说齐队有钱，我有貌吗？"终于杨媚不确定地问。

"哦没有，我是说你跟你江哥。"严峫一手扶方向盘一手向后指指杨媚，"你有钱。"然后指向江停，"他有貌。"

杨媚："……"

"方正弘暂时还不能确定你是完全无辜的。"副驾上的江停似乎完全没听见一般，还是那么八风不动，说，"很多老警察都有疑神疑鬼的毛病，加之他这个人格外敏感、多疑，对你抱有多年的成见是很正常的，所以在完全排除你的嫌疑之前，估计他不会轻易分享线索。"

"得了，跟紧他吧！"严峫习惯性地从口袋里摸出根烟，还没叼进嘴里，突然又想起什么，遗憾地丢回了杂物匣。

齐思浩殷勤地摸出打火机："严队没火？我这里……"

江停和杨媚同时脱口而出："不要！"

他俩制止得太晚了。

"不不不，不要火，"严峫欣喜万分地拒绝了齐思浩的打火机，但下一刻接过了对方递来的舞台、灯光和话筒，"来来来，你们看，找男朋友就该找像我这样的——"

江停深吸一口气靠上椅背，杨媚惨不忍闻地捂上了耳朵。

"作为一个成熟懂事会疼人的男朋友，重要的不是你为伴侣做了什么，而是你愿意为伴侣不做什么。比方像我这样优秀的男友就会自觉自愿把二手烟的危险性掐灭在摇篮里；再比如说我会限制伴侣吃甜食，多吃肉和米饭，这都是出于对伴侣的健康考虑，只有我这样成熟理性的男人才是配偶的最佳选择……懂了吗？为什么说我是男朋友的最佳诠释和模板？学着点你们，都学着点！"

江停："……"

杨媚："……"

齐思浩脸上一片空白的表情。

严峫得意扬扬，汽车呼啸着向建宁高速公路收费站驶去。

咣当一声重响，方正弘急匆匆闯进家门，把他正准备做饭的老伴吓了一跳："呦！你不是出差去了吗？"

"我前阵子天还没冷的时候穿的那条裤子，深蓝色剪裤脚的，你还没送去干洗吧？"

"当然没啊，不是说不穿了吗？"老伴抄着洗菜篮指指外间，"我正想收着占地方，扔了又可惜，要不等楼下旺财生了，剪一剪给它的崽子做个窝……"

方正弘二话没说，直扑外间，置老伴一迭声的询问于不顾，打开五斗橱开始翻那堆杂物，少顷终于瞥见了熟悉的深蓝色布料，连忙把它抽了出来。

“你这是干吗呀？吓死人了！哎呀，你这个人，晚上在不在家吃饭，啊？”

方正弘没顾上回答，从书房里翻出密封袋，把那条裤子塞进去封好。

“晚上不用等我吃饭了！”方正弘头也不回地吆喝了声，掉头就冲出了门，只留下老伴莫名其妙地站在原地。

方正弘胳肢窝底下夹着那个密封袋，行色匆匆走出小区，向停在对面楼下的银色现代伊兰特车走去，一边摸出手机打开通信录，下意识调出了“技侦老黄”。

“喂？”刚响两声对面就接了，黄兴的声音听起来十分意外，“方队，什么事？”

“哦，我这儿正有个……”方正弘刚要说下去，突然想起来什么，顿住了。

黄兴：“有什么？喂方队，老方？”

技侦是安全的吗？方正弘站在小区门口，突然冒出来这么个念头。

刚才他脑子里乱哄哄的，还没仔细想清楚，电话就拨了出去。但听到黄兴声音的一刹那他突然意识到一个恐怖的事实：如果自己的猜测不对，那么凶手很有可能就是……

只要是他，那市局没有任何一个部门，甚至没有任何一个角落可以说是肯定保险的，而那姓严的小子所具备的嫌疑也根本洗不清楚。

“老方，你干啥呢，信号不好？喂？”

方正弘病黄病黄的脸上毫无表情，狠狠按下了挂断键。

还能找谁？还有谁是安全的？

方正弘在建宁市局干了大半辈子，临到老了，才发现原来半生筑就的巢穴竟然是危机四伏的陷阱。他自己也不愿意承认的恐惧、惊慌和懦弱就像一层层蛛网，密密实实缠绕着心脏，连呼吸都找不对频率，手脚更是发软发麻。

还有谁是安全的？还能求助于谁？

——对，那个人！

方正弘眼前一亮，甚至责备起自己刚才的惊慌失措，然后立刻找出对方的号码拨了出去。电话大概响了八九声，对面才传来有些疲惫的声音：“喂，请问您是……”

“您好您好，我是方正弘，市公安局的，您还记得我吗？”

对面听到市公安局，脑子空白了两秒，随即对“方正弘”这个名字反应过来：“啊对对，方警官！好长时间没见我都忙昏头了，哈哈哈——您家里最近都还好吧？有什么事儿吗？”

啪嗒！

方正弘觅声望去。

一道身影背靠在他家的银色伊兰特车门前，两条修长的腿交叠，一手插兜，另一手摘下墨镜，白净的脸上眉梢微挑，隐约露出不赞同的神情。—那是江停。方正弘无可奈何地站住脚步，想继续往下说又叹了口气，最终只得对手机匆匆道：“我这边突然来人了，待会儿见了面再说吧。”

对方一迭声答应，方正弘挂断了电话。

江停低头给严峫发了条短信：“我在小区前门堵住方队了。”

“那姓严的呢？”方正弘走过来，充满戒备地问。

“严峫不知道你具体住哪栋楼，所以我们分头堵你，他大概去了小区后门。”江停收起手机，抬头望着方正弘，敲敲身后伊兰特的车门，“你开着自己家的车跟踪严峫，还寄希望于他不会发现？”

“……”方正弘的脸又青又红又黄，“这是我儿子前段时间放假才开回家的，而且我套了线人的车牌……”

江停说：“您对严峫的人品、道德和智商都有很大的怀疑啊。”

方正弘悻悻地不说话。

毕竟是比自己大了二十岁的老警官，看那样子江停也不好再说什么，叹了口气：“您刚才是打电话给谁，要去哪儿？”

方正弘固执地不吭声。

“我不知道你为什么不信任我，方队。但严峫有一句话说得没错，如果您不是那个投毒者，也不是建宁市局的内鬼，那我们的确就是一条绳上拴着的蚂蚱。你被挑中作为替罪羊不是没有原因的，在这个时候瞒着我们，甚至提防着严峫，对您来说没有任何意义。”

远处喇叭哔哔两声，只见严峫开着车，从小区后面绕了过来。

“岳广平是在准备将线索告诉我的时候出事的。他已经查到了泄露一〇〇九行动情报的内鬼是谁，但直到死，都没机会把那个名字说出来。”江停望着方正弘混浊的眼睛，每个字都穿过视神经和颅骨，重重敲在他的脑髓里，“我已经没有第二次昏迷三年还能醒来的幸运了，但您想在重重鬼影环伺中，跟三年前的岳广平冒相同的风险吗？”

汽车戛然而止，严峫裹挟着满身冷峻钻出车。

“……”方正弘沉默良久，终于在他们两人的注视中颓然出了口气，反问，

“你不知道我为何觉得你是清白的?”

江停盯着他，只听他问：“你还记得‘猿猴’吗？一个长得有点像猴、少了半截小手指的拆家?”

从江停的表情上看，他显然是不记得的。

“‘猿猴’是我最过硬的线人，曾经在一次卧底行动中差点暴露，历经惊险才逃出来。事后他告诉我，自己曾被一名被人称作江队的恭州警官掩护过，否则就已经死了。”方正弘摇摇头，“挺多年前的事，估计你已经不记得了，警察行动中为队友做掩护和殿后是常事，所以我当时也没有其他想法。但关于你这个人的印象和判断一直埋在我心里，直到三年前你‘殉职’的时候，我心里就有点怀疑：怎么那么巧牵头一〇〇九行动的人是你，泄露情报导致一〇〇九行动失败的人也是你呢？没道理啊。”

江停沉吟片刻，说：“那名线人的事虽然我没印象了，但……”

“尽管如此我还是不能完全相信你，也不能立刻信任这个姓严的。”方正弘话锋一转，拍拍胳肢窝下夹着的那个密封袋，冷冷道，“我现在要去研究所找个熟人，不出意外的话，关键性证据现在就落在我手中这个袋子里。如果你们真敢来，就跟我一起来吧，但如果证据出来发现你们不是无辜的，那可就别怪我立刻报警了。”

江停蹙眉望向严峫，后者也正巧看来，两人用眼神无声地商量了几秒。

方正弘已经钻进他那辆伊兰特，砰地关上车门，发动了汽车。

“杨媚跟齐思浩分头去小区侧门了，打电话通知他俩过来，咱们先跟方正弘去那什么研究所看看。”严峫快刀斩乱麻地做了决定，“上车!”

江停一边打电话给杨媚一边上了车，严峫系好安全带，点火发动。就在这半分多钟的时间差里，方正弘的伊兰特已经开出大门，只要顺着小区门前的车道往前开五六十米然后一个急转掉头，就能上繁忙的主马路了。

“喂，江哥?”杨媚在手机那头兴冲冲地问，“我正全副伪装躲在小区楼下树丛里呢，你们堵到那姓方的小老头儿了吗?”

“你跟齐思浩来正门，我们要去……”

轰——!!

巨响从前方传来，江停突然像被抽去了声音，严峫的动作也僵住了。

“江哥?”杨媚丈二和尚摸不着头脑，“你们那边怎么啦?”

不远处的行人纷纷驻足，回头张望过去，所有人都像是被按住了暂停键——

一辆银色伊兰特重重撞上车道尽头的电线杆，没有任何减速或转弯的迹象，整个车头在满地碎玻璃片中被撞得凹陷了进去！

过了足足数秒，议论和惊叹才迟钝地响了起来，嗡嗡声弥漫向四面八方。

“老方……老方？”

严峫下了车，眼底满是难以置信，突然打了个狠狠的哆嗦，向如梦初醒的路人厉声咆哮：“打 120 ！快来人打 120 ！！”

嘭——凹陷的车门被强行打开，在目睹驾驶室里情况的同时严峫倒抽了口凉气，连江停都脸色铁青。只见方正弘满头满脸都是鲜血，被压在气囊之中，完全看不出是死是活；方向盘、仪表盘混乱扭曲，杂物玻璃撒遍全车，引擎盖已经完全扭成了废铁！

这不是三四十公里时速能撞出来的效果，谁对这辆车的制动系统动了手脚?!

“老方！醒醒！坚持住！”严峫怒吼，“老方！”

然而方正弘被埋在气囊下，毫无反应。

远处几个行人议论纷纷，不敢靠近，远处急救车声飞驰而至。严峫猛地回头，正对上江停的眼睛，两人眼底都清清楚楚写着难以掩饰的错愕和震惊。

“……那个袋子，”江停嘶哑地挤出声音来，“把那个袋子拿来给我。”

犹如闪电划破天空，严峫猛地反应过来，从毁损严重的副驾驶座位下翻出了那个密封袋，根本来不及看里面那团深蓝色布料是什么东西，便把它匆匆塞给了江停：“快跑。”

“那你——”

“快跑！”严峫把他一推，动作凌厉果决，压低声音吼道，“别告诉任何人你曾经在事故现场出现过，带着物证快跑！”

第28章

急救室。

铁轮骨碌骨碌滚过地面，冲进玻璃门，抢救中的红灯亮了起来。走廊远处人来人往，严峫喘着粗气，靠墙慢慢滑坐在了冰凉的地面上。

撞车，鲜血，物证袋，自远而近的警笛……无数声响乱哄哄交织在他的脑海里，犹如漫天巨网盖住恐惧的深海，而恶魔狰狞的眼睛正盯着他从海底缓缓上升。

是谁对方正弘的车做了手脚？

那个物证袋里到底是什么东西？

几道皮鞋疾步走来的声音由远而近，走廊上众人纷纷回头注目，而严峫仿佛什么都没听见。直到脚步停在他面前，严峫才一抬头，只见几名穿制服的警察正站在他面前，周遭弥漫着如临大敌的气氛。

“对不起，严副。”为首那人亮出警察证，“您知道程序的，跟我们走一趟吧。”

几名警察满面戒备，似乎很怕严戱5突然暴起反抗，其中一名甚至将手伸进后腰里按住了手铐。

但他们的担忧并没有成真。

严峫的目光从他们紧张的脸上一一扫过，突然笑了一下，起身拍拍衣摆。

“走吧。”他说。

建宁市局。

审讯室仿佛比平时黑暗很多。几缕随时快咽气似的光线透过铁栏窗，映照着半空中徐徐飞舞的浮尘，将铁桌、台灯和审讯椅的影子拉得扭曲瘦长，对面墙上写着“坦白从宽，抗拒从严”八个大字的白板微微泛着年岁悠长的光影。

远处传来隐约的喧哗："我们严哥到底怎么回事？你们至少给送杯热水进去……"

"对不起，我们有规定，谁都不能进！"

"发生什么事了？肯定搞错了吧，喂，你们……"

哗啦啦——

人声杂乱又消失，铁门撞击声在空旷的走廊上久久回响，传进最深处的审讯室里。

严峫笔直地坐在椅子上，昏暗挡不住他清晰深刻的侧颊线条，硬直的鼻梁上皮肤反出无动于衷的微光。

不知又过了多久，终于两三个人的脚步声从走廊尽头渐渐移到门前，随即看守把门打开了，一个仿佛永远圆胖敦实、不急不缓的身影迎着严峫的注视，出现在了审讯室门口。

——吕局。

"行，我知道，都出去吧。"

吕局走进屋，吩咐后面的看守警察，然后在对方依言锁门离开的同时，端着大茶缸坐在了审讯桌对面，被皱纹耷拉下来的眼皮一挑，望向严峫，说："老方的车被破坏了加速和制动系统，目前头部受伤，尚在抢救。"

这是他的第一句话。

严峫久久沉默着，冰冷的空气就像玻璃，在狭小的室内笼罩着他们。

"八月底你生日当天晚上，曾打电话要求交警大队在工人大道以东拦截一辆跟踪你的轿车，该车为银灰色现代伊兰特，与今天老方出事的车型号、特征均一致。且事后经调查，那天晚上跟踪你的车辆牌照是为套用，而被套用的车牌，是禁毒支队曾在一次行动中使用过的线人牌照。"

吕局顿了顿，缓缓道："也就是说，方正弘跟踪过你的事，你是知情的。"

严峫的表情冷硬坚挺，吐出几个字："我知情。"

吕局点点头，又道："今天早上，恭州市高荣县四海客来招待所，一名服务员在送毛巾时，差点被情绪激动的方正弘迎面撞上。据该服务员所述，当时你正站在一扇敞开的房门口，而老方情绪非常愤怒，大嚷着：'姓严的我没有想害你，枪手出事那天晚上我有不在场证明，等我电话！'——是有这么一回事吗？"

"……"严峫说，"有。"

单面玻璃后，几名副局长、主任及审讯员面面相觑，每个人眼底都闪烁着惊疑不定的光。

吕局问："也就是说，方正弘出事前几个小时，你是最后一个接触过他并发生了严重争执的外人？"

"……"

审讯室里静默片刻，吕局改变了问话方式："你可以解释一下为什么自己会出现在高荣县，同行有几个人，目的是什么，与方正弘发生争执的原因和内容吗？"

严峫默不作声。

这种坚冰般的沉默和抵抗，是刑侦人员最不愿意面对的情况，也是审讯对象确实有罪的重要猜测依据之一。

换言之，严峫的态度简直让所有人心中的天平都渐渐往不利的那一边倾斜了。

"严峫，"吕局望着他，每个字都附加了难以形容的沉重分量，他说，"你一个干了十多年的老刑侦，现在零口供也一样能定罪了的事情，应该不用我再说了吧。如果你什么都不愿意解释，我们的调查和推断会对你相当不利，你明白吗？"

里里外外无数道目光投向严峫，甚至连他紧抿的刀锋般的嘴唇都看得一清二楚。

半晌他说："我明白。"

"——你明白。"吕局加重语气重复了一遍，点点头，"那你能不能至少告诉我，为什么方正弘出事的时候，你在他家楼下？"

明明这是一个很简单的问题，但严峫又沉默了很久，他的身体还坐在审讯桌后众人目光聚焦处，灵魂却不知道飘浮在哪里，仿佛悬在半空中，冷冷盯着审讯室内外的每一个人。

审讯员明显地焦躁起来。

单面窗口外，魏副局的额头几乎贴在了玻璃上，脸颊绷紧到有点扭曲的地步，手紧紧在裤兜里攥成了拳头。

"不能。"严峫突然开口了，但从那薄唇中吐出的每个字都让人心脏无限地向深渊中下坠而去，他说，"我不能告诉你。"

所有人脸色大变，魏副局一时站不住，摇晃了好几下！

吕局手中的茶缸"当"的一声砸在桌面上，向后靠在椅背上，呼了口气。

"既然你明知道隐瞒的后果是什么，还坚持选择这么做，那我也无话可说。"吕局缓缓点头，又说，"好，好，好……严峫，我再问你最后一个问题，真不想说的话，我也没办法了。最后一个在方正弘不在场时独自靠近案发车辆的人，到底是不是你?!”

——不是。

严峫如雕塑般静默着，背对着铁窗中微薄的光，脑海中自动浮现出了这个问题的答案：江停。

他闭上眼睛，几秒钟后沉声道：“是我。”

吕局霍然起身，向外走去。

“等等。”

谁也没想到严峫会在这时出声，外面的所有人都愣了，正准备夺路狂奔出去抓住吕局开喷的魏副局一个九十度拧身，老脸上登时迸发出了期待的光。

但紧接着那光彩就暗淡了下去——

吕局回头望向审讯桌，严峫微微扬起了下巴，这样看上去他原本就有棱有角的脸、修长结实的脖颈和肌肉宽实的肩都格外醒目，逆光中犹如一个黑沉沉的旋涡。

他问：“是你吗?”

这三个字很轻，没人知道是什么意思。

“……你问我?”

吕局眼皮一抖，似乎感到很可笑。然后他鼻腔里哼地出了口气，反问的声音十分严厉：“不论我说是或不是，在缺少证据的情况下你能信吗？严峫，你还有哪怕一丁点儿刑侦人员基本的素质吗?!”

审讯室内、外一片安静。

哗啦啦铁门震响，吕局摔上审讯室门，出去了。

魏尧原地打了个转，像是突然失去了方向，紧接着看见吕局从审讯室门外走过，登时步伐踉跄地扑出去，一把抓住他，像一把枪管卡弹后突然炸膛的冲锋枪：“老吕你听我说！方正弘这个事情，必须仔细慎重地调查，严峫他真的不是！——”

“吕局吕局，”张秘书急匆匆赶来，打断了脸红脖子粗的魏副局，“咱们局里的电话爆了，省委刘厅已经打第三个电话了，说立刻就过来亲自见您了解事态，现在这个情况……”

“不见。”

张秘书：“什么?”

吕局的语调毫无波澜，但那张弥勒佛般白胖和蔼的脸仿佛产生了无形的变化，由低眉转为怒目，令人甫一注目便心生震悚。

“不见。”他在张秘书、魏副局及其余人噤若寒蝉的目光中平静道，“从现在起严峫吃的、喝的由我亲自让人送，不管谁要探视都必须拿到我的签字批准。在案情调查清楚之前，哪怕省长来了都别想见到人。”

周遭死一般的静寂，吕局环视众人，冷冷道：“谁都不许踏进审讯室的铁门一步!”

当天深夜。

一辆红色丰田车驶过不夜宫 KTV 繁华的大门口，往小巷里拐进去，然后停在了距离后门不远的巷口。

一个身穿套头兜帽衫、牛仔裤和小白鞋的年轻姑娘匆匆下车，抓着书包跑过昏暗的小路。前方 KTV 后门口隐约透出灯光，披着皮草挽着小包的杨媚已经等待许久，倏然听见脚步声，回头一望，喜出望外：“小韩!”

“媚媚姐!”

年轻姑娘把兜帽一掀，露出年轻焦急不施粉黛的脸——正是杨媚等了半个晚上的韩小梅。

“吕局真是这么说的?”

KTV 楼上办公区，韩小梅饿极了，一边大口啃汉堡一边点头：“唔唔唔……”杨媚赶紧给她开了瓶可乐，韩小梅立刻仰头咕噜噜灌下去几大口，终于腾出了说话的空。

“对，是这么说的，局里都传遍了。刘厅为了这事亲自来到咱们市局，结果愣是被吕局拦着不让见，说严队是高度嫌疑人，身份敏感又有背景，谁见了都有可能会妨碍……嗝！妨碍司法公正!”

“……他这是什么意思?”杨媚惊疑不定，“怎么好像在防着谁想要严峫的命似的?”

韩小梅嘴巴塞得满满地一耸肩。

两人到了套房门口，杨媚敲敲门：“江哥?”

“进来。”

韩小梅在年轻又温和的陆顾问面前不敢放肆，下意识梗直脖子把汉堡硬生生咽下去，怯生生地跟杨媚进了房间。只见江停站在台灯下，桌上铺得满满当当，走近了才看见是几张不同的身份证件、户口本、银行卡、新手机和手机卡……

大概看到韩小梅不可思议的目光，杨媚苦笑着介绍：“全是江哥几年前准备好的，就是为了预防有一天遭遇不测。”

韩小梅看得咋舌，心说怪不得刚打陆顾问电话联系不上，原来在严队出事的同一时间他就把手机连卡一道换了——所谓专业级别的谨慎，也不过如此。

江停一言不发，戴着手套，在铺好的塑料布上仔细翻检方正弘留下的关键线索：那条深蓝色的旧裤子。

“没什么发现。”少顷后江停把最后一点布料的缝边都捏过了，说，“没有字条、字迹、不同寻常的叠痕或气味，也没有肉眼可鉴定的残留物。方正弘既然认定它是关键性线索，那就一定有他的道理，最好还是送去做个专业痕检和理化分析。”

杨媚指指外间，试探问：“让姓齐的带回恭州去找他们的技侦？”

江停摇摇头：“来不及，而且我也不能让证物脱离视线。韩小梅？”

韩小梅立刻立正：“在在在！”

“你认识分配在派出所的技侦同学吗？”

韩小梅小鸡啄米似的点头表示有。

“立刻联系对方，明天天亮立刻送检，我亲自跟去。”

韩小梅心说您可能不太了解我们警校现在的男女比例，您跟不跟去倒无所谓，媚媚姐亲自跟去的话倒是对我那几个技侦同学的极大鼓舞和激励……

江停摘下手套，重重搓了把脸。直到这时他才终于露出了微许疲惫，坐在床边上，抬头问韩小梅：“你们严哥怎么样了？”

他这话问得好像漫不经心，但不知为何，韩小梅突然感觉到，问出这句话后他全部的注意力都集中在了自己的身上。

“严队的情况……应该还好吧，”韩小梅为难地把方才告诉杨媚的消息复述了一遍，小心翼翼看着江停，“虽然现在风向对严队不利，但大家都相信严队不是那样的人，不会做出伤害方队的事。再说了，方队那辆车被做手脚不定是什么时候发生的，总不能因为案发时严队恰好在现场，就咬定严队是凶手吧？那也太说不过去了！完全没有道理！”

韩小梅义愤填膺，江停点了点头：“所以他晚上吃了什么？”

“啊？”

江停重复：“他晚上吃了什么？”

“……”韩小梅说，“……馒、馒头和白水煮蛋……”

江停闭上眼睛，他平淡疏离的脸上隐藏着某种很深的情绪，随即把面孔埋进了掌心。再睁开眼睛时他已经恢复了毫无破绽的、坚冰一般的冷静，仿佛刚才瞬间的软弱都只是错觉。

“知道了。”他说，“你今晚先住下吧，明早动身去找你同学。”

韩小梅瞪圆了眼睛，心说什么？我刺探了那么多情报，准备了一大篇安慰，打好了一箩筐的腹稿，结果你就问严队晚上吃了什么？多信任我一点啊！

杨媚还是有点担心：“江哥，你没事吧？”

尽管她不想承认，但理智让她清楚地意识到，严峫出事后她江哥的状态确实是不一样的——他的调查步骤跟平时同样精细，他的镇定、平静和专业也仿佛并无不同，但就是有某种情绪或者说气场，发生了令人胆战心惊的变化。

江停站起身说：“没事。我能有什么事。”

杨媚担忧地欲言又止。

“去睡吧。”江停淡淡道，“如果我推测方向没错的话，我们离真凶已经很近了。”

杨媚以为江停会彻夜不眠，谁知稍后她不放心地再来敲门时，却发现江停已经熄灯了。

“睡下了？”她暗暗地想，同时又微不可闻地松了口气，“还好，还好，是应该多休息——”

窗外风雨如晦，北风呼啸刮过窗户，黑夜无边无际。

她不知道的是，此刻江停正躺在黑暗中，睁眼望着长河般悬浮的虚空。他仿佛被隔离在这个世界之外，唯一的联系和纽带已经断裂了，连带着他对外界的感知都渐渐模糊起来。

许久他平躺着仰起头，闭上眼睛，嘶哑地叹了口气。

其实让韩小梅的警校同学帮忙并不是上上策，首先，只要在建宁公安系统范围内，检验物就必然会留下记录，也就留下了被追查的线索；其次，韩小梅毕竟才刚毕业，她的同学也是技侦菜鸟，绝不会有市局主任黄兴那样出神人化的专业技术。

但事到如今，一切求快，韩小梅的人脉确实是江停现在所能求助的唯一途径了。

韩小梅上学时最好的哥们儿——她的同乡兼同窗被分在富阳分局下属派出所技术中队，小伙子早上拿到这条裤子，为难地表示最早也要第二天才能出结果。中午被漂亮的杨媚大姐姐请吃了顿饭之后，小伙子表示自己突然对工作和生活都燃起了亢奋的热情，总算在下班前吭哧吭哧地把分析结果做了出来，狐疑地问韩小梅："这到底是什么案子啊？你确定没拿错化验物吧？"

韩小梅心虚地说："没……没吧？"

"可这就是一条普通的裤子啊，我能想到的测试都做了，什么血迹、精斑、硝烟反应、毒物化验都没看出来，大概只能分析出这人的卫生习惯比较一般，另外裤缝里夹着几根狗毛——你肯定是把证物搞错了对吧，不然你为什么不去市局，反而拿来给我检验？你完了韩小梅！你要被市局退货了！"

韩小梅欲哭无泪，说："我谢谢你提醒啊。"

话虽如此，但韩小梅还是满怀疑虑地把分析报告拍下来发给了杨媚，少顷她的电话响了，来电显示是杨媚的号码，接起来却只听江停劈头盖脸地问："所有分析结果都在这里了？"

韩小梅站在派出所门外的大街上，周围全是汽车喇叭声和行人喧嚣此起彼伏，她捂着话筒大声道："是的！差不多能确定方队穿这条裤子吃的最后一顿饭是肉夹馍，家附近可能有几条流浪狗，个人卫生习惯不太好！——现在怎么办啊?!"

韩小梅的心已经被绝望所笼罩了，她完全无法想象如果自己落到这个境地的话，还能不能从肉夹馍和流浪狗中分析出任何子丑寅卯来，会是怎样的焦虑和一筹莫展。

"我知道了。"

"啊、啊？"韩小梅心说您知道了？知道什么了？

"我要出门一趟，随时保持联系。"

"您要——喂？喂？"

江停挂了电话，放下手机，转身拎起大衣，抓起车钥匙，径直下楼穿鞋。杨媚惊慌失措跟在后面，一迭声地大喊："江哥，你上哪儿去？我跟你一起走！"

"我去趟外地。"江停推开门，"方正弘的思路是对的，现在只需要最后验证一下，差不多就能确定答案了。"

"那那那你等等我！我不补妆了，咱们这就走！"

杨媚飞扑去换衣服，但随即她的动作就被江停一句话钉在了原地："不，别跟来。"

杨媚愣住了。

江停站在大门前回过头，半边侧颊融在初冬暗淡的天光里，平静地道："对你来说危险可能会比较大。"

杨媚绞尽脑汁也想不到江停到底从那短短几页分析报告中看出了什么，晚上韩小梅过来 KTV，俩姑娘愁眉苦脸地膝对膝坐着，内心充满了担忧和忐忑。

严峫在市局关押室里安全吗？

江停连夜奔赴哪里？

事实上，不仅杨媚和韩小梅，在偌大的建宁市里，还有很多人像她们一样辗转反侧，彻夜难眠。直到东方天际渐渐泛起鱼肚青，和衣迷糊了几个小时的杨媚突然被铃响惊醒了，蓦然蹿坐起来抓起手机——

清晨六点半，一条未读消息来自江停的新号码，只有短短几个字：

“我知道他是谁了。”

第 29 章

建宁市。

琥珀山庄九区二栋。

天下着雨，人行道的石板下汪着水，车辆驶过掀起唰唰声响；尾烟和雨水黏在一处，满世界蒸腾出令人眩晕的废气。

一个身材矮胖、步伐蹒跚的老人穿着深灰色风衣，胳膊底下夹着公文包，撑着把宽大的黑伞，走进小区楼下一处灯火通明的便利店。

午饭时间店里冷清，老板不知道忙什么去了，只有他家小孩趴在收银台后写作业加看店。老人费力地收了伞，抖抖水珠，和蔼地问："小朋友？"

小男孩咬着笔杆抬起头。

"你爸爸呢？"

小孩指指后面。

"帮我叫你爸爸过来，就说前两天借要紧东西的伯伯来了。"老人粗糙宽厚的手掌拍拍小男孩的头，"去吧。"

小男孩上下打量他一眼，疑惑地跳下板凳，跑向小超市的后门。

老人也不急，把一路上夹得紧紧的公文包放在柜台上拉开，取出一个银灰色的移动硬盘。就在这时店里叮当声响，玻璃门又滑开了，外面的风雨裹挟着湿气和寒冷一卷而入——来了新客人。

"？"

老人手一顿，便要把移动硬盘塞回公文包。谁知这么细微的动作竟然被打断了，一只修长白皙的手从他身后伸来，准确又不容置疑地按住了老人的手："给我也看看吧，吕局。"

明明每个字都堪称柔和，吕局却霎时面皮一抖，瞳孔紧缩，随即转头看向来人——

“辛苦了，明天继续弄哈！”

“明天见！”

秦川挥别同事，在因为下雨而格外拥挤的晚高峰车流中且停且行，一个多小时后才开回家，冒雨疾步冲进楼道电梯。

叮！

秦川走出电梯，摸出钥匙准备开门，动作却突然微顿。

“……”他望着面前熟悉的门牌号527，不知为何心脏无规律地紧缩起来，有几秒甚至不太喘得过来气，像是冥冥中预感到了什么东西似的。

他用力吸了口气，平静下来，慢慢地打开锁，在吱呀声中推开了房门。

客厅里没开灯，最后一丝天光与路灯透过玻璃窗，将熟悉的家具勾勒出淡灰色的影子。早上临走时匆忙扔在沙发扶手上的大衣还摊着，餐桌上放着喝了一半的冷茶，茶几上的鱼缸里金鱼倏然摆尾，反射出粼粼的水光；女人的黑白遗像摆放在冰箱上，面对着玄关，露出熟悉的面容。

一道修长身影背对着大门，仔细打量遗照，听见他进来的声响，但没有回头：“你把岳广平的一撮头发带回去跟令堂合葬，确定她真的会因此而高兴吗？”

秦川长长出了口气——仿佛那块垒已经郁结于胸十多年，至今终于彻彻底底化作白雾，在半空中一瞬就消散了。

“高兴的吧，我想。”他微笑着回答。

秦川反手咔嗒关上房门，脱了外套随手扔在了沙发上，活动了几下肩膀肌肉，衬衣下发出清晰的骨骼脆响，与之形成鲜明对比的是他的表情却还是很彬彬有礼的：“久闻大名却缘悭一面，你好，江支队。”

那年轻人转过身，赫然正是江停。

这其实是非常荒谬又可笑的见面，但具体含义有多讽刺，也许就像秦川那句“久闻大名、缘悭一面”一样，这世上只有他们两个人才能切身地明白。

秦川似乎觉得很有意思：“你特意去家母的故乡拜访了？”

“为了证实我对你身世的猜测，是的。幸亏我对岳广平三十多年前上山下乡的行踪稍有了解。”江停淡淡地问，“你想知道自己到底暴露在哪儿吗？”

秦川做了个请说的手势。

“方正弘从你手中夺走药酒并打翻的那天，几滴药酒溅在了他的裤腿上，却没从布料中提取出哪怕痕量的乌头碱。也就是说，你自称从刑侦支队借来那瓶剧毒药酒后试图饮用的口供是在撒谎，你当时是喝给方正弘看的，是你事先调换过并藏好的，严哪那瓶原本无毒的药酒。

“整个中毒事件都是你精心策划好的一场戏，从提醒严哪使用药酒，到方正弘暴怒制止你使用刑侦支队借来的药酒，所有关键转折都像你预先设计好的那样来发展，而这场戏得以成功落幕的先决条件只有一个。”

江停顿了顿，说：“你太了解方正弘和严哪这两个人了。你对他们在一个设计好的场景中会做出什么样的反应了若指掌——就像一年前，你冒充严哪的名义给方正弘送有毒药酒，并料到他必定会喝一样。”

秦川苦笑了笑，仿佛有点无奈：“我就知道那天应该做戏做到底……临门一脚，不该软的。”

“为什么当时怕了？”江停一挑眉角，问，“因为岳广平的死让你终于清清楚楚认识到，乌头碱是真能杀人的？”

这次秦川真的笑了起来，一边笑还一边摇头：“不，不，乌头碱能杀人我早就知道。我只是觉得——怎么说呢？我想做的事情还没完成，我怎么能拿自己的命去冒险？”

他就这么似乎有点遗憾的样子，绕过沙发想往这边走，却被江停止住：“站住，不然开枪了。”

秦川定睛一看，果然只见昏暗中江停手上平平举着黑洞洞的枪口。

“行吧，”秦川纯属礼节性地站住脚步，问，“你想知道什么？你告诉我，我说给你听。”

江停问：“你是什么时候跟黑桃K联系上的？”

用“联系”这个词应该只是江停涵养好，否则还有更多更难听的词汇来表达相同的意思，不过秦川也不太在意：“不，不是我联系他，是他主动来找我的。”

“主动找你？”

“对，是我考上警院的第一个学期。确切地说，是在岳广平以‘父亲’的名义首次出现在我人生中的第二天。”秦川揶揄地耸耸肩，“早得出乎你意料吧，所以我才说久仰大名呢，江支队。”

确实如此。

如果真按这么算的话，秦川认识黑桃K竟然在十多年前！

“岳广平是下乡当知青的时候跟令堂认识的？”江停问。

“老套的故事。下乡知青苦闷时迷茫的慰藉，面对回城的重大人生选择，未来几十年间的良心拷问和终生遗憾……不值一提了。”秦川说，“我不知道岳广平是什么时候确定我的存在的，高考那年乡下的母亲突然去世，我开始接到资助，却从来不知道‘好心人’是谁。直到上警院才知道，原来好心人就是亲爹。”

直到现在说起这段往事，秦川都有种微妙的自嘲。

“岳广平也许是想等到我考上大学后再来相认，彼此情绪上都会稳定一些，但他没想到自己的一举一动都已经被黑桃 K 的人盯上了。也确实，当年他是恭州最有希望接任公安局长宝座的人，黑桃 K 不会放过那么有利可图的目标，所以在岳广平痛哭流涕来到我面前的第二天，黑桃 K 也出现了，问我：‘你知道岳广平当年抛弃你们母子是为了什么吗?”’

江停眯起眼梢，目光上下打量几步之外的秦川，缓缓道：“你不像是会站在那里听凭他洗脑的人。”

“当然不是。”秦川失笑道，“我有我自己的想法，否则我怎么会来建宁而不是去恭州?”

如果去恭州，以岳广平的愧疚之心，即便不至于走后门帮儿子升官，也绝不会少做安排。

但秦川没有——他来到建宁，从派出所实习警开始干起，这么多年来的血汗伤病是真的，功勋也起码有八成是真的。

“他是为了他的前程，”江停轻声说，“所以你也要自己挣出一个不输于他的前程。”

秦川没有否认。

“十多年来你一直在跟黑桃 K 合作?”江停问。

“哦，这倒没有。”秦川坦诚而又直截了当地否认了，说，“警院四年里黑桃 K 接触了我几次，希望我去恭州做岳广平身边的内应，策反他、掌控他，甚至有一天可以取代和毁灭他。我承认这个毒枭的煽动性和说服力都堪称天才，甚至一度差点把我洗脑。但到最后，我想要证明自己的欲望还是强烈到压过了一切，甚至包括对生父的仇恨。”

证明自己什么呢？秦川没有说，江停也没有问。

但有些事在聪明人之间不用点破，他们都知道——

当年你抛弃乡下的女友，抛弃身为男人的道德和责任，以此来换取孤家寡人和位高权重的前程。而如今被你抛弃的儿子不需要倚仗和乞求你，也能证明自己的能力，也能让你那张老脸上露出羞惭和后悔。

“只有一点我很奇怪，”秦川说，“虽然我拒绝黑桃 K 并离开了恭州，但出乎意料的是，他也没有任何反对，像是早就能预料到一样，只是突然断绝了所有音信和联络。从此这个贩毒集团好几年都没在我身边出现过，我也不知道为什么，直到五六年前……”

“因为他能理解这种感情。”江停淡淡地道。

“什么?”

江停脸上露出一丝有点古怪的神情：“没什么，你继续说。”

“直到五六年前，我在某次逮捕行动中遭遇危险，当陷入孤立无援境地的时候被人救了。”秦川说，“是黑桃 K 的人。”

五六年前，那差不多是江停在恭州发现“蓝金”的时候。随即江停开始追查，并终于摸到恭州山区某处地下制毒工厂，在那里再次遭遇了成年后的黑桃 K。

命运的轨迹从四面八方延伸而来，渐渐形成一张大网，将所有人都裹挟其中，轰然奔流。

“这个时候你在建宁工作多年，却还只是个抛头颅洒热血的小刑警，终于发现了世界并不是非黑即白的。有了黑桃 K 的帮助，你的生命安全和查案效率都有保障了很多，各个零散的小毒贩都能一网打尽，层层升迁也变得格外顺畅，是吗?”

江停注视着秦川，对方点点头：“差不多吧。”

“所以你们最后还是合作了，”江停的语调不带任何疑问，是陈述性的，“当时岳广平已经升任副市长兼公安局长，但他就像恭州市的一面铜墙铁壁，黑桃 K 无法把他拉下水，只得再次从你身上入手。”

秦川叹了口气，说：“是的。”

就像江停猜测的一样。

当年连副支队都不是的秦川，无法为黑桃 K 提供建宁方面的任何帮助，毒枭的首要目标还是岳广平。因为就算把恭州公安系统渗透得再多，如果一把手岳广平坚持不下水的话，黑桃 K 的掣肘还是非常大的。

可以说，岳广平是黑桃 K 最难啃的一根骨头，孤家寡人的副市长没有任何破绽。

除了秦川。

最后一点天光渐渐消失，阴云笼罩着这座城市，雨点不断拍打窗户。屋子里已经连家具的轮廓都模糊了，但不知为何江停微微扭曲的脸却还很清晰，他勉强张开死死咬紧的牙关，开口时声音像绷紧了的弓弦：

“所以，三年前把一〇〇九行动情报泄露给黑桃K，并害死了我十四名缉毒警的那个内鬼，就是你？”

“哈哈哈……”

屋子里响起低低的笑声，随即那声音越来越大、越来越明显。秦川扶着额角，连肩膀都在抖动，仿佛听到了这世上最好笑的谎话，足足过了半分多钟才勉强止住笑意，抬头戏谑地看着江停：“我说江队——都三年过去了，你还要自欺欺人到什么时候？”

江停就像浸在冰水里，从鼻腔到肺部，都灌满了刺骨的冰碴儿。

“岳广平这个公安局长是吃素的吗？他会把这么重要的情报随随便便告诉别人？更何况我连恭州的警察都不是，你还以为他会在某天家宴吃饭的时候，把公安局的内部线报当下酒菜一样说出来？”

“……”

“别给自己洗脑了，江队。”秦川眼底闪烁着嘲弄和怜悯交杂起来的神采，说，“导致一〇〇九缉毒行动失败并将十多名战友送进黄泉的，一直是你和岳广平。”

江停手肘、肩膀乃至半边身体，都在大衣之下难以察觉地战栗着，握枪的手筋骨寸寸凸起。

但秦川仿佛没看见，他就这么盯着江停在昏暗中一动不动的瞳孔，轻轻地、一个字一个字地微笑道：“根本就没有什么内鬼，从来都没有——

“凶手就是你自己。”

第30章

三年前现场爆炸的熊熊烈焰包裹着黑烟，在狂风中冲上天空，旋即尽数收在江停瞳底。

他眼珠有种冰冷的瘆亮，半晌慢慢道：“如果你知道更多有关于我的秘密，不妨等进了看守所之后，再慢慢去跟侦查员沟通吧。”

他说这话时的神态和声线都稳下来了，持枪的手随即一定，整个人几乎在顷刻间恢复到无懈可击的状态。秦川有点遗憾他恢复得这么快，似乎还想说什么，但被江停打断了：“两年前的一月十八号下午，岳广平查出了关于内鬼的情报，准备出门和我见面。是你临时造访杀死了他，对吗？”

秦川呼了口气，静了好几秒才说：“是的。你刚才已经猜出来了，是乌头碱。”

“……”

“换作是你，你会怎么样？”秦川似乎有点唏嘘，“从十八到二十九，整整十一年，岳广平尝试了很多办法来换取此生唯一亲生子的原谅和接纳，但都没有做到。直到我在母亲去世十二周年上坟的时候，他终于发现我的态度有所松动。似乎释放出了愿意缓和父子关系的信号——他当然会欣喜若狂。”

“是黑桃K示意你这么做的？”江停问。

这明明只是一个简单的选择性回答，但不知为何秦川停顿了片刻，才说：“对。”

然后他没有给江停任何发话的机会，立刻接了下去：“之后的半年里我开始跟他互相走动，在建宁见过几次面，偶然通个电话。这应该给了岳广平很大的鼓舞，他开始邀请我去恭州家里坐坐，但我始终都以感情上无法接受而拒绝了。”在这里秦川补了一句解释，“岳广平在恭州结过婚，他夫人过世前，两人一直是住在那套房子里的，所以这个理由对岳广平来说完全可以成立。”

江停眯起了眼睛，没有吱声。

秦川提到岳广平妻子的时候完全没有任何抵触，相反态度理智平和，这应该是心态和情感都非常稳定成熟的表现。

也就是说，他跟大多数心怀恨意的弑父杀手的表现差别太大了。

“所以一月十八号那天你的突然造访，对岳广平来说很重要。”江停缓缓道。

“其实我也没想到对他来说那么重要，以至于他宁愿推迟跟你见面也要先让我进门。说实话，其实那天我是急匆匆赶过去的。”’

江停眼神示意他继续解释。

“那段时间岳广平一直处在被监视的状态中，所以当他打电话约你去安全屋见面的时候，黑桃 K 就知道他肯定查出了什么，但已经来不及安排车祸了，只能由我临时上门。你可以想象岳广平看见我站在外面的时候有多……震惊。”秦川顿了半秒才选择这个词，然后道，“我告诉他我是出差经过恭州，顺道进来抽根烟就走，所以他想也不想就让我进门了。”

岳广平没想到的是，这抽根烟的工夫，却要了他的命。

江停默然良久，才问：“你让他喝药酒了？”

“不，是茶。”秦川伤感地笑了笑，“仅仅一滴乌头碱浓缩液而已，老年人本来心脏就不好……事后我把茶杯带走了。”

明明是那么惨烈又悲哀的亲子谋杀，他的表现却异常平静，仿佛岳广平是真的心脏病发作去世一般。

按江停平常的审讯风格，这种带有感情色彩的问题是很少出现的，但他还是问了：“你杀了自己的亲生父亲，作为凶手就没一点感情触动吗？”

“怎么说呢……”秦川仰头沉吟道。

他就这么仰着脖子活动了一下自己的颈椎，望着天花板，淡淡道：“我是凶手，但又不是。所以感情触动跟正常人不太一样吧。”

江停下意识问：“什么？”

——这话是什么意思？

秦川不以为意：“没什么意思。”

江停瞳孔压紧，似乎要穿透秦川俊朗的面孔，看进他冷静的眼睛深处，但对方显然不会再做更多解释了。突然江停问：“那案发当时你害怕吗？”

“为什么要怕？”秦川反问，“家母去世时我也同样守在她身边，有什么好怕的？”

“……”这次江停深深盯着他，看不出任何意味地笑了一下。

这笑容只在他唇角停留了短短一瞬，随即只听他问：“所以后来你用乌头碱用顺手了，一年前谋杀方正弘的时候再次选择了药酒？”

“我没有想杀方正弘。”秦川纠正了他，说，“虽然方正弘性格非常敏感而且疑神疑鬼，于公给我造成了不少麻烦，于私也不好相处，但我确实没到非要杀他的地步。对我而言最好的状态是方正弘因病提前退休，或者起码彻底放权不管事，那么我的日常工作就会变得方便很多。

“至于选择严峫来嫁祸，也是经过了深思熟虑和多方权衡的——严家在省委深厚的背景对任何人来说都非常棘手，只要不是铁证确凿，吕局都不会轻易对严峫下手，最多私下暗查；同时在明面上，只要吕局在方正弘面前表现出一丝一毫不愿针对严峫的意思，老方那偏激的性格都会理解成吕局包庇严峫，从而制造出建宁市局中高层之间的隐患和裂痕。

“事实也确实按我计划的那样发展了。”秦川扯了扯嘴角，多少有些兴味阑珊，“吕局私下退掉了总务科的两个实习生，线索中断再也查不下去，严峫和方正弘的反应也都没出乎我的意料。”

能把人心算计到这份儿上的确实不多。方正弘就算了，连吕局这样的老狐狸都悄无声息地着了道，秦川在这方面的能力或者说天赋，确实不同凡响。

江停摇头微微一哂，并没有赞扬他，只问：“那你后来为什么给严峫投毒？别告诉我你其实也没想杀他？”

秦川揉了揉额角，似乎不知道该怎么解释才能表达自己的本意。未几他推了下眼镜，尽量诚恳地开口道：“我要是认真想杀严峫，他现在已经死了一百次了。”

江停抬起半边眉角：“哦？”

秦川一耸肩：“你对我可能有些误解，觉得我是个投毒杀人狂。但其实我是个清晰的目标导向者，对人命根本没那么执着，如果严峫死了我甚至会感到很伤心……如果他只是受伤或撞车，从而永远离开建宁市局回去继承家业的话，就像方正弘提前退休一样，对我来说都是很好的局面。因为我只是想要他们的位置，并不是想要他们的命。”

“那你就没想过严峫根本不会去喝药酒，或者那瓶下了毒的药酒会被别人喝了？”

“不会。”秦川轻描淡写地道，“首先，天气冷下来了，严峫每年立冬前后都会喝药酒除湿，这是他的习惯；其次，我确定除他以外刑侦支队很少有人动那瓶药酒，即便真有人动了，也大多是外涂而不会内服，因为能受得了药酒那味道的毕竟是少数。”

说到这儿他摊了摊手：“再退一万步说吧，就算真的有人喝了还死了，那也是没有办法的事情，因为世界上根本就没有百分之百完美的局。如果过度追求一击毙命，那么势必会在布局时留下痕迹，对隐蔽自身是很不利的。”

江停那通常都没那么多复杂变化的脸上出现了一种难以言喻的表情。

“受教了。”随即他失笑道，“那雇用冼升荣在江阳县暗杀严峫的那次呢？也不算认真要严峫的命？”

秦川说：“你信不信都好，我确实没有要求冼升荣‘一定’要杀死严峫，我告诉他最好是开枪射击警车轮胎造成事故，给汪兴业雇用的那几个杀手创造机会。不过冼升荣动作还是慢了，以至于姓范的那几个人抢先动手，把警车撞进了河里，还一帮人拿着土枪劈头盖脸地往河面上射击……更关键的是竟然还没一个人能击中严峫……”

秦川露出了一个头痛且无奈的表情。

“其实如果可以选择的话，我是不希望冼升荣开枪的，因为只要有弹头膛线，就必然会留下追踪的线索。而这把枪是岳广平的，就算吕局再不相信岳广平的死和我有关，他到底也知道我们之间的父子关系，我不想留下任何令吕局怀疑我的可能……对了，你介意我坐下吗？上一天班了真的很累。”

他指指身侧的沙发，江停打量了几秒，用枪口示意：“坐吧，但不要有任何异动。”

“不会，”秦川淡淡道，“你的枪法有多准，我是听说过的。”

他绕过茶几，坐在沙发正中，深深倚在靠背上呼出了口气：“你竟然不怀疑我在沙发里藏了任何武器……”

“不怀疑。”江停说，“因为在你回来前我已经搜过了。”

“……”秦川喃喃道，“枉我还为你的信任感动了几秒。”

“我只是觉得自己不该犯吕局那样的错误。如果他在岳广平死后就开始怀疑你，或者在一年前方正弘中毒时重点调查你，那么事情应该从很早以前就开始不同了。仅仅因为你和岳广平是亲生父子关系，导致他在这一年的时间内几乎没有对你采取任何行动，吕局是难辞其咎的。”

“吕局老了……”秦川半天才感叹了一句，并用掌心搓了把脸，说，“他也许调查过我一段时间，但很多事我不是亲自去做的，像灭口冼升荣，对老方那辆伊兰特车做手脚这种琐事……所以就算调查他也抓不到证据。老实说，你能怀疑到我身上才比较让我惊讶，可能因为你是局外人吧。”

江停不置可否：“黑桃 K 的人帮你处理过很多‘琐事’？”

秦川说：“差不多吧。”

“那为什么几次对严峫下手都是你自己来？黑桃 K 让你这么做的？”

秦川扶着额角笑了起来，问：“你们之间到底发生过什么？怎么感觉你认准了他想杀严峫，就这么有罪推定啊？”

江停的脸在黑暗中雪白僵冷，神情一如手中的枪口，纹丝不动。

“好吧，我承认他手下的人确实传递过这个意思，但……”秦川笑着摇了摇头，“首先严峫这个人吧，从小家里有安保教育，长大后又当了那么多年刑警，外人要对他下手确实不太容易；其次，毒贩在建宁公安高层的渗透远远不如当初在恭州，所以如果我想迅速往上爬的话，安安稳稳等待黑桃 K 一层层运作关系是很难的，主要还是得靠我自己动手。”

黑桃 K 在本地绝不止倚仗秦川一个，在省里肯定也有关系，这点毋庸置疑。但建宁毕竟不是当年的恭州，建宁作为拥有两套政府班子的省会城市，省厅对市局的人事控制力度有限，如果想迅速把秦川提到至关重要的权位上，仅通过省厅显然是不太容易做到的。

于是挡在秦川面前的方正弘，以及更重要位置上的严峫，就成了最直接的绊脚石。

“所以如果你真要责任划分的话，我担六成，黑桃 K 担四成吧。”秦川似乎感觉还挺有趣，说，“不过你应该庆幸出手的是我，我的优先目的不过是把严峫弄出刑侦支队——换作黑桃 K 亲自动手的话，可能就是不死不休的局面了吧。”

江停背靠着客厅一角，半晌才像散发着刺骨寒意的冰雕终于活过来了似的，从鼻腔中轻轻发出一声笑，渗着毫不掩饰的嘲弄：“照这样看来，还得感谢你跟黑桃 K 并不完全是一条心。”

“哦，确实不是，我跟那毒枭意见相左的地方还挺多的。比方说……”

江停还站在那里，秦川却突然不说了，他摘下金边眼镜，放在身侧，用食指关节揉按自己的眉心，就这么大概持续了好几秒，才慢悠悠地笑道：“比方说他不敢真把你弄死了，但对我来说却无所谓——”

江停瞳孔一凛，下一瞬，秦川就像发力暴起的豹子，一脚踹翻茶几！

呼——

沉重的实木家具竟被他踹得在半空中打旋，挟着风声劈头盖脸砸向江停！

砰砰两声枪响，茶几四分五裂，木块轰然爆了满地。弹壳落地叮当作响，江停一抬枪口，反手开灯，冷不防只听头顶“哗啦！”玻璃爆裂，秦川砸裂了客厅吊灯！

黑暗中无数碎片哗然浇下，就像泼面而来的玻璃暴雨。

江停闪电般扭头挡住眼睛，就在此时此刻，秦川顶着满身玻璃碎片，啪地一把攥住了他持枪的右手，食指强行塞进扳机——

砰！

砰！

江停咬牙将枪口下垂，秦川的掌力却死死往上。

砰！

争夺中最后一发子弹出膛，江停猛地扭头，灼热的气流紧贴着脖颈擦了过去！

只要枪口再偏一厘米，此刻他的脖子就已经被轰了个对穿。但这时候来不及后怕了，江停屈膝一脚踹开秦川，甩手扔了空枪，抽出折叠刀噌一下打开，突然只见秦川拎起挂在玄关处的长柄雨伞，劈手抽出一道寒光——

那竟然是一把插在伞柄里的三棱刺！

江停眼皮轻轻一跳，黑暗中只见秦川向他露出了一个遗憾的笑容。

第31章

窗外黑夜沉沉，华灯未上，远处马路上的车灯穿过窗棂，黄光沿着天花板一闪即逝。

就在那瞬间，秦川轰然一脚踩上翻倒在地的茶几边缘，凌空扑到了江停面前！

铿锵——

三棱刺与折叠刀金属撞击，迸发锐响，江停踉跄向后踩碎了花瓶。仓促间又是当当几声刀锋错绞，转眼江停已被逼至墙角！

秦川平时多以斯文雅痞的形象示人，但一出手根本不是平常那个样，冷酷、残忍和敏捷程度，哪怕跟专业等级的阿杰比也不遑多让。黑暗中对于地形的熟悉和压倒性的力量帮助了他，只听吱呀一声轻响从脚底传来，江停的脊背已经结结实实抵上了墙壁，折叠刀锵一声狠狠撞上了三棱刺！

金属互相死死抵住，发出令耳膜极不舒服的摩擦声，刀尖一厘米一厘米地向江停鼻端靠近。

“如果岳广平死时你真的一点触动也没有，”江停近距离盯着秦川的眼珠，突然问，“为什么你离开时，会慌张到把烟灰缸撞翻在地上？”

话音刚落，三年前那清脆的撞击声仿佛再次响彻耳际，还是同样的震人胆寒——咣当！

秦川一直波澜不惊的面色瞬变，手腕下意识松劲，被江停发力推了出去！

秦川猝不及防，踉跄数步不及站稳，只见眼前雪光劈下，从肩到右胸一凉又一热，飞出了满泼血花！

江停重重一脚把秦川蹬得向后，哗然撞翻了沙发，陈列架上的摆设稀里哗啦摔了满地。江停不等他爬起来，持刀跃过沙发落地，去抢落在地上的三棱刺，谁料秦川就着落地的姿势抓住他脚腕劈手一拽，巨力让两人同时摔倒在满地废墟中！

"……"江停不出声地骂了句什么，刚起身就被秦川一记又狠又重的肘击打翻在地，头撞上了墙壁。嗡的一下颅脑巨震，差不多有半秒钟的时间江停眼前发黑，紧接着他听见金属刺啦声，是秦川翻身抄起了凶器！

不好一

敏锐的格斗意识救了江停，下一瞬他竭力偏头，三棱刺紧贴着侧脸剁进了墙面！

一丝鲜血从江停寒冰一样白的侧颊上洇出来，顺着刀锋血槽缓缓蜿蜒。

"所以谢谢你让我有了一个倾诉的机会，"秦川轻声道，"这么多年来确实很难熬。"

紧接着，三棱刺带着细碎石子拔出墙壁，刺向江停避无可避的太阳穴！

—_ 砰！

枪声猝然响起，刀尖在距离皮肤两寸之处顿住。

"住手，秦川。"一道和缓、果断又熟悉的声音在卧室门口响起，说，"否则下一枪就击毙你了。"

"……"秦川慢慢地回过头，说，"我刚才还在想您要待到什么时候才出来呢，吕局。"

吕局那极有特征的憨实身影逆着光，走到客厅门口停住了，手里还举着一把九二式警枪。他的老花镜微微闪着光，看不清此时是什么眼神，又缓缓重复了一遍："放下凶器，住手吧。"

这个时候秦川把江停摁在墙面上，刀尖离致命的太阳穴不过咫尺之遥，只要再稍微往下用力，就是生死立判。

没有人吱声，甚至听不见呼吸的声音。秦川一言不发，半晌缓缓松开江停，转过身。

恰好此时远处车灯照射进来，映出了他紧绷的肩臂肌肉，手中锋利的三棱刺，以及盯着吕局手里那把枪的、淬满森寒的眼神——

明明什么都没发生，但那瞬间所有人都突然感觉到了：如果他想，他能在顷刻间掷出刀锋将枪打下来！

那只是眨眼间的事，吕局扣在扳机上的食指条件反射绷紧了，但下一刻出乎意料的是秦川没有动，他冲着吕局微微一笑，在"叮当"脆响中轻描淡写地丢下了三棱刺。

远处红蓝光芒乍现，遥遥传来了不清晰的警笛声。

“你们本来的计划是不在我眼前碰面的吧？”秦川揶揄道。

吕局没有回答这个问题，招了招手：“举起手慢慢走过来，站在这里别动。江队？你还好吧？”

江停这才擦去脸颊上温热的血迹，疲惫地起身捡起秦川那把三棱刺，说：“不用管我。”

秦川跨过满地狼藉，象征性地举着双手走到客厅正中站定。

他并没有讨得多少巧，从右肩至胸口被江停一刀划出了长达半尺的血痕，鲜血渗透了衬衣，勾勒出肌理，乍看有些令人胆战心惊的凶悍和凌厉。但与之相对的是他表情并没有任何异常，甚至还有几分放松，指指地上问：“我能把眼镜戴上吗？”

吕局说：“戴吧。”

秦川道了谢，弯腰捡起眼镜戴上，这才像是终于恢复过来似的舒了口气：“是我疏忽了，以为你们会各自单独行动，没想到两位竟然能联手。是因为岳广平当年的电话让您对江队建立了信任吗，吕局？”

“这个倒并没有。”吕局枪口自始至终稳稳地指着秦川眉心，说，“我在相信你这点上吃了亏，不会再轻易信任别人了——你最好别轻举妄动，秦川。江队不敢随便开枪，我却是可以击毙你的。”

秦川不以为意地笑了笑：“聊聊呗，趁同事……趁警察还没赶到的时候，不然我怕以后不会再有机会了。你们是什么时候见面联手的？”

吕局目光投向江停，两人似乎眼神沟通了几秒钟，吕局低沉地开口道：“今天中午，因为我们都发现了你不小心遗漏下来的唯一的证据——”

秦川很意外：“哦？”

江停说：“是的，汪兴业。”

时间倒推回几个小时前，琥珀山庄九区二栋楼下，便利超市——

“谁？”吕局一回头，随即怔住了，老花镜后露出难以置信的神色，“……是你！”

那年轻人一身黑色大衣，被水汽打湿的黑发之下，脸色雪白而无生气，甚至连嘴唇都淡得几乎看不见血色，但仍然能看出几年前的锐利清晰的五官轮廓：“不用这么惊讶吧，早在胡伟胜制毒案的时候，您不就已察觉到我的存在了吗？”

“……”

两人长久地对视，终于吕局点了点头，沙哑道：“江支队长。”

不远处超市后门，老板匆匆掀帘进来，一见收银台前这情景，不由得愣在了原地。

“江阳县袭警事件之后我开始对你产生怀疑，但也仅仅是怀疑——当年老岳去世消息传来的时候，你的表现我至今难忘，不论是从动机还是情感流露上来讲，我都无法把你往弑父凶手上做一丝一毫的联想。这几年来我甚至都开始问自己，难道老岳真是心脏病发作去世的？难道冥冥之中真有天意？”

吕局自嘲地摇了摇头，又道：“直到严峫乌头碱中毒，联系我当年匆匆赶去，只来得及看最后一眼的老岳的遗容，我才真正觉得，应该就是你没跑了。”

秦川无声地“噢”了一句：“难怪您突然决定给我下正式任命，顺势要求我把支队内部事务拿给您签字，应该是想借机摸索我在日常工作中留下的破绽吧。”

吕局说：“对，你做事太聪明了，秦川。你把所有杀人灭口和抹除痕迹等工作都交给毒贩去处理，最大可能性地减少了自己暴露的可能，因此我很难抓住你的小辫子。但如果抓不住证据的话，仅凭怀疑是无法把你拘捕问话的，相反还容易打草惊蛇；所以我只能采用最机械也最耗时的办法，从头开始梳理你可能做过的每一件事、去过的每一个地方，争取找出你留下的，哪怕任何一丁点的蛛丝马迹。”

“幸运的是，我没有花太久的时间。”吕局话锋一转，说，“严峫卧底‘三春花树’酒吧贩毒现场那天晚上，有一名男子用电话亭报警扫黄，以至于严峫等人的缉毒行动被扫黄大队破坏。我再次调出了电话亭附近的监控记录，发现那名报警男子的体形非常眼熟——他是‘三春花树’的供毒上家之一，也是六一九绑架案中步薇的‘叔叔’，汪兴业。”

“……”秦川叹了口气，喃喃地说了句什么，从口型来看应该是，“果然成事不足，败事有余……”

“确定你跟汪兴业有勾结之后，事情就容易多了。我找到汪兴业的窝藏据点之一琥珀山庄九区二栋，发现附近的监控录像果然曾被人以‘公安机关’的名义调取破坏，”吕局冷冷道，“不过所幸汪兴业家楼下一家便利超市安装了防盗摄像头，录像保存期长达六个月，拍下了你多次进出汪兴业家，并在他潜逃前几个小时通风报信的证据。”

秦川一边听一边点头，末了摇头叹息，似乎有些宝刀未老的感慨：“不愧是吕局。”

吕局没答言。

“那江队呢?”秦川有点意犹未尽的感觉，“你并没有调阅案卷和监控的权限吧?”

“我不用。”江停淡淡地回答，“我从方队那条裤子的分析结果上锁定了你，往前回忆你做过的每一件事，就想起了汪兴业。”

秦川问:“所以你也想找到我通风报信的证据——”

“不。”

秦川挑起半边眉梢，露出了请教的神情。

“我只奇怪你为什么要跟汪兴业勾结，这件事从头到尾都充满了违和感。”江停说，“后来我才想到，这应该是你背着黑桃K做的吧。”

远处警笛越来越响，小区里已经有人打开了窗。

客厅里，虽然可视条件非常差，但秦川的神色终于清清楚楚地改变了——

连吕局都不明所以，抬眼瞥向墙角里站着的江停。

“黑桃K手下据点中没有一个叫三春花树的，那是汪兴业的私人生意，所以你在行动前透露风声给他，应该不是出于黑桃K的指示。当然，汪兴业对你这么个禁毒副支队长是能讨好就讨好，如果你暗示他，你想在黑桃K不知情的前提下与他建立私人‘业务往来’，汪兴业应该是求之不得的，甚至会立刻对你表露出非常诚恳的效忠。”

说着江停嘲弄地笑了笑，这个动作牵扯到侧颊上的伤口，鲜血顺着细细的刀伤再次渗出皮肤，顺着侧颊流到了脖颈，将脸色反衬得格外煞白又冷淡。

“同时六一九绑架案里，汪兴业趁夜潜逃这件事如果站在黑桃K立场上的话，其实并没有任何好处，相反还有可能惹来麻烦。如果以黑桃K的方式思考，最优安排应该是让你立刻把汪兴业灭口，同时利用你作为警方内部领导的便利毁尸灭迹……”

“但你让汪兴业逃出去了，为什么呢?”

一道鲜血淌过江停冰冷的唇角，他笑意似乎有些加深，悠然道:“你本来是想利用这个人的吧，是不是，秦副队?”

这点连吕局都没想到，猛地瞟向秦川:“有这回事?”

“……”秦川又叹了口气，这次是真的无奈了，“但我也没想到他这么没用……”

“你想利用他干什么?你到底在私底下牟了多少利?!秦川!”吕局大怒呵斥，

“我劝你老老实实地把所有问题都交代出来！你已经没有回头路可走了！”

秦川微笑着回答：“可以，吕局，只要您拿得出证据。”

警笛已经近在咫尺，楼下红蓝光芒交错，透过雨夜斑驳的玻璃窗，闪烁在他们对视的眼底。

吕局那强忍痛意的愤怒渐渐摁平，虽然语调还微微颤抖，但勉强恢复了忍耐和沉重：“老方那条没有验出乌头碱毒素的裤子钉不死你，因为无法证明物证清洁度，也就形不成证据链。但你跟汪兴业之间的合作、几次向黑桃 K 泄密的经过，这些都必然有迹可循，总能查出证据来的，你就不要再侥幸了！”

“我知道。”秦川的表情甚至还是很温和的，那张斯文俊朗的面孔没有任何改变，仿佛接下来不论发生什么他都能安然处之。他说：“该我配合的我一定配合，您放心吧。”

警车停在楼下，脚步声和吆喝声隐约传来。吕局深吸一口气，强迫自己转向江停，点了点头。

——江停留到最后一刻，就是为了确保秦川不会再翻盘逃走。眼下警车已经赶到，就必须尽快离开了。

“保重。”江停简短道，随手擦下颌骨上未干的血迹，在秦川的注视中出了门，消失在黑暗的消防楼道里。

少顷后电梯灯亮，一群穿着深蓝制服人员涌现在了秦川的视线里。

雨又大起来了，不断冲刷着整个世界，路面上的积水在黑夜里闪闪发光。吕局独自站在路边，目送着警车掉头驶向警局，摸出手机走回楼道口，示意正欲撑伞上前的司机离得稍远一些：“喂，你出去了吧？”

手机中传出江停冷漠的：“嗯。”

“秦川回到市局后势必会交代出你的存在，从今往后，你还是自己小心吧。”吕局顿了顿，揉着花白的鬓发，苦笑的声音低哑下去，“当年老岳告诉我他有个儿子，那个场景历历在目，转眼间就……这么多年了，唉，我也老啦！”

雨夜不减繁华的街道上，江停穿行在各式各样色彩缤纷的雨伞中，双手插在口袋里，黑色大衣领遮住了半边侧脸，仅露出半只耳机：“因为怕死而假装饮用正常药酒，从而留下破绽被发现证据，这不像是秦川的性格。唯一的解释是他没撒谎，他真的有某些比谋杀严峫重要很多的任务没完成，因此不会拿自己的生命去冒险布局。这个人隐瞒了很多事情，当你出现拿枪对准他的时候，他分明是有一搏之力的，但他主动放弃了。”

吕局的眉头也紧锁了起来。

“也许秦川觉得那个时候冒险尝试逃跑不值得，他的智商确实非常高，而且是个善于筹谋的目标导向者。”江停说，“不管怎么样，这个人一定会尝试越狱，我建议你重点看守他，不要留下任何可乘之机。”

吕局“嗯”了声，凝重地点了点头，只听电话那边道：“还有一件重要的事。”

“什么？”吕局提起精神。

“你什么时候把严峫放出来？”

“……”

手机两端沉默数秒，吕局哭笑不得：“今晚连夜审问秦川在老方那辆车上做手脚的事，明天，最迟明天严峫那小子一定能——你要送什么东西进去？吃的喝的？毛巾被褥？报纸杂志不行啊我跟你说！”

江停穿过喇叭喧嚣此起彼伏的街道，马路对面红绿灯下，韩小梅那辆红色的丰田车一亮一亮地打着双闪。

“不用了，”江停懒洋洋道，“白水煮蛋吃着挺健康的。”

他打开后车门，韩小梅和杨媚同时从前座回过头，动作整齐划一，眼睛亮晶晶地看向他。

“哦对，”江停正准备挂电话，突然像想起来什么似的，赶紧又加了一句，“加半碗白水煮青菜，消消火。”

吕局：“……”

江停关上车门，未几，红车驶向不夜宫K’Ⅳ的方向，汇进了川流不息的灯海。

第32章

“最近一段时间最好不要离开建宁，请尽量配合我们的调查，同时我们也会注意保护您的安全。多余的话不用说了，实在不好意思啊严副，您知道这都是走程序……”

铁门在身后咣当关闭，回声久久飘荡在空旷的走廊上。

严峫缓缓走向尽头，楼道前的窗台边，吕局逆光的身影背着手，远眺天穹尽头无边无际的苍灰色云海。

“出来啦，”听闻脚步声站住，吕局漫不经心道，“瞧你这一身晦气，回家拿柚子叶洗个澡吧！”

严峫还是被抓捕那天的装束，黑色修身外套和衬衣，同色的牛仔裤和高帮短靴。衬衣已经皱巴巴的了，但看起来并不潦倒，相反那乌黑的剑眉和双眼，倒有些符合他年纪的沧桑和沉郁。

“老方醒来了吗？”他问。

吕局没回答。

“……”严峫呼了口气，道，“我想见见秦川。”

吕局抬手看看表：“行吧，半小时以后安排你去审讯室见一面。这半个小时内你可以先去洗个澡换身衣服，抽根烟吃个饭，或者……”他透过玻璃窗向马路对面指了指，意味深长道，“看看你最喜欢的那辆车修得怎么样了。”

市局大门外，一辆崭新发亮的银灰色G65安安静静地停在街道边，引得行人纷纷回头注目。

严峫眼底终于浮现出了微许笑意。

G65闪灯解锁，戴着口罩靠在后座上、一边舒舒服服喝茶一边下在线象棋的江停抬起头，只见严峫裹着满身寒风钻进车内，呼地关上车门。

“呦，出来了。”江停退出棋局，“给你买了柚子叶……”

就像对待落回胸腔的心脏，失而复得的珍宝，灯火阑珊处幽幽发亮的明珠，“谢谢你。”严峫久久地凝视着江停，喃喃道，“谢谢。”

江停仿佛感觉有点好笑：“谢谢？”

——谢谢你还在，至少到最后一天，还有你站在我身边。

“没什么，谢谢你昨晚让人给送来的那碗猪肉韭菜饺子，歼31都硬成神舟八号了。”严峫不分青红皂白把江停摁在单面可视车窗前，蛮横无理地说，“别动，让我看看你哪儿受伤了，别动，安慰安慰你受伤的肉体和破碎的心灵……”

“那是水煮青菜！”

当当当！

车窗被人重重拍了几下，严峫一回头，韩小梅无辜的脸凑在车外，扑闪着一双又圆又大的眼睛。

严峫降下车窗：“干什么呢你？”

“媚媚媚媚姐说您刚出狱肯定没没没吃饭叫我送送送个便当……”

严峫挑着眉头，隔着车窗接过饭盒，在诱人的香气中打开一看。

苦瓜炒肉丁，凉拌苦瓜，苦瓜蛋花汤。

“……清热解毒降肝火，挺好的。”严峫拍拍韩小梅的肩，劝她，“我看你当刑警纯属屈才，要不辞职去杨媚那KTV当前台小妹算了，你觉得呢？”

韩小梅：“……”

严峫把韩小梅赶回去上班，坐在车里吃了苦瓜宴。杨媚也没让韩小梅订特别贵的外卖，就是路边餐馆出来普通水平的家常菜，但他竟然也不觉得苦，一个人稀里呼噜地吃完了，点了根烟，靠在真皮大后座上，脱力般嘘了口气。

“明明只是蹲了几天市局，怎么这么累呢，”严峫喃喃地道，“难道真是因为年纪上去了？”

江停坐在他身侧，一边下刚才中断的象棋，一边漫不经心道：“所以男人过了三十就要服老，别当自己是埋伏行动连轴转几天几夜不睡觉的小年轻了。”

严峫歪在靠背上一口口抽着烟，视线涣散，没有焦距，半晌才轻轻地冒出来一句：“怎么就是他呢？”

“总比是吕局好吧。”

江停在这方面理智到了几乎摒弃感情的地步，严峫吸了口气，尝试表达自己的情绪："不是，其实无论查出来是谁我都不会好受，哪怕最后发现是方正弘，我都……你明白那种感觉吗？跟个人恩怨或集体荣誉都无关，只是真的十多年了……"

他摇摇头，想到恭州市局当年的境况，以及江停周遭十面埋伏的同事关系，觉得自己说多了。

"这是正常的。"谁料片刻后他突然听见江停说。

严峫夹着烟，一扭头。

"刑侦、禁毒、缉私、反恐，乃至整个公共安全口，这条征程漫长艰难而无止境，一旦踏上就难以回头，有时甚至连辞职或退休都无法将这条路从生命中抽离。能怀揣信仰走到生命尽头的人毕竟是少数，更多的人中途就离开了，走散了，或者迷路踏进岔道，再也无法并肩战斗。严峫，咱们都必须学会接受。"

江停的脸在白雾缭绕中看不清晰，朦胧中他似乎笑了笑，低声说："所有战场到最后，都是信念与自身的较量。接受这一点的人会比较好过。"

烟头火光忽明忽灭，映在严峫黑沉沉的眼底，半晌，他几乎无声地叹了口气，张开手。

江停给了他一个有力的拥抱。

审讯室的门开了，一条光带随之延伸到暗处，秦川抬起头。

严峫带着满身烟味走进室内，坐在审讯桌前，警察在他身后关上了门。

他们两人谁都没有先开口说话，就这么面对面望着彼此。阴冷的空气就像半流体那样缓缓浮动，将墙面、桌椅乃至手铐都覆上一层青灰，仿佛浸透了冷水的纸从虚空中一层层盖住人的口鼻。

"有烟吗？"秦川终于沙哑地问。

门外警察动了动，似乎想阻止，但严峫已经抛出一整盒烟在桌面上，同时点起一根递了过去。

秦川微笑道："谢谢。"

那一星火光终于带来了虚无缥缈的温度，严峫盯着秦川的脸，缓缓地问："我是不是还应该感谢你，从来没有认真想过要下死手，到最后还是给我留了百分之一的求生机会？"

"这要看你怎么想了。"秦川失笑起来，然后又问，"你是怎么想的？"

"……"严峫说，"我不知道。我对岳广平是你父亲这点的震惊比较多一些。"

秦川抬起了眉毛。

"咱俩认识十多年了，到今天我才知道你父亲是谁，母亲是怎么走的，以及上学时就认识黑桃K的事。现在想来应该还有很多我不知道的秘密，却对你来说非常重要吧，但已经太迟了，对你或对我都是。"

严峫也抽出一根烟点上，淡蓝色的尼古丁香味缓缓盘旋上升。

"怎么说呢，"他道，"可能人生最无奈的三个字，就是'太迟了'吧。可惜我知道这一点也太迟了。"

秦川似乎想说什么，但临出口又闭上了嘴，笑问："你还记得我们第一次参加现场行动的时候吗？"

"前头几辆警车去围赌场，咱们两个实习警埋伏在后门，本来以为根本没事，结果突然蹿出来几个打手，还都抄了家伙的那次？"

"对，那时候我都以为铁定要凉了，没想到你的第一反应是一脚把我踢出去大吼：'我来挡着，你快去叫增援！'……"

严峫笑了起来："但你也没跑啊，咱俩还一道立功了呢。"

"跑个屁，你那一脚差点给我踹出腰椎间盘突出，后来我还说呢，战斗还没开始就差点损在自己人的铁蹄之下，你要'光荣'了谁赔我医药费？"秦川摇头叹道，"还有第一次去扫黄卧底，你小子竟然走错了路，害得我俩都平白绕了二十分钟才回来，最后魏副局死活都不信咱俩没有结伴去嫖……"

"还是余队给解的围，说'我相信我们局里的小伙子都不该只有二十分钟'，最后只得罚钱了事。"严峫扶着额角感慨道，"那次可真是丢人大发了，魏副局怎么就不相信咱们，简直是对审美品位和个人能力的双重侮辱啊。"

秦川扑哧一下，严峫也笑出了声。

门外看守听不清楚，忍不住探头探脑，大概很奇怪他们竟然没在里头打起来。

"严峫，"秦川好不容易才止住笑声，深深地望着他，"跟你认识这些年，在市局工作这段岁月，是我这辈子最值得回忆的时光。如果人生真有理解太迟的遗憾，那遗憾应该是我的，跟你没有关系。

"我曾经真的把你当成过兄弟。"

他们两人曾经很多次在审讯室里见面，但自始至终都并肩而坐，从来没有像现在这样分别对立在两端，咫尺之遥隔断了几十年的，甚至有可能是生死之间的距离。

严峫喉结上下滑动，说："……曾经我也是。"

铁门哗啦打开，两名值班警察走进来，礼貌地冲严峫点点头："不好意思，严副，时间到了。”

秦川站起来，严峫也随之起身，突然忍不住：“等等！”

警察的动作顿了一顿。

严峫拿出自己的手机，打开相册，调出在岳广平家拍下的那套风衣正装图片：“这是我们在你父亲衣橱里找到的，按时间算大前年末，应该是准备送给你的三十岁生日礼物。”

秦川一动不动盯着手机屏幕，什么都没说。

“你知道他为什么要把包装盒都拆掉扔了，这样成套地挂起来吗？”

“……”

“因为这样的话，”严峫声音有些发涩，“他就可以对着衣架想象你穿上是什么样子了。”

秦川用力仰起头，闭上眼睛吸了口气。周围特别安静，铁窗中透出惨淡的光影，映照在他闪亮的镜片上，看不清此刻是什么表情，片刻后他重又望向严峫，说：“谢谢你告诉我这些。”

警察看看手表：“确实该走了……”

秦川踉跄半步，绕过铁桌，在经过严峫身边时突然又停顿了一下。警察没来得及阻止，他略微贴在严峫耳边，轻声道：“我们在看悬疑小说的时候，都是跟随主角怀疑所有可能作案的对象，在一层层抽丝剥茧后将坏人绳之以法。但为什么我们从未怀疑过主角呢？”

严峫一愣。

“如果‘坏人’就是主角，故事又将写出怎样的结局？”

严峫瞳孔急剧扩张，蓦然抬头望去，却只见秦川向他微笑起来，随即在两名警察的押解下，一步步走出了审讯室。

走出市局大楼，阴霾的气味被风一吹而散，街道上红绿灯闪烁变换，汽车鸣笛穿梭来往，无数小餐馆在下班归家的人流中散发出炒菜的热香。天已经冷了，严峫站在台阶上彻底吐出一口白气，微渺的热量转瞬飘散在了半空中。

秦川最后那段话还在乱哄哄的脑子里萦绕不去，严峫用大拇指关节用力揉按眉心，突然只听一声短暂的——哔！

远处街道对面，G65 按了下喇叭，随即江停探出车窗向他挥了挥手。

该回家了。

严峫心中突然腾起无穷的暖热，眼底也不自觉浮现出笑意，掐灭烟头后迎着风走向马路。

就在这时他口袋里的手机振响，从铃声听是来了新短信。严峫摸出来一看，除掉他被释放后来自各方杂七杂八的问候，最新一条未读短信发件人是吕局，只有简短几个字：

“老方已脱离危险。”

那瞬间严峫五脏六腑都是一松，不由得站定脚步，就准备回复吕局“太好了”三个字。谁知他刚点回复框，还没开始输入，突然手机显示又来了条微信。

“？”

严峫顺手点开一扫，开始没看明白，随即突然意识到什么，漫不经心的表情死死地冻住了——

红绿灯再度变换，攒动的车马和人流开始移动，喧哗充盈在一盏盏接连亮起的霓虹灯下。不远处的G65还停驻在树荫里，发出了沉闷的启动轰响。

苍穹之下灰云密布，潮湿从巨大都市的各个角落弥漫而起。

初冬寒风卷着尘沙与枯叶，发出尖锐的呜咽声，旋转直上天穹。

第四卷

一〇〇九·辑毒爆炸案

第 1 章

缅甸，小勐拉。

寺庙四面环绕丛林，白日里泼墨般的浓绿都化作了地狱里爬出的幢幢鬼影。熊熊燃烧的火把映亮了村庄上空，响亮的噼啪声伴随暗夜松涛，风卷着僧人们的号哭奔出很远。

五辆开着大灯的悍马车围成一圈，几名手持冲锋枪的缅甸人站在车外，火光映出他们脸上阴沉的匪气。寺庙前的空地上，黑桃 K 弯下腰，面对面色如土的住持，点了点手里那张照片，用中文问："他在哪里？"

住持涕泪横流，一个劲摇头抽搐嘟囔，又要挣脱桎梏磕头求饶。

黑桃 K 墨镜后的黑眼睛非常平静，看不出丝毫不耐烦，又用缅甸语重复问了一遍："他在哪里？"

住持狠命摇头哭号，身后僧人们更是齐声呜咽起来。

黑桃 K 无奈地站起身，吸了口气，停顿了几秒。

然后他突然拔枪对准住持眉心，干脆利落一个点射！

砰！

老住持头上开了个血洞，双眼圆睁，扑通倒在了地上。

周遭一静，紧接着有人尖叫、有人昏倒，有人挣扎着往前爬，被毒贩上前硬生生抓住。黑桃 K 却像是什么都没听见似的，从容走到下一名僧人面前，问了相同的问题："他在哪里？"

僧人年纪不大，早已吓得尿了裤子，哆哆嗦嗦盯着照片上那个身穿袈裟的老人，费半天劲才能听见他说的是："真、真的不知道、真的不知道，求求你，饶命，饶命啊——”

黑桃K问：“真的不知道？”

“真的没见过，不知道，求求你，求求你——”

砰！

枪声久久回响，僧人的尸体溅起尘土，死不瞑目。

空地上悲声大起，仿佛一出活生生的血海修罗场。黑桃K似乎有点厌倦，闭了闭眼睛，收起枪，随便把照片塞给身后的阿杰，做了个漫不经心的手势。

阿杰会意地上前半步举起照片，向空地周围展示了一圈，用缅甸语厉声喝问：“谁知道这个人的下落？说出来就可以活命！不然你们今天都要死在这里！”

他的声音极具穿透力，瞬间将所有悲号都活生生地压了下去。但紧接着，更尖锐绝望的哭泣从空地四面八方响起，甚至引得山林间的野兽都阵阵长嗥，伴随波涛般的风奔向远方。

黑桃K揉了揉额角，跨过老住持的尸体，向空地外的越野车走去。

缅甸手下疾步迎上：“老板。”

“看来是没撒谎。”黑桃K懒洋洋说，顿了顿吩咐，“打扫干净。”

手下立刻应声，与阿杰对了个眼色，几名端着冲锋枪的保镖走上前去。

嗒嗒嗒嗒嗒嗒，嗒嗒嗒嗒——

连珠炮般的冲锋枪声响彻空地，凄厉的哭号瞬间炸响又很快消失了。八九个火把拖着尾焰飞进寺庙，少顷，整栋建筑变成燃烧的火堆，滚滚黑烟飞向浓墨般的夜空。

“大哥，”阿杰钻进悍马车，眼底似乎带着微许不安，“已经是第三座寺庙了，现在怎么办？”

黑桃K靠在后座上，侧脸映着车窗外狰狞的火光，似乎在闭目养神。他这喜怒不惊的模样让所有人都非常忐忑，过了好一会儿，突然听他开了口：“应该还有一个人知道他在哪儿。”

阿杰一愣，旋即反应过来：“您是说——”

黑桃K没直接回答，摆了摆手：“去打洛。”

阿杰连忙应声去吩咐司机，悍马车轰鸣启动，车灯连成一线，接连驶向远处伸手不见五指的丛林。

建宁。

卧室里关着灯，加厚窗帘挡住了外界，只剩下这方炙热眩晕的天地。

严峫眸光闪烁，一丝复杂的情绪渐渐从眼底弥漫上来。片刻后他拿起床头柜上的手机，这两天来的第无数次打开微信，翻出那个聊天窗口——

那天傍晚街道上，齐思浩发来的消息每个字都像一把刀，由瞳孔深深刻在严峫心底：

"雅志园，6 区 A 栋 905 室。"

"内网上是这么写的。"

——这是江停出事前在恭州的地址。

在恭州时严峫突如其来地对江停当年的生活产生了好奇，就让齐思浩用警务通查了告诉自己。当时齐思浩还奇怪他为什么不直接问江停，被他打着哈哈岔过去了。

其实严峫并没有什么打探的心思，主要是就算江停有什么可疑之处，他家也早被一〇〇九专案组搜过不知道多少遍了。他之所以不直接问，纯粹只是因为想打听完之后抽空溜过去一趟，暗中观察江停以前各种小的生活习惯。

他曾经猜测江停家住的小区离恭州市局不太远，但面积朝向都不会太好，毕竟江停的收入水平在这儿，而且他根本不像那种讲究生活品质的人；也曾经想过江停会不会把家布置成警校宿舍那样，严格、仔细、充满禁欲的整洁感，像他本人一样缺少烟火气息。

但他万万没想到的是江停会住在那里，雅志园。

他去过这个地方，在汪兴业坠楼案发的第二天。

一〇〇九塑料厂爆炸前，红心 Q 对交易地点的确认指令就是从这个小区某栋楼的 701 室发出来的。

——红心 Q 留下的痕迹，与江停从不宣之于众的住址，这两者中总有一个不是巧合。

周一，清早。

严峫匆匆捋起衬衣袖口，抓起挂在玄关的风衣披上，一边穿鞋一边对着玻璃随手抓了抓发型："走了啊！"

身后餐桌边，江停头也不抬："回来。"

"这都九点二十了，早上十点吕局亲自主持周会，待会儿迟到又要当着全局的面做检查，我说你干吗呢？"严峫转身快步过去，话音未落就迎面被塞了个鸡蛋吐司三明治。

严峫三两口吞下三明治，火速出门上班，房门重重合拢的咣当声久久回荡在空荡荡的客厅里。

几分钟后，他最经常开的那辆辉腾倒出车库，一个漂亮利落的三角掉头，向小区大门飞驰而去。

江停抱臂站在落地窗前，垂着眼睫，玻璃映出他晦暗不清的瞳孔。直到辉腾完全消失在小区笔直的车道尽头，他才收回目光，轻轻嘘了口气。

玻璃上几乎不可见的白雾一飘而过。

他拿起身边的手机，换了张 SIM 卡，重新开机后迟疑片刻，终于拨出了一个国际号码。

嘀嘀——嘀嘀——

“喂?”

落地窗映出江停标致清晰、毫无情绪的脸，声音也完全听不出一丝波澜。他说：“您好，我想通过贵办事处对当地寺庙捐赠一笔香火，请问该如何操作?”

五十分钟后，严峫裹着风冲进会议室，低头弯腰快步穿过人群，尽量不引起注目地拉开椅子一屁股坐下，警惕地向周围张望——还好除了最前排的魏副局狠瞪了他一眼之外，没有人注意到严副支队这半年来的第八或者是第九次开会迟到。

严峫松了口气，突然又发现不对：吕局呢?

时钟指向十点一刻，大会议室里不断响起细碎的嗡嗡声，最上面吕局的座位却空空如也，连大茶缸都不见。

“甭找了，严哥，”坐在他身后的马翔偷偷凑近，小声说，“您今儿走大运，吕局人还没来呢。”

“出什么事儿了?”

马翔用笔记本挡着自己的脸：“不知道，刚才第一轮总结是老魏代吕局做的……严哥，你这后脖子被谁挠出了三道来?”

严峫伸手一摸，忙把衬衣后领往上拉了拉：“去去去！小孩子家，看你的后宫漫去!”

马翔撇着嘴想酸他两句，突然会议室门开了，所有人瞬间正襟危坐，却只见局长办公室的张秘书快步走进，附在魏副局耳边小声说了几句什么，片刻后老魏点点头。

“这个，”魏副局清了清嗓子，朗声道，“今天吕局不来了，刚下楼的时候把脚崴了，茶缸子摔碎了一地。”

周遭人人诧异，随即发出低低的哄笑声。

“咱们今天的周会就由我来主持，下面还是按惯例各业务部门通报上周的重点工作和项目情况——小苟主任……那什么，苟利主任，你先来吧。”

苟利板着脸站起身，严峫正瞧着好笑，突然视线余光瞥见张秘书弯腰穿过人群，径直来到自己身边：“严副……”

“嗯？”

严峫一抬头，只见张秘书轻轻地贴着他耳朵，说：“吕局有急事见你。”

吕局的大茶缸好端端放在桌面上，泡着他一贯的菊花枸杞红枣冰糖养生茶，热气在半空中盘旋上升。

“什么？”严峫极其意外，“公安部？”

隔音极好的办公室里只有他们两个，吕局的身躯把真皮大转椅挤得满满当当——毕竟连喝茶都要加冰糖——正摘下老花镜疲惫地揉眼睛，闻言“唔”地点了点头，把电脑屏幕向他一转：“新型芬太尼化合物‘蓝金’被我们通报上去后，公安部非常重视，在西南地区进行了大规模排查，为此也和缅甸方面进行了数次照会。上周五缅甸军方向我国通报了最新情况，小勐拉周边偏远地区分别有三座寺庙遭到了屠杀和焚毁，一伙被抓获的毒贩指认了黑桃 K。”

屏幕上的画面映在严峫瞳孔深处—那明显是一张偷拍。

镜头背景相当破败，应该是在缅甸边境某个村庄供奉的寺庙前，毒辣的太阳炙烤着丛林，令画质非常不清晰。几名缅甸血统非常明显的男子站在越野车边，各自怀里鼓鼓囊囊，不知道塞了什么武器；一个穿着黑色背心和工装长裤的年轻人正从车上下来，身形非常剽悍，大腿上的武装带里插着一把枪，手里攥着半瓶矿泉水往头上浇。

尽管只是侧脸，但严峫还是一眼就认出了自己的老熟人，阿杰。

同时车头前不远处，一道身影背对着镜头走向寺庙大门，在这么炎热的情况下竟然还衬衣长裤从头裹到脚。画面边缘过度曝光的白边吞没了他半边身形，但还是能看出他正不疾不徐地拾级而上，从肢体细微动作到步伐幅度，都有种气定神闲的意味。

严峫的眼神略微发沉：“黑桃 K？”

吕局点了点头，敲敲屏幕："这是半个月以前的图像材料。仅仅半天之后，这座村庄寺庙里仅有的两名僧人被杀，建筑也被焚毁了。"

办公室里安静无声，只有严峫的呼吸和吕局啜饮茶水的吸溜声。

"……这张照片是怎么来的？"半晌后严峫终于开口问。

"自动照相机。"吕局摇了摇头，咚的一声将大茶缸放回桌面上，"缅甸小勐拉跟我国接壤，是个贩毒、走私、赌博成风的法外之地。近日一伙'走马帮'在尝试偷渡入境时被我国边防武警抓获，因为咱们跟缅甸有合作协议，就暂时交还给了缅甸军方进行审讯，结果发现这伙马帮所隶属的贩毒组织，差不多能算是黑桃K的对头。缅甸方面加急审讯后，有毒贩交代出了一个非常重要的信息，说黑桃K最近拿着几张照片，在勐拉附近的寺庙盘查照片上的人。"

严峫额角一跳："找人？"

吕局以老年人使用鼠标惯常的认真劲儿，对着"下一页"用力地摁了一下。

唰啦——

屏幕出现一张不知道经过了几次传真、扫描又翻拍的照片，一名约莫六七十岁的老年僧人穿着赤黄色袈裟，眼皮上皱纹层层耷拉下来，光着一条衰老浮肿的胳膊，端坐在佛堂中。

不知是翻拍画质实在低劣，还是刑侦人员疑神疑鬼的心理作用——这名僧人的面相完全没有任何安定或祥和，相反，当严峫定睛打量时，甚至隐约感觉到一种说不清道不明的凶恶。

"我只是怀疑。"吕局一手捂着大茶缸，一手指着屏幕，沉声道，"这个人有可能是黑桃K的父亲。"

第2章

黑桃K的父亲?

严峫脱口而出:"草花A?"

吕局明显愣了一下:"什么A?"

两人面面相觑,吕局老花镜后射来怀疑的目光,刹那间严峫意识到——吕局不知道黑桃K父亲的这个绰号。

换言之,公安系统内部对黑桃K的了解少得可怜,甚至到了连这一细节都不知道的地步!

那一刻严峫耳边响起了那天在高荣县招待所里,江停随口对齐思浩所说的话:"黑桃K的家族是个犯罪集团,他的父辈甚至祖父辈都不干净……他早年在西南边境被人叫黑桃K,是因为他父亲曾经称作草花A,由此而演变过来的……"

"怎么了?"吕局问,"你怎么知道他父亲的代号,听江停说的?"

严峫的失态只出现了短短一瞬,紧接着恢复正常,仿佛刚才的凝滞只是错觉:"哦,这倒不是。只是我看他们那集团有个黑桃K,有个方片J,再往上出个梅花A也很正常,所以乱猜的。"

吕局眯起了原本就不大的眼睛,视线更加犀利聚光,直直盯在严峫脸上。

但后者英挺硬朗的面部轮廓没有丝毫触动,很沉稳地回视吕局。

"……"终于吕局若有所思地点了点头,缓缓道,"我们对黑桃K贩毒集团的内幕知之甚少,一方面因为他们的老巢根据地在缅甸,属于境外的跨国毒品组织;另一方面也是因为三年前的塑料厂爆炸案,令我们失去了很多资深警察和优秀卧底,是非常令人痛心的损失……"

严峫沉默着揉了揉鼻端。

“所以，如果江停曾经对你提起过任何跟黑桃 K 有关的事情，请你一定要立刻反映给我们局里，因为那都是非常重要的情报和线索，可能除了他之外就不会再有人知道了。”吕局顿了顿，意味深长地问，“明白了吗?”

严峫眼睛一抬，直视着吕局。

两人的目光在半空中相撞、交激，但彼此脸上都稳得不见一丝波澜。几秒钟后严峫一点头，说：“我明白，吕局。”

吕局叹了口气，向后靠在椅背上，摘下老花镜慢慢地擦拭。

“公安部下达的这个消息，我只跟老魏、你、余队以及有数的几个副局长政委说了，你出去后也要注意保密纪律。另外，你是公安系统里唯一与方片 J 正面交手两次，却能生还的警察，他们可能会非常想要你的命。自己当心。”

吕局挥了挥手，掌心向内，那是他可以出去了的意思。

严峫站起身，却没有立刻离开。他嘴唇动了动，终于还是忍不住问：“吕厨——”

“什么?”

“您相信江停吗?”

吕局思忖良久，终于戴上老花镜，认真地看着他。

“你问我这个没有用，严峫。我还是那句话：我们搞刑侦的不相信别人，甚至不相信自己。警察警察，‘警’在先‘察’在后，我们只看证据。”

严峫默然无语，半晌一颔首，转身离开了局长办公室。

周会刚刚才散，马翔趁着这会儿空隙飞奔下楼去买了几个包子，一边狼吞虎咽一边赶回刑侦支队大办公室，刚转过走廊就迎面撞上了正低头发短信的严峫，砰地趔趄两步：“呦，严哥!”

严峫一抬头：“哦对了，我今天临时要出个外勤，下午不来了，你帮我跟队里说一声啊。”

他边说边抽身就要下楼，谁料马翔飞扑而上，不要命地拉着他：“什么外勤？为什么现在出外勤老不带我？上次跟上上次你带的都是韩小梅，我哪儿比不上那丫头了？我还是你的贴心小棉袄吗，严哥?!”

正巧韩小梅一边吃包子一边从电梯出来，迎面刚好撞见，吓得噔噔噔连退三步，手忙脚乱地把包子藏到身后。

"去去去，小心挨揍。"严峫连忙把马翔推开，又招呼韩小梅，"把他给我拎回支队去，我下午不来了，有事电话联系哈。"

马翔悲悲戚戚："严哥——别抛弃我呀，严哥——"

马翔踉踉跄跄地追随在北风中，两道宽面条泪在身后挥舞飘飞，严峫忙不迭下楼跑了。直到他那件深灰色风衣下摆消失在楼道口，马翔才蓦然收住泪水，面无表情一转身："我下午也不来了。"

韩小梅："嗯?！你干什么去?"

"跟隔壁禁毒支队联合执行任务。"马翔淡定道，在韩小梅双眼圆瞪的注视中一口咬掉半个包子，鼓着嘴钻进了刑侦支队的大办公室门。

嘀嘀——嘀嘀——

"喂，"手机那边传来江停平稳的声音，还带着不明显的沙哑，问，"怎么了?"

那一点点低哑让严峫心头微微发热，但他没表露出来，穿过建宁市局停车场，打开辉腾车门坐了进去，问："你在家干吗呢?"

从那边的动静来听，江停应该是伸了个长长的懒腰："睡觉。"

"睡觉好，上次复查医生不说你应该多静养吗？对大脑里的瘀血有好处。今天锻炼没?"

江停昏迷太久，肌肉没有萎缩已经很难得了，力量和敏捷度都大大不如以前。医生的建议是慢慢复健、不要心急，切忌疲劳和剧烈运动，这辈子基本没可能恢复到昏迷以前的水准了，但江停总想跟严峫一道去健身房集中突击，严峫每次只能找借口不带他去。

在争执了好几次后，严峫干脆买了几台健身机器放在家里，声称要以分分钟几万块上下的身价来亲自当江停的私教。

"没。"江停言简意赅，"没精神。"

"怎么没精神啊，是因为私教不在家吗?"严峫发动了汽车，眼底不自觉地浮现出了笑意，"要不你下床去趟茶水间，我在那儿放了个好东西给你。"

"……"江停在电话那边无声地挑起眉梢，穿着居家拖鞋走进茶水间，"什么东西?"

"打开柜子看看。"

江停依言打开橱柜，愣了愣："你怎么——"

辉腾车缓缓开出市局，后视镜中映出严峫上翘的嘴角。

茶盒里的第二块老同兴茶饼已经被拆了，方方正正躺在油纸上，仿佛生怕得不到宠幸似的，还被严峫用餐刀撬了两小块下来，散落在周围的每一粒残茶都在清清楚楚表明这一点：就算给重新包上，也完全没有任何收藏价值了。

“那天想煮茶叶蛋来着，一不小心就把这包给拆了。”严峫含笑解释，“拆了就拆了吧，茶就是让人喝的，不喝哪儿来的价值？成天塞在柜子里指望着它下小茶饼不成？”

手机那边静默片刻，才传来江停一声哭笑不得的叹息：“你这人真是……”

严峫也笑起来。

他们谁都没有说话，通话两端只听见彼此的呼吸，半晌严峫“哎”了一声：“江停。”

“嗯？”

“以后别回恭州了，来建宁呗？”

“……”

“挂个职在警察学院，没事帮市局看看现场，跑跑腿啥的。建宁工资高物价低，温暖湿润空气好，你说是不是？”

江停低声说：“是。”

“抽空再去国外旅个游，把我们家里人都带上，你说怎么样？”

江停笑起来：“你今天怎么这么多话。”

严峫却很坚持：“行不行，嗯？问你话呢？”

“行行行……随便你。”

“那你可算答应了，我记住了啊。”

“嗯嗯，我答应了。”然后江停像突然想起来什么似的，猝然补充，“——但那茶饼你不能再拆第三个了！就留着让它们下小茶饼吧，我真的不喝这玩意了！”

严峫失笑道：“就你事多。”

转向灯发出轻微的嘀嗒声响，严峫双手扶着方向盘，眼底映出前方排队驶向高架桥的车龙。更远处天幕苍灰，云雾浩渺，风吹着哨子从车窗缝隙中灌进车厢。

“你这是上哪儿去？”江停问。

“去个现场，离市区有点远。今晚可能回不来了。”

“……”

“可能要忙到明天上午，唉，也确实烦。”严峫顿了顿，咽了口唾沫，又说，“——好好吃饭，晚上再给你打电话，啊？”

江停无声地点了点头，轻声说：“好。”

转向灯还在嘀嗒，严峫挂了电话，眼底那连自己都没意识到的笑意尚未完全退去，内心就涌起一丝丝带着酸痛的冰凉，仿佛整个人被吊在悬崖半空，上不着天下不着地，只有风呼呼地从脚底渗进四肢百骸。

车窗外的喇叭声、引擎启动和刹车的喧哗声响突然都变得非常遥远，侧视镜中映出严峫晦暗不明的侧脸。半晌他终于打开车载蓝牙通信录，轻轻拨通了另一个号码—

“喂喂，严队？喂？”

“老齐。”严峫眸光沉郁，说，“我正在去恭州的路上，到了以后通知你，雅志园小区门口见。”

建宁市看守所。

铁镣声从阴冷的长廊尽头远远传来，翘首以盼的马翔跟其余几个禁毒支队刑警同时上前几步，被看守为难地拦住了：“那个……”

“明白明白。”马翔摸了根烟塞过去，对方冲他丢了个爱莫能助的眼神。

市局三天两头送人提人，但凡稍微有资历的刑警，案子多的时候每个星期都要来回跑几次，深夜或凌晨紧急提审算是家常便饭，跟看守所的狱警都是老相识了。

但眼下这种情况跟以往不同，按纪律他们本不应该出现在这里——

看守所向上反映，秦川有重要线索想交代，经上级研究后，决定今天转移去省厅。

金属撞击声越来越近，长廊远端的窗口前突然闪现出晃动的人影，秦川被两名狱警押着，缓缓向门口走来。

“是秦队……”

“秦哥！”

秦川似乎也没想到有人会来，一时倒愣了下，但脚步没停。

马翔坦荡迎着他打量的目光，舌根泛起一阵阵苦涩，但他强迫自己咽了回去。身旁禁毒支队的兄弟们都强忍着粗重的呼吸，只有一个前不久刚被秦川亲手转正的小警察忍不住，不顾看守阻拦，冲动地向前迈了半步：“秦队，你到底是不是被冤枉的！你说话呀！”

他这话一出，又有人按捺不住了：“是啊秦队，我不相信你会干出这种事！”

“你一定是被冤枉的，是不是?!”

“你快告诉我们是不是啊！”

秦川收回目光，从这几个人的包围中穿了过去，不远处看守所门口，一辆涂着“建宁市看守所”几个白底蓝字的面包车停在台阶下，另外两名荷枪实弹的警察正等在敞开的后车门前。

马翔终于忍不住沙哑道：“秦哥……”

秦川脚步略顿了顿，回头微笑道：“不是。”

大家都怔了下。

秦川走下台阶，几个人眼睁睁望着他与自己擦身而过，近了又远。刚才那刚毕业的小兄弟满脸涨得通红，全身都在发抖，马翔伸手一拉没拉住，他突然大步冲下台阶：“你别这样秦队！我不相信！求求你告诉我你就是被冤枉的，我们一定帮你翻案，我们一定——”

几个人呼啦啦就跟着奔下了台阶，这下连狱警都没想到：“快回来！”“怎么搞的你们几个，喂！”

“秦哥！”

“回去！”秦川突然回头厉喝。

飒飒寒风掠过沙地，几名缉毒警执拗而绝望。秦川凝视他们片刻，终于摇着头呼了口气，说：“没有任何冤情，事情都是我做的，只是时候到了被揪出来了而已。常在河边走，哪有不湿鞋，老子现在最不想见到的就是你们这一张张傻脸，明白吗？都是为了钱！没别的！滚回去吧！”

“可是……”

“要不要我现在把口供再给你们复述一遍?!”

狱警一个劲做手势，连拉带拽把他们往后推，但还是有两三个人噙着泪光不愿走开。

“说了不想看见你们！”秦川毫不留情且不耐烦，“走开！滚远点！”

几个人终于三三两两被拽回了台阶上，小警察痛哭失声，被马翔死死按着肩膀。低哑的声音每个字都酸涩难言：“听我的，你要真想为秦哥好，就劝他多多配合交代，尽量立功，也好……也好……”

也好争取免死。

小警察的号哭声充斥耳膜，淹没了最后那半句说不出口的话。

秦川冷漠地回过头，再没向后瞥一眼，弯腰钻进警车后厢。倒是两名狱警望着不远处几个悲痛难抑的缉毒警，面上带着不忍之色，瞧着秦川的时候都带着隐约的怒气。

哐当！车门关上，缓缓发动。

“喂。”秦川扫了左右狱警一眼，似乎还觉得挺有意思似的。

狱警牙关紧咬，没人理他。

“你们这儿管理也太松了吧，他们几个想进来就进来了？”

还是没人答话。

“问你们话呢，押送流程规范都做到了吗？喏，你，”秦川向坐在自己右手边的狱警扬了扬下巴，“防弹衣穿好了没？”

被他点名的狱警比较年轻，终于忍不住了：“你瞎吗？问那么多干吗？”

秦川毫不在意：“提醒你而已。”

他活动了下颈椎和肩膀，似乎非常悠闲。然而安静不到半分钟，突然他又来事了：“哎，真不好意思。能不能帮我个忙？”

年轻狱警要发作，被年纪稍大的那个制住了，不卑不亢地问：“你想要干什么？”

“帮我把眼镜摘了。”秦川嘴角含着笑，诚恳地道，“老戴着不太舒服。”

警车在看守所大楼前发动，轮胎碾轧沙地上发出噼啪声响，那几个来送行的缉毒警都不约而同抬起头，个个眼眶通红，车尾在他们痛苦的目送中驶向马路。

不远处道路两侧，槐树投下茂密的树荫，几辆普通轿车停在路边。

就在这时，马翔眼皮倏然一跳——

世界仿佛静止了半秒。

轰——

根本没有丝毫预兆，几辆轿车同时爆炸，气浪瞬间将整辆警车重重掀翻！

台阶上几个人飞冲出去撞上了墙，警报声、喊叫声、玻璃碎裂声如同沸腾的热汤，霎时泼满了整个世界。有好几秒钟的时间马翔什么都听不见，他眼前阵阵发黑，连从地上爬起来这个动作都手脚发软，紧接着条件反射摸后腰。

——没带枪。

马翔嘶哑地挤出一句骂声，突然听见飞速由远而近的引擎声，下意识一抬头——

他的瞳孔瞬间缩紧，失声嘶吼：“秦哥!! 别!!”

第3章

辉腾缓缓停在雅志园小区门口，几乎同时齐思浩的车风驰电掣而来，刺溜一声刹住，齐队长迫不及待地跳了出来。

短短几天时间齐思浩就消瘦了很多，严峫眨着眼睛上下打量他，还是问了句："你……吃饭没啊？要不先去吃个饭？"

齐思浩满脸晦气："哎呀还吃什么吃，都怪你没事让我查这个，谁知道江队以前住在这么个鬼地方！上次汪兴业跳楼的时候我就不该过来，现在可怎么办？蹚了满身的浑水，早知道我根本就不帮你查……"

严峫不耐烦："你给我省省，倒卖'白货'是我让你干的不成？"

齐思浩立刻闭嘴了，神经质地打量周围。

严峫狐疑道："你到底怎么回事？"

"……"齐思浩用力搓着手，仿佛只有这样才能缓解他的紧张，"……警务通现在升级了。"

"什么？"

"现在只要用警号登录，查询居民信息就会留下记录。"齐思浩用力咽了口唾沫，"后台会有人看见我查了江队'生前'的住址，而且……而且还是跟701在同一个小区，这趟浑水我算是彻底洗不干净了。"

严峫挑高眉梢，半晌哼笑一声，摇着头拍了拍齐思浩的肩膀："所以你当初为什么要偷卖'白货'呢？"

齐思浩面如土色，严峫转身走进了小区。

上次汪兴业"跳"下来的地方是一区B栋，满地鲜血碎肉已经被洗刷干净了，青幽幽的石板泛着光，似乎吸饱了血，在背阴处散发着令人不舒服的潮湿气息。

小区里无所事事的大爷大妈们在远处遛狗，都心照不宣地回避这块地方。

严峫还是干刑侦的老毛病，随手拍了几张照，继续往前走。根据小区门口张贴的地形示意图，他穿过一区和二区中间的喷水池，经过了熊孩子们尖叫乱跑的公用草地，前方靠近小区后门的那一片就应该是六区了。

果然，严峫走到近前，灰色的居民楼下大门紧闭，门牌号写着：六区 C 栋。

走过了？

严峫退后几步，齐思浩不明所以地跟着他，只见紧挨着 c 栋前方的另一栋居民楼底下挂的牌是：六区 B 栋。

“哎？”齐思浩环顾四周，发现了不对，“A 栋呢？”

严峫隐约感觉到什么，以 B 栋为中心在附近走了一圈，只要见到门牌号就凑过去看，然而草坪南端的分别是五区 A、B 两栋楼，北端的门牌号换成了七区，他们来回转了好几圈，偏偏就是没发现六区 A 栋在哪儿。

——但这怎么可能？

公安内网上江停的住址明明是雅志园小区六区 A 栋 905 室，怎么整栋楼都消失不见了？

“哎，请问一下大妈，”严峫随手拦住一名刚买菜回来的妇女，指指六区那几栋居民楼，“我来看我同事，他说他家住六区 A 栋 905 室，我怎么到处都找不到地方呢？”

“六区 A 栋？”大妈有点奇怪的模样，摇了摇头，“我们这儿六区没有 A 栋，就 B 跟 C 两座楼。”

“……什么？”

“我也不知道为什么咧，反正就是没有，你那同事给你说错了吧？”

“不可能啊，”严峫喃喃道，“怎么可能没有？”

“那你就得去问物业啦！我们这里一直都没有六区 A 栋，谁知道为什么没有！那物业也是作孽，到处车乱停也不管，三天两头有人装修那声音轰轰的……”

严峫快步走开，回头吩咐齐思浩，连声音都绷紧了：“打电话给物业，快！”

“什么，六区 A 栋？”

齐思浩编了个户籍警的名头，接电话的物业还挺重视，然而电话那边换了好几个人都说不出个所以然来。最终找到一个据说干了八九年的老员工，终于一拍大腿想起来："雅志园刚开发的时候就没有六区A栋，本来要建楼的那块地方现在改公用绿地啦！"

严峫最不愿意猜测的念头成了真，霎时面色微变。

"当初建A栋的时候地基打不下去，再打就挖出来几具破棺材，哎哟喂！可吓人了！老板请了高人来看，说这块地方煞气太重，只能开发成绿地来吸收人气，搞什么阴阳中和，权当A栋就是这块绿地了——哎呀总之就是风水神怪的说法，所以最后六区就只有B和C两栋楼啦。这种事呢可以不信但不能不敬，警察同志，你们说对不对？毕竟老祖宗几千年来留下来的东西……"

严峫和齐思浩彼此对视，不约而同低头望向脚下。

六区A栋——潮湿的草地稀稀疏疏，泥土散发出它特有的微腥气味。

"……江队，"齐思浩结结巴巴说，"江队编地址的时候……还真挺不讲究的……"

严峫挂了电话，大脑里轰轰直响，江停不住六区A栋？

他为何要编造这个似真还假的地址？他到底住在哪里？

严峫抬头向周遭望去，初冬灰白的世界尽数映在他眼底，紧接着目光穿越重重居民楼，锁定了远处的某个方向——雅志园一区B栋。

701室阳台光秃秃的，在周围晒衣服、挂香肠、叠满了空调机的邻居当中格外显眼。

严峫拔腿就往那儿走，没两步被齐思浩扑上来拉住了："严队！你三思啊！"

严峫劈手就把他甩开了。

"你再想想，再想想！"齐思浩飞奔而来挡在他面前，"那个房子可不像岳广平他们家一样只贴了个封条，那可是二十四小时监控，随时随地都有人看着的！你这么闯过去是想找死吗?!"

"让开。"

"不行！我不能让你去，你这是想把我也给弄死！给我站住！"

"让开！"

嗡嗡嗡——

两人正僵持间，严峫的手机响了。

"喂？"

严峫浓黑的眉宇间满是戾气，但没想到手机那边竟然是吕局的声音，第一句话就是："秦川那边出事了。"

"嗯?"

"他跑了。"

严峫额角霎时一跳："什么?!"

两名警察带着请示的神色敲门而入，吕局掩住手机，将桌上的一张手写地址推上前，迅速低声吩咐："就是在这儿。户主是个三十来岁身材偏瘦的男性，你们过去监视这个地址，别让他外出也不准任何人上门。被发现也不要紧，他不会为难你们，一切等我亲自过去再说。"

警察点头表示明白，抓起地址奔了出去。

"秦川声称自己愿意提供六一九连环绑架案的重要线索，为此省厅决定亲自把人提走审问，警车刚开出建宁市看守所，路边上的几辆车就同时发生了爆炸，然后一伙摩托骑手在光天化日之下把他抢走了。"吕局重重出了口混浊的气，说，"当时你们支队的马翔和禁毒支队的其他几个人都在，万幸离得远，没受伤。"

"……"

电话那头沉默片刻，突然严峫劈头盖脸冒出来一句："对方真是要救他？难道不是要杀他?"

吕局有些怔愣。

严峫敏感地察觉到了，疑道："市局就没想过犯罪分子打算强行灭口的可能性吗?"

——当然想到了，但那是将秦川主动越狱作为首要怀疑方向之后，才以补充的形式想到的。

谁也没有像严峫这样，第一反应是秦川或许会被害。

"已经考虑过这种可能性了。"吕局收敛了神色，没有表露出任何端倪，"不过根据案发时车内狱警的口述，以及爆炸前秦川让他前同事站远点的举动，我们更倾向于他早就知道会有人劫狱。"

严峫按捺住内心复杂的滋味，没有吱声。

"总之现在情势非常严峻，秦川作为掌握大量内部消息、卧底情况、线人信息等机密的副支队长，竟然落到了毒贩手中，这是最糟糕的情况，我们必须立刻做好最坏可能性发生的应对准备。"

“我明白。”严峫终于强行压下所有思绪，咳了一声，“我这就动身回刑侦支队，做好所有配合工作，另外——”

“不，”吕局打断了他，“我需要你出差。”

严峫怀疑地顿住。

吕局沉沉道：“秦川交代了滕文艳的埋尸地。”

滕文艳，十六岁，S省陵州市某个三流美容院的洗头小妹，真实姓名与家庭背景都无从调查。她与隔壁理发小工王锐一起，手拉手成为六一九连环绑架案中的首对被害人。

跟李雨欣和步薇不同，小学文化的滕文艳除了容貌姣美之外，与黑桃K心中的“行刑者”模板江停没有丝毫共同之处。

也正因如此，她的经历和背景成了侦查工作的重中之重，然而至今大海捞针无从查起——市局连她被埋在哪里都不知道，汪兴业就“畏罪自杀”死了。

“S省周边的通山地区，应该在某个森林保护区里，最近的县城公安已经出发开始搜索了。”吕局站起身收拾好公文包，大步向办公室外走去，“你现在就过去，我会安排小苟带法医和痕检出发跟上，确认尸体后立刻给我回音。至于刑侦支队那边不用太担心，你余队已经赶过来了，暂时撑一撑应该没问题。”

“可是……”

“你到底想可是什么？”

严峫一手举着手机，另一手揉了揉抽痛的太阳穴，终于还是嘶哑地说出了口：“秦川曾经对江停下杀手，如果他跟黑桃K的人都在建宁，我怕……”

吕局毫不意外，就知道他会说这个，当场直接道：“没关系，我已经派人去保护你家了！”

“可是如果我不亲自回来的话——”

“你不用亲自回来！”吕局呼地拉开门，斩钉截铁，“我亲自去！”

办公室门外，焦灼的魏副局和余珠同时转过头。

“就这么说定了！”吕局不再跟严峫啰唆，挂断了电话。

“这谁？严峫？”魏尧毕竟看着严峫长大的，对他的声音非常熟悉，立刻敏感地问了句。

吕局点点头，一边把手机塞进公文包一边往电梯走。

魏副局急忙追问：“他又闯祸啦？质疑组织安排了是不是？这小子还跟十几二

十岁似的，秦川出事以后我立刻就跟他说了要有分寸、有界限，但他还是一”

魏副局急切地跟在后面絮叨，而吕局充耳不闻，他脑海中突然又响起了严峫有些冒失的质问：市局就没想过犯罪分子打算强行灭口的可能性吗？

“……”吕局衰老的面容一动，叹了口气，“严峫的心哪，到底是太软了。”

魏副局显然没明白他这话是什么意思。

电梯叮一声抵达楼层，吕局突然转过身背对着徐徐打开的门，来回打量满面疑惑的魏副局和余珠，视线从他们各自斑白的鬓角和鱼尾纹上掠过，渐渐浮现出某种复杂难言的情绪。

余珠被他看得有些发怔：“老吕，你这是？”

“没什么，”吕局感慨一笑，“就突然觉得，原来咱们也共事二三十年啦。”

余珠和魏尧都非常迷惑，不知他这话从哪儿说起。

“到现在我才知道，咱们这几把老骨头能并肩到现在，谁都没有迷路，谁也没有走散，原来是这么不容易的一件事。”吕局伸手分别拍了拍他们两人的肩膀，唏嘘道，“挺好，挺好。”

他二人面面相觑，吕局却掉过头咳了一声，率先迈进了电梯。

s省自古崎岖多山，通山地区处在省际和恭州的交界地带。尽管路难走，但齐思浩犹豫再三后，还是报了个外勤，非要跟着严峫一块过去。

齐思浩之所以草木皆兵，是因为他刚登录警务通查了雅志园的地址，现正是内心七上八下的时候，急需找到一点虚无缥缈的安全感。因此严峫也没太拦着他，两人连夜动身上路，车是开不了了，买了即刻出发的火车票，准备到森林保护区边界跟当地公安接洽后，再跟着警车一道上山。

“今晚回不去了，临时有事要出远门。嗯嗯……你吃了吗？吃了什么？”

严峫靠在角落座位里，随着铁轨的轰鸣而微微摇晃。一等车厢灯火通明却很冷清，齐思浩和衣倚在另一端，正闭着眼睛打瞌睡。

“煲了个汤，待会儿泡饭吃。”电话里传来江停沉静的回答，而后又问，“你呢？”

“火车上泡着面呢。这鬼天气，又阴又湿又冷，我看外面风把树吹得都歪了……要是待在家里多好，想你煲的大骨头汤了。”

江停似乎无声地笑起来，说：“回来喝。”

那短短三个字如同温泉热流，从心底汩汩地冒出来。严峫唇角微微上扬，但当他望向车窗外的时候，却透过浓墨般黑暗的玻璃，看见了自己憔悴迷惘的面孔。

“……江停。”

“嗯?”

你到底曾经住在哪里，雅志园六区 A 栋?

或者是红心 Q 曾经出现过，还留下了你一枚指纹的 701 ?

严峫闭上眼睛，将难以出口的疑问生生咽回去，短暂地笑了一下：“没什么。”

“……”

严峫睁开眼睛，温热的白雾在车窗玻璃上一现即逝。

铁轨向西无限延伸，而火车轰鸣前进，将夜幕中连绵起伏的山丘、河流和村庄远远抛在身后。

几百公里之外的建宁，湖滨小区，温暖的灯光映照在厨房里，炉灶上的骨头汤雪白翻滚，咕嘟咕嘟冒出热气。

门铃终于响了起来——叮咚!

江停放下手机，在那细碎的烟火气息中长长地、不发出任何声响地叹了口气。

他关小了火，走到玄关门边，连看都没看猫眼，直接把门呼地打开。

大门外那俩守了一下午的警察果然不见了，取而代之的是一名神情严肃、风尘仆仆，胳肢窝底下夹着公文包的老人——

吕局。

“秦川越狱了。”他沉声道。

他们两人隔着门框对视，江停一只手还拿着汤勺，少顷后才挑起眉角：“我早就提醒过你们要防着他越狱，现在人跑了，守我有什么用? 难道我能把他抓回来?”

吕局呵呵一笑：“这话就是谦虚了。你江队长要真想做什么事情，难道还能做不成?”

江停无动于衷地瞧着他。

“哦对了，还没来得及告诉你。严峫临时要出个任务，其实是关于……”

“不用编了，不想知道。”

“好好，那就好。”吕局似乎还挺高兴，“其实理由我还没来得及编呢。”

聪明人之间打交道就这点方便，对彼此的反应基本都能摸出个一二，有些事就不用点明来徒增尴尬了。

他们两人大眼瞪小眼地对站了会儿，空气凝固般凝滞僵硬，只听厨房里传来的汤水咕嘟声格外明显；足足过了好几十秒，吕局摊开手，终于说出了他真正的目的："我有件事想要找你聊聊，现在能请我进去了吗，江队长？"

江停眼神闪动，总算抬脚让了半步。

"请进吧。"他淡淡道，"茶是我的，汤是严峫的，没东西招待您。见谅了。"

第4章

S省边境，通山。

严峫深夜下车，在县城公安局值班室搭床睡了一晚，第二天破晓时主任法医苟利终于带着技术队赶到了。天刚蒙蒙亮，几个人就呵欠连天地强打精神，跟着派出所唯一的桑塔纳警车晃晃荡荡地上山。

齐思浩近来颇为狂热的大脑可能是被山里刺骨的严寒冻清醒了，连连表示自己可以待在当地派出所，等他们下山会合就行。苟利虽然没明白为什么恭州的齐支队长会出现在这里，但他很羡慕齐思浩可以留在山下烤火，简直恨不得跟对方换一换。

“我全身上下这么厚实的脂肪层啊，整个春夏秋冬好吃好喝地养着它们、供着它们，结果它们就是这么回报我的！膘到用时方恨少！”苟利痛心疾首，裹着毯子缩在车里，“老严！”

严峫坐在敞开的车门边抽烟：“干吗?”

“你穿这点真的不冷啊?!”

严峫戴着公安局统一配发的警用围巾，深灰色修身风衣的面料一看就价值不菲，考究的剪裁勾勒出精悍的身形轮廓，闻言漫不经心道：“因为肌肉密度比脂肪密度大，所以御寒指数不一样吧。”

苟利：“……”

车窗外是崇山险峻的冬季丛林，现场技术队和当地民警、森林公安和十数只警犬一哄而散，沿着各个方向深入山道进行搜索。

“我一直有个疑问，”苟利用屁股挪近了点，向远处示意，“你说咱们国家这么大，像滕文艳这样的高风险不稳定流动人口又那么多，要是哪个犯罪分子杀了人，尸体往人迹罕至的深山老林里一抛，只要十年八年没人供出来，是不是就永远找不到了?”

严峫奇怪地瞥了他一眼：“怎么会?”

苟利回以无辜的瞪视。

“再不稳定的流动人口也总有社会联系，只要留下过蛛丝马迹，失踪就必然会有人发现。再说抛尸，真正意义上人迹罕至的深山老林一般人是根本去不到那里的，交通工具、人力限制、尸体腐败等客观条件会形成全方位的制约因素。”严峫手指夹着烟，向远处零星狗吠的密林中指了指，“哪怕像贩毒组织这样有钱、有人、有火力的犯罪集团，要实现毫无痕迹地抛尸也绝无可能。你看咱们现在所处的地方，虽然确实比较偏，但根本就不能算原始丛林。”

苟利若有所思地唔了一声。

“越野车队的车辙，对地面树丛的极大破坏，还有当地居民的目击回忆……越兴师动众抛尸山林，留下的可追踪线索就越多。”严峫把烟头丢在脚下，顺脚跟熄，“真正毫无痕迹的犯罪是不存在的，只看警力投入到什么程度，以及刑侦技术发展到什么阶段罢了。”

仿佛为了印证他的话，突然车载步话机嗞啦作响，两人同时回头。

“各小组注意，各小组注意！”频道中传出了现场痕检员的声音，“编号 012 搜索区域三点钟方向六百米处发现植被大规模人为破坏情况，重复一遍，编号 012 搜索区域三点钟方向六百米处发现情况，请跟上！完毕。”

严峫和苟利对视一眼，抄起步话机：“明白，这就跟上！”

树林间的晨霭缓缓散去，天光终于穿过树梢，映亮了灰蒙蒙的林丘。警车停在不远处的山坡下，几名当地民警拿着铁锹围在空地正中，奋力挖掘盖着半腐落叶的泥土。

“有了，有了！”不知是谁突然叫出声来，“法医呢？快叫苟主任过来！”

土坑中隐约露出织物一角，铁锹立刻停下，苟利忙不迭带着两个实习法医奔过来。这时他也顾不得冷了，亲手接过铲子蹲在坑里，慢慢地刨出浮土之下的硬物——果然没铲几下，一只已经白骨化的手蓦然出现在了众人的视线中。

“小心点！轻轻抬出来！”

“一——二——三！”

在整整三年不见天日的冤屈之后，两具尸体终于被先后刨出，暴露在了光天化日之下。

不知是生前如此还是死后被故意摆成这样，滕文艳和王锐手拉手平躺在塑料布上，全身满是泥土，空洞洞的骷髅直视着阴沉的天空。他们身上所穿衣物已经被毁损得不成样子了，只有王锐的上衣还能勉强看出是蓝色，滕文艳穿着难以辨认颜色的圆领衣裙，脚上是腐朽破烂的运动鞋。

刑事摄像咔嚓咔嚓拍完照，苟利让人铺好勘察板，令所有非技术人员远远站在坑边别进来，然后才换上一副新手套，接过助手提来的法医箱，首先蹲在王锐的尸体边检查了片刻。

“被害者头颅遭到击打，尸体颅骨枕部兼具同心圆与放射性骨折线，是典型的凹陷粉碎性骨折特征。同心圆中心点非常清晰，放射线之间没有交错的截断现象，同时一路延伸向头顶，因此初步推断凶器应该是石头或金属钝器，而且只有一次击打行为。”

苟利示意助手法医帮他将尸体翻过来，少顷后抬头说：“虽然也有 C6 至 T1 椎体棘突骨折，但应该是被害人被推进土坑时仰天着地所导致的，直接致死原因还是颅脑损伤。”

他一边做检查，助手一边飞快记录。验尸现场这么多人，但除了林中鸟雀之外，周遭却没有任何人走动或说话。

“凶手对待被害人的态度相当粗暴，击打颅骨后立刻推进坑里，要么是对被害人当场毙命非常自信，要么就是完全不在乎活埋的可能性。”苟利站起身，呼了口气，“总而言之是一击毙命，凶手残忍冷血且臂力极大。从脚长和胫骨长度推测，被害人生前身高一米七二三，再通过击打角度推算凶手身高应该是……嗯……”

“不到一米八五，八十公斤左右，是个罕见的双手同利者。”严峫淡淡道。

苟利“嗯?”的一声：“你怎么知道?”

严峫眼神阴沉，没有回答。

他不仅知道，还跟行凶者交过三次手。

苟利看出他不想说，便耸耸肩不再问，走到滕文艳的尸骨边半跪下来，先将一部分附着在尸骨上的泥土和织物取样留存，突然轻轻“咦”了一声。

“怎么了?”

“……很干净，太干净了。”

现场的当地民警都没明白，个个露出了迷茫之色。

“颅骨完整，排除被击打可能；舌骨与甲状软骨完好，也不是被掐死。肋骨、长骨、盆骨……甚至棘突骨都没有明显损伤。”苟利打量滕文艳尸骨全身，狐疑道，“她没有像男性被害者一样被粗暴地推下坑，而是被小心运到坑底，轻轻放平在地面上的。”

助手忍不住问：“那致死原因是什么？”

苟利用钳子小心翼翼夹开附着物，向尸骨眉心示意：“喏。”

助手愣住了——那圆圆的空洞分明是弹孔。

“凶手杀害女性被害人的手法，以及处理尸体时与对待男性被害人截然不同的方式，都表现出了明显的情感联系。”苟利摇摇头，说，“确实非常奇怪，大概是我见过的心态最怪异的凶手排名前三了吧。”

一点也不怪异，严峫心想，脸上却没表露出丝毫情绪。

对黑桃K来说，被行刑的男性形象投射了他自己——那个被他厌恶、后悔和希望消灭的自己，而行刑者则是少年时代江停的替身。

他精心选出美貌优秀的少女，来演出填补他内心缺憾的戏剧，对扮演江停的演员存在情感联系是很正常的，即便对滕文艳这样失败的替身也一样。

但最关键的那个问题并没有得到解答：为什么会选中滕文艳呢？

这名只有小学文化的洗头妹，在哪一点上重合了黑桃K心中江停的形象？

“怎么样老严？”苟利扬声问，“现在怎么说？”

严峫回过神：“你带痕检在周围找找还有没有线索，最好是当年遗留在坑底的弹头弹壳之类的，我回车上给局里打个电话汇报一下。”

苟利挥挥手。

可能这段时间跟吕局通话次数多了，最近联系人拉下来一排都是局长办公室分机号。严峫也没多想，这个任务是吕局亲自交代下来的，现在直接跟他汇报也没什么，就拨了出去，谁知漫长的忙音过后竟然转到了语音信箱。

“？”严峫想了想，转而拨通秘书处电话，问，“张秘在吗？”

张秘是吕局的第一秘书，不知为何接电话的值班人员声音听起来有点紧张，说：“张秘……张秘有事出去了。”

“那吕局呢？”

“吕局今天没来。”

——没来？

严峫有些愕然，追问："吕局出去开会了？什么时候回办公室？"

"不，不知道。"电话那头回答磕巴了一下，反问，"严队有什么要紧的事，必须现在立刻说吗？"

其实吕局出去开会带秘书是常事，但不知为何严峫脑海深处的某根神经轻轻一动，一丝莫名的心惊渐渐弥漫而上。

"……不，没什么。"他咳了声，说，"我待会儿再打吧。"

对面接线员立刻就挂断了通话。

严峫一个人在车里坐了会儿，反复摩挲手机，有些反常地心神不宁。透过车窗可以望见苟利他们在土坑周围忙碌，警犬被民警拽着呼哧呼哧，暂时没人注意到这里。

他犹豫片刻，发了条微信给江停：

"醒了吗？吃了什么？"

几分钟过去了，江停没有回音。

"老严——有发现！"苟利直起身，远远地向警车这边招手。

严峫看看时间，现在是早上不到九点，也许江停还没起。

他呼了口气，删除刚才那条微信，把手机装回兜里，钻出了车。

"矿泉水瓶。"苟利挺着肚子叉着腰，额角出了细细密密的汗，站在坑底向上举起一只沾满泥土、已然变黄的空塑料瓶，冲严峫晃了晃，"果然哪！凶案惯犯的'签名'也许会迟到，但不会不到——唉！"

虽然他唏嘘不已，但当地警方并不知道六一九连环绑架案的细节，望着这个空水瓶，都十分纳罕。苟利也没多解释，把塑料瓶装进物证袋示意助手保存，继续道："没有弹头，没有弹壳，森林天气和湿度对现场造成了很大破坏，已经找不到具备鉴定价值的脚印和生物检材了。没法子，你们过来两个人帮我把尸骨抬上去，等下山了再做进一步尸检吧。"

当地派出所民警连忙应声，呼啦啦下去了好几个人。严峫脱下外套捋起袖口，也戴着手套鞋套下了坑，指挥民警分别提着塑料布的几个角，尽量把滕文艳的尸骨平抬起来。

哗啦啦——

塑料布一移动，尘土泥沙簌簌而下，严峫目光无意识地落在尸骨表面的衣物上，突然整个人一愣："等等。"

民警没听见，还在往前走。

"等等！停下！"严峫吼道，"把她放下来！"

所有人都纷纷回头，民警吃了一惊，不知所措，七手八脚把塑料布放回了地面上。

苟利吭哧吭哧过来："老严，你怎么啦？哎！你干吗！"

严峫上手就要去翻动尸体，被苟利一把拉开，险些迎头给他一巴掌："你作死呢！你想干吗！"

"把她给我翻过来，快！"

苟利完全不明所以，但看严峫眉宇冷峻，立刻让助理法医过来小心地将支离破碎的尸骨翻了个身，露出了背部。

刚才严峫回车上打电话的时候苟利已经粗略看过尸体背面，清理过表面的浮土，只留下了干燥凝结的泥块，因此尸体翻过来后，衣物背面便暴露在了众目睽睽之中，以及严峫骤然紧缩的瞳孔——

滕文艳所穿衣裙是两截式的，上衣浅色圆领短袖，背后布料上印着几乎已经很难辨认的浅红图案。

——那是一个半圆盖在横线上，半圆外依稀辐射出几道红线。

即便让联想能力最丰富的成年人来看，这都只是稚童关于太阳升起的简笔画而已。然而在目光触及的同时，严峫猝然闭上眼睛，脑海深处浮现出了另一件完全相同的汗衫——阿杰狙击五零二缉毒现场后，留在现场的孩童血衣。

当年江停在孤儿院里穿过的衣服。

"你怎么了老严？你有发现？"

严峫胸腔在衬衣下轻微而急促地起伏，他摆摆手示意自己没事，对着尸骨拍了几张图片后一言不发地往土坑上走。苟利还挺担心的，追在后面大声问："你没事吧，喂！"

"我要打个电话确认一下。"严峫沙哑道，"你们先忙。"

嗡嗡的疑惑和议论声很快远去，严峫大脑里乱哄哄的，疾步走到远处警车后摸出手机，几乎是条件反射地，拨出了江停的号码—

你知道滕文艳跟你出身同一孤儿院吗？

当年与黑桃 K 一同被绑架的地方，那个孤儿院的信息，这么多年过去了你还能回忆出多少？

无数疑问化作撕扯着脑沟的利刃，然而手机屏幕刚刚显示拨出，还没响起拨号音，严峫突然被额角的抽痛弄清醒了，猝然摁下挂断。

空气仿佛结冰冻住，不知过了多久，人群的喧哗和脚步才渗透一般，渐渐从远处现场传来。

严峫垂下形状锐利的眼睛，目光冰冷，盯着手机屏幕表面映出的自己。

半晌，他喉结滚动了下，再次打开手机，从微信列表中调出了马翔："帮我查查二十年前S省通山地区附近是否有孤儿院，"严峫按着语音消息键，低沉地道，"查到后把详细地址发给我。"

沉冤三年的被害人尸骨被抬出土坑，包裹起来，准备装车运下山，到附近的县城殡仪馆去做进一步详细解剖。苟利不厌其烦地指挥新来的实习法医保持力道均衡、尽量小心挪动，然后亲手为车后厢里的尸骨蒙上白布，念了两句"阿弥陀佛"，砰地关上车门。

助手一溜烟奔来："苟头，您手机响了！"

"说多少次了？'头'之后加儿化音！"苟利噌噌摘下手套接过电话，"喂，魏局？"

这地方通话信号非常一般，对面的背景又十分嘈杂，苟利绕着空地走远了几步，才听见魏副局在手机那边沉声问："你一个人吗？严峫在不在你身边？"

苟利踮脚展望，只见严峫在十余米以外的地方站着，眉间紧锁低着头，不知道在跟谁发短信。

"在边上呢，我去叫他？"苟利漫不经心地抬脚往那边走，谁知话音刚落就被手机里的声音喝止了："别，你站住！"

"啥？"

魏副局深深抽了口气，才稳定住异常尖厉的语调："你给我记好了，我下面说的话一个字都不准告诉严峫，在回市局之前什么都别让他知道。

"我现在医院里，吕局出事了。"

苟利眼皮霎时一跳！

"吕局在严峫家小区附近遭到袭击，因为案发时附近偏僻，拖到今天凌晨才被环卫工人发现报警。我们所有人现在都在医院，他刚刚才脱离危险。"

"……"苟利一开口嘴唇就发颤，"谁干的?!"

医院走廊上，魏副局望向敞开的病房门，省厅刑侦总队数名专家及市局余珠等人正围在病床边，看着吕局缓缓睁开混浊的眼睛，每个人脸上都是掩饰不住的焦灼。

吕局仿佛在一夜之间衰老了十岁不止，灰败浮肿的脸上还戴着氧气罩，每发出一个音就呼出一阵白气："……我看到了他的脸，没有……绝对没认错……"

话音未落，他胸腔中爆发出一阵咳嗽，所有人都惊叫起来，几名专家脸都白了："是谁？到底是谁?!"

"呼、呼、呼……"吕局大口喘息，勉强嘶哑道，"是恭州，恭州禁毒死了的那个——"

"那个江停。"

时间倏然停止，指针飞速后退，回到十个小时前——

满世界沙沙声不断，偏僻的后巷在雨夜中伸手不见五指。远处街道上车辆驶过，模糊的灯光一闪即逝，闪亮的水洼瞬间被踩得四分五裂。

江停的黑色大衣下摆随脚步扬起，冰冷森白的面孔被遮挡在黑伞之下，疾步转弯时只听"当啷"一声脆响。

他经常随身携带的那把折叠刀被丢在了垃圾箱边，刀锋锵然落地，一丝血迹随着脏水缓缓化开，汩汩流向了不远处的下水道。

第 5 章

江停，原恭州禁毒总队第二支队长，一级警督。三年前在爆炸中牺牲，成了高层系统内心照不宣的头号黑警，还涉嫌谋杀原恭州副市长兼正厅级公安局长岳广平。

而昨天晚上，一个下着雨的寒冷冬夜，他的幽魂却在建宁市湖滨小区周围出现了。

“我本来是想去找我们市局那个副支队长严峫的，走到小区附近，发现有可疑分子出没，似乎在偷窥监视他家那栋楼。我立刻隐蔽起来，伺机偷偷尾随，发现偷窥者竟然是三年前疑似杀害了我老战友岳广平、已经被恭州认定为‘牺牲’了的江停！而且他还有同党接应！我刚想呼叫救援，没承想被他发现了，仓促中被他捅了一刀……”

单人病房里窗明几净，s 省公安厅的领导围坐在病床周围，好几个人在低头做笔录。

吕局有气无力地靠在床头，沙哑道：“幸亏冬天衣服穿得厚，我身体又胖，没刺中要害，当时只是昏了过去。唉！老了老了，不中用啦！”

一夜之间他的头发就花白了很多，圆胖圆胖的脸也脱了相——毕竟是个六十岁的老人，在雨夜里整整昏迷挣扎了好几个小时，能捡回一条命都算上天眷顾了。

“吕局这说的什么话，您智勇双全谁不知道？”省厅下来的那名处长连忙安慰，“对方是跟毒贩勾结、凶残狡猾至极的警界败类，理应由我们将他绳之以法，为您报仇才对！”

吕局唏嘘不已，疲惫至极地闭上了老眼。

处长连忙识趣地站起身："那今天就到这里吧，不能打扰领导休息了。吕局，您要是想起来更多线索的话，就让人打个电话，我们随叫随到！"

吕局叹着气点头示意自己知道了，又招手吩咐："老余啊，送送他们。"

余珠亲自将省厅的人送走，一路寒暄到医院大门，眼见他们都上车离开了，才转回病房前，向坐在护士站里的魏副局使了个眼色。

魏尧急忙站起来，跟她一前一后地进了病房。

吕局倚在靠枕上，脸上黄黄的不见半点血色，连嘴唇都有些发灰："怎么说？"

"准备成立专案组，与恭州方面合作，在全国范围内发布协查通告通缉江停。"余珠坐在病床边的扶手椅上，然后咳了一声清清嗓子，声音里显出浓浓的担忧，"老吕，这到底是怎么回事？我可不相信你对省厅那帮人扯的那番话，漏洞也太多了！"

吕局欲言又止，望向魏尧。

魏尧会意，冲吕局和余珠两人点了点头。

"都同事二三十年了，我也不瞒着你们，就直说了吧。"吕局在两名下属炯炯的注视中长叹了一口气，说，"我不是在严峫家附近遇到江停，而是知道他就在严峫家，所以专门去拜访，想策反他的。"

话音刚落地，魏尧和余珠音调都变了，同时脱口而出："您说什么？"

"策反？！"

吕局抬手往下压了压，眼底浮现出苦笑："你俩也别急，听我说。对于策反江停这件事我考虑了相当长一段时间，只是碍于机密所以没跟你们商量。江停在暗中参与我们建宁市局的案子已经有一段时间了，实不相瞒，如果不是他的话，秦川也没那么容易就暴露出来。"

余珠疑道："秦川？"

"对。"吕局顿了顿，把调查投毒事件前后的经过简略复述了一遍，又坦承了实施抓捕那天晚上在秦川家的遭遇，听得魏副局眼都直了，余珠也不比他好多少，不住发出明显的吸气声。

"经过这件事，考虑到江停的立场和行为方式，我觉得可以冒险一搏，因此昨天晚上特意找到他，对他提出了一个非常大胆的想法……"吕局话里自嘲的意味更浓了，"我希望他能彻底投靠警方，同时假装黑警，成为我们钉入黑桃K犯罪集团的一根钉子。"

十多个小时前——

“反间计？”江停双手插在裤兜里，左肩靠在客厅墙壁上，似乎听到了特别荒谬的笑话，“叫我假装对黑桃K投诚，深入贩毒集团内部，冒着生命危险与警方里应外合？”

厨房里煲汤的咕嘟声还在继续，热气烘得满室温暖，落地窗上起了大片的白雾。吕局坐在客厅的奶白真皮大沙发上，老花镜后目光锐利，紧盯着面前这个面容俊秀却针刺般咄咄逼人的年轻人：“是的，确实要冒着生命危险，但这对你来说却是最好的出路。”

江停揉了揉眉心，又把手插进裤袋，笑着反问：“——可是我为什么要替警方卖命呢？”

“因为你现在还活着，你活着的秘密已经不止一两个人知道了。替警方卖命，至少还有留着一条命回来的可能，但如果被警方抓住的话呢？塑料厂爆炸那十多名缉毒警，你的种种行径，足够判死刑了吧？”

江停眼神瞬间沉了下去。

与他锋芒毕露的态度不同，吕局就像是一堵棉花墙，不动声色吸收和化解所有攻击，端的是软硬不吃，令人无计可施：

“你还想在未来某天光明正大地出现在阳光下吗？你想背负着死人的名义，缩在阴沟里活一辈子吗？江停，严峫现在不在建宁，我只要一个电话打出去，你今天甚至走不出这座小区。”

“自己想想，考虑清楚。”吕局鼻腔中发出轻轻的一哼，说，“如果你被警察抓住，我保证，黑桃K不论再制造多少次爆炸，都不能把你从看守所里劫出来！”

客厅陷入了安静，江停久久地沉默着，僵持将每一寸空气冻结成冰。过了足足好几分钟，他终于缓缓地开了口：“……我不能答应你。”

吕局没想到他竟然会拒绝，当即面皮一抽。

“有两点原因。第一，黑桃K知道我是个什么样的人，也绝不会相信我愿意向他投诚……至于第二……”

江停语音微顿，瞳孔深处映着客厅明亮的灯光，就这么直勾勾盯着吕局，唇角渐渐浮现出了一丝古怪的笑意。

“——然后呢？”魏副局才忍不住追问。

病房里安静无声，魏副局和余珠似乎都沉浸在震惊中，半晌吕局重重呼了口浊气："如果说第一点原因只是主观因素，尚能推脱的话；第二点就是我当真万万没想到，也绝不可能想到的了。在他说出这句话的那瞬间，我就意识到自己来策反是多么愚蠢的决定，因为他确实不可能跟警方合作，也永远不会跟警方站在同一阵营里。"

余珠不自觉地向前倾身："那第二点原因到底是……"

医院大门外，一辆停在隐蔽街角的车里，一名刚随省厅领导出现在病房中负责笔录的书记员戴着耳机，眼前的监听仪器闪烁着蓝光。

不知耳机里吕局说了什么，他猝然倒抽了口凉气，心猛地怦怦跳了起来，急忙环顾周围。

马路上车来车往，远处行人摩肩接踵，没人注意到这辆外观普通又贴着单面窗膜的车。

窃听者鬼鬼祟祟地拔下耳机，一踩油门，冲着与省厅相反的方向直奔而去了。

通山县外八十公里，永康村。

顺着山路颠簸整整两个小时，齐思浩觉得不仅自己的骨架，连车架子都快要被颠散了。透过模糊的车窗玻璃，连田野边破旧的乡下砖房都渐渐消失，取而代之的是大片荒地和枯树，冬季灰白色的山坡连绵不绝，枯草在崎岖的道路上四散飞舞。

日头早已行过中天，齐思浩饿得快前胸贴后背了，但看看身边严峫阴沉的脸色，他咽了咽口水什么都没敢说。

富豪家公子亲自下乡捐赠扶贫怎么变成这样了？

说好的县镇村一路热烈欢迎、盛情招待都在哪儿呢？

终于在齐思浩饿晕过去之前，昏昏沉沉中车停了，县长派出的那名司机扯着嗓子："到咧——"

齐思浩如获救星，抬头一望。

铁皮门在风吹日晒中早已变了色，随着风咣咣作响，两栋灰蒙蒙的二层水泥房被烟熏火燎，突兀立在杂草丛生的"操场"上。一群奇形怪状的泥猴子趴在二楼木栏后，直勾勾望着他们这辆车，隔远了都看不出是人类小孩。

严峫下了车，在风沙中眯着眼睛抬起头。

大门口"宏日福利院"五个锈迹斑斑的字，每个字都缺胳膊少腿的。铁门上早已掉漆的画仍然依稀可辨，那是一个褪色成浅红的半圆被横线从中截断，几条象征阳光的放射线断断续续，以半圆为中心向外辐射，构成了颇具敷衍意味的日出图景。

——滕文艳尸骨背后的图案，以及江停儿时泛黄的血衣，终于在这一瞬间穿越时空，渐渐重合。

几个穿着臃肿西装的男女站在铁皮门外，堆起笑容快步迎上前。

齐思浩苦苦等待许久的“热烈欢迎”终于到了。

“对，县政府应该已经通知过你们了。是我们公司在s省的一个扶贫项目，每笔资金和任务会落实到各个地区，当然，在签字之前我先来做一下实地考察……”

严峫在福利院领导的簇拥下穿过“操场”，流着鼻涕、满脸尘土的小孩飞奔而过。

“不容易啊！”院长今年四十来岁，搓着手摇头感叹，“大多是女娃，生下来就丢掉不要了。倒也不能怪爹妈狠心，国家要罚款没办法，没儿子又怎么能行呢？肯费那个劲去丢掉还算好心嘞！男娃嘛倒是一只手就能数出来，而且没几个全手全脚，都是实在病得没法子了，爹娘老子丢在医院里，医院再送过来给我们——这个环境您也看到了，真的特别困难……”

齐思浩实在饿得没办法，跟着工作人员去吃小灶了。院长殷勤地把严峫请进办公室门，又亲手给他端茶倒水。

院长办公室也许是整个福利院装修最好的地方，至少还铺着瓷砖地，装了空调机，比山洞似的宿舍大通铺好很多。严峫透过玻璃窗，望着外面沙尘漫天的荒地和黑洞洞的宿舍楼，恍惚间仿佛看见了另一幅景象：

一个瘦弱的孩子，在盛夏傍晚的余晖中开心奔跑，被风呼呼扬起黑色的短发。他穿过平原，越过田野，就像一头敏捷的小鹿划开稻田，奔向启明星下苍青色的天穹尽头。

别过去，严峫心中响起苍凉又无力的声音，越来越清晰：别过去，回来——

但没有人听见。

小男孩沐浴着白昼与黑夜交界的天光，向他童年时代唯一的朋友兴高采烈飞奔而去。

“严先生，那个……严先生？”

严峫回过神来，只见院长搓着袖口，眼睛都眯了起来：“那个捐赠款项的事情……”

这倒不难办，严峫来之前就考虑到了这个问题，先通过他家集团每年固定的扶贫项目去跟县政府打好了招呼，所有签字手续火速办成，当天就把货真价实的红头文件发到他手上了，完全没有丝毫虚假做戏的部分。

“就按县人大之前批下来的数字办，回头我再……”严峫顿了顿，鬼使神差地加了一句，“……多补百分之五十，趁年前把宿舍楼修修，不然太冷了。”

院长登时喜出望外。

严峫说：“年前我会让人来看的。”

院长那发自心底的笑容立刻就淡了些，随即大力保证：“那是当然！当然！”

这些猫腻严峫心里都清楚，他也没有全部款项都能用到实处这种不切实际的想法，只要一部分能起到作用就可以了。院长也没想到他这么痛快，又很热情地拿出福利院管理章程和目标计划等文件出来介绍，严峫耐着性子听他说了十几分钟，才挑了个适当的机会打断：“像你们这样的机构，孩子进来和出去的时候，一般都应该有记录的吧？”

院长一迭声：“对对，那肯定有，我们是当地唯一的福利院，所以从二十世纪八十年代到现在已经好几十年了……”

“能给我看看吗？”

院长没想到他会有这种要求，倒愣了愣：“看什么？”

“相册资料、文书记录、儿童档案等，我只要八九十年代的部分。”严峫迎着院长诧异的目光笑了笑，淡淡道，“实不相瞒，我朋友小时候曾经在S省的孤儿院里待过几年，后来被领养出去了。我这次定点捐助，就是想走访当年的各个福利院，尽量从当年领养信息中找到他亲生父母的线索，也好帮他完成溯本追源这个夙愿。”

院长满脸恍然大悟：“哦哦哦——”

从表情来看院长大概瞬间脑补出了一系列狗血戏码，从国产乡村八点档到九十年代流行韩剧转了几个来回，看严峫的眼神也含义丰富起来。严峫懒得说明什么，冷淡地提了提嘴角，只听院长立刻热情了几倍：“行，没问题，我这就去给您找！”

院长立刻颠颠地出去叫人，带着几个工作人员去开档案室。这边陲乡村的福利院管理显然比较落后，翻陈年档案不是个轻省活儿，过了好半天院长才回来：“嘿呀！”把满怀档案袋往桌上一放，啪的一声灰尘四溅，如释重负，“都在这儿了!”

严峫心内有些讶异——这些二十多年前的资料，竟然比他以为的要多。

不过想来也是，这破地方也没个收废品废纸的，只要没发生过火灾、水灾等意外事件，纸面资料估计都堆在犄角旮旯里，没人乱动就不会丢失。

档案按时间顺序堆放，严峫对具体年份又非常清楚，找起来并不困难。他一边应付院长难以掩饰八卦之心的寒暄，一边翻找江停十岁那年的文字资料，突然翻到一本发黄泛灰的牛皮笔记簿，打开只见里面贴的全是旧照片。

仅仅顷刻之间，严峫的目光就凝在了相簿的某个角落——

一张黑白集体照上，十来个灰扑扑的小孩从高到矮站成一排，背景是当年还很新的福利院宿舍，油漆的日出简笔画在两扇铁皮大门上清清楚楚。

孩童们清一色呆滞懵懂，穿着同款圆领短袖汗衫，放眼望去仿佛是同一个模子里刻出来的泥娃娃，除了左起第三那个微微拧身睁着大眼睛的小男孩。

镜头在那瞬间记下了他有一点好奇和羞涩的微笑，然后封存在时光的角落里，二十多年后呼啸着砸在严峫眼前。

“……这个孩子，”严峫指着相片，尾音有些奇怪的颤抖，“福利院有这么大的男孩?”

“啊啊，对对。”院长凑过来一看，解释道，“可能是先天有点病所以没人愿意领养，或者刚被送来不久，还没来得及出去。那个年代大家生活条件都不好，有记忆的大孩子可不容易找人家，要是两三岁、四五岁的话，那就容易得多啦!”

严峫舌根泛上微微酸涩的味道，他用力咽了口唾沫，将胸腔中火热的闷痛压了下去。

“那他后来被领养了吗?”

“嗐，我是七八年前才过来的，这个得查一查。”院长捋起袖子在那堆档案袋中窸窸窣窣翻看了半天，终于找出一本工作记录，拍了下脑门，“对了，就是这个!”

院长哗啦哗啦甩甩那本记录上的灰尘:“这是当年的领养登记，不过有些已经缺失了。那个时候的管理不像我们现在这么规范，我们对待那些孩子可是非常用心、非常照顾，坚决执行国家关于扶助儿童福利方面的政策……”

他一边絮叨，一边斜着眼睛观察严峫，显然对这位不同寻常的年轻富豪极其好奇。

严峫翻阅的动作停住了。

××年九月十八日，被领养儿童，江停。

区区几行潦草褪色的钢笔字，记下了二十多年前扭转江停命运的、至关重要的一刻。

严峫没浪费时间去研究那一看就是编造的领养人信息，他目光落在那页纸贴着的图片上。一名眼睛细小、相貌阴沉的四五十岁的男子侧对镜头，站在福利院门口一辆黑色轿车前；他左手边是当年清瘦羞怯的江停，右手边则是另一个面貌白净而穿着考究的小男孩。

那男孩明明比江停小一岁，但身量明显更高，就像他的父亲一样有意识地回避了相机，略微偏过脸去，带着盈盈笑意看向江停。

乍看之下只是两小无猜，但那笑容背后更加黑暗深邃的含义，就像针扎般瞬间穿刺了严峫的心——

他知道自己看见了二十多年前的黑桃K。

江停并没有说出完整的实情。

第 6 章

缅甸边境。

五星级酒店顶层，镜面电梯门叮的一声开了。阿杰大步流星地走出来，穿过铺着厚实地毯的长廊，来到尽头一间被人把守的套房门前，手下立刻恭敬地为他打开了门。

几个缅甸人坐在书房里低声交谈，眼见是生意谈成了，各个大佬脸上都带着喜色。两个旅行箱打开平摊在地上，箱子里用黑布裹起来的两大包黄金澄黄夺目，黑桃 K 招手叫来一名保镖低声吩咐："收起来。"

保镖应声上前，就在这时阿杰快步走了进来："大哥！"

"嗯？"

缅甸人见他进来，不由得纷纷交头接耳，显然都认识这么个头号狠角色。但阿杰没理睬这帮当地人，附在黑桃 K 耳边，低声说了好几分钟，黑桃 K 眉梢一挑："噢？他真这么说？"

"消息是建宁那边我们的人传回来的，放了监听器，原话就是这样。"阿杰吸了口气，眉眼间混杂着不甘的悻悻和凶狠的跃跃欲试，后槽牙磨了半天，才说，"那江停还真是个……真是个狠人。"

黑桃 K 瞟了他一眼。

阿杰连忙问："我们现在怎么办，大哥？"

黑桃 K 顺手撕了张字条，写下一个地址，阿杰连忙接了过去。

"老头儿以前在这半山腰上有个盘口，西南地区最大的出货盘之一就是它后面的元龙峡，半年前我让人盯住了附近几个村子。你亲自带人过去一趟，给我记好了，不论发生什么，哪怕跟老头儿的人撕破脸，”黑桃K在阿杰发亮的目光中缓缓道，“你知道该怎么做。”

阿杰转身就走。

“回来！”

阿杰猛地站住转身，只见黑桃K似笑非笑地，隔空点了点那张字条：“年轻人，记住以前的教训，做事别那么毛躁。明白了吗？”

阿杰抓抓刺猬般的短发，嘿嘿一笑，疾步出去了。

“哎我说，你没事吧？”

齐思浩坐在颠簸不停的破车里，几乎要后悔自己在福利院里狼吞虎咽三个大馒头了，崎岖不平的山道简直要逼他把胃里的东西全吐出来。整整一路上他都紧闭嘴巴与翻滚的食道抗衡，但天快黑下来的时候，他终于忍不住，尽量语气缓和地冲着驾驶座提出了自己的疑问。

严峫的侧脸看不出丝毫异样，但从眉骨到鼻梁，乃至沉沉下垂的唇角，都像是利刀雕凿出的一整块黑岩，散发出凌厉阴沉的气息。

齐思浩偷觑他，现在是真的后悔没有像县政府派来的司机那样，干脆在福利院凑合睡一晚了。

“不是，严队，你看这天真的要黑了，这道路条件，晚上肯定赶不回通山县，通宵开夜车又太危险，不如我们折回永康村借宿一晚上，明天再说吧，啊？”

齐思浩真称得上是苦口婆心了，只听车轮驶过地面，发出轰轰声，严峫一言不发。

半晌突然“刺啦——”！

刹车板一脚踩到底，车轮险些打滑，齐思浩猝不及防向前猛倾，差点被安全带勒吐出来。

严峫看都没看他一眼，直接掉转车头，向早已开过了的村庄驶去。

永康村坐落在山脚，地处极其偏僻，离通山县远，但出乎意料的是经济发展得还可以，每家每户都建起了水泥房。这里大概很少见到外人，严峫他们的破车刚进村就引起了围观，还有不懂事的小孩吸溜着鼻涕跟在后面，好奇地探头探脑。

严峫身上带着县政府关于扶贫项目的文件，跟村委会打过招呼之后，被村长亲自安排住在了村头唯一的招待所里。

虽然条件简陋，但好歹有个硬板床睡了。

齐思浩这几年养尊处优，不太适应这种简陋的环境，草草洗漱过后就和衣睡了。严峫则慢慢地吃了饭，披上大衣出了招待所，心事重重地坐在院子里点了根烟。

乡村里天一黑，要是无星无月，那真是不见半点光。尤其永康村背靠苍茫山林，风声鹤唳野兽长嗥，除此之外别无人声，城里生活惯了的人都想象不到夜晚能伸手不见五指到什么地步。

严峫披着风衣，坐在破院子的石头台阶上，手指间烟头那一点红光明明灭灭。

"……当时我并没有监护人，独自居住在学校边的老式筒子楼里……

"当我有能力通过各种手段调查自己档案的时候，才发现所谓的'领养人'实际并不存在……"

那天晚上江停的叙述伴随河水声，再次响彻在严峫耳际，只是这次他终于听见了自己心中压抑已久的讽刺与自嘲。

江停也许没有撒谎，他说出口的都是实情。

——只是他没说出口的那部分，却能颠覆所有虚伪的表象。

所谓的领养人确实不存在，因为"草花 A"作为缅甸毒贩不可能通过真实信息登记领养，长大成人后的江停心里也很清楚这一点。也就是说，当江停表现出对自己过往经历一无所知的时候，他内心其实很明白，这些年来自己跟贩毒集团有着怎样错综复杂的联系。

那么，他真的是"滑档"进的公大吗？

他一路成为西南地区禁毒口最有潜力的警界新星，这真的是巧合？

命运不可能在一个人完全懵懂无知的情况下设置出这么多阴差阳错，除非这个人每一步都按着早已安排好的节奏，只是表面没露出丝毫端倪而已。

而江停命运的转折点——三年前一〇〇九爆炸案，到底是真的被警方内线出卖，还是本来就精心准备好的剧本？

平生第一次，严峫心底猝然生出一丝不寒而栗。

"之所以隐瞒也并不是因为怕你卷进这潭浑水，严峫，而是因为我不相信你——"

如果一个人在共同经历数次生死之后还无法交托他的信任，那么排除所有天方夜谭的戏码，最后只剩下了唯一的可能：

他知道自己担不起相同分量的信任。

远方茫茫黑夜中突然闪现出什么，严峫下意识抬头，只见数公里之外的半山腰上隐约有光点晃动，仿佛是成排的车灯。

这么险峻的地方竟然还有人开夜车，要么是车技好，要么是真不要命吧。

他呼了口气，太阳穴一跳一跳地抽痛，也没心情想其他的，随手摁熄了烟头丢在草丛边，起身走回了招待所。

傍晚投宿的时候没仔细看，这回就瞧见招待所老板家俩儿子招来几个同龄小青年，坐在厅堂里吆五喝六地打游戏。严峫经过时他们闻见烟味，上来讨烟抽，严峫心里有些纳罕，但还是随手丢了半包烟过去，转身上了楼。

薄薄的墙壁和门板根本挡不住齐思浩的呼噜声，严峫刚要推门，手顿了顿。

这村里这么多二十啷当岁的小伙子闲在家，不进城打工？

他心里闪过微许疑惑，感觉这跟自己平常见到的乡村现状不太相符，但转念一想也许这村里农业化程度高，也就没仔细琢磨，直接推门进了屋。

山里夜晚气温极低，自来水更是冰冷刺骨。严峫就着水管草草洗了把脸，和衣坐在床边，拿着自己的手机，背后窗外传来北风凄厉悠长的哨子，窗棂间呼呼地漏着寒风。

月光终于从乌云中露出一角，穿过陋室的毛玻璃，映在严峫半边侧脸上，将他面色映得青白。

他端详着手机通信录中“陆顾问”那三个字，眼底光芒亮得瘆人。

隔壁齐思浩的呼噜停止，大概翻了个身，床板吱呀作响，紧接着鼾声又响了起来。

严峫深吸一口气，大拇指缓缓伸向拨出键，就在这时他略微停住了。

远处不知何时响起轰鸣，那动静开始非常轻微，很快由远及近，在山林寂静的夜晚格外清楚，转眼循着山路来到村头。

——–竟然是好几辆车的引擎。

严峫强行按下纷乱的思绪，上半身向后倾，就靠近了不知已经积累出多少灰尘的窗台前，眯起眼睛向外望去。夜幕深沉浓重，又隔着老远的距离，根本什么都看不清楚；少顷只见村里唯一那条弯弯曲曲的土路尽头，倏然同时闪现出了几盏大车灯！

严峫眼睛被远光灯刺得一闪，立刻偏过身。

就那么片刻工夫，引擎声响大作，令人耳膜嗡嗡地一齐发起震来。乡村附近百犬吠声，四下狗叫声连成一片，远处也亮起了零星灯光，遥遥传来村里人的推门呵斥，足足好几分钟后那动静才稍微平息，车辆接二连三熄火，严峫已经趁着那短暂的骚乱推开了锈得结结实实的窗户，从缝隙中向外望去。

隔壁村委会的灯亮了，门前土路上停了几辆相当不错的越野车，大灯交相辉映，将那一小块空地照得亮如白昼。不少身影钻出车来回走动，严峫出于职业习惯粗略一数，竟然有十来个人。

……这半夜三更的在做什么？

他没出声，靠在窗缝隙边继续窥视。只见那帮人似乎对当地很熟悉也很放得开，说话、叫骂、谈笑和走动等喧杂趁夜传来，只听不清是什么地方的口音。大约又过了一根烟工夫，这十来个人的动静小下去，结成一群走向这边的招待所。

乌云无声聚散，惨白月光投在青石板路上，映出了为首两三个人的身影，走在最前殷勤引路的老头儿倒不陌生，是严峫傍晚刚见过的村长。

而在他身后全身黑衣、一手插兜，抽着烟一言不发的是一

严峫眼神一下变了。

是阿杰！

这换作其他人，肯定当时脑子就炸了，严峫的第一反应就是骂了一声，然后他闪电般反应过来，这些人是冲着他来的！

他通过自己家的扶贫项目递交的文件，手续一路从省委下到县城，再走过上百公里大张旗鼓地开去福利院，翻出二十多年前的图像资料来调查，这中途经过了多少人手、多少耳目，简直无法细算。只要黑桃 K 稍微刻意打听，这事都绝对瞒不住，顺藤摸瓜查过来是情理之中的。

但为什么来得这么快，怎么可能?!

严峫无暇细想，迅速起身披衣抓起车钥匙，开门冲到隔壁，砰砰拍了几下门："老齐！快醒醒！"

门内齐思浩鼾声震天，丝毫没有要醒转的迹象。

严峫在心中痛骂，当下没时间犹豫了，双手抓住门把手一脚抵住用力。那架势是警校教科书级别的，只听沉闷的咔嚓响起，门闩被压力生生踩裂，紧接着他推门就闯了进去！

"什——"

齐思浩终于惊醒起身，迷迷糊糊的半个字才出口，就被巨力一把按住了嘴，

差点岔了气："唔唔唔唔！……呜呜呜?!"

严峫食指抵在唇边，那是个极其严厉的噤声动作，随即在齐思浩惊恐的注视中松开了手。

"你这是……"

"闭嘴，跟我走。"严峫压低声音，接下来的每个字都令齐思浩心惊肉跳，"黑桃K的人来了。"

"这两天？这两天真没什么生人经过，半山腰那边都没见车过来了，我们这儿家家户户货都出得挺好……"

招待所大门敞开，村长点头哈腰地把这群人请进去，老板一家子都忐忑地迎了出来。阿杰穿着硬底短靴的脚跨过门槛，刚进屋就抽了抽鼻子，随口道："好大烟味。"

老板家儿子早放下了手机，麻溜地摸出烟盒，嘿嘿笑着敬了根烟。

"早说过了每年的货是有定量的，大哥说是这么多就是这么多，你们愿意掺着卖或者不掺卖，这都不影响我们能运过来的量。这年头生意不好做，西南地区几条道都断了，幸亏你们这里四面环绕的都是山……呦，"阿杰顺手接过烟抽了两口，敏锐地察觉到了什么，眼皮一抬，"——你们村人都抽上软中华了？油水太多了吧。"

村长被他意味深长的语气说得心颤，刚要辩白，那敬烟的小青年在边上插嘴："没有没有，我们哪敢耍花招？这烟是今儿县里投宿的人给的！"

出货渠道上的猫腻一贯多，阿杰本来只是随口吓一吓拆家，谁知听到"县里"两个字，登时神情就变了："有人？"

他转向村长，皱眉道："我刚才问你的时候，你不是说这两天没生人进村吗？"

"是、是，不算生人，是县里扶贫项目的领导，还带着秘书。"村长立刻解释，"看样子年纪挺轻的，也没什么派头，就是临时住一晚上，明天放亮了就走，不碍事的！"

年纪轻？

冥冥中仿佛有什么气氛突然冷下来，阿杰眯起双眼，狐疑地盯着村长："……长什么样？"

阿杰面孔本身就有点东南亚的挂相，可能在道上混久了，眉目间给人一种冷酷凶狠的感觉。村长被他目光这么定定地锁着，背后渗出了丝丝冷汗，慌忙比画了一下："大概……大概这么高，特别高。三十来岁，长相倒挺硬朗……"

阿杰无声地呼了口气。

别说长相"硬朗"，就这个身高也不可能是江停。

"那秘书年纪挺大的，挺着肚子穿个皮鞋……哦对，他们开的车还停在院子里呢！您看！"

这长相描述把阿杰的最后一点疑虑都打消了，但出于谨慎，他还是跟着村长出了大门，只见院子外搭的厨房边果然停着一辆五菱宏光，已经不知道开多少年了，车胎车身上溅得全是泥点子。

村长不安地搓手站在边上，阿杰打起手电，往陈旧的驾驶室里扫了几眼。

明明没有什么，但他眼皮却突然开始轻轻地跳。

就这么巧，江停这边离开建宁，那边盘口里就来了县里的领导？

他立在原地没有吭声，周遭没人敢动，一时只听风从半山腰呼呼刮过。大约过了几分钟，阿杰终于动了动，沉沉地转过身："叫人把……"

咔嚓。

那其实只是极其轻微的声响，但在寂静中略微明显，阿杰瞬间抬起了头："什么人？"

在场除他之外没人发觉，空气一时凝固住了。众目睽睽之下，只见阿杰按住后腰的枪，仿佛暗夜中嗅到了气味的猛兽，轻轻疾步上前——

第7章

扑棱棱棱——

树杈摇曳晃动，几只鸟蹿了出去，在手电筒光束的照耀下飞向天空。

"……"阿杰站住脚步，眼底似乎有些疑惑，又向周围逡巡了一圈。招待所的院墙是砖土随便垒出来的，布满了孔洞和缝隙，稀疏的树木和灌丛一路向后山延伸，仿佛天地间深浅不一的黑色幕布。

"杰哥?"手下保镖低声请示。

黑暗中看不清阿杰的表情，他没有答话。

与此同时，招待所院墙背面。

齐思浩保持着那个一脚踩碎篱笆木架的姿势僵立不动，双眼圆瞪，嘴巴微张，脊背紧紧贴着墙壁，感觉到冷汗顺着脊背一点点浸透了里衣。

仅仅一墙之隔，那个杀人不眨眼的魔鬼就提着手电筒，站在离他不到三米远的空地上。

他不敢呼吸，甚至尽力控制心跳。足足过了好半天，他才动了下眼珠，视线越过堪堪一人高的墙头，只见招待所二楼那扇灰蒙蒙的玻璃窗映着月亮，反射出一泓青白的光。

只要目力足够好，就能发现那扇窗户并没有完全关闭，而是微微虚掩，漏出了一指宽的缝隙——

严峫背贴墙壁站在窗边，两根手指紧紧按住窗棂，只要他稍微松劲，早已变形的窗户就会在吱呀声中自动往外打开。

他无声地偏过头，出于角度的原因看不见窗外空地上的景象，但能捕捉到手电在黑夜中的光。庭院中、院墙外、楼上屋内，三个地方明明站了那么多人，却半点声响不闻，诡谲的云层一寸寸遮蔽了月光。

“……没事，听差了。”阿杰终于开了口，说，“回去吧。”

拉满的弓弦瞬间松劲，利箭化作无形消失在了空气中。

手电光晃动几下后熄灭了，手下们起身走回招待所正门，少顷后楼下传来走动和说话的声音，有人咳嗽着上楼来，窗外那一小片空地上则恢复了安静。

严峫终于略微放开两寸窗缝，偏身向外望去，楼下完全漆黑。

应该是走了。

楼梯那边马仔们纷纷上楼来的脚步越来越响，眼见就要往这边的空房走来。就在那最后几秒的空隙间，严峫一把推开窗户，从二楼飞身而下！

砰！

严峫顺势落地，发不出半点声音，然而就在起身时，他听见身后黑暗中传来轻轻一笑——

劲风贴耳而来！

他根本没走！

说时迟，那时快，严峫连骂娘都来不及，顺着落地冲势就地打滚，躲过了阿杰那一记手刀。周围根本半点亮光没有，真真正正的伸手不见五指，但严峫的感官反而更加敏锐，他清清楚楚感觉到职业杀手如同梦魇般紧贴了上来。

闪电间严峫脑子里闪过一个念头：他有枪！

其实不用开枪，哪怕只拧亮手电筒，强光都会立刻晃住严峫的眼睛，令他造成致命的破绽，也就是说他完了。

但出乎意料的是阿杰的第一反应不是那样，他当啷丢了手电，一掌钳向严峫喉咙，同时屈膝把他往墙上顶——但就在身体接触时阿杰似乎愣了下，鼻腔里发出疑惑的：“嗯？”

这种失态简直不该发生在他这个等级的杀手身上。严峫没放过这转瞬间的空隙，一把拧住阿杰腕骨咔嚓脆响，在对方因为脱臼剧痛而缩手的瞬间，转身一记重若千钧的后踢，轰然正中胸骨，把他踹了出去！

“谁在那儿？”

“站住！”

阿杰撞塌了柴垛，抓起被他自己丢在地上的手电拧亮，一晃，正好捕捉到严啷助跑两步飞身而起、一跃跳过庭院墙头的身影，登时破口大骂：“我×是你！”

话音刚落严啷什么都明白了。

他瞬间着地，一把拉住齐思浩，口中蹦出一个字：“跑！”

“杰哥！怎么样?”“怎么回事?!”

阿杰咬牙咔的一声，给自己正了腕，阴冷道：“开车放狗，追！”

五辆越野车大灯打亮，先后发动，呼啸着冲上土路。狗吠声再次从四面八方响起，引发山林间的野兽长嗥，混合着风声传遍了方圆十数里地。

没有人注意到，就在这一系列变故发生的时候，远处半山腰公路上有两盏红灯诡秘地闪了闪。

红光就像潜伏在山涧中的巨兽终于被惊动，持续明灭数次之后，终于又悄悄地隐没在了夜幕中。

乡村背靠山涧，根本没有道路可言，满地上坑坑洼洼草木丛生，他们自己都数不清已经摔了多少跤。仓皇中齐思浩甚至看不清死命拽着自己的人到底是不是严啷，他只能头昏眼花地跟在后面连滚带爬，突然皮鞋不知道踩到了什么，猛地崴了下去，当即惨叫摔倒在地。

“呜——汪汪汪！”

“汪汪！”

严啷回头一望，他们地处较高，不远处隐约可见手电和车灯交错，狗叫声随风隐隐传来。

“起来，他们追过来了。”严啷铁钳般的手活生生把齐思浩拽了起来，“快！”

齐思浩痛得五官都扭曲了，所幸在黑夜中看不清，勉强单腿跳着一蹦一蹦地：“毒贩、毒贩怎么会跟过来？啊?！你到底在孤儿院做了什么，把他们、把他们招来的?!”

不可能是孤儿院，严啷心里很清楚。

就算黑桃K察觉到了孤儿院的风吹草动，也不可能在短短几个小时内追到西南腹地，而且还能锁定他们临时起意投宿的村庄。严啷干了这么多年侦查，他知道当事情巧合到一定程度时就不可能是巧合了，根据村委会对阿杰毕恭毕敬的态度来看，只有一个骇人听闻的解释——永康村整村贩毒。

这个地处偏僻的村庄是黑桃K的盘口，或者起码是运输渠道上重要的中转站，同时这也能解释为什么当地经济竟然还发展得不错，在当前这个社会背景下，家家户户二十啷当岁的小青年竟然都不进城打工。

从阿杰和村长的对话来看，他连夜奔赴这个村庄是为了抓人，但根据刚才交手时他丢掉手电、没有开枪，以及那堪称客气的出手力道和猝不及防的怀疑怔愣，都可以看出一点：他根本就不知道严峫在这个村子里。

他有另一个既要抓到手，又得非常小心对待的目标。

那是谁呢？

严峫粗重喘气，心中浮现出了一个冰凉的猜测。

“啊！”突然齐思一脚踩空，失声痛叫，险些滚进村里人捕兽用的石坑，幸亏被严峫眼明手快抓住了。

尘土石块稀里哗啦掉下去，齐思浩双脚踢蹬几下，险些撞上了坑底猎人自制的捕兽夹。严峫咬牙把他往上拉，突然只见远处手电光一闪：“那边有人，站住！”

“……”严峫心里无声地骂了句，也不管齐思浩哭爹叫娘了，猛地发力把他拎出了坑，踉踉跄跄冲进树林。

五辆车，好几条狗，毒贩个个都带着枪支武器，如果不是在这种地形复杂的山林环境里，严峫根本无路可逃。

山石崎岖怪诞，时而茂密时而稀疏的松林组成了巨大的迷宫，他们刚慌不择路地扑进树林，还没在盘根错节的地面上摔几个跟头，就双双脚下一空，这回连叫都叫不出来，同时翻滚着摔了下去！

这一摔简直天旋地转，仓促中严峫只听见“嘭”一声闷响，是翻滚中他撞在了树干上，差点把肺挤得从喉咙里喷出来，身体硬生生止住下滑，半晌剧痛才从四肢百骸慢慢苏醒。

“我×……”严峫咽下咽喉里甜腥的血气，眼前发黑地爬起来，抬头一望。只见他们刚才摔下来的地方是一片陡坡，月光恰好漏出微许，隐约勾勒出了乱石丛生的巨大坡度，仿佛无数嶙峋怪兽从高处虎视眈眈地盯着他们。

“老齐，”严峫喘息道，“……老齐？”

齐思浩趴在草丛中，艰难地坐起身，听声音摔得实在不轻：“我不行了，我真的跑不动了……”

远处再次传来人声狗吠，严I哪厉声催促：“起来！别啰唆！”

“不行不行……”

“快！”

齐思浩被生拉活拽，还没站稳就发出撕心裂肺的惨叫，紧接着那只脱臼的脚腕着地，立刻扑通跪倒，险些把严峫带摔个跟头。

“汪汪汪汪！…‘汪汪汪！”

头顶山林缝隙间，附骨之疽一般的追兵再次逼近，甚至连狗的呼哧声都隐约可闻了。严峫一按齐思浩脚腕，发现折出了一个可怕的角度，当即心下一沉。

怎么办？

怎么办?!

严峫骨子里天生带着悍气和凶横，压制得越狠越容易被激发。黑暗中只见他狼一样精亮的眼睛眯了起来，后槽牙紧紧一咬，又轻又冷地吐出了两个字：“藏好。”

齐思浩惊惧无比，还没反应过来这是什么意思，就只见他后退两步吸了口气，猝然助跑冲上了山坡！

面对人多势众的毒贩，哪怕再冷静再有谋略的人，第一反应也是往相反方向跑，只有他偏偏还敢迎着枪口往上冲，这悍匪般的血勇把齐思浩镇得发蒙。果然下一刻狗吠四起，毒贩立刻发现了他：“找到了！在那儿!”“妈了个巴子的别跑!”

砰砰砰！

砰砰！

子弹打在树木岩石上，溅起数道火光。严峫凭借黑夜的掩护就地打滚、飞蹿而出，在吸引了所有人的注意后，犹如离弦的箭一般冲向了斜坡背阴面。

这个时候毒贩眼里只有他一个目标，完全没想到山坡下岩石后还藏着齐思浩，当即嘶吼着全部跟了上去！

远处树林外，阿杰正站在敞开的车门边，敏感地一抬头。

“杰哥，找到了，在那个方向!”

阿杰冷冷笑了一下，从后腰摸出枪举在耳边，咔嚓子弹上膛：“追。”

苍林茫茫，寒气逼人，但这时候已经完全感觉不到冷了。严峫耳边只有风呼呼猛刮，他自己的喘息和追兵的叫骂连成一片，渐渐前方出现了湍急的水声——有河？

上百米外的手电光交错辉映，影影绰绰映出了前方的景象，只见几十米外山涧陡转，山谷中竟然真的出现了一条河流，在极其晦暗的可视条件下一眼望不到河对岸，单从水声判断，河道情况应该相当复杂。

跳河逃生？

不，野外水域的凶险是难以想象的，跳下去的生存概率不比被毒贩抓到大。

严峫迅速打量周围，突然眼角余光瞥见河岸边杂乱的石堆，心中微微一动。

扑通！

哗啦啦——

几个人牵狗狂奔而至，手电四下乱扫，只听有人吼道："他跳河了！"

"下水去追！"

这帮人显然不是贩毒集团的底层马仔，都是专业亡命徒，当即就脱了外套蹬掉鞋要往下跳。然而就在他们准备下水的同时，不远处却响起严厉的喝止："站住！"

手下纷纷回头："杰哥？"

阿杰破开浓雾般的夜气，短靴跨过荆棘丛，腾地跃下石滩，大步来到河岸边。他蹲下身试了试河滩上的水温，若有所思地眯起眼睛，然后在刚才扑通入水声传来的附近搜索几圈，突然发现了什么，冷笑起来："那小子没下水。"

他用手电一照，河滩乱石堆里赫然有一处空缺，被仓促推进河的石块下露出了新鲜的泥土和青苔。

阿杰起身环顾周围，饿狼一样的眼神从山林间慢慢地扫过，轻声说："他就藏在这儿附近。"

手下们彼此面面相觑，少顷有人脸上带着毫不掩饰的凶狠，低声请示："现在怎么办杰哥，放火烧山？"

阿杰不耐烦道："你以为这是在缅甸吗?！"

手下哽住了。

"拜那些条子所赐，大陆已经不是二十世纪九十年代的大陆了。"阿杰磨了磨牙，冷冷道，"把所有人都叫来，围住这块空地，给我围到明天早上——我不信他真是铁打的，能撑死在这里！"

人声四下散开，很快有组织地围住了河滩边这一块树林，枪支与狗吠等种种声响顺着风直上半空。

高处一棵参天大树上端，严峫背靠着树干，咬牙缓缓坐在了枝杈上。

他的掌心、手臂、腰背乃至小腿都被刮得鲜血淋漓，那极度紧张的劲一过去，剧痛就从全身神经末端渐渐复苏了，连呼吸都有些费劲，哪怕是真铁打的身体也很难忍受。

严峫勉强裹紧外衣，尽量保持体温，摸出了口袋里的手机——这么一路颠簸竟然还没掉，但果然没有任何信号，而且电量已经快见底了。

他几乎无声地骂了句，刚要关机，突然又顿了顿。

他自己也说不清是为什么，鬼使神差般点开了首页上的相册。

这是他的私人手机，相册里的照片很乱，最近几张都是与工作相关的现场图和资料图，再往前翻是生活中随手拍下的点滴。严峫拍照技术一般，不讲究打光和构图，有些是在家做好一桌菜之后充满成就感的留念，有些是刮完胡楂儿之后的自拍，还有几张在健身房对着镜子自恋地秀肌肉。

但更多图片则是一些语焉不详的特写：两只掌心相贴交握的手，一段白皙优雅的脖颈，或跷在沙发茶几上、彼此打闹般互相压住的两双脚。

即便相册泄露出去，外人也看不出个所以然，唯有严峫知道那分别记录了怎样的时刻。

他不能留江停太多照片，整个手机里只有一张，拖到现在都没舍得删。

那是一天清晨，阳光刚从浅金色的窗帘缝隙中透进卧室，江停脸颊雪白而眉眼乌黑，有些惺忪地微张着口想说什么。

睡衣领口从锁骨滑落下去，隐约露出深陷的颈窝。他知道严峫在拍他，似乎感到有点好笑，半眯起来的眼梢微微地闪着光。

当时发生了什么？

严峫有些恍惚，他记得拍下这张照片的头一天晚上，他们工作到了大半夜，江停累得叫他以后市局有案子自己解决。严峫为了哄他就说要给他煮红豆紫米牛奶粥喝，于是翌日，江停进来叫他起床的第一句话就是：“你怎么跟这儿赖床，还不去做早饭？……”

这也许是严峫最喜欢的照片之一，好几次想删都没删成，偶尔还拿出来看看，冥冥中似乎成了某种支撑他的精神力量。

寒风凄厉哀号，从树梢奔向天际。

严峫心里仿佛有个地方漏了风，弥漫起冰凉和苦涩。

——最讽刺的是，在如此四面楚歌的绝境之下，当他看到这张照片时，内心竟然还能感觉到丝丝缕缕不受控制的暖意。

其实是假的，都是假的。多少完美的说辞都无济于事，那片刻温暖不过是建立在提防之上的沙堡，轻轻一推就分崩离析，连最后一点虚假的信任都留不下来。

严峫眼眶通红，急促喘息，大拇指在删除选项上微微发抖半晌，然后泄愤般咬牙按了下去。

然后他不给自己任何后悔的时间，点开已删除相册，仿佛在与内心某个卑微软弱的自己相对抗，颤抖着手用力点下了全部清空——

直到做完这一切，他才彻底松了劲，心底那最后的一点支撑瞬间抽空了。

严峫颓然靠在树干上仰起头，捂住了脸。

山涧中呜呜咽咽，哀鸣与长嗥纠缠在风里，飘向夜幕中的四面八方。

直到过了很久很久，他才发出了一声几乎不闻的、战栗的哽咽。

虚空中无形的指针一分一秒转动。

凌晨五点半。

破晓前的浓墨逐渐淡薄，东方天穹透出鸭蛋青，但林中黑雾般潮湿的夜气尚未散去。阿杰坐在噼啪作响的篝火边点了根烟，突然抬手招了招。

手下立刻上前："杰哥?"

"再过半个小时。"阿杰随手向山谷周围几处较高的地势点了点，低声吩咐，"等天放亮后，让人占据这几个地方，拿高倍望远镜盯着附近的树冠。那小子跑不远，可能爬到树上去了，一旦发现异动就给我放火烧。"

"是!"手下起身要去向旁人交代。

"——等等。"

手下站住了。

"发现以后先把树围起来，别急着点火。分几个人回村，叫他们守着'树桩'等'兔子'。大哥说得不会错，姓江的只要出了建宁就一定会来这里，等抓到就把他带过来……"

阿杰眼底带着毫不掩饰的残忍，缓缓道："让他看着我点火。"

手下不明白他为什么要这么做，但这些亡命徒见多识广，丝毫不觉怪异，咧嘴一笑应"是"。

阿杰还想说什么，突然敏感地抬起头。

山林深处似乎正传来某种动静，紧接着无数鸟雀突然惊飞，带着无数细枝枯叶腾飞而起，哗啦啦遮蔽了山涧大片的天空。

发生什么事了？

阿杰夹着烟站起身，就在此刻只听远处——嗒嗒嗒嗒！！

枪响？

“杰哥！”又一名小毒贩飞奔而至，吼道，“有人！有人开车闯进来了，在前面放枪！”

“——多少人？什么人？”短暂的诧异过后阿杰立刻问。

“不知道，动静非常大！隔太远了看不清楚！”

难道是姓严那孙子叫的警方后援，还是草花A终于发现了这边的动静？

河岸周围的手下纷纷警戒起身，阿杰思忖数秒，当机立断指了几个手下：“你们跟我一起守在这里，其他人开车去探，现在就去！”

同一时刻，高处树冠中。

严峫眯起瞳孔紧盯着河滩边的动静，内心闪过了跟阿杰一模一样的疑问：是齐思浩叫来的警方后援，还是其他毒贩闻讯奔来黑吃黑？

但不论是哪一种都没时间细思了——只要天再亮一点，阿杰抬头就能发现整晚都隐藏在自己脑袋顶上的目标，到时候树杈和枝叶根本就藏不住人，阳光会暴露一切。

而此时毒贩似乎对不明身份的闯人者非常紧张，河滩上晃动的人影哗啦散去大半，仅仅几分钟后，篝火周围只剩下了阿杰自己和几个手下！

简直是天赐良机！

严峫脱了外套，仅着衬衣，将警用围巾绕两圈缠在手臂上，微微喘息着抓紧了树干。

他紧盯着阿杰乌黑的头顶，内心计算对方的步伐和自己滑下树的速度。他就像是个专业的狩猎者，在阿杰抽着烟转回到树下篝火边的瞬间，骤然发力一跃而下——

利风呼啸，转瞬惊变，阿杰猝然察觉到不对，但已经来不及转身了。

他只觉得重物从头顶飞下，随即被当空扑倒，咚的一声下巴重重磕上了地面，霎时眼前黑青交错，然后脖颈被人从后狠命一勒！

“……！！”

数名毒贩闻声冲来，枪械咔咔上膛，暴吼出声：“谁?！…‘住手！”

“——站住！”

话音刚落毒贩僵住，只见严峫用围巾从后死死勒住阿杰的咽喉，发力一提，就把他硬生生从地上提起来，像掩体般挡在了自己身前："再过来一步，老子拧断他脖子！"

这惊变来得太猝不及防，几个持枪的手下都不敢动作，只见阿杰脸色迅速由青变紫，喉骨发出了令人毛骨悚然的清脆爆响。

如果当着这么多人的面被警用围巾痛快勒死，对这个驰骋中、缅两地，堪称恶贯满盈的职业杀手来说，虽然不乏讽刺，但也算是个很有造化的结局。

然而严峫的状态并不算好。

他上一次草草进食已经是好几个小时以前，山林惊魂加彻夜酷寒，又丧失了一直以来的精神支撑，现在体力已经到了强弩之末，只剩灵魂深处滔天的怒火和凶悍来支持行动了。

"……"阿杰身体剧颤着握紧拳头，简直是濒死之际最后的力气，一肘顶上了严峫肋骨！

一股血腥顺气管反冲上喉头，严峫蓦然松手，弓身呛咳退后。阿杰三两下挣脱桎梏，但完全无力乘胜追击，第一反应就是跪倒在地按胸狂呕，这次差点把肺从嘴里喷出来的换成是他自己了。

那几个手下都不是傻的，当场立刻追上去，有两人一左一右护住阿杰，另外的人冲向严峫就扣动了扳机——

严峫条件反射抱住头闪避，只听枪响在耳旁炸起，砰！

砰！！

……我中弹了吗？他下意识想道。

但疼痛没有如期到来。

仿佛过了两三秒，又像是两三个小时，严峫抬头睁开眼睛。

离他最近那名毒贩的枪啪嗒一声掉在地上，他胸前出现了一个洞，鲜血正汩汩地往外冒。

紧接着，丛林开始簌簌摇晃，八九个同样持枪做当地打扮的人冲了出来！

严峫没意识到这是什么情况，已经有了丰富黑吃黑经验的阿杰倒反应过来了，狼狈不堪地嘶吼："动……动手！咳咳咳——"

保镖左右扶着他就往最近的灌木丛里扑，而偷袭者二话不说，纷纷举枪射击。两伙人刚碰面就交上了火，一方有备而来，另一方仓促迎战，凌晨灰蒙蒙的河滩边顿时枪火迸溅！

严峫狂奔冲向树林，但交战中手枪不长眼，在场也明显没人顾着他死活，转眼子弹就紧贴着脚边打在地上，火光中飞迸出大片碎石。

他反应也快，双手抱头伏地一滚，嗒嗒嗒一梭子弹刚好贴身擦过，将河岸边扫出一圈扇形的土坑！

——这他妈还能往哪儿躲?!

死亡唰地掠过，险些钩住严峫的衣角。就在那须臾间，他突然听见身后河面哗啦声响，随即一双冰凉的手从后面拦腰抱住了他。

千钧一发之际，严峫心里只有一个念头：世上真有水鬼?!

他下意识就双腿屈膝狠蹬，但紧接着，他头、脸、心脏等致命部位被人用身体护住了，旋即翻滚着被拖下了河！

“咕噜噜噜……”

冰凉刺骨的河流霎时没顶，严峫措手不及，连灌了好几口水。

温度剧变加窒息呛水，一般人在这时候就完全丧失行动能力了。但严峫不愧是个骨子里就具备极强攻击性的人，在混浊气泡遮挡了全部视线的情况下，他摸索着抓住对方，也不管到底是人是鬼，先下手为强地掐住了来人的咽喉！

但出乎意料的是，对方没有挣扎。

气泡渐渐散去，严峫愕然睁眼，只见水底幽暗粼光中，映出了江停熟悉的身影。

激烈的交火、濒死的叫喊、水面上混乱的枪林弹雨……世界轰然坍塌，一切都化作碎片纷纷扬扬远去，最后眼前只剩下江停伤感的注视。

他似乎仓促地笑了笑。

第8章

哗啦啦水花迸溅，两人同时从河面上冒头，严峫喘息着向后望去。

他们几次换气泅游，离河滩上的枪战现场已经有了相当远一段距离。周围景物在淡灰色的晨曦中渐渐浮现出轮廓，零星枪响混杂在鸟雀声中，遥遥地传来。

严峫扭回头，低声喝问："你怎么——"

话音未落就只见江停脸色发青，在这么冷的天气里，他口中喘出来的气已经连一点白雾都不带了，颓然向水中沉下去。

严峫咬牙上前一把捞住他，膛水勉强靠岸，把他拖上了石滩。

江停没有呛水，但体温极低，那是连续不断地潜泳耗尽了体力的缘故。严峫什么都来不及问，把他上半身扶在怀里用力按摩心口、颈侧和手臂，只见他浸透了水的脸堪称冰白，反衬出眼珠黑得让人心惊，半晌才猛地打了几个寒噤，终于咳嗽着恢复了意识。

"咳咳咳……"

江停推开严峫，精疲力尽地坐起身，用掌心狠狠搓了把脸，把湿透的黑发全数捋上去，露出了光洁饱满又全无血色的额头。

"我知道你想问什么。"他嘶哑地道，"不能……不能待在这里。跟我来。"

他摇摇晃晃地起身往前走，拨开灌木丛钻进了河岸边的树林。严峫紧跟在后面，两人都没有说话，沉默紧绷的气氛整整持续了大约一顿饭工夫，眼前终于豁然开朗，来到了山谷中一片较为空旷的平地上。

这时远处的枪战已经完全听不见了，不知道阿杰是否已经被黑吃黑，还是叫人回援干掉了偷袭者。茂林密密实实环绕山涧，风声鹤唳之下，每寸空间都密布着不为人知的杀机。

江停终于踉跄地走到树后，靠着树干坐了下来，苦笑着问："你怎么在这里？"

严峫站在几步之外的地方静静看着他，没有愤怒更没有发火，半晌缓缓道："这个问题应该是我来问你吧。"

"……"

"你又为什么会在这里？"

严峫这个人，他会暴怒痛骂嫌疑人，会劈头盖脸痛斥手下，然而那都不是他最愤怒的时候。当怒火烧到顶点时，他反而会平静下来，面上不露出任何声色，只让人从心底里感受到窒息般深沉的压迫。

江停别开视线，定定望着空气中飘浮的某个点，片刻后突然说："你去过那个孤儿院了吧。"

话是疑问句，却是陈述的语气。

严峫居高临下审视着他。

"……没有什么想要问我的吗？"

江停这句话出口后周遭一片静默，过了大半分钟，严峫才一字一顿地轻轻反问："我问你就说实话了吗？"

天光放亮，灰黑云层渐渐转为灰白。山谷间的雾气终于缓慢散去，远处一点点浮出冬季山林苍白嶙峋的轮廓，然后随着光线展现出苍茫的全貌。

他们两人就这么一站一坐，都没有再开口。

明明只有几步距离，却像是无形的天堑终于显出了狰狞的面孔。

"严峫，"江停抬起头望着他，眼底似乎隐约闪动着碎光，很难看清。他问："你现在还相信我吗？"

严峫的第一反应是：你现在还敢提这个？

一股被愚弄的愤怒瞬间撞上心口，但还没爆发就化作了深深的疲惫。他摇头笑起来，自己也不知道还能说什么，挑眉反问："你说呢？"

冥冥中仿佛终于有什么东西被一锤定音，江停深吸一口气仰起头，闭上眼睛，听见那震荡在虚空中久久回响，令整颗心都随之痉挛着早搏起来。他长长地、彻底地吐出那口气，没人看见他凭借这个动作，将冷静到坚不可摧的武装重新披挂上了懦弱的灵魂，再睁开眼时他已经恢复到了坚冰一样无懈可击的状态："不相信就对了。"

“——我离开建宁是因为你们吕局趁你不在的时候找上门来，要求我配合他演一出反间计，到黑桃K身边卧底，为警方提供消息。”不待严峫反应，江停继续沉静地叙述下去，“但这个要求不仅危险性极大，而且违背我自身的利益，所以我无法答应这个要求，只能将他刺伤后逃离了建宁……放心，吕局没死。公安局局长被杀的侦查速度和通缉力度，我是肯定不想亲身体验的。”

严峫被这接二连三的重磅炸弹惊呆了，不过好歹他的职业本能还在，很快捕捉到了这番话中的不自然之处：“……你自身的利益？”

江停没有丝毫想要解释的意思：“你身处的这座山谷叫作元龙峡，在大凉山的制毒点被几番打击后，这里就成了西南地区最大的制毒基地之一。从二三十年前开始，由于气候变化和国家打击，元龙峡渐渐不适合种植罂粟，当地人转而开始整村从缅甸经云南偷运毒品，所以和边境一些大毒枭的关系非常密切，其中最大的势力就是……”他顿了顿，说，“黑桃K的父亲‘草花A’，名字叫吴吞。”

“吴”对缅甸人来说并非姓氏，而是前置词，通常表示此人年纪较大且地位彪炳，由此可见这名活跃于二十世纪中缅边境的大毒枭单名只有一个“吞”字。

“吴吞早年行事作风高调，讲究排场和义气，而且还狂热地信教。黑桃K少年时期在国外长大，跟他父亲的性格截然相反，回来后因为集团内部的权力问题，渐渐跟吴吞产生了非常大的矛盾，以至于后来父子反目，几乎决裂。

“我不是特别确定他们之间的关系到底恶劣到了什么程度，毕竟我昏迷了整整三年。就目前的推测看来，他们应该都很想弄死对方，而且彼此也都心知肚明；但为了共享走私渠道以及保护家族的利益不被金三角其他毒枭所染指，他们还暂时没有彻底撕破脸，只是暗下互相厮杀，表面上勉强维持着合作关系。”

贩毒集团内部这些秘密是江停从不提及的，现在却一反常态，开诚布公到了毫无顾忌的地步。

严峫隐隐预感到了什么，但面上不显，只问：“你知道‘草花A’吴吞藏身在哪里？”

江停说：“对。”

“但你从来没有对警方提起过。”

“是。”

两次回答都简短肯定，连语调都没有丝毫变化。

严峫站在那里，下意识抬手想摸烟，但紧接着意识到烟盒已经被水浸透了，烟草都化成了软泥般的一团。果然尼古丁这种东西提供不了任何实质性的精神支撑，严峫揉按着眉心呼了口气，终于抬眼定定地道："别告诉我你跟你养父吴吞的关系很好。"

江停张了张口，但又把话咽了回去。

"元龙峡基本属于吴吞的盘口，因此黑桃K对这个地方非常忌惮，坐落在山脚下的永康村就是他培养起来，专门监视这个地方的。"江停答非所问道，"我来这里是为了找人，而金杰则是带着黑桃K的命令来找我。"

严峫立刻追问："找谁，吴吞？"

江停抬起头，没有立刻回答。

山林中渐渐响起细碎的动静，那声响越来越大，能听出是有成排的脚步向这边靠近。很快，最后几许单薄的晨雾中出现了一排人影，八九个人，最前面还绑着两三个，径直冲着空地而来。

"岳广平临死时给吕局打电话，说他对不起在一〇〇九爆炸案中牺牲的缉毒警，也对不起我。秦川被捕前说岳广平不会把情报随随便便透露给别人，导致行动失败的真正凶手就是我和岳广平自己。如果他们都没有撒谎，那么我只能想到一种可能……"

江停终于从树下站起身，望着前方越来越清晰的来人，眯起了眼睛："我就是来验证这个可能的，今天应该就能揭晓答案了。"

严峫回过头。

阿杰和两个手下被双手反绑，各自脑后都顶着枪口，被踉跄推上空地。他们身后则是刚才冲上河滩偷袭的那伙人，为首是个头发花白干瘦的老头儿，约莫得有六七十岁了，穿着缅甸传统的纱笼，一手被保镖恭恭敬敬地扶着。

严峫面颊抽紧，乍看之下还以为那就是吴吞，但随即意识到，老头儿长得跟吕局电脑上那张照片还是有差别的。

——是"草花A"的部下，还是亲属？

下一刻江停回答了他的疑问："波叔。"

被称作"波叔"的老头儿瞟了他一眼，站定脚步，抬手指指前方空地，喝道："放！"

缅甸手下立刻把三个俘虏推上前，硬生生踹得跪倒在地。

阿杰咽喉处还残存着明显的紫痕，眼底满是毫不掩饰的凶相，但言语倒挺克制，除了扑通跪倒时喃喃了几句显然是骂人的话之外，竟然没再吭声。缅甸手下知道他方片J的地位，不敢放松警戒，立刻又有人把枪口顶在了他的后脑上。

江停淡淡盯着这一幕，问："为什么不杀他？"

阿杰困兽似的视线立刻瞥了过来。

江停对他的森寒目光视而不见："这个人是黑桃K最得力的手下之一，除掉他就等于断了黑桃K的左膀右臂，不应该让他继续活着。"

"你……"

被称作波叔的老头儿嘶哑开口打断了阿杰，向严峫指了指："如果不是为了他，我们昨天夜里就可以离开元龙峡，去缅甸与吴吞会合了。你执意要救他，是为了什么？"

这话信息量极大，严峫脑子里有个地方首先就轰然炸开了：他果然是要去缅甸——

他一回头看向江停，却只见江停那张脸还是很平淡，表情甚至很随意，仿佛老头儿的疑问根本就不是个问题："因为我见不得这个人死在我眼前，有什么问题？"

没人想到他会给出这么一个回答，老头儿当场就愣住了，其他人也不知该做何反应，气氛顿时就变得非常怪异。

突然阿杰提声冷笑道："波叔，你信他这话？"

老头儿呵斥："你闭嘴！"

"我以为你是草花A跟前的老人了，应该知道姓江这人最出名的就是把谎言说得比真金还真，是不是？"

顶着他后脑勺的缅甸人哇哩哇啦怒吼起来，大概是叫他一个俘虏赶紧闭嘴，但阿杰充耳不闻："这个人叫严峫，建宁市公安局刑侦副支队长，堂堂的三级警督。你们以为江停愿意回去继续当牛做马，实际他早就在警方那里留好了退路。不信你现在给他把枪，让他杀了这个警察，你看他会不会动手？！"

几个缅甸人你看我我看你，老头儿神色忽变，上下打量着严峫。

情势变得异常诡谲，空气中涌动着暗暗的火药味，似乎随时可能一触即发。就在这时候江停鼻腔中笑了一下，似乎既荒谬又感慨："什么时候连你都能来揣测我的心思了。"

紧接着他踩着灰白湿冷的草丛走上前，周围没有人敢阻拦，只见他随手拔出了一个缅甸人的枪拿在手上，后退几步站回原地，举枪指住了严峫的太阳穴！

老头儿面皮抽动，阿杰不可思议地望来，严峫蓦然僵住了。

江停脸上神情却是完全无所谓的：“波叔，三年前那件事情后，你们差不多都能看出来我跟金杰结下了仇。我看不如干脆这样，你们杀了方片J，我心里气一顺，也就不太在意这个男人的生死了，你觉得如何呢？”

老头儿树皮一样衰老松弛的脸颊微微地痉挛，像是在掂量着什么。

“我已经上了公安厅的通缉名单，不在乎手上多这个副支队长的一条命。但我们之间是合作关系，总不能你让我做什么我就做什么，你让我杀什么人我就杀什么人。这个叫严峫的刑警可以死，但你得给我一点能交换的东西。”江停黑白分明的眼睛盯着老头儿，似乎浮现出了一丝笑意来，“怎么样，波叔？杀了方片J，我们立刻就能出发去缅甸与草花A会合，你不想快点动身吗？”

“……”时间一点一滴流逝，终于老头儿慢吞吞转向那个扶着自己的缅甸人，一言不发。沉沉地点了点头。

阿杰脸色剧震，只见缅甸人会意，从后腰摸出枪来，对着他那两名被五花大绑的手下就是——砰！

尸体眉心中弹。

砰！

第二名手下也摔倒在地。

鲜血洇透了冬季干裂的泥土，缅甸人举枪对准阿杰——

砰！！

狙击子弹穿透上百米距离，枪声回荡不绝，缅甸人头上多了个血洞，手枪啪嗒掉在地上。

波叔混浊的老眼突然瞪直，只见缅甸人身体摇晃数下，然后“扑通”一声，尸体一头栽倒。

松涛阵阵不绝，空地四面八方渐渐传来越野车的引擎轰响。波叔猝然扭头望去，只见果然十余辆车出现在山谷周围，转瞬间便来到近前。

阿杰脱口而出：“大哥！”

——黑桃K！

越野车队停住，训练有素的保镖们纷纷跳下车，团团围住了这片空地。波叔那边八九个手下顿时成了弱势的一方，后来的这批人上去粗暴地推开他们，三两下就缴了械。

老头儿面皮青紫却不敢发声，眼睁睁盯着两个人冲上去把阿杰扶起来，抽刀砍断他身上的绳索；随后又有几个人不由分说地把严峫拉开到数米之外，警惕地盯着不让他走动。

江停好似对周遭的一切都视而不见，他脸色有些古怪地站在原地，望着前方。

而在他身后，一道身影从越野车上下来，穿过草地缓步上前，直至停在他身后。

“我说过这场赌局最终的赢家是我，总有一天你得认输，但我没想到你这么快就能猜出秦川给的提示。”

黑桃K一手按在江停肩上，带着笑意轻轻道：“这次不蒙你的眼睛了，不想回头看看我吗，红心Q?”

严峫的瞳孔霎时缩紧——

江停的颈骨像是生了锈，良久后才一寸寸地，慢慢地回过头，近距离盯住身后那张微笑的面孔。

黑桃K看着他，眼神温和，甚至隐隐带着鼓励。

“……你这阴沟里的蛆虫，”江停在他耳边一字一顿地道，“——‘铆钉’。”

第9章

黑桃K平生大概从没被人这么当面骂过，但表情纹丝没变，看上去完全不恼。

他跟传统意义上那种戴着大金链、左右俩花臂、出行一帮打手吆五喝六的金三角毒枭完全不同。相反，他穿着非常修身得体的黑色皮衣，里面白色圆领T恤，戴着一双很薄的皮手套，身量颇高、气质含蓄；身边带的人也只能看出训练有素，没有黑帮底层马仔那种典型的无知和骄横。

“我也很高兴见到你。”他柔和地回答。

阿杰上来两步低头叫了声“大哥”，黑桃K挑眉瞧着他：“我叫你记住以前的教训，但你这记得也过分深刻了吧。”

阿杰挥手一指波叔，还没张嘴分辩，就被黑桃K一哂：“别说了，就算没他搅局你也抓不住红心Q。”

“……”阿杰略有点悻悻，“这老头儿声东击西，弄死了我十来个人，他们刚才还说要去缅甸跟吴吞会合……”

波叔人老而精，眼见局势不对立刻先发制人，抖着手指向黑桃K：“这是在干什么，啊？这是想要干什么？你常年派人在永康村盯着元龙峡这个盘口，我们这帮老头子都不跟你计较了，现在你又是派人明火执仗地往山里跑，又是亲自大老远过来，到底是打的什么算盘，你倒是说说？”

黑桃K略微偏头瞥了老头儿一眼。

旁人看不清他的表情，但波叔触及那眼神，自己的气势就先怯了一下：“金杰……金杰先动的手，我一个老头子也只能……”

阿杰一边揉着自己被绑了半天的肩胛骨一边呵斥：“把这老头儿的嘴给我

堵上!”

手下立刻上前，老头儿气得要命，理所当然以为黑桃K是跟着他身上藏的追踪器来的，指着阿杰大骂：“我刚才就该先搜你的身，敢用什么高科技的手段来阴我！别以为你金杰现在有名有姓了，我们当年在金三角打天下的时候，你这小子还没出生，你——”

黑桃K一摆手，手下登时不再顾忌，三下五除二把波叔的嘴给堵上了。

“呜呜呜……”老头儿被小辈大不敬的举动气得满脸红涨，黑桃K不再理睬他，向空地周围扫视了一圈。

三具尸体伏在草地上，鲜血正渐渐堆积成血洼；波叔带来的人都被缴械制住了，江停就站在他身边，手里有一把枪，但枪口松松地垂向地面。

他没有在意江停手里那把枪，大约沉吟几秒钟后，终于转向严峫：“久仰了，严队，在这里见到你我也很意外。”

严峫被人用枪指着站在那里，脑子里似乎有根筋在一阵一阵地发抽，后槽牙紧紧地合着。

黑桃K冲保镖招了下手，解释道：“我搜山的时候在半路上遇到这个人，没费多少工夫，他就告诉了我你在这里。”

保镖从越野车上拽下来一个趔趄的身影——是齐思浩!

他的脚已经被包扎好了，满头大汗且面色青紫，目光躲躲闪闪，不敢抬头正视严峫。

“我本来以为你我正式见面的场景会更融洽一些，现在对我来说也始料不及。不过没关系，不妨碍你我好好认识一下。”黑桃K指了指自己，“我的缅甸名字不重要了，汉语姓闻，单名一个劭。这个名字作为三级警司‘铆钉’的个人信息被记录在恭州公安内网上，是真实的。”

——一个毒枭不仅成了警方的卧底，还敢用自己的真名实姓!

“从警时间大概比你晚五六年，如果再往下查档案的话，是社会招考进的恭州公安系统。”黑桃K戴着黑手套的双手交叠在身前，微笑道，“不过我没在恭州市局待很久，就被安排去做我自己手下的卧底了，很巧合吧。”

“……”严峫张开口，寒风瞬间就顺着咽喉灌进了肺腑，他嘶哑问，“……你被迫枪决铆钉的事也是骗我的?”

江停侧对着他，一言不发。

“噢，这个问题我来解释一下。”黑桃K说，“应该没有，因为他也不知道那个人是我的替身。”

他转向江停笑道：“其实从最开始就有两个人共同承担‘铆钉’的戏份，但凡出面的都是我，和岳广平单线联络的也是我，而从警时在市局留下指纹记录以及后来通过语音和你通话的都是替身。三年前替身被你枪杀……确切地说是被阿杰枪杀，不过当然他没死，你要是有兴趣的话，这次回去还可以见一见。”

江停一言不发，五官神情都异常僵冷。

半晌，他终于挤出一句：“为什么要这么做？”

“有两方面原因，”黑桃K随意道，“你可以自己挑一个比较喜欢的。”

“……”

“吴吞把你培养出来送进警界，后来又打算用你来干掉我，这一步走得其实非常高明，因为你作为对手来说段数确实太高了。我曾想过同样在公安高层里安排一个自己人来与你对抗，但秦川……”黑桃K耸耸肩，“第一，他执意留在建宁，我从不勉强别人来为我做事；第二，事实证明了他只会被你干掉，所以即便用他也只是白费功夫。

“当时我刚回到中缅地区，能买通的人多，能信任的人少。安插内线这种事一旦败露，不仅无法撼动你在警界的地位，而且很可能变成你更进一步的政绩之一，所以最后只能我亲自上，这是一方面原因。同时从另一方面来说，我刚从生活了十多年的国外回来……”

黑桃K诚恳道：“想见你一面是人之常情。”

江停闭上了眼睛。

那是个轻而克制的动作，但从眉头细微的纹路可以明显看出他的情绪。

严峫强迫自己开了口，沉声问：“……你们真的是血亲兄弟？”

黑桃K笑起来：“当然不是。你是不是以为我这个人特别变态啊？”

在场除他之外，大概没有人敢认为这个笑话有任何好笑的地方。

“吴吞提拔他，不过是想弄死我。金三角就是这么个地方，垂垂老矣的大毒枭即便到了最后一刻都不能容许亲生子染指权力，越老越不肯放手，因为一旦失势就面临着被无数仇家围剿的局面，何况他也不止我一个儿子。”黑桃K冲江停那个方向示意，说，“至于他对吴吞来说不过是个工具，还是看似很听话很有用的那种。如果三年前我运气稍差一点，说不定就真输在他手里了。”

波叔又开始挣扎想说什么，大概是要为吴吞辩解，但没有人在意他。

“所以三年前我到底栽在了哪里，”江停沙哑地问，“真是岳广平把一〇〇九的行动部署告诉了你？”

出乎意料的是黑桃K摇了摇头：“不，岳广平至死都没有泄露这个秘密。”

江停显然并不相信。

“真的没有，答案其实很简单。”黑桃K懒洋洋道，“在一〇〇九行动开始的半年前，也就是春末夏初的时候，某天岳广平突然联系‘铆钉’——不好意思就是我——求证了一个问题。”

江停猝然想到了什么。

“他问：听说红皇后是个女人，你能想办法验证这一点吗？”

黑桃K看着江停煞白的脸，微笑耸肩：“看，你一下就知道是怎么回事了。”

那瞬间线索随记忆倒溯而上，尽数收于江停颤抖的瞳孔。是的，他终于意识到为什么岳广平会在临死时崩溃地打出那个电话，为什么秦川会提示说一〇〇九行动根本没有内奸—

因为留下这个致命破绽的人，就是他自己。

——三年前，深夜，波涛园小区701栋A座301室。

保姆早就睡了，客厅里幽暗的台灯映出袅袅香烟。桌上的烟头已经堆尖，岳广平手里那半杯浓茶却连最后一丝热气都不见，许久后他才把茶杯轻轻放在桌面上，发出“咚”的一声：

“你所举报的这些事情，现在我都了解了。但因为它事关重大、牵涉太广，如果存在任何虚假编造部分的话，你是要负严肃责任的，明白吗，江队长？”

沙发另一边，深夜不请自来的禁毒支队长手肘撑在自己大腿上，十指交叉贴着鼻端，沉默着点了点头。

“另外我还有一个问题。”岳广平顿了顿，沉声问，“就算你举报的这些完全属实，你又是怎么知道这些秘密的呢？”

岳广平已经年近退休了，多年熬夜让他衰老得非常厉害，眼圈周围满是皱纹，眼底也凝着深深的青黑。但老花镜后的双眼还是目光如电，紧紧盯在江停脸上，仿佛只要有一丝破绽，就能将他原地穿透。

“……我知道的也不多，他们一直防着我。”江停低声道。

还没等岳广平理解那个“他们”是什么意思，江停说：“我就是红心Q。”

短短六个字，岳广平却足足过了好几秒才反应过来，险些站起身：“你说什么!”

江停抬起脸，静静地回视他。

红心 Q，贩毒集团中最神秘的人物之一，警方连此人到底是华裔还是缅甸裔都不确定。即便打入内部多年的资深卧底，都无法从其他毒贩口中打听到红心 Q 的任何信息，以至于岳广平一度认为这个人是不存在的，或者是黑桃 K 为处理一些敏感生意而立起的幌子。

“……”

岳广平双眼圆瞪，简直像今天第一次认识这个自己一手提拔起来的部下一样。客厅里安静无比，只能听见他自己胸腔中急促的喘息，许久后岳广平终于一点点地坐了回去，从齿缝中挤出几个字：

“……你怎么证明?!”

江停伸手又摸了根烟，低头咔嚓点上。

“当年在缅甸曾经发生过一些误会，具体不重要了，总之金三角很多人至今以为红心 Q 是女性，但这个流言在我国西南地区公安系统是绝对没人知道的，您可以通过自己的渠道去确认这件事。同时，接下来我会从贩毒组织内部泄露一些小的线索，您手里应该是有线人的吧，通过情报对比，确认我就是红心 Q 这一点应该不会太难。”

岳广平视线灼灼地紧盯着他。

“但我无法透露出更重要的情报。”江停又道，“就像我说的那样，吴吞手下的元老大多是缅甸人，那些老头儿防我防得很厉害。我在公安系统这么多年，集团内部的大多数事务已经被边缘化了，很多重要情报连我自己也很难确认真假。”

他深深抽了口烟，那双形状漂亮的眼底满是血丝，抬头短促地笑了笑：“总之，所有能交代的我都交代了。岳局，如果您想逮捕我的话，我现在就坐在这里，您随时可以动手。”

山涧空地上，黑桃 K 看着江停微微战栗的眼珠，笑着问：“你明白了吧?”

“……”

“岳广平不相信你，想找人验证你的说辞。他手里不止我一个卧底，但可能因为‘铆钉’表现出色，偏偏他就选择了我。你可以想象当我听到他问‘听说红皇后是个女人，你能向缅甸拆家确认这一点吗’的时候，我是什么心情。”

黑桃K略微靠近，几乎贴在了江停苍白的面孔边，慢慢地、一字一顿地问：“——是谁出卖了我的红皇后？

“我在组织内部做了紧急排查，但始终找不到那个漏风的点在哪儿。直到‘铆钉’收到来自红心Q打印出的下一封加密指令时，我极其震惊地发现，纸面上竟然有一抹红指甲油刮出来的印，就像是不经意间传达出了某种信息似的。那一刻我终于知道，漏风的就是你自己。”

黑桃K不无遗憾，摇了摇头：“早在一〇〇九行动开始前半年，岳广平就把你卖到了我跟前。”

“是我害了那十四名缉毒警，是我害了江队……”

“我不配被悼念，老吕，我不配！”

无数喧杂声响彻耳膜，逐渐空洞悠长，仿佛冤魂化作利爪，一下下钩划心底最鲜血淋漓的那块肉。

江停重重合上眼睛：“……所以当我在集团内部提出，十月九号那天假装在生态园交易，实际把大货运到塑料厂避开警方耳目的时候，你就已经知道这个计划其实是陷阱了？”

黑桃K说：“对，我是这么推测的，最后利用铆钉的卧底身份在市局内部侧面打听一下就确定了。比方说开往生态园的指挥车上有没有装信号增强仪，那天作为总指挥的你到底是几点离开市局大门的……一旦知道那是陷阱，求证就变得特别容易。”

所以秦川才会说凶手就是你自己，从来都没有什么内鬼——因为最关键的信息早就捅到了黑桃K本人眼前，他就是那个内鬼！

江停眼睛垂着，嘴唇发灰，仔细观察的话甚至能看见唇角在微微发抖。少顷他抬头吸了口气，终于直视黑桃K，问：“所以现在我所做过的一切你都知道了，打算怎么处置我？”

出乎意料的是黑桃K没有直接回答这个问题，他竖起食指摇了摇：“我必须纠正一点。你做过的一切我都知道了，但你到底为何这么做，却是我三年来都无法确定的悬念。”

说着他转向严峫，随意一扬下巴：“今天严队在这里，于情于理，我都觉得他也应当听到这个答案，包括一〇〇九爆炸案之后你在我身边那几个月的事情。你觉得呢，江停？”

严峫的视线终于一点点转到江停身上。

从最开始起，黑桃K就一直正面冲着严峫的方向，但江停始终侧面以对。他一只手上还拎着枪，枪口垂指脚下，手指已经僵冷得发青了。

“……没有为什么，”不知过了多久，江停才在风中慢慢地开了口，说，“家族内部争权夺利，我只是站错了队。”

尽管早有准备，但那一瞬间严峫的灵魂还是重重沉到了地狱之底——

波叔突然爆发出非常急切的呜呜声，脸红脖子粗想说什么，这时黑桃K瞥过去一个眼神，示意手下把老头儿的嘴松开。

“对不起。”江停终于望向严峫，淡淡地笑了一下，“如果不是吕局找上门来，我还可以再为你多维持一段时间的假象。”

第 10 章

“不容易啊。”黑桃 K 活动了一下自己的颈椎，似乎有点感慨，笑道，“就为了从他嘴里听到这句话，三年前我们差点搞出一场火并来……早痛快点承认不就好了。”

严峫张开口，但只有胸腔起伏发出颤抖的喘息，咽喉像堵着酸涩的硬块。过了好一会儿，他才用尽全身力气挤出声音来：“……你对我说过的那么多话里，只有这句我希望是在撒谎。”

“一派胡言！”这时终于被松开嘴的波叔怒吼起来，“一派胡言，你们只是商量好了要给吴吞泼脏水！闻劭！你现在羽翼丰满了，想搞死我们这些老头子，又怕抢先动手被人议论，所以就是想找借口对吴吞发难！你这个不孝子！”

黑桃 K 眉目不动：“噢，是吗？”

“吴吞什么时候对你下过杀手？他对你这个儿子还不够好？！我们这些老人迟早有一天是要让位的，现在不敢放权，无非也只是不放心家族的安危罢了！我们其实——”

“吴吞就是想杀他。”

波叔的苦口婆心被打断了，表情一时非常滑稽，直直瞪向江停。

但江停却没有看他，也没有看任何人。他乌黑的眼睫低垂着，视线落在眼前鲜血干涸的草地上，面色疏离冷淡，继续道：“一〇〇九行动虽然不是吴吞直接策划的，但他确实对我下达了弄死黑桃 K 的指示。整个塑料厂缉毒案，都是我为了执行他的命令，而针对黑桃 K 进行的一场谋杀。”

波叔猛地上前半步，因为缺少手下的搀扶，险些在草地上踉跄绊倒：“你给我住口！你忘了当年是谁把你从孤儿院领养出来的了？你忘了自己本来是怎样像狗一样摇尾乞食的了?！吴吞把你养大，你就这么合着外人算计污蔑他?！”

江停闭上眼睛抽了口气，抿住了微微发颤的唇角。

黑桃 K 嘲道：“说话归说话，你说你这么激动做什么?”

老头儿还要痛斥，江停却已经控制好了情绪，说：“我明白，但我说的一切都是事实，你可以选择不信。”

波叔大怒：“事实？三年前当众对质的时候你可不是这么说的！”

严峫耳膜嗡嗡作响，下意识将目光投向江停。

但江停没有任何破绽，甚至没露出丝毫的焦躁或不安。他还是很从容地说：“那是因为我怕承认之后被你们灭口。”

老头儿一愣。

“只要我咬死不供出吴吞，你们就会尝试把我从黑桃 K 那边救过来，这就是我的目的。至于一〇〇九行动和吴吞之间的关系，真要查也能查出蛛丝马迹。”

说着江停顿了顿，那双乌黑沉静的眼睛望向严峫：“我本来不想当着你的面承认的，因为我希望不管发生什么事，我都能在你心里留一个稍微不那么坏的形象。不过现在看来这应该是奢望了，谁也没想到你竟然会出现在元龙峡，所以这应该是天意吧。”

严峫怔怔地看着他，那瞬间心里甚至闪过一个卑微的念头：那就别说出来——

只要你别说出来——

但那一丝怯懦刚冒头就被他硬生生摁死了，严峫直直站在那里，面无表情地回视江停那张平静的脸。

“一〇〇九行动准备的每一步，都通过加密邮件向吴吞报备过。”江停在波叔陡然剧变的目光中淡淡道，“这应该能证明吴吞是支持这场谋杀的了。”

“……你胡说，这不可能……”老头儿气得面孔都涨紫了，怒吼，“根本不可能！”

江停没有理睬他语无伦次的咆哮：“几年前黑桃 K 从国外回来，带回了最新的芬太尼化合物配方。那时吴吞的身体还没那么差，所以当他发现黑桃 K 开始摆脱老人们的控制并发展独立市场时，他感觉到了威胁，命令我予以严密监视。我顺着蓝金这条线查了一两年，终于查到恭州边缘的某个地下制毒工厂，但不幸行踪暴露遭遇了黑桃K。”

说着他话锋一转：“严峫，这件事我是跟你提过的，应该还记得吧？”

——幽暗的地下工厂被暴雨所冲刷，无数价值连城的“蓝金”就这么随便堆在地上。这些为瘾君子们带来尘世至高喜悦的毒品将途经元龙峡，通过云南边境，销往东南亚以至于北美。仅这一间厂房，就将为黑桃K带来六个亿的利润。

江停面对着地狱般满眼闪烁的暗蓝幽光，终于嘶哑地开了口：“……所以你现在要杀了我吗？”

“你是我唯一的兄弟，十多年来从没变过，所有财富与权柄都可以与我平分。”黑桃K带着笑意回答，温和的语气与枪口形成了极其讽刺的对比，“别为吴吞卖命了，红心Q，我这里永远有你的位置。”

“但当时黑桃K并没有在父子相争中占据上风，因此我也没有彻底斩断和草花A之间的联系。在组织内部，各种利益之争极其错综复杂，稍微走错半步就可能粉身碎骨，这种危险的平衡一直延续到三四年前，吴吞终于决定彻底除掉他的继承人，欠缺的只是一个时机。”

波叔忍不住破口大骂：“根本没这回事！我们这些老人都只是为了家族好，吴吞从没有那种想法！”

老头儿激烈的反驳声极其尖厉，甚至惊飞了不远处的林间鸟雀，但江停的叙述没有被影响：“三年半前，吴吞决定将库存的几百公斤大货弄走，我负责协调和安排工作，黑桃K将亲自参与这笔交易。我意识到这是谋杀黑桃K的最佳机会，于是同步构思出了一〇〇九行动。

“那一两年中，黑桃K在恭州的渗透越来越深，消息也越来越灵通。为了防止一〇〇九计划被他的内线泄露出去，我特意做了好几步安排。首先，‘红心Q’通过‘铆钉’等几名卧底向警方传达了这样一条情报：毒贩将采取人、钱、货三方分离的方式，火力武装及几百公斤毒品的交易地点在恭州郊区某处生态园，买卖双方则待在塑料厂，因此作为应对，恭州市局应该将绝大多数精锐火力派去生态园进行攻坚，而小部分警力分散去塑料厂，抓捕包括‘黑桃K’本人在内的买卖双方。

“所以在一〇〇九行动当天，除了我和岳广平之外，整个恭州市局都以为我本人乘坐指挥车带着大批特警缉毒警奔向了生态园。我的这个安排，就是为了确保在警方内部有人被黑桃K渗透的情况下，仍然保持整个计划的机密性。”

是的，严峫脑海中最后那点理智告诉自己，江停可以做到这一点。

他既是一〇〇九行动的策划人，也是贩毒集团内部的红心 Q；他精确地知道组织内部哪些人是警方卧底，因此可以通过这些卧底，轻而易举地向恭州市局传递假情报。

“同时在组织内部，我必须确保交易顺利进行，所以做了相反的安排。”江停咽了口唾沫，但没有缓解沙哑的声音，继续道，“我告诉他们在一〇〇九当天，我会带着大批精锐警力前去生态园，所以买卖双方、火力武装和几百公斤大货都确定在塑料厂，生态园那里只留一部分散碎大麻当幌子。当然这个信息只有极少数参与行动的高层知道，‘铆钉’这样的中低层人员是不会接触到的，因此，即便黑桃 K 通过他在恭州市局里埋的内线去打探消息，也只能探听到警方明面上围剿生态园的行动部署，所以他理应不怀疑我对这次交易的安排。”

“……只有岳广平知道真实的行动计划，”严峫听见自己的声音缓缓说，“岳广平配合你，赶在行动前一刻，把精锐警力都调到了塑料厂……”

“对，我最终的目标只是弄死黑桃 K。就算一〇〇九行动成功，警方缴获大批毒品和买卖双方，这点损失跟除掉黑桃 K 相比也不算什么。一〇〇九行动准备的每一步都通过加密邮件向吴吞报备过，他当时也表示……咳咳咳……”

可能是因为落过水，说这二字的时候江停咳嗽起来。黑桃 K 转过身，只见江停勉强止住咳嗽，抬头盯着严峫：“……他表示了谅解。”

严峫耳朵发蒙，直勾勾看着他。

江停毫无表情地与他对视。

几次呼吸间隙后，他才收回目光转向黑桃 K，苍白的唇角微弯，露出一丝讥诮：“这场谋杀唯一的破绽，就是没想到被谋杀的对象，早就亲自跑去当了自己手下的卧底。”

黑桃 K 微笑着一颔首：“好说。如果不是岳广平，一〇〇九行动是会成功的。阴差阳错罢了。”

“可你当初不是这么说的！”只见波叔跌跌撞撞地冲上前几步，保镖警惕地挡在他身前，防止他有任何异动，老头儿手指隔空冲着江停一点一点，唾沫星子几乎要喷到他冰封般的侧脸上去，“当年闻劭让你当堂对质的时候，如果不是我们几个老头子开口施救，你能被放走？！如果事实真像你说的那样，吴吞想下手杀他亲生儿子，那你当时为什么不干脆按闻劭的意思拖吴吞下水，而是要等到现在？！”

波叔虽然急躁，但这话算是问到点子上了。

黑桃K想要一个理由跟他父亲翻脸，这个口供只能由江停来给。但黑桃K并不是那种只要乖乖按他的意思办事，就一定会给对手留活路的人——如果他是的话，三年前江停就可以把事实真相和盘托出了。

那么在三年后，江停突然反口把吴吞这一派的人拖下水，可信度自然就打了无数个折扣。

“你真的相信他？闻劭，经过这么多事情你还看不出来，他值得人信几分?!”波叔指着江停，恨铁不成钢地冲着黑桃K，“他现在好像老老实实回来投靠你了，但如果真没诈的话，为什么他三年前死活都要跑出去！”

黑桃K开口想说什么，然而江停打断了他：“因为那个时候岳广平没死。”

这句话声音不高，但很清晰，把老头儿堵得发哽：“那又能说明什……”

“岳广平活着，就代表我在市局那里的退路没有断绝。只要摆脱黑桃K，我就能顺利回到警方的阵营里。”江停眼神闪动，不加掩饰的自嘲更明显了，“而现在岳广平死了，恭州方面认为我是杀害‘铆钉’的凶手；建宁那边的吕局知道我是红心Q；至于严峫——”

他视线流转，看向严峫，就像羽毛随风掠过般悄无声息。

严峫却闭上了眼睛。

“我不认为我在严队那里还有任何可信度。”江停轻轻地道，“也就是说，现在所有事实都能证明我是个叛徒，除了黑桃K之外，我再也没有了任何退路。”

黑桃K双手交叠在身前，眼底浮现出他惯常的那种笑意，三年前他也是带着同样的神情说出那个赌约的——

“哪怕你这条如簧巧舌编出再完美的言辞，也没有人会信任，没有人愿意听，因为所有事实都已经证明了你是个叛徒。

“只要还有一个警察愿意相信你——哪怕只有一个，都算我输掉了这场赌局。”

“还需要我说更多吗？”江停终于侧过脸来，讥诮地盯着老头儿，“我还以为这么简单的逻辑根本不用解释呢。”

波叔脸上的表情真是非常精彩，如果没人拦着他的话，估计他现在已经冲上去把江停活撕了。

但那凶神恶煞的神情并没有把江停镇住。他的体力和精神都已经透支到了极限，似乎真的已经没有力气，也完全放弃挣扎了，慵懒又嘲讽地摇头笑了起来：

“当年你们想从黑桃 K 手上把我捞出来，打的不也是送我回市局的主意吗，波叔？您几位老人对我那不叫‘开口施救’，那只是利用，你我都非常清楚。”

那是一〇〇九爆炸案之后几个月内，发生在贩毒集团内部的事情——

严峫也不知道自己为什么还能思考。他的灵魂就像是在寒冰地狱中渐渐溺毙，同时又在沸腾油锅里受尽煎熬；但偏偏他的大脑不肯就范，仍然在不受控制地高速运转。

属于刑侦人员的那部分思维仿佛脱出了肉体，剥离了感情，悬浮在半空中，冰冷机械地将所有线索在大脑深处抽丝剥茧，一条一缕分离解析，全然不管心脏正经历着撕裂般的绝望和痛苦。

江停沙哑的声音正从不远处清清楚楚响起：“如果您年纪大了，要不我再把三年前的场景给您复述一遍，权当提醒您想起来？”

老头儿浑黄的瞳孔在眼眶里发抖，面皮不住抽动。他意识到这个年轻人说得没错，不论是吴吞当初把他送去从警，还是后来把他从黑桃 K 手里捞出来，其实都只是因为江停这个人的利用价值还在。

而现在吴吞势力衰微，江停站到黑桃 K 那边去反戈一击，从很大程度上来说代表了他们这些老人终于大势已去——

或者说，灭顶之灾就要到来了。

三年前，一月九号。

中缅边境，小勐拉。

巨大的酒店套房厅堂中摆着一张长桌，两旁泾渭分明坐满了人，粗略数二十来个。其中左侧多为老者，年纪最大的须发皆白，稍轻一些的也已过知天命之年；右侧则大多是青壮年，个个衣着整齐低声交谈，相当一部分长相都带着典型的东南亚血统特征。

被等候的人久久不至，议论声渐渐响了起来。就在有人按捺不住想开口询问的时候，门把手突然咔嗒转动，紧接着门被推开了。

刹那间所有声音奇异地一静。

阿杰推门扫视屋内，干练地抽身颔首，示意没有异常，随即往后退了半步。

就在那安静到窒息般的气氛里，黑桃 K 走进门，自己随手拉开长桌尽头那张扶手椅，在所有视线聚焦处坐了下去。

“老板……”长桌右侧有人想起身问候，还没来得及开口，黑桃 K 随便把手往下一压：

“今天来就是为了把话说清楚，不用费事了。”

那几个人小心翼翼坐回去，只见黑桃K手向门外一招：“带进来吧。”

阿杰听令而去，少顷他亲自押着一名年轻人，在灼灼瞪视中出现在了大厅中。

不管是谁看到那年轻人，都会在第一眼立刻发现他脸色极差，非常虚弱，不论身体还是精神状况都已经削弱到了最低点。更异常的是他眼睛上蒙着黑布，不知道多久没摘下来过了，反衬得脸色更加灰白，乍看甚至有点形销骨立的感觉。

“对质就对质，干什么把他的眼睛蒙上？”长桌左侧一名老人不满地开了口，“你这样有必要吗？”

年轻人被阿杰押进屋里，拉了张扶手椅坐下。蒙眼布相当黑暗密实，而他那张脸上的表情似乎是空白的，直直面对着长桌上的众人。

黑桃K没吭声，直到他坐定后，才转向那名率先发难的老人：“当然有必要。”

“你……”

“感官剥夺是我能想出的最柔和的讯问方式，否则其他手段会比较激烈。”黑桃K望着左侧那些老人，慢慢微笑起来，“——也就不至于到今天才让他交代出真相了。”

第11章

黑桃K在这些大大小小的毒贩眼里是那种平时寡言少语，但存在感极其强烈的人。他这话一出来，就像满盆冷水唰地泼进了油锅里，瞬间整个锅都要炸开了。

左侧几位老人同时勃然变色："你说什么?"

右侧偏黑桃K的势力纷纷起身："什么真相?""老板，到底是怎么回事?!"

"去年十月九号，我们在恭州市交易二百公斤大货，交易进行前十分钟地点从塑料厂紧急改到了生态园培育基地。与此同时，原本说好只是在塑料厂'做做样子'的警察却来了十几辆车，特警公安一应俱全。半个小时后塑料厂发生了连环爆炸。"

黑桃K声音不高，但他开口时所有人都静了下去，只听他平稳的声音响彻整间屋子："红心Q背叛了我，想置我于死地。但老实说他想这么干并不意外，我想知道的只有一点——谁教唆了他?"

最后几个字隐隐格外用力，长桌左侧一名年纪五十多岁的穿亮黄色缅甸纱笼的男子皱眉道："教唆？你这是什么意思?"

穿旗袍的缅甸女人低眉顺眼上了茶，黑桃K低头研磨了一下茶杯盖，才在微微热气中说："吴吞想谋杀我。"

这短短六个字的劲爆程度简直是刚才的几何次方，整个屋子一凝，然后顿时就爆炸开了，否认、怒斥、咆哮、桌椅挪动在地面上尖锐的摩擦……全部混杂在一起。震得人耳膜嗡嗡作响。

"怎么可能，你别信口雌黄！"刚才那发声的缅甸男子不满道，"吴吞这两年身体越来越不好，哪有精力谋划这些？你这简直是污蔑！证据呢？证据在哪里?!"

黑桃K吸了口气。

嘭！

手枪被猛掼在桌面上，巨响令周遭唰地安静。只见阿杰目光森寒，从每个人的脸上一一扫过，直到好几个人都强掩瑟缩地噤了声。

“江停，”黑桃K向后开口唤了声，“你之前告诉我的，原样说给他们听听。”

江停的脸可能是因为平时很少有表情，皮肤光洁、神态疏离，乍看上去还是二十多岁的状态。冬天穿得厚，他的脖颈、肩臂，以及搁在大腿上的双手都极其消瘦，又从肌肤中泛出带着寒意的冰白，在众人重重视线中孤零零地坐在那里。

那缅甸男子见势不对，抢先呵斥：“凭什么他说的就算数，他不是叛徒吗？我们怎么知道他不是在趁机搅浑水，好把吴吞拉下水，往我们头上扣黑锅！我看也没必要审问了，直接拉出去——”

“江停。”黑桃K语气还是出乎意料地温和，但微微加重了。

“……去年十月的那起交易，是我透露给警方的。”

江停嗓音非常哑，而且声线不稳，那应该是虚弱到一定程度无法维持气息的原因。

然后在周遭数十道或急迫，或紧张，或虎视眈眈的视线中，他淡红色的嘴唇又张开了，说：“是我一个人的主意，吴吞并不知情。”

短暂的安静之后，长桌左右侧沸腾的情绪猝然掉转了。各种喧哗议论声骤起，这次勃然变色的变成了阿杰，连黑桃K都稍微一愣。

“怎么……怎么回事？现在你还怎么说？”缅甸男子飞快找回了底气，“你听到了吧，黑桃K，现在还怎么说?!”

有老人颤颤巍巍起身向江停喝问：“黑桃K是不是逼迫你了？”

“他逼你指认吴吞，是不是？”

阿杰盯着长桌左侧，眉宇间浮现出狠意，低声请示：“大哥？”

黑桃K一抬手，制止了他接下来未出口的话。

“向警方透露消息只是为了组织一〇〇九行动，好积累功勋，更往上爬。在缅甸我已经被边缘化很久了，几乎不知道内部发生的任何事情，所以如果想攫取更大的权力，只能加重自己在警方内部的筹码。这就是我的动机。”

江停的叙述从喧杂中一句一句传来，仿佛已经在心内演习了很多次似的，流畅平静又毫不拖泥带水，每个字、每个停顿都自然无比。

“这个计划是我擅作主张的，事先没有向吴吞请示过，也没有任何证据能证明他知情。至于谋杀少东家的想法，更是从来没有过，我并不知道他会出现在塑料厂，甚至不知道他会亲自参与这次行动……”

长桌右侧有人高声质问压了过去：“你怎么可能不知道少东家在交易现场?!”

“我以为押镖的是金杰。”江停毫无迟疑，阿杰面颊登时一抽，只听他淡淡地道，“我觉得弄死他也不是什么大事。”

从阿杰的表情来看他真的是克制了又克制，才没当场蹦出个脏字来。

不过这时没人注意到这个了，缅甸男子拍案而起，直冲着黑桃K：“我就说吴吞怎么会想杀你，果然是你抢先往吴吞头上泼脏水!”

过山车一样刺激的掉转让很多人都忍不住，纷纷站起身互相指责、辩解、大吼大叫甚至谩骂出声。一时屋内群情激愤，把几个女服务员吓得贴墙发抖。

左侧年纪最大的那名老者扶着拐杖起身，似乎想要去劝那五十多岁的缅甸男子冷静一点，但后者却急欲找回刚才被黑桃K打脸的场子，趁着这会儿工夫向整张长桌周围一一指了过去：“所有人都听见了吧？黑桃K心里打的是什么主意，这下是不是证据确凿了？他就是想先下手为强对付我们，今天只是缺个借口，说不定明天就连借口都不需要了!”

黑桃K原本是向后靠坐在扶手椅上的，双手插在裤兜里，姿态非常随便放松，这时却吸了口气，向前站起身。

“我们哪里对不起你，明明大家都是力往一处使，求财不求命。你倒好，自你从国外回来就一刻不停地搞事，根本不把我们这帮老头儿放在眼里……”

黑桃K走到情绪激动的缅甸男子身后，但男子仍然在大声诉说什么，并没有感觉到丝毫危险。黑桃K的表情太平淡了，甚至有点漫不经心，不论任何人看见，都会以为他只是随便走来说两句话。

“你这样下去我们两拨人没法合作，根本没法合作。你就喜欢背后捅刀子，不讲老辈人的义气，你——”

缅甸男子的训斥一顿。

周围所有人都惊呆了。

——只见黑桃K站在男子身后，伸手拿起他面前的餐刀，反手一刀深深捅进了他的气管里!

扑哧——鲜血疯狂喷涌，仿佛水库开闸，压强让它瞬间溅了半桌子。短短两秒安静后，一圈人在尖锐的桌椅摩擦声中踉跄站起，服务员惊恐地尖叫了起来！

“喀喀喀……”缅甸男子喉咙中发出捌气声，双眼兀自圆睁。黑桃K一拔刀，他就在扑通声中一头栽倒在了桌面上。

“有话好好说，别嚷嚷。”黑桃K平静道，当啷一声脆响把尚带血肉的餐刀扔了，抽出纸巾擦了擦鲜血淋漓的手。

屋内鸦雀无声，只听见鲜血从桌沿一滴一滴掉下地，以及四面八方众人强自压抑的喘息。

黑挑K转身走到江停面前，以俯视的角度定定地看了他好一会儿，才问：“你知道你刚才的行为叫作临阵反水，对吧？”

江停不吭声，因为被布蒙着眼睛，也看不出是否有任何恐惧的表示。

黑桃K思忖了会儿，突然问：“我有时候觉得，你这么笃定自己不会被我弄死，是不是因为……”

因为什么没说完就被江停打断了，只见他唇角竟然微微一弯：“你现在把我灭口，不就坐实你逼我诬陷吴吞了吗？”

这话简直立于不败之地，黑桃K一时倒怔住了。

“……你真是……”良久后黑桃K笑起来，摇头感叹，“要是你真心诚意站到我这边，那就真是……”

江停说：“那就真是你在做梦了。”

屋内众人渐渐从震愕和惊慌中回过神来，再次响起了极其细微压抑的商量声。方才试图劝阻缅甸男子的老人无奈地叹了口气，用拐杖敲敲地面，发出响亮的：咚！咚！

待吸引来众人的注意力，他才转向黑桃K，指着江停沉声说：“他这几年来确实已经离集团核心很远了，会产生这种想法不足为奇。但能在恭州内部埋下他这颗钉子是很不容易的，吴吞的事应该只是个误会，就别再计较了吧。”

阿杰眉间桀骜，似乎还想说什么，但黑桃K“嗯哼”了一声。

“我看去年十月的事，既然没造成什么损失，不如就将红心Q放回去吧。公安内部的位置对我们来说很重要，尤其……”

“是对你们的人很重要吧？”黑桃K回头笑道。

老人无可奈何，用拐杖指指趴伏在桌面上的尸体，意有所指地道：“我们两拨人之间的合作也很重要，还是不要撕破脸的好。”

黑桃K似乎陷入了沉吟。

自去年十月之后的这段时间以来，两拨人已经就这件事争议了不下五六次，但没哪次能摸清黑桃K堪称诡谲的态度。所有人都忐忑不安地彼此示意，偷眼斜觑他，直到连阿杰都有点沉不住气起来，才只见黑桃K突然开口说："行。"

老人皱巴巴的面孔一松。

"我可以按你们一直要求的那样把他放回去，甚至亲自把他送回恭州。但我无法确定他是否已经向公安反水，是否为投靠警方而彻底背叛了我们整个集团。所以为了证明这一点，我必须让他做一件事情。"

"什么事?"老人下意识询问。

黑桃K向他一笑，但什么也没有说，转身附在江停耳边顿了顿。

"没有那么容易，"他轻轻地道，"你回不去了。"

江停黑布之下的面孔一动，下一秒只听黑桃K带着笑意问道："你还记得'铆钉'吗?"

江停蓦然抬头，犹如听到什么咒语般整个人僵在了那里——

但黑桃K再也没多说什么，微笑直起身，看着他向阿杰打了个手势，转身离开了房间。

那是一月九号，距离一〇〇九塑料厂那惊天爆炸过去了整整三个月，没有人知道边境线上的这座小城中发生了怎样生死一线的交锋。

几个小时后，江停被蒙着眼睛带上了车。第二天他下车时终于睁开眼睛，眼前是恭州与建宁交界处灰白的苍穹，不远处旷野上矗立着一栋破旧宅院——

"铆钉"正在黑暗处，等待着他的到来。

所有背叛、阴谋与鲜血，漫天而起的大火，天旋地转的车祸，沉浮诡谲的谋杀……都从江停枪口中射出的那颗子弹开始，然后令所有人都猝不及防地迅速归于漫长的沉睡。

长达一千多个日夜，没有人以为他还能苏醒。

直至某天凌晨，在建宁市某病房中，江停毫无预兆地睁开了眼睛。

"市公安局刑侦支队严峫，让开，别堵着现场，给我俩鞋套——你叫什么名字?"

"陆成江。"

"你对这个案子抱着异乎寻常的关注和参与度，为什么?"

从江阳县回到建宁的那个深夜，昏暗热闹的夜市排档里，江停在严峫的注视中喝了最后那口啤酒。

“你可以怀疑任何事，但只有这点毋庸置疑……新型毒品的名字叫作‘蓝金’，严峫，这世上最想消灭它的人是我。”

第12章

北风更大起来了，将远处山顶上的树梢吹得向一边倾斜。厉风呜咽和枯叶摩擦的沙沙声从四面八方传来，空地上却人人静气屏声，只听见老头儿胸腔中破风箱般的喘息。

“……所以你现在就相信他了是吗，闻劭?”波叔终于发着抖质问，“你相信他真不是警方派来骗你、接近你的，啊?”

黑桃K却笑起来反问：“重要吗?”

老头儿显然没理解他的意思，两只手死死地互相攥着，皱纹都被拉变了形：“你自己考虑清楚，你的人头在警方那里可是值天价的！不管江队长在一〇〇九的爆炸里干过什么，也不管在警方眼里他犯过多少罪，只要拿你去当投名状，警方还是会接纳他！说不定还要给他升官晋爵！所以你可考虑好，红心Q的投诚还值不值得你相信!”

江停目光微微闪动，但没有出声。

黑桃K叹了口气，脸上似乎有种“你怎么还不懂”的无奈。但他想了想之后又没直接反驳老头儿，而是突然转向江停，垂着视线细细端详他冰雪封住一般的面孔，然后问：“你怎么看?”

江停说：“担心得有道理。”

“那你觉得，我怎么看?”

老头儿情绪相当不稳，没有立刻咂摸出黑桃K这打哑谜一般的意思。不过其实不仅是他，在场也没几个人意识到这番话的话外之音到底是什么。

江停显然是明白的，但他只平淡地一摇头：“你怎么看对我来说不重要。”

黑桃K有点遗憾的样子。

“事实就是我已经没有退路了，即便拿你的项上人头回到恭州，那些跟你有联系的人也不会放过我，吕局那只老狐狸更不可能为我说话。”江停顿了顿，视线一直垂落在面前那一小块干涸的血红色草地上，此刻却终于抬起了眼睛，“不过，虽然我投诚的原因对你来说不重要，但至少我可以证明自己不是警方派来的卧底。”

“……噢?”黑桃K感兴趣了，“你想怎么证明?”

咔嗒一声轻响传来。

身经百战的保镖同时绷紧，只听江停手里那把枪上了膛。

保镖立刻向前走了几步，却被黑桃K一摆手制止了。众目睽睽之下，江停缓缓抬起枪口，那瞬间黑桃K眼角余光瞥向严峫，似乎有点意外。

阿杰则向严峫那边猛一扭头，毫不掩饰地流露出了嗜血的期待。

气氛一时变得极其紧张，只见严峫下颌线紧紧绷了起来，瞳孔随着那枪口抬起的高度一分分缩紧——

“抱歉了。”江停低声道，然后抬手毫不犹豫地扣下了扳机!

枪声响起，不远处躲在保镖身后的齐思浩毫无防备地凸了眼。

“……”他难以置信地望向腹部那个汩汩冒血的枪口，简直怀疑自己是在做梦。但迅速流失的生命如此清晰真实，几秒钟后他终于踉跄摔倒，几声急促捯气之后就再也不动了。

没人想到他竟然这么快动手，周遭都一片死寂。

严峫直直盯着尸体，此刻的感觉和齐思浩临死时非常相似——就这么动手了?

他杀人了?

不是制止正在进行中的犯罪，不是对付负隅顽抗的犯罪分子，而是对一名在职警察?!

尽管齐思浩偷窃缴获毒品，合伙参与贩毒，甚至偷偷摸摸地往黑桃K那边靠——但他毕竟还挂着警方的名头。江停这一枪扣响，就等于彻底斩断了他回到正常社会的最后一丝退路!

“当初你让我杀铆钉，不就是这个目的吗?”江停淡淡道，“我杀了恭州刑侦支队长，应该能证明我不是公安局派来的了吧。”

黑桃K久久凝视齐思浩那尚自新鲜的尸体，很少有人敢直视他的脸，因此也就没人发现这个闻名南亚的大毒枭眼底竟然闪动着堪称是亢奋的光芒。他终于长长抽了口气，扭头笑起来，在江停耳边小声说："果然，不管过去多少年，你都是我最喜欢的那个样子，从来没有变过……"

江停头略向后一仰，说："是吗？我还能让你更满意一点。"

他侧身避开黑桃K，再次举枪——波叔感觉到不妙，但江停的枪法是根本不容人反应的，霎时只听砰！砰！砰！

波叔失声："住手！"

子弹打光，江停一边扔掉空枪一边走上前几步，经过阿杰身边时顺手夺过了离他最近那名手下的枪。然而阿杰并不傻，当时就似乎悟出了什么，想伸手阻止，但没来得及动作就只见黑桃K一摇头，明显是示意他不要管。

砰砰砰砰砰！

波叔那几个被制住的手下根本不能反抗，每发子弹倒下一个，每具尸体都正中额头，枪声停止时成排全部死了个干净！

弹壳叮当散落一地，江停终于站住了脚步。

波叔眼睁睁看着自己的人转瞬折损殆尽，整个人都软倒在了地上，紧接着就只见那尚带硝烟的枪口对准了自己。

"我不仅在公安那里无法回头，也不想再回到吴吞手下，继续当牛做马为他卖命。"江停面对着面色如土的波叔，话却是对黑桃K说的，"索性今天把后路全部斩断干净，以后也没那么多猜疑了。"

"等、等等！"波叔脱口而出，"闻劭！他今天这么对别人，明天也能照样对——"

砰！

江停一个干净利落的点射，波叔眉心中弹，向后翻倒在地。

"……"

荒芜的空地上转眼多出了十具尸体，一模一样的弹孔暴露在空气中，鲜血似乎还微微冒着热气。这帮杀人如麻的毒贩都有点发怵，近处的几名保镖不约而同别开了视线，有一两个还不引人注意地向后挪了几寸。

——他今天这么对别人，明天也能照样这么对你。

波叔未出口的咆哮仿佛还回荡在半空中，人就已经死不瞑目地躺在了地面上。

这个老人好歹在草花A身边叱咤了大半辈子，黑桃K似乎微有不忍，摇头一叹，冲保镖招了招手："抬车上去吧，待会儿再找地方埋了。"

手下立刻应声。

江停再也不看尸体一眼，刚转过身，突然只听背后传来：“等等！”

是阿杰。

“你这就完事了？”阿杰阴森森地看着江停后脑勺，说，“还剩下一个吧？”

江停头也不回：“剩你吗？”

阿杰没搭理这话中的针刺，扬了扬下巴：“你要是下不了手，我也可以亲自帮你。”然后他哼笑了声，“只是可能就没你自己动手那么干净痛快了。”

——随着他示意的方向望去，严峫从刚才到现在一直被人用枪指着，连半步都挪动不了，僵立在几米远的地方。

“你是真的一个活口不想留啊。”江停终于挑眉望向阿杰，说，“但你考虑清楚，要是所有人都死在了山谷里，出去后齐思浩可就不是我杀的了，这样也没关系？”

阿杰冷冷道：“这不就是你刚才抢先把老头儿那帮人都灭口了的原因吗？”

他这揭穿得堪称毫不留情，也的确如此。假使波叔手下任何一个人逃出去被警方抓到，都能成为江停杀死在职刑警的人证，但现在所有人都死了，除了严峫之外，再也没有任何一张嘴能证明齐思浩不是死在他们这帮毒贩手上。

谁也不好说江停刚才一口气枪杀了老头儿八九个马仔是什么动机，单纯杀起了兴停不下来，或者就是抱着这样隐秘的心机？

黑桃K似乎对严峫的死活无可无不可，所以还是不发声，看好戏般瞅着这一幕。只见江停向严峫一指，问阿杰：“你是真的想让他死啊？”

阿杰反问：“舍不得？”

“你也太小瞧我了。”江停点着头笑起来，眼底闪动着讥诮，“他现在死在这里，我就是他这辈子独一无二的存在。但要是放他活着出去，他以前有多信任我，以后就会有多恨我。日后再相见时，已是生死仇敌，你说我是希望记住这个曾经在我生命中至死不渝的存在，还是希望留下一个想要我命的敌人呢？”

阿杰完全没想到这个，霎时一呆。

不远处黑桃K那看戏似的神情渐渐消失了。

江停静等了几秒，倏而又一笑，唇角弧度越发加深：“——所以即便没人提，你以为今天我会让他活着离开这里？”

江停在阿杰如瞪怪物般的目光里转身就走，干净利索毫不拖泥带水，径直来到严峫面前，低声呵斥旁人："走开!"

可能因为他刚才眼都不眨杀了八九个马仔，拿枪指着严峫的那几个人都下意识地有点怯，互相对视片刻后，纷纷小心翼翼地垂下枪口往后退了几步，留出了丈许见方的空地来。

是不是真的已经没有任何逃出去的办法了?

真的完全丝毫办法都想不出来了?!

严峫脑子里仿佛有无数道声音在尖叫嘶号，身体却像灌了铅似的无计可施。

他眼珠微微战栗，眼眶满是红丝，像从没见过江停似的看着江停走来。直至两人只隔着几厘米距离，连彼此鼻端的呼吸都清晰可闻之后，江停才站定脚步，略微抬头凝视眼前这张俊朗又狼狈的脸。

"对不起。"他终于吐出这三个字。

严峫恍若不闻。

紧接着江停问："你还记得我们一起去医院探望申晓奇的那次吗?"

"……"

什么?严峫乱糟糟的脑海中下意识掠过疑惑。

一起去医院探望申晓奇?

什么时候的事?

"申晓奇醒来后，知道步薇死了，第一反应竟然不是'这个害我到如此地步的女人总算死了'，而是号啕大哭。如果步薇还活着，申晓奇坐在法院旁听席上听公诉人阐述她的累累恶迹，看笔录上她交代是如何计划谋害自己，他一定会恨得咬牙切齿希望她偿命。但步薇就那么死了，没来得及让申晓奇见识到这一切，所以他哭他永远失去了最爱的女孩子。"

严峫耳膜拉锯般发痛，他意识到江停似乎在表达某个意思，但他没明白江停为什么要这么做。

他不是来杀自己的吗?为什么要废这些话?

"李雨欣杀了贺良，为此得了创伤后应激综合征。她仿佛还好好活在看守所里，但实际上我们都知道，那个被审讯的小姑娘只是一具行尸走肉。贺良活着的时候她未必有多喜欢，否则也不会为了自己活命就痛下杀手，但贺良死了。死人不管生前怎样，留给活人的永远是最美好的东西，她会在之后的无数个日日夜夜里重复贺良的每一个眼神、每一句话，直到把自己催眠得深深爱上他。"

“回忆，情感，心理印记，这些细节都随着离别被反复升华，死亡是最好的滤镜。”江停抬手把严峫的头发向后捋，专注看着他痛苦的眼睛，柔声道，“死人不可超越，死人永远是胜利者，就是这么个道理。”

严峫条件反射偏了下头，但那挣扎其实很虚弱，江停用力按着没让他移动，同时向黑桃K笑问了一句：“我想你当初坚持要滕文艳杀王锐，要李雨欣杀贺良，也是这个原因吧？”

黑桃K怔怔看着他，脸色似乎十分难看。

下一刻，黑桃K似乎想开口说什么，但江停没给他这个机会，就微笑道：“所以我今天也要这么做。”

无数念头盘旋在脑海，严峫的大脑乃至灵魂都一片空白。他自己也不想，但滚烫的泪水毫无控制从眼眶中涌了出来，喉头酸楚得一阵阵痉挛，五脏六腑像被千万道利刃绞碎成了淋漓血泥。

所有记忆化作碎片，犹如下了场鹅毛大雪，纷纷扬扬随风远去。徒劳又绝望的挣扎消失了，所有力气都被彻底抽空，化作白茫茫的虚无。

江停退后半步，站在风中望着他。

“严峫，”他说，“我想让你也成为那个不可超越的胜利者。”

然后他抬手用枪口顶住了严峫的眉心。

黑桃K终于迟疑地张开口，但就在这时，他瞳孔深处突然映出江停头上一物，霎时脸色剧变：“住手！等等！！”

江停扣扳机的食指顿住，仿佛不知道发生了什么，一回头。

方才江停喝令保镖退开，所以那方寸空地上现在只有他和严峫两人，而他举枪前又退了半步，就和严峫错开了半个身子的角度，致使他有大半前身就无遮无挡地暴露着，正对着不远处崎岖的山林。

而此时就在他面对树林的那半边侧脸前额上，竟然悄无声息出现了一个猩红光点，好似毒蛇的芯子，左右微微游动，始终瞄准了他的头。

所有人都看见了，周围保镖刹那惊呆，同时认出了那红点是什么——

瞄准镜准星！

狙击手正埋伏在远处的林子里！

第13章

严峫瞳孔深处清清楚楚映出了那个红点，就在这时，他看见江停偏了下头，动作非常轻微。

——他仿佛是想回过头来，再一次与自己对视。

但严峫没机会证实这恍惚的直觉，因为随即江停硬生生顿住了。

那仅仅只是半秒内发生的事。紧接着保镖冲了上来，黑桃K疾步走近，一把拽住江停的胳膊，飞扑在几步以外的草地上，保镖立刻挡在了前面！

“退后！把车开上来！”黑桃K厉声指挥，“快！”

有人立刻一把按住江停的头，挡着全身把他推上了越野车。周遭乱哄哄的，阿杰挡在黑桃K身前大步后退，愕然问：“怎么会有狙击手，难道是警方提前设伏?！大哥来的时候没搜过山?!”

这是根本不可能的，黑桃K的行事作风在派人去废弃公路接应阿杰那次就得到了最直接的体现：明面上可以只有一个人，但暗处却肯定有车马火力齐备的一大帮。

他出现时带了十几辆车，但下车的却只有四五十个人，说明早先已经准备了很多人手在附近搜索排险。如果警方真有埋伏，别说十来个人的小股埋伏了，哪怕只是一辆车配两三个人，都绝不可能避开毒贩的耳目。

更何况埋伏人数少于嫌犯人数根本就不是公安的作战传统。在这种野外地形伏击，刑警、特警甚至于边防武警的数量如果少于涉嫌贩毒人员的三倍以上，是电影都不会拍的奇幻情节。

但如果不是警方，谁有可能跟踪到这里？

只剩下了一种可能。

——严峫并不是一个人来的。

“对方只有一名狙击手。”黑桃K打量着准星落点和对面树林的距离，沉吟两秒算了下角度，说，“最多两个。搜不出来是正常的。”

阿杰立刻反应过来：“埋伏我们的不是公安?”

“建宁那边不论省厅或市局都没有组织任何行动。”黑桃K只丢下这一句，转身上了车，阿杰跟上去急道：“大哥!”

透过车窗望去，致命的红点仍在游弋，保镖正四下散退，眨眼间空地上就只剩下了严峫一个人。

这名建宁刑警也到了强弩之末，甚至连站着都有点勉强。但他的目光却还很瘆亮，那是濒临绝境却还困兽犹斗的精光，隔着混乱的现场和单面可视车窗，撞上了黑桃K的视线。

“算了。”片刻后黑桃K淡淡地道。

阿杰不甘心地：“大哥?”

他的意思很清楚：如果对方势单力薄，又不是警方的人，那完全可以呼叫外围，绕山谷进行全方位搜索。就算隐蔽在高处的狙击手很难对付，但真要对付的话，还是可以仗着人力与之一战的，没必要所有人都被一两名狙击手逼退。

或者起码，也应该在撤退前弄死那个刑侦支队长。

黑桃K不答，回头望向后座。

江停被两名保镖左右挟持，坐在正中。他的体力已经被消耗到了极限，似乎极其疲倦，脸色僵冷苍白得不像活人，闭着眼睛靠在皮椅上，露出修长脆弱又毫不设防的咽喉。

黑桃K黑沉沉的眼底不知道在酝酿什么，半晌又回过头，说：“算了。确实需要一个人把今天发生的事传给警方。”

“可是……”

“你注意一下轻重主次。”黑桃K说，“逞一时之快，从长远来看没有任何好处。”

阿杰这才心不甘情不愿地意识到今天的确弄不死这个宿敌，只能任由眼中钉肉中刺继续活下去。他按捺住内心的挣扎，低头服从：“我明白了，大哥。”

黑桃K不再多教训他什么，只吩咐了一句：“按老规矩办。”

阿杰心知肚明，招来手下小声叮嘱了一番，后者急忙躬身跑了出去。

保镖迅速上车就位，后面的人开上前，严严实实左右护住了黑桃 K 所在的这辆越野车。狙击手似乎也并不想真正动手，红点一直时隐时现地绕着严峫，在周围空地上逡巡。

有人通过对讲机向阿杰请示了几句，终于获得了撤退的许可，车队鸣笛示警，随即缓缓向前启动。

阿杰最后回头，敏锐地眯起了眼睛——

江停仿佛没感觉到他灼热的视线一般，仍然和衣倚在后座上闭目养神，而越过江停再往后望去，严峫早已在毒贩撤离的第一时间就迅速离开了原地，奔至石堆与草丛后贴地趴伏，哪怕现在开枪也狙击不到了。

就像登场般毫无预兆，十几辆越野车组成的车队沿山谷向远处撤退，随着崎岖的石路上下颠簸，殿后几辆车上的保镖半身探出车外，举枪警惕扫视，提防有人突然从山林间冲出来。

直到车队驶出数百米射程，那小块空地已经隐没在重重草木后了，所有人才不约而同地松了口气。

黑桃 K 却突然说："不对。"

车上保镖都一惊，阿杰立刻起身："大哥，有诈？"

"……"黑桃 K 似乎也有些迟疑不定，终于摆了摆手，"来不及了。'招子'就位了吗？"

阿杰按着蓝牙耳机听了几句，一点头："按老规矩，已经就位了。"

黑桃 K 不言语，点点头。谁也不知道他心里盘算着什么，面上也看不出丝毫端倪来，半晌才听他吩咐："走吧。"

严峫死死盯着那辆全黑色悍马 H2 在包围中远去，牙咬得那么紧，以至于生生咬出了血。直到最后一辆车消失在山谷重重的雾霭中，他才发着抖埋下头，把脸埋在冰凉的掌心，额头抵着粗粝的沙土碎石，却全然没有感觉。

他真的已经透支了，肝肠寸断的剧痛淹没了一切，肉体上的伤痛和流血都传递不到麻痹的神经末梢。

不知过了多久，身后传来脚步声，有人冲上来连拖带拉地把他从灌木后扶了起来，二话不说立刻往远处山林里拽。严峫喘息着一看，只见来人体形十分瘦，头戴钢盔护目镜，全身迷彩服，从头发到脚跟包裹得严严实实，但意外的是身上没有背枪。

仓促中严峫只感觉来人十分眼熟，但根本看不清是谁。这时候他已经连问话的力气都没有了："你……"

对方警惕地扫视周围，做了个噤声的动作，一打手势："跑！"

就那短短一个字，严峫瞬间呆住了。

然而这时根本没有任何犹豫的时间，车队虽然走了，但谁也不知道黑桃K是否在原地留下了人等待狙击手现身，或者干脆杀个回马枪。严峫踉踉跄跄随对方穿过空地，一头扑进山林，视野两边参天大树渐渐密集，不知道拨开多少荆棘树丛后，严峫的视线越来越花，前方所有景物都出现了明显的重影，连那道穿迷彩服的背影都分裂成了两三个。

"……呼呼……呼……"

他听不见风声和鸟鸣，只有自己的喘息重重鼓荡耳膜，每迈出一步都感觉心脏被无形的利爪攥住，强行扭曲、紧缩，再扭曲、再紧缩……

——扑通！

严峫在毫无知觉的情况下一脚踩空，他自己都没反应过来发生了什么，整个人重重滚进了树沟里！

山林中的树沟布满碎石土坑，严峫只觉天旋地转，下一秒额头撞上了尖锐的东西，温热一下涌了出来，红色的液体唰地盖住了视线。

是血。

他躺在地上，手脚痉挛，全身抽搐麻痹。那个穿迷彩服的立刻跟着趔趄地跳下沟来，似乎压抑着低声骂了句什么，但严峫听不清。

他的耳朵也被血蒙住了，连自己的喘息都仿佛隔着深水，蒙咙又不清楚。

真狼狈，他心中突然掠过这么一个念头。

怎么会这么狼狈？比流浪狗还不如。

严峫咬紧牙关，摇摇晃晃从地上支起身。他额角到侧颊划出了一道长长的血痕，鲜血顺着锋利的眉角流下眼梢，随着动作一滴滴掉在手背上，旋即被更多透明咸涩的液体冲开。

下一刻，大股腥甜从气管直冲喉头，他哇地喷出了满口血沫！

"！！"来人扑上来失声道，"严队！"

"……"严峫想说什么，但眼前迅速发黑，不知不觉已经软倒在了地面上。

他感觉自己仿佛坠入了冰冷的海水，眼睁睁望着世界旋转上升，迅速远去，迷茫、绞痛和绝望都化作虚无，伴随那个头也不回的背影，消失在了漆黑的深海。

“……江……停……”他无声地念道。

那刻骨铭心的两个字带走了他的最后一丝意识。严峫缓缓闭上眼睛，沉入了暗不见底的深渊。

越野车在前后护卫中开出山路，突然车载步话机响了，阿杰立刻抬手接通耳麦里的频道：“喂，说。”

不知通话那边说了什么，阿杰一愣，紧接着脸色沉下来：“我明白了。”

他按断通信，探身附到黑桃K耳边，借着车辆行驶的轰鸣轻声说了几句，少顷黑桃K睁开眼睛“噢?”了一声：“‘招子’说只有一个人?”

“对，身材不高很瘦，像个女人。‘招子’怕狙击手还在，不敢太靠近，但确定那女人行动并不敏捷，身上也没有带任何狙击枪一类的武器，扶起那姓严的就退回丛林了。”

黑桃K微微颔首。

阿杰皱眉道：“大哥，我们会不会被空城计忽悠了?”

黑桃K沉默不语，似乎也看不出喜怒。阿杰跟他很久了，知道这模样基本就是要大开杀戒的表示，一时不由得心下发紧，右手略微抬了起来，随时准备打手势下令车队回头。

然而足足等了一分多钟，却见黑桃K呼了口气，笑着慢慢地重复道：“……空城计……”

他仿佛感觉非常有意思，突然他转身问：“江停?”

江停没有反应，他好像睡着了，光洁的眉心微微蹙着，似乎在睡梦中还心事重重。

然而黑桃K却知道他不可能睡着，阿杰也能从呼吸频率、眼睫颤动和肌肉绷紧程度等最细微的差别中，看出他还清醒着这么一个事实。

只是醒着也很不舒服罢了。

他这种体质，落水、枪杀、剧烈情绪波动，能撑到现在还没作出病来，那是根本不可能的。

“下次见面时，你跟他就是生死仇敌了。”黑桃K含笑看着他，温声问道，“如果他带警察来抓你，我就帮你杀了他，好吗?”

许久江停才略微挑起眼皮，密密实实的眼睫之下流露出一丝微光，随即又合上了，在几道锐利的视线中低声道：“……好，那你可千万别忘了。”

黑桃K微笑回答：“不会忘，我明白。”

山路两侧树林青黄，正是当午。

车尾后腾起的尘烟遮蔽了灰白天光，很快沿途远去，消失在了苍茫大山的尽头。

“……血压偏低，有轻微脑震荡，生命体征稳定……”

“做个检查看看有没有颅内血肿，护士把他脸上血擦擦……”

“严哥！我们严哥到底是怎么回事?！他怎么样了?！”

“严哥，你快醒醒，严哥，你醒醒啊！”

似乎有无数人簇拥着他往前奔跑，错落的脚步和激动的咆哮围绕，此起彼伏。渐渐地，那些喧嚣都远去了，他好像来到一片安静的空间里，眼前亮起了柔和的白光。

我这是怎么了？严峫迷迷糊糊地想。

我在哪里？发生了什么？我是谁？

窸窸窣窣的动静就像涨潮一般，从四面八方渐渐涌现而来，旋即变成了雷鸣般的掌声。白光化作灿烂的太阳，走廊尽头瑰丽斑斓的玻璃门轰然开启，大理石台阶下是一大片茵茵草坪，无数熟悉的面孔笑容满面，一边纷纷起身一边欢呼鼓掌。

吕局、魏副局、余队、方队、黄兴、苟利……秦川也穿着黑西服白衬衫，打着漂亮的领结坐在马翔和高盼青中间，笑着向他吹了个戏谑的口哨。

严峫站住了，望着大家，不知怎么突然有些腼腆。

“快去啊严队，愣着干什么！”韩小梅笑倒在杨媚怀里，双手比成喇叭大声喊道。

魏副局一个劲笑骂招手：“还不快过去?”

顺着他所指的方向，一道熟悉的身影穿着礼服，缓缓回过头，向他露出了笑意。

那是江停。

仿佛被无形的力量推着后背，严峫一步步走上前，脑海中一时清醒又一时恍惚；那么长的草坪转眼就到了尽头，严峫停下脚步，只见江停的眼底闪烁着钻石般璀璨的光亮。

他们就这么面对面站着，严峫听见自己的声音说："我替你戴上。"

咔嚓——

铮亮手铐卡住了江停的双腕，铁链虚虚悬在半空。

"……"江停似乎有些不懂，疑惑地看了看，抬头问，"严峫，这是什么？"

严峫张了张口，没发出声音。

鼓掌声消失了，草坪由翠绿变作灰败，远处苍茫重峦叠嶂，山林间吹来凄厉仿佛哭号般的北风。

就像在无数个噩梦组成的迷宫中穿梭，他们又回到了那片山谷。

江停眼底的笑意渐渐消失，变作一片彻骨冰冷，然后他轻轻一挣就将手铐化作齑粉，就像已经发生过的那样，举枪对准了严峫的眉心。

他冷冷道："你是警我是匪，等再见面时，你我就是生死仇敌了。"

严峫怔怔站在那儿，不能动也不能喊，甚至连转开目光的能力也没有。他就这么眼睁睁看着江停食指用力，然后扣下了扳机——

砰！

病床上，严峫身体猝然抽搐，爆发出剧烈的呛咳！

"大夫！大夫！"

"他醒了！他醒了，快！！"

主治大夫带着护士快步冲进病房，只见严峫已经急促喘息着坐起身，用力闭上眼睛，复又睁开。他眼眶中满是血丝，额角到侧颊那道长长的划口已经被包扎起来了，精悍的上半身满是累累的瘀血和外伤。他就像一头刚冲出囚笼的负伤野兽，满身凶悍未消，一把推开护士，翻身下床，沙哑地问："我在哪里？"

"严哥，你冷静点，没事了！没事了！"马翔、高盼青等几个人一迭声把他往病床上按，七嘴八舌安慰，"你已经回建宁了，还不快躺下！"

"我们都在呢！没事的严哥！医生说你有点脑震荡暂时不能起！"

"你吓着护士了，哎呀别别别！小心他那个输液针头！"

严峫如梦初醒，目光从周遭每一个兄弟焦急的脸上扫过，瞳孔剧烈发颤。

建宁初冬的阳光越过病房玻璃，将白墙映得亮亮堂堂。

"……吕局呢？"他嗓音嘶哑蹦出几个字来，"吕局……他在哪里？"

马翔有些迟疑，刑侦支队几个兄弟迅速交换了一个为难的目光。

高盼青掩饰地咳了声："吕局他……他现在有点事，待会儿省厅可能会有些人过来，有些情况吧可能要，那个要稍微解释清楚……"

严峫听不出这话里隐约的暗示，他头痛欲裂，脑子仿佛一锅煮开了的粥。这时突然他眼角余光瞥见病房门口掠过一道身影，个头高挑消瘦，穿着那件熟悉的黑色大衣，眨眼间就过去了。

……江停？

那是江停?!

严峫想都没想，猛然起身推开正准备给他量血压的医生，在惊呼声中摇摇晃晃奔出病房门："等等！喂，等等!"

那背影毫不停顿，大步流星地向远处走。

"你给我站住!"严峫几乎是踉跄着奔上前，一把抓住那人肩膀，"这到底是怎么——"

严峫猝然一僵。

杨媚裹着江停最常穿的那件大衣，手拎铂金包、脚踩高跟鞋，苍白的脸上未施脂粉，从眼角到鼻翼闪烁着不明显的泪迹，紧抿唇线面无表情地盯着他。

马翔他们追出病房，也都纷纷愣在了走廊上。

周围病患家属路过，都带着怪异的神情，擦肩时不住打量他们。推着药车的护士经过，隔老远还好奇地频频回头。

"……"严峫喉结猛地一滑，"……是你？"

杨媚不动声色地说："是我。"然后在他灼灼的瞪视中向后微微一偏身。

——严峫的视线越过她，只见走廊尽头，三个身着深蓝警服的省公安厅人员出现在电梯门口，正神情严肃地向这边走来。

第14章

“我们省公安厅办公室负责对这次事件进行调查，关于恭州前禁毒支队长江停，你必须给我们最真实最详细的信息。现在我们可以确定，你的问题很大，市公安局的问题也很大！这些问题需要我们一层层抽丝剥茧，绝不容许任何欺骗和隐瞒！……”

三名负责人坐在病床前，每个人手里都拿着笔记本和录音设备。为首的是个副主任，自称姓赵，严峫以前办案的时候远远见过一眼，似乎是专门搞风纪督查的。

严峫面无表情地靠着病床床头，右手上还扎着针头在输液，只听赵副主任冷冷道：“虽然我们已经掌握了你所有的违纪证据，其实不再用问你任何东西了，但经各位领导研究，决定看在你好歹当了这么多年警察的分儿上，给你最后一次自我挽救的机会，看表现决定你是否可以获得组织的宽大处理！……”

“吕局呢？”突然严峫打断了他激情澎湃的演讲。

赵副主任的审讯技巧果然为负，明显愣了下，才皱起眉头：“我说了，你们市公安局也有问题，现在不是你发问的时候。”

严峫说：“我要见吕局。”

“你想见吕局干什么？搞串联，还是对口供？不行！”

严峫淡淡一哂：“那我要见刘厅。”

赵副主任的脸登时风云突变，那个拿笔记本电脑的负责人欲言又止，伸手拦了一下，想劝但没劝住，只听他砰地重重一拍床头柜。

“严副支队！”赵副主任怒道，“你一直是组织眼里桀骜不驯的顽固分子，到现在还想负隅顽抗吗?!我可不管你有什么背景，有什么来头，我们这次过来是给你最后活命的机会！你不主动把握这个机会的话，就别怪组织不客气了!”

另两个人坐不住了：“老赵，哎，老赵快坐下!”

“话不是这么问的，好好说好好说……”

赵副主任大怒指着严峫的鼻子：“一会儿要见这个，一会儿要见那个，你以为你是谁？在所有问题搞清楚之前，你最好给我认清自己的身份！你——”

扑哧!

严峫突然拔出输液针头，在血星飞溅中，劈手将床头柜上所有东西甩到了地上，巨响让所有人一震!

“我是什么身份？我家去年光省里定点扶贫就出了一个亿！我贪污腐败了还是偷税漏税了，你什么都没搞清楚就把我当犯人审!”

赵副主任一呆，霎时病房死寂，只听严峫歇斯底里的怒吼响彻耳鼓：“我要见吕局！吕局不见见刘厅！刘厅也不见我就去省委！我到底犯了什么罪，去省委说清楚!!”

砰!

输液瓶被严峫一把夺下来狠砸在地，碎玻璃片葡萄糖满室迸溅，所有人都僵住了。

半个小时后。

同一家医院，同一栋住院楼，病房楼上。

“就是你看到的这样。”穿着淡蓝色病号服的吕局坐在床头，放下大茶缸，缓缓道，“第二个原因，他承认了自己就是红心Q。”

赵副主任径自气冲冲回省厅告状，另两个负责人跟省厅和市局两方面协调好之后，也满脸复杂地跟吕局告辞走了。空旷宽敞的高干病房里只有吕局和严峫两个人，房门紧闭着，透过一小块玻璃窗，可以看见高盼青、马翔等人忧心忡忡守在门外的身影。

雾霾蒙住了白日，空气中飘浮着消毒水味，连肺里都灌满了这呛人的味道。

“我立刻告辞从你家离开，这时候差不多是晚上九点，外面雨已经下得非常大了。我急急忙忙出了小区，正准备立刻打车回市局汇报这个情况，却没想到江停一直跟在后面，在短暂的对峙后突然一刀向我刺来。我受伤倒地，失去了意识，等醒来已经被送进了医院。整个过程差不多就是这样，更多细节出于还在调查的原因，就不能再一一告诉你了。”

吕局扶了扶老花镜，正色望向严峫。

后者一言不发。

“他还是在意你的，严峫。他之所以没在你家动手，而是选择跟踪到小区外偏僻处再行凶，应该是想尽力撇清你在这件事当中的干系。如果不是为了救你，要抓秦川，导致他在我面前露了面，估计他还会隐姓埋名地在你身边多待两年。”吕局感慨地摇头道，“事已至此，可见是天意啊。”

刚才对赵副主任惊心动魄的爆发，就像篝火熄灭前的回光返照，呼然爆起然后就消失了，只余满地狼藉。

严峫沉默着，伸手想摸烟，但摸了个空。

吕局倒从人家来探望他带的礼品盒中抽出一包云烟，连火抛给了他：“喏，将就着抽吧。”

咔嚓轻响，严峫就着淡蓝色的火苗点着了烟，尼古丁的芬芳迅速渗透了每一寸神经。他英俊硬朗的脸在烟雾中模糊不清，许久终于看不出意味地一笑：“——天意。”

然后他抬眼问：“天意让您派杨媚带着个红外线发射器，跑去元龙峡救我的？”

吕局瞅着他哼笑起来：“你小子倒怀疑上我了？——老实说吧，杨媚那事我根本就不知道，不过她自己倒跟调查组交代了个底朝天。江停离开前带上她，是怕留她在建宁，将来对警方说出更多不利的东西。但在永康村发现你被金杰等人围捕之后，江停背着‘草花 A’吴吞的人，把杨媚支使了出去，让她有机会的话想办法救你。”

“他作为红心 Q 为吴吞办事，后来走投无路投靠黑桃 K，这些都是真的。但不论如何都不想杀你这点也是真的。”吕局摆摆手，说，“人心幽微、复杂叵测，同一件事从不同的角度来看，会呈现出各种矛盾的实情。总之你这小子能活下来，真是福大命大了！”

——真是这样？

严峫眯起眼睛，目光深处隐约浮现出锐利的怀疑。

吕局不用看就知道他在想什么，但懒得跟他多啰唆：“别侥幸了，要是我知道江停和黑桃 K 在哪儿，我能不通知省委省厅，派大批特警武警去灭了这个大毒枭？我一个公安局局长，有可能派一个编外女线人跑去深山野岭，执行难度那么高、危险性那么大的任务？严峫，我看你这一跤是把基本的逻辑都给摔忘了！”

的确，如果江停是跟吕局串通好的，那他身后应该跟着大批刑警，而绝不该只有杨媚一个。

严峫夹着烟的手停顿在半空，一时不知该说什么。

“我明白你的想法，严峫。”吕局大概也觉得自己过于严厉了，略微缓和口气道，“但江停这个人的本性是这样的，你得学会接受现实。”

香烟迷住了严峫的视线，不久前江停的话再次从耳边响起：“这条征程漫长艰难而无止境，一旦踏上就难以回头……能一条直路走到生命尽头的人毕竟是少数，更多的人中途就离开了，走散了，或者迷路踏进岔道，再也无法并肩战斗……”

“严峫，”那天江停在车里看着他，眼眶中似乎带着不明显的微光，轻轻说，“你必须学会接受。”

严峫慢慢抽着烟，此刻在病房中，他终于明白了江停眼底那复杂而又不动声色的光芒是什么。—那是怜悯。不是同情他刚刚经历了秦川的背叛，而是怜悯他一个三十多岁的男人，却还抱着这样致命的天真。

“我明白了，”严峫终于嘶哑地道，摁熄烟头站起身，“您安心养伤吧，我会配合省厅那几个傻……那几个‘调查组’的。”

吕局点点头，为终于劝服他而松了口气。

“江停的问题没说清楚之前，你暂时被排除在市局工作之外——别多心，这也是正常程序。严格照规定来的话你应该被暂时拘留，但你受伤严重……”吕局捂着嘴咳了一声，“于是就……暂时走了个特批……让你停职在家了，你母亲也非常惦记你。”

提到母亲，严峫立刻想象出曾翠翠女士手提金箍棒大闹天宫的场景。几年前这明明是他最心烦最唯恐避之不及的，现在却突然从心底里油然萌生出一丝感激和温暖。

生了我这么一个既不省心也不孝顺的儿子，他们其实是不幸的吧——他心想。

严峫压下伤感，最后向吕局点点头，转身要往病房外走。就在掉头那瞬间，香烟的白雾散开，露出他曾经英俊逼人又桀骜不驯的侧脸，只见眼梢下不知何时已多了几道细细的纹路，像是岁月穿透肉体，在灵魂深处沉淀出的累累伤痕。

“……严峫。”吕局突然从背后道。

严峫站住了。

“杨媚说她离得远，只看见恭州支队长齐思浩死了，但没看清是被谁枪杀的。”吕局沉沉的声音传来，“——你看清了吗？”

严峫一动不动，仿佛连呼吸的起伏都没有。

“……可能是江停吧。”不知过了多久，终于他像被砂纸磨砺过的声音响了起来，说，“当时太快了，其实我也……”

顿了顿他又低声道：“应该是吧。”

吕局沉默着点了点头，严峫推开门，仿佛逃避什么似的，头也不回地走了出去。

从那天之后，就是无休无止的问话和审讯。

元龙峡那天到底发生了什么事，出现过什么人，分别说了哪些话，逐字逐句都要复述出来，连最细微的语气和神态变化都不能放过。在这样高强度的密集审讯之下，要隐瞒或扭曲某件特定的事情是很困难的，海量的重复性叙述会让人思维混乱，从而出现破绽。

那天赵副主任虽然是个急躁的新手，后续来的却都是审讯专家，他们的技巧比严峫这样长期一线的刑警还要系统化、理论化。在这些身经百战的老头儿面前，哪怕露出一丁点破绽，都会成为全盘溃败的契机。

“铆钉”闻劭就是黑桃K，这件事传回恭州，震动了整个西南公安系统。闻劭被社招进来那一年的相关人员全部被拿下，不久后传回消息，录用系统内的相关负责人被处理了整整一批。

齐思浩联合恭州市公证处、有害废弃物销毁公司等相关人员，调包、偷窃、贩卖缉获毒品的重大犯罪事实被立案调查，案情很快水落石出。通过这些人的手流向社会的待销毒品有高纯度海洛因1.6公斤、甲基苯丙胺6.2公斤，另带有少量各类苯丙胺类衍生物，不论从性质还是社会危害来说都堪称重案。

另外，他们还卖出了起码3cHDg“蓝金”，但因为公证处主任在恭州KTV葬身火海、齐思浩不明不白死在元龙峡，其他贩毒拆家也或早或晚都被灭口，这种新型芬太尼化合物已经消失在茫茫人海，再也难以追踪了。

除此之外，还有一件轰动西南警方的事：三年前的一〇〇九塑料厂爆炸案被再次翻出，现任市长亲自牵头，专案组重立，准备进行全方位的审查和复勘。

这次的专案组和三年前不同，他们雷厉风行，再无顾忌，不仅雅志园小区701室，连江停这个人的生平都被彻底揭开在了日光下，被人拿着放大镜逐字逐句地翻检。当年曾和草花A有联系的、被黑桃K买通过的，更是该查的查、该抓的抓，一夜之间就有数个企业老总被拉下了马。

但其实还不止，所有人都心知肚明。

贩毒集团还活跃着，这些被揭露出来的不过是冰山一角。更多、更深、更复杂的利益牵扯被掩盖在深水之下，在没有深喉探究的情况下，不知何时才能等到被曝光的那一天。

不过这些都跟严峫没关系了。

大半个月后，所有审讯宣告结束，他终于恢复了暂时的人身自由。

他离开建宁还是初冬，回家那天却已入九。严父严母亲自来到医院门口接他，看见憔悴的儿子独自缓缓从大门出来，连一贯泼辣的曾翠都忍不住红了眼眶。

严峫没吭声，上前给了父母一人一个紧紧的拥抱。

“回家吧。”曾翠用力拍拍严峫坚实的肩膀，说，“回家就好了。”

很多年前她拍儿子的头顶就跟拍球似的轻松，现在却要探身，才只能拍到严峫的肩头了。

圣诞节快到了，湖滨小区大门口的盆栽上缠了一圈圈红绿彩灯，远远望去非常漂亮，每个单元楼道口都被物业挂了一个忍冬青花藤，还装饰着金色的铃铛。严峫从父母车上下来，独自进电梯登上顶层，开门的时候犹豫了片刻，还是对门锁按下了指纹。

啪。

橙黄灯光洒满客厅，映在奶白色的大沙发上。

窗外千里银河，万家灯火。厨房里咕噜咕噜煲着骨头汤，满屋子都蒸腾着鲜美的热气，在落地玻璃窗上泛起白雾；江停光脚倚靠在沙发上的枕头堆，抱着热腾腾的茶杯，从线上象棋中抬起头，微笑问：“怎么这么晚回来?”

严峫静静站在门口。

“汤都冷了，”江停抬脚点点厨房的方向，笑着吩咐，“洗手去盛饭，把料碟给我拿来。”

厨房水龙头的哗哗声，碗筷勺碟的碰撞声，各种细碎声响都从虚空中一一响起。严峫听见自己的笑声从玄关一路传进厨房，他关上门，梦游般走到沙发前注视着茶几。

江停说：“往碗里倒三勺酱油、两勺醋，切点蒜蓉拌一会儿。我那碗你没加辣吧?”

严峫张开口，嘴唇微微发抖。

“严峫!”江停从沙发上翻了个身，向着厨房问，“听见了没!”

“……”

严峫看着沙发前的茶几，尾音带着奇怪的战栗，说：“……听见了。”

唰地梦境退去，犹如灰白的潮汐，将声色触觉都席卷带走。

客厅里只有严峫一人孤零零站着，沙发空空荡荡，厨房昏暗安静，落地玻璃窗面冰冷清晰；他面前只有半杯残茶，早已凉透了。

他的十指深深插进头发里，掌心捂着眼睛，半晌才深吸一口气仰起头。

那个人不在。

那个曾经一起度过日日夜夜，许下未来，最后在一系列诡谲惊变之后，用枪声画下句号的名叫江停的人。

他已经离开了。

严峫仿佛丧失了对寒冷和饥饿的感觉，他就像游魂一般按部就班地脱下外套，换了拖鞋，走过家里每个房间，逐一开灯，然后又逐一关上。他仿佛在确认这座堡垒是安全的、独立的、与世隔绝的；就像空旷的壳包裹住自己，严丝合缝，八风不动，将外面千家万户的过节气氛与欢声笑语都牢牢抵御在寒风之外。

然后他回到客厅，坐在沙发上，望着黑暗中缓缓飘荡的浮尘，不说话也不动。

其实他应该感到很累，却奇异般完全没有疲惫，只是从精神到肉体都进入了近乎空白的、虚无的状态。

灯火从窗外映照进来，光带从颧骨跨过高挺的鼻梁，他眼睛无意识地睁着，下半张脸都深深隐没在浓郁的黑暗里。

十点半，墙上挂钟指针发出幽幽的绿光。

该洗漱了。

严峫向身侧伸出手，指尖却从空气中滑落，声音轻得仿佛是错觉：“晚安，江停。”

然后他仿佛早已与黑夜融为一体的身影终于站起来，走进了浴室。

唰啦——

冷水冲刷洗脸池，旋即戛然而止。严峫眼眶鼻头发红，面无表情地站起身，从自动加热的不锈钢架上抽出洗脸巾，把满是水珠的脸深深埋在里面。

水滴从他手肘蜿蜒而下，一滴滴打在大理石的流理台上。

不管多么孤独，漫漫长夜总会降临。

严峫在毛巾中吸了口气，抬眼望向镜中颓唐的自己。他就那么站了几秒，然后突然迟钝地感觉到什么，抽了抽鼻子，望向手里那条洗脸巾。

"……"

严峫把毛巾又凑到鼻端前闻了闻，这次确定了不是错觉，布料沾水后分明有股极其浅淡，但仔细闻又有点刺鼻的……氯水气味。

这么淡的气味搁其他人肯定是发现不了的，但严峫当这么多年刑警，制毒现场跑多了，对甲基苯丙胺还原过程中产生的氨、氯等气味特别敏感，哪怕一点点都足以勾起他的职业病，甚至在此刻魂不守舍的情况下也不例外。

他把毛巾彻底打湿，又仔细闻了几下，内心陡然生出狐疑——不是那个味道，但非常类似，应该是……

漂白剂？

严峫转身走进厕所，从柜子里拿出那瓶家用次氯酸钠漂白剂晃了晃，不知是不是心理作用，总感觉液面矮了半寸。

但还是不对，这瓶漂白剂是专门清洗厕所马桶用的，怎么会沾在洗脸毛巾上？江停行事再出人意表也不可能好端端拿他的洗脸巾去刷马桶啊。

严峫盯着手里这瓶漂白剂，猛地想起什么，心中突然微微一动。

一般人看到次氯酸钠，只会想到漂白剂。但此刻就像冥冥中注定的那样，有一条若隐若现的丝线绕成逻辑链，将次氯酸钠与某个更专业、更敏感的行为联系在了一起。

"也许……"他突然想，"也许有可能是……"

严峫猛地起身，冲出厕所来到书房，连肩膀撞上了门框都毫无感觉。他打开抽屉翻了几下，找出放大镜，转身回到浴室，跪在流理台前的空地上，用放大镜沿瓷砖缝隙仔细观察，连每一个水泥颗粒都不放过，心在胸腔中怦怦直跳。

只要能找到痕迹，哪怕只有一丁点痕迹，都能证实他脑海中那个越来越疯狂的猜测——

突然严峫的动作顿住了。

他以一个非常扭曲的姿势跪趴在流理台侧面角落里，透过放大镜面，柜子和地砖的夹角处，缝隙中隐约显出一丝跟头发直径差不多细的暗红。

——那是血。

严峫紧抿着嘴，心脏把咽喉挤得发痛，一开口就要从嘴里蹦出来。但这个时候他没有迟疑，攥着放大镜立刻退出浴室，找出手机拨通了一个号码。

同一时刻，建宁市中心，穿着高跟鞋踉踉跄跄随人群挤出电影院的韩小梅手机响了。

“喂，严队！”韩小梅冲相亲男连连比画个抱歉的口型，实则内心如释重负，只恨不能立刻飞回市局加班，连语气都充满了迎接工作的激情，“嗯嗯，我在呢，没事没事，有什么吩咐您说，您尽管说！”

电话里传来严峫压抑不住的喘息：“韩小梅，立刻给我从市局偷个勘验箱带来湖滨小区，你哥的命现就在你手上了。”

韩小梅：“……”

韩小梅的第一个反应是男性上司大半夜叫单身女下属上门去他家?！第二个反应才是你真是我亲哥，让我去市公安局偷东西?！

“严严严严哥你冷静点，有话好好说，你让我偷偷偷……偷那个什么?”

严峫站在浴室门外，望着流理台下的一大片瓷砖地面，终于哑声道：“鲁米诺反应剂。”

第 15 章

韩小梅猫在走廊外，鬼鬼祟祟东张西望，终于趁人不注意，弓身刺溜蹿进了痕检科。

几分钟后，她挎着单肩包，双手若无其事地插着大衣口袋，一瘸一拐地蹬着高跟鞋，昂头出了市公安局。

时针接近十二点，枯坐在客厅的严峫猝然抬头，下一秒门铃响了。

“吓死我了，我出来的时候还撞见了苟主任加班，问我大半夜跑去痕检科干吗，我只好说昨天出现场带的勘验箱忘登记了，趁晚上没人偷偷过来补登记！”韩小梅将几个瓶瓶罐罐和喷雾瓶一一从包里取出来，欲哭无泪道，“苟主任还训了我几句，赶明他要是告诉余队怎么办？我的大好仕途才刚刚开始就要被记上污点了吗！”

严峫一言不发，去厨房接了半杯蒸馏水，回来后戴上痕检手套，将鲁米诺和氢氧化钾的粉末与水混合，倒进装了过氧化氢的喷雾瓶。

“严哥，你这到底是在干吗呀？”韩小梅终于后知后觉地感觉到害怕，小声问，“你……你在家割腕把血弄地上啦？”

“……”

严峫上下打量她一眼，来到浴室门口，吸了口气。

韩小梅蹑手蹑脚地跟在后面，只见严峫拿着喷雾瓶往地上、墙角、洗脸池唰唰唰喷了几十下，退出浴室关上灯。

“呼——”韩小梅捂住了嘴巴。

黑暗中的洗脸池星星点点，地面上慢慢亮起巴掌大一小片微弱的蓝绿色荧光，是血迹反应！

“知道这是怎么回事吗?”严峫问。

“我我我什么都没看见，我什么都不知道!”韩小梅双手捂着自己的眼睛，“严队，严哥，严财主！我求求您了，我保证出去后什么也不说!”

“你们警校课程里应该学过，鲁米诺溶液被血液中的铁离子催化，经氧化发出蓝光，因此被用来探测犯罪现场的血迹。但如果现场有其他强氧化剂存在的话，鲁米诺也会发光，所以用次氯酸漂白剂或者屎尿排泄物来涂抹现场，强荧光就会干扰刑侦人员对血迹的判断。”

“我我我我我们背过，”韩小梅哆哆嗦嗦说，“次氯酸催化出的强荧光亮起来非常快，血液铁离子催化出的荧光亮起来慢，可以通过拍照曝光来进行分分分辨……”

“但当年刑事摄像不普及怎么办呢?”严峫反问。

韩小梅脑子拼命转动，然而严副支队森寒强大的气场让她转起来磕磕绊绊的。

“其实很简单。”严峫露出一丝冷笑，缓缓道，“只要封锁现场，令其保持干燥，等几天再检测时氧化剂便会挥发，而铁离子却很长时间都不会消失，即便几年后仍然会让鲁米诺发亮。”

韩小梅无声地：“哦——”

“我走了三个星期，那天不管用了多少漂白剂，在完全干燥的情况下都该挥发干净了。也就是说现在这些荧光不是次氯酸，而是血。”

荧光十分微弱，一方面有已经被漂白剂清洗过的原因，另一方面也是因为出血量本身就不多，又被水冲开，导致血水的面积十分大。思考着的韩小梅脑子打了结，下意识问：“谁的血?”

话一出口她就恨不得咬掉自己的舌头。

“还能是谁呢，”严峫望着地面和流理台上的荧光形状，阴森森道，“当然是那个姓吕的王八蛋了。”

韩小梅：“……”

傍晚。

红旗轿车停在单元楼下，吕局下了车，婉拒司机帮他拎包上楼的好意，独自蹒跚进了楼道大门。

然后他转过弯，立刻挺起腰抬起背，步伐轻便手脚灵活，大步走进了电梯。

“我回来了！”吕局在钥匙哗啦声中打开门，高声喊了一句，把胳肢窝底下的皮包放在玄关，又低头脱鞋。厨房里传来老伴炒菜的嗞啦声响，他惬意地转身松松肩膀，紧接着那动作就顿在了半空。

严峫坐在客厅沙发正当中，面无表情地望着他。

“你说这孩子，来就来吧，还带东西。”老伴从厨房里端出红润油亮的香菇卤蛋红烧肉，满面笑容地絮叨，“这不年不节的，还给我一个老太婆送什么护肤品——我说我哪涂那个呀，这张老脸都糟蹋成什么样儿了，涂了也是浪费……”

老伴乐颠颠回灶台炒滑蛋金针菇去了，偌大空间只剩下吕局和严峫一站一坐，面对着面。

“当年江停擅自拜访岳广平，仅仅半年之后，岳广平死了，江停也完了。”吕局终于一声长叹，喃喃道，“国家真该出个规定，禁止支队长随便上公安局局长家做客，这兆头真是大凶……”

咚！

满满一玻璃杯冰糖菊花枸杞茶被吕局放在书桌上，随即他“嘿呀”一声把大屁股塞进转椅里，一边戴老花镜一边问：“你到底有什么事？事先说好，你现在还处在停职审查期间，不允许刺探市局任何日常事务和案情相关信息，否则一律按违纪处理啊。”

“那天晚上你来我家，是想跟江停策划什么？”

吕局手一顿：“什么什么？”

严峫的脸不动声色。

“……”吕局端起茶杯，“该说的都跟你说过了，剩下不能告诉你的，问也没用。我不是老魏，被你撒个娇求两句就能心软，规章制度就是规章制度……”

啪——严峫从大衣胸前内兜里摸出一个移动硬盘，甩手拍在了书桌上。

吕局险些被茶呛着：“这是什么？”

“您被江停刺伤当晚，湖滨小区后门的监控录像。”

书房内突然安静了一瞬，两人视线都聚焦在桌面那个小小的、其貌不扬的银色移动硬盘上，彼此心中都不知道在思量什么。过了好几分钟，吕局才缓缓道：“监控录像已经被拿走封存进市局了，按保密规定，除办案人员之外，物业公司不允许擅自将原视频恢复并泄密给任何无关人士，否则要负严重的刑事责任……”

“但公司内部领导却可以调阅。”严峫打断了他，说，“不好意思，我爸现在已经成为那家物业公司的新老总了。”

吕局：“……”

吕局那张总是胖乎乎笑嘻嘻的脸上终于出现了一种难以形容的，似乎是在硬憋着什么的表情。从口型来看，被他硬生生憋回去的应该是一句：“你个先人板板！”

“三个星期前的那天晚上，你来到我家拜访江停，向他提出卧底计划。跟你后来放出去的风声不同的是，江停没有拒绝你，他答应了。”

严峫向后靠在椅背上，剑眉之下的眼眶中淬着冰冷的光。

“你们商量好让江停刺你一刀，然后连夜逃出建宁。但这里有个非常危险的点，就是江停需要好几个小时才足够跑到警察一时半刻找不到的地方，而您被刺中的伤口即便避开主要血管和内脏，也很难在缺少救援的寒冷雨夜中坚持几个小时——所以你们商量好打了个时间差。”

吕局支着额角，沉着气不发话。

“江停确实是九点左右离开家门的，但您一直在我家待到凌晨，估计街道上的清洁工开始上班后，您才站在我家浴室里，仔细对着镜子找准下刀口，浅浅地刺了自己一刀。您早年是法医出身，这几十年来经手的尸体成百上千，对人体结构和血管分布了如指掌，而之所以不到室外再刺，是因为那晚的雨下到了第二天清晨，您事先勘察好的‘遇刺地点’又非常黑暗偏僻，如果因为能见度低而手滑刺歪的话，很可能会真的造成意外。

“仔细收拾好浴室后，您才离开我家，来到遇刺地点，挤破了事先准备好的小血袋，顺理成章被环卫工发现送进了医院。”严峫淡淡道，“被捅和自捅的刀伤不同，如果严格验伤是会被发现的，但省厅技术总队负责伤情鉴定的胡处长是咱们市局苟利的师傅，只要事先暗示好，他不会大动干戈地跑来认真验。”

吕局想反驳什么，然而严峫没给他这个机会：“除此之外还有一样可做物证的是小区监控，然而视频并不清晰——几个月前我被方正弘监视的时候，有天晚上他在楼下跟踪我被发现，事后江停和我一起从物业公司调过视频。就是在那个时候，江停记住了小区内的各个监控盲点。”

吕局按住跳动的额角，认真道：“严峫，我理解你不愿意相信江停是叛徒的事实。但你能不能偶尔也勉为其难地，纡尊降贵地，稍微相信一下你的领导？”

“领导？”严峫眼底涌现出讥笑，说，“魏副局和余支队从一开始就知道您这个计划吧，否则‘案发现场’挤破的那个小血袋，血清氯渗透检测一做不就露馅了？”

吕局：“……”

吕局终于仰天长叹出一口气。

“严峫，严警督，严副支队。”他无奈地问，“为什么你就不肯相信，是江停在你家刺了你领导我一刀，然后趁乱逃走，而我谎称在外遇刺，其实是为了保护你这胎神瓜娃子呢？！”

“因为用漂白剂清洗浴室血迹的人是你。”严峫冷冷道，“江停不会把我的洗脸巾误认成抹布。”

人老成精的吕局估计打死也想不到最后的破绽竟然出自这里。他沉默地坐在大转椅上，短短几天已经养回来的大圆脸耷拉着，只有眼皮一个劲抽跳，止都止不住。

“您还有什么话说吗？”

“……有。”

严峫不乏嘲讽地做了个请的手势。

吕局终于忍不住问出了这句话：“你一个三十多岁大男人，还用粉黄色的旧毛巾洗脸？！”

严峫毫无笑意地勾起唇角：“旧毛巾吸水性好，否则次氯酸那点味道怎么会留到现在呢。”

两人久久对视，吕局表情复杂，不知道是应该对严峫出类拔萃的侦查意识予以赞扬，还是后悔自己最后竟然栽在了一条旧毛巾上。那天晚上他没有用自己的外套擦去最后那点漂白剂水，就是怕羊毛布料纤维留在瓷砖地缝里，留下惹人怀疑的蛛丝马迹，但没承想最后弄巧成拙，反而成了真正的天意。

“——老了，老了！”僵持好几分钟后，吕局终于摇头发出了沉重的感慨，“不中用啦，唉！”

严峫靠着椅背，大腿交叠，双手抱在胸前：“所以江停确实没有刺伤你？”

“……”吕局点点头。

“也不是主动投靠黑桃 K？”

吕局无可奈何，又点点头。

似乎有什么东西掐着严峫的咽喉，让他喉咙发堵，直勾勾盯着对面。

“江停按计划部署，潜入吴吞、闻劭贩毒团伙做卧底，准备伺机拔除中缅边境乃至建宁的一整条地下贩毒路线。”吕局一字一字缓缓道，“这件事高度机密，知情人极少，已获得了省公安厅刘厅长的批准。我们已经答应江停，如果最后圆满完成任务，他就能被平反昭雪，将三年前一〇〇九爆炸案的真相大白于天下。”

“如果不是吕局找上门来，我还可以再为你多维持一段时间的假象……”

“你还相信我吗？不相信就对了。”

“……日后再相见时，已是生死仇敌，而死亡是最好的滤镜……”

“——严峫”苍穹云海全数倒映在江停眼底，而他只定定望着近在咫尺的身影，说，“我想让你也成为那个不可超越的胜利者。”

无数声响同时在耳鼓中震荡，严峫低下头，紧捂着嘴大口喘息。疯狂的喜悦和极度的痛苦同时在胸腔中撕扯，似乎要将肝肠寸寸扯断，拧出窒息到极点的剧痛。

吕局双手十指交叉，微低着头，从老花镜缝隙中射出锐利的眼光：“你应该为江停骄傲，严峫，他已经向我们传递出了第一份非常重要的线报。”

第 16 章

中缅边陲。

贵概镇外，盖得山区。

烈日下的一辆越野车穿过山路，上下颠簸，终于顶着骄阳停在寺院大门口。几个缅甸人跳下车，从后备厢里搬出几个大纸箱，里面是林林总总的食物、水和烟草，纷纷熟练地扛在肩上穿过了庭院。

司机来到前院红豆杉树下，毕恭毕敬欠下身："吴吞大叔。"

一个身躯干瘦、腰背微佝的老僧穿着土黄色袈裟，坐在树荫的躺椅上吞云吐雾，慢慢地"哦"了声，往院墙外的重峦叠嶂指了指："还在?"

司机点点头："还在。"

吴吞其实还不到七十岁，但脸颊两侧肉垂耷着，深深的皱纹带着眼角往下，患轻微白内障的眼珠浑黄不清，看上去像八十多了。也许是早年在金三角打打杀杀的太多，面貌神韵跟一般老年人相比有很大变化，总是带着些狡猾和凶相。

"打点也给了，招呼也打了，怎么都没用。"吴吞弹了弹烟灰，说，"掸邦的警察，从来都没像这次这么难缠过!"

司机小声说："据说边防施加了很大压力……"

吴吞一声不吭，鸦片烟的雾气把他半个身子都罩住了。司机眼巴巴等着他，半晌只见老头儿终于一动，从凉椅上下地，伸了个懒腰，然后指指搬完东西陆续从寺庙里出来的手下："叫他们下趟过来的时候，不用送东西了。"

司机一愣，紧接着心领神会："明白!"

吴吞"嗯"了一声，挥挥手，司机带着手下小心地退了出去。

院子里再度恢复安静，绿荫中远远传来虫鸣。这驰骋了南亚地区几十年的大毒枭将鸦片烟叼进嘴里，望向远处山头：“掸邦这帮废物……”

监视包围他的不论是当地警察还是缅甸军警，充其量只能造成一点麻烦，对他来说并不是最棘手的问题。只要那个连烧了三座寺院的讨命鬼儿子不在，只要那帮兔崽子不知道他在哪里……

吴吞眯起老眼，哼地发出了一声冷笑。

建宁。

严峫终于把手从脸上挪开，咳了声压抑住沸腾的情绪，眉心上已经被他自己掐出了两道红痕：“什么线报？”

吕局说：“吴吞的藏身之处。”

——吴吞！

门外传来哗哗水流声，那是吕局老伴在厨房里洗碗。其实平常这类琐碎活儿都请了钟点工上门来干，但今天做红烧肉用了高压锅，老伴无法忍受把一大锅汤水剩在洗碗池里等钟点工上门，吕局又忙不迭跟着严峫逃进了书房，只得由他夫人气哼哼地亲自上手了。

那熟悉的洗碗声响听得严峫心神不宁，他揉揉鼻子，掩饰住鼻腔中的酸涩，问：“江停说出吴吞具体藏在哪个寺庙里了？”

“江停告诉我他在一〇〇九行动开始前进行筹备工作的时候，曾经通过加密邮件，向远在缅甸的吴吞汇报过各种进展。这跟你刚从元龙峡回来时对省厅交代的口供也一致，还记得吧？”

严峫心微微一沉：“记得。”

这是江停在山谷中当着黑桃 K 的面亲口告诉他的，也正是因为这一点，一〇〇九行动从一次不幸失败的缉毒行动，彻头彻尾变成了一次不幸失败的毒贩黑吃黑。

严峫不知道别人会如何评价，但他无法欺骗自己的感情和良知——这种情形不论对当年牺牲的十多名缉毒警，还是对更多受到牵连的警察和家属来说，都是无法承受的欺骗和打击。

“根据对江停用过的电脑和手机进行数据还原，我们确实发现了这些邮件。不过有一点江停没告诉你的是，在其中某几封邮件被加密时插进了病毒程序，一旦邮件进行解密，病毒就会自动植入收件方的电脑，只要吴吞回复，病毒就能穿过几层代理服务器，锁定电子邮件发出的地理位置。”

“……”严峫呆住了，“也就是说……”

“吴吞和他的嫡系团伙，在金三角当了几十年的土财主，都是做派老式的江湖毒贩，很容易上这种新玩意儿的钩。”吕局一眼就看穿了严峫的心思，说，“吴吞返回给江停的地址，全部都集中在缅甸贵概镇附近的盖得山区，而这些地址都被江停记录后，发给了岳广平。”

那口哽在咽喉里的气瞬间随心脏重重落回胸腔，严峫半个脊背都麻了，恍惚只听见耳边响起江停夹杂在山风中的叙述：“一〇〇九行动准备的每一步都通过加密邮件向吴吞报备过，他当时也表示……咳咳咳，咳咳咳咳咳！……他表示了谅解……”

他当时咳得太剧烈了，以至于黑桃 K 都回头看了他一眼，但当时没人知道他为什么把重音卡在“表示”这个词上。

直到最生死攸关、最孤立无援的时刻，他还在努力地想把信息传达出去，他当时是什么感受？

他曾对自己的朋友失望过吗？

严峫嘴唇发抖，说不出话。吕局眨巴着本来就很小的眼睛，把大茶缸往前推了推：“你要不要喝点水冷静一下？”

“……”严峫摆摆手示意不需要，声音沙哑地问，“也就是说，吴吞藏身的寺庙在贵概附近？”

“贵概是掸邦毒品最泛滥的地区之一，不久前刚有一辆从贵概开往曼德勒的货车，被抽查出装了价值人民币 1.9 个亿的冰毒，这还只是一辆车而已。当地毒贩之猖狂由此可见一斑。”吕局摇摇头，说，“获悉这条珍贵的情报之后，我方公安部门迅速与缅甸方面进行了沟通，当地政府非常感激我们。从上个星期开始，缅甸军警和掸邦当地缉毒警已经盯住了盖得山区的一座佛庙，虽然迟迟没有进行抓捕，但确定吴吞就藏在里面。”

严峫敏锐地抓住了重点：“他们在等时机？”

吕局沉沉道：“他们在等黑桃 K。”

虽然不知道具体动机是什么，但黑桃 K 对吴吞的杀机非常明显，之前在缅甸烧杀劫掠了三座寺庙的事，吴吞那方的人想必也有所耳闻。他现在得到了江停，一定会立刻逼问吴吞的藏身之处，就算江停存心拖延时间，也绝对拖不到三周那么久，想必黑桃K早就知道盖得山区这回事了。

那么，为什么黑桃K迟迟不动手呢？

吕局说："最好的猜测，是闻劭顾忌缅甸警方，不敢轻举妄动……"

但以闻劭的性格和缅甸警方的实力，这个可能性确实太小了。

"最坏的猜测呢？"严峫问。

"也许……"吕局犹豫片刻，还是把"据线报称"这几个字咽了回去，才说，"是江停病了。"

严峫眼神当时一变。

"这只是我的猜测，"吕局立刻又道，"盖得山区离边境线有二百多公里，丛林环境非常复杂，所以还是地形等其他因素的可能性更大。"

"……"严峫直勾勾瞪着他。

"总而言之，闻劭势必会在最近对寺庙下手，只要他真人一现身，早已准备好的掸邦警察就会立刻动手。"吕局拍拍严峫的肩，语重心长道，"我知道你想让江停回来，唉，我们老辈人，不太懂也不想干预你们年轻人……但有一点是毋庸置疑的，我们都希望江停能活着回来，沉冤昭雪。"

严峫久久沉默着。因为连日奔波骨瘦形销，他眼窝都深深陷了进去，由此显得眉骨和鼻梁更加孤拔，像刚硬的金戈。

"我明白，"终于他开口道，"我相信您。"

吕局沉沉地点了点头。

天色不早了，严峫起身告辞，已经被他耽误了快一个小时下棋时间的吕局挥挥手让他赶紧滚蛋，突然又想起来什么似的："哎等等，这个，把你手上的这个东西放下。"

严峫一低头，手心里正攥着那个银色的移动硬盘："干吗？"

吕局挺着将军肚颠颠地走来，一把抢过硬盘："干吗？你领导我要去找物业公司负责任。程序就是程序，说了不准泄密，当公安纪律是玩儿呢？"

严峫眉梢抽动，脸色有点古怪。

吕局拿出信封，刚要把硬盘装进去，就只见严峫强忍着笑意开了口："那个……吕局，合同法规定收购公司是要有一段冷静期的……"

吕局："？"

严峫一根手指头隔空点点硬盘，笑道："原来您也会被空城计唬住。"然后立刻忙不迭钻出了书房。

“……”吕局满脑门问号，眼皮一个劲地跳，终于忍不住把硬盘接上电脑，点开了视频文件。

下一刻，激动人心的音乐奏响，彩光在屏幕上闪闪发亮。三个大头大眼睛小身子的动画萝莉飞跃而起，随即亮起一行大字——

飞天小女警，52 集全。

吕局：“……”

几秒钟后吕局呼地打开家门：“姓严的你个胎神!!”

严峫立刻从楼道跑了。

盖得山区，茫茫野林。

数百个村庄零星分布在这片连绵不绝的山脉中，绝大多数依靠伐木、畜牧、种植罂粟过活。这里是掸邦最大的毒品种植产地和加工场所，家家户户都备着猎枪，每当贵概当地政府派人围剿时，当地人就会依仗火力进行反击，打不过索性逃进深山老林。等政府军撤走后，他们会再回来继续种植红豆杉、罂粟田，一代代继续做着重复的事情。

牛羊在村头漫步，土路上尘沙扬起，两边是大片青绿交错的田野。一辆当地最常见的小货车停在山坡间，车窗里伸出一个望远镜。

正午时分，炊烟升起，村里渐渐空旷起来。

望远镜终于被收走，秦川把它随手扔在了后座上。

“告诉你们老板，还不到时候。早上九点、九点半、十点半和十一点这几拨上下田的都不是当地人，警察还没有放弃监视这里。”

车上两个马仔面面相觑。

驾驶座上那个司机一贯不大服气他，张嘴就是带着浓重口音的西南话：“你凭什么这么说?”

“我当过十多年警察，便衣的破绽没人比我更清楚，衣袖、纽扣、鞋带和皮带扣都是暴露点。”秦川懒洋洋道，“这几个人的衣服裤子貌似普通，但后裤兜上的那个扣子却都相同，是统一制式，所以他们不是当地人，是便衣警察。”

司机呆住了。

“回去吧，”秦川在几个马仔明显发生了变化的眼神中平淡地说，“刚才那个便衣拐弯时偷偷回了下头，他们开始产生怀疑了。”

货车穿过崎岖的道路，两旁山势起伏不绝。大半个小时后，重重掩映下的丛林边缘终于出现了人迹，车前窗豁然开朗。

一座仅有几十户人家的小村落分布在半山腰上，瓦屋木楼零星散布，越野车队在浓绿中围绕着村庄。货车终于在村头熄火，秦川钻出车，眯起眼睛向高处望去，不禁“呦”了声：“稀客啊。”

眼前木楼二层，江停站在扶栏边，一手夹着烟，居高临下地望着他。

远处山峦深深浅浅的绿重叠在一起，虫鸣声声起伏，更遥远处的风送来隐约瀑布声。江停摸出烟盒，秦川背靠在木头栏杆上，接过一根来点燃，笑道：“我已经好几个月一根都没抽过，都快戒了。”

“为什么？”

秦川享受地长长呼了口气，才说：“可能是因为我没有你这样，在每天环绕着各种毒品的环境下还敢放心从口袋里摸烟的待遇吧。”

江停讥诮地瞅了他一眼，秦川连眉毛都没动。

这是自秦川从家被逮捕的那天晚上后，他们两人的第一次碰面。然而就算不共戴天的仇敌，在如此颠沛流离的亡命途中遇见了，也难免生出一丝奇异的惺惺相惜来。

“怎么样最近？”

“还行吧。”

“你看上去不太像个刚刚肺炎痊愈的病人哪！”秦川向江停手上那半根烟扬了扬下巴。

江停说：“你看上去也不太像个刚刚结束十多年缉毒生涯的警察。”

“啧，”秦川哥俩好地笑起来，“彼此彼此嘛，是吧？”

江停没搭理这话中隐约的锋芒，秦川也不在意，话锋一转问：“哎——既然你来了，是不是说明现在万事俱备，你们老板准备向老板的爹动手了？”

江停默然抽烟，层层树荫将阳光遮掩成微翠色，映得他肤色更加发冷。没人能看出他在想什么，少顷只见他用烟头向远处山头一指，不答反问：“你知道我刚才在看什么？”

“……”

“边境线。”

秦川扭头向他所指的方向望去。

"中缅边境线长达2184公里，有402根界桩，以及难以计数的检查站点。然而极度复杂的丛林地形让毒品、玉石、野生动物走私变得非常方便，偷渡更是难以遏制，木姐边陲很多渡口划一条小船就可以越境。这边人被'高薪劳务'骗去缅甸淘金，缅甸人偷偷来这里卖假玉假翡翠，最终这些人绝大多数被骗进了地下赌场，做工、吸毒、挨打，跟东南亚各个国家的毒友同享一小包掺了石灰粉的海洛因。共用吸毒针头让他们感染HIV，生下具有两国血统的孩子，出生就携带HIV，长到几岁或十几岁时病发，全身溃烂而死。政府提供免费艾滋病药物治疗，然而根本没有用，在很多寨子里不吸毒的人被认作异端，会用掺了料的烟、酒、食物等拉人下水。艾滋病整寨整寨地泛滥，一代一代地相传，没有尽头。"

江停低头叩了叩烟灰，秦川眯起眼睛，问："你挺熟悉这些的啊？"

"因为这种情况在西南地区也存在。大凉山、元龙峡……"江停话音顿住，片刻后自嘲地笑了笑，"……永康村。"

秦川挑起眉，颔首不语，抽了最后几口烟，然后转手将烟头摁熄在木栏上。

"我对永康村的现状表示同情。"他起身道，"但有些事还是不要强求的好。"

他双手插在裤袋里向里走去，就在这时木制的楼梯吱呀作响，只见阿杰走了上来："你们聊什么呢，那么开心？"

秦川一扭头，江停仍然背对着他们，没吭声。

"打听工资福利待遇。"秦川笑道，"还有什么时候能离开这个蚊子惊人的鬼地方。"

阿杰眼瞳微微一眯，突然只听秦川想起什么似的："哦，对了。"他上前从阿杰大腿上的枪套里拔出一把九二式，晃了晃，"总该物归原主了吧？"

"……"

几步以外，江停夹烟的手突然轻轻一顿，瞳孔缩紧。

秦川把没拉保险栓的手枪指着阿杰脑门，笑道："——啪！"然后把枪插进自己后腰，在阿杰恍若看精神病一般的目光中微笑着走远了。

第 17 章

深夜。

僧房的门被吱呀推开了。一个衰老略佝偻的身影出现在长廊尽头，一张灰败松弛的脸毫无表情，袈裟在青白月光中沙沙地拖在地上，像个鬼魂般径直穿过庭院，来到寺庙后门口。

灶房外草垛边，两名手下早已等候良久，见他过来立刻齐齐一低头：“大老板。”

吴吞用缅甸语冷冷道：“走吧，去打洛。”

两名手下合力将草垛一掀，那竟然只是一层厚厚的草皮，借着月光和手电光，草皮下赫然隐藏着一辆黑色防弹越野车！

黑夜中的崇山峻岭，就像佛教中环绕三千世界的大铁围山，而寺庙所在的村落谷地，就像被团团包围住的游增地狱，人目所能及的视野都被包围住了。吴吞上了车，眯起老眼向深山远处眺望——他知道那些掸邦警察正埋伏在这座寺庙周围，但不会有人想到他能趁夜逃走。

一般人在这险峻的山路上开车，只会落得个坠崖粉身碎骨的下场，但他不怕。

他在盖得山区经营了数年之久，早已在山腹中开出了密道，就是为了走投无路金蝉脱壳的那一天。

越野车没开远光灯，仅凭借着不清晰的月光，熟练地摸黑驶出了寺庙。吴吞的法令纹因为紧抿着嘴而格外明显，两名手下一个开车，另一个用红外线夜视望远镜对外机警张望，上下颠簸了好一阵子后，他们终于离开山路，驶进了丛林。

手下松了口气，用缅甸语低声道：“大老板，警方没动静，我们安全了。”

吴吞缓缓点点头。

手下会意，终于打开了远光灯，将周遭丛林映得雪亮——

就在这一瞬间，远处突然响起了呼啸般尖锐悠长的哨声！

几个人同时一惊，手下失声道：“大老板！”

吴吞喝道：“不要停，听我指挥开！”

越野车在尖锐的摩擦声中停止，随即骤然改向，在全然陌生的道路上跌跌撞撞冲进了危机四伏的丛林。与此同时，在远处林间山坡上的一名马仔放下军用夜视望远镜，扭头高声道：“杰哥！他们改道往三点钟方向去了！”

“……”阿杰不出声地骂了句脏话，一头扎进车里，“追！”

一盏盏车灯于黑夜中亮起，就像怪兽纷纷苏醒，张开了浑黄的巨眼。紧接着轰鸣四起，轮胎轧过灌木和荆棘丛，呈扇形向吴吞逃跑的方向追了过去！

但就在此时，丛林深处突然传来几声：嗒！嗒嗒！——

副驾座上的阿杰眼皮一跳。

顷刻间，机关枪狂喷的火舌毫无预兆响了起来！

枪弹如暴雨倾盆，刹那间所有车上的人都条件反射地抱头前扑。弹头、碎木屑、车窗玻璃在伸手不见五指的黑暗中狂飞，阿杰顶着枪林弹雨一回头，只听手下愕然问：“我们遭伏击了?!”

阿杰眼底闪动着寒芒：“不，是政府军。”

螳螂捕蝉，黄雀在后，掸邦警方已经在附近盯梢了半个月，就是为了将他们和吴吞一网打尽，下手不奇怪。但奇怪的是政府军怎么会准确出现在这里，又为何能在第一时间立刻咬住他们?!

这种紧要关头，没时间思考这个了。阿杰弯腰一把从座位下取出追击炮，扛在肩上，咬牙打开车窗，一梭子弹瞬间贴着他的手飞了过去。但这个刀头舔血了很多年的杀手丝毫不惧，半个身体探出车窗外，仅仅靠听音就在刹那间辨别出了枪声最密集的方向，轰然一炮！

参天大树与漫天土灰爆开，掸邦军警的惨叫不绝于耳，机关枪声出现了短暂的间隙。

但阿杰没有给对方任何喘息的机会。

他逆着越野车高速行驶的疾风眯起眼睛，似乎很享受敌人的哀号，将炮口偏移一个角度，又是一声巨响——轰!!

“他们开炮了!”司机惊慌失措，用缅甸语吼道，“大老板！后面不止一帮人!”

枪声炮火震动夜幕，然而吴吞完全没有被影响。这个年过花甲的老毒枭见惯了厮杀，直到此时还很冷静：“慌慌张张的，成什么大事！被掸邦警察围住的是闻劭，他们被人暗算了！让他们狗咬狗去!”

话音未落，几梭子弹不知从哪个方向射来，将侧视镜打得粉碎。司机手一抖，越野车险些当头栽进沟里，所幸千钧一发之际后轮胎弹了出去，整辆大车一个剧蹦，摇摇晃晃冲进树林。

“两点钟方向，向着水声!”吴吞斥道，“听我的指挥开!”

通体纯黑的越野车撞出灌木丛，身后激烈的枪战一远，紧接着被瀑布的轰隆巨响盖住了。两个手下正不知再往何处开，突然只见远处河岸边光点一闪一闪，竟然是手电光!

吴吞沉声道：“停车!”

越野车停在河滩边，吴吞也不待人来扶，自己跳了下去，大步走向手电亮起来的方向。手下握着枪匆匆跟上，只见河岸边提手电的是一个黝黑结实的中年人，身后赫然出现了一条汽艇!

“吴吞叔，”中年人显然是草花A派系的心腹，见面也不废话了，直接低声问，“我按您的吩咐在这里预备好了，林子里是怎么回事?”

吴吞面色晦暗：“闻劭果然来堵我，被警方埋伏了。船可以开?”

“可以开。”中年人顿了顿，声音略微放轻，“但只能坐两个人。”

吴吞一颔首，毫不犹豫，从中年人手里拿下枪，转身两下点射!

护送他出寺庙的两个保镖还没反应过来，一人脑门上就中了一枪，扑通栽倒在了地上。

中年人不以为意，甚至都顾不上看尸体，把吴吞扶上了汽艇。瀑布之下的水潭通往大河，夜晚水流湍急，中年人跨坐在方向盘前，在哗哗水声中嘶吼道：“对岸已经安排好了！随时可以接应！等边防那边的人打点好，我们就立刻启程去云南!”

吴吞不答，厚重松弛的眼皮下闪烁着精光。

他这一辈子，被人用刀顶着背、用枪顶着头，被金三角几方毒贩势力联合围剿都经历过，更凶险更恐怖的关头也都过来了。每次只要化险为夷大难不死，他就必有后福，冥冥中仿佛有佛祖在保佑着自己。

只要逃出缅甸，中国大陆S省的茫茫大山中还埋藏着大批宝藏，足够他舒舒服服过完后半辈子。不论是那个早知道生下来就该掐死的讨命鬼闻劭，还是苍蝇一样杀之不尽赶之不绝的禅邦军警，这些人都别想抓到他一根毫毛——

扑通！

汽艇终于靠岸，心腹匆匆爬上石滩，把吴吞搀扶了出去。两人膛水走上河岸，只见浓墨般的夜色笼罩着大河，风过山林的尖响混杂在水流声中，除此之外别无人声。

“……人呢？”心腹左右张望，怀疑道，“玉山那帮人说好了在这里接应，跑哪儿去了？”

潮湿的河水泥土气息中，隐约夹杂着一丝铁腥。

吴吞的心突然向下一沉。

“玉山！喂！”心腹上前两步，用缅甸语压低声音吼道，“吞叔已经到了，你们人呢！玉山！”

吴吞疾步上前一拉心腹，却已经迟了。只听消音器咻的一声轻响，心腹胸前爆出血花，下一秒无声无息向后倒去，尸体重重摔到了地上。

刹那间吴吞知道最坏的预感成了真：“……什、什么人？！”

嘭——

十数盏车灯亮起，黑夜瞬间变成白昼，吴吞条件反射挡住了眼睛。紧接着他只听见一声笑，熟稔到血脉相通，却又可怕到毛骨悚然，刹那间他整个五脏六腑都结成了冰：

“好久不见，父亲。”

十多辆吉普车包围住河岸，车前无数保镖虎视眈眈。空地上横七竖八堆满尸体，碎肉断肢不计其数，“草花A”那一派系的心腹手下鲜血浸透每一条石缝，顺着石滩源源不断流向大河。

而在这血海地狱的中央，他儿子那恶魔般的修长身影逆光而立，双手插在裤袋里。

吴吞急促喘息：“你怎么知道……你怎么知道我会走河道？！……”

紧接着他目光凝住，声音戛然而止。

——一名容貌俊秀的年轻人与黑桃K并肩而立，肩上搭着的披风裹住了身体，只露出一双瘦削苍白的手交叠在身前。

吴吞知道了答案。

“还没来得及告诉你，”闻劭拍拍江停的肩，微笑着向面如土色的吴吞说，“现在他是‘我的’红心Q了。”

村寨大门洞开，保镖按着吴吞的领子往前一推，老毒枭趔趄摔倒在了堂屋的木地板上。

“六年前我带着蓝金的分子式从国外回来时，我以为你的时代结束了。”

火把从堂屋四面一根根接连亮起，犹如火龙，将偌大空间映得亮如白昼。吴吞蹒跚地从地上爬起来，只见闻劭悠然穿过众多保镖，站定在了他面前，就像沐浴着黑血从地狱中爬出地面的年轻恶魔。

“但我没想到，你的人竟然能偷出配方，甚至研究出更简单的合成方式。那是继得知红心Q为你卖命之后，我人生的计划第二次被你打断。”

“……”吴吞发着抖抬头，江停面无表情，被两名保镖左右护卫着，站在闻劭身后两步远的地方。

“所幸我还有将这失误修正的机会，”闻劭语音微顿，含笑道，“就像我赢回红皇后一样。”

“我不会告诉你合成配方的，”吴吞紧紧咬着牙，“你这催命鬼、早死仔，你别给我做梦！就算我死了，也是金三角的老大，你别想取代我！”

“金三角已经没落了，东南亚各国政府都盯着那块地区，罂粟种植也不可能再像几十年前那样带来巨额的利润。就像生物碱终将被合成品所取代，新式精神控制药物渐渐崛起，老狮子也总有一天要走向末路。”

吴吞张嘴要骂，闻劭微微俯身，在他耳边轻声说：“如果你不曾培养江停来制衡我，或许我会好好给你养老送终……但你却从我身边夺走了我唯一的兄弟。”

火把噼啪作响，江停一声不发，眼睫安静垂落。

闻劭怜悯地俯视吴吞：“你会说的。”

他转身走到江停面前，从后腰拔出一把匕首，用刀柄将江停几丝鬓发掠去耳后。他永远都有种跟周遭环境格格不入的耐心，众目睽睽之下，无数把火光闪耀在他深渊般的眼底，恍惚竟然闪烁着一丝温柔：“去吧，证明给我看。”

江停没有丝毫犹豫，从他手里接过匕首，走上前。

“干什么？你们真敢动手?!”吴吞惊慌起来，“红心Q！你记不记得我才是把你从那狗窝里带出来的人，只有你不能——”

话音刚落，他被几个保镖摁在了地上，吴吞目眦欲裂，只见江停单膝半跪在地，按住了他左手食指。

“我记得，”江停淡淡道，“但我找到了更值得效忠的对象。”

不远处黑桃K微笑着回过头。

下一秒，江停手起刀落，刀尖精准刺进吴吞指缝，撬飞了他的手指甲！

“啊啊啊——”

惨叫声响彻堂屋，江停不为所动，他那双沾满血迹的手按住吴吞中指，将刀尖活生生插进了指甲盖里：“合成配方在哪儿？”

里屋。

闻劭站在窗边，远处大堂里断断续续的惨叫停了又响。不知过了多久，他身后终于传来脚步声，回头只见江停握着血淋淋的匕首跨过门槛，简短道：“我把他一条胳膊削成骨架，他交代了。”

“噢？”

“工业合成地在S省瑶山一个村庄里，新式合成配方和大量‘蓝金’库存被封在地下工厂，是吴吞的秘密宝藏。具体地址你的人已经记下来了，如果我们赶得及，今夜就可以立刻动身。”

闻劭不置可否，招手说：“过来。”

“……”

江停走上前站定，随即他握着匕首的、鲜血淋漓的右手，被闻劭捏着手腕举到了眼前。

“从很久以前开始，我就对周围的人和事物没有任何感觉，悲伤、喜悦、思念、期待，这些幼稚的情绪就像一面面空白幕布。心理学家说缺少情感投射属于反社会人格，文学家用‘天生神赐’或‘上帝馈赠’等辞藻来解释情感产生的源头，但实际上一点点化学粉末就能轻易操控人脑多巴胺分泌，所谓‘灵魂震颤的狂喜’或‘痛不欲生的悲伤’都不过是一管针剂的问题。我开始知道，如果世界上真有神，那神应该是白粉状的。”

“但化工合成出来的神无法控制我，”闻劭深深望着江停，轻声说，“只有你曾经让我接触到那种……感觉。”

他们在月光下彼此注视，江停平静地问：“什么感觉，愧疚？后悔？”

闻劭默然良久，二十多年前那根悬空在两个孩子面前的救命绳索，于刹那间再次从虚空中掠过。

“也有期待和喜悦。”他终于道，将江停满是鲜血的指关节靠在唇边。

那就像死神的鼻息，或者毒蛇的鳞片，从肌肤表层一掠而过。

“你身体没恢复，今晚不动身了。”闻劭温和地说，“明天我们出发从云南过境，去s省瑶山，取道建宁。”

江停神情无异，笑了笑：“是。”

第 18 章

不夜宫 KTV。

“死了都要爱——不淋漓尽致不痛快—”

严峫走进包厢，挥手让服务生退下去，然后反手关上门，外面走廊上各种鬼哭狼嚎的声音倏然变小。

茶几上零散放着几个空酒瓶，烟头、柠檬皮撒了半张桌子。杨媚光脚蜷缩在沙发上，一只手撑在额角，头发披散着，白貂皮从她雪白的肩膀滑落摊在沙发扶手上。

“怎么样？”这边门一关，那边她立刻抬起红肿的眼睛，声音沙哑地问。

严峫不答，拎起只剩一半的酒瓶，切了一小片柠檬塞进瓶口，喝了两口才抹抹嘴一摇头。

杨媚一骨碌坐直：“什么意思？”

“缅甸那边传来消息，包围盖得山区寺庙的掸邦当地警察在围捕中遭遇反击，死伤惨重，金杰他们突围了出去。”

杨媚脸色发白。

“吴吞被黑桃 K 抓走了，江停也在。”

包厢里一片死寂，杨媚口红残退的嘴唇微微发抖，只见严峫站在房间正中，一口口喝完整瓶酒，才将空瓶轻轻放在了茶几上。

“你少喝点，别熬夜了，多吃点东西。”严峫平静道，“身体是自己的，得保养好。”

“……你都不着急吗？”杨媚难以置信地颤抖问，“江哥落在毒贩窝里，不知道此刻正经历着什么，随时有可能暴露，一旦露出破绽就有可能比死还惨……你竟然都不着急？你还吃得下睡得着?！你知道黑桃 K 这个人有多变态多恐怖吗?！他根本就是个天生的反社会人格——”

“我知道。但我们无能为力，你得认清这个事实。”

杨媚仿佛从不认识严峫般瞪着他。

“人最难的是接受自己无能。我们就算再着急，再焦虑，再食不下咽、夜不能寐，也无法令现状有一丝一毫的改善。总有些人做的事你帮不上忙，照顾好自己，就是对他们最大的慰藉了。”

杨媚通红的眼眶中再次浮现出水光：“可是，可是……”

严峫叹了口气，伸手越过茶几，揉了揉杨媚凌乱的发顶。

“只有强迫自己随时保持最好的状态，才能在机会到来的时候抓住它。哪怕一丝一毫，也有可能成为最后翻盘的契机，知道吗?”

杨媚怔怔僵坐，只见严峫笑了笑，又站起身。

他这段时间跟杨媚初见那次相比，已经变化了很多。杨媚至今记得他英俊桀骜、走路带风，把瑞士军刀弹开，啪地往吧台上一拍，颐指气使说“我点个血腥玛丽，你现在就给我”像泼一瓢黑狗血的那股气势。慑人的嚣张从他全身每根毛孔流溢出来，在纸醉金迷的夜总会里，走到哪儿都像个自动的发光体。

但现在那光彩已经沉淀下去，更加深沉、内敛，变为了蕴藏在骨子里不动声色的气息。只有岁月在他眼角流下的微许纹路，才能隐约显出一丝情绪的端倪。

“我回去了。”严峫点点头，转身走向房门。

“……等等！”

严峫脚步一顿。

“江哥……江哥一直在等你。”杨媚望着他修长结实的背影，哽咽问，“你会把他接回来的，对吗?”

“就算他不等我，我也会把他带回来。”严峫淡淡道，开门走出了包厢。

山林清晨，万鸟齐鸣，晨霭渐渐弥漫半山腰，山脚下青翠的丛林中飘荡着水汽。村寨口的吉普车队头尾相连，十数个马仔在大屋和车队间来回搬运，触目所及全是刀枪弹药和一箱箱“白货”。

江停站在树荫下，衬衣肩上搭着外套，只见两个保镖左右拖着一个不成人形的家伙来了—那是吴吞。

吴吞土黄色的僧衣上全是血迹，一只袍袖空空荡荡，整张脸都是黑灰的，看不出是活着还是死了。江停冷漠地盯着他由远而近，直到近前时，只见吴吞眼皮一翻，眼白骨碌翻出瞳孔来，犹如厉鬼般盯住了江停。

刹那间他们两人目光相撞，江停垂下视线，眼底全是事不关己的漠然。

缅甸保镖骂了几句，顺手将吴吞扔进后座。

江停转身走向大屋，还没迈出脚步就站住了——不知何时身后竟然站了一个人。

是阿杰。

阿杰穿着黑背心迷彩裤，双手抱臂，臂膀肌肉显得格外精悍，浅褐色皮肤上林林总总分布着数道浅白伤疤。他昨夜在警方围捕时被弹片刮伤了，只戴着一只露指手套，另一手缠着绷带，边缘隐约透出深色凝固的血迹来。

两人对视几秒，江停侧身要走，然而在擦肩而过的瞬间被阿杰抓住了手肘。

“昨晚是你吧？”

江停一偏头，离得稍远了些，眼底神情清清楚楚，那分明是无声的：“你有病吗？”

“警方恰好赶上了那个时间，又那么恰好堵在了我埋伏的山坡后，更巧合的是，还准备了高火力的机关枪。掸邦当地军警的流程我们这些人都清楚，没有一层层报告和审批，是拿不到那么些重火力武器的，也就是说警方把我们的行动计划拿到手已经很久了。”

阿杰身体微倾，几乎贴在江停耳边，一字一顿轻轻道：“就是你吧？”

虽然是疑问句，但完全是陈述的语气。

不远处车队中不少人偷眼瞥来，但不敢多看，很快仓促移开目光。

江停说：“有病就去治。”随即一用力抽出手肘，走向村寨。然而下一秒却被人从后勒住了，阿杰就这么半扶半拖着江停大步走向树丛，他踉跄着随阿杰的脚步后退，险些被灌木丛绊倒。直到走下土路，他才被重重推搡到树后，随即脖颈被一只有力的手掐住了。

两人相距不过半寸，阿杰的警告低沉冰冷：“昨晚是我命大，但不能有下次了。”

“……”

“我不知道大哥是怎么想的，但你不是真心做事，这点我们都看得出来。老实点，日子好好过，总比折腾没了命好，懂了吗？”

江停回以平静的直视：“你有证据？”

阿杰不答。

证据当然是没有的。激烈的枪战闪电般发生，又在几分钟后仓促结束，根本没时间也没条件生擒任何掸邦警方，所有质问都只能基于怀疑。

江停唇角慢慢挑起一个微妙且讥诮的弧度：“况且……”

阿杰心生疑惑，却只见他一挑眉，带着那样的笑容轻声问：“……就算你有证据，又怎么样呢？”

“你！”

那瞬间阿杰手掌下意识一用力，江停脖颈被卡，气管痉挛，骤然呛咳起来！

他肺炎刚好没多久，这一咳简直惊天动地，连血星都呛了出来。阿杰略微一惊，急忙松手，就只见江停整个人半跪在了地上，一手扶着地面，一手捂着嘴唇，肩膀剧烈战栗。

“……”阿杰退了半步才稳住，“你怎么回事?!”

“咳！咳，咳咳——咳咳!!”

剧咳猛地停止，江停仿佛从喉头一喷，赫然只见血丝从指缝间洇了出来！

“……来人！来人！”阿杰拔腿冲向土路，对几个循声走来的马仔喝道，“把寨子里那医生叫来，快！”

半小时后。

江停和衣靠在越野车后座上，微微闭着眼睛，附近十里八乡唯一的缅甸医生正哇啦哇啦跟一名保镖说着什么。少顷保镖点点头示意自己明白了，用中文简短道：“他说没有大问题，但要少抽烟。”

江停这才睁开眼睛呼了口气，嘲道：“废话。”

缅甸医生满脸茫然。

江停遂作罢，随口问保镖：“渴了，有温水没？”

保镖点头想走，但见医生还在慢慢收拾箱子，想起方片J的叮嘱，就不由得迟疑了一下。但就这会儿工夫江停又用拳头抵着嘴唇闷咳起来，保镖转念一想反正这俩一个不会说缅语，另一个不会听汉语，便放心地转身走了。

他前脚下车，江停突然一抬眼皮。

刚才还坐在边上慢吞吞收拾医药箱的医生要起身，只听江停轻声说：“别动，别看我。”

那明明是汉语，医生却心如明镜地低下了头，仍旧收拾东西。

“中国s省瑶山茂村以东八十里，地下有‘新货’，一周后与‘豪客’交易。”江停维持坐姿不动，头向里偏，从车窗外看不到他嘴唇轻微的翕动，声音轻得如同耳语，但一字字分量都沉得惊人，“非常急。”

医生手指在箱子上轻轻叩了三下，表示自己知道了。

江停说：“小心。”

医生提起收拾好的医药箱下车，终于吐出三个嘶哑别扭的汉语字音：“你也是。”

车门开了又关，周遭这一小片空间再度恢复安静，仿佛什么都没发生过似的。江停一个人靠在车窗边，过了会儿保镖来送水，他神色如常地就着水吃了药，突然又想起来什么似的：

“对了，这都几点了，到底什么时候出发？”

“还有些东西没清点完……”保镖不明所以。

江停似乎有些不耐烦：“你去问问闻劭。”

保镖只得领命而去。

江停继续待在车里闭目养神，面部肌肉放松，表情安然平定，哪怕专业的心理学家来拿着放大镜，都不可能从他脸上找出丝毫的紧张或不安。

时间一分一秒过去，转眼保镖已经走了半个多小时，却完全没有过来回话的迹象。江停终于睁眼望向窗外，只见车队不远处靠近村寨那边的空地上，人群三三两两聚在一起，似乎正透出些许不对劲。

……有事发生？

江停眯起眼睛，正沉吟间，身后车窗突然咚咚响了两声。他一回头，只见车门被人从外面打开了，但门外出现的不是刚才那保镖——竟然是秦川！

冥冥之中仿佛某种最坏的预感成真似的，江停的心蓦然一沉，但脸上毫无异状：“什么事？”

秦川神态隐隐不同往常，也没有装模作样地寒暄，直接做了个“请”的手势：“跟我来。”

江停不为所动：“什么事？”

两人一站一坐，对峙片刻，终于秦川慢慢地微笑起来：“那村医刚用手机对外发消息，被我抓住了，黑桃K说让你过去问几句话。”

瞬间江停瞳孔极度扩张！

但随即他平静下来，当着秦川的面下车站在地上，整了整衣领，然后才沉声说：“好。”紧接着率先向大屋走去。

——啪！

响亮的皮鞭声划破空气，令人耳膜发紧。大屋的桐木地板被鲜血浸得发亮，村医被打得遍体鳞伤，连爬起来的力气都没了，紧接着又是一鞭子——啪！

血沫喷溅在地，打手一把拽起村医的衣领：“你发了什么？谁告诉你的?!”

“……”村医嘴里含混不清地说了几个缅甸字句。

那应该不是打手希望得到的答案，因为紧接着他就被按着头砸在地上，刑讯者狠狠一巴掌甩过去，只听“噗”一声响，村医活生生喷出了几颗碎裂的牙！

“说不说？你往外发了什么?!”

“他拿着个手机藏在半山腰上，秦川跟几个人一道发现的时候已经太迟了，他把手机扔进了山涧。后来他们上去搜查，在山谷里发现了缅甸警方的信号增强仪。”黑桃K顿了顿，缓缓道，“阿杰已经安排村民下去捞手机了。”

村寨里网络信号极差，很多时候只能靠车载卫星通信对外联络，但信息是可以被车队截获的。如果缅甸警方进入这片地区，只能运载他们自己的通信设备。

江停注视着眼前好似血葫芦般在地上翻滚的村医：“找得到吗？”

“找到也成碎片了，数据恢复的可能性不大。”

“……”

“江停，”黑桃K看着他温和地道，“他们说这医生在对外传递消息之前最后一个独处过的人是你。”

江停不作声。

“你有什么话想对我说吗？”

除了越来越响亮的鞭打和越来越喑哑的痛叫，周遭没有任何人出声。但其余保镖不住往这边瞥来的眼神却掩饰不住，其间闪闪烁烁，充满了诡谲难辨的杀机。

良久后江停微微笑起来，眼底带着自嘲：“你想让我说什么？”

黑桃K说：“表态，澄清，解释，求饶，狡辩，都无所谓，想说什么说什么。自家兄弟，本来就耍不了太多花招。”

“那是因为你心里已经给我定了罪，所以说什么都没必要了，是吧？”

闻劭含笑看他。

江停懒得再跟他多啰唆，径直向走上前。这时打手正一鞭子下去，结结实实将一瓢鲜血连同碎肉泼在墙上，早已连声都发不出来的村医竟然抽搐着挤出了一声惨叫！

一层层鲜血浸润着屋子里的每块砖石，每条墙缝，将沙土水泥都染成永不褪色的紫红。

江停半蹲下去，村医身体不知道断了几根骨头，扭曲得不成人形，喉咙里不断发出“嗬嗬”的血气声响。

“把我供出来吧。”江停平淡道。

村医视线涣散。

“他们相信跟你勾连的人是我，人愿意相信一件事的时候，再多证据都是不重要的。所以如果你供出我，不仅可以多活一段时间，还能保护警方真正的卧底。”

“……”

“不过，”江停话音一转，以虽然非常轻微但确保所有人都能听到的声音继续道，“你已经在村寨中潜伏了这么久，今天却突然被发现，难道你自己心里就没有一点疑惑吗？到底只是运气用尽的倒霉巧合，还是出于另一些你想象不到的阴私原因，这个你得好好想想吧。”

村医满是血污的脸上表情似乎发生了某种变化。

江停说：“我看你这样子不像是能熬过今天了，但就算上路，是不是也得做个明白鬼——你说呢？”

屋子里人人神情各异，只听见村医粗重的喘息声。足足过了半根烟工夫，才听村医断断续续、极其费力地挤出一个音来：“……笔……笔……”

他的牙已经被打掉了，说话非常费劲。

黑桃K一使眼色，手下立刻送上了纸笔。

村医满是鲜血的手抓住那根铅笔，那瞬间瞳孔深处迸发出极其热烈的亮光，下死力看了江停一眼。然后他翻过身，趴在地上那张白纸前，缓缓抬头从这屋子里的每个人脸上扫视过去。

仿佛感觉到什么一般，这些见惯了死人的保镖手下竟然都有些心头发冷，有几个人甚至在衣服底下打了个寒噤，随即只见村医的视线停住了。

——它定在了人群中秦川的脸上。

窃窃议论四起，突然只见村医身子一抬，撕心裂肺的咆哮惊雷般炸响：“——说好事成回去请功领赏，你以为干掉了我，就没人能盯住你了吗？叛徒!!”

秦川愣住了。

“你不得好死！你不得好死！你不得好死——!!”

四下霎时一震，空气鸦雀无声。紧接着，谁也没想到村医动作那么快、那么狠，双手握着铅笔扑哧一声重重刺穿了自己的咽喉！

鲜血以喉头为中心，纵横交错而下，迅速在地上积起了殷红的血洼。下一秒，村医失去生气的尸体砸在地上，抽搐两下后就再也不动了。

他再也感觉不到任何痛苦，灵魂从生不如死的刑讯中解脱，轻飘飘升上了虚空。

然而他的双眼却兀自大张，仿佛还想继续看着这世间比生死更重要的东西。

“……”周遭一片死寂。

江停低着头，好似惊呆了。

“那个……”半晌，秦川的声音终于响了起来，冲黑桃K摊开手，满脸莫名其妙，“虽然我很想表达一下自己的无辜……但他这个逻辑根本说不通，不用我解释大家都明白，对吧？”

黑桃K没说话。

江停缓缓站起来，几乎是用全身力气才放开了衣袖下紧掐进掌心的手指，也没吭声。

人人神情莫测，似乎有某种吊诡的力量将氧气渐渐抽空，将每个人的肺都攥成无比扭曲的形状。

僵持延续了数分钟之久，终于秦川长叹一口气，喃喃道：“好吧，看来现在嫌疑人确实又多一位了……谁来告诉我下面该怎么办？实不相瞒这种事我还从没经历过呢，真刺激啊。”

黑桃K招招手，江停一言不发地上前站住了。

“这种事偶尔确实会发生，不过好在我们有办法分辨事实。”黑桃K语气异常平和，似乎地上那具死不瞑目的尸体完全没有给他造成任何情绪上的影响。然后他补充了一句：“也就是说，你们两人还有最后一个自我辩白的机会。”

秦川歪头看江停，江停只盯着脚下。

黑桃K向他的心腹保镖扬了扬下巴：“我刚才准备的东西，再弄一份拿上来。”

保镖应声而去，少顷再次出现在大屋门口，只是这回手里端了一个托盘。

“我知道你们比较抵触这个，但这是我最后能选择的方式。放心，一点点而已，不至于立刻就送了初学者的命。”

保镖跨过门槛大步走近，随着他手里的东西越来越清晰，江停和秦川的神情都难以遏制地难看起来：那是两支注射器。

针筒中是微微混浊的浅白液体，虽然只有几毫升，但所有接触过毒品的人都绝不会对它感到陌生——

那是海洛因。

黑桃K袖手站在原地，轮番打量他们两人，似乎有些遗憾：“要我让人帮忙吗，还是你们自己来?”

第 19 章

秦川紧紧盯着眼前那支注射器，金边眼镜都挡不住瞳孔明显的战栗。周围似乎有一阵接着一阵的议论声，但他耳朵里嗡嗡作响，除了自己剧烈的心跳之外什么也听不清。

“……”他喘息着看向身侧，只见江停脸色如雪一样白，也是死死盯着那个托盘。

窒息般的僵持不知持续了多久，黑桃 K 终于含蓄地咳了一声，转向秦川：“要不你先来吧？”

秦川一个字都说不出来。

“不好意思，”黑桃 K 似乎有点抱歉地解释道，“江停在我这里是有特权的，所以还是你先来吧。”

一名保镖走上前，从托盘中取出那支注射器，递到了秦川面前。

那保镖一条胳膊得有正常人两个粗，剃着光头，秦川知道这个人，以前江湖绰号鬼见愁，身上背着好几起血案，每起的凶残程度都令案发当地震惊一时。后来这人不知怎的就到了黑桃 K 手下，还成了心腹保镖之一，现在想来，应该是黑桃 K 天生就像集邮一样喜欢收集这种冷血凶残、具有极端人格的罪犯。

秦川脑子里转去无数个念头，就像千万道电流通过了神经中枢，但表面上他只滑动了一下喉结：“……那个医生的指证漏洞百出，根本无法自圆其说……这你是知道的，对吧。”

“我知道。”

“那你还——”

闻劭打断他道："但那不重要。"

—那不重要。

对黑桃K这个天生的极端反社会人格来说，前因后果和来龙去脉都不重要，他完全随心所欲地凭借自己的喜好做事，很多看似出人意料的决策其实背后逻辑严密，而另一些看似有道理的行为，其实只源于他恶劣的兴趣和天性的残忍而已。

秦川后槽牙密密咬合在一起，伸手拿起那支注射器，仿佛空手拎起了一条剧毒蛇。

胸腔在急速起伏，但吸不进氧气，心脏疯狂回缩全身血液，大脑一阵阵眩晕。

"……"

所有人都注视着他，突然只见秦川握着针管的拳头一紧，劈手将海洛因远远扔了出去！

啪嚓！

"对不起，做不到。"秦川在众人纷纷侧目中冷冰冰道，"我跟你混是为了升官发财一夜暴富，不是为了这个。如果你不相信我，直接杀了我就行，不用那么麻烦，我不是你的试验品。"

闻劭叹了口气，果真也没再说什么，一摆手："带下去。"

不用他说第二遍，那个"鬼见愁"上去就把秦川抓住推了出去。后者一路都在踉跄，跨过门槛时趔趄差点绊倒，随即消失在了屋外。

闻劭没有在意，含笑看向江停："你呢？"

江停直挺挺站着，脸色比冰还僵冷。

"海洛因根据其纯度通常被分为鸦片，单乙酰吗啡，'三号'低纯度海洛因盐酸盐，以及'四号'高纯海洛因盐酸盐。通常来说市面上98%含量的海洛因就已经达到白粉状态了，但非常罕见，所谓的高纯度产品基本都是黄沙色的，至于近来流传的99.9%以上'五号'净纯海洛因根本没有人见过。"

闻劭揽住江停的肩，指着那个托盘，说："它呢，现在就在你面前。"

江停沙哑地道："……那你真舍得。"

"我舍得一辈子都给你用这种实验室级别的净纯二乙酰吗啡。怎么样，还犹豫吗？"

所有目光都集中在这里，所有无形的手都在把他往最寒冷的深渊里推。

江停张开口，却什么都没有说，无声的喘息一下把气压碾回身体，就像来回刮动的刀尖将肺部绞成血泥。

"……好。"他终于吐出一个字，嘶哑地道，"那么我这一辈子都不会离开你。"

江停伸手拿起注射器，拔出塑料管，直接将针头扎进手臂，一股脑全部肌注了进去！

寂静。

空气凝固，世界静止，连时间都被拉长成无限的一瞬——

针管啪嗒掉在地上，江停发着抖抬起头，望向黑桃K，血色瞬间冲上脸颊。

"……哈哈哈。"闻劭笑起来，随即就像止不住似的放声大笑，扶着江停的肩，笑得把脸埋在他颈窝里。

"这是什么?"江停尾调破了音，"这是什么?!"

"哈哈哈哈哈哈……"

闻劭笑得说不出话来，半晌终于抬起头，笑意未尽地看着江停，戏谑道："高蛋白营养剂。"

江停僵立在原地，好像连眨眼都忘了。

"开个玩笑而已，你太瘦了，要多补充点营养。"闻劭笑道，"下次不准抽烟了，听见没?"

江停完全说不出话来，双膝止不住地发软，双手在身侧微微发抖。闻劭也不计较，亲昵地用拇指把他额角汗湿的碎发揉去鬓后，然后才吩咐保镖去捡地上被秦川扔掉的注射器："把那个拿起来……给我，小心点。"

"这个，"他拿针筒往江停面前一晃，笑道，"这才是实验室级别的海洛因。"

然后他大笑着转身走向堂屋的门。

江停几乎用尽了全身力气才强迫自己站定在原处，只见保镖纷纷跟上去，闻劭却突然又站住了，回头笑道："你说了你这辈子都不离开我，以后咱俩生死都是要在一块的——别忘了!"

江停一言不发，闻劭含笑跨出了门槛。

"大哥，"正巧这时阿杰带着人从后山方向过来，见面立刻快走几步迎前，低声道，"没找到手机残骸，山涧太大了。我准备让人再下去一趟，仔细搜索方圆六百平方米之内的草丛和石缝，一定——"

出乎他意料的是黑桃K摆摆手，说："不用了。"

“大哥?”

“我们必须立刻动身，再迟会大雪封山，而且买家那边等不得，等到了地方再见机行事。”

阿杰点点头，又忍不住问：“那个……已经试了?”

其实刚才下车时他已经听人汇报了堂屋中发生的“考验”，只见黑桃K向前走去，阿杰立刻疾步跟上。

“跟我之前预料的一样，”黑桃K悠然道，“连反应都差不多。”

阿杰拧起眉头，怀疑道：“难道是我错了？有问题的是秦川?”

他们一行人走向村寨口，远远只见“鬼见愁”站在树下跟秦川解释什么，后者那张仿佛总是戴着面具般的脸竟然也没绷住，青红交错十分精彩。

黑桃K似乎感觉挺有趣，经过时隔老远向秦川挥手打了个招呼。而秦川不愧是个人才，嘴角微微抽搐后竟然也同样笑了开来，仿佛什么都没发生过似的，彬彬有礼颔首致意。

“不，恰恰相反。”黑桃K望着前方辽阔灰白的天穹，淡淡道，“想发财、想掌权、想一夜暴富才是正常人性。人有求才有弱点，不肯注射正说明没问题，秦川的行为逻辑是通顺的。”

阿杰一愣：“那江停……”

黑桃K不答，优哉游哉向前走去，一帮人浩浩荡荡地跟在后面。村寨前绿野一望无际，罂粟田在风中发出簌簌的声响，他在田埂前站定脚步，迎风伸了个懒腰，才说：“你知道这世上最难相处的是哪种人吗?”

阿杰想了想：“无欲无求?”

“不，是完全不讲物欲，只追求感情。”

阿杰有点疑惑。

“爱之欲其生，恶之欲其死，一旦爱翻转成恶，就十八头牛都拉不回来……情感越刚烈纯粹越容易这样。”

保镖照例跟得不近，稀稀拉拉落在后面。阿杰似乎有些明白了，只见黑桃K转身拍了拍他肩头，说：“从今天起江停身边不要脱人，别让他跟任何人独处。还有——”

阿杰咽了口唾沫。

“别再给他任何碰瓷你的机会了。”黑桃K淡淡道，“去吧。”

阿杰有些讪讪，干净利落应了声“是”，带人到车队那边做最后的补给和检查去了。

黑桃K独自站在风中，望着无边无际的罂粟田，极目所见是盖得山区贫瘠广袤的丘陵，更远处一星黑点掠过层云，那是在苍穹尽头振翅的飞鸟。

他眯起眼睛，没有人知道他在想什么。

山洞外的黑夜里回荡着长嗥，忽远忽近，像是野兽来回逡巡。他已经不记得自己在饥饿、干渴和眩晕中挣扎了多久，高热让他即便在半昏半醒中都不住抽搐；恍惚间只感觉一股清凉的液体突然涌进嘴里，求生欲让他忍不住吞咽起来，小小好几口后，最后一滴液体才咽进了咽喉。

“……”

兴许是因为焦渴暂时被缓解，他终于费力地睁开眼睛，听见黑暗中传来哭泣，那非常小声又非常压抑，就像小动物在巢穴中警惕地发着抖。

“……你……”

抽泣顿时停止，月光从洞口投进清辉，他看见自己瘦弱的小伙伴蜷缩在身侧，肩头一耸一耸地把脸埋在膝盖里。

“……你在哭吗?”

那个小男孩立刻捂着嘴，直起身来，一个劲地用力摇头。

他勉强支着胳膊，但抬不起上半身，用力几次后放弃了，躺在地上伸出手。

小男孩立刻把他冰凉的手捧在怀里，用自己的体温暖着它。

他的手柔嫩白净，虽然因为在荒野中挣扎求生数天而沾满了灰泥，但一看就知道是从小接受着精心的照顾。小男孩的双手则布满了各种冻疮、伤疤和血痕，胳膊不合年龄的清瘦，手肘支棱着明显的骨头。

对比是那么清晰，然而当两个孩子的手交握在一起时，又出乎意料地和谐。

仿佛他们生来就该这样紧紧牵着彼此。

“你在害怕吗?”

小男孩犹豫一会儿，才小小声地：“嗯。”

“怕死?”

月光与阴影交界处，那双清澈的大眼睛里再度浮现出碎光，半晌摇摇头。

他笑起来：“骗人。告诉我，怕死吗?”

“……”小男孩终于轻轻说，“我怕你死……”

他怔住了。

“只要你活下来……只要你能活下来……”抽泣声再度响起，这次就像崩溃般再难忍住，小男孩把全身蜷缩在伙伴身侧，含混绝望的哭泣一遍遍重复，“我、我可以死，我没关系的，只要你能活下来——”

“只要你能活下来——”

小男孩已经很长时间滴水未进了，他趁太阳不烈的时候出去找水，用凹陷的石头小心翼翼舀起水来，生怕弄洒了哪怕一滴，回来喂给山洞中发高烧的朋友。他自己的嘴唇则干裂得不成样子，血在嘴角凝固成紫黑，哭泣时一牵动，再次涌出因为极度缺水而格外浓稠的血珠。

但皮肤撕裂的疼痛，与他声音中所饱含的强烈乞求相比，却好像完全不值一提。

人怎么会有这么强烈的情感？九岁的闻劭听着哭泣声想。

为什么宁愿自己死去，也要燃尽最后一点力量，祈求自己所爱的同伴活下来？

他伸出另一只手，想要去触碰小男孩在月光下乌黑的头发，然而岁月犹如旋涡般急剧旋转、溃散，二十多年后黑桃 K 的手眼睁睁从空气中滑了过去，指尖只碰到眼前摇曳的罂粟花。

黑桃 K 闭上了眼睛。

“我希望记住这个至死不渝的存在……”

“严峫，我希望你也成为那个不可超越的胜利者。”

“严峫!!”

“那你开枪啊，”江停咬牙切齿的声音从面前再度响起，他说，“开枪，别辰。”

山洞中那个为他哭泣的小男孩长大了。他站起身，仿佛听见什么似的，敏捷地转身跑出山洞，任凭身后传来声声呼唤也不曾回头；他奔跑着穿过时光与空间的洪流，来到元龙峡冬季灰白的山涧中，抱住那个狼狈不堪的警察，眼底闪烁着欣喜、痛苦和温情。

然后他退后掉转半步，义无反顾地将自己的头颅暴露在了远程狙击枪红点下。

黑桃 K 牙关咬得那么紧，以至于脸颊都僵冷得有点怪异，远处手下上前半步又胆怯地顿住了。许久后他终于仰起头，睁开眼睛深深吸了口气，手插进裤袋里攥住了一包粉末。

身后传来声音："大哥。"

"……"

黑桃K一回头，阿杰谨慎地低着头："车队已经准备好，可以出发了。"

准备越境的越野车队整装待发，远处空地上，一道在他心底无比熟悉的瘦削身影正被保镖紧密关注着，低头钻进了车后座。

黑桃K一动不动。

"……大哥？"

过了好几分钟，开始有点忐忑的阿杰终于听见这么一声："好。"

他奇怪地一抬头，却只见黑桃K从口袋里拿出一袋东西，远远扔进了远处的罂粟田。

"那是……"

"没什么，"黑桃K平淡地道，没让他再问下去，"走吧，去瑶山。"

车队缓缓开动，穿过群山，向北而去。

经过硝烟未散的贵概，烟瘴丛生的南疆，自古以来埋葬着无数流亡学生和玉石贩子尸骨的边境丛林；穿过风光壮丽的西双版纳和连绵起伏的天堑蜀道，天穹阴云之下，巨大的瑶山群脉静静矗立在平原之巅。

无数警车披星戴月，闪烁着红蓝光芒，从平原中开进了这森严的崇山峻岭。

瑶山脚下。

几辆警车停在县派出所门口，当地领导纷纷迎上前。只见为首那辆吉普尚未停稳，一名黑衣便装的刑警已经跃下车，身手极其利落，一只手摘了墨镜，抬头向远处眺望而去——

他个头极高，眉宇深邃，有一张风刀霜剑雕凿出的硬朗的面孔。

笼罩在雪云中若隐若现的大山穹顶，全数倒映在了他瞳孔深处。

第 20 章

瑶山飞跃顶，云中寨。

宅院前的篝火在夜色中熊熊燃烧，烤全羊被翻了个面，油珠刺啦掉进火里。

堂屋中酒气熏天，几张大圆桌周围坐满了人，不过这时都七七八八地倒下了。即便还有没彻底失去意识的，也呆着脸垂着涎、神情恍惚东倒西歪地靠在墙边，满脸如登仙境的贪婪和餍足。

屋子里弥漫着一股说不出的臭味，如果有人曾经闻过的话，应该就能立刻意识到，这是大麻特有的气息。

“我们王老板说了，货是好货，按约定时间他亲自带人上山来接，没问题!”一个精瘦精瘦的地中海老头儿把筷子搁在桌面上，笑道，“但我还想问一句，咱们到底上哪儿接货去呢？当地马上就要大雪封山，这块地方我们又不熟悉……”

阿杰喝了口酒，淡淡道：“不熟悉没关系，到时候王鹏飞上了山，我们派人下去接他进寨。接上来我们再一起去地下工厂。”

“嗐，话是这么说，可是这深山老林的——”

“你在王鹏飞手下做事也有几年了，老蔡。姓王的知道怎么跟我们打交道，你就别替你老板多操心了。”

“呃……”

被称作老蔡的地中海没打听出来，不太甘心，偷眼向不远处瞥去。

堂屋外的空地上，黑桃 K 背对着他，正略微偏头跟身边一名年轻男子聊天。他们站得离篝火很近，跳跃的火光映在那年轻人的侧脸上，反射出挺直的鼻梁，眼瞳深处熠熠生光。

这么喧闹的环境，听不清他们在聊什么，只见那年轻人不时回答几句，态度温和平静，对话也算得上是有来有往。黑桃 K 似乎挺愉快，偏过头笑起来说了几句，那年轻人也微微露出一丝笑意来。

突然黑桃 K 像察觉到什么似的，头往这边一回。

老蔡立刻谨慎地垂下了视线。

少顷他再抬头时，只见黑桃 K 已经端着酒离开了，只剩那年轻人一个人站在篝火边。

老蔡借口放水出了堂屋，来到屋后的洗手间，趁周围没人注意翻窗跳了出去，借着夜色猫腰来到前院。那年轻人还站在原地没动，伸着一双修长的手慢慢地在火上烤，老蔡左顾右盼地慢慢走过去，来到近前时身体一缩，大半个人藏在了屋檐的阴影下，咳了声笑道："烤火呢？"

江停没吱声，篝火将他脸映得微微发红，半晌才说："天寒地冻，烤烤火驱寒。"

老蔡劝解地"哎"了声："冬天到了，春天还会远吗？"

"寒冬腊月的，哪儿来的春天。"

老蔡还想说什么，这时只见前院门口的守卫估计是想放水，往远处走了几步。

"你胆子也太大了！"江停态度陡然一变，头没转过来，压低声音呵斥，"王鹏飞不是好糊弄的人，万一出什么事你会被买卖双方一块弄死！谁让你来的？"

老蔡眼睛不断往周围警惕地游动："没事，姓王的暂时还信任我。刘厅非常着急问缅甸那边怎么传不回消息了？"

江停喉结上下一滑。

"……他们的人死了。"

老蔡瞳孔微微发抖，隔两秒才"啊"了声："挺……挺好的，也不受罪了。"

说着他掩饰地擤了个鼻子："对了，那工厂地址你真没线索？"

江停一摇头，动作非常轻微，但老蔡能看出他眼底的凝重："几天前我心太急，办错了一件事，他们现在防我防得很厉害。但'他'每次带人出去加回来时间都在六个小时左右，算上验货、脚程、来回收拾，工厂应该就在附近六十到八十公里以内。"

老蔡皱眉问："没法缩小范围了？"

"……"江停呼了口气说，"我再试试吧。"

从他的反应来看，老蔡知道这个要求估计是有些强人所难。但他临危受命之前，建宁市的那个吕局找他谈过，特别提到了一点——江停这个人，只要他真想做什么，那是怎么样都会拼命想办法去办到的。

老蔡眼珠一转计上心来，轻轻“哎”了声：“对了，吕让我告诉你，说你‘家里’都挺好。”

果不其然，江停立刻就有反应了：“好？”

老蔡其实只是在遵照吕局的提点奉命胡扯，一时情急也编不出怎么个好法儿，索性做了个挽起手臂炫耀肌肉的动作：“喏，吃得下睡得着，身体倍儿棒吃嘛嘛香。吕让我告诉你安心干活，甭担心啦！”

这话编得相当拙劣，但出乎他意料的是江停竟然信了，寒风中有些皲裂的唇角弯起来，带着笑意认真“嗯”了声。

老蔡心里不觉有点惭愧。

但干他们这行的，惭愧不能当饭吃，顺杆往上爬才是真的。老蔡咬了咬牙赶紧趁热打铁：“所以你注意着点，多费费心。你听我说，要是能确定存放大货的地下工厂在哪里——”

就在这时，江停眼角余光瞥见什么，脸色霎时微变。

老蔡身后不远处有个走廊拐角，白天时已经被堵上了，是条死路。但现在却有脚步声正轻轻从后面走出来，而且就在老蔡声音响起的同时，那脚步猝然停住了。

墙后露出半道身影，被月光投在地面上，就像从黑暗中探出上半身的鬼魅。

“要是能确定存放大货的地下工厂在哪里——”

电光石火间，江停眼睛一抬，正对上老蔡的目光，无声地做了个口型。

“——我，我们，”老蔡看清那口型代表什么，登时一股滚烫的血全数冲上头顶，又瞬间化作了刺骨的坚冰，从头皮到耳膜轰地就炸了起来！

“我们，”他根本听不见自己在说什么，多少年来无数次刀尖行走的经历救了他，“我们老板绝不亏待你，多少感谢费都好说，要不交易完成后给你抽这个数！”

恐怖的安静笼罩了一切。

“……”江停视线紧盯着老蔡，似乎对不远处慢慢踱步而出的人毫无觉察，不乏嘲讽地哼笑了声，“感谢费。”

老蔡不敢动作，更不敢回头，直勾勾往前看着他。

"我安心待在这里，多少钱多少生意都能拿到，跟王鹏飞通消息，他能给我什么？做生意就好好做，再过阵子要下雪了，大家都早点完事早点回家，横生枝节对我们双方都不好，明白吗？"

老蔡额角冷汗滚滚而下，只见江停一只手仍在火上，另一只手不耐烦地挥了挥："跟你们老板说，上不得台面的心思就省着点，滚吧！"

篝火摇曳蹿动，堂屋酒宴的喧杂遥遥传来，身后毫无动静。

老蔡退后两步，裤管里的腿肚子在颤抖，狠狠咽了口唾沫："你……你这人别不识好歹，走着瞧！"

江停一哂，老蔡气呼呼地梗着脖子大步走了。

堂屋外再度恢复安静，江停不动声色，仍旧站在篝火边烤手。走廊拐角后那半道身影凝固似的没动，足足过了一根烟工夫，终于窸窸窣窣响起，一道脚步踩着碎石树枝声走到了近前。

江停这才回过头，只见闻劭身上带着酒气，在火光映衬中笑道："你还没走呢？"

不知是不是错觉，这语气总给人一种难以描述的微妙感。江停笑了笑没说话，只听他问："我刚才看见有个人从这里经过，是谁？"

"哦，那姓蔡的。"

"他来干什么？"

江停没吭声，迎着闻劭的注视，悠然烤了会儿火，才笑问："我告诉了你，万一我也吃挂落怎么办。"

闻劭说："那怎么会？你多想了。"

"小事，而且已经处理好了，算了吧。"

闻劭不为所动，微微笑看着他。

"……你这打破砂锅问到底的劲。"江停终于无奈地妥协了，"他来打听咱们把大货藏在哪儿，说王鹏飞愿意给我感谢费。我已经把他打发了，现在你看着要杀要剐，随便吧。"

闻劭眼底的笑容这才终于有了些真意，摇头唏嘘道："王鹏飞这人做事一直不够地道，我早就发现了。姓蔡的刚才在里面就追着阿杰问工厂在哪儿，但碰了个软钉子，估计是看你落单好说话，过来碰硬钉子来了。"

江停随意地问："那生意你还做吗？"

“做。”

江停瞅了他一眼。

“怎么?”闻劭问。

“这种险也能冒，不怕被姓王的抽冷刀?”

“这行当里有什么正经人，不都是牛鬼蛇神?”闻劭笑起来，似乎完全不在意把自己也给骂进去了，又意犹未尽地补了句，“别说是买家耍滑头，就算警察闻着味儿跟上来，这笔生意也得照做不误。”

江停意外地顿住了动作：“……这批蓝货这么大啊?”

这批“蓝金”原本是吴吞的，他掌握简化合成程序后，在瑶山深处开辟了地下工厂，背着黑桃K大批量生产新型芬太尼化合物，再以相对低廉的价格销往西南、缅甸、老挝。出于地处偏僻和条件限制等原因，这座地下工厂的产量不太高，跟二十世纪的金三角地区和现在的缅甸东北部相比那是相当小巫见大巫。

但黑桃K亲自赶来，看中的不是货本身，而是比蓝货更重要的——简化合成配方。

他带着一批人在这个深山老林的村寨里盘桓了这么长时间，肯定已经把地下工厂里的配方和生产流程都搞清楚了。剩下的这批库存蓝金如果不多的话，其实可以随便卖了完事，甚至就地销毁都可以理解。

“——挺大的。”闻劭漫不经心道，“得抓紧时间卖，不然变质了可惜。”

到底是怎样难以想象的巨额毒品，才会让黑桃K都觉得销毁了可惜?

火光照耀下，江停眼眶深处晦暗不清。

突然黑桃K换了个语气：“不过你别担心。”

“?”

江停烤着火一抬头，突然左手被握住了。

黑桃K眼底闪烁的微光温柔深邃，虽然他本身完全没有这种感情，但至少模仿得很像：

“就算碰上警察，我也不会让你出任何事情。就像你说过的那样，这辈子哪怕死，我们都会在一起。”

哪怕我们死也要死在一起。

——然而在幽暗冰冷的河水下，另一个人逆流而来，奋力拉开车门，憋着最后一口氧气抓住他的手拖向越来越明亮的河面。

暴雨山道上，G65 在疯狂摆尾中轰然撞上山壁，他双膝双手按着满地碎玻璃咬牙爬到警车边，把那个人从扭曲变形的驾驶室里硬拖出来。

在更久远的以前，那个人满头满脸尘土鲜血，右手掌心还带着被酒瓶底划出的血，站在人群喧嚣和警灯闪烁中，带着满身的剽悍锐利，与指挥车上的他遥相对望。

他们之间从未有过同生共死的承诺，可能正因为这一点，故事最终走不到圆满的结局。

江停迎着黑桃 K 的凝视，慢慢微笑起来。他没有抽回自己被握着的手，刚才他就是站在这里，以同样的角度抬起头，看见老蔡夸张地一只手握拳屈着手臂，啧啧有声说："吃得下睡得着！吕局说了，你'家里'都挺好！"

江停眼底的笑意更清晰了。

他就带着这样的笑容，同样注视黑桃 K，回答说："好。"

数日后，清晨。

破破烂烂的五菱宏光在山路上蹦跳，穿过崎岖难行的树林和杂草丛生的荒坡，终于费劲地爬上土丘，轰一声熄了火。

"就是这里咧！"山下派出所老民警是个做兼职的，一年到头的主业其实是种地，开口便吐出浓厚的当地味儿，"从这里下车往前走，八九里路后边就是老家村，这个路好走，不费劲！就几个坡、一条河，你个男娃背下女娃，大半个钟头就到咧！"

后座上马翔嘴角抽搐着瞅瞅韩小梅，后者无辜地一摊手。

他们两人都是一身九十年代回乡探亲农民工打扮，二次元少年马翔戴着北京牌手表和满是泥土的人造革皮鞋，腐宅少女韩小梅肩上挎着个印满了 LV 老花同时挂着香奈儿 LOGO 的地摊包，两人脖子上都挂着万一碰到水就有掉色危险的黄金链子。韩小梅明显不太适应她的新项链，已经把手伸到领子里去挠好几次了，现在五个手指头都有点儿发黄。

"我说严队，"韩小梅苦着脸问，"下次咱局里能配个镀金的吧？要不买个不锈钢装白金也成啊。吕局说咱们这次潜伏算 3A 级重点行动，装备不能潦草成这样吧，回头挂号看皮肤过敏的医药费真能报销吗？"

"山里人不认白金，你是从县城里来收购药材的，身上黄金越多越好。"严峫从驾驶座回过头，沙哑道，"马翔，你口音至今非常不对，待会儿走家串户打听消息的时候尽量别开口。跟村里人怎么套话我都教给老张了，你俩跟在后面多看，多听，多观察，一旦发现附近山区毒贩出没的线索，立刻回到这里汇报，我在车上等你们。”

马翔、韩小梅都聆听点头，严峫又转向那位姓张的老民警，客客气气的：“我这两个弟子就交给您了。千万小心，不要暴露，注意安全。”

老张这辈子没见过比派出所所长更大的领导，这几天却把从省厅到市局的各路大官见了个遍，早就非常惶恐，闻言连连摆手：“不敢！不敢！”

严峫勉强扯了扯嘴角肌肉。

第21章

从山坡向下望去，隔着冬季灰绿的树林和冰带似的溪流，远处隐约可见村落和炊烟——那就是老张口中所说的老家村，也是警方在周边地带所能潜入的最后一个高危村庄了。

过去的半个月，由省公安厅主导、建宁市公安局落实、瑶山附近各县城公安机构协同承办的调查行动组，先后调派了好几拨人进山，分散在各个村寨摸排痕迹、逐一走访，试图从当地民众那里得到可疑人员出没的线索。

摸排走访是刑侦办案最枯燥也最重要的手段之一，大量警力被分散在山脉中零星分布的上百个村庄里，每天进行机械的跋涉和问话，同时为了避免引起毒贩暗桩的注意，一切机动车辆都不能进入重点区域，跋山涉水全靠步行。

但令所有人备感焦虑的是，针对地下制毒工厂的搜索却一直都没有进展。

数天前S省公安厅麾下隐藏多年的线人，同时也是买家毒贩王鹏飞的代表“老蔡”，从山上毒窝中传回了一条珍贵的线索：交易将在地下工厂进行，工厂地址在云中寨周边六十到八十公里范围内。这一下就将大海捞针般的摸排范围划归到了可限定区域里，但时间越来越紧，连夜搜索已经来不及了。

所幸，昨天在各方各级领导翘首以盼的焦急中，老蔡再次传出了最后最重量级的情报——江停从黑桃K座驾轮胎缝隙中，提取出的一小袋泥土样本。

这袋样本被紧急送往林业研究所进行分析，痕检结果显示出了不同层次的泥土及叶质，表明该车在过去半个月内，曾多次驶进一片濒临沼泽地带的红杉林中。

濒临沼泽地形，红杉林，云中寨周边六十到八十公里。综合地形要素让专案组成功划出了最后的案发区域，其附近最有可能为毒贩提供落脚点和中转站的，就是这个名叫老家村的寨子。

严峫亲自接下了针对这座高危村寨的调查任务。

严峫最后给每个人检查完通信器械，才放他们走。老张带着马翔、韩小梅顺着陡坡钻进丛林，严峫站在车边目送他们，直到三个摇摇晃晃的身影完全变成黄豆大的黑点，才收回了目光。

车载通信噬啦两声，传出了魏副局的声音："老家村外围汇报情况，老家村外围汇报情况。你处是否已抵达中转点？请回话，请回话！"

严峫取下对讲机："行了听见了。俩崽子跟老张他们已经出发了，有情况随时联系。"

魏副局悻悻道："行吧，动作快点！注意隐蔽！"

严峫答应了声，把对讲机扔回车里。

村庄四面环山，放眼望去，重峦叠嶂，犹如古时候传说与世隔绝的蜀地桃源。

然而此刻所有人都知道，这"桃源"中隐藏着多少惊天罪恶与生死危机。

严峫离开建宁前几乎受到了所有人的阻挠，连吕局都找他谈过几次话，试图说服他退出这次特大缉毒行动——别人不知道，吕局心里却很清楚他拼命想要奔赴前线的动力是什么，索性就把话说得很明白了：江停豁出命去踏上这条几乎没有回程的路，不仅是为了报仇，也是为了让严峫在后方高枕无忧。如果严峫上前线出了什么事，组织到底怎么跟江停开口？

不好意思，你在敌方埋伏玩命，我们在后方把他送上前线弄死了？

更何况，严峫是他家独子，别看严家平时一副"我把这废柴儿子捐赠给国家了"的态度，但要是真出了什么意外，他爹还不得拎着绳子冲进省委大门去上吊？

不仅吕局劝了，连刘厅都打电话来劝了，几方人马轮流轰炸，严峫却像个石头一样，往死里拉都拉不回头。争到最后不可开交，还是曾翠翠女士出面一锤定音："只有千日做贼，没有千日防贼的。既然你们说有毒贩想弄死他，让严峫先下手为强把那毒贩弄死，这事不就完了吗？"

"就让他去，"曾翠翠女士对刘厅表示，"我儿子再没出息，也不至于要被犯罪分子吓得躲在家里，他没那么废物！"

话说到这一步，严峫终于被获准，跟上了从建宁开往瑶山的第一辆警车。

严峫环顾群山，森严寂静，连鸟雀声音都丝毫不闻。他点了根烟，遥遥望向远处雪云缭绕的峰顶，眯起眼睛——

不论前方是否樯倾楫摧，踏出一步便将粉身碎骨；所有罪恶与仇恨，都将在你我的手中了结。

我来接你了，江停。

“五十块，五十块就拿走……不中不中，上回县里来人收五十五！五十卖你是俺们过年，来年上山收木材……”

“不卖就不卖！五十不中！”老张两手揣在袖里，气呼呼招呼马翔，“不跟他们买，咱们走！”

马翔踩着他一走路就咯吱作响的人造革皮鞋，韩小梅挎着她LV香奈儿联名出品的小皮包，在村民愤怒的呸呸声中跟着老张跨出了院门，险些被大白鹅叼个跟头。

“回来！回来！”村民果然改变主意了，“四十八就四十八！哎呀！这个菇菇收起来多贵的呀！”

老张眼一瞥，只见马翔微不可见地点点头，于是从善如流地转过身，在村民大叔哼哼唧唧的方言抱怨中回去掏钱。

“你摆（别）骗我，哪回县里来人收五十五？你们这地方还能有人来？”

“哪能没有人？哪能没有人？”

老张沾着唾沫数钞票：“啥时候的事？”

“就俩月前！”

韩小梅在马翔的掩护下装作无意状溜出门，躲着大白鹅绕院子逛了两圈，趴在后窗上往里看。老张把那大叔堵在前屋里，一边东拉西扯一边貌似无意地打探：“你们这旮旯还能有人来？我看冷得很，东西都没人要吧！”

“你摆（别）胡扯！”大叔急了，叽里咕噜蹦出一串方言，马翔听得满头雾水，只得站在边上装高冷大老板，只见老张一边听着点头，一边再冷笑着激他两句。

少顷韩小梅溜回来了，蹭得满手都是灰，冲马翔摇摇头。

“走嘞！”老张不再纠缠，指着墙角那堆黑乎乎看不出什么玩意的山菌说，“下午过来拿，给我包好嘞！”

村民做成了一笔生意，喜得不行，满口答应了。

“这家也不知道。”等出了院门，老张才终于跟马翔解释那串方言对话是什么意思，“跟前两家说的一样，经常有人来他们这里收山货木材，但入冬后就不会再有外人过来了。近两个月来他没在村子里见过陌生人面孔，行踪可疑的更没见过，一点线索也没有。”

“那进山采药的村民呢？有在附近看过车辆行驶的痕迹吗？”

老张摇摇头，指向村后巍峨的山峦：“天气冷啦，他们也不再进山啦！否则容易遇到危险！”

马翔有点无奈，问韩小梅：“你怎么样？”

“后屋附近没有通道、器材或封闭密室，唯一的运输工具是辆三轮车，没有其他机动车辆，也没有通风设备或水泥池等可疑设施。”相比老张，韩小梅的汇报要专业利落很多，“简而言之，目前看来这家的疑点不大。”

马翔点点头。

“哎，”老张忍不住问，“你们城里的警察，怎么能一下就看出来这家有没有疑点的？”

“一家人制不制毒，有经验的扫一眼就能看出来。种大麻卷鸦片的不用说了，化学合成物的话，哪怕是最简单的‘厨房毒品’冰毒，都需要自制反应釜、过滤管、脱水机之类的设备，而且为了除臭排废以及防爆防火灾，强力通风设施和水泥蓄水池是少不了的，否则氨氯气味能飘出很远。像我们局里禁毒支队办案，就定期追踪一些特定设备供应商的产品流向，这还是当年我们秦——”

马翔的解释打了个顿，有两秒没说话，然后才笑了笑：“总之若要人不知，除非己莫为，只要沾了毒，逃是逃不掉的。”

老张似懂非懂而又羡慕地点点头：“你们真懂。”

“咦，这村子东面是不是有人家？”韩小梅故意岔开了话题，笑道，“来来，我们上那边去问问吧！”说着跟老张使了个眼色，加快步伐往前走。

马翔抬手摁了摁眉心，凭借刺疼压下心头那丝酸楚，也振作精神跟了上去。

老家村后山以东，山涧两公里。

一座陡峭的山壁将村庄与山路隔开，顶端巨石酷似棋盘，矗立在苍穹之下。青灰与枯黄相间的密林层层叠叠，覆盖了视线所及的大部分天空，唯见飞鸟成群而过，又扑扑簌簌地消失在森林里。

“明天王鹏飞带人上山，就让他们沿着我们刚才开出的路线，一路顺着标识往棋局峰走，路上换两拨人来接。”江停用红笔在地图上加重画出一条细细的线，然后点了点，“根据王鹏飞那边的车马速度来算，最迟九点应该上到这个位置，因此第一批人八点半开始在这个位置等。”

边上两个保镖围着，各自紧盯江停手中的地图，只见他笔尖沿路线上移：“王鹏飞不是个老实人，为防止他路上动手，第一批接他的人全选用不知道交易地点在哪儿、没进过厂房的兄弟，这批人由我来带。直到上云中寨之后，第二批人接替第一批人换班继续带路，按闻劭的意思，第二批兄弟是秦川来带。”

江停的红笔又在地图的某个位置上着重涂了个圆圈。

“等秦川领着第二批兄弟接上王鹏飞之后，闻劭会把交易地点的经纬度发给他，应该就在厂房附近。到时候先检查王鹏飞带的定金，没问题的话按照正常路线把他领去就行了。还有什么疑问吗？”

两个人都示意没有。

江停征询地挑起眉，只见山崖边一棵参天古木下，那个绰号“鬼见愁”、通缉令上真名叫贡阿驰的保镖头子也一言不发地摇了摇头。

“行，那暂时就这么定了，跟你老板说一声。”江停收起地图，简短道，“回去吧。”

他转身向山上走，贡阿驰使了个眼色，两名手下立刻跟了上来。

这几天不论江停走到哪里，贡阿驰都寸步不离地跟着，甚至连上厕所都守在茅坑外——这应该是黑桃K的指示，阿杰估计也暗中叮嘱了几遍。

不过江停是那种不论环境压力多大都不太会显在脸上的人，该吃吃该睡睡，偶尔黑桃K交代他办什么事，也都毫不顾忌地带着贡阿驰，荒山野岭上厕所也大大方方当着对方的面放水，倒有种诡异的和谐感。

“我刚才跟老板汇报过了，老板同意您的计划。”贡阿驰上前两步，顺手把江停扶过一片茂密的灌木丛，毕恭毕敬又冷冰冰地道，“还有，老板让我们先去‘中转站’休整，待会儿可能要让我们接一批货。”

接货？

江停意外地“呦”了声：“让我？”

黑桃K对江停的态度相当复杂，一方面这种筹备人事的任务会交给他去办，另一方面又从来不让他直接接触任何“白货…‘蓝货”，甚至连化学原料都完全摒除在江停的视线之外。像这种接货的事情直接交给他，那是从来没有过的。

贡阿驰也不明白，只加重语气：“是的，老板是这么说的。”

江停点头不语，就这么被扶着跨过了荆棘丛，才向前路扬了扬下巴：“那走吧。”

贡阿驰向后一招手，对马仔低声道：“去老家村。”

吉普车一路翻过棋局峰，穿过颠簸不平的土路，山坡下房屋稀疏的村庄就近在眼前。贡阿驰比较老练，让手下把车停在距离村头几百米的地方，然后再扶着江停步行去他们惯用的那个“中转站”——位于村顶东头的一座三层住家楼。

江停是第一次来这里，贡阿驰示意他站在后院等着，自己进去敲了敲门。少顷只见一名膀大腰圆的妇女急匆匆走出灶房，穿过后院来开了门，带着疑惑的神情不住向江停这边探头探脑。

贡阿驰用方言低声呵斥了几句，把妇女吓得连连点头，立马恭恭敬敬地冲江停做手势请他进去。

江停被人这么对待惯了，面上一丝表情也没有，带着人径直进了后院。

妇女在前面引路，从灶房小门进了水泥楼的后屋。那是间不大的厅堂，标准小城镇自建房装修，放着八仙桌和沙发椅，倒也算得上窗明几净；几个木板箱靠墙垒放着，每个箱子上都用马克笔潦草地画着一个三角标志——江停一眼就认出了那是什么。

冰毒。

“这儿安全吗？”江停随便往沙发上一坐，接过马仔倒来的热水，随口问道。

“安全，兄弟们以前出货，经常从这里走。”贡阿驰挑开窗帘往屋外看了看，问那妇女，“你汉子呢？”

妇女拘谨地搓着手：“家里来人咧，在前边讲话咧！”

“什么，来人?!”贡阿驰整个人脸色一变，立刻警惕起来，“这节骨眼上来了什么人?!”

“不、不晓得，县里来收药材的！”妇女被吓了一跳，“俺去叫老汉过来？”

坐在边上的江停皱起眉：“收药材？”

倒是贡阿驰听她这么一说，松了口气，解释道：“老家村背靠山，经常有人来收山货，不要紧。”说着吩咐那妇女，“等人走了叫你老汉进来，老板有货要接。你去炒几个菜，熬热粥烧热水，这鬼天气冷死了。”

妇女忙不迭答应，踮脚出去了。

两个马仔各自坐下休整，开始吞云吐雾。江停也不再多问什么，靠在沙发上一小口一小口地喝热水，脸颊被冻得生白，水蒸气将眼睫毛凝湿，显得格外黑。

贡阿驰打量墙边上那几箱货，半晌低头点了根烟，斜觑江停。

他这辈子杀过好几个人，老家那块对他的通缉悬赏公告堆起来能有半米高，江湖上早得了个“鬼见愁”的绰号，不管谁见到都要尊称一句“鬼哥”。他曾以为自己好歹也能算是个狠角儿了，直到遇见黑桃K，才被硬生生吓服气，从此知道了江湖草莽和一方毒枭的区别在哪里。

但他不明白，为什么眼前这个文静秀气的年轻人会让黑桃K这么顾忌。

——是的，顾忌。

黑桃K不杀他，却也不信任他，还要处处提防他。就像捧住了一块儿烫手山芋，既拿不起来也不舍得放下，偏偏还要柔声和气地带在身边。

为什么呢？

不过是个随便一捏就死的文弱书生罢了。

“我脸上有东西？”江停头都不抬，突然淡淡地道。

贡阿驰心神一凛：“没什么。”

他用力抽一口烟，站起身跺了跺脚，闷声道：“我去外面转转。”说着推门掀帘，却没承想江停也跟着站起身：“我也去。”

“你……”

“我没来过这里，接货也不知道安不安全。”江停说话总是平静又不容人置喙，说，“走吧。”

贡阿驰只得为他掀起门帘。

与此同时，前厅。

“这两位县里的老板说了，以后可以定期来收菇菇，你们要是现在进山呢，采出多少就收多少，给这个价——四十八！……”

老杨跟当地一名五十多岁男子面对面蹲着唠嗑，马翔坐在堂屋椅子上喝水，借着搪瓷杯挡住脸，低声说：“这村长家倒挺有钱。”

韩小梅偷眼环顾周围，撇着嘴点了点头。

村长家住村子最东头，后面就是连绵不绝的山，不远处一座山峰拔地而起，顶部好似棋盘，阻挡了村寨通往外界的路。

这家是村子里唯一的三层水泥楼，从外面能看见铝合金塑钢窗和排水管道，堂屋中墙壁抹着乳胶漆、脚下铺设着瓷砖地板，冰箱电器一应俱全，跟城乡接合部的自建小别墅也不差多少了。村民说那是因为村长儿子去年大学毕业，在城里上班赚了钱——不过马翔进屋后这么粗略一观察，估计这家的儿子毕业后进的是世界五百强，否则起薪断然不够在老家建起这么一栋水泥楼。

马翔使了个眼色，韩小梅会意地点点头，突然惊慌地站起来："哎呀，我的钥匙怎么没了！"

村长正兴趣缺缺地跟老张讨价还价，闻言两人都望过来。

"你这婆娘怎么这么不小心呢！"马翔也急了，跳起来就拍了韩小梅一下，"还不赶紧找找，丢哪儿了？你到底丢哪儿了？"

韩小梅带着哭腔："我怎么知道呀，你打我干吗！你打我干吗！"

马翔不依不饶，村长忙起身来劝，韩小梅上下摸遍全身都找不着，一拍大腿："肯定走路上掉出来了！"

"还不快去找！"

韩小梅不用马翔吼第二遍，扭脸闷头就冲出了堂屋。

村长似乎很怕他们在自家乱走，伸手拦了一下但没拦住，赶紧跟着几步出了门，只见韩小梅已经一头扑出了前院，焦虑万分地沿途往路边搜寻，径自往土路远处去了。

村长眼睁睁看她越走越远，似乎完全没有要回头进院子乱翻的意思，这才稍微放下心来，抻着脖子往后院招了招手，小声喊道："喂，喂！"

他婆娘——刚才那人高马大的妇女举着锅铲匆匆走来，一边紧张地冲前屋窥视一边低声叮嘱："快点，鬼哥带人来了，后院儿里等你呢！"

村长很意外："什么？"

"还带了个好俊哥儿，讲是大老板指定的，来接货！"

村长立刻转身回屋："行，那我赶紧——你先去烧两个菜，我把这几个瓜打发了就去。"

韩小梅沿着粗粝的沙石路装模作样往前走，同时偷偷回头往后觑，只见村长扭头进了前院，立刻脚步一转，小跑着绕去了水泥楼侧院，三步敏捷上墙，"嘿"地翻过了墙头。

乡下人家的自建房，炉灶多是砌个烟囱在房外。这时还不到准备午饭的时候，但灶房中却传来叮叮当当烧水炒菜的动静，韩小梅猫着腰从窗棂中偷偷往里一瞅，只见村长他媳妇正热火朝天地在灶上忙碌着。

韩小梅拧了拧眉头，贴着墙根溜进后院，迎面只见大捆木柴堆在柴房外。

她开始没注意，准备往后屋去，但走两步之后突然又顿住了，回头望向那几乎堆成了小山的柴垛。

柴房面积不小，怎么还在外面堆了那么多木头？

韩小梅若有所思地眯起眼睛，蓦然想起来时严峫在车上的话：“村庄制毒贩毒，或者是充当毒贩的运输中转站，比在城市居民区隐藏制毒要好搜查得多。因为乡下独门独院，不太会隐藏器械设备，后院、作坊、柴房、杂物房之类的地方都是侦查重点；我们以前围剿整村制毒的时候，几乎家家户户的生产线都建在后院，算是乡村地区制毒作坊的重要特征之一。”

柴房？

韩小梅大半个人缩在屋檐下，向左右看看，寒风呼啸的院子里空空荡荡，只传来灶房中的噬啦作响，除此之外连一条狗都不见。

她定了定心，刺溜蹿过庭院来到柴房后，灵活地踩着柴垛爬上窗，轻轻将虚掩的木窗推开了一条缝。

随着这个动作，昏暗的作坊微微亮起来，映出了地上杂乱堆砌的脱水设备、蒸馏器材、屋角桌上那个金属圆锅和瓶瓶罐罐——

以及一箱箱无比熟悉的化学原料桶。

韩小梅心怦怦狂跳，一把捂住了自己的嘴！

在数次吐息后，她终于强迫自己一点点松开冰凉的手指，手脚发软爬下柴垛，下死力咬着牙，令自己不发出任何声音。

灶房里炒菜的动静还在继续，空旷的后院里，没人能听见她比猫还轻的脚步。

韩小梅紧贴着墙，从窗台下躬身而过，奔向前屋去了。

韩小梅没有看见的是，就在她背影消失那一刻，有个刀疤脖子青皮头的男人从水泥楼拐角处一闪身，脸色阴冷得怕人——贡阿驰。

直到这时马仔头子才终于忍不住脱口大骂：“这一家子都是死人，给条子找上门来了还不知道！”

“现在怎么办？”江停问。

江停穿着黑色冲锋衣牛仔裤，双手插在裤兜里，整个人完全隐蔽在堆满了杂物的视线死角。两人都没吭声，只见贡阿驰咬牙切齿，眼珠转个不停，几秒钟后心一横：“不能让条子把消息传出去，得把那小丫头宰了。我去找人准备动手，你来帮我——”

“我不能跟警察打照面。”江停打断了他，说，“那丫头是我以前同事，见面我怕我下不了手。”

这话说得非常坦荡，贡阿驰倒一愣。

“她出现在这里，说明这个中转点已经被盯上，明天王鹏飞不能从棋局峰走了。这样，你先去通知他家男主人，偷偷把这院子锁起来别让警察跑了，我去带你那两个手下准备撤离。待会儿你过来，我们再一起向闻劭汇报，让他增派人手过来把几个警察都处理干净，否则你自己贸然动手，很可能会走漏风声。”

贡阿驰犹豫几秒：“可是……”

“你对我的决定有疑问？”

疑问倒没有，江停这番安排完全算得上周到缜密。但贡阿驰牢牢记得阿杰的指令，在任何时候都必须对眼前这位“红皇后”抱着百分之二百的提防、保护和关注，因此下意识就说：“时间紧急，我看要不还是按我说的……”

江停说：“如果你质疑我的安排，不如我们先联系闻劭说清楚，在外面碰上事情到底是听你的还是听我的，如果出了问题责任是我负还是你负。”

责任谁负？

……这还用问吗？!

贡阿驰通体一激灵，脑子被泼了冷水似的反应过来：“……行，我明白了，就按你说的办！”

江停不动声色一颔首，只见贡阿驰再不迟疑，大步奔向灶房。

“你再想想，五十真的多了，我两位老板肯定是经常来收货的……”

——嘭！

前门被推开了，老张正伸手给村长点烟的动作顿住，几个人同时扭头望去，只见韩小梅站在门口，手里紧攥着一串钥匙，然后冲马翔挤出了一丝僵硬的笑容：“找……找到了。”

马翔目光瞬变：“真找到了？”

韩小梅胸口微微起伏，把钥匙举起来晃了晃。

“找到就好，找到就好，”老张连忙掩饰打圆场，“你们城里人零碎东西多，小心点，不然掉了就找不回来咧！”

韩小梅回到沙发边，迎着马翔征询的眼神轻微点了点头。后者咬合肌登时绷紧了，但表面却没露出丝毫端倪，只从衣服底下掏出手机，借着韩小梅身体的遮挡飞速发出了一个定位信息：

“发现‘钥匙’，速来，急。”

收信人严峫、魏副局，信息发送成功。

马翔手腕轻轻一动，将手机藏回了衣底。

后堂。

江停一把掀开门帘，两个保镖不约而同抬起头，只见他面色严峻：“警察来了。”

“什么，什么?!”

“鬼哥呢?!”

“在前面，我们必须立刻撤走。”江停吩咐左边那个较矮些的手下，“你是本地人熟悉路，现在出去看看外面是不是已经被警察包围起来了，注意隐蔽别被发现，看一眼就回来。”

那手下早已吓得脸色煞白，不假思索地冲出了门。

“你，”江停转向右边比较壮实的保镖，“过来跟我把这几箱货搬进柴房藏起来，快！没时间了!”

保镖哪能让江停亲手去搬货，何况那么沉的木箱他搬也搬不动，连忙上前要接手。就在这时只听“咣当”一声，果然江停失手将箱子摔在了地上，木板盖受力打开，被厚厚报纸包着的毒品七零八落摔了出来。

“我来我来，”保镖慌忙蹲下身去捡，急得汗都出来了，心想这主子还真跟鬼哥私底下说的一样，干啥啥不行还偏要逞能，都什么时候了，还跟这儿添乱?

江停知道他在嘀咕什么，默不作声地站起来，手伸进后腰，握住了一把冰冷的匕首柄。

“这一箱货大概多少啊?”

保镖手忙脚乱：“两公斤吧!”

“这么少?”江停漫不经心问。

“看着多，包着少!”

“为什么不多装点?”

保镖心说我怎么知道，老板就是这么吩咐的，你为什么不自己去问老板?

但江停问话又没人能置之不理，他只得一边将毒品快速塞回木箱，一边忍气吞声地回答：“当初杰哥规定我们这么办，箱子里再塞点大豆大米，好装车好过安检。再具体原因我们不好说，要不您自己去问问——”

声音戛然而止，保镖双眼暴凸。

江停站在他身后，一手死死按住他的嘴，锋利的匕首无声无息抹了他的咽喉。

大股大股鲜血喷射而出，生生溅满半面墙壁，将灰白色的毒品包装袋淋成了猩红。保镖全身痉挛，喉咙中不断发出血泡破裂的咯咯声，但都被江停有力的手死死按了回去，发不出一点动静。

十几秒后，保镖的腿最后蹬了几下，濒死挣扎猝然终止。

江停一松手，死尸咕咚倒地，双眼圆睁，至死都没明白他怎么突然就被下了手。

江停掌心沾满鲜血，从桌上随便抽出抹布一擦，将脏毛巾丢在了尸体上。

他神情冷淡，睫毛垂落，仿佛只是随手丢了个无关紧要的垃圾。就在这时门外传来凌乱的脚步，很快由远而近，江停握着刀一偏头——

刚才出去打探情况的保镖回来了。

第22章

哗啦——

门帘突然被掀开，刚才出去探路的矮个保镖箭步而入："外面好像……嗯?!"

尸体直勾勾瞪着他。

保镖唰地收住脚步，下意识要转身。但就在这瞬间，隐藏在门后的江停猝然上前，一刀剁向他侧颈！

江停身边跟着的人都是阿杰亲自挑选出来的，专业等级跟普通马仔不可同日而语，电光石火之间保镖竟然感觉到厉风，猝然转身，刀锋生生从侧颈上滑了过去！

血箭一飙而出，溅上门板。江停也没想到这一刀竟然失了手，刹那间保镖捂着脖子怒吼转身，当啷撞掉了匕首！

江停眉梢微跳，顺手将尸体身上那条刚被他擦手的脏毛巾抽出来绕手一挽，闪电般套住了保镖的脖子，一脚蹬在背心上，把他踹得跟跄跪倒，紧接着双手交错狠勒。

咯吱——

保镖整张脸迅速涨红、发紫，颤抖着双手抓挠脖子上那条夺命索，喉头爆发出了骨骼慢慢开始错位的恐怖声响。

江停双手十指皆尽变色，但面无表情，越勒越紧。保镖的挣扎渐渐弱了下去，就在这生死关头，只听门外又是唰啦一声——

"你！"贡阿驰一头闯进来，愕然失声怒喝，"住手！"

话音刚落，咔嚓！

颈骨生生绞折的脆响令人毛骨悚然，只见保镖脖颈一歪，七窍流血，头颅以难以形容的角度一垂。

江停抽回毛巾，尸体就那么当着贡阿驰的面，软软地倒了下去。

并不宽敞的后堂一下多了两具新鲜尸体，空气凝固到窒息的地步，贡阿驰咬牙瞪着江停，一字一顿道：“是你——”

江停不答，只见对方手往腰间摸，立刻闪身扑上去夺地下那把匕首！

然而贡阿驰动作比他快，就在江停手指即将碰到刀柄的瞬间，一脚把匕首重重踢开，“叮当”一声打着旋撞进了墙角！

江停捞了个空，但他动起手来有着与长相完全相反的悍利和狠辣，眼见贡阿驰要把后腰里的东西掏出来，第一反应竟然不是拔腿往屋外跑，而是狠狠将肩头撞了上去。

贡阿驰措手不及，怀里的土枪刚掏出来就被撞飞了，惯性让两人同时砸上垒起的木箱，冲力当即把那几个木板箱压得四分五裂，毒品袋撒了一地！

哗啦啦啦——

玻璃碴儿、碎木板、密封袋满地都是，江停滑出去两三米才撞上墙角，登时眼前发黑。

他咬牙摇摇晃晃爬起来，眼角余光瞥见土枪掉在不远处的地面上，箭步冲上去夺，但已经晚了。耳边风声呼啸而来，下一秒贡阿驰狂吼着扑上来把他一拳打翻，两人翻滚着压爆了好几包冰毒碎块！

“是你把警察招来的！”贡阿驰像头被激怒的巨型公牛，“老子宰了你，宰了你——”

哗啦啦啦！

木板箱被压塌的声响从后堂传进前屋，正侃侃而谈的老张一愣，几个人同时循声望去。

出什么事了？韩小梅心惊胆战地用目光询问马翔。

马翔摇摇头，内心也颇为惊疑，刚斟酌着想开口发问，就看见村长他媳妇急匆匆走进来，脸上神色掩不住地惊慌，看都不看旁人一眼，径直走向村长小声说了几句。

就在这转瞬间，马翔眼睁睁看见村长脸色剧烈地一变。

——怎么回事？我们被发现了？后屋是不是还藏着他们的同伙?!

马翔心念急转，紧接着只见村长强行镇定下来，起身笑道：“不好意思不好意思，俺们家的灶房塌了，我得过去看看，你们先喝茶，先喝茶。”说着就急急忙忙跟着他媳妇往外走。

一股无来由的心悸突然直上心头，马翔冲口而出：“等等!”

话音落地，村长却没停住，反而慌慌张张加快了脚步。

“站住!”

马翔咣当跳过茶几，将整张桌面带倒，几乎是扑上去一把抓住了村长!

茶壶茶杯摔了满地，老张一个哆嗦站起来，只听那妇女霎时开始尖叫：“你干什么？你放开！放开!”

“住手!”韩小梅突然反应过来，箭步跨过满地碎片茶水，拦腰抱住了那个比她两个腰还粗的妇女，锅铲险险从马翔头上一呼而过。但马翔来不及惊出满身冷汗，一边往死里抓住不断挣扎大骂的村长，一边吼道：“老张快出去报警！快!!”

老张这才意识到发生了什么，匆匆忙忙扑出前屋，但没几秒又冲了回来：“前院锁住了！钥匙呢?!”

“你们这群狗条子，一个都别想跑!”村长眼见败露，索性也不隐藏了，扯着嗓子就大吼起来，“鬼哥！鬼哥——!!”

嗡！五宏菱光飞下山路，落地时整个车身差点散架，然后马不停蹄地疾驰向前，将荒芜田埂前的木枝杂草碾成了齑粉。

“我正带侦查一组赶往‘钥匙’所在地，重复一遍，我正带领侦查一组赶往‘钥匙’所在地。所有人注意，不准开警车不准拉警笛！包围突人保持警戒，全部上好消音器，避免将附近贩毒团伙打草惊蛇。明白了没有?!”

步话机中传来齐声：“一组明白!”

“支援组明白!”

严峫松开步话机，两手抓着方向盘一个山路飘移，车轮在刺耳的摩擦声中戛然停住，车窗外是一座三层水泥小楼。严峫一手握枪下了车，抬头只见前院大门竟然被铁将军牢牢把守，当即心中微沉。

这种村寨邻里关系近，一般不会大白天把院门锁那么紧，除非是长期没人在家，或者——

不想让里面的人出去。

马翔再没传出过任何短信，难道里面的人暴露了?!

远处山路上传来车辆引擎的轰鸣声，正向这边迅速逼近，是侦查一组的援兵来了。

严峫沉吟半秒，退后助跑一跃上墙，就像矫健的花豹，侧手翻越落地，随即一只手持枪，躬身贴墙，穿过空空荡荡的前院向紧闭的房门疾步而去——

鬼哥？

马翔在村长大吼出声的瞬间反应过来："小心！后面有埋伏！"

他话音未落，村长媳妇就发起狂，反抓住韩小梅的手把她甩了出去！

韩小梅这身板就算经过了警院的特训也没用，俗话说一力顶十会，单枪匹马没有武器的情况下她根本不是这等强悍泼妇的对手，当场咣当撞上了翻倒的茶几。那婆娘趁这个空隙扭身就跑出了屋，村长抻着脖子嘶喊："快去叫鬼哥！叫鬼哥来帮忙干死这几个条子，快！——嗷！"

马翔飞起一脚将那村长踹开，夺路冲向那婆娘想要拦住她搬救兵，突然脚脖子被村长忍痛拽住了，登时一个踉跄险些摔倒，转眼那妇女已经尖叫着扑出了屋。

"拦住她！"

"站住！"韩小梅忍痛一个鲤鱼打挺，拔腿狂奔了出去。

村长还要拦韩小梅，马翔血性大起，反身横踢把他踹倒，上去摁住就是左右开弓两记铁拳，打得村长眼冒金星耳孔流血，又随手抄起地上摔碎的茶缸盖子，大吼一声砸了下去！

锵！

村长头一偏，茶缸盖贴着他太阳穴砸碎在了地面上，当场四分五裂。

村长暴怒嘶骂，掀翻马翔提拳就揍，冷不防上半身被巨力往前一推，差点喷出老血，原来是被老张抄起板凳腿从背后狠抽了一棍子，打得他险些把胃从喉咙里喷出来。

马翔："干得漂亮！"

然而老张在基层干了一辈子，从没见过比醉汉打架更激烈血腥的警情，眼下这阵势已经把他惊呆了，混乱中竟然没乘胜追击。就那短短两秒发愣的时间，村长趁机手脚并用地爬了起来，从堂屋沙发后掏出一物，疯狂地吼道："老子弄死你们这帮狗×——"

那竟然是一把削短了的猎枪！

马翔脑子一片空白，身体已经自动做出了反应，拧身把呆愣住的老张兜头扑倒。

砰！

第一声巨响，子弹穿过茶几打进地面，弹壳从马翔上臂飞划而过，飚射出血线。

砰！

第二声巨响，大门被猝然踹开，来人闪电般抬手一个点射，村长手臂中弹，土枪失手落地。

砰！

第三声是土枪走火，子弹紧贴着来人身侧打进了墙面！

马翔抬头一看，喜极而泣："严哥！"

只见破门而人的赫然是严峫，下一刻，从他身后哗啦拥进了十多名便衣刑警，瞬间无数黑洞洞枪口举了起来："举起手来！不许动！"

村长抱着流血不止的手在地上翻滚哀号，两名警察迅速上前踢走涉案枪支，搜身后把他拎了起来，堵着嘴押出去——怕他大喊惊动附近可能存在的贩毒团伙。又有人上来扶马翔验伤，但马翔一甩手根本顾不上："严哥，他们在后面有埋伏！他老婆刚才跑出去搬救兵，韩小梅追出去了！"

严峫眉梢一跳，用眼神示意左右点了几个人："你们跟我去看看。"

"是！"

"鬼哥！鬼——啊！滚开！你这贱丫头！滚开！！"

村长老婆的尖叫声远远传来，与此同时后堂，江停发力把贡阿驰掀翻起身，还没站稳就只觉脑后一拳袭来。

贡阿驰的胳膊比人大腿还粗，这一拳足以把人颅脑生生打碎。刹那间江停头都没回，反手抓他手腕就是一记漂亮至极的过肩摔，杀手超过一百公斤的体重加惯性，在巨响中把木箱压得四分五裂！

贡阿驰痛得大骂，完全没想到江停这么个看似弱不禁风的身手竟然如此敏捷，眼见他要去抓地上那把土枪，立刻一骨碌爬起来，从后拦腰抱住他整个人举起来，劈手往地上一摔。

轰！冲力让两人同时倒地，翻滚着撞上墙面，无数墙灰碎石簌簌而下。

贡阿驰愤恨至极："你狗×的，你——"

扭打中江停被他一手肘砸在额角，鲜血登时哗地蒙住了视线。但江停出乎意料地抗打，剧痛中竟然还一声不吭，反手在地上摸索着抓住半个碎裂的玻璃酒瓶，一把扣在了贡阿驰头上！

鲜血混杂着碎玻璃屑汩汩喷涌，贡阿驰当头向后仰倒。江停趁隙勉强挣脱，还没来得及站起身，只听屋外传来脚步纷沓的喧杂，紧接着几道吼声同时响了起来：

"蹲下不准动！举起手来！"

"警察！"

韩小梅尖叫："严哥！"

江停倏然一僵。

在他身后，满脸鲜血的贡阿驰摇摇晃晃站起来，猝不及防用手肘掐住了江停的脖子！

"……"

江停眼前发黑，血液急速冲上头顶，却一个字都发不出来。贡阿驰整条胳膊肌肉隆起，狰狞可怖，那恶鬼般的力道还在一点点增加，让江停喉骨发出了不堪重负的咯吱声。

氧气飞快抽空，耳膜轰轰作响。

但就在这么危急的情况下，他竟然还能听见屋外隐约传来一个熟悉的声音："把她押下去，包围起来……一个都别放走……"

那是严峫。

江停五指痉挛发抖，在地板上抓出了道道扭曲的白印。

"暂时没有发现埋伏，侦查一组将继续包围进行搜索。重复一遍，侦查一组将继续包围进行搜索……"

后院外面已经被层层包围，只有严峫带着几名刑警持枪突人了院内。他松开步话机，贴在内墙根下打了个手势，刑警立刻会意，顺着他指的方向猫腰疾步来到柴房下，利落地翻进窗，紧接着探头打出了一个示意有重大发现的暗号。

果然家庭式制毒作坊就在里面。

"派人看守现场，暂时不要挪动任何东西，避免引起注意。"严峫压低声音，"其余小组通报情况，有什么发现？"

频道中传来回复："报告严队，二楼没人，暂时安全！"

"三楼发现吸毒工具及少量枪支毒品！暂时安全！"

严峫点点头，环视整个后院。

柴房、灶房、杂物间、菜棚、鸡鸭棚，放眼望去凌乱不堪，简直处处都有可能藏人。一条沿着后楼修建的走廊尽头还有扇小门，应该是通往一楼后堂的，此刻门帘仿佛还在微微摇晃。

严峫视线落在上面，突然传来一股不知从何而起的心悸。

“严哥?”马翔在他身后轻轻唤道。

严峫恍惚般向前走几步，站住了。

同一时间，后屋。

时间一分一秒流逝，警察已经包围这里，时间不多了——贡阿驰清清楚楚地知道这点。

他一条胳膊死死卡住江停脖颈，同时伸手竭力去够地上那把枪，情急中只想凭借江停这个人质再次逃脱天罗地网，但不知是否冥冥之中命运已定，那枪偏巧被卡在支离破碎的木板箱后，这个姿势他根本够不着枪柄。

“……呼、呼……”贡阿驰喘着粗气，从牙缝里蹦出音来，“你……你别想跑，就算下地狱老子也拖着你一起，老子拖着你一块死——”

咔！江停颈骨爆出轻响。

江停嘴唇半张着，似乎在竭尽最后一丝力气微微开合，好像在呼喊什么人，但已经完全发不出任何声音了。极度缺血缺氧造成的眩晕正侵吞他的意识，灵魂仿佛正渐渐挣脱痛苦，飘浮离开身体，不受控制地向虚空中飞去。

哪怕再殚精竭虑如江停，也万万想不到自己的生命会终结在这里。

一切都那么猝不及防，快得让人来不及告别。

严峫……他脑子里模模糊糊地想。

最后一幕景象是在元龙峡山谷里，当杨媚用红外线指住他头颅的那一刻，他其实很想再回头看严峫一眼——哪怕只是一眼。但他知道不论再以假乱真的精心演出都有可能毁在最微不足道的细节里，命运就是会那么安排，让平时毫不珍惜的东西，成为生命终结时触手不及的奢求。

江停抠住地板的僵白十指一点点松开了。

严峫……

他直勾勾望着灰白的天花板，视线涣散，嘴唇一动，最后的声音只有他自己才能听见。

严、峫——

与此同时，门帘外，严峫猝然止住脚步："有人叫我。"

马翔下意识："什么？"

俩字还没落地，就只见严峫蓦然转身，直直盯住了不远处毫无动静的走廊尽头："你没听见？"

马翔正准备要带人搜查灶房，还没反应过来是什么情况，就只见严峫突然拔腿向那边冲了过去！

"严哥！"

——唰！

门帘突然被掀起，箱堆被巨力撞开。贡阿驰一偏头，没来得及看清来人是谁，随即整个人被拽向后，迎面而来的重拳把他打得口鼻喷血！

贡阿驰破口大骂，没骂完就被来人抓着头发生生提起来，砰地一头砸上了墙！

人头再硬也抵不过墙，大股的血随着水泥碎块唰啦掉了下来。贡阿驰濒死疯狂挣扎，然而很快他就感觉到这次的对手不论是爆发力还是心狠手辣的程度都难以想象，铸铁般抓着他整个头，再次狠狠撞在了水泥墙上！

嘭！嘭！嘭!!

墙壁大片龟裂，鲜血喷流如注。终于有更多警察冲进屋，七手八脚把身体不断抽搐的贡阿驰抢了下来，喧杂中只听马翔喝道："再打真死了，严哥！再打真死了!!"

贡阿驰满头满脸全是墙灰混合血泥，被几个刑警押住，蒙咙中终于看清了来人的脸。

——那警察被人架着，面部轮廓硬朗冰冷。他个头极高，指关节手背上浸满了血，明明是面无表情的模样，却比地狱里爬出的索命魔鬼还要可怕。

贡阿驰的头被人从后面整个蒙住，连推带搡押了出去。

"醒醒，江停……"

"江停！醒醒，你看看我！"

一股新鲜空气突然冲上喉头，江停不断痉挛的身体仿佛通了电，猝然狂咳起来！

这一咳简直天昏地暗，江停整个身体蜷缩起来，血沫星星点点喷了满地。不知过了多久他才精疲力竭地止住咳嗽，手脚却还在控制不住地痉挛，连支起上半身都做不到。

“太好了……你看看我江停，你看看我……”

——谁在叫我的名字？

江停视线里全是重影，迷茫间只感觉到屋子里全是人。

是警察，他想。

现在该怎么办呢？被抓起来吗？行动失败了吗？下面我该怎么办？

太狼狈了，同时他又清清楚楚地意识到——自己这副模样实在是太狼狈了，可能这辈子都没有过这么难看的时候吧，不知道看见的人会怎么想。

他想抬手挡住脸，但手腕被人更加用力地分开了。这时他才终于恍惚感觉到自己其实并没有躺在地上，而是被人抱在怀里，热量正源源不断从大片皮肤接触的地方压进四肢百骸。

“……”江停无意识地想说什么，但看不清东西，刚发着抖张开口，就感到自己被熟悉到骨髓里的气息紧紧抱住了。

“是我，江停。”严峫把他冰凉的脸紧紧埋在自己颈窝里，声音战栗不成句，“我来接你了，我总算来接你了……再看我一眼，啊？江停？”

江停终于听清楚耳边是谁的声音，慢慢地僵住了。

第23章

山脚下，临时指挥部。

一排村落平房和几辆依维柯特警车组成了瑶山特大缉毒行动的指挥中枢，警察一律便衣伪装，所有人都行色匆匆，法医将两具蒙着白布的尸体从车上抬下来，再抬进临时设立的简陋解剖室里。

从贴了单面可视膜的车窗向外望去，村长一家子和头破血流的贡阿驰被荷枪实弹的刑警押解，正踉踉跄跄地穿过空地。

“哎严队?”

“严队!”

严峫点点头，摆手示意守在车门两侧的警察让开，然后上了中巴车。

江停裹着毛毯倚靠在最后一排座位角落，头靠在车窗边，脸色苍白双眼紧闭，看不出是清醒还是睡着了。两名便衣警惕地看守着这个危险而又立场不明的嫌疑人，见严峫上车，顿时都站了起来：“严队？有什么吩咐吗?”

“吕局让我来看看，你们先下去吧。”

严峫在这里的级别非常高，那两人不疑有他，齐齐应声离开了。

嘭!

车门关闭那声响仿佛直接重击在心头上，严峫箭步上前掀开毛毯，只见江停修长的双腕上赫然铐着一副手铐，那铮亮的反光触目刺心。严峫拿早就准备好的钥匙咔嚓一声解下手铐，嘶哑问：“你怎么会在这里?”

江停不答。

他似乎不知道严峫在这里，就闭着眼睛不看，不听，也不吭声。

他脖颈上的掐痕已经显出青紫瘀血，光从那狰狞的形状上就能感受到当时气管所受的压迫。那是真正的生死一线，可能只要再迟几秒，弯曲到极限的颈骨就要折断了。

严峫手指微微发颤，半晌才轻微地触碰上去，像是小心翼翼触摸一件已经出现裂纹、随时有可能粉身碎骨的珍宝，许久后才终于挤出一句话来："……你是有多恨我，江停？"

江停紧闭的眼睫颤动着，那频率几不可见，随即微微别过脸，这个小动作几乎在顷刻间就把严峫激怒了。

"你就是想通过这种方式，让我每天每夜里悬着心，最后一边想着你的生死一边把自己活活折磨死了，对吗?!"

江停慢慢蜷缩起身体，屈起膝盖，把脸埋在发着抖的臂弯与车窗狭小的缝隙间。从严峫俯视的角度只能看见满头黑发和一小段眉梢，反衬出臂弯中露出的那一小片侧脸白得惊人；他伸手用力去扳江停的脸，仿佛想把他生生拽出那坚硬的保护壳，终于压不住音量地怒吼起来："你给我说话！江停！抬头来看我！"

咚咚咚！

车门从外面被敲了两下，传来手下忐忑的声音："怎么了，严队？没事吧?"

"……"严峫喘着粗气，过了好几秒才扬声道，"没事!"

手下犹豫片刻，才走开了。

江停蜷缩得更紧了，他十指交错，双手垂落，挡住了臂弯遮不住的那一小块脸颊和耳梢。那姿态仿佛双腕还被一道无形的镣铐束缚着，毒贩早已凝固的血迹从他掌心蜿蜒到手臂内侧，灰尘泥土之下，隐约露出他自己在殊死搏斗中留下的一道道擦伤血痕。

严峫粗暴地抓住他的手，强行分开，抓着头发令他仰起脸："我什么都知道了！已经知道了！你还想要我怎么办，啊?!"

他忍无可忍的低吼倏然一顿，就在那瞬间他看见了什么——

江停眼睫湿润，眼眶布满了血丝。

仿佛被一根烧红的钢针狠狠刺进肉里，严峫的心突然痉挛成一团，连呼吸都忘了。

“江停，”严峫喃喃地一遍遍呼唤，“江停，江停，江停……”

他结实滚烫的手臂环绕江停脖颈，五指插进后脑勺乌黑柔亮的头发里，念着令自己心醉神迷的魔咒。江停紧绷的身体崩溃般软了下来，他双肩和嘴唇都在不断发着抖，沙哑的声音慢慢渗透出来：“……你为什么会在这里?!”

他已经没有什么力气了，尾音虚脱得连质问都缺少力度。

严峫向后拉开一点距离，用力摩挲他凌乱的鬓发，迫使他迎接自己的注视：“我为什么不能在?”

江停摇着头，神经质地一言不发。

“你以为我会认为‘哦，江停背叛我了，原来他一直都是骗我的’，然后就安安心心待在家里什么都不干了？你拿枪一指我的头，我心里就能干干脆脆一刀两断，从此忘记你了?”严峫更逼近了，两人连鼻尖都几乎贴在一起，“你死活拖着挣扎着往前爬想保护我，难道我就不想保护你吗?!

“我想跟你一起从战场上手拉手凯旋，再不济肩并肩马革裹尸，你不明白吗，江停？我曾经有把你撇在身后过吗？我曾经因为犯罪分子太凶狠、案情太复杂，就故意不告诉你线索，让你在后方为了等我而焦虑难眠食不下咽过吗?!”

江停咽喉里仿佛堵着苦涩的硬块，让喉骨更加剧痛难言，他抬起一只满是血迹的手，指尖发抖又冰冷僵硬，用力抚摩严峫的头顶黑发。

严峫低下头，把他完全按在椅背上，面对着自己。

江停眼睛微微睁着，从睫毛下望着严峫肌理分明的脖颈和臂膀，将严峫的体貌、肤色、气息，鼻梁挺直的角度，甚至衣领在侧颈翻开时细微的皱褶都烙印下来。但他说不出来，他的语言功能仿佛天生被限定在了跟凶案相关的事情上，其他温柔的词句都被烧化在了内心深处，与七窍感知融合在一起，无法组织成语言单独表达出口。

“没关系，没关系……”严峫在他耳边低声安抚，“都过去了，可以回家了，可以回家了……”

江停虚脱般靠在椅背上，摇了摇头。

严峫走到车门边打开了一条缝，向蹲在不远处拔草玩的韩小梅要了条热毛巾，又关上车门，回来坐在江停身边，拉着他的手慢慢擦拭。直到整条热毛巾都被染成黑红，江停满手的血才被擦干净，露出了手臂上的斑驳剐擦和青紫。

那都是格斗中撞击和钳制留下的，相较于被一刀封喉和活活勒死的两名毒贩来说，他这已经算身手非常利落干净的了。

严峫抱着他的双手："疼吗?"

江停视线涣散地望着空气，开始没有回答，许久才茫然地问出来一句："……为什么你在这里?"

这句话跟刚才简直一模一样，严峫耐着性子刚要劝说，只听他又喃喃道："你在这里我会分心，会束手束脚，万一遇到危急关头，我的第一本能很可能就不是孤注一掷……但现在这个局势，只要稍微分神就必定会失败。"

严峫愣住了。

"我不是为了保护你才出现在这里的，"江停慢慢地说，"不是为了你。"

他长呼一口气，把脸埋在掌心里搓了搓。

那其实是非常隐蔽的无可奈何，但严峫竟然在瞬间就懂了，用力揉了揉他头顶的黑发，低声说："我明白。我来到这里也不完全是为了你，但至少可以让你知道，最后不论你做任何决定，我都是支持的。"

江停苦笑一声，刚想说什么，突然前方的单面可视车窗被"砰砰砰"拍了好几下："严峫！严峫，你给我开门，快!"

—那竟然是魏副局。

"快点，来不及了！严峫!"

两人同时怔住，对视了一眼，严峫立刻起身打开中巴车门，果然外面是魏副局带着黄兴。他还没来得及开口问出了什么事这么着急，紧接着就明白了着急上火的原因——黄兴手里那个包着物证袋的手机在响。

严峫抢过来一看，屏幕显示着一串陌生号码。

紧接着铃声戛然而止。

空气猝然安静，三人面面相觑。黄兴紧张地搓着手，一副简直要心肌梗塞的表情："这手机是从嫌疑人贡阿驰身上搜出来的，我刚要做数据解析呢就突然响了，现在怎么办？要不要打回去?"

魏副局反问："你知道这号码是谁啊，就这么打回去，万一是黑桃 K 呢?!"

"我我我这就去查!"

黄兴也是被惊傻了，立刻掉头往回跑。魏副局赶紧一把拉住他，简直哭笑不得："查什么查，还来得及吗，我看你也是脑壳有包……"

正混乱间，一只手自身后伸来，从严峫手中抽走了物证袋。

严峫一回头，只见江停不知何时下了车，隔着透明塑料纸在手机键盘上按了几下，就顺利解了密码锁。

江停专注的侧脸被屏幕微光幽幽映着，似乎对周遭诡异的气氛毫无觉察，翻开未接来电后只看了两眼，就抬头说："不是黑桃K，是金杰。"

魏副局眉头一皱，就在这时手机又叮咚一声来了条短信：

"为什么不接?"

刑警在办案过程中，对缴获手机收到的同伙消息需要格外谨慎地处理，否则不仅无法引蛇出洞，反而还会打草惊蛇。魏副局刚要接过手机，突然就只见江停略一沉吟，点开短信打出了两行字：

"杰哥，姓江的又惹事，难搞。不方便说话。"

魏副局张开嘴又忍住了，眼睁睁看着江停点击发送，江停想了想又加上一条："稍后打回去。"

信息发送成功。

几个人的眼睛都紧紧盯着屏幕，然而手机就此陷入了安静。空气中仿佛有根弦越绷越紧，不知道过了几分钟，正当连魏副局都忍不住开始心惊肉跳的时候，屏幕再次一亮!

阿杰的回复终于姗姗来迟，魏副局抢过来打眼一看，瞬间松了口气，只见屏幕上只映出两个字："抓紧。"

五分钟后。

审讯室的门被嘭地推开了，寒风呼啸卷入，贡阿驰全身一个哆嗦抬起头，只见魏副局大步流星地走进屋，啪！把手机拍在他面前。

贡阿驰嘴巴跟蚌壳似的闭紧，刚恨恨转过头，就只听魏副局冰冷严厉地吐出了几个字："现在有一个戴罪立功的机会!"

贡阿驰瞳孔不由得缩紧了。

“电话是你自己打，还是我拿去隔壁屋给你的同伙？”

“去外面守着，除了你们魏副局、余支队和技侦队黄主任这三个人之外，不准任何人靠近这间屋子，明白了吗？”

已经换回正常便装的韩小梅、马翔齐齐应“是”，吕局关上了门。

平房主屋已经被改装成了临时指挥所办公室，墙上挂着大地图，桌上堆满案卷材料，卫星通信和定位仪器全部垒放在地面上。江停坐在大办公桌后的沙发椅上，面孔完全苍白，衬衣扣到最上面都挡不住咽喉处可怕的勒痕，严峫站在他身边紧握着他的手。

吕局转过身看着他俩，神情极度严肃，但并没有立刻开口问话，而是先亲手泡了杯热腾腾的枸杞茶放在他面前，才沉声道：“江队受委屈了。不过人多眼杂口杂，明面上还是得把你铐回来，请多多见谅。”

江停摆手示意没事，嗓音沙哑却开门见山：“明天买家王鹏飞要带人上山，途经棋局峰，秦川会带人在云中寨接应他们。”

吕局和严峫对视一眼，彼此都从对方眼底看见了难以遮掩的凝重。

“可靠吗？”吕局问。

江停点点头。

“你这段时间以来都看到了什么、听到了什么？云中寨的毒贩火力装备有多少？具体位置在哪里？”

江停不答反问：“你们省委的内线查出是谁了吗？”

吕局不吱声，随手撕了张纸，用铅笔写下一串数字，笔尖点了点：“这是他的警号。”

这条情报严峫是早就知道了的，江停眉角却不由得一挑：那警号序列竟然在前十以内。

在各省厅或直辖市厅局，警号 001 的都毫无例外是公安厅长，其后从副厅长到各级领导会 002、003 这样排下来，警号前十的不论在哪儿都算得上是举足轻重了，其严重程度由此可见一斑。

“你离开建宁后，我因为刺伤而进了医院，随后果然如我们事先预料的那样，这个人派亲信书记员监听我们的病房，从而露出了狐狸尾巴，被刘厅揪个正着。不过现在这个消息还是高度绝密状态，在没彻底端掉吴吞、闻劭贩毒集团之前，我们还需要利用这个内奸来向对方传递虚假消息。”

吕局吸了口气，掏出打火机把那张纸烧成了灰烬，才道：“你放心，不仅是建宁，连恭州市局也一样，等行动结束后我们会立刻对隐藏在内部的蛀虫实施抓捕，将他们一网打尽！”

江停眼底不知闪烁着什么样的情绪，良久才短暂地牵扯了一下唇角，扭过脸去望向地图：“……拿来给我。”

吕局踮脚把地图从墙上拿下来，江停用笔在上面画了个重重的点。

“云中寨就在这个经纬度上，位于瑶山松顶峰，离棋局峰足有三个小时的车程，家家户户都或多或少地参与毒品运输。半个月前闻劭从缅甸来到云中寨后，在当地建立了一个安全堡垒，随后联系了王鹏飞的代理人老蔡……”

办公室内安静无声，只有江停喑哑平稳的叙述。

“……之后的事情差不多就是老蔡传递出来的那样，我们用了所有能想到的办法，都无法确定地下工厂的具体位置，也不知道闻劭会把王鹏飞一行人带到什么地方去进行最后的交易。除此之外还有一些疑问没有得到解答，比方说地下工厂内的毒品到底有多少，闻劭将简化合成配方拿到手后藏在了哪里，再有——”

江停声音微顿，严峫不由得问：“怎么？”

“……闻劭似乎特别急切。”迟疑后江停还是说了出来，“他应该已经对我起了非常大的疑心，也知道警方十有八九盯上了这里，但还是宁愿冒险也要促成这笔交易。这跟毒贩的一般行为模式不符。”

在贩毒制裁最严厉的几个国家里，毒贩绝少主动挑衅警方，整个交易链条都是越低调越好、新鲜事越少越好。因为毒品这种暴利行业的钱是赚不完的，而一旦被抓住可就什么都没有了，所以越大的毒枭越不愿意搞事惹麻烦，敢豁出命去的往往都是拆家。

能让闻劭这个等级的毒枭顶风作案，地下工厂里到底藏着价值多少的蓝金？

几亿？十几亿？

甚至几十个亿？

连吕局都想象不出来，皱眉问：“王鹏飞一人吃得下这么多毒品？”

江停一摇头：“几年前我在恭州抓过王鹏飞手下的拆家，据我观察这种可能性很小。”

吕局吸了口气，老花镜后闪烁着狐疑的神色。

“吕局！吕局!”突然木门被拍得山响，马翔在外面急切道，“严哥！你们还在里面吗?!”

吕局使了个眼色，严峫上前把门开了条缝：“怎么了?”

“魏局说服了那个鬼见愁，让他配合给方片 J 回电话，但拨通后对面是黑桃 K!”马翔急赤白脸指着不远处技侦办公室的方向，“他们现正在黄主任那里，黑桃 K 说要陆……要红心 Q 接电话!”

吕局和江停同时霍然起身。

技侦处，贡阿驰被铐坐在审讯椅上，魏副局亲手拿着手机贴在他耳边。周遭所有技术人员脸色都不太好看，只听监听仪器中正清清楚楚传来黑桃 K 不温不火的声音：“这批要紧的货已经快到了，你把江停叫来，我有话要亲自叮嘱他。”

第 24 章

江停接过手机，技侦办公室里一片肃静，黄兴带着他俩徒弟在定位仪器后紧张地工作着，贡阿驰被便衣捂着嘴铐在边上。除此之外所有人都目光灼灼地紧盯着江停，周遭只能听见压抑的呼吸声。

“喂，”手机里传出黑桃 K 带着笑意的声音，“江停？”

严峫一屁股坐在江停身侧的桌沿上，按在他肩上的手紧捏了捏。

江停向他微微颔首，对电话道：“喂。”

黑桃 K 问：“你还在棋局峰附近？”

江停说：“在。你的人说你有话吩咐我？”

吕局以目光询问黄兴，后者近几年来越来越高的发际线下早已沁出了冷汗，一边紧盯屏幕一边连连用口型示意：“拖久一点！尽量久一点！”

但这是很困难的，首先江停本来就不是闲来无事跟黑桃 K 聊会儿天的性格；其次，通话时间拖得越久，露出破绽被对方发现的概率也就越大。

电话那头不疾不徐的：“对，货要到了，我才想起来有几句话叮嘱你，所以叫你来接个电话。”

“你想叮嘱我什么？”江停问。

黑桃 K 却突然陷入了沉默。

一秒，两秒，三秒。时间变得格外漫长难熬，每一瞬间的静默都被无限拉长，所有人的心跳都蹿上了喉咙口。

他为什么不说话？

他是不是发现了什么？!

虚空中那根无形的弦渐渐绷紧到极限，就在这时突然只听黑桃K再次开口，出乎所有人意料的是语气竟然很关切："你嗓子哑了，怎么回事？是不是哪里不舒服？"

"……我没事，在山道上吹了点风。"江停咳了两声，"他们正在灶房里给我烧热水，待会儿喝两口就好了。"

黑桃K似乎在电话那边放心地点了点头："那就好。外面冷吗？"

"不冷。"

"走了半天路累不累？"

"还行。"

在场众人脸色怪异，没人知道这个大毒枭怎么突然开始闲聊起来了——但对紧张的技侦人员来说，这十多秒的拖延不啻激流浮木，信号追踪仪的红绿光简直闪成了一片。

"如果你身体吃不消的话，我可以先派人下去接你，让贡阿驰他们几个接货，你看好不好？"

吕局猝然抬起头，江停和严峫对视了一眼。

严峫无声地做出口型："吊一吊，别慌——"

"行啊，"江停漫不经心地对着手机回答，顿了顿又道，"不过这样的话，回去后金杰又有把柄能说了吧。"

如果不看这紧张的现场，光听声音的话，江停这话里各种微妙真实的情绪都把握得精妙到极致了，绝不会引起任何怀疑。

果然黑桃K笑了起来："你干吗在意他，又不是不知道他为什么喜欢嘴贱。"

江停沉默片刻，说："算了，我还是留在这里吧。货到哪里了？"

周遭只有笔在纸上沙沙作响的声音，技侦还在紧张地计算三角定位。吕局、魏副局等人都不由得上半身前倾，却只听手机那边黑桃K竟然在这时反问了一句："你怎么不问我在哪里？"

江停怔住了。

不仅是他，连严峫和吕局等人，也都同时一愣。

"你在哪里？"江停反应很快，立刻语气迟疑地回答道。

"我在工厂里，离寨子几个小时车程。离你的话，就得有好长一段距离了。"

"……"

江停心头微微一突，与严峫对视了一眼。

“行吧，”江停压下越来越强烈的异样感，问，“那你是来跟我一起接货，还是有其他打算？”

“我不过去了，山路不方便，你带着他们来云中寨吧——所谓的货就是王鹏飞那一行人，忘了告诉你，我刚改变主意让他们提前到今天上山来交易了。”

满房间人呼吸齐齐一顿。

“……今天？”

“是的，他们再过一个小时左右到达棋局峰，你领他们上来云中寨，然后我会把工厂具体路线发给秦川，让他带王鹏飞从村寨出发到工厂来跟我会合看货。这次还是采用钱货分离的方式来办，交易完成后我们先趁夜下山，王鹏飞他们明天再说。”

江停猛地扭头望向吕局，后者正飞快给省公安厅发消息，同时严厉地做出三个字口型：“来、不、及！”

“来得及吗？”江停对着电话问，“等交易完成怎么说也得深夜了，你再从工厂那边来找我，再摸黑下山……”

黑桃K笑了起来。

“来得及，”他就这么笑着说，“验货这种事，其实很快的。”

几名技侦满头大汗，黄兴急得从座位上站了起来，疯狂冲江停打手势：别挂！再等会儿！再拖一拖！

江停道：“但是……”

一言未尽，电话竟然被黑桃K轻轻松松地挂断了。

黄兴大骂出声，吕局立刻问：“定位怎么样了？范围能确定多少？”

追踪机器咯吱咯吱吐出几张纸，黄兴食指用力点着给吕局看：“这深山老林的根本圈不出具体地点来！最后只能跟到这个半径范围内！那孙子反侦查经验也太丰富了，能掐着点儿在我们抓到信号前一刻挂断电话，在缅甸没少被条子追吧?!”

吕局眯着老眼研究半天，冷哼一声：“想多了，在缅甸是他追条子。”

黄兴一个劲抹他那光光大脑门上的冷汗，吕局招手叫来江停，问：“江队有什么想法？”

江停犹豫片刻：“……我不知道黑桃K为什么突然提前交易，但阵前变卦，不是个好兆头。你们有多少警力可以布在棋局峰和云中寨？”

吕局扶着老花镜，从镜片缝隙中望向省公安厅下来的那几个人。

“这个，这个事发真是太突然了……”开口那名处长有些眼熟，严峫打量他两眼，认出了这位是在五零二制毒案里打过交道的老相识，好像是姓陈。

陈处长脸上是挡不住的为难，说：“这几天我们摸不到毒贩的大本营在哪儿，省厅警力基本都分散在整座瑶山各个重点怀疑地区了。如果毒贩按计划在明天进行交易的话，我们可以连夜调集特警防爆大队围剿云中寨——但现在王鹏飞突然提前到一个小时以后上山，哪怕现在立刻召集人手，恐怕都很难计划周全哪。”

吕局沉吟半晌，缓缓道：“江队。”

在场建宁市局的人都很熟悉这位老局长了，严峫原本屁股坐在桌子上，一听这话的口气，就突然从桌沿滑下地面，拧着浓密的眉头要走上前。

然而紧接着江停抬手拦住了他，说：“我明白。”

严峫脸色阴沉地站住了脚步。

“确实没有别的办法了，总不能从天上变出一个团的武警部队去强攻村寨吧——且不说擒贼先擒王，就算能把云中寨打下来，抓不到闻劭也是白搭。”吕局摘下老花镜，一边从口袋里掏出软布来擦拭，一边沉声道，“依我看，目前最快的办法是将计就计，江队按闻劭的安排去棋局峰接上买家王鹏飞，我们的人暗地里紧随其后，跟你们一道上云中寨。江队跟秦川交接完后，争取拿到闻劭发出的地下工厂路线图，然后向指挥中心发出信号；只要能确定交易地址，我就跟老魏、老余亲自带特警赶过去，拿他一个现场。”

省厅那位陈处没吱声，看表情明显是默许了。

吕局呼了口气，又道：“严峫。”

“……是。”

“你负责带人送江队去棋局峰，就地埋伏等待王鹏飞，然后暗中护送江队上云中寨，没问题吧？”

严峫喉结剧烈耸动一下，才低沉道：“没问题。”

吕局点点头，似乎对严峫的承诺还算放心，戴上了老花镜，向周围招招手。

魏副局、余队、黄兴、陈处以及省厅的几名领导都上前两步，围绕在技侦的大办公桌四周。

“吴吞、闻劭特大贩毒集团在金三角及中缅边境活跃长达十年之久，造成了难以估量的社会危害和人民损失，这次我们警方能把他围在 s 省境内，是难得的天赐良机。你们都知道公安部及s省委对这次围剿行动非常重视，无数双眼睛正盯着咱们，只准成功不准失败这些废话也不用我多说了，不论是国家大义还是自身利害，这一层层的关系想必大家心里都明白。”

吕局是个通透人，这一番话说得周围鸦雀无声。

即便不扯那些正义凛然的大道理，在场的人也都有各自的现实需求：年轻一辈的警察想立功、想升衔，或者想为同袍报仇，老一辈人不愿意在临退休的关口上落下憾恨，想保住日后的荣耀。因此大家拼命的方向都非常一致，没有任何人会在这时候怕死。

“老魏，你跟余队协同当地领导再做一次埋伏部署，我要跟刘厅打个电话做最后的通气。时间不多了，”吕局看看手表，抬头看向江停，一字字凝重而沉缓地道，“那就拜托你了，江队。”

所有目光望来，众目睽睽之下，江停眉目冷硬如坚冰：“我知道。”

丛林中三辆警车排列成行，随着前进上下颠簸，荷枪实弹的特警分坐在后车厢两侧，紧绷的沉默浸透了每一寸空气，沉沉压在每个人的肺里。

严峫腰间携枪，穿上了防弹背心，中间那辆警车后视镜里映着他沉郁的眉眼。江停从副驾驶略微回头往后望去，只见马翔和那几名特警都没往他们这边看，才回过头轻声道：“待会儿提前几百米把我放下来，免得被王鹏飞发现了。”

严峫没答言，一只手把着方向盘，另一只手在江停耳边摸索，碰到他耳廓内侧那枚小小的纽扣联络器，苦涩地笑了声。

“笑什么？”

“你猜这扣子是我从哪儿找来的？”

江停愣了愣。

“三春花树。”严峫食指在他耳际轻轻一弹，说，“二手货了。”

江停这才恍然想起五零二制毒案里，由严峫亲自卧底的那场缉毒行动——但他现在想起来，首先出现在脑海里的竟然不是案情线索或经验总结，甚至不是任何惊心动魄的片段，而是他为了掩护严峫而在仓促中留下的那个隐秘的印记。

江停眼底浮现出微许笑意：“你还随身带着呢？”

“幸运符啊，多有意义。”严峫捏捏他耳尖，“虽然恶心了……点。”

江停的笑意凝固在眼底：“啊？”

严峫立刻说：“但我后来又用过好几次，从来没嫌弃过，真的。”

江停心想你还挺讲究，我不过是把通信器吞进嘴里然后吐在沙发下，再由杨媚趁没人注意时从卡座底部掏出来擦干净，要不然命都没了还嫌恶心？富二代事儿还挺多。

“想什么呢？我其实不嫌弃，知道不？”

江停又向后瞟了眼，回头小声说：“以后下班回家进门第一件事就去洗脚，否则我嫌弃你，明白了？”

严峫：“你事儿怎么这么多？我成天忙着赚钱养家，出点汗怎么了……”

江停伸手去拍严峫的手，扭打数下后方向盘一歪，大警车平地走出一道S形，后车厢所有特警同时抬头，两人立刻端正坐好，不敢动了。

“严哥，你们没事吧？”马翔在后面抻着脖子喊。

严峫：“闭嘴，坐回去！”

车厢再度恢复沉寂，好半天后严峫才谨慎地撩起眼皮往身侧一溜，正撞上江停揶揄的注视。

“……”严峫不禁笑起来，低声呵斥，“你还看，待会儿我把车开沟里去了！”

江停说：“看你怎么了？看一眼就少……”

他的话音猝然而止。

三辆警车首尾衔接，呼啸往前。穿过重重灰白树林，目标地点渐渐出现在山坡后，那是毒品买家王鹏飞上棋局峰的必经之路。

第一辆警车戛然停住，车后红灯亮起，随即严峫也踩下了刹车。

“严哥严哥，准备放饵。”步话机中响起第一辆车上高盼青的声音，“吕局说老蔡他们再过十分钟左右就到，先头特警兄弟已经就位了。”

“行，知道了。”

为保证行动敏捷，江停穿着黑色冲锋衣，拉链拉到最上面，只露出冷白深刻的下巴。严峫抽下自己的深灰色围巾，用犬牙把围巾下摆的商标撕了，然后才仔仔细细系在江停脖颈上，凝视着他深黑色的瞳孔：

“是看一眼少一眼。就算咱俩活到九十九，不也是过一天少一天吗？没毛病。”

江停微笑起来。

“你不在家的时候，我也经常看着你，”严峫指指自己太阳穴，又轻声说，“在脑子里。”

马翔拉开车门，特警一个个鱼贯下车，在草丛中敏捷地寻找埋伏空位，周遭全是窸窸窣窣的脚步和通话声。

然而驾驶室里只有他们两个，江停的眼神伤感而温柔，起身按着严峫的头凑在自己面前，低头在他凌乱嚣张的黑发上揉了揉，说："我活到九十九，你九十七就够了。"

仿佛柔软的羽毛从心尖那点上一掠而过，严峫恍然抬头，江停已经转身下了车，穿过树林向预定的接头地点走去。

第 25 章

穿过参天大树和层层植被覆盖的山坡，一条小径成了通向棋局峰的必经之路。几辆加长 SUV 组成的车队渐渐出现在山道尽头，少顷便呼啸飞至，向着远处笼罩在云雾中的山顶盘旋而去。

王鹏飞年近五十，身材偏胖，两手腕上绕着好几层乱七八糟的象牙碧玺紫檀木念珠，时不时就盘两下。这人大概在沿海一带生活久了，很不习惯深山严寒，几层毛衣加羽绒服穿得他更加庞大臃肿，一个人就几乎占了整排后座，把老蔡挤得只能紧贴着车窗。

江停坐在侧面，腰板习惯性地挺直，双手自然放在交叠的大腿上。王鹏飞怀疑地上下打量他，大概觉得传闻中的红心 Q 太清瘦朴素，半天终于寻思着咳了声，笑问："哎，你穿这么点儿不冷啊？"

江停回答得不热络但也不冷淡："我本地人，习惯了。"

王鹏飞笑着点点头，又试探地问："这深山老林的，麻烦你亲自来接，怎么不多带几个人？黑桃 K 对手下也太不心疼了吧？"

身侧老蔡脸颊一紧。

江停慢慢偏过头看了王鹏飞一眼，古怪地笑了笑，稍微拉下冲锋衣拉链——王鹏飞这才看见他衣领内侧有个夹住的微型麦克风，随即只见他按了下开关："喂，人在哪儿？"

通信频道那头嗞啦几声，传来"鬼见愁"紧绷绷的声音："目标车队刚过车程第三段，正向第四段进发，预计半个小时后翻过棋局峰，完毕。"

王鹏飞的眼瞬间直了。

“沿途都是黑桃 K 的人，会一直遥遥护送我们进入云中寨。”江停意味深长道，“眼见不一定为实，王老板，我以为您混迹江湖这么多年来应该懂的。”

王鹏飞：“……”

江停向他微微一笑，示意他看车窗外层层叠叠的苍翠山林。不知道是不是心理作用，现在王鹏飞再看那山峰中微微摇曳的树冠，倒真有了点风声鹤唳的怪异感。

马翔把麦从被铐得严严实实的贡阿驰嘴边拿开，顺手往衣服上一抹，冲驾驶室比了个 OK 的手势。后视镜中只见严峫一点头，伸手接通频道：“C11 点准备跟进，C11 点准备跟进，目标车队再过半个小时翻过棋局峰，完毕。”

频道中传来沙沙声响：“C11 组正在跟进！完毕。”

严峫把车载步话机扔了回去。

这辆临时问森林公安征调的警用大车被改涂成迷彩色，尾随着导航仪上代表江停的定位光点，轰隆穿过了山林。

冬天山区黑得太早，下午四点多，天已经暗了下来。

加长 SUV 陆续停在村寨前的空地上，首车尚未停稳，老蔡便忙不迭跳下来，打开车门扶住了王鹏飞。随即江停也下了车，只见不远处秦川大步走来，朗声道：“等你们大半天了！这冻死人的天气，干什么去了耽误那么久？”

秦川穿着丛林冲锋衣、绑腿长裤与登山靴，腰里带着枪和弹夹，这么精悍的装束却还配着那副文质彬彬的金边眼镜。王鹏飞一开始没认出他来，待到了近处定睛一看，突然从那副熟悉的眼镜上找回了某个记忆深刻的片段，整个人噌地向后一退：“是你?!”

秦川无辜以对。

“啊？怎么是你?!”

江停温和地咳了声：“这么多年来秦副队为我们提供了很多方便，是非常值得信赖的盟友。如果以前曾经跟王老板打过什么交道，或者有过什么误会的话，还请王老板多多包涵了。”

不知道秦川当警察时曾经对姓王的做过什么，王鹏飞一脸见了鬼的表情，哆哆嗦嗦指着他：“那、那这、那现在是……”

“货不在这里，在工厂库房，离村寨还有两个小时的路，接下来由我来导航。”话音刚落只听手机叮咚一下，秦川“呦”了声，“果然来了。”

他脱掉手套，从外衣右侧口袋里摸出手机，果然是来自阿杰的新消息。江停眼角余光向手机屏幕上一瞥，电光石火间只看见一张密密麻麻的路线图正显示出来，秦川凝神看了片刻，才收起手机笑道："我们赶紧出发吧，否则天黑之前估计到不了。"

王鹏飞连吭都不愿意吭一声，转身愤愤上了车。

秦川无奈地耸耸肩，一边自然而然地将手机塞回了冲锋衣口袋，一边转向江停笑道："我去那边看看油加好没有，那咱们回头见了。"

江停目光微微闪动，突然拔腿跟了上来："——等等！"

秦川不明所以，站住脚步。

然而江停的步伐却没停，很自然地引着秦川往远处正在加油的越野车走："你以前跟王鹏飞打过交道？"

"唔……"秦川想了想，"唁，没有，只是抓过他手下几个拆家，可能弄过他几批货，谁知道他反应这么大。"

两个人并肩穿过杂草丛生的空地，江停道："王鹏飞这人疑心很重，表面看上去大大咧咧，实际心里非常记仇。你待会儿跟他在路上的时候，要尽量避免与他直接接触，一切以平安抵达交易地点为优先。"

以江停的身份，对秦川叮嘱这些话无可厚非，但他的性格多少不是会说这种话的人。果然秦川笑了起来："呦，江队怎么好好吩咐起这些来了，你这听得我真是……"

江停从容道："因为我刚才来的路上差点跟他争起来，所以便交代你一句。"

秦川脚步突然一凝。

闪电般悄无声息地，江停指尖从他外套口袋边缘收了回来。

但下一秒秦川又往前走去，似乎刚才的停顿只是稍感意外："啊？怎么争起来了？"

"……"江停呼了口气，"哦，当年我也跟他打过交道。那是在恭州的时候，有一次警方已经包围了他的交易地点，姓王这孙子把手下人推出去当替死鬼，自己从警察的枪口下溜了。我本来不想提这事，但他一看到我就全身不得劲，所以多说了两句。"

秦川揶揄道："原来江队也曾经失过手啊，真失手还是故意的？"

与此同时，江停两指夹着手机一角，将它从秦川口袋中轻轻掏了出来。

“真失手，”江停淡淡道，“王鹏飞跟闻劭没那么多合作关系，跟吴吞就更没来往了，犯不着替他办事。”

这时两人正走到悍马车前，马仔砰地关上加油桶，见他们过来立刻起身：“秦哥，已经加好了，咱们这就动身吧。”

秦川点点头，笑着转向江停：“行吧，那我们先这么说。你是留在云中寨这里等他们老板回来对吧？那咱们改天再……”

江停眼皮猛地一跳。

冰凉坚硬的手机正紧贴在他袖口内侧，只要稍微抬手，就有可能掉下来。

“——对了，”江停猝然打断秦川，说，“关于晚上下山撤离的安排，我还有点不清楚。”

“什么不清楚？”

江停后背已经渗出了微微的冷汗，但表面却疏离平淡。他刚一张口，还没来得及现场编造出什么话头来，突然只听背后：“哎！哎！不好意思不好意思！”

秦川一回头，老蔡气喘吁吁奔过来，一把拽住了他：“哎呀，我说秦哥——”

秦川愣了。

就在这一愣神的工夫，老蔡已经拽着他往不远处走去，愁眉苦脸地低声道：“实不相瞒，我们老板他犯病了！怎么办哪您说？不是我们不想做这笔生意，也不是我们想耍任何花头，但他他他……”

秦川被拉着穿过空地，强行把手抽回来站住了脚：“到底怎么了？”

“他不愿意跟您一块儿走！”老蔡一跺脚，挡在秦川身后，恰好遮住了不远处的江停，“老板说您两位曾经有点儿过节，您曾经放话说要搞死他，这事儿是不是真的？”

“……”秦川嘴角微微抽搐起来。

“我去解个手，”江停匆匆丢下一句，甩开马仔大步走向屋后的灌木丛，背对着空地迅速拿出手机，输入了早已窥见的密码。手机顺利解锁，屏幕上呈现出刚才阿杰发来的地形图，江停拿自己的手机咔嚓拍了照，上传点击发送。

几秒钟后，山下指挥部里，吕局手机嗡地一响。

所有正焦灼等待的各级领导同时噌地起身。

江停收起手机，若无其事地转身走出灌木丛。

“……我要是真想弄死你们王老板，早几年前就已经动手了，没必要等到现在。反正只是两个小时的路，等到了交易地点我就撤，如果还叽叽歪歪的话，这笔生意不想做就别做了，啊。”

秦川拍拍老蔡的肩，不再跟他多啰唆，踩着草地走上前，迎面正撞上江停：“怎么了这是?”

“没什么大事，姓王的孙子磨叽。”

手机从江停袖口轻轻滑进掌心，他注视着秦川的眼睛，那一瞬间两人面对着面，相距不过咫尺。

老蔡在身后欲语还休：“哎呀秦哥——”

“有完没完?”秦川一偏头。

江停手腕一动，手机神不知鬼不觉的，转瞬间进了秦川的右侧衣袋。

老蔡眨巴着眼睛，语塞两秒后无奈地举起双手：“行行，那我回去劝劝我老板吧。嗐！谁知道他矫情什么？这叫什么事儿!”说着转身大踏步地走了。

秦川狐疑地转过头来，江停已经不疾不徐收回了手。

他那张从来都平静放松的脸上完全看不出刚才发生了怎样惊心动魄的细节，甚至连眉梢都不动一下，只略微俯身凑近，抬手掩住自己半边侧脸，同时在秦川耳边轻声道：“闻劭让人给老蔡打了点钱，所以他会劝姓王的安分点，你一路上别跟王鹏飞独处就行了，省得他生事。”

话音未落，秦川上半身向后一仰，稍微拉开了点距离，眼底光芒戏谑：“……江队。”

江停：“?”

“小的还想多活几年，您大人有大量，放我一条生路吧。”

江停：“……”

秦川满脸真诚至极的遗憾，彬彬有礼一欠身，抬脚上了车。

车队在布满阴霾的天空下缓缓启动，悍马在空地上掉了个头，驶向村寨口。

秦川将带王鹏飞这行车队去隐匿已久的地下制毒工厂，完成交易后黑桃K率先回到云中寨，然后他们趁夜一道下山。

然而，现在交易地点的路线图已经被发给指挥中心，S省刑侦总队、建宁刑侦、禁毒、技术支队及特警防爆大队将出动大批精锐火力去包围交易现场，是否能将这伙活跃多年的特大贩毒集团一举剿灭，就看接下来这猝不及防到来的背水一战了。

北风吹着哨子掠过山顶，江停深吸一口混杂着铁锈味的寒气，肺部跟刀刮似的刺痛让他精神一振。

身后传来脚步声，保镖上前请示："江哥，您去后屋歇歇吧？"

他们果然不会让他一个人待太久。

江停没作声，转身走向村寨，保镖追在他身后："哎对了江哥，您看见鬼哥他们几个了吗？怎么没见跟您一道回来？"

"我们分开了两辆车，他们在后头。"

保镖不敢多问，只"哦"了声，突然听见远处土路尽头又传来引擎轰鸣，下意识地就脱口而出："哎？他们回来了！"

怎么可能？江停意外回头。

果然不可能，回来的并不是贡阿驰跟他两个早已死得不能再死的马仔，而是刚刚才离开不久的悍马车——秦川！

保镖疑惑道："秦哥落下东西了吗？"

江停神情一变。

不知为何，看见那辆悍马掉头回来的同时，他的眼皮突然抽跳，无来由的心悸猛地撞上了咽喉。下一刻，轮胎在他面前吱呀停住，紧接着车窗降下——

江停抬起本来就没什么血色的面孔，没人能注意到此刻他脸色竟然有点发白。只见车窗后露出秦川似笑非笑的眼睛，意味深长地拿着手机，冲江停晃了晃："哎，江队。"他笑道，"我突然有个事儿想找你说说。"

第 26 章

“……”江停无声地吸了口气，问，“什么事?”

出乎意料的是秦川竟然只微笑不说话，紧接着扬手把手机扔了过来。江停一把接住，屏幕上赫然显示通话中，电话那头是黑桃 K!

“……喂?”

“到云中寨了?”闻劭一如既往非常柔和，“冷吗?”

黑桃 K 这个人，只要神智稍微还有点正常的普通人，都不可能从他的表情或语调中窥见任何的真实情绪——因为他本来就没有这个东西。他可能上一秒还挺愉快地说着话，下一刻就掏出枪来扣下了扳机，其间别说过渡，甚至连半点预兆都不会有。

江停说：“还好，不冷。”

“累吗?”

“也还行。”

闻劭说：“那你上来吧。”

江停心中一撞：“什么?”

“我想你了。”通话那头顿了顿，又笑吟吟道，“我想给你看个东西。”

刚才背后那一丝冷汗似乎收住了，紧接着化成了更难言彻骨的森然。

江停目光微微闪动，随即“嗯”了声便不再言语，把手机递还给秦川，没人知道他用了多少力气才保持住了语调的沉稳平静：“老板让我跟你们一起去交易地点。”

秦川不以为意：“上来吧。”。

悍马爬过连环迭起的半人高的土丘，连引擎盖都在颠簸中不断战栗。车窗外，天色越来越暗了，崎岖的山岩从车窗两侧呼啸而过，车厢里除了行驶的轰响之外一片沉寂。

司机是阿杰指定的亲信，明显训练有素，除了偶尔开口向秦川确认路线之外，就再没出过哪怕一声。副驾驶上的秦川抱臂目视前方，维持这个姿势自始至终没有变换过，完全无法从他纹丝不动的面部轮廓上窥得任何动静。

江停如石像般端坐在后座上，昏暗中只见他一侧苍白的脸颊，左右各守着虎视眈眈的保镖。

没人注意到他视线轻轻下瞥，落在了右侧那名保镖的手表上——距离他向指挥部发出路线图，已经过去快一个小时了。

警方是否已经顺利包围交易地点？

抵达云中寨后取道去现场的严峫，此刻是否还遥遥跟在后面？

“别动。”突然他右侧那名保镖开口阻止。

江停抬起的手停在半空，平静道：“我只是想拿那瓶水。”

保镖把副驾驶椅背后的矿泉水瓶拿出来，动手拧开。江停伸手要接，然而刚一动作，就被对方按住了，随即亲自把瓶口递到了江停嘴边。

“……”

空气寸寸凝固，后视镜里只见秦川眼皮蓦然一抬。

——江停终于在这紧绷的凝视中开了口，就这么接着瓶口被喂了几口水，摇头示意不要了。

保镖这才松开他的手，把瓶盖拧紧，放回原处。

江停在保镖的逼视中将双手搁在大腿上，再也没抬起来，甚至连手指都没移动半分。

后视镜里，秦川收回了目光。

土路两侧是千篇一律的山石和树林，沉默和剧颠让这段路途漫长得几乎没有尽头，不知道过了多久，车身突然“嘭”地发出巨响，停了下来。

秦川率先打开车门跳下去，大力活动了下肩膀，朗声道：“喂！我们到啦！”

哔哔——几声车喇叭响，王鹏飞的加长越野车队陆续跟来，停在了不远处。

江停被保镖扶下车，抬头一看，只见他们停车的地方大概在半山腰上，前方密密实实的树丛掩映后，高处正透出零星错落的灯光——那竟然是一排沿山道搭建起来的临时工厂建筑群！

“哎哟，这阵势。”王鹏飞深一脚浅一脚走上前，夹着烟啧啧叹道，“不愧是金三角的大老板，瞧这周边地形，就算条子生了千里眼也找不到，而且在山里建起来的厂房也半点不含糊，跟正经工矿企业似的——有钱，真是太有钱了！”

“过奖，”一道年轻男声从不远处响起，说，“不过都是些帐篷罢了。”

江停蓦地回头，黑桃K正带着几个手下走来。

王鹏飞眼前一亮，满脸热切，赶着上前就要握手。但黑桃K仿佛没注意到他的殷勤，也无视了半空中那挂满大翡翠扳指的手，只随便点点头权当打过了招呼，随即脚步一拐径直走向江停，笑着说：“你可终于来了。”

江停没答这话，向左右两侧黑塔似的保镖一瞥，开门见山地问：“这是什么意思？”

“什么什么意思？”

江停并不像他一样绕弯子：“你是不是曾经下达过不准让我的手上下移动超过十公分的硬性指令？”

闻劭神色不变：“哪有，那是他们理解错了。”随即他挥手让保镖退开，紧接着揽住了江停的肩，似乎感情很好似的，拉着江停就往山坡上走。

王鹏飞赶紧追在后面：“哎我说，那批‘蓝金’的货——”

闻劭头也没回。

王鹏飞也不介意，跟在后面气喘吁吁的：“我们按你说的，离岸账户都已经准备好了，只要这边验完了货，那边打个电话立刻就能汇款！价格什么的都好商量，之前咱们说定的折扣也不必再给了，不然我再给你添这个数——怎么样？”

王鹏飞费力地一手扶着地，一手张开粗短的五指，比画了个数字。

“噢？”闻劭笑道，“为什么？”

“哎呀！这不是生意越做越大了嘛，光靠进货已经供应不上啦！”王鹏飞被人搀扶着，上气不接下气地往山坡上爬，“我看这片厂房不错，反正你们的生产线也不打算在西南地区做下去了，不如等咱们交易完成后，你顺手把这片山送给小弟当添头，行不行呀？”

闻劭不置可否，指指前方郁郁葱葱的山野：“这片山？”

王鹏飞一个劲点头。

“行啊。”

姓王的万万没想到黑桃 K 答应得这么随意，心中一喜。

然而他还没来得及喜形于色，就只听黑桃 K 笑问："可是宪法规定了国家疆域的完整性和不可分割性，你眼前这片山区是国家的，不是我的，怎么送给你呢？"

王鹏飞："……"

姓王的手下的所有人表情都精彩无比，要不是老蔡跟在后面推着，王鹏飞能一跤从半山坡上摔下去。

闻劭笑看江停，眼底亮晶晶的。

江停被他一条手臂紧揽在身侧，就像来时一路上那样，甚至连抬一下手都有无数人盯着。但他仿佛并不介意这无声的桎梏，只迎着闻劭的目光笑了笑："你想给我看什么？"

"你急吗？"闻劭不答反问。

江停说："不急。"

闻劭向前扬了扬下巴："那你这不是已经看到了？"

这时他们已经爬上陡坡，前方是半山腰辽阔的空地，临时厂区已近在眼前。

深山老林里显然无法构建出砖石混凝土建筑，库房是用高强度铝合金框架和强化 PVC 篷布建成的，虽然还是稍嫌粗糙，但相较于大多数隐匿在山区的简陋制毒作坊来说，这已经是相当稳固稳定安全生产的典范了。尤其是涂成暗绿色的篷布外层和地基轨道，远远望去和漫山遍野的苍翠混为一体，哪怕用航拍都很难发现蛛丝马迹。

"看见了吗？"

没人知道他葫芦里卖的什么药，江停迟疑着点了点头。

"嗯，就是这个。"闻劭笑吟吟地，招了招手，"秦川。"

秦川走上前来，只听他吩咐："阿杰带着人在里面等你们，你先跟王老板进去抽验样品，大货等我回来再说。"

王鹏飞立刻忘了刚才所受的愚弄："哎，您这是要上哪儿去？"

闻劭拍拍江停的肩，随口说："我跟我兄弟大半天没见了，抽根烟聊聊感情。"然后他向秦川命令式地一摆手，就那么当着众人的面勾着江停，转身扬长而去了。

"……"王鹏飞瞪着他潇洒的背影发愣，只觉这个传说中的大毒枭简直想一出是一出，跟脑子不正常似的完全捉摸不着。但做他们这一行的，没有生产能力的二道贩子就是受制于人，只要货在黑桃K手上，哪怕他真脑子有病也没办法，只得愤愤地“嘿——”了声。

秦川却早就习惯了，拿钥匙开了库房的门，笑道：“请吧，王老板。”

遥远的厂区前，王鹏飞一行人尾随秦川鱼贯而人，随即隐约只见库房大门被关上了。同时两个紧密挨在一起的背影走向另一个方向，渐渐消失在了望远镜里。

“报告指挥车，这里是A二幺六洞观察点。”百米之外的树冠上，特警极其轻微地对着耳麦，“买家已进入交易地点，但主目标带‘钉子’走出了观察范围，目前无法分辨其意图，怎么办？”

指挥车内，从省到县的各级领导同时抬起了头。

车外传来引擎熄火声，一辆迷彩森林公安警车还没停稳，从云中寨匆匆赶来的严峫便握着步话机跳了下来，裹着一身寒风钻进指挥车，正撞上了吕局眉头紧锁的脸色。

“这是怎么……”

魏副局立刻比画噤声的手势，打断了严峫未出口的发问。

“……”吕局在诡谲紧张的空气中沉吟两秒，果断道，“保持观察，不要行动。”

“是！”

吕局放下耳机，这才有空转向严峫：“正找你呢，情况到底怎么回事？为什么江队没留在村寨里，跟王鹏飞一行人过来交易现场了？”

“不知道。”

所有人一愣，却只见严峫神情异乎寻常地冷静。

“……你不知道？”吕局意外地重复，把手一伸，“把跟江队的联络频道拿来给我听听。”

江停接过烟，抽了几口，扔地下踩熄了，脚踏在腐败的枯叶层上发出轻微的沙沙声。

“你这卖的关子一个又一个的，我是一点也猜不到了，真那么想跟王鹏飞做生意？”江停按住自己肩膀上闻劭的手，试图把它挪开，“这儿没人，别装什么兄弟了。”

谁料闻劭不仅不放手，还更搂紧了些：“江停。”

“……”

“要是三年前没发生那些事，今天咱俩是什么关系？”

他们几乎头挨着头，并肩走过天幕下蓝灰色的树林，前方的陡坡边缘骤然下陷，形成了一道锋利的豁口，衔接山后被植被覆盖的谷地。

这里已经离厂房有一段距离，跟他们刚才停车爬上来的山坡却相距不远，甚至可以隐约看见王鹏飞那伙人停在下坡的车队。

闻劭停下脚步，近距离看向他。

“……跟现在没什么区别吧，”江停的回应很平淡，随即反问，“我们不是说过不再提三年前的事情了吗？”

闻劭仿佛没听见：“那如果二十多年前，咱俩一块掉进山谷里的时候，我让你先拉了那根救生绳呢？”

他们彼此对视，距离挨得极其近，连记忆最深处早已被掩埋的往事都被一把掏出来，摊开在光天化日之下，所有细节都无法隐藏。

然而此刻却没人能看见水面下汹涌的暗流。

仲夏傍晚的启明星，远方浩瀚的城市灯海，都从地平线尽头渐渐显出海市蜃楼，而后穿过稻田、裹挟晚风，一段脑地吹拂而来。

“我不知道，闻劭。”许久后江停沙哑地回答道，“可能会有所不同吧，但那已经是很久以前的事情了……再提也没有意义了吧。”

闻劭久久看着他，终于把一直牢牢环在江停肩上的手收了回来，两手交叠垂在身前。

光看手的话很难想象他是个毒贩，那修长十指和琴弓形成的老茧，以及通身内敛的气质，明显更像个演奏家——这也曾经是让江停百思不得其解的疑惑。

为什么他能这样？

村医用铅笔捅进自己咽喉喷射出的淋漓血箭，缅甸僧侣被焚烧后扭曲焦黑的尸体，边境一整座一整座艾滋村庄的萧条和绝望……无数尸骨腐败产生的恶臭，无数怨恨积累成的罪孽，似乎都对罪魁祸首没有丝毫影响。

难道真像古话说的，凡人罪大恶极，反而能寿数久长？

那无数人坚持的所谓公理和正义，就未免变得太可笑了。

“别动，”突然闻劭温言制止道，江停手一动就顿住了，“让我好好看看你。”

江停的瞳孔在发抖，但很难令人察觉，他右手垂了下去。

“当韶华逝去，青春不再；一无所有，遍体鳞伤……你是否还会爱我，直至地老天荒？”

开始江停以为闻劭在提问，但紧接着发现那吟唱般悠然自得的语调，其实只是他在自言自语。

“哦，不是问你，是问我自己。”闻劭似乎看穿了他在想什么，笑了笑说，“你昏迷那三年里我经常会生出这个疑问，尤其每当在深夜里，我站在病床边，凝视着你的时候。”

这幸亏是江停，换作别人可能已经不寒而栗到站不住了。

“那答案呢？”

“无解。因为我想象不出来。”闻劭突然话锋一转，笑问，“你知道你在我记忆里最深刻的形象是什么样的吗？”

“……”

“是我在国外刚研究出新型芬太尼化合物分子式，准备带着它回中缅的那一年，有天我穷极无聊，让人发了张你的照片过来看。那是张偷拍，你正走出恭州市局，一只手抓着警服外套，衬衣袖口卷在手臂上，肩膀扛着警衔；你大步流星地从支队大楼台阶上走下来，整个姿态异常精干利落，好像没有任何事情能牵绊你稍微停下脚步，或者回头看一眼。

“我也不知道是什么让那张照片至今留在我的印象里，后来不论发生多少事，不论你杀过多少人，都无法抹去我认知中那江支队长的姿态。”

闻劭微微眯起眼睛，仿佛在回味什么似的。

江停的视线却越过他，望向远处山坡下，脸色猝然变了——

“所以我无法从内心深处获得这个问题的答案，因为我无法想象你不再青春韶华，不再光彩万丈……只要你存在于这里，对我来说，”闻劭缓缓退开半步，“就永远是那个想抓我的警察。”

——随着他退开的这个动作，山坡下景象完全展现了出来。

阿杰正带着几个手下穿过空地，走近王鹏飞那伙人的车队。留在车上望风的两个马仔见势不对，刚冲下来，还没来得及大声询问示警，就被阿杰一枪一个击毙了。

随即手下拖走尸体，强行撬开油箱盖，把几根长长的导管分别伸进每辆车的油箱里——是抽油泵！

“他们用不上这个了。”闻劭轻松地道。

江停心中瞬间雪亮，下意识就抬起手，似乎作势要去触碰自己的右耳——旋即他手腕被一把抓住，闻劭问：“怎么？想给警方发信号？”

江停闪电般转身一脚，闻劭啪地抓住他脚踝。下一刻他面门厉风呼啸，江停借力凌空跃起，闻劭上半身向后仰，堪堪避过了这凶狠精准的一击！

变故简直没有任何预兆，江停落地无声地骂了句什么，紧接着砰的一下巨力从身后袭来。闻劭按着他的脊背重重抵上树干，咔地反拧住手肘，贴在他侧脸边轻声道：“我想亲手把它取下来，但又不想当着他们的面把你一路铐到这儿，所以只能让人紧紧看着你，不让你有机会动它……”

“你犯什么病？”江停劈头盖脸大骂。

闻劭略微诧异，而后失笑：“真是不见棺材不掉泪。行吧，那我就来跟严支队打声招呼。”说着他保持这个全盘压制的姿势，一手铁钳般拧着江停胳膊肘，另一手伸向了他的右耳——

耳廓内侧，那正是纽扣通信器被贴住的位置！

第 27 章

江停猛地一挣，但被闻劭更快更狠地顶在了树上，同时伸手在他右耳内侧一摸，不由得轻轻“嗯?”了声。

——耳廓内侧什么都没有。

他又反手一捏左耳，三下五除二扯掉严峫那条深灰色的羊绒围巾，毫不留情甩手扔下了山坡。寒风灌得江停瞬间打了个哆嗦，闻劭不顾反抗，强硬地探进他衣襟内侧，顺着脖颈一摸，却空空荡荡什么都没摸着。

怎么可能?

指挥车内，严峫迎着全车各级领导炯炯有神的注视，沉定地吐出两个字：“没有。”

“……什么没有?”魏副局实在忍不住了，“你跟江队频道不是始终接在一起的吗，什么叫没有?!”

“我们已经切断联系了。”

霎时间不仅魏副局，连余队、陈处、吕局等人都差点站起身：“什么?!”

三个小时前，棋局峰——

王鹏飞的车队渐渐出现在远处盘山道尽头，而江停独自站在石崖高处，一手按着通信耳麦，狂风和电流的沙沙杂音中只听严峫在仔细叮嘱：“抵达云中寨后万一情况不对或者你感到有危险，就想办法把联络器损毁或埋起来，指挥中心会派出一批人马潜入云中寨对你进行搜救，不论发生什么我都会来找你，明白了吗?”

引擎轰鸣由远而近，江停说：“明白了，我等你。”

随后他把发梢拨到恰好挡住耳尖的位置，迎向了车队驶来的方向。

两个小时前，云中寨——

秦川被老蔡分散了注意力，刚回过头就只见江停俯身靠近，几乎贴在了他耳边，同时抬手掩住自己半边侧脸：“闻劭让人给老蔡打了点钱，所以他会劝姓王的安分点……”

不论从任何角度来看，江停抬起左手都只是掩住了自己的口型，防止被人偷听而已。

但没人能发现的是，与此同时他无名指在耳梢内侧轻轻一抹，便神不知鬼不觉取下了那个纽扣联络器：“你一路上别跟姓王的单独相处就行了，免得他生事——”

秦川上半身夸张地向后仰，错身那刻他没看见江停的无名指在嘴角一掠而过，似乎用牙齿尖噙住了什么。

“我说江队，您大人有大量，小的还想多活几年，你就放我一条生路吧……”

江停站在原地，满脸莫名其妙，似乎完全不明白秦川满脸真诚的调侃是什么意思。两步以外有个保镖正警惕地盯着江停，却愣没发现他咽喉轻轻一动，将纽扣吞进了咽喉。

“你怀疑我跟警方通消息？”江停扭过头，眼底似乎燃烧着怒火，“证据呢？我通什么消息了？还是你只是在没事跟我找碴？!”

这个压制的姿态让闻劭更加居高临下，这么自上而下打量的时候，甚至有点冷酷和探究的味道。

但紧接着那凶狠就一丝一丝地，变作了令人心惊胆战的温柔。

“我不需要找什么证据，江停。”他遗憾地道，“就像你了解我一样，我也了解你啊。”

江停眉梢剧烈一跳，但已经迟了——闻劭手起掌落，精准击在了他后颈某处，江停只觉眼前一黑！

“当年你说过那是你最快乐最期盼的日子。”闻劭紧贴着他冰凉的耳梢悄声说，“对不起，让你等了那么多年，很快就会好了。”

如血的残阳融化天穹，小溪边两个孩子在赤着脚踩水，晚风带着清亮的笑声直上云霄，映着熠熠生光的启明星。

“你为什么总这么高兴啊？”

“没有呀！”

“可是你看上去就是很高兴。”

“那是因为我能见到你！”小男孩哗地泼出一捧水，在小伙伴的躲闪中咯咯笑道，“认识你以后，每天都是我最快活的日子！”

不是这样的，根本不是——

江停的意识迅速消失，他竭力想向虚空中快乐嬉戏的小男孩伸出手，却于分毫间错失而过。

下一刻他闭上眼睛，坠入了黑沉的深渊。

江停无声无息软倒，随即被接住了。闻劭探向鼻息和脉搏，几秒钟后有点放松下来。

他顺手把江停一扛，倒不感到有什么重量，只见失去围巾遮挡的咽喉处瘀血已变成了紫黑，不由得怜爱地“啧”了两声，喃喃道：“真可怜。”

江停没有意识，昏睡中眉心还是紧皱着的。

闻劭也不介意，就这么扛着他走下陡坡，迎面只见秦川带人从厂区库房那边远远走来，快步上前简短道：“那边搞定了。”

“你用什么理由出来的？”闻劭边走边问。

“我说验货的称少个砝码，出来问金杰要两个，否则分量不对可能会出人命。”

闻劭点点头。

“还有……”

“什么？”

秦川似乎有点欲言又止，但还是道：“库房里还有我们两个弟兄……”

闻劭笑起来，反问：“如果咱们的人都出来了，王鹏飞还肯老老实实待在里面吗？”

秦川一时语塞。

远处空地上停着一辆吉普车，司机早已恭候在侧。秦川紧走两步，打开了后车门。

闻劭探身把人事不省的江停放进后座，然后从杂物兜里翻出一双手铐，把他手腕咔嚓给扣上了。

“如果我不把他们带出来，早几年前他们就已经死在佤邦了。”闻劭拍拍手，说，“你做这行再久点就会发现，有时候不死个把人，就办不成事。”

闻劭可能是还比较年轻的缘故，作为一个老板来说，大多数时候都看似没太大架子。

但那只是看似，他总会在某些漫不经心的细节上体现出真实而残忍的那一面。

秦川点头称是，不再多说，侧身为闻劭让开一条路。

不过就在他侧身那一瞬间，后腰枪套里的枪柄从冲锋衣下露了出来，闻劭的视线落在上面，似乎发现了什么，眼皮突然轻轻一跳。

转瞬间秦川已转了过去，低着头问："接下来怎么办，是不是还按计划进行？"

闻劭站在吉普车边，隔着车窗就是后座上昏迷不醒的江停。他没有立刻回答下属的请示，而是沉吟了片刻，才吩咐司机："先别慌着跑。待会儿他醒了你再往外开，路线已经交代给你了。"

司机开口就是缅甸话："是，老板，我明白怎么做！"

站在边上的秦川心里非常明白，这是要让江停在车里观赏全过程的意思了。

闻劭这才举步向厂区走去，边走边摸出烟盒，自己抽了一根，又递给秦川。

"我戒了。"秦川毫不犹豫婉拒。

闻劭似乎有点好笑，也没坚持，自己点上了烟："你就不如江停沉得住气。"

"……"

"江停在我第一次给他烟时就痛快接了。他从没主动要过，但也没拒绝过。你瞧瞧人家。"

秦川失笑："老板，那不叫沉得住气，那叫豁得出去。而我只想踏踏实实发财保命，从最开始诉求就不一样，怎能搁一块比？"

闻劭偏头瞅了他一眼，脸上似有笑影。

"——哎，"突然他问，"你还记得你妈吗？"

秦川没跟上他话题转变的速度："当然记得。怎么？"

"白问问而已，我不记得了。"闻劭向身后已经隔了老远的吉普车一指，那意思是指江停，"他应该都记得，但他从来不说，藏着掖着的。"

秦川想了想，才道："可能因为不重要了吧。而且都已经是过去的事了，老提也没什么用啊。"

闻劭颔首不语。

眼前这毒枭把双手插在口袋里，跨过崎岖难行的石碓，步伐稳健毫不犹豫。从他的背影上完全看不出任何情绪端倪，看不出喜怒，也完全没有要按原计划继续行动的迹象。

秦川掌心微微有点潮湿，他用力掐了把，才带着恰到好处的疑惑和犹豫咳了一声：“对了，之前不是说叫我负责拨打那个——”

这时他们已经走到厂区前，一座座暗绿色的铝合金篷房矗立在天幕下，亮着星星点点的灯光，更远处环绕四周的山涧和树木葱郁深邃，寒风过去簌簌摇曳，就像无数在昏暗中挥舞的枯臂。

闻劭突然顿住脚步。

秦川话音猝然中止，也停了下来。

“你曾经当过警察，”只听闻劭笑道，“你说附近这个地形，如果警察正盯着我们，他们应该把埋伏点设在哪里？”

“……啊？”

百米外高处，望远镜内，两道身影遥遥站在仓库前，依稀可以从动作中分辨他们正在交谈。

但距离太远了，无法监听交谈的内容到底是什么。

“A91 观察点呼叫指挥车，呼叫指挥车。…‘主目标偕同一人再次出现在观察范围内，请指示！”

几名省厅专家处长互相对视，吕局一把抓起话筒：“偕同者是‘钉子’吗？”

“不是。”树冠中的特警观察员立刻否认了，“我这就传现场图！”

咔嚓一声，现场图像在指挥车的卫星屏幕上一寸寸缓冲出来，所有人都探头凑了过去。黄兴不用吕局吩咐，立刻开始对图像做高度锐化处理，但这边操作没完成，那边吕局、魏副局等人同时认出了闻劭身边的那名偕同者是谁：

“秦川？！”

“……钉子呢？”陈处失声道，“钉子人呢？！”

吕局蓦然回头，丝毫不出意料，严峫凝重的脸色与他自己一模一样，老少两名警察目光甫一相撞，吕局打了个手势。

严峫点点头，二话不说，转身冲下了指挥车。

“严队！”

“严哥！”

高盼青、马翔等人从警戒圈外奔进来，只见严峫步伐带风，一只手按住枪，另一只手拉开了警车门，马翔只来得及扒住副驾玻璃：“怎么样严哥？陆……江哥怎么样了？”

"几乎确认暴露，需要我们立刻赶去现场。"严峫沉声道，头也不回地钻进车，"出发！"

短短几秒间，早有准备的警车纷纷亮起前灯，引擎发出沉闷的咆哮，随即冲出了警戒线！

"如果是我？"秦川从短暂的不解中镇定下来，眯眼打量周围，过了好几分钟才道，"我们前方十二点处，东北方向两点处，山涧里那个岩石形成的豁口下，以及所有视线被遮挡的树坑底……这些都是可以埋伏的点。"

"那如果你是我，你打算怎么办？"闻劭问。

秦川毫不犹豫："放火烧山。"

两人互相对视，秦川镜片后闪烁着冷酷坚定的目光。

每一秒钟都似乎被拉得过于漫长，秦川穿得很少，后颈却渗出了细密的汗意，被风一刮冷彻骨髓。但他仍然直直回视着眼前这喜怒不定的毒枭，整整一根烟抽完，闻劭终于随手扔了烟头，微笑道："你这手段也太狠了吧！"

那口气终于从秦川咽喉里吐了出来，他也笑起来，指关节推了推镜架："那我现在就去办？"

他尾音上扬的角度把握得十分巧妙，既不显得太急迫，又非常真切坦然，如果闻劭真点头说出一个"好"字，他肯定就立刻转身搬汽油桶去了。

"不用，"闻劭淡淡道，"我已经派人清扫过附近了，就算警方盯着这里，最近的观察点也只能设置在……"

他向前扬了扬下巴。

——这个动作被如实反映在望远镜聚焦中，一名观察员动了动，几乎无声地问埋伏在身侧的战友："这人是不是在看我们？"

特警轻声道："他在干吗？"

"除了那里之外其他地方都是干净的，也就是说，警方的观察角度和范围都非常有限，而且就算行动组冒着暴露的危险埋伏在最前沿，从开始行动到冲上现场，也需要至少六分钟的时间。"

秦川被闻劭这短短几句话说得脸色怪异。

"你怎么了？"

"……没什么，"秦川慢慢道，"就在想……幸亏我当警察这些年来从没跟你交过手。"

闻劭似乎很愉悦："你当然没有。致力于抓我的只有江停一个而已。"

他双手从扔掉烟头后就始终插在裤兜里，也不知道正握着什么。正是这危险的未知令秦川从刚才到现在一直处于极度绷紧的状态，然而此刻终于见他一动，左手捏着张字条从裤袋里伸出来，在秦川面前晃了晃："拿着吧。"

那字条上赫然写着一串手机号码。

怦！一声重响，提在喉咙里的心终于落回了胸腔。

"……好，"秦川面无异状，接过字条放进胸前内袋，"到时候收到信号，我立刻拨打这个号码。"

闻劭点头"嗯"了声，拍拍秦川的肩："咱俩认识十多年了，一直都对彼此非常信任。希望在关键的时候，你的能力能匹配这份信任。"

秦川点点头，闻劭笑了笑："去吧。"

秦川利落地答了个"是"，拔腿走向远处的生产厂房。闻劭眯起眼睛盯着他渐行渐远，直到他走出了几十米，才慢悠悠从右边裤袋里摸出手机，拨了个号码："喂。"

通话那头是阿杰："大哥？"

闻劭转身走向刚才王鹏飞一行人进去的仓库，毫不在意自己正把后背展露给埋伏点里的观察员，只听他问："秦川今天那把枪是你给他的？"

不知道手机那头阿杰解释了什么，闻劭眯起眼睛，深渊般黑沉沉的瞳孔里隐约泛出血色。

"我知道了。待会儿你按我的安排去做……"

望远镜里，闻劭带人走进黑洞洞的仓库，随即几个持枪马仔合力关拢了铝合金大门。

"报告指挥车！报告行动组！"观察员急促道，"主目标进入现场，交易开始了！"

陈处紧握双拳用力一点头，吕局沉稳的声音于每辆飞驰的警车、每处等候着特警的埋伏点、方圆数里的每一个通信频道中同时响起：

"行动！"

天光隐没，夜幕降临。从高处向下俯览，茫茫山林间平地冒出十数支刑警、特警小组，借着黑暗的掩护从四面八方疾步冲向半山腰——

同一时刻，被所有警力锁定的仓库内。

啪！王鹏飞终于忍不住摔了茶杯，霍然起身怒道："那个姓秦的呢？黑桃K还来不来啊？不是，我说就算你们有蓝金也不能这样吧，把买家晾在这儿是想干吗呢?!"

秦川带进来的那两名保镖也面面相觑，一无所知，其中年纪大点的拿出手机想打个电话问问，紧接着却："咦?"

"怎么了?"

"没信号啊。"

老蔡站在王鹏飞身后，不知为何突然心跳得特别快，脸上几乎变了色，立刻暗中紧紧掐住大腿，稳住了无来由的发颤。

"我们可是老老实实带了钱、带了人过来交易的！不想做生意就说一声，耍着我王某人玩呢?!"王鹏飞不顾保镖阻拦，气冲冲就往门口走，"我倒要出去找找你们老板，搬个大货搬那么慢？你们这是要搬来一个集装箱不成?!"

老蔡急忙追上去："哎老板，老板，你先等等……"

王鹏飞把他一甩："别拦我！大不了生意别做了，王某人可受不了这等——"

他话音戛然而止，浑黄的眼睛眨巴两下，狐疑道："什么声音?"

仓库骤然安静，暗淡的灯光明明灭灭，只听外面山风凄厉的呼啸忽近忽远。

"……唔——唔唔……"

似哭似笑的尖锐声响一点点从静寂中渗透出来，不仅王鹏飞，连他手下的马仔都瞬间起了一身鸡皮疙瘩："这、这什么动静?"

"呜唔唔……呜——"

"谁在那儿装神弄鬼?"王鹏飞一头火气，突然瞥见仓库深处某个阴暗的角落，登时怒从心头起，恶向胆边生，想也不想就冲了过去，"什么人？给我出来!"

第28章

哗啦!

遮挡一排排货架的大块塑料布被王鹏飞狠狠掀开，漫天飞舞的灰尘中，那尖厉怪异的声响猛然浮出水面，出现在了所有人面前——

“这、这、这是?”王鹏飞跟兔子似的蹿出去半步，“是你?!”

吴吞被五花大绑捆在货架中，整个人已经浑然好似尸骨，瞪着血红大眼直勾勾盯着王鹏飞，那吊诡呜咽正是从他嘴里发出来的。

“——黑桃K到底在搞什么鬼?!”王鹏飞勃然大怒，“来人！来人!!这生意不做了!!”

众人都目瞪口呆，秦川留下的那俩保镖也惊呆了，一时阻止不及，只见王鹏飞拔腿冲到库房门口，伸手就去开锁。然而出人意料的是，任凭他怎么咔拉咔拉猛拽门闩，那看上去并不厚重的门板却纹丝不动。

库房从外面被锁住了。

王鹏飞颤抖着手夺下自己马仔的枪，对准金属门锁就是砰砰两下点射。当啷清脆嘣响，弹壳落在地上，金属门锁被打变了形，但怎么推都推不开。

“怎么回事……这，这是怎么回事……”王鹏飞终于哆嗦起来，不分青红皂白抓住保镖，“你们老板到底想干什么，啊?!”

保镖也惊恐万状，答不上来。

老蔡强撑着一口气想上来劝，但就在此时突然僵住了：“等等，那边是什么在亮?”

顺着他的视线望去，所有人都发现了——被捆在货架中的吴吞身后，似乎有什么东西正在黑暗中一闪一闪，发出微弱的红光。

“黑桃K到底在搞什么鬼……你们老板到底想干什么，啊?!”

库房门后横七竖八被钉了好几根铝合金，将门板和墙牢牢固定了起来。临时厂房的建筑材料隔音效果很好，王鹏飞的怒吼穿过墙壁，只能隐隐约约透出分毫。

黑桃K神情不变，带着几个手持微型冲锋枪的保镖，穿过库房门前的走廊，在弯弯曲曲的甬道中绕了几转，眼前豁然开朗。

——三辆黑色防弹吉普车并排停着，车头齐齐对着这座厂房的外墙。

“老板，”一名拿着夜成像望远镜的手下迎上来小声道，“杰哥刚从观察哨通知我们，外面条子正从各个方向围上来，再过五分钟左右会包抄我们下山的路。”

从这个方向开出去，下山的道路只有一条。

“就等他们过来呢。”黑桃K一哂，“三号分线已经设置好了?”

“是。这几天挖好的土坑、树洞、石缝，内行老手来计算好的岩壁支撑点，全埋好了‘药’，只要这边条子一上来，杰哥发出信号，那边三号线立刻就——”

保镖打开车门，黑桃K躬身坐进去，问：“你们江哥怎么样了?”

“看着他的司机回话说还没醒。”

黑桃K眼底闪烁着一丝嗜血般享受的光芒。

他的视线越过厂房高高的玻璃窗，越过夜色中风声呼啸的山道，越过广袤繁盛的山壁与丛林；山腰坡下，无数特警正攀上岩石，迅速逼近他所在的地方。

但这些人永远也触不到他一根毫毛。

“等一号分线被拨通的时候……”

黑桃K含笑的声音永远很动听，却像是自言自语：“他就该醒了。”

库房中，马仔几下把吴吞松绑拽开，周遭顿时响起了吸气声——

只见吴吞背后固定着一堆五颜六色的导线，导线正中赫然是一台难以分辨形状、有点像电话机似的装置，顶端贴着写了“二号线”三个字的字条，红光就是从这装置里发出来的。

王鹏飞虽然认不出它，但毕竟是刀头舔血的老毒虫了，心中登时生出极其不祥的预感：“这、这是、这是什么?!”

马仔直不愣登：“电话机?”紧接着“嗷”地被王鹏飞狠踹了出去。

“是炸弹……”老蔡牙齿咯咯的战栗声终于从死寂中响了起来，“……我在缅甸见过这个东西，是共频炸弹……”

几个马仔同时失声："操!""什么?""什么东西?!"

老蔡几乎站不住，死咬着牙才哆哆嗦嗦蹲下身，只看了几眼就差点晕过去，被王鹏飞扑上来一把拽住："共频什么?! 你再说一遍?!"

"它、它的触发装置是一个共频系统，就是无绳电话里拆出来的那东西，肯定已经被弄成短路了。只要有人拨它的电话，打哪个分机号，哪个短路系统就会迸出电火花，点燃引爆器——"

王鹏飞怒吼："什么，引爆器?!"

老蔡面色如土，发着抖指向"电话机"匣子："你，你看那个……"

王鹏飞顺着他手指往地上望去，登时眼前一黑。

炸弹周围撒出了点白粉，混杂在满地灰尘中，不仔细看的话根本看不见，但只要看见了就绝对不会错认——

那不是海洛因，那是 RDX。

引爆器后是满满一匣子的 C4 高爆塑性炸药!

就在此时，厂房大门外。

两组特警分别躬身贴墙，特警大队长康树强从头盔下使了个眼色。副队点点头，一脚踹开门板飞身后退，闪电间康树强带人冲了进去："不准动! 举起手来!""警察!!"

——眼前空空荡荡。

大门后竟然是一道封闭式走廊，地上还残存着匆忙撤退留下的狼藉。走廊笔直地通向昏暗深处，有什么东西正在战术手电的照耀下隐约反着光。

那是什么?

康树强一招手，两组特警鱼贯而人，跟着他快速潜进走廊尽头——道路突然分出三条来，左右两条都不知道通向哪里，正中间却是一扇紧闭的门，贴着"储藏库房"四个字。

八九道铝合金封条钉在门上，封死了这间库房，而门里此刻正传来模模糊糊的拍打和喊叫声。

康树强和其他特警一样瞬间生出了狐疑：这就是交易现场? 里面是什么鬼?

"老大?"副队小声请示。

现场行动最容不得迟疑，康树强用手电一照封条，发现钉痕新鲜且不牢，当机立断打手势让两只小组分头追击岔道，同时一指面前的库房门："拆!"

不用他说第二遍，特警精锐抄起破门器上前——

库房里，有人慌不择路冲去拍门，有人疯了似的想去扒窗。但通风窗离地高达三米，根本扒不上去，所有人都在发狂尖叫，疯骂和哭号声刺得人耳膜欲裂。

就在这时门外传来了——哐！

哐！

“外面在开门！”有人狂吼起来，“外面在开门！！”

这下爬窗的搭人梯的都摔了下来，连滚带爬跑去门口：“救命！快放我们出去！…‘救命！！”

老蔡不知哪儿来的力气，摇摇晃晃站了起来，顺手抄起地上散落的一根货架支架，硬挤进了人群里。

事情怎么会发展成这样呢？他不知道。

就像那个突然暴露的缅甸村医一样，他肯定也不知道自己的命运会仓促终止在那一天吧。总之局面已经发展到无可挽回的地步了，追究原因既没有意义，也没有时间，像他们这样的卧底，生命最后的那几分钟都是很宝贵的。

咣当！！

老蔡抡起钢铁支架，于众目睽睽中砸在了门板上：“外面的人听着！别进来！！”

周遭尖叫倏而一静，但老蔡毫不在意，死死扒着门大吼：“里面有炸弹—快撤退，有炸弹！！”

“你在干什么？”王鹏飞气势汹汹冲上来，从后勒住老蔡脖子掼到地上，几个人疯了似的扑上去踹他：“给老子闭嘴！”

“弄死你！”

“闭嘴！！”

但老蔡抱头拼命挣扎，几个彪形大汉竟然都制不住这干瘦的老头儿，被他竭力爬到门边声嘶力竭：“快撤退！别进来！别进来！！”

秦川踩着错落不平的石块，登上了土丘。

这块高地紧挨着厂区，按闻劭之前交代的计划，爆炸后带他撤退的摩托车手已经等在了那里，见他上来叫了声“秦哥”。

秦川没应声，接过红外线望远镜，在猎猎寒风中向陡坡下望去。

除了黑桃K这种既缺乏情绪认知又天生丧心病狂的毒枭，换作其他任何犯罪分子，见到这一幕都必定腿软。

厂区所在的半山腰往下，丛林中闪现出无数红蓝警灯，几条逃跑要道都被扼守住了。而厂区门前空地上，夜色中闪现出无数条安全背心反光，那是特警正全速包抄交易现场。

摩托车手的电话铃声响起，他接通“喂”了声，把手机递过来：“秦哥，杰哥找你。”

秦川漫不经心道：“我说你们杰哥到底藏在哪儿呢？”

摩托车手说：“大哥的事情我们都不知道。”

“行吧，”秦川接过手机贴在耳边，“待会儿撤退的时候别把他给丢下了就成。喂？”

阿杰的声音混杂在呼呼风声中：“你准备好了没？”

秦川摸出自己的手机和闻劭给的那张字条，对着字条上那串数字一个一个输入号码，按下拨出键，笑道：“这有什么好准备的，早就妥了。”

阿杰沉声道：“特警队已经突入厂房大门，正在进入库房。我倒数三下，你打一号分机。”

一号分机——第一道设置在山道上的高烈度共频炸弹，其震荡幅度和覆盖范围，足以引发小规模的山体滑坡，从而阻挡厂区内部特警后撤，同时堵住警方后续增援的所有通路。

镜片上倒映着无数红蓝光芒，喧杂的引擎和人声，甚至防弹背心上的反光条，都是那么熟悉。

曾经他也是他们中的一员。

秦川垂下眼帘：“好啊。”

手机那边随即传出阿杰冷淡的倒数：“三——”

“快撤退……快……不要进……”

哐当！最后那道铝合金封条砸在地上，同时断断续续的喊叫从门后传来。康树强眉梢一跳，副队轻声道：“那什么声音？”

“炸弹……快撤退……”有人重重扑到门后，声音终于清晰起来，“有炸弹！里面有炸弹！！”

康树强：“我×！！”

“二——”

防爆组手持盾牌飞身抢上，所有特警全速后撤，数道手电光在厂房走廊墙壁上错乱挥舞。

“线人！”康树强耳机中传来吕局的狂吼，“线人在里面！线人在里面!!”

康树强一把夺过小战士的盾牌，飞脚把人踹向后方，咬牙顶盾快步冲向库房门——

“一”

秦川手机接通，按下分机号001。

轰隆!!!

爆炸于半山腰上冲天而起，周遭百米亮如白昼，气浪将七八辆警车同时掀进了丛林。

山体巨石滚滚而下，强烈的震荡波甚至冲上厂区，整座工房四下摇晃，措手不及的康树强一头撞上了库房门！

指挥车内，火光透过玻璃，照亮了吕局的老花镜和每个人惊愕的脸。

警车里，严峫踩油门的脚猝然一缓，难以置信地扭头望向侧窗外。

厂区外某高地的吉普车后座上，江停就像刚从一个噩梦中惊醒，又猝不及防跌进了另一个噩梦那般，缓缓睁开了眼皮，半边侧颊被爆炸映得雪亮。

“……”江停徒劳地挣扎两下，腕骨将手铐勒得哗啦作响。司机听见动静，从前座上回头说了几句，但那是缅甸语，在爆炸的余韵中模糊不清。

江停嘶哑地喘息着，“……什么？……”

“老板说，请你好好观赏！”司机终于换成了生硬的汉语，说，“这是第一次，三次爆炸后他就来接你！”

江停仿佛已经被骇得呆了，形状优美的嘴唇急促发抖，面色在火光燃烧中惊人得白。然后他蓦然俯下身，惊慌失措，似乎根本不敢看。

司机撇撇嘴。

——他只觉得老板送来的这个人根本没什么威胁性，既柔弱又胆小，如果条子都跟他一样的话也难怪那么废物。

但他没看见的是，江停俯身那瞬间够到了自己的登山靴，从靴筒中拔出一根发夹，准确地戳进了手铐锁眼里。

“我×！”秦川被气浪冲得踉跄两步，“呸呸”吐出嘴里的沙，“太近了！老子差点被炸飞出去！”

"主机号码被拨通后，再转接各个分机号的电波传输是有距离限制的，太远的话分机共频系统接收不到，就无法触发引爆装置。你这个位置已经是最远的了。"

秦川好容易把沙"呸"干净了："行吧，现在怎么办?"

阿杰说："准备触发二号线。"

通话对面风声尖锐，似乎阿杰正快步前进，但不知道他正藏在山顶哪个洞穴里。秦川直起身，眯眼望向关押着王鹏飞等人的厂房仓库，二号炸弹的触发装置就在那儿。

他清清楚楚地知道，特警组应该正在破门。

明明这么暗，又隔着那么远，他却不用看就能一口气报出那些特警的名字，甚至还能想起为首那个特警大队长的绰号叫康师傅。

他只是不记得这个绰号是哪次庆功酒后大家一块起的了。

"大哥，撤退的人手已经准备好了，待会儿二号线爆炸后，车队会趁乱冲出厂房，往撤退那条山路也就是三号线上开……"阿杰不知瞥见什么，低低骂了声，"现在那条路上堵的全是警车，跟赶集似的。"

"冲得出去吧?"秦川问。

"只要爆炸就冲得出去。三号线上埋的C4，都够条子们死上十八个来回了。"

秦川这才放心地点了点头。

"哎，特警要进去了。"手机那边阿杰声音一振，"二号线准备引爆，三——二——"

门板霍然破开，四分五裂。王鹏飞钵大的拳头还没砸到老蔡脸上，便在半空一滞，紧接着被人从背后踢飞了出去!

"不准动! 警察!"

无数脚步纷沓而至，防暴盾牌后伸出了数不清的枪口。几个毒贩马仔瞬间瘫软在地，连稍微反抗都没有，就被警察冲上去铐住了。

"炸弹已经爆了! 炸弹在哪儿?"康树强冲上去一把扶起老蔡，简直语无伦次，"炸弹在哪儿?!"

他想说的是外面半山腰上的炸弹已经爆过了，你说的"里面有炸弹"又是指什么，在哪里? 但混乱和激动中根本表述不清楚。

老蔡满头满脸是血，急促地捌着气，死死抓住了康树强："没、还没、没爆……"

“什么?!”

老蔡绝望地伸手一指。

众人纷纷抬头望去，康树强瞳孔瞬间紧缩!

吴吞背上的爆炸装置正飞快扑闪，越来越急。红光闪烁的速度仿佛死神扑面而来，很快它不再熄灭，完全亮成了一线——

阿杰终于站住脚步，冷冰冰道：“一。”

秦川眼底涌现出一丝古怪的笑意，紧接着，他挂断电话，将手机扔下了石崖。

摩托车手悚然上前：“——你!”

砰!

枪声响起，摩托车手甚至看不清发生了什么，眉心就已经多出了一个黑洞洞的血口。

他无力地张了张口，尸体扑通栽倒，鲜血混合着脑浆慢慢洇进了地面。

秦川摘下眼镜随手扔了，扣上头盔，在滚烫的枪管上一吻。然后他漫不经心地将那把九二式插回枪套，跨上了摩托车。

沿陡峭的石壁往下，前方数百米外，厂区后方——

三辆吉普车同时亮灯，将车前那堵墙壁映得惨白。那是黑桃 K 准备撤退的人手，他们将在爆炸后冲出厂房，碾着燃烧的警车冲过山路，从此消失在西南大地辽阔的山林中。

秦川眯起眼睛，瞳底寒光闪烁，下一刻引擎猛然发动。

轰——

越野摩托化作利刃，瞬间撕开了陡崖!

第29章

后厂房，三辆铮亮的防弹越野车并排而立，安装在车内的监控屏幕如实映出外面走廊上的情景——两支警方行动组正快速向他们这边突人，很快就要赶到门口了。

同时车载蓝牙中正传来阿杰最后的倒数：“三——二——”

“一”

司机呼吸闭住，身后一片安静。

“……”司机愣住了，不禁问，“老板?”

后视镜中映出黑桃K冷酷的眼睛：“不急，再等两分钟。”

但这是能等的吗？二号线没按计划爆炸，别说两分钟，就延误那么几秒的时间差，特警都赶到他们屁股后头了！

司机惊慌失措，下意识就想请示老板能不能立刻亲自去引爆二号线，就在这时——砰！

后厂房紧闭的门被踢飞了，潮水般的特警蜂拥而人：“什么人?”“下车，不准动!”“警察!”

司机破口大骂。

左右两辆车车窗降下，保镖毫不犹豫地拔出了微型冲锋枪。连眨眼的工夫都不到，特警同时开火，整个后厂房陷入了激烈的枪战!

库房。

“指挥中心！指挥中心！现场后厂房发现三车歹徒持枪拒捕，正在交火！正在交火!!”

嗒嗒嗒嗒—冲锋枪急促的射击从频道中传来，康树强沉声喝道：“坚持住！A组立刻赶去支援！”

“没、没爆……”与此同时，他周围的特警发出颤抖声，紧接着变成了此起彼伏的大吼，“没爆！”“它没爆！！”“快快快来人拆弹！！”

虽然大部分人都认为黑桃K即便要炸，也不至于在买家进入交易现场以后炸，而且一旦引发冬季山林大火他自己也跑不掉，但鉴于他有三年前塑料厂事件的前科，吕局还是坚持让行动组配备了专门的拆弹人员，防止他万一真的丧心病狂，宁愿拿自己的命冒险也要重演当年的戏码。

几名特警挟着拆弹人员狂奔上前，但还没靠近就只见康树强一只手按着耳麦，另一只手拼命打手势示意他们后退，同时把老蔡也塞给了副队：“共频炸弹来不及的！打个电话就爆！！防爆组跟我上，其余人快撤！！”

一面面防爆盾牌迅速立起，以吴吞背上的炸弹为中心，形成了黑色的防护墙。其余特警按着王鹏飞等毒贩的头大步冲出库房，直到大部队撤出后康树强才稍微放下了一半的心：“走！走！走！防爆组跟上，随时准备灭——”

“康、康哥。”他身边那名特警颤抖道。

康树强一回头，眼底映出了炸弹上骤然熄灭的红光。

“……快！”康树强失声，“快撤——”

两秒钟后，轰！！

老毒枭的身体四分五裂，旋即被强光完全吞没。防爆警员像断了线的风筝般飞了出去，C4造成的高强度爆炸掀翻房顶，钢筋碎石直冲天空！

爆炸沿所有走廊急速推进，一路传到后厂房，整片地面在冲击波中剧烈摇撼。

支撑墙壁的铝合金材料纷纷迸裂，那飓风般的气浪甚至将越野车身都推得往前一震。司机险些一头栽上前窗，所幸被保险带死死勒住，惊魂不定之际只听他老板在身后微笑道：“看，这不是炸了吗？”

铺天盖地的PVc篷布轰然倒下，警方根本无法撤退，顷刻间就失去了火力。三辆防弹车再无阻挡，同时发动，嘭地撞碎了厂房外墙，迎着烈风扬长而去！

“报告指挥中心！现场发生爆炸，三辆疑似主目标车队逃出！三辆疑似主目标车队逃出！！”

指挥车卫星监控屏上，滚滚黑烟覆盖天空，强光映出了每个人凝重的面孔。

“这孙子在想什么?!”陈处这辈子都没见过黑桃K这种毒贩，难以置信地吼道，“他把买家、厂房、所有毒品都用来当饵?！可他自己不也在现场?！他不怕他自己也被炸死?！”

没人说得出话来——事实证明了他不怕。

警方无法彻底摸透一个冷血、反社会、具备强大火力且彻头彻尾的疯子，尤其是当这个疯子连自己的命都不太顾忌，警方却必须从大局出发、处处求全求稳的时候。

吕局沉声问耳麦：“C11 观察点汇报情况，现在主目标车队的行进方向是哪里?”

通信频道里飞速汇报了一个定位点，众人目光纷纷望向地图——魏副局眉头紧皱，脱口而出：“原来就是这儿！果然这是他们下山唯一的路，我立刻带人亲自赶去增援！”

魏副局也是豁出去了，这种强度的现场行动，他们这个年纪的领导岗根本都不该亲自上的。

“等等，老魏，”余队突然道，“这条道是不是已经被一整支侦查二队包抄了?”

“是啊，怎么?”

在几道目光注视下，余队胸口微微起伏，似乎想说什么又迟疑不定，随后将征询的目光投向了吕局。

魏副局性急，但这时候也咂摸出不对来了：“我说到底怎么回事，难道——”

“万一，”吕局缓缓道，“我是说万一。”

他粗短的食指在地图那道代表山道的深绿色线条上一寸寸滑过，说：“毒贩有没有可能，已经在峡口处设置好了第三拨炸药呢?”

嘶——摩托戛然止住，车头高高扬起，又嘭地砸上地面。

秦川掀开头盔，只见远处烈焰于厂区冲天而起，篷房大片坍塌，全数映在了他压紧的瞳底。

谁引爆的二号线，黑桃 K 自己?

但怎么可能?!

为了防止王鹏飞与外界通消息，整个厂房已经被屏蔽了手机信号，只有特殊频段的无线电波才能在限定范围内接入。也就是说黑桃 K 如果要亲自引爆二号线，必须有装着另一个共频系统的无绳电话机，而且得冲出特警的围剿翻墙跑出后厂房，否则是不可能办到的。

那么如果不是黑桃K，引爆二号线的人是谁？

嗖——

明明只是消音器再轻微不过的动静，秦川却像背后长眼般，瞬间发动摩托又凌空掉头，一条长腿撑地止住。子弹贴脚擦地，溅起了闪亮火光！

“果然是你。”他一字字道。

暗处山崖上现出一道精悍身影，枪口正散发出袅袅的蓝烟——

那是阿杰。

“这话由我来说才对吧。”阿杰右手持枪，左手握着手机，盯着秦川笑起来，那表情就像嗅到了血腥的鲨鱼，“或者我应该说，果然是你？”

秦川呼了口气。他肩臂绷紧的肌肉似乎已经放松了，无奈地问：“能告诉我是从什么时候开始暴露的吗？”

阿杰瞥了眼时间，完全不着急，缓缓吐出一个字：“枪。”

时间倒退至行动开始之前——

“秦川今天那把枪是你给他的？”

听见手机那边问话的阿杰愣了愣：“是，我给了他一支微冲，怎么了？”

黑桃K悠悠道：“可他怀里还有一把九二式。”

“九二式？咱们这趟没带这个型号吧。”阿杰稍加思索，紧接着想了起来，“哦对，那应该是恭州岳广平当年丢下的手枪，在缅甸抓草花A的时候有天碰见秦川，他突然问我把这枪要回去……”

“这小子可能要反水了。”

“什么?!”

“你不用去山顶观察哨了，马上回厂区找人拿备用的无线电共频设备，如果秦川临阵跳反，你替他引爆三条线。”黑桃K顿了顿，似乎有些唏嘘，“我就说当年岳广平死后，这小子的一系列表现怎么能把姓吕的老狐狸都骗过去……原来那根本不是伪装，那就是真情流露。如果他今天不带这把枪的话未必能露出破绽，但估计他觉得是背水一战，所以忍不住露了馅儿。”

“您是说他要替岳广平报仇?!”阿杰难以置信道。

“不，不完全是。”

阿杰迷惑不解，只听他大哥带着戏谑道：“我更倾向于认为那是替他自己报仇，或者说，是一个聪明人在发泄自己被彻底愚弄的怒火……”

“真可惜，我本来还觉得他跟我是同一种人。”黑桃K笑起来，眼底浮现出不加掩饰的遗憾，“果然同类自相残杀是难以避免的事情啊。”

秦川用力揉按额角，似乎既无可奈何又心服口服，朗声笑道：“所以我就说你们老板干吗要贩毒，为什么不去当个神棍，既受人尊敬又财源滚滚？真是可惜了玄学界失去一名奇才！”

阿杰明显没有他这种幽默感：“你以为你拿到了投名状，还能回建宁市局去？”

秦川边笑边放下手，搭在了摩托两侧把手上。这个动作让阿杰神经敏锐一跳，只见远处熊熊燃烧的烈焰映在他身侧，将他半边身体照得似乎要烧起来一般。

“那段时光值得怀念，但也确实到该结束的时候了。”秦川惋惜道，“你们老板没错，我跟他的确是同一种人——”

话音未落，阿杰拔掉消音器一扔，冷冷道：“我看你整个人生都到该结束的时候了！”

砰！

去除消音器能提高射击精度，那一枪正中秦川右胸，但没血——他穿了防弹衣！

就在那瞬间，摩托轰然发动，闪电般撞来！

赛级摩托强悍的加速度就像流火擦过空气，霎时阿杰不躲不闪，砰！一枪打中秦川肩下，砰！又一枪紧挨脖颈而过，弹壳叮当落地——

一切都发生在闪电间，钢铁巨兽凌空跃起，阴影已近在阿杰眼前！

任何正常人的反应都是转身逃跑，但那是根本跑不掉的，机车加车手产生的惯性作用力重达上吨，足以将猎物瞬间碾成血泥。

阿杰向后仰身，整个人被当空而下的阴影完全笼罩住了。

时间仿佛被无限拉长，连炽热的空气、扭曲的火光、车胎疾速空转扫出的碎石，都在半空中变成了慢动作。就在那凝固般的静寂里，阿杰双手持枪向上，枪口对准了机车某处——

砰砰砰砰砰！！

数发子弹倾泻而出，机车“嘭”地爆出了一团大火！

秦川双脚猛蹬，半空脱离，就地打滚起身拔枪。哪怕再慢百分之一秒都来不及，高速旋转的机车一头撞向山壁，爆成了惊天动地的火光！

阿杰甩手扔了空枪，箭步上前一肘把秦川顶在岩石上，然后就去抓他手里那把九二式。但秦川凌空跃起双脚前蹬，那一踹的分量非同小可，当场把阿杰踢得飞退了两米。

“呸！”阿杰闪避至山岩后，吐出一口带血的唾沫，刚要起身，头顶就被子弹打出了数道岩屑！

这姓秦的确实有两下子，差点把他头盖骨给掀了。阿杰拔出匕首，凭借夜色的掩护从岩石后贴地而出，果不其然秦川再次扣动扳机，子弹紧追而来！

“不自量力。”阿杰阴冷地说出四个字，甩手掷出匕首。

呼——

刀身在半空打旋，下一秒秦川手掌溅血，九二式被生生打飞！

当Ⅱ郎！

匕首与手枪同时落地，秦川飞身去夺，阿杰却像能预知对手动向那般已到近前，一把扭住了他。两个身高都超过一米八、体重加起来超过三百斤的成年男子，扭打中就像两头拼死搏斗的雄兽，顺着满地刀尖碎石滚下陡坡，重重撞上了一棵横伸出来的枝杈！

那一撞简直太可怕了，碗口粗的树枝簌簌折断，劈头盖脸砸在了他们两人身上，秦川半边身体登时被抽出了无数血印。

嘭！秦川一偏头，铁拳贴脸砸在地上，劲风震得耳膜发痛。下一秒他手掌接住阿杰的拳头，咔嚓一扭，脱臼声清脆响起。

阿杰嘶地吸气，随即被秦川屈膝猛踹了出去，连退数步才趔趄站稳！

“谁不自量力？”秦川起身擦去嘴角的血迹，喘息笑道。

从坡顶到坡下，黑夜中满地石块，都沾着他们滚下来时的斑斑血迹，乍一望去触目惊心。

但职业杀手的身体素质简直像怪物似的，阿杰根本不感到痛，自己把手腕复了位，眯起眼睛盯着秦川，瞳孔深处闪烁出了血色的寒光。

“岳广平死的时候，”他慢慢勾起嘴角，问，“你喊他爸了吗？”

秦川面容不动，但眉心霎时一抽。

“你说他喝了儿子亲手递来的毒药，临死时是什么心情，愧疚？后悔？震惊？难以置信？”

阿杰紧盯着秦川的每一丝细微表情，缓缓地活动颈肩，肌肉寸寸暴起，强悍的筋骨发出了爆裂声："还是……恨呢?"

最后一字没落地，他已提脚冲了出去。

秦川恍然回神，但到底迟了半秒——阿杰冷酷的面孔已到眼前，一拳足以裂金碎石，将他打得向后倒去!

秦川吐出半颗碎牙，幸亏出于格斗本能挡了下脸，否则此刻下半边脸都要碎了。但饶是如此，他耳膜还是嗡地充满了血，在这丧失反抗能力的短短数秒间，阿杰抓住他就是屈膝一顶，钢铸般的膝盖足以令人内脏挤压破裂!

"噗——"

秦川喷出满口血，随即当胸一记重踹，身体飞出去砸上了山壁!

"我说了，"阿杰冷冰冰道，"你整个人生都到该结束的时候了。"

阿杰一步步走来，抓起秦川的头发就掐向他咽喉——以他可怖的掌力，掐断人喉骨跟掐断鸡脖子都没什么区别。

不过他没想到秦川比想象中耐打，竟然还没失去意识，一下抬手捏住了他腕骨，手背青筋赫然暴起。

"就凭你?"阿杰嘲道。

秦川牙关紧咬。

无声的角力持续片刻，阿杰手指一点点往前，指尖已触碰到了对手的脖颈——

黑夜中，远处厂区突然打出了雪亮的信号灯。

那是黑桃K车队撤退的方向。

嗡——

大灯将周遭夜幕映得亮如白昼，隔老远都清晰可见，缅甸司机精神一振："老板来了!"

叮当!金属碰撞声从后座响起，似乎是什么东西解了锁。

司机回头："你……"

话音刚落，他就看见那原本懦弱胆小的年轻人探向前座，一张俊秀的脸毫无表情，指关节间似乎夹着根锋利的尖针——

旋即他太阳穴一凉，"尖针"被江停一拇指活生生推进了颅脑。

"……咯咯……咯……"

司机双眼暴凸，喉咙里发出机械收缩冒血的声响，几秒钟后瘫倒在了驾座上。

至死他都不知道，要走自己性命的凶器竟然是一根磨尖了的发夹。

江停下了车，把司机的尸体拉出来摔在地上，搜出枪和手机，又三下五除二扒了对方的外套给自己穿上，嘭地关门发动了吉普车。

前方山路越来越亮，发出信号灯的车队正向他驶来。

江停不住咳嗽，手微微发抖，毕竟他已经不是个健康强壮的人了。但他神志异常清醒，连黑桃K劈在后颈的那记手刀也只是让大脑深处隐约作痛，影响不了思考和决策的速度。

他打开车载无线电，车队杂乱的消息顿时响了起来："杰哥回话，准备爆破……"

"三号线预备，三号线预备……"

咔嚓，江停关了无线电，摸出那司机的手机按下了一串号码。

一定要接，一定要接……江停心中喃喃默念，果然几秒钟后电话被接了起来。通话对面背景杂乱，似乎有人正喊："线接了没！开始定位！"

那是建宁技术队姓黄的秃头主任。

这种紧急关头，江停发现自己竟然还能分神，而且还能从只字片语中认出对方来。

旋即一名老人沉声道："喂？"

"……吕局，"江停嘶哑道："我暴露了。"

"!!"吕局立刻问，"你在哪里！迅速定位！不要怕，我们已经派人去救你了，坚持住！"

"闻劭在撤退的路上设置了炸弹，是'三号线'。"江停尾音奇怪地发抖，说，"你们立刻让技侦定位这个号码，沿途撤离所有警车，他们马上就要爆了，动作要快……一定要快！"

"你在哪里？你要去干什么？待在那里等待救援，江队！江队！"

江停摁断手机，丢在副驾座上。

随即他踩下油门，吉普车缓缓启动，向前方越来越亮的山路驶去。

同时，石崖边。

信号灯映在阿杰眼底，顿时他像想起了什么重要的事，一摸口袋空的，再回头时果然看见十多米外的石缝中，有什么东西正闪着亮光。

"……"他吐了口气，转向秦川，凶狠而又有点不甘心，"算你小子今天走运，让你多活两年。”

旋即他蓦然抽手，竟然毫不恋战，拔腿就往回走。

“咳咳咳——”

新鲜氧气灌进肺部，秦川呛出满口血沫，剧烈咳嗽起来。刚才在生死之际几乎空白的大脑回过神，同时冒出好几个念头：什么意思？让我离开？他要去干什么？

这时他眼角余光瞥见石缝中发亮的东西，突然明白了：那是个手机。

阿杰抽身离开，是因为他要立刻去拨打三号线，好触发峡口的炸弹！

秦川猛然回头，眼底映出了远方夜幕中成片闪烁的警灯。

赶紧跑路吧，大脑中有个声音在告诉自己。

他已经暴露了，就算弄死阿杰，也失去了狙击黑桃 K 唯一的时机。现在最关键的是赶紧逃命，只要能顺利脱身，早几年他就已经为自己留好了后路，以后还是有机会卷土重来的。

阿杰走到石缝边弯下腰。

他已经不属于那些人了，他已经永远离开那个队伍了。即便活着被抓住，下半辈子也注定要在铁窗中度过，直到离开这个世界，那样的结果还不如直接去死。

是的，他告诉自己，还不如直接去死。

但同时又有另一个声音从脑海深处渐渐冒出来：这世上还有比死更让人不愿接受的事情。

手机明灭几下，随即被阿杰捡起来，屏幕照亮了杀手桀骜的脸。

红蓝光芒映着秦川的眼角，他转过身。

其实即便今天他死在这里，也没有人会知道他因何而死吧。

0、0、3，阿杰依次按下分机号，大拇指移向#键——

就在这个时候。

凌厉风声劈向后脑，阿杰条件反射偏头，手机被远远打飞！

“我×！”阿杰一句大骂没出口，被秦川用手肘从后勒住了脖颈。那力道简直是钢筋铁骨，丝毫无法撼动，恐怖的惯性让两人同时以身砸地，满地锐石瞬间切进皮肉，紧接着他们翻滚着冲向了崖底！

第30章

警车冲过废墟，车灯照亮了前方的夜幕。

无线电探测雷达屏幕上突然出现了一个红点，猩红光芒闪烁，映在严峫沉黑的眼底。

下一刻，严峫猛打方向盘，警车在尖啸中一个飘移，追随那红点而去。

嗡——

明明应该是响亮撞击，但在秦川耳朵里听来，却像是隔着水面的闷响。

那是因为他耳朵里已经蒙满了血。

阿杰狼狈不堪地从地上爬起来，全身沾满泥土沙石，喀喀喷出了好几口血红的唾沫。他用力摇摇头，视线好不容易聚拢，盯住了在不远处地上喘息的秦川。

这里离他们滚下来的地方有八九米高度差，满地都是凸出地表的锐利石块和刺刀般的坚硬枝杈，没在滚落过程中被捅个对穿真是走运。相较而言，秦川的运气差一些，他半跪在地紧捂腹部，根本站不起来，黑夜中看不清伤势如何，但指缝中正汩汩冒出鲜血，不断洒在地上。

“等……等着瞧，”阿杰喘道，“老子今天绝不、绝不让你活着走出这里……”

接着他不耽误时间，掉头就往上坡走，还要去拿那个手机。

秦川不知哪儿来的力量，突然起身扑了过去，就像当头而下的猛禽，从后一把勒住了阿杰！

这回阿杰是真暴怒了，冲口就骂出了几句缅甸语，就势前倾后背摔，重重把秦川掼上了地面！

落地当时秦川飚出了满口血箭，阿杰不待他缓气，拽着衣襟把他拎起来就是两拳，怒吼："老子弄死你个傻×！你拦啊，你再拦他们都是个死!！不是条子死就是你死!!"

嘭——嘭——

肋骨与内脏被拳头挤压、扭曲、破裂，连心跳都几乎终止。

然后阿杰一顿，拳头竟然被秦川沾满血迹的手掌抓住了。旋即秦川当胸一记飞踢，又快又狠正中胸骨！

那是野兽在濒死之际爆发出的力量，简直迅猛至极，阿杰只觉胸骨就像被千钧铁锤正面击中，霎时摔出去了十来步！

"……那就，"秦川粗喘着说，"就我死吧。"

他扑通倒在地上，一点点向不远处的手机爬过去。

那真的几乎就是在爬了，他身下的地面上都蹭出了血痕。阿杰血流满面支起身，只觉一股莫名其妙又荒谬至极的怒火直冲头顶，摇摇晃晃踩着碎石冲上去，在秦川离手机只差半步远的时候抓住他，狠狠往后一推。

"你还当你是条子呢？图什么啊，傻×?!"

"咳咳……"

呛咳让气管仿佛绞成碎片，秦川刚开口就涌出了一嘴的血。

"你就想找死是不是？老子成全你！"阿杰拎着他强行拽到折断的树干边，拽着后衣领砰一头撞在树上，碎木枯叶簌簌而下，"老子亲自送你上路!"

随即他又往树上——砰!!

鲜血洒遍满地，人骨撞响令人齿缝发冷。

秦川不住捯气，血色屏障甚至蒙住了视线。

但恍惚间他还能看见远处，蓝红交错的光芒映照着峡谷。他知道那里布满了无数警察，有些素昧平生，但更多能叫出名字；他们正紧张等待着特大毒贩的出现，等待着即将到来的背水一战，没有人知道曾经的叛徒正在这里。

没有人来送别他的死亡。

不过至少，秦川想，他们都曾一起出现在很多个战前动员、很多个战后庆功，以及更久远以前，自己刚进入禁毒支队时的迎新大会上。

既然曾有过那么多圆满，那么偶尔一次的缺憾也没有太大关系。

"行，今儿我送你跟那些条子一道下去，"阿杰随手抄起拳头大的锋利石块，冷冷道，"下辈子再找他们做兄弟去吧!"

呼——

石块迎面而下，秦川闭上眼睛。

但预想中的撞击却没有来临。

——啪！阿杰手臂被人从身后抓住了，随即巨力将他掀翻，迎面一拳向后栽倒！

“用不着下辈子，”一道熟悉的男声森然道，“他一直是我的兄弟。”

秦川瞳孔瞬间扩大。

“严……”他喃喃道，“严峫?!”

阿杰爬起来，还没完全起身就被严峫抓住狠掼上树，迎面就是闪电般又沉又狠的一拳。啪嚓！阿杰后脑勺重重撞树，紧接着不带歇气又是一拳，连太阳穴都发出了清晰的挤压声！

“……”阿杰咳着血抓住严峫，狠命把他蹬开，紧接着抱头躬身。这个反应确实是专业级的，因为下一刻子弹就砰砰几声击中了他身后的树干，溅起漫天木屑！

“你没事吧?!”严峫吼道。

秦川满头满脸是血，连咳几声才说出话来：“你……你是狗鼻子吗?”

“电波定位！”严峫冷冷道，“吕局说既然是共频炸弹，就得靠无线电波触发，所以指挥中心紧急发出了一批定位装置！增援已经在路上了！”

秦川无力地笑了下，喃喃道：“但唯独你跑这么快……还说不是狗鼻子。”

阿杰闪身避到树后，只觉天灵盖都差点被撞碎了，当场从齿缝中迸出了两个脏字来。无数次死里逃生的经验让他知道这时候不能迟疑，必须让对方立刻耗空子弹，于是在严峫追赶上来之前吸了口气，利箭般贴地滚出去，直直扑向某处——

严峫吼道：“站住！”

那只是他多年刑警的本能反应，实际是没等话音落地他就开枪了。夜幕中一溜火光追着阿杰，打得地面碎石飞溅，秦川喝道：“小心！刀！”

只见先前掉地的匕首赫然落在不远处，阿杰就地打滚，伸手去捞，下一瞬子弹飞旋而至，将匕首打飞了出去！

叮当弹壳落地，严峫正要换弹夹，就见阿杰像猎豹般跃起，半空把他踢得向后仰倒！

秦川：“你行不行啊?!”

严岬趔趄两步，阿杰的第三脚已然飞至鼻端。这一刻严岬的格斗路数明显露出了跟秦川不同的地方，他没有躲闪，而是在闪电间摔了空枪，双手肘架住阿杰小腿——如果这是搏击赛场的话，那迅捷的反应可能连摄像头都来不及捕捉，他已双臂同时发力，左右咔嚓一拧！

其实不该有动静的，但长骨开裂时电流般的剧痛，还是让阿杰头皮骤然一炸。

扑通！阿杰滚倒在地，严岬踉跄站稳："早说过老子比你行，不服气怎的?!"

秦川正咬牙往远处挪，闻言有气无力道："我已经把他'蓝'耗光一大半了！补刀不能算数！"

严岬："别那么……日！"

阿杰凶性已经完全被激发到顶了，在这种情况下，竟然还能一记扫堂腿把严岬撂倒，两人瞬间扭打在了一起！

"真感人，嗯?"阿杰脸色铁青，冷笑道，"差点下毒搞死你的人也能当兄弟，你是不是觉得自己特伟大?"

两人掌心、手肘、膝盖等所有能承重的点都互相卡着，肌肉绷紧、筋骨暴起，彼此骨骼都发出了不堪重负的咯吱声。严岬体力占据优势，一寸寸把阿杰拧翻过去摁在地上，因为过度用力而表情扭曲的脸上露出笑容，反而显得更加可怕："是啊，就伟大怎么了，敬佩我?"

阿杰："……"

"要不要老子给你签个名啊?!"

要是阿杰能空出手，这时候严岬那又高又挺的鼻梁肯定已经断了。但此时他们互相死死抵着，阿杰只觉铁锈味不断往咽喉里冒，他贴在严岬耳边，开口时齿缝间都渗出了血腥，一字字喘息着说："你知不知道……"

几秒钟后，严岬突然一肘狠砸在阿杰额角！

两人僵持的姿态顿时打破，混乱中阿杰顶中了严岬腿骨，捂着鲜血开闸似的额角滚出来。那惊心动魄的变动只发生在半秒间，两人拉开了几米距离，严岬脱口大骂了句什么，只听阿杰厉声嘲笑："你回头看看你兄弟还在吗?都跑了！傻×！"

严岬条件反射一偏头，不远处赫然空空荡荡，只留下了一摊血迹。

与此同时，他侧脸寒风逼近，咣！一声重响耳膜回音，被阿杰抄着石块狠砸了满脸血！

“秦川!!”严峫大吼，“给老子滚出来!!”

夜幕昏暗，黑烟滚滚，秦川完全不见踪影。严峫死死摁着阿杰的手，冷不防被阿杰抬脚横扫脚踝，顿时失去平衡摔倒，险些当头撞上石崖，霎时眼前金星乱冒。

就在这几秒钟的工夫，阿杰已经踉跄向远处冲过去，目标正在远处的大火映照中反着闪光——是匕首。

“几次都没弄死你，今天终于是时候了。”黑夜中只见阿杰扬起了匕首，眼睛像恶狼般闪着幽光，“给我一个人去死吧——”

“严峫!”突然背后响起秦川变调的嘶吼，“接着!!”

一道弧线划过半空，呼呼打转，那竟然是把手枪。

多少次出生入死配合出的默契在此刻发挥到极致，严峫仿佛背后长眼般，完全没看，电光石火间躲过匕首刀锋，刀尖在他侧脸上飙出一线血珠，同时竭力向上扬手——

啪！九二式旋转、接住，子弹咔嚓上膛。

爆裂狂风霎时静止，所有场面就此凝固。

天幕下只见严峫抬起的枪口，十字准星瞄准目标，砰!!

旋转的子弹粉碎时空、撕裂夜气，倒映在阿杰瞳底。

下一瞬，弹头从他前额贯人、后脑射出，弹壳叮当落地弹起!

“……”阿杰的表情终于凝固了。

这名在中、缅两地叱咤风云多年，早已不记得犯过多少罪、染过多少血的职业杀手，终于在这满地狼烟的山谷间颓然跪下，紧接着全身扑倒。

满地烟尘噗地溅起，又缓缓飘落。

——他死了。

血从他瞪圆的眼里流出来，但尸体已经不会再有任何反应，子弹孔里渐渐渗出一丝丝脑浆。

严峫手一松，九二式当啷掉地，紧接着长吁一口气放松下来。

“你刚才是不是骂了我妈……”秦川瘫在乱石间，猛咳了好几声，才筋疲力尽地喘上下一口气，“再敢骂试试，小心老子揍你了。”

严峫嘲道：“行啊，来啊。”

严峫转身摇摇晃晃走上石坡，只见秦川背靠一块山岩，脸色惊人得白，鼻腔、嘴角、半边侧脸全是血迹。刚才摁着阿杰滚下石崖的过程中他被树枝刺伤了腹部，黑夜中看不清伤口深浅，但外套正面已经湿润黏腻得不行，只要稍微靠近就是一股浓重的血腥味扑面而来。

“咱哥俩不行啊，”严峫脱下外套堵住出血口，说，“费大半天才把那缅甸佬干死，丢人哪。”

“你知道人在缅甸多狂吗？接一单够在建宁买套房，咱俩油腻中年公务员，能干死就不错了……嘶！”

秦川疼得抽了口凉气，好半天才缓过来，瘫在岩石上虚弱地道：“我本来是想借江队的刀弄死这小子，我自己集中精力对付黑桃K的……我还特地给姓江的下了剂猛药，谁知道他暴露得那么早，都没来得及动手。”

严峫狐疑道：“猛药？”

秦川不说话，突然问：“刚才那小子跟你说什么来着？”

严峫似有所悟，居高临下瞅了他一眼：“不重要了。”

但秦川是个事儿精，在这种出血不止的情况下还忍不住用手肘竭力撑起上半身，抻着脖子问：“来说说嘛，聊聊呗。这剩下的时间也不多了，以后也没什么能唠嗑的机会了，有啤酒花生吗？给来一把……你在干吗？”

严峫一边低头发紧急救助信号，一边从鼻腔里哼笑了声：“我要是你，现在就闭嘴好好歇着，争取待会儿增援赶到的时候还清醒，能亲眼看见闻劭那孙子被押进警车。”

秦川失笑。

“严队严队，严队请回话，这里是C91观察点……”

严峫接起步话机：“方片J持械拒捕被秦川跟我干死了，我刚才向指挥车申请紧急救助，现在怎么说？”

“‘钉子’向指挥中心发了第三拨炸药定位，拆弹人员已经就位，现在主目标离爆炸区只差一公里了！”

严峫：“哎哟！”

严峫起身就跑，跑两步似乎想起了什么，回头向秦川扔了副手铐，警告：“你自己铐上啊。”

秦川哭笑不得：“快滚吧你……哎，等等！”

严峫一回头。

远处火光未熄，秦川因为失血过多而浑然不似活人的脸竟然也被映得通红，眼珠熠熠发亮。这一瞬间他们互相凝视，隔着刀丛乱石，彼此眼底都映出了对方年轻时意气风发的身影。

“我感觉黑桃K似乎喜欢声东击西，你注意点，以防万一。”顿了顿秦川沉声道，“保重。”

严峫倒退两步，点点头，转身奔向了警车。

引擎轰鸣远去，黑夜很快吞噬了红色的车尾灯。

秦川收回目光，缓缓望向夜空。

挺好，他想，我比我爹走运。

不知道第多少次，他的思绪渐渐飘起，再度回到了那混乱仓促的下午。岳广平急促抽搐着倒在地上，布满血丝的眼睛直勾勾盯着他，似乎包含着说不出来的千言万语，有错愕、遗憾、惋惜、眷恋、不舍、难以置信……但唯独没有恨。

“不是说只需要拖延时间吗?！不是说剂量不足以致命吗?！”秦川颤抖着退后，听见心里有声音疯狂嘶吼，“怎么会这样？怎么会这样?！”

惊疑恐惧在他脑海中疯狂撕扯，令大脑一片空白，直到那个被他怀恨了很多年的、应该被称作“父亲”的男人终于停止抽搐，瘫在地上，彻底没有了呼吸。

这么多年了，他从没好好观察过自己父亲的脸。

直到阴阳两隔这一刻，他才发现那张脸原来与自己如此神似。

直到最后他都没有就毒药剂量的事去质问黑桃K，他好像就比较平静，又带着点情理之中的愤懑，顺理成章地接受了岳广平死亡的事实。他的所有表现都那么真实又自然，以至于没有人对他提出过任何怀疑——吕局没有，黑桃K没有，甚至连无数次深夜梦回中的父亲和记忆深处的母亲也没有。

毒牙藏在舌底，直到最后一刻，才图穷匕见。

太冷了，秦川竭力想曲起腿，但已经动不了了。

他曾希望黑桃K死在自己手里，不过死在警方手里也一样，如果上刑场吃枪子的话那差不多就是中六合彩了。虽然中途出了点意外，不能亲眼看到六合彩开奖，但姓严那小子替自己看也是差不多的吧。

秦川的视线愈加涣散，他闭上眼睛，千万星辰化作模糊的光点。

好困，他想，我得睡一会儿……

就睡一会儿。

风掠过山涧，吹着悠长的哨子，冲向红蓝光芒变换闪烁的夜空。

远处隐约传来了急促的警笛。

警车风驰电掣，峡谷中闪光映照着严峫沉着的脸，他按了下步话机频道：“老黄，给我发‘钉子’的定位。”

“哎呀，还定位呢，这移动速度快得信号都追不上了，我看看……”少顷黄兴叮当发来个位置，在指挥车喧杂的背景中大吼，“你要去哪里啊？老严！太危险了！省厅刚打电话，安排你们侦查组去峡口保护专家拆弹！”

“保护个屁！引爆装置一个电火花就能触发，调个武警连来保护有用吗?!”

“那还能怎么着？拿命拼速度呗！”黄兴嚷嚷，“我说你在哪儿？快回来！吕局正派人去掩护钉子！太危险了！”—_ 掩护？掩护是为了让卧底有机会逃走，但对江停是根本不适用的。这世上没有人比严峫更了解他，“红心 Q”绝不仅仅是钉在贩毒集团内部，再从容俊秀的表象，再冷静平淡的态度，都无法掩盖他灵魂深处真正的东西——一根浸泡着仇恨浓血，被时时刻刻存在的暴怒打磨三年，因而锐利无比的毒牙。

“我这就去跟‘钉子’会合。”严峫扔下这一句，随手将步话机丢在了副驾座上。

“喂！老严！要不要这么拼啊？你也就一条命……”

“哎呀你就让他去吧！”那边终于响起吕局无可奈何的呵斥，“你懂什么哪！”

黄兴：“……”

严峫唇角勾起一丝转瞬即逝的弧度，同时油门踩到底，警车尖啸着冲下山路，向目标突刺而去！

第31章

山路骤然一片雪亮，三辆防弹越野车已经驶了过来。

按照闻劭的原计划，江停迅速低头、打灯、脚踩油门冲上山路与车队会合。第三辆防弹车上的司机只见这辆吉普车从路边跟上来，车灯在电光石火间一照，映出了驾座上戴棒球帽、穿深蓝色夹克的江停——司机认出了那眼熟的衣服，也就顺理成章觉得自己认出了同伙，直接打开车载无线电：“尾车准备按计划接应，尾车准备按计划接应！”

——接应？

江停微愣，心念电转。

容不得他犹豫，从副驾座车窗向外望去，赫然只见尾车已经调整车速，与他这辆吉普并驾齐驱，只有半个车身的差距了。

紧接着，对方后座门打开，闻劭在狂风中探出半边身体——

这个动作让江停瞬间明白了一切。

在探身打开副驾门之前，他一把抓住了手机！

峡口。

照明灯将黑夜照得犹如白昼，横贯山谷的警戒线外闪烁着急促的警灯，无数特警正严阵以待。

与其形成鲜明对比的是，警车身后偌大的谷地空空荡荡，只有拆弹人员与防爆组顶着炽热的强光灯，在无数目光聚焦中紧张地工作。

突然一辆警车由远而至，停在了警戒线外。一名胖乎乎戴钢盔的老人不待人扶，自己便蹒跚下了车，周围特警纷纷为其让开一条路，诧异声此起彼伏：“这………‘这不是……”

“吕局！”现场指挥警官大步迎上，“这里路况太危险，您怎么来了？”

吕局抬手制止了他，布满血丝的眼底全是肃穆：“情况怎样了？”

“勘测到的六个引爆点已经拆除四个，剩下两个正在同时施工！”

“杨指导——”一名特警狂奔而来，“五号引爆点已经排除！”

周遭松了口气的细微声响连成一片，吕局因为连熬几夜而衰老憔悴的胖脸却依旧紧绷：“最后一个引爆点在哪里？”

现场指挥立刻招手让人拿来地图：“在这儿！”

山谷卫星地图被一再放大，深浅交错的图像上被画出了六处红叉，现在只有一处还亮着猩红的光。吕局端详片刻，突然眉头一皱，从杨指挥手里拿过平板仔细观察半晌，脸色蓦地变了：“不对。”

“什么？”周围几个特警指导员同时紧张起来。

“……”吕局粗短的手指在最后一个红叉上点了点，仔细听的话可以发现他尾音微微不稳，“这个引爆点在峡口最窄处，一旦爆炸容易引起连锁反应，形成整个峡谷的山体滑坡，到时候所有人都来不及撤退……把省厅那几个防爆专家叫来，快！”

所有人同时哗然。

“报告指挥车！报告杨指挥！”就在这时，无线电中传来前方观察哨的吼声，“主目标三辆车离埋伏点只差一公里了，正在向爆破点全速前进！”

话音刚落，远处山道上隐约亮起了车灯，随着狂风中的引擎轰鸣越来越近——

“狙击手准备！…‘哨卡准备！”“所有人——！！”

车门关闭撞响此起彼伏，随即大片警笛骤然鸣响！

“来人掩护吕局！”杨指导不由分说强行把吕局往警车上推，但在这格外混乱的时候，突然陈处从远处乱石堆上跌跌撞撞蹦下来，握着手机吼道：“吕局——钉子发来紧急汇报！”

吕局腮帮肉一颤，以跟他体形完全不相称的灵活度夺过手机：“江队？”

手机背景是狂啸的风声，连站在边上的陈处都听见了，似乎打电话的人正在驾车高速行驶：“主目标那三辆车要冲卡，闻劭不在冲卡的车上。”

陈处失声问：“那他在哪儿？”

刹那间吕局耳边响起了刚才路上严峫的话：“秦川说黑桃K似乎喜欢声东击西，叫我们小心提防，就怕万一……”

“……快！让特警去增援！”刹那间吕局的吼声和手机那边江停的回答完全重合，“——闻劭跟‘钉子’在一起！！”

闻劭从防弹车后门探向吉普车副驾。

疾驰的两车间距半米，只要有一辆稍微错开车速，他就会失足被绞进车底，瞬间变成一摊血泥——但他凌空横跨的步伐很稳，两手同时发力撑住车顶边缘，整个人钻进了副驾座上，“砰”地顺手带上了车门。

三辆越野车顿时加速，向远处灯火通明的警车阵冲刺而去了。

闻劭几不可闻地呼了口气，向后座扭头——他眼皮一跳。

后座空空荡荡，他的人质已不见踪影。

“别动，”枪口无声无息顶上后脑，江停冷冷道，“不然开枪了。”

车声颠簸轰鸣，但这一方小小的空间却像是凝固住了，短短几秒比几个世纪还漫长。终于闻劭笑起来，似乎非常无奈，说：“是我的错，我早该想到要制伏你没那么容易。”

江停说：“没关系，我也没想到你会自投罗网。”

江停一只手拿枪，另一只手搭着方向盘，三年前车祸留下的应激后遗症不再对他精湛的车技造成任何影响，吉普顺着狭窄的山路向前平稳飞驰。闻劭身体随颠簸微微晃动，车窗外黑得伸手不见五指，玻璃中映出他半边含笑的脸，似乎完全感觉不到冰冷的枪口正顶在自己脑袋上一样。

“是吗？”他说，“你想错了。”

话音未落，他突然扭头夺枪。这个举动与自杀无异，砰砰两声枪口走火，子弹紧贴着他的太阳穴打穿了车顶！

江停牙关一紧，枪已脱手，在后坐力作用下跳至半空。闻劭伸手去夺，江停一肘狠狠将枪撞飞，“砰！”第三声走火，子弹掠过江停鼻尖哗然打碎前窗，枪身飞至后座！

闻劭夺枪失败，反应极快，老虎钳般的手就去抓方向盘。

夺枪和抢方向盘，这两个举动都不啻疯子赌命，换作任何精神病程度不那么重的人来都办不到。然而这时江停冷不防猛踩刹车，吉普戛然停住，巨大的惯性让闻劭身体前倾，额角撞上了仪表盘；稀里哗啦巨响中只听咔嚓、咔嚓——手铐闪电般锢上了双腕!

闻劭一起身，右肋蓦然剧痛，低头只见江停正从他肋下拔出一把血迹斑斑的小刀，随即二话不说更用力地捅了进去。闻劭在鲜血喷涌中发出一声闷哼，紧接着被刀锋抵上了咽喉。

“我想过很多次，如果有机会的话，最好能把你凌迟弄死。”江停淡淡道，“你想给我这个实现心愿的机会吗?”

闻劭不断吸气，随着这个动作，刀锋在他咽喉上划出了一道道细微的血痕。终于他长长笑叹了口气：“你刚才就应该先下手打断我两条腿的，再不济废掉两只手也好，早干什么去了?”

吉普车停在狭窄的山道正中，一侧是悬崖石壁，另一侧就是陡峭深渊。江停的双眼在黑暗中森然发亮，说：“我确实很想这么做，但万一把你弄死了怎么办?那些运毒渠道、协从人员、内部上下线，当初在国外谁帮你研究出的蓝金分子式，这么多年来销往东南亚乃至北美的走私路线，难以计数的重量级情报，由谁来交代呢?”

警车内，手机转接的通信频道中，江停的声音在嗞嗞电流中响起：“……现在你的命，可比我值钱多了。”

吕局眉心一颤。

车窗隔不断激烈的枪战，黑夜中只见冲锋枪不断狂喷火舌。穿防弹背心的特警一层连着一层往前压，那三辆防弹车已经千疮百孔，活活被打报废了，毒贩们却还在以车身为掩体不断负隅顽抗。

“狙击D点回话，狙击D点回话——”

“D点已做好准备!”

“开火!”

一名毒贩刚从打开的车门后探出头，还没来得及扔出土制手榴弹，一枚狙击子弹便穿越茫茫夜空旋转飞至，瞬间洞穿了他的头颅。

滴溜溜——手榴弹随尸体同时落地，四秒后，整辆车在气浪中爆上了天!

爆炸让漫天碎石当空而下，哗啦撒得满地都是，正蹲在拆弹警戒线外的魏副局和陈处齐齐一缩头，被沙土撒了满脖子。

“呸呸呸……”“咳咳咳!”两人正狼狈不堪地抖衣领，突然只见远处隐约有了动静，防爆小组正同时雀跃起来。几秒钟后，步话机中响起了兴奋的汇报：“指挥中心指挥中心，第六处引爆点已顺利拆除！”

俩领导血压同步飙高，双双开始摇摇欲坠，那个姓杨的现场指挥员差点给他俩吓出魂来。

“老陈快去汇报老吕！”魏副局当机立断，“让防爆小组立刻开始清除所有炸药！”

陈处“哎”了声，这时候再也不见当初省厅特派专员的架子了，动作灵活得像只剁了尾巴的兔子，跳起来撒腿就奔向警车：“吕局吕局！拆弹现场传来消息——”

他的声音突然停住，只见吕局直勾勾盯着车前窗，远处毒贩那辆车爆炸后正熊熊燃烧，火光倒映在老局长混浊的瞳底：“……不好。”

陈处：“啊？”

吕局缓缓转头，陈处与他面面相觑，只听他终于嘶哑道：“……刚才的爆炸，好像响了两声。”

枪战似乎离得很远，被树林间的簌簌风声一卷，便消失无声了。

“你想让我交代吗？”闻劭黑色的眼底浮现出戏谑，“可是就我对法律的了解，我的罪名足够被枪毙一百零八个来回，即便配合警方调查，也绝不可能换来死缓，老实交代又有什么意义呢？”

江停平淡道：“或许可以帮你把枪毙换成注射，至少能死得有尊严一点。”

闻劭像是听到了什么特别好笑的事情：“那你不如现在就一刀捅死我，或者慢慢捅死也行。死在你手里我最有尊严。”

两人彼此注视，半晌江停缓缓一笑，只是那笑意阴寒得令人骨髓发冷：“别担心，警方会有办法撬开你这张嘴的。”

他拉起手刹，准备发动汽车—但突然闻劭喝道：“等等！”

江停挑起眉。

“你想让我交代吗？”

“……”

“如果每次审讯都有你参与的话，我就把一切警方想知道的秘密都说出来，怎么样？成交吗？”

江停的神情仿佛一片深潭，从根根眼睫翘起到唇角下落的弧度，都看不出丝毫情绪。

闻劭被刀锋抵着咽喉，血珠不断滚落，但他仿佛感觉不到那疼痛，甚至连笑容都更加明显了：“你这个手机连着指挥中心吧，或许可以先看看我的诚意。知道王锐、贺良跟申晓奇那三个孩子是怎么死的吗?”

江停想提醒他申晓奇已经被救回来了，但并没有出声。

提醒了也没用，闻劭的偏执早已病入膏肓，在他眼里申晓奇跟死了没什么两样。

“每年七月中，我都会想起咱们小时候的经历。如果说我这辈子有过什么遗憾的话，那根救生绳可能是我唯一想令时光倒流，回到过去阻止并改变的事情，但就像你说的那样，二十多年了，太久了。即便再回头也没有什么意义了。

“这件事后来变成了我心里的鲠，直至我从国外回来，发现你彻底站在了吴吞那一边时，这鲠便成了出血点，每一天我都能感觉到它在扩散、溃烂，渐渐成了心腹之患。”

“所以你逼迫滕文艳杀王锐，李雨欣杀贺良。”江停眉目纹丝不动，说，“你实际想行刑的其实是自己，但你又不愿意去死，所以只能找这些无辜的孩子来当替身。”

闻劭默然片刻，眼神闪动：“我其实是愿意死在你手下的，就像刚才上车时，我问你为什么没开枪。”

江停一哂。

“但我还是很高兴你能理解我的意思。”闻劭温和地道，“我一直最在意的人是你，江停，作为配合警方的交换，请你亲手把我送到吕局手里去吧。”

如果是以前，这番话会让江停被仇恨和自我厌恶的毒蛇所缠绕，乃至于被逼到窒息，但现在他心里只感觉非常荒谬。

“抱歉我一向不太能理解你。”江停微笑嘲道，“那个案子负责剖析犯罪动机的人是严峫。”

他一脚踩下油门，吉普车嗡地发动，向前驶去。

侧视镜映出他们身后的景象，山路尽头隐约亮起光芒——那是车灯，似乎正有一辆警车从后方追上来。

江停分神往侧视镜一瞥，紧接着听见了闻劭越来越清晰的笑声。

这个人跟江停聊天时经常笑，但很少像这样痛痛快快、不加掩饰地笑出声。不知为何江停心中微沉，皱眉问：“你笑什么?”

“就像滕文艳没杀王锐，于是她也死了……”闻劭遗憾地道，“所以我刚刚才问，为什么你不直接开枪呢？”

“……”

闻劭握住江停突然开始战栗的手，就像握住了价值连城的珍宝，丝毫不在意刀尖刺进了薄薄的颈部肌肉。他就带着那仿佛解脱般的笑容，缓缓地道：“为了在脱身后彻底销毁线索，以防警察追踪，我在这四辆车中都装了炸弹……”

江停突然抽手扔了小刀，嘭地打开仪表盘下的杂物箱，瞳孔瞬间缩紧。

照明灯中，一摞炸药被固定在箱底，引爆装置极其精妙，竟然是被电磁线固定住的两个金属小球——

“继续往前开，别减速。”闻劭语气中似乎带着少许的遗憾，“这是惯性触发装置，金属球三次碰撞即可引爆。你刚才停车又启动，惯性作用力已经让它碰撞两次了，只要你再踩一次刹车，你我都会被炸得粉身碎骨。”

“我想跟你一起活着。”指挥车中清清楚楚响起黑桃 K 的声音，“实在不行的话，一起死也可以。”

所有领导脸色骤变，吕局的茶杯嘭一声翻倒在地！

“报告指挥中心！”正在这个时候，只听通信频道里余队朗声道，“我已带着增援在前方设置好关卡，江队的车离我们只差 200 米了！”

魏副局惊怒失声：“不——”

丁零零！车载卫星电话响了起来，吕局剧颤着手按下接通键。

“报告吕局，我刚从后面追上江停。”严峫驾驶着警车，透过车前窗，吉普尾灯正映在他诧异的眼底，“您能不能帮我接通一下江停的频道？他好像完全没有减速跟我会合的意思，怎么回事？”

第32章

恭州市公安局。

“什么，车里有炸弹?!”副市长霍然起身，手里的听筒猛然拉扯电话线，电话机在光滑的会议桌上发出刺耳的摩擦声。

周围一片哗然，紧接着议论纷纷。

会议室窗外正值午夜，黑暗浓墨般化不开；日光灯却明晃晃照着从正厅到副处等各级领导，乍看上去每张脸都挂着相同的凝重，仔细观察却可以发现每个人眼神深处都闪烁着各异的光。

“好。”只见副市长胸膛迅速起伏几下，才咬牙回答，“我们随时等待S省及建宁市兄弟单位的回复，一旦需要任何信息情报协助，请随时联络!”

副市长放下听筒，颓然坐在椅子上，长长叹了口气。

会议室里嗡嗡不断，没人注意到副市长左手边，某个穿深蓝制服白衬衣、胸前警号零零三的中年人目光飘忽不定。少顷他抓起手机，对书记员低声招呼：“我回办公室拿趟东西。”紧接着快步走出了门。

下楼右拐尽头，零零三推开自己的办公室门，紧接着反手关上。直到这时他才终于露出了难以掩饰的惊悸和恐惧，大口喘息好几下后，再次打开了邮箱——

如果有一天组织出事，你立刻代我通知各个渠道，确保各上下线立
刻隐藏。

否则跟你相关的所有证据将于24小时内自动曝光。

零零三闭上眼睛，浓烈的悔恨涌上脑海，如万蚁噬心。如果那个总是带着魔鬼般笑容的黑桃K此时出现在他面前的话，也许他会丧失理智地扑上去，恨不能

与对方同归于尽——但现在说什么都晚了。

他不能同归于尽。

他还有仕途，有家庭，有本该光明灿烂的一切。

一根烟工夫过后，零零三终于鼓起勇气，颤抖着手打开附件，开始按邮件内容向指定人员逐条发送指令……

会议室里，一名其貌不扬的书记员突然起身，穿过人群走到副市长身后，附耳轻声说了几句。

“……果然。”副市长眼底浮现出一丝冷笑，“监视了他这么久，果然在今晚露出狐狸尾巴了。技侦已经准备拦截了吧？”

书记员点点头，小声问：“现在怎么办？”

副市长咳了声，站起身。满会议室大大小小的领导纷纷望来，却只见他面色阴沉肃穆，丢下一句：“我有点事处理，去去就来。”紧接着带书记员头也不回地走了出去。

眼尖的人可以看到，在大门关闭的那一瞬间，走廊上赫然有几名荷枪实弹的刑警紧紧跟了上去。

消息开始发送，1/13。

黑暗的办公室里，手机屏幕映着零零三苍白的脸。不知是无法面对自己即将传出的机密消息，还是他已经连这点光亮都不敢直视了，零零三连忙反手掩住手机屏幕。

黑桃K通过一个简单的技术手段，设置了对他的监督程序。只要按指令发出机密，他便会收到程序发来的验证码，通过验证码登录秘密服务器，便能进入黑桃K的数据库，将自己的各项违纪证据彻底删除。

最后一次了，他想。

——尽管每次屈服在对方胁迫下时他都会这么跟自己说，但每一次他都坚信，这就是最后一次了。

零零三颤抖着吐了口炙热的气，就在这时——

砰！

大门突然被撞开，光亮轰然射入。零零三本能地伸手捂眼，随即疯了似的抬起手机按删除，但已经迟了：副市长亲自带着十来个人冲进来，刑警一把按住他的手，不顾他发疯挣扎，强行夺下了手机！

“不!！还给我，还给我，我来解释——”

“把这十三个号码交给技侦跟踪定位，立刻上报公安部，通知S省公安厅准备抓人。”

零零三终于意识到大势已去，绝望地瘫软在了椅子上。

“早在去年十二月初，被s省安插进吴吞、闻劭特大贩毒集团的卧底‘钉子’就查出了你的身份，并确定了你是毒贩闻劭用来联系上下渠道的关键中枢。”副市长冷冷道，“鉴于这一点，我们始终没有打草惊蛇，就是为了在最后时刻通过你，一举挖出这张贯通上下各级部门的保护网。”

零零三脸色灰白扭曲，死死盯着手铐，终于挤出几个字来：“那个‘钉子’，就是当年……当年的江……江……”

“对。就是三年前岳广平被害那天，你偷偷派人去现场企图将他灭口，但被他逃了出去，还在抓捕过程中撞上了货车的，”副市长冷冷道，“原恭州禁毒支队队长，江停。”

唰啦一声，闪电般的回忆浮现在零零三脑海中——

“赵局，姓岳的他们家门口果然有动静了!”手下指着监视屏中的居民楼，顺着他惊恐的目光望去，只见楼道口正隐约晃动着一道熟悉的背影，“您看这个人是谁，他怎么会在这里?!他不是已经，已经……”

零零三脑子里嗡地一响，那身影竟然是江停。

他不是“死”了吗？他为什么能活着回来？

难道他已经投靠了黑桃K?!

如果在谋害黑桃K之后还能全身而退，那么他很可能已经在贩毒集团内部建立了某种关系甚至是合作，这让江停这张嘴的存在变得异常危险。现在他知道多少秘密？他是否已经查到恭州内部曾经为草花A提供保护的人就是自己？他为什么去找岳广平？难道是打算——

零零三掌心出汗，听见自己的声音嘶哑道：“……干掉他。”

“赵局?”

“姓江的‘死而复生’，持械拒捕，因为有可能对岳副市长造成极大威胁，被当场击毙。”零零三咬牙切齿道，“弄干净点，不做外勤备案，所以别闹出太大动静。你明白我的意思了吗?”

手下人面露狠色：“是，明白!”

“……原来我当年根本没必要，”零零三失魂落魄，“原来我当时根本没暴露……”

“你后悔的是这个？我还以为你后悔的是从最开始就不该跨越雷池！当年你隐瞒、监视、盯梢岳广平，私下为吴吞提供了多少庇护，一〇〇九案发生后又到底动了多少手脚，等到看守所里再慢慢交代吧！”

副市长再也不多看他一眼，厉声道：“带走！”

两名刑警将面如死灰的零零三挟起来，手铐随战栗而哗啦作响，消失在了门外。

“嗯，嗯，明白，”吕局肃然道，“我知道了。”

吕局挂了电话，魏副局在边上一句“什么事”还没问出口，就只见他抓起手机，面沉如水：“江队！江队，你还能听见吗？听我说！”

“恭州赵副局长试图向外传递内部机密，刚才已经被抓了，手机密件被技侦全部拦截，我们顺着这些线索也能摸到贩毒集团的老巢，再难我们也会尽全力！

“闻劭的命不比你值钱，你得活着回来！我们自己人的命更重要！”

“——我们自己人的命更重要！”

吉普车内，冷汗顺着江停苍白的脸汇聚在下巴颏上，随即滴进衣领，洇出一滴小小的湿迹。

侧视镜内骤然闪现出强光，那是警车不仅没有减速远去，反而开上来了，几乎紧紧挨着吉普。

“……”江停喘息着拿起手机，贴在嘴边。他的嘴唇在微微发抖，但没有影响语调一贯的冷静和坚决，闻劭从副驾上深深盯着他，只见他鼻梁正反射出挺拔笔直的微光：“告诉严峫……让他把警车停下，离我远点。”

余队的吼声多少年都没这么尖厉过：“清除路障！快！快!!”

这重重关卡原本是为了拦车抓捕黑桃K而设下的，但现在却变成了争分夺秒的修罗场，只要吉普撞上任何一道路障，都有可能在惯性作用下触发炸弹，将所有警车裹成火球炸上天。

车灯转瞬即至，刚设置好的最后一道路障也被刑警飞身推到了路边。下一秒，吉普车呼啸而来，惊险至极地穿过关卡，在十多辆警车的注视下冲进了夜幕！

刺——尾随吉普的那辆警车却戛然而止，尚未停稳便只见严峫跳下车、扑向后座，头也不回地吼道：“来个人帮我开车！快！”

离车门最近的韩小梅一激灵，条件反射："哎！"然后一躬身灵活地钻进了驾驶室。

"嘭""嘭"两扇车门关闭的撞击同时响起，没人来得及阻止，警车已经嗖地冲了出去。

"胡闹！"余队骂了句，也低头坐进副驾，扣上安全带，对步话机沉声道："所有人准备增援，注意保持安全距离，追！"

从高处向下俯览，吉普疾速冲向黑夜，一辆警用越野跟在后面咬着车尾。在隔两三百米距离处，八九辆深蓝警车正鸣笛亮灯，浩浩荡荡紧追而去！

"怎么是你？"严峫扒着驾驶座后背，冲韩小梅的耳朵大吼，"你能行吗？跟上！跟上！别发呆了，发什么呆！"

韩小梅欲哭无泪："谁谁谁说女子不如男，这种时候就不要挑三拣四了……这不跟着呢吗？"

"呼""呼"两声转弯风啸，吉普和警车几乎同时开进了发夹弯人口。江停第无数次瞥向侧视镜，他的脸好似冻住了般，但紧抓着方向盘的双手却十指关节泛白。

"想跳车？"闻劭仿佛看穿了他在想什么，"没用的，从现在到下山一路车左侧都靠悬崖，这个速度跳车，你只会直接摔到崖底里去。"

江停不答。

闻劭看着他僵冷的侧脸，换了个诱劝的语气："我以为你曾经很想跟我同归于尽。"

"……不。"

"哦？"

"我曾经是这么想的，如果能带你一道下地狱，那么死亡对我来说简直求之不得，但那已经是过去的想法了。后来我才发现，其实我更希望能眼睁睁看着你下地狱，我希望能欣赏你像那些被你害死的人一样，满心遗憾又不甘愿地去死。"

闻劭神情微动。

"人一死就什么都没了，活着却能抓捕跟你做过生意的拆家，能支撑那些死难者的家属，能做完三年前牺牲在爆炸里的人没来得及做完的事情……"江停沙哑道，"活着比死更需要勇气。"

闻劭默然良久，冷冷道："但现在再想活已经没用了。"

“是，的确没用了。但至少可以让你知道……”

吉普甩尾进入弯道，前方遥遥只见一片红蓝警灯，那是先前警方设下的拦路卡。冲卡的三辆防弹车已经接连炸毁，火光兀自燃烧，指挥车边吕局等人正焦急地翘首以盼。

江停望向闻劭，眼底闪烁着毫不掩饰的嘲讽：“如果时间回到二十年前，我会毫不犹豫抓住那根绳子，一脚把你给踹下去！”

“前面是警方最后一道关卡！后面就是峡口了！”韩小梅尖叫，“怎么办严队！快告诉我怎么办！”

“右边！”

“什么?!”

“插进右道，挤他内侧！”严峫探身拔出韩小梅的枪，“对对，领先他半个车身，保持相同车速千万别超过去！”

韩小梅还以为他要拿枪顶自己的脑袋，登时充满了恐惧：“我我我啥都听你的！别冲动！”

警车骤然加速，硬生生挤进了吉普车右侧与山壁的空隙间，只听咣一下，警车右边侧视镜被岩石撞飞，霎时消失在了黑暗里。

这时两车齐头并进，严峫一偏头，透过车窗，正正对上了吉普车上闻劭森冷的注视。

“记住保持相同车速，尽量开稳，你们女司机证明自己实力的时候到了。”严峫把枪插进自己的枪套，用力紧紧登山靴鞋带，沉声道，“待会儿你要是让我摔下去，韩小梅，就等着老子半夜三更去找你吧！”

“啊?!”

韩小梅一看后视镜，登时吓得三魂掉了七魄——严峫在疾驰中打开后车门，刺骨寒风顿时灌进了车厢！

“……”江停望向副驾车窗，不出声地骂了句脏话。只见严峫半边身体都探出了警车，几乎悬吊在半空中，似乎正要往吉普车上攀。

他不要命了吗?!

江停一脚踩下油门，吉普嗖地蹿出了大半个车身。严峫一手抓空，怒道：“韩小梅!!”

韩小梅委屈的吼声回荡在狂风里：“江队加速也怪我啊?!”

“告诉严峫让他停车！回去！”吉普车内，江停拿着手机厉声道，“太危险了，我自己想办法！”

扬声器里传来吕局沉重的声音：“你能想什么办法？”

江停眼珠微微发抖，短短几秒无言被拉得无比漫长。通话两端一片沉寂，终于江停长长吸了口气，平静地回答：“这是我自愿的，我不后悔。”

顿了顿之后，他轻轻地道：“……告诉严峫，我至死都会记得他。”

闻劭在副驾上，仔细看的话他脸颊线条紧绷，似乎牙缝正咬得非常紧。

江停把手机丢去了后座。

“前面就是指挥车了，你行不行啊，严队！”韩小梅简直要哭出来了，突然车身碾过碎石，猛地一震，“啊！你抓紧！”

“贴近点！再近点！”严峫一只手死死抓着警车打开的门，另一只手去够吉普车顶棚上的搭载架，然而始终就差那么点距离够不着，“加油！别怕！”

“不行严队！江队车上有炸弹你跳上去又怎样，要不再考虑考虑?！啊?！”

警车逆风而行，酷烈寒风打得人连口都很难开，严峫一头探回车里：“我知道！”

“……”

韩小梅心惊胆战望着后视镜，镜中正映出严峫的面孔。他头发被吹得乱七八糟，浓密眉头拧得仿佛打了结，暴戾中却又有种难以言喻的张力：“但江停只有我，什么都没有只有我！我不救他还有谁救？难道让我放他一个人去死吗?！”

韩小梅想说什么，但什么都说不出来。

“跟上江停！”严峫吼道，“我要跳了！”

吉普与警车并驾齐驱，同时冲进警车群中，将警戒线砰地撞断。

两车都没有任何要减速的迹象，在众目睽睽中穿过了关卡。所有人、所有车都在四下避让，只有魏副局望着半吊在警车外的身影，失控地往前冲了两步：“严峫！”

吕局一把拽住他，同时吉普呼地冲来，贴着魏副局肩膀飞驰而过。

“你个老东西也不要命了！”吕局呵斥。

魏副局面色灰白，跟平时严肃暴躁不苟言笑的他判若两人：“可是，可是……”

周围突然响起惊呼，打断了他的嗫嚅。吕局跟魏副局同时扭头望去，只见无数人亲眼见到，严峫凌空跃起，扑向吉普车顶——

那比眨眼还快，但时间却仿佛在此刻静止了。严峫的头发、衣领、外套下摆当风扬起，从脊背后腰乃至两腿都呈现出极度紧绷的肌肉线条，警灯为那侧影镀上了红蓝交错的光晕。

紧接着，他把自己整个砸在吉普车顶上，嘭!!

魏副局失声："小心!"

吉普车身大震，江停瞳孔压紧，抬头向车顶看去。

在那千钧一发之际，严峫抓紧了吉普车顶架，手臂肌肉绷住暴起；随后他单手引体向上，一条长腿先跨上车顶，全身翻了上去。

他紧紧伏在两根铝合金架之间，一只手"咣咣"重敲了两下车窗，然后从上往下探出头。

车窗降下，露出了江停苍白的面孔。

他们在这生死时速中互相凝望，狂风如无数利刃，将彼此注视的目光撕扯成碎片。

"……开慢点，"终于严峫干裂的嘴角一勾，温柔道，"我来接你回家。"

咔嗒。

副驾传来金属敲响，只见闻劭左手拇指根部扭曲到常人难以做到的地步，在几乎掰断骨骼的极限中，生生把手抽出了铐环!

刺啦一下他手背皮肉翻起，鲜血淋漓。但他仿佛完全没感觉，打开门探出车厢，冷漠地眯起眼睛盯着严峫。

"行啊，"在剑拔弩张的空气中，他每个字都充满了寒意，"我这就先送你下去。"

第 33 章

严岫抬头对闻劭上下一打量，低头问江停："他能打吗?"

江停少见地有点发愣，出于本能他还会去看车前窗，但又控制不住要转移目光看严岫，视线来回游移几次后终于找回了理智，摇摇头："还行，一般!"

严岫这口气还没松出去，只听他说："也就跟方片 J 差不多!"

严岫："……"

"你最能打!"江停大声道。

闻劭甩手用铐链反绞住严岫腕骨，皮肉立刻开裂出血，剧痛中严岫下意识地松开了车顶架，半边身体被风掀起。所幸他另一只手抓得紧，半空中就势一腿横扫而来!

嘭！闻劭一抬手臂，正正挡住那迅猛无比的鞭腿，竟发出了沉闷的撞击声。

他下盘其实非常稳，但在这么凶狠沉重的撞击下还是趔趄一晃，险些栽下车。趁此空隙，严岫艰难地翻身重新上车，闻劭甩手低低骂了句什么，就探身钻回车厢，摸黑去捡不知掉在了哪里的匕首。

江停喝道："严岫！小心!"

话音未落，他猛打方向盘，在吉普过弯的同时做了个非常危险的驾驶动作，将副驾那一侧用力贴向锋利的山壁。霎时只听"刺——"，黑暗中火花直迸，金属摩擦声撕裂耳膜，那是车门边缘撞上了岩石!

闻劭大半身体已经钻进车内，但一只手还抓着车顶边缘，这样只要抓住匕首，便能立刻借力重新探出车外。但这样也导致了他后背完全暴露在外，眼见就要被夹进车身与岩壁缝隙中!

他指尖已经触到了刀锋，就在这瞬间感觉到了危险，猝然放弃匕首，整个人骤然发力蹿上了车顶。这个反应速度和爆发力都是相当惊人的，就在他攀上车顶的刹那间，身后雪亮火光伴随巨响，车门被山壁生生撞离车身，整块钢铁瞬间就飞出去了数十米！

咣——当！

扭曲的车门飞旋落地，兀自疯狂旋转，紧接着被尾随而至的韩小梅撞下了悬崖。

只要再迟半秒，闻劭刚才就已经被挤成了血泥。他一抬头，正对上严峫——现在两人都伏在了车顶上，一人抓着一边车顶架，几乎凑了个面对面。

严峫一脚狠蹬："给老子滚下去！"

闻劭被蹬中腹部，先前被江停在同一地方连捅两下的刀口喷出血来，痛得他闷哼一声，在呛出血丝的同时胳膊一伸，手肘紧紧勒住了严峫的脖子。

两人就像两头野兽，在车顶那方寸之地殊死扭打，甚至看不清自己打到了对方什么部位。严峫被勒得眼冒金星，发狠扳着闻劭的手肘，只觉自己正抓着一块炙热的岩石，只听那魔鬼般的声音在自己耳边响起，每个字都像是从牙缝中挤出来的："没想到吧，一见面就是你死我活，嗯？"

黑暗中闻劭手臂上五道血珠蜿蜒而下，那是严峫五指深深掐进了肌肉之中。

"傻×，"严峫在桎梏中艰难地道，"你算个屁！"

严峫突然放开车顶架，这简直是玩命的举动，刹那间他完全没了着力点，全靠掐着闻劭胳膊才没一眨眼滑下车；下一秒只听"砰"一声，他一记老拳揍在闻劭肋下，拳缝间顿时发出了湿润血肉被挤压的细微声响。

闻劭猛地呛出血星，严峫已翻身跨坐在他身上，一拳照脸砸下！

咣！闻劭头猛偏，严峫铁拳砸在车顶，指节顿时在金属上留下了四道凹陷。

这时突然车身骤跳，两人眼角同时瞥向前方——吉普已经冲过了关卡，前面再也没有警车可以照明，借着车前灯的黄光，恍惚只见前方山壁侧面，凌空延伸出一大片黑影，高度正恰好对准了车顶。

是岩石?!

这个车速撞上拦路石，那真不是头破血流，那是整个头当场就能飞出去。严峫大骂一声往前扑，想把全身紧贴在车顶上避过撞击，然而闻劭却在转瞬间掐住了他咽喉，硬生生把他上半身抵了起来！

"……"严峫被掐得说不出话，喉骨咯咯作响，只能眼睁睁望着那黑影扑面而来，大脑一片空白——

"去死吧。"闻劭嘲道。

下一秒，哗啦！

无数细小枯叶劈头盖脸，是树丛！

大半车身都被淹没进了既细脆又尖锐的树丛里，就像千万暴雨抽打在两人身上。闻劭被抽得睁不开眼，严峫也猝不及防吃了满嘴灰尘叶片，总算把卡在自己咽喉上的手死命掰开了；短短几秒却漫长得仿佛世界末日，终于"呼"一声风响，吉普总算驶出了树丛。

"咳咳咳呸呸呸……"严峫狼狈不堪，心里却只有一个想法：老子真命大！

闻劭喘息道："你还真命大。"

严峫一拳把他脸打偏："老子这是警徽护体无往不利，你懂个屁！"

闻劭呸地吐出一口血沫，眼底寒光闪烁，突然抓住了再次袭来的拳头，咔嚓关节反拧。严峫只觉过电般的刺痛顺着肌肉爬进神经中枢，当场痛得吸了口气，只听闻劭冷冷道："无往不利？做梦！"

紧接着他发力重拉严峫手臂，借力起身，重若千钧的拳头直捣进了他的胸骨。严峫连哼都来不及哼，身体失去平衡，向车后一滑！

这要是滑下去，刚才那扭成麻花的车门就是他的下场。所幸千钧一发之际，严峫单手勉强抓住了车顶架尾端，堪堪稳住身形，还没缓过劲来，迎面又是一记重拳直捣胃部。

"噗——"

严峫喷出一口水，差点把胃从喉咙里吐出来。剧痛中他手臂咔啦绷紧，被闻劭拉住横拽；他还来不及反击就被背摔过肩，腾空而起天旋地转，嘭！！

严峫仰天朝上重重摔在了车顶上，八十多公斤体重将钢板生生砸出一块凹陷！

"蠢货，"闻劭冷冷道，"你连跟他死在一起的资格都没有。"紧接着铁硬的手肘从上而下，直击严峫天灵盖！

"——报告指挥车！我们已驶出发夹弯，严队跟主目标在吉普车上打起来了！"韩小梅尖尖的尾音在步话机中回荡，"现在怎么办？请指示！！"

指挥车显示屏上，每辆警车的实时定位都是个小蓝点，正沿地图上的山道闪闪向前移动。桌上散着好几张画满了潦草废稿的纸，那是在过去二十分钟内被紧急提出又立刻否决的解救方案，从省厅到市局好几个领导脸色铁青，各自一筹莫展。

“怎么办，老吕？”耳麦中只听刘厅凝重地道。

吕局迟疑地张开口，刚要说什么，突然只听技侦那边黄兴变了调的喊声响起：“吕局！吕局！不好了！”

“不好了”这三个字就像三根钢针，嗖嗖嗖刺中了这帮领导早已不堪重负的神经，霎时所有人都站起身：“怎么了？”“怎么回事？!”

黄兴手中捧着一张传真，在显示屏荧光中，隐约只见他脸色发青：“当……当地林业部门刚发来的，实时卫星图像……”

吕局意识到什么，冲上前唰啦夺过那张纸，只定睛一扫，就屏住了呼吸。

哗——车顶尘埃被撞击簌簌而下，江停抬头一瞥。

严峫仰躺朝上，双臂交叉，在刚才千钧一发之际抵住了对方的手肘，残酷漫长的角力让两人的表情都微微扭曲，汗水一滴滴从脸上蜿蜒而下。

“……谁……要死在一起……”严峫咬牙切齿道，目光因痛苦而格外彪悍锐利，“你自个儿去死吧，老子偏要跟江停一道活！”

他骤然屈膝前蹬，那是个闪电般犀利狠毒的倒挂金钩；闻劭眼皮一跳，只觉面门厉风撞来，措手不及间被当头一脚失去平衡，登时摔下了车！

严峫鲤鱼打挺起身，劈手抓住铝合金架，扭头身后已经不见人影。

摔路面上了，还是被碾进车底成肉泥了？

严峫狼狈不堪，不住粗喘，一道道汗迹混合着鲜血与尘土，从结实的脖颈淌进了衬衣领。突然他瞥见什么，低头只见车尾后，闻劭也正喘息着踩住保险杠，死死抓着备用轮胎。他钢铁般的手指青筋暴起，力量确实相当惊人，在车辆剧颠和狂风呼啸中竟然还能勉强固定身形，始终摔不下去。

严峫脱口大骂，但一时无计可施，只得弓身抓住车门边缘，裹着寒气翻进了副驾。刚落坐他就嘶地倒抽一口凉气，按住自己腹部，竟然摸出了一手温热黏腻的血。

吉普轰然飞驰，江停一打方向盘，神乎其技地绕过山壁之下坍塌的碎石：“你怎么了？”

严峫眼底微光闪烁，不动声色把掌心在裤缝边蹭了蹭：“没什么。”

“你受伤了？给我看看！”

“没事，没有。小心！”

前方二十米，又是一堆乱石从右侧车灯下闪过，将原本山路几乎堵绝，只要撞上必定车毁人亡。眨眼间江停踩油门、拉手刹、橡胶轮胎发出刺耳尖啸，从乱石中呼然穿过，前方地狱般黑暗的夜幕迎面而来。

副驾车门已经没了，严峫死死抓着安全扶手，在澎湃风声中吼道：“为什么不开远光灯！”

“……”

严峫一偏头，后视镜中映出江停坚冰般深刻清晰的脸。

“快没油了。”他低声回答。

严峫瞳孔猝然缩紧。

“严峫，你听我说。”江停冷静地开口道，直视着车前窗，紧挨他左侧便是黑不见底的断崖深渊，“你脚下有把匕首，后座地上还有把枪，先试试看能不能摸到；现在这段路太窄，你那边又紧靠山壁，跳车危险性太大……”

“住口！”

“待会儿我数三二一就把车往左开，喊‘跳’的时候你立刻跳。这下面落崖可能有几十米，万一你没跳出去，那就……”

“跟你说了住口！”严峫终于从后座地上够着枪，粗暴地塞进江停后腰枪套，然后捡起匕首，打开杂物匣，赤红着眼盯着那堆炸弹。

金属球被包裹在密密麻麻的电线里，貌似隔着一个巴掌的距离，但他知道，碰撞也只是刹那间的事情。

哪怕江停能在这惊怖的死亡山道上开到最后一刻，当汽油耗尽时，车轮也自然会停下。

他们的生命已经在以分钟为单位倒计时了。

严峫拿着刀在电线上来回比画，嘶哑道：“这玩意到底怎么弄？直接断线行不行？我割断哪根线，要不我直接把仪表盘拆了？”

突然江停一伸手，掌心握住了他皲裂流血的手指。

“你听我说，严峫，”尽管车灯仅能照出方寸之地，江停瞳底却仿佛有一层平静柔和的微光，“有件事我一直没告诉过你……”

“其实在情绪感知方面存在问题的不仅仅是闻劭，还有我。”

严峫怔怔地盯着他。

江停手极其冰凉，但掌心却干燥无汗，仿佛不论发生任何事情都无法撼动他灵魂深处坚定、平稳的力量。

“我整个少年乃至青年时期，都怀疑自己有某种情感障碍。我没有家人，不想交朋友，对爱情全无触动；工作后我对手下没有任何个人关心，对上级只是有事说事，那些同生共死的兄弟情在我看来都只不过是义务。我把自己隔离在了所有社交关系之外，所有已知的人类情感中，我唯一能切身体会到的，就是憎恶。”

江停顿了顿，说：“我憎恨吴吞，厌恶被控制的自己，我想摧毁他们蜘蛛一样无处不在的利益网，除此之外心里几乎没有其他感觉。”

严峫竭力压抑，但还是忍不住鼻腔中的酸热，他反握住了江停的手。

这紧促的交握似乎能传递给江停更多力量，他笑了笑：“直到我遇见了你。”

吉普右侧靠近山壁的那一边，坍塌石碓正以肉眼可见的速度变多，仿佛正预示着前方不同寻常的路况。

汽油越来越逼近底线，警示红灯不断亮起。

“如果我在年轻时遇到你，也许很多决定命运的细节就会因此不同，但还好我们相遇得不算晚，至少让我还来得及直面以前不敢正视的自己，以及从来不敢承认的感情——我想报仇，不是出于任何责任或义务，是因为我真的很想念那些朝夕相处的战友，想到我不敢面对的地步。”

江停微吸一口气，他没有看严峫，尾音中有些奇怪的颤抖：“同样我让你跳车，也并非出于人性本善或牺牲精神，而是因为你是我最在意的人。”

风声突然消失，喧嚣归于寂静，漫漫黑夜在眼前铺开长路。

那旅程尽头闪烁着星辰般微渺的光点。

严峫俯过身，凝视着江停，沙哑道：“你把车门打开，待会儿我数三二一，我们一起跳。”

江停微笑起来，似乎有一点伤感：“可我这边是悬崖……”

这盘山道是顺时针方向延伸的，似乎冥冥中早在故事开始的时候，就注定了今天的结局。

但严峫还是坚持：“你把车门打开。”

江停目光一转，两人在幽暗中短暂地注视。

“……”就像他们之间曾有过的无数次妥协，江停一只手把方向盘，另一只手打开了驾驶座边的车门。

下一刻，他只感觉严峫抬手用力地、紧紧地一握自己手腕，探身翻出副驾门，爬上了晃动的车顶。

这是要干什么？

江停还没反应过来，突然只见后视镜里红蓝光芒急闪，好几辆警车同时加速追了上来，北风中隐约传来扩音器的呼喊，但内容模模糊糊难以听清。

噌！

江停循声一转头，蓦然变色。

严峫双手紧抓车顶，脚踩在驾驶座那一侧车门口，整个人凌空吊在车外，背对着悬崖，只要稍微失手便会掉进万丈深渊！

“别怕！我护着你！”严峫在凛冽寒风中喝道，“我在这里！”

“……你干什么?!”江停惊怒失声，“上去！”

“跳！我抱着你！”

“上去!!”

“前方……九百米……”

风驰电掣的警车越来越近，只字片语终于随风传来，那是余队已经叫哑了的嗓音：

“道路完全封死……”

“……山体塌方，八百米外道路封死，立刻跳车！重复一遍，八百米外道路封死，请立刻跳车!!”

车尾后，闻劭眼底剧烈一缩。

严峫和江停不约而同，掉头往前望去。车灯朦胧越过黑雾，远处隐约一面顶天立地的黑墙，正迅速由远而至！

“听到没?!江停！”严峫的暴吼几乎破了调，“给我出来！立刻！”

“你他妈的给我上去！算我求求你!!”

“跳!!不然老子跟你一块炸死，一块死!!”

塌方凝固后的巨大山体近在眼前，仿佛死神展开骨翼，悬于半空，淹没了江停的瞳孔——

“江停，听我说，这次咱俩都是胜利者。”严峫音调陡然变为哀求，发着抖说，“来，别怕，我一定抱住你……江停!!你给我出来！你给我跳!!”

巨石转瞬而至。

失控的咆哮回荡在山涧，下一秒，江停纵身冲出车厢。

从高处向下俯视，整个世界化为无声。严峫被冲力撞向半空，狂风高速呼啸，他张开手臂紧紧裹住江停。

吉普一头撞上山壁——

轰!!

天地间爆出一团明亮的火球，就在那强光中，两个紧密不可分的身影被抛出弧线，坠向了不可知的断崖。

第34章

陡峭悬崖上黑烟滚滚，石头被烧得开裂，空气中弥漫着皮革燃烧后呛人的气味。

长长的警车在山道上排成行，红蓝警灯照亮了天际。特警、刑警、救生员、森林公安……无数制服匆匆来去，狼眼手电的光束在山崖下交错晃动。

“第二区域没有!”

“第三搜救区也没发现掉落痕迹!”

“向下深入十米，搜救面积向橙色范围扩大，不要放弃!”

指挥车遥遥停下，吕局连大衣都来不及裹，便在几名现场指挥员的簇拥下匆匆走来，劈头盖脸沙哑问：“怎么样了?”

“不好。”余队被人左右扶着，不知是冻的还是累的，满眼眶通红，“两个人都摔下去了，闻劭活不见人死不见尸，应该是也跳了崖。搜救队已经覆盖了整个红色重点区，目前还没任何发现。”

“有破碎的人体组织吗?”

余队脸颊猛地一抽，连身后赶来的魏副局都闻声变色，不远处一拥而上的刑侦支队好几个人同时软了下去。

但吕局却紧盯着余队，眯成缝的老眼有种坚冰般的镇定。

“……目前……也没有。”余队艰难地顿了顿，说，“一旦有发现，救生人员会立刻装袋送上来，让我们……做辨认。”

吕局点点头，望向脚下。

黑不见底的山涧蹿出阵阵寒风，像是大地上通往地狱的裂缝，隐约听见阴风涌动时凄厉的哭号。

“抱最好的希望，做最坏的打算，尽最大的努力。”吕局缓缓道，“通知严峫的父母和杨媚，让他们做好心理准备。”

“严队!”

“严队，你在哪儿?!”

“江队!”

“救援来了，坚持住！听到请回答!”

喊声和喧嚣渐渐向下移动，被北风卷起，一呼而散，渐渐消失在远方。

昏沉，剧痛。

就像无数生锈的锯子来回拉扯大脑，严峫慢慢睁开眼睛，视线却仿佛蒙着磨砂纸一样模糊。半晌，他终于慢慢对准聚焦，四肢百骸的疼痛渐渐爬回神经末梢，却连叫都叫不出来，满口凝固的铁腥。

“……江停呢?”他筋疲力尽地想。

然后他才迟钝地意识到：“啊，我竟然没死?”

头顶是无数茂密的树丛生长在悬崖两侧，将峭壁连成了一线天。严峫竭力动了动手臂，听觉总算稍微恢复些许，听见不远处传来湍急的哗哗流水声，而身下的地面柔软冰凉湿润。

是河滩。

无数横向生长的树枝与河流救了他的命。

“……”严峫竭力试图撑起上半身，“……江……”

“别动。”

那两个字虚弱嘶哑到几乎难以辨认，但严峫瞬间就认出了是谁——他喘息着一扭头，果然是江停，他还活着!

刹那间严峫神经就像过了电一般，喜悦的电流从上而下洗遍全身。

江停整个人蜷缩在他身边，侧脸枕在他颈窝间，膝盖屈在胸前；他只穿着一件短袖T恤，似乎连抬脸的力气都没有，河水粼粼反射出千万点波光，映着他青白透明的小半边侧颊，湿润的黑发落在沙地上。

“你怎么样，江停?”严峫被打了一剂强心针，咬牙翻身抱住了他，触手只觉体温低得惊人，“你的衣服呢?”

这话刚出口他立刻感觉到了什么，低头一看，愕然愣住。

他脖颈和胸口鼓鼓囊囊裹满了织物，江停用干燥的树枝树叶堆在上面，脱下自己的冲锋衣和保暖服裹在外面，为他做了一个保温层！

“胡闹！你个混账！”严峫登时暴怒，立刻伸手脱衣服。但紧接着他听见江停发出极其虚弱的阻止，尽管轻得几近耳语：“没用了……”

“你说什么！我们能活下去的！”

江停摇摇头，然后侧着脸向上示意，这么细微的动作却似乎耗尽了他好不容易攒下来的力气：“你知道我们是怎么掉下来的吗？”

严峫往上一看。

层层叠叠自然生长的植被盖住了岩壁，近地面十来米都是布满了乱石的四五十度斜坡，再往上几乎就是垂直的刀削斧凿。

“我们撞上了很多树，从上面翻下来……直至摔进河里。这儿是下游，从时间来算，离爆炸点大概有好几里路了。”

严峫愕然道：“你把我拖上岸的？”

河水不会形成涨潮把他们推上河滩，只会把他们淹死。在高达数十米险死还生的坠落过程后，江停到底经历了怎样艰苦卓绝的挣扎，才在湍急的流水中推着他爬上岸？

江停没有回答这个问题，也可能是没力气：“救援可能……救援到不了这里。你休息一会儿，等天亮后……你往上游走，很快就能……”

严峫粗暴地把衣物塞进他脖颈：“你给我闭嘴！再说话揍你了！”

“你这样是浪费，你这样我们都会……”

“你懂个屁！闭嘴！”

江停垂着眼睫，唇角似乎露出一丝伤感的纹路：“……可是我不行了，严峫。”

顿了顿他说：“我已经看不见了。”

严峫轰地一炸，炸得他眼前发黑，大脑空白，久久回不过神。

“……什么？”他茫然道，“什么看不见了？怎么会看不见呢？什么意思？”

江停摸索着把手伸到严峫胸前，抱住他另一侧肩膀，把脸完全埋在那尚带着暖意的结实颈窝里。那是个全身心都完全依赖甚至是依附的姿态，可能是他这辈子第一次，也是最后一次这么做。

就算在无边无际的黑暗里，也能清楚感觉到那颗熟悉的心在耳边跳动，一下下冲击着耳膜。

“我不知道，可能是撞到了头。没什么的，严峫……没什么的，人都有这个时候，别哭。”

严峫发着抖，翻身用自己的外套裹住江停，把他紧紧抱在自己怀里。

“别哭，”江停断断续续说，“我很累了，稍微睡会儿……别这样，我一点也不冷，挺暖和的。你父母是好人，我对不起他们，杨媚被我拖累了，老大不小的……”

严峫咬牙按着他后脑勺，把他的头窝进自己怀抱中，不断抚摩头顶上带着河水味道的湿漉漉的黑发。

但河水怎么会这么咸涩呢，他恍惚地想。

真是太咸了。

江停眼帘微合，瞳孔涣散无光，眼底却似乎带着彻底的放松和满足。他只能维持这个姿势了，即便在这么狼狈的情况下，那张侧脸的轮廓和五官的细节都挑不出任何瑕疵来，就像浸满了水的白瓷；他的嘴唇泛着灰白，然而那也是很柔软的，小声说话时每一下翕动都紧贴在严峫胸前的肌肤上。

“挺好的，最后咱俩还在一起，再陪我聊聊天吧……出去后你想干什么呢？这回总该升职了吧，要不就回家继承煤矿，你爹妈一定会很高兴的……”

严峫咬牙切齿道：“老子只想赶快带你出去。”

江停无声地笑起来，尽管那笑意已经虚弱得几乎看不见了：“好呀。”

严峫肩膀奇怪地颤抖着，视线一阵阵模糊，喉咙里堵着火烧一样的酸痛。

“你真好看，”江停喃喃道，“听话，别哭，我睡会儿。”

他全身重量慢慢压在严峫胸前，闭上了眼睛。那瞬间严峫尖厉地破了音：“江停！别睡！江停!!”

有好几秒钟严峫全身的血都凉了，他抓住江停的下颌强行托起他的脸，颤抖着手指在鼻端下试探呼吸，直到确定还有微微的气，应该只是暂时陷入了昏睡或者昏迷，才感觉到自己紧缩的心终于勉强再次恢复了跳动。

“别睡，没事的，”他神经质地一遍遍念叨，把所有能堆的衣服全堆在江停身上给他保暖，“没事的，我在这儿……没事的，不会有事的。”

远处传来窸窸窣窣的动静，一道身影出现在月光下，慢慢走近。

那是闻劭。

他遍体鳞伤且步伐缓慢，走到近前蹲下，盯住江停，身后拖着长长的血迹。

“你怎么还不去死?”严峫一字一顿从牙缝中挤出声音。

“……你看,”闻劭歪了歪头，答非所问，“他有反应。”

严峫低头一看，昏迷中的江停明显身体绷紧，呼吸频率急促，似乎很不安稳。

“每次都是这样，即便不用眼睛，他也能听见，嗅到，或者是感觉到我……所以这三年里我一直相信他没有完全失去意识，他只是暂时去了某个地方，最终还是要醒来回到我身边。”

闻劭森亮的眼底露出一丝难以形容的神色，严峫认出了那是什么。

——疯子在长久扭曲后走投无路的彻底发狂。

“只是这次不同,”他就带着那令人不寒而栗的笑容轻轻说，“这次他要跟我一起走了。”

闻劭抬手伸向江停青白的侧脸，他五指指甲全部翻开，血肉模糊，就像刚从地狱里爬出来血淋淋的魔鬼。严峫啪地拧住了他的手，用力大到指节发抖，简直是用尽全身力气狠狠推开，怒吼:“给老子滚!!”

闻劭摔在沙地上，严峫就像头被逼至绝境后濒死反击的凶兽，意识完全空白，脱下外套裹住江停，然后扑上去摁住他，抓着他头发就狠狠往地上掼!

“噗!”闻劭喷出满口血，一肘勾住严峫脖子反扔在地，毫不留情地重捶在他不知道已经开裂了几根的肋骨上。拳缝挤压血肉碎骨，五脏六腑仿佛被绞碎成泥，发出令人牙酸的摩擦声响。

“为什么坏我的事，啊?”闻劭厉声吼道，“为什么偏偏你要出现坏我的事?!”

严峫头破血流，面目狰狞，一脚当腹猛蹬，把对手踹了出去，怒吼响彻山野:“因为你命就该绝!! 你个恶心的毒贩!!”

闻劭咳着血伏在地上，严峫支起身，却站不起来，胸骨已经显现出了触目惊心的微陷。然而在这个时候，疼痛已经从他的所有感官中退去，只有狂热的愤怒淹没头顶，将怒火灌注在全身上下每根血管里；他几乎是踉跄着爬过去，发狠掐住闻劭脖子，死死地把闻劭的头往地上、石头上砸!

嘭!

嘭!!

每一声砰响都伴随血花飞溅，闻劭已经发不出声了，手指痉挛着抓住了严峫咽喉，用尽所有力量掐住了大动脉!

“……呼……”

“呼……”

江停仰躺在黑夜的河滩边，没有人看见他慢慢抬起手臂，河水反光勾勒出支棱修长的腕骨和手指。

他睁不开眼睛，发不出声，耳朵里嗡嗡作响，连自己短促的捯气都听不见。他的灵魂仿佛飘浮在虚空中，右手却在凌乱的衣物中麻木摸索了很久，直至终于触碰到一把形状非常熟悉冰冷的东西，随即虚弱地、紧紧地握住。

那是把枪。

吉普爆炸前，严峫从后座够着这把枪，随手塞进了他后腰里。

命运就像精巧的机关，在每一个可能改变的节点上严丝合缝，所有悲欢离合，所有幽微关窍，最终都将导向冥冥中早已谱写好了的收场——

江停微微睁开眼睛，将枪口对准了不远处殊死扭打的两道身影。

虽然他已经完全看不见了。

“严哥!”

“严哥!”

“严峫——”

一声声呼喊伴随手电光回荡在山谷，突然韩小梅站住脚步，猛地扭头。

搜救人员在陡峭湿滑的岩石间艰难跋涉，马翔头也不抬问：“怎么了?”

“……那边有光。”

“啊?”

“是河，”韩小梅眯起眼睛，“是一条河!”

搜救员纷纷顿住动作抬起身，只见韩小梅已经拽着扩音器跳下岩石，跌跌撞撞往河流方向奔去，连马翔都阻止不及：“喂！回来!”

“他们不会死的！一定是摔进河里去了!”韩小梅回头尖声大喊，泪水突然夺眶而出，“只要他们掉进河里，就一定能活下来！说不定现在已经离我们不远了!”

马翔一时语塞。

“严哥！江队!”扩音器将韩小梅绝望的喊叫传遍整座山谷，“你们在哪里！你们回个话呀！严哥——”

“严……”

“严哥……”

就像人在极度绝望中出现的幻觉，风中传来影影绰绰的声响，严峫心神一散。

下一刻僵持被打破，他天旋地转颅脑猛撞，被闻劭趁隙砸在了沙地上！

咣当！

剧震令他眼冒金星，刹那间除了眩晕之外什么都感觉不到了。就在那被无限拉长的剧烈痛苦中，他终于听清了远处断断续续的声音，果然是韩小梅！

救生员已经搜到这里了！

"回话啊，"闻劭手肘抵着严峫咽喉，喘着粗气嘲讽道，"再不回话他们可就走了？"

"……"严峫脸色青红发紫，发不出任何声音。

"等那些人找到你的尸体，他们会怎么说？是假惺惺掉两滴眼泪，为你举办一场虚假冗长的葬礼，还是在心里嘲笑你这个蠢货，白白跳下来送死，最后却什么都不能改变？"

闻劭靠近眼前这张令他恨不得挫骨扬灰的可恶的脸，鲜血从他鼻翼汩汩流淌，每个字都包含着浓烈不加掩饰的恶意：

"从最开始你就注定了只在悲剧中扮演配角，严峫……你只是个废物。"

他们两人无比近距离对视，严峫十指全部刺进了闻劭脖颈，几道鲜血顺着指印蜿蜒而下。不过在这时候对他们来说，好像肉体上的任何伤害或痛苦都已经不算什么了，严峫暴戾凶悍的脸因为使力过度而扭曲，向边上侧了侧头，缓缓做出两个口型。——傻、×。闻劭顺着他的目光一望，赫然只见江停已经强行坐起身，双目无神望着别处，枪口却正冲着他们！

河水在枪口上闪出森寒光点，闻劭一愣，旋即好似看到了什么笑话："开枪啊，江停？"

"……"

"你已经看不见了对吧？"

江停仿佛没听见般一动不动。

"开枪吧，还是说你不敢随便扣下扳机，"闻劭喘息着笑起来，"是杀死我还是杀死姓严的，你不敢赌一把试试？"

——我不敢吗？江停想。

记忆中子弹出膛那一下的震动穿过虚空，穿过血脉，勾动了意识深处某个越来越清晰的片段，十多年前熟悉的声响从耳畔响起——

砰！

叮当。

砰！

叮当。

砰！

弹壳在脚边落了一地，江停摘下耳套，突然听见身后有人问：“你是这儿的学生？”

江停回过头，空空荡荡的射击场门口，有个干瘦高挑的老人正逆着光，背手站在那里。

“……是。”

“七米十发九十七，成绩还可以。”

“您过奖了……”

“但是还差口气。”

江停只当这是不知哪里跑来溜达的退休老头儿，微微一哂，也不反驳。

“不服气？”老人似乎看穿了他的心思，“战术射击首先是用心，其次是用脑，最后才是用眼。风速、距离、角度、心跳、呼吸，这些因素在狙击手的计算中必须达到完美统一，否则差之毫厘，谬以千里。你扣动扳机时太注重用眼，但毕业后跟队出警，哪个目标会像静态靶一样定着不动任你打？”

江停正收拾背包准备走人，闻言无奈地摇摇头：“可是基层规定已经改了，老人家，现在出警都不敢开枪了！”

“警察不敢开枪，难道犯罪分子也不敢？”

不知为何江停心中倏而一跳，下意识地站住了。

“总有些警种是要直面生死的，当你肩负警徽开枪时，法律条文与实际正义都在你扳机之下。”老人抬手指指左心，又点点太阳穴，“声音，手感，射击本能，感官测算……狙击手靠的不是啃教材或静态靶。年轻人，你还差点儿，回去多练练。”

江停回过头，想说什么又怔住了。老人向他微微颔首，严肃瘦削的脸上倒有一丝难以察觉的慈爱，然后转身背着手走出了射击场。

那是很多年前公大校园的盛夏，大门外烈日白光，灿烂耀眼。

岳广平挺拔的背影渐行渐远，最终消失在了那光辉而峥嵘的岁月里。

“承认吧，江停。”闻劭遗憾地道，满头满脸和半边胸膛都已经被鲜血淋得透湿，但他眼底仍然闪烁着不可错认的恶意的怜悯，“你不敢。”

就在这时严峫挥掌重重横打在紧钳自己咽喉的手臂上，左右双手反拧，咔嚓！闻劭没想到他那么悍，手肘发出清脆声音，顿时以一个可怕的角度弯折了！

嘭地沉重闷响，严峫一脚把闻劭踹得飞退，不顾一切吼道：“江停！现在!!”

闻劭踉跄数步站稳，眼底闪过凶色，拔腿踉跄向严峫扑来！

风速，距离，声音，心跳，呼吸。

江停虚弱的喘息一凝，风将这世上每一丝最细微的动静都送进他耳膜里。严峫的心跳，闻劭的喘息，衣料与空气摩擦的振动，泥土被脚底挤压的声响……声音将一切压成平面图，旋即在大脑深处旋转崛起，构建成立体投影。

闻劭凌空扑向严峫。

江停抬起枪口，冥冥中无数英魂从虚空中伸出手，与他共同扣下扳机——

砰!!

枪响贯彻山林，韩小梅脚步猛顿，惊愕抬头。

顺着她的视线穿过重重草木与浓黑夜色，河滩边，子弹飞旋破空，穿过闻劭的咽喉，扬起一弧冲天血箭！

剑拔弩张在此刻静止，短短须臾间，却像是一出漫长的悲剧轰然落幕。

闻劭双膝跪地，摇晃数下却终于再也来不及，失去生机的尸体一头栽倒在地。

他死了。

如果仔细翻看尸体的话，就会发现子弹穿过喉管的位置与那自戕的村医完全相同，一丝一毫都不差。

中缅两地，横跨万里，罪恶的纽带就此颓然断裂。

这么多年来无数号哭的冤魂在这一刻超然解脱，升向天际。

“……江停，”严峫失声道，“江停！”

江停手一松，在枪落地的同时顺着后坐力向后仰倒。

严峫踉踉跄跄冲上前，尖厉的怒吼变了调：“江停！醒醒，看着我！看着我!!”

“江队，严队——”

“严队！”

“他们在那儿！他们在那儿!!”

远处河滩尽头，晃动的光点迅速靠近，那是搜救员在向这边狂奔。

但严峫什么都看不见，也感觉不到。

他怀里是自己的整个世界。

“……”江停嘴唇一动，似乎说了两个字。严峫发着抖低下头，只听他又重复了一遍，说的是：“真好。”

他指尖在严峫硬朗的侧脸上滑落，其实已经感觉不到什么了。

真好。

无数战友的身影出现在半空中，带着熟悉又喜悦的笑容，向他张开双臂。江停也微笑起来，举步走向那些欢声笑语与斑斑血泪交织、累累功勋与纷飞战火错落的岁月，最后一次转身回眸。

严峫跪在地上，抱着他的身体，在一声声竭力大喊着什么。

你还活着，江停想。

这真的很好。

第35章

吱呀——

土屋陈旧开裂的门板被推开，一个身材瘦弱、头发枯黄，看着最多五六岁的小男孩，双手捧着与身高极不相称的一塑料盆水，摇摇晃晃跨过门槛。

盛夏的正午，村子里人都下地干活去了，安静的土路上只听蝉鸣声声喧杂。骄阳穿过茂密的红杉树，斑斓洒在前院，满盆水随着小男孩踉跄的步伐泼泼洒洒，反射出晃动的金光。

终于他停下脚步，吃力地弯腰把水盆放在地上，一双粗糙干枯的小手捞起毛巾，抬头怯怯喊了声："爸。"

破竹椅上躺着一具类似于人形的物体。

这真的只能说是类似于人形了，他全身瘦到变形，流着黄脓，注射造成的溃烂蔓延四肢，散发出难以言喻的气味；如果不是一张脸还勉强保持着五官轮廓，任谁来了都无法把眼前这个怪物跟人联系到一起。

"爸。"小男孩提高声音又叫了句。

男人没有反应。

小男孩犹豫一会儿，用力拧干毛巾。

他已经做得很熟练了，用毛巾从男子脖颈开始擦拭，在手臂静脉附近溃烂最严重的地方小心点蘸，将泛黄的毛巾在盆里洗净又拧干；他殷殷勤勤地重复上述步骤，就这样一点点地把他爹全身能擦的地方都勉强擦干净，直到满盆水已经变得混浊不堪，男子都保持着怪异的安静温顺，没发出往常那样痛苦的呻吟声，哪怕只是一丝。

小男孩不懂，他还太小了。

他只欣喜于自己今天没有挨打，然后费力地端起水盆，尽快溜回了屋。

傍晚，下地的人们陆续回村，家家户户的房顶上都冒出炊烟。木门再一次开了，小男孩端着一只豁口碗，盛着能见底的清粥和脏兮兮看不清已经腌了多久的咸菜，蹭到整个下午都没有移动过的男子身边，小心翼翼道："爸。"

他爸没有反应。

"……爸！"

男子还是一动不动，僵硬的脸上泛着青灰。

不知从何而来的恐惧突然攫住了小男孩幼稚的心："爸，吃饭了！……阿爸！阿爸！"

碗啪嗒一声翻倒，清粥流到地上，淹没了树下的蚂蚁。

"醒醒呀，阿爸！"小男孩疯狂地扑上去摇晃男子，尽管这具躯体已经散发出了与平常不同的另一种腐臭味。左邻右舍闻声推门探头，窃窃私语从四下里响起，小男孩凄惶地尖叫："爸！你醒醒看我呀！阿爸！求求你，阿爸！！"

"求求你！！求求你——阿爸！！"

嘶喊划破村落，渐渐变成号哭，久久回荡在灰青色的苍穹下。

记忆化作尘土，奔向垂暮远方。

"……这男娃全手全脚的，怎么来三四年了都没被领走？"

"别提咧，大半个村都抽白面，这家死一个，那家死一个，他家死了个干净……"

"谁知道有没有病！都不敢跟他沾！"

小男孩坐在低矮的土墙头上，身后夕阳西下，为他的鬓发和耳梢镀上了一层金光。

"喂！"

他循声回头，几块石子迎面扔来，打得他差点摔下去，那帮拖着鼻涕的小孩尖叫："丧家精！丧家精！"然后嘻嘻哈哈跑了。

小男孩默不作声，揉了揉生痛的细细的胳膊。

夕阳将他孤独的身影拉长，随着风沙，投向荒芜的田野。

"江停！"远处传来福利院阿姨不耐烦的尖叫，"过来！有人找你！"

不知想起什么，小男孩暗淡的眼底倏然一亮，黑白分明的大眼睛里突然焕发出了希望的光彩。他一骨碌跳下墙头，疯了般拔腿狂奔，一双小脚呼哧呼哧地拍打在地上，穿过空洞倾斜的平房，穿过坑坑洼洼的操场；短短那一段路在梦中仿佛漫长得没有尽头，终于这一千多个日日夜夜里无比熟悉的福利院大门由远而近，小男孩乌黑的瞳孔渐渐睁大，迸发出喜悦的光彩。

他看见了。

就像梦中幻想过的无数次那样，门外停着一辆他这辈子见都没见过的小汽车，通体铮亮，闪闪发光，而他的小伙伴正被大人领着，笑容满面地张开双手。

“我来接你了，江停。”

“说你永远不背叛我，我就带你走。”

……背叛你，江停模模糊糊地想。

累累伤痛化作酸楚的温水，将他身体浸泡在其中。同时他的灵魂却仿佛悬空在云端上，高处闪烁着朦胧的白光，刺得他睁不开眼睛。

有人在哭，有人在叫，更多人在喊他的名字。脚步伴随铁床轱辘滚动声在地面上纷沓乱响，但那些都已经很恍惚了，仿佛在无形的屏障外离他越来越远。

记忆的深海席卷而来，覆盖最后一点梦境。

“你开心吗？”年少时的黑桃 K 笑嘻嘻问。

闻劭很少这样笑，他从小就是矜持的，有风度的，浑身带着某种不动声色便能让人自惭形秽的东西，连玩得最开心的时候，也只是稍微抿起嘴角，将带着一丝笑意的目光专专注注投在江停身上。

“江停？”他就带着这样不加掩饰的笑容又问了一遍，“你开心吗？”

可能是码头，也有可能是工厂，背景环境已经模糊在了记忆深处。江停记事很晚，年幼时的很多片段最后都支离破碎地褪色了，只有少数刻骨铭心的细节还烙印在脑海里：他只记得自己瞪大眼睛，直勾勾望着前方，一群看不清面孔的大人围在空地边缘。

空地中央，几个被捆住的男子翻滚在地，互相撕咬，发出野兽般神志模糊又疯狂的痛叫声。

几支注射器掉在地上，针头上还挂着血。

“你不够高兴，”黑桃 K 含笑说，然后转向手下，自然而然地吩咐，“给这几个绑匪多打两支。”

有人再次端来托盘，盘子上有空注射器和白色的粉末。小江停目光落在上面，他不受控制地认出了那是什么，很多年前盛夏刺鼻的腐臭和一哄而起的苍蝇再次出现在眼前，躺椅上溃烂流脓的父亲闭着眼睛。

他认出了那是什么。

“你开心吗?”黑桃K高兴地问，“江停?”

白粉溶化在注射器里，针头刺进静脉，恶魔的液体被一点点注入血管。这场景与记忆深处的某段画面相重合，注射器中液面一点点降低，全数映在当年那个端着大水盆的小男孩仓皇的瞳底。

“江停?”

“开心，”小江停发着抖，声音细细地说，“开心。”

黑桃K把他紧紧拥抱进自己怀里，脸上洋溢着深深根植于灵魂深处的亢奋和满足。

“我也很开心，罪魁祸首终于得到了惩罚，再也不会有人敢对我们下手了……你看，不论是控制还是摧毁一个人都那么简单，真令人着迷。”

小江停一下下呼吸着，却压抑不住奇怪的颤抖。

“你会想我吗，”小伙伴在他耳边小声说，“我要去国外啦。”

……国外?

“那边的配方更好，技术更先进，你要在这里好好等我哦。等我回来的时候，一定能带回非常厉害的新药，让所有人都大吃一惊，连那帮胆敢对我指手画脚的老头儿都想象不到。”

他又笑起来，亲亲小江停柔软的头发，眼底闪烁着孩子渴望新玩具似的光芒：“到时候所有人都要被我指挥，听我号令，我是他们的国王。

“只有你，是与我平起平坐的兄弟——”

——只有你是我的兄弟。

耳边闻劭的昵语渐渐成熟，变得浑厚低沉。时光在眨眼间流逝，江停的肩膀变宽、身高拉长，他再次置身于那喧杂的庆功宴上，抬头时透过落地玻璃窗，看见了成年后自己苍白的面孔。

地狱中熟悉的低语正透过手机传来，混杂着电流沙沙作响，像恶魔在耳边含笑呢喃：“还记得我跟你说的新药吗？我带着它回来了。

“传统的生物碱终将被合成品所取代，和那帮老头儿一起走向坟墓，被时代掩埋。江停，抛弃吴吞吧，他注定活不久了，未来是我和你的。”

身侧同事打闹，大笑，起哄，敬酒，所有熟悉的热闹都被一道透明玻璃隔开了。整个世界突然只剩下他一个人，孤零零站在落地窗边，凝视着自己乌黑颤抖的瞳孔。

身后传来脚步声。

那个一脸桀骜的年轻刑警似乎有点局促，举起酒杯，嗫嚅着说：“那个，江队……”

江停看见自己在玻璃中的倒影动了。

他很完美地控制着自己，拿着手机头也不回，只抬手向后一摆，五指微张掌心向外，是一个带着明显命令意味的拒绝姿态：“我知道了，去吧。”

年轻人踌躇张口。

江停加重语气：“去吧。”

年轻人开口僵在半空，脸色忽青忽白，看上去有点滑稽。不过还好他没再多纠缠，转身轻一脚重一脚地离开了这里，走向喧闹的人群，走向欢腾的庆功酒宴，很快被更多兴高采烈的年轻警察拉走了。

江停挂断电话，回头望去。

没有人看见他眼底闪动着怎样的神情，就这么笔直站着，目送严峫回到正常的世界——

逆光勾出他侧身轮廓，从肩背到后腰犹如一把剑，在落地窗后投下修长的倒影，顺着礼堂地板向远处蜿蜒，却不论如何竭力前行，都够不到热闹的人群。

不能过去，他想。

他不能让人发现，江支队长坦荡平静的身影后，一个因为过于瘦弱而有些笨拙可笑的小男孩，正捧着比他半人还高的塑料水盆，蹒跚跨过门槛，努力走向盛夏苍白煞亮、蝉声喧闹刺耳的午后，渐渐融进一场永远也醒不过来的噩梦里。

“……瘀血压迫神经，现在的情况非常危险……”

“开颅的风险非常大，家属要做好心理准备……”

“江停！江停，你醒醒！”

“江哥，求求你！”

“江队！江队！！”

是谁在叫我？江停想。

他从铁架床上悬浮而起，飘飘荡荡，飞向渺远广袤的夜空。

“江队！大伙约好下班去老牛家看球，你去吗？”

“晚上有事，不去了。”

“江队，周末火锅走起，你去吗？”

“噢，你们玩吧。”

“江队江队，市里举办羽毛球赛，咱队里的人都报了名……”

“我有点其他事要办。”

熟悉的身影勾肩搭背，一个个散去，欢声笑语渐渐走远。

阴云层层集聚，潮湿水汽就像蛛网，覆盖在市局大楼的每一个角落里。江停穿过灰暗冷清的走廊，侧影在楼梯间一格格弯折拉伸，脚步声久久回荡。

他锁上办公室门，拉拢窗帘，独自来到办公桌后。几摞厚厚的资料从终年上锁的文件柜里抱出，写满了各种情报图表的笔记本被摊开，中缅地图上用红、蓝两色笔迹标注了无数条隐秘小道；电脑屏幕发出幽幽荧光，映照在江停坚冰般的侧脸上，勾勒出暗淡光影。

“你在做什么？”听筒那边黑桃K笑着问。

“加班。”

“这么晚了，加班做什么？”

江停没有回答。

通话对面的大毒枭也不介意，温和地道：“我们有一批拆家被分局抓了，跟上次胡伟胜的事情一样，你想办法疏通下，别让‘蓝金’的事被警方察觉。”

江停语气波澜不惊：“好。”

他放下电话，然而就在挂断的前一刻，对面又传来黑桃K的声音：“等等。”

“……”

“你最近加太多班了，得注意下身体。你们市局附近雅志园有套公寓，一区B栋701室，是专门为你准备的，以后加班来不及的时候可以抽空去睡一觉，或者见人办事不方便，也可以过去那边处理。”

江停眉眼间没有一丝表情，说：“知道了。”

他搁下了话筒。

偌大的办公室恢复了静寂，桌椅摆设蒙着淡淡的阴灰。江停抬起头，墙壁白板上写着十多个人名，密密麻麻的利益箭头组成了蜘蛛网，最中心是个方框，贴着一张扑克牌——

黑桃 K。

他伸手慢慢地、用力地在牌面上画了个叉，钢笔尖随笔画变形，嘣！

笔尖断了。

红墨水喷在蜘蛛网上，像几道殷殷血泪蜿蜒而下，无声地打在办公室地面上。

“总有一天，”他心里想，“总有一天——”

日历被时光翻动，哗哗作响。

页面停留在了十月八号。

明日交易时，所有大货及火力武装将运送至生态园基地——红心 Q

接收人：铆钉

屏幕上跳出窗口，显示信息发送成功，江停终于抬手关上了电脑。然后他起身从洗手间里搬出早已准备好的手套、鞋套、抹布和清洗剂，开始有条不紊地打扫整间公寓，将自己曾进入这里的所有痕迹彻底消除，连一片指纹一根头发一点 DNA 都不放过。

明天过后，黑桃 K 将从地下世界销声匿迹，也不会再有人知道这世上曾经出现过一个红心 Q。恭州禁毒支队长江停和贩毒集团没有丝毫的联系，雅志园一区 B 栋 701 室将成为户主不明的“黑房”，被永远遗忘在这座巨大都市的角落，直到几年或十几年后随着拆迁化为废墟。

所有罪恶都将结束，一如噩梦从多年前的盛夏延续至今，终于随着时光彻底消失。

江停踏出公寓，关上房门，站在空无一人的楼道里。他最后回头看了眼门板上悬挂的 701 三个数字，仿佛某道沉重的锁链被斩断丢在身后，这么多年来第一次深深呼了口炙热的气，步伐轻快地走向楼梯。

叮咚！

江停摸出手机，是队里人的新消息。

“江队，忙了半个月了，明天行动结束以后大家想出去喝酒，你来吗？”

一丝笑意浮现在眼底，江停输入“好”字，刚要点击发送，想想又犹豫了。

他们会很惊讶吧，从来都冷淡拒绝的支队长突然要求加入聚餐，是不是显得有点奇怪？

会不会尴尬呢？会不会让所有人都感觉不自在？

或者他们也只是随口一请而已，要不要等明天见了面，再试探着问问？

"……"江停的大拇指悬空半晌，终于把那个"好"给删了，认真地一个字一个字输入——"明天再说"。然后他点击发送，把手机装回了口袋。

楼道外新鲜的风裹着咸湿水汽，拂面而来。

江停双手插在口袋里，脸上不知不觉浮现出了期待的笑容，大步向前走去。

云层低垂，落叶飞旋，巨大天幕下的恭州市华灯初上。他就这么一直一直地往前走，穿过摩肩接踵的人海，穿过硝烟弥漫的现场，穿过轰然坍塌的烈焰与分崩离析的未来；他走过三年孤独沉睡的时光，伤痕累累的灵魂从地狱中苏醒，向恶魔扣下了扳机。

迟到多年的子弹呼啸着冲出枪口，掀起冲天血雾，喷洒在西南辽阔的疆域之上。

这一次我终于办到了，他想。

他向后仰倒，闭上早已沉重不堪的眼皮，严峫撕心裂肺的呼喊从耳边渐渐淡去，灵魂带着强烈的不舍飘向远方。恍惚间他仿佛变得很高兴、很轻快，痛苦像潮水一样退散，他站在恭州市局大楼前的台阶上，回头向下望去。

"江队！"那些熟悉的身影还是勾肩搭背地，笑着冲他招手，"行动结束啦！跟我们喝酒去吧！"

"别总是整天忙工作了，跟大伙一起去吧！"

"是啊，可总算结束啦！"

"快来吧！"

江停笑起来，他不记得自己曾经笑得这么开心过，大步奔下了台阶。

风从耳边呼呼作响，明明几步就能跑到底的台阶却突然变得格外漫长。很快江停焦急起来，极力向前伸手，却不论如何也碰不到昔日的队友，只能眼睁睁看着他们雀跃挥手告别，大笑着转身离去。

等等我，不是答应带我一起去的吗？

快等等我啊！

江停怎么也发不出声音，喉咙像是被什么酸涩的东西堵住了。他拼命向前奔跑，但距离却并没有一丝一毫的缩短，只感觉五脏六腑燃烧般剧痛，终于用尽全身力气挤出了声音："……喂！等等我！

"让我跟你们一起走！"

话音落地的刹那间，仿佛魔咒被解除，江停猝然顿住脚步。

他发现自己仍然站在台阶上，队友们静静地等待在台阶下。隔着短短咫尺之距，尘世的风从苍穹而来，夹杂着尖锐号哭，奔向遥远的地平线。

江停伸出手，掌心向上，他听见自己哽咽请求的声音响起：

“别丢下我一个……”

“我一直都……一直都想跟你们一块儿走……”

但队友们笑起来，一个接一个摇头，遗憾地回答：“不行啊，江队，这次我们是真的要走啦。”

“以后总有一天还是可以见面的！”

“你已经为大伙儿复仇了！快回去吧！”

江停固执地站在原地，滚烫泪水顺着脸颊滚滚而下。

难道最后还要留下我一个人？他想。

“不啊，”队友们揶揄着冲他挤眼睛，他们似乎更开心了，“你早就不是一个人了，没发现吗？”

江停睁大眼睛，回过头。

不知从什么时候开始，多年前那桀骜不驯、锋芒毕露的年轻刑警来到了他身后，面容变得更加成熟，身形变得更加坚实，饱含热泪的眼底紧盯着他，充满了恳求和希望。

那是严峫。

江停怔住了，随即严峫伸出一手来紧紧握住他的手，另一手向远处的队友们挥了挥，像是个充满感激的告别。

可是……

江停挣扎回头，转瞬间那些曾经触手可及的身影已经越来越远了，只有熟悉的笑声回荡在耳边，夹杂在风里，飞向天际：

“这次是真的再见了，江队！”

“总有一天会再见的！”

总有一天会再相见——

时光飞快倒退，河水溯流而上，爆炸后的满目疮痍还原成昔日模样，累累伤痕化为乌有，英灵肩扛荣光奔赴天堂。

医院病房里，病床上的人终于缓缓睁开了眼睛。

“江停！”

“江队！”

“医生！快叫医生！！”

欢呼四下响起，更多的是喜极而泣，走廊上马翔、苟利抱头痛哭，杨媚抽泣着软倒在一个劲抹鼻涕的韩小梅肩膀上。

江停涣散的视线渐渐聚焦，落在对面一双深邃明亮的眼睛里，彼此瞳底只能看见对方的倒影。

“……”江停动了动嘴唇，手术后戴上的氧气面罩让他发不出声音，但严峫眼眶通红地微笑起来：“我明白。”

江停眼底也浮现出笑意。

纵使千疮百孔，年华老去，我还有你寻遍千山万水，踏破生死之际——

再次相聚之前，谢谢你带我回到这人世间。

第36章

案发当晚，所有受伤人员被紧急送进山下最近的县城医院进行初步处理，个别伤情严重的特警被省里特派直升机连夜空运回建宁第一人民医院，其中也包括严峫和江停。

严峫一路上抱着昏迷的江停哭得声嘶力竭，进了医院大门还不愿意上推床，一定要拉着江停亲自送他进手术室。他那活蹦乱跳的劲儿，连闻讯赶来的曾翠翠女士都不由得怀疑吕局谎报了伤情，然而严父却知道其中利害，冲过去就把儿子摁上了检查床。

果然仅仅几分钟后，严峫突然开始大口咳血，身体痉挛，随即陷入了昏迷。

这是坠崖造成的冲击内伤，当时可能完全没有感觉，事后却会突然发生非常危险的情况。所幸严父有先见之明，手忙脚乱的护士立刻冲过来把严峫推进手术室，经过抢救之后严峫于第二天上午脱离危险，恢复速度非常良好，第三天晚上就可以自己颤颤巍巍地扶着走廊墙扒 ICU 大门去了。

江停躺在 ICU 里，他的情况不那么幸运。

他脑子里的那块瘀血就像连环定时炸弹，在坠崖时不知道撞到了哪里，落水上岸时眼睛应该还有光感，之后就看不见了。这还只是连环炸弹的第一炸，医生说如果采用保守治疗的话，视力确实有可能恢复，但第二炸甚至第三炸可能几天之后就会爆发，威胁生命的速度会快到根本来不及采取治疗，因此最好现在就治标治本，立刻开颅。

然而开颅手术的危险性不言而喻，江停自己已无法主宰命运，也没有法律意义上的家人了。

严峫替他做了这个性命攸关的决定。

建宁市第一人民医院在这方面的技术还是很成熟的，严家除了财力支撑和术后护理之外帮不上本质性的忙，只能将一切交给现代医学和玄妙的宿命。

数天后，副院长亲自主刀进行了第一次开颅，术后检查显示情况并不太好，随即又进行了第二次开颅；江停的生命体征一度降到非常低的程度，术后医生委婉地告诉曾翠，病人应该是在半个月之内脱离昏迷状态，否则情况就会变得非常难测了。

难测是什么意思呢？

严峫不敢去想。

他天天去ICU守着，有时在门里，有时在门外。杨媚陪他一起守，马翔、苟利、韩小梅、高盼青等人只要有空也来。日子在焦灼中转眼过去，江停拖到了半个月期限的最后一天，才终于在所有人的期待中，虚弱地睁开了眼睛。

“你爹修路造桥积了大德，以后要好好孝顺爹妈，知道吗？”曾翠泣不成声抹眼泪，同时用因为无心打理而早就脱落成一块一块的尖尖美甲揪着她儿子耳朵。严峫一个三十多岁的大男人被揪得龇牙咧嘴，然而自知理亏，忙不迭跟他妈赌咒发誓写保证书，然后恭恭敬敬双手捧着把他妈送出了医院。

江停那天醒来后，旋即又陷入了昏迷，医生说那是因为身体太虚弱了，需要在深度睡眠中进行自我修复。好在曾翠翠女士有钱给他住单人VIP病房，进口药不要钱一样往里砸，考虑到江停原本几乎完全垮塌的身体底子，他现在的恢复速度已经算非常喜人的了。

唯一一点是医生叮嘱以后不要过多用眼，最好在几个月内都戒手机和电视，免得以后年纪大了眼睛不好。

这个倒不是什么问题，作为在狙击上颇有天分的人，江停醒来后忠实地执行了医嘱。他整天晕晕乎乎地靠在床头，因为极度虚弱整个人都在半梦半醒的状态，别说手机电视了，除了严峫那张已经瘀血退尽焕然一新的帅脸之外，他几乎什么都不看。

从恭州到建宁，从省厅到市局，大大小小的特派员、调查员全到他病床前走了一遭，但正式调查工作必须等到他更加清醒之后才能开始。吕局、魏副局也来了，魏副局走时满脸牙疼的表情，拉着严峫的手迟疑再三，才颓然长叹一声：“早知道当年我闺女一时糊涂看上你这副臭皮囊的时候我就不该拦她了，唉……”

严峫遍体生寒，想说幸亏您拦住了，您闺女身高一米八体重一百三现任女子特警队教官，您没拦的话我这条小命现在还能不能保住都不好说。

相对于吕局的视若无睹、魏副局的委婉含蓄，杨媚对严峫的不满就表示得很明显了。她是这么劝说的："江哥，你稍微离姓严的远一点，他这个人不太在乎名声，行为举止也比较怪异，到时候把你也带歪了，可能会有损你在公安系统内高大正面的形象……"

"我觉得我很正常啊？"严峫奇怪道。

杨媚怒道："你把江哥摁在床上一口口喂饭这哪里正常！"

江停微闭着眼睛，装什么都不知道，有条不紊喝着严峫亲手喂的养生粥，神态安详得犹如自带一圈柔光。

看着他这副模样，杨媚内心终于意识到江哥就是泼出去的水，已经彻底拉不回己方阵营了，只得长吁短叹眼不见为净。

江停这种被药物影响的迷糊状态又维持了好几天，才终于渐渐恢复清醒，可以勉强自己下地了——这对任何一个自尊心强且急欲恢复自理能力的人来说，都是很值得庆贺的。

那天他终于在不用严峫帮忙的情况下独立完成了上厕所这件事，靠墙支撑着自己洗了手，内心充满了混合着心酸的成就感。他擦干双手，抬头时正巧看见镜子，只见自己苍白的脸上毫无血色，眼角竟然生出了几丝不易发现的细微纹路，不由得陡然生出一股伤感：原来我这么快就三十多岁了吗？

年少时的意气风发仿佛还近在跟前，转眼人生最宝贵的年华就都过去了。

江停想起严峫，觉得他跟自己不一样，还是很年轻、很英俊的。

"江停——"严峫在外面哐哐哐拍门，"你在干什么?! 你是掉进马桶里了吗?! 要不要我拉你出来?!"

江停精神一振，心说我刚才在想什么乱七八糟的东西，男子汉大丈夫只看脸像什么话？我明明是靠智商优势和人格魅力取胜的啊。

"来了！"江停提声回答，吸了口气打量自己，满意地点点头，转身准备出去。

就在这时，突然他余光瞥见镜子里的某个细节，陡然如遭雷劈。

"……严峫……"

"怎么啦？"严峫龇着牙守在门外，心里对江停不要自己帮忙上厕所的行为感到很不满，"你就是掉进马桶起不来了，是吧？现在知道我的重要性了，对吧？后悔不后悔？下次还敢不敢一个人上厕——”

呼的一声门板打开，江停精神恍惚，面色发青。

“你怎么了?!”

江停黑白分明的眼睛直勾勾盯着他，眼底闪动着悲痛、迷茫和仓皇。窒息般的沉默持续了十多秒，终于只听他缓缓开口，问出了这个直击心灵的问题：

“我的头发呢?”

严峫：“……”

手术过后整整三个星期，迟来的危机感终于降临到了江队面前。

江停嘴唇发抖，指着自己的后脑勺：“我的头发呢?!”

“哈哈哈哈哈哈——哈哈哈哈哈哈!”

严峫疯狂拍床，丧心病狂的大笑震撼了整层病房。

江停靠在病床床头，一只手捂眼，嘴角抽搐。他整个后脑勺的头发都在开颅手术前被剃光了，三个星期休养并未使受尽折磨的毛囊恢复太多生机，眼下只长出了毛茸茸一层板寸；光秃秃的后脑勺与前额茂密的黑发相映成趣，颇有种后现代非主流的风格。

“有什么好悲愤的，你这样也很好看啊!”严峫打开自己的手机相册，非常殷勤地一页页翻给江停看，只见屏幕上记录了江停后脑勺从光溜溜锃亮一片，到冒出一层青皮，再到长出小绒毛的全部过程，变换着三百六十度全方位展示了什么叫作自己宠的崽怎么看都可爱。

江停只觉自己的心都在痉挛：“那我这段时间见过的所有人……”

“没错，”严峫认真道，“你看大家不都没说什么吗?”

“……”

“连我局法医主任二狗同志都称赞了一下你圆润的头型和完美的枕骨，马翔还说你光溜溜的样子……你头皮光溜溜的样子很可爱，不再那么高冷，突然变得很有人气了呢。”

江停颤抖道：“……你为什么不给我戴一顶帽子……”

严峫认真地回答：“因为我已经把这几张照片发到市局聊天群里去了，我要让所有人知道你的魅力不局限于外表，哪怕有一天你老了‘地中海’了也没关系，你高洁的灵魂才是最吸引人的地方!”

两人久久对视，严峫满面真诚。

江停突然爆发了，抄起枕头抽得严峫落荒而逃："你给老子滚出去！"

病房门砰一声甩上，严峫飞也似的逃进医院走廊，终于再也抑制不住第二波疯狂大笑。

高级病房人还是比较少的，只有护士从值班室里探出八卦的脑袋，只见严峫一边捶门一边笑道："江队！别这么害羞嘛江队！放心，你躺着的时候没人看得出来！快给我开开门，看不到你漂亮的脸我要窒息了！快！一日不见如隔三秋！"

呼的一声门板打开，严峫收手不及，险些一头栽进门里。

江停啼笑皆非，强行板着脸："丢人！快进来！"

严峫笑得喘不过气，顺手把江停打横抱起来，三步并作两步丢在病床上。

"咳咳！"

身后的门被咚咚敲了两下，江停探头一看，手忙脚乱地挣脱出来。

那是吕局。

吕局身后还跟着两名一看就挺有派头的中年人，其中一个严峫认出来是省厅陈处，另一个却很陌生。两人明显不像吕局那么见多识广，脸色都有些讪讪的，各自胳膊里夹着鼓鼓囊囊的公文包。

严峫在这帮人面前早就完全放飞自我了，起身拍拍手，大大咧咧问："呦，这是有何贵干哪？"

吕局淡定地走进屋，指了指陈处："陈处。"又指了指另一名中间人，"恭州市局，胡副局长。"

江停意识到什么，坐起身。

"关于江队以前在恭州主办过的一些案子，以及三年前与岳广平暗中商议的具体情况，虽然江队已经向 s 省公安厅方面交代过，也取得了一定的谅解和信任，但到底还是要向恭州方面做一下最终的解释和说明。另外，关于齐思浩的事情，我们也要做些笔录好回去研究处理办法。"

严峫瞥向江停，正遇上江停也扭过头来，望向自己。

那眼神其实没什么特殊的意思，纯粹是下意识的，像是习惯性地寻找某种依靠。

严峫心头微微一热。

"考虑到江队受伤比较严重，陈处作为我们 s 省方面的特派协助，会帮他一起向胡副局长梳理这个情况。"吕局波澜不惊地咳了声，把陈处是我们自己人这点暗示得很明显了，然后才向严峫招招手，“你跟我来吧，这里就暂时交给他们了。”

严峫却没有立刻动，而是站在原地，略微加重语气强调：“江停这次去卧底前，已经拿到了刘厅亲自签署的权限书和应急情况解决办法……”

“所以呢？”吕局挑眉反问，“你比陈处的主意还多不成？要不陈处的位置你来坐好不好哇？”

胡副局长有些臊眉耷眼地站着不吭气，严峫哭笑不得，陈处几不可见地向他轻轻点了点头。

“走吧走吧，”吕局亲自过来拉严峫，又客气地冲江停一颔首，“那就麻烦你了，江队长！”

严峫紧紧捏了捏江停的肩，才随吕局走出了病房。

江停嘴唇紧紧抿着，一直目送着严峫离开，病房门咔嗒一声轻轻关上。室内恢复了肃穆安静，陈处拿出录音设备，向他投来一个“可以开始了”的眼神，他才背靠着雪白的枕头坐直身体，用力地咳了声。

胡副局长笔直地坐在扶手椅上，拿着录音笔和记事本。

“……关于一〇〇九行动之前，我和岳广平局长的暗中计划，以及我们当时对内部腐败现象的调查。”江停深深吸了口气，沙哑地道，“当时具体情况是这样的……”

“齐思浩的事会很麻烦吗？”

严峫跟着吕局，两人前后走进电梯，金属门在他们身后缓缓合拢。

“如果老齐只是偷卖待销毁赃物，会很麻烦。”

严峫一边等待下文，一边按了往上的楼层。

“但他还卖了高纯度的‘蓝金’，蓝金量刑与传统毒品完全不同。”果然吕局又继续道，“卧底通常都是有一定权限的，越高级越艰难的卧底任务权限越大，江停出发前刘厅在电话里口头许诺了既往不咎、事急从权，所以现在就算恭州再想做文章，也不好往死里打刘厅的脸吧。何况他们内部的小辫子还有一大把呢，哈哈哈——”

当年黑桃K从国外回来后，死活都没法把自己人安插进铁桶似的恭州市局，那纯粹是因为这只铁桶已经变成吴吞手下的金鱼缸了。虽然三年前江停“殉职”后，很多人趁着机会金蝉脱壳，把绝大多数黑锅都甩给了死人，但如果真追根究底的话，江停在早年恭州的重重黑幕中只是个不起眼的角色而已。

“更何况，”吕局凉凉地道，“你跟杨媚不都说自己没看清齐思浩到底是被谁打死的吗？”

严峫："……"

严峫在吕局揶揄的打量中自嘲摆手，电梯门在两人眼前徐徐打开。

这一层是单人特护病房，走廊比较空旷，尽头拐角处两名便衣正守着一扇不起眼的病房门，见吕局过来立刻站起身。

吕局示意他俩稍微走远点，然后才推开门，展现出了病房里的景象。

严峫呼吸屏住了。

冷清的病房一色苍白，病床上孤零零躺着一道身影，至今上着呼吸机和生命装置，右手被死死铐在铁制的床架上。

那是秦川。

"按你之前请求的那样，医药都是几倍超额配给，回头你把超出这部分的账结一下。"吕局背着手站在病床边，望着秦川消瘦平静的脸，淡淡道，"不过他至今没有任何清醒的迹象，应该是颅脑损伤的缘故，具体医生也解释不出来为什么。"

严峫心中一沉："如果一直不醒的话……"

"那就要看他有没有江队那样死而复生的好运气了！"

"……"严峫默然不语，心神有些恍惚。

他想起自己当天赶到的时候，金杰正拽着秦川的头往树上狠撞，颅脑损伤应该就是那时留下的吧。

"对他而言，或许一直昏迷着反而比较好吧。"吕局摇头一叹，"不过他知道闻劭集团内部很多机密，对我们进行后续侦查是很有意义的，而且只有他醒来才能接受审判，不论是功也好过也好，总要在法律面前有个交代，对被害人也得有个说法。"

提到"被害人"三个字的时候，他意有所指地瞥了严峫一眼。

严峫低声道："他害我的那一次，我愿意出谅解书。"

"嗯？不是两次吗？"

"一次，药酒下毒。江阳县袭警那次的主谋不是他，买通冼升荣的是金杰。"

吕局没料到这一茬，倒愣住了。

"老秦是聪明人哪——"严峫长长叹了口气，说，"当时他应该已经跟闻劭有了一旦入狱要救他出来的约定，但闻劭只负责吩咐，实际操作的还是金杰。爆炸劫狱这种事，弄不好就成了杀人灭口，老秦主动帮金杰顶了个锅，属于无奈之下的示好，反正他身上也不差这一桩事儿了。"

"你怎么知道……"

"岳广平那把失枪三年来一直在金杰手里，否则那天在秦川家，他攻击您和江停的时候，为什么没动那把枪?"

吕局无声地："哦——"

"其实他这招还是挺聪明的，江停说后来在缅甸的时候，他跟金杰一直处得还不错，应该就是这件事埋下了引子吧。"

两人都有些唏嘘，吕局叹道："卿本佳人，奈何为贼，唉!"

"——如果，"严峫犹豫了下，才问，"如果老秦醒来，主动配合调查提供情报，您觉得法院那边差不多应该……"

吕局摇摇头："不好说，公职人员知法犯法，十年起步终身到顶吧!"

严峫茫然若失。

"对了，说起这个。"吕局仿佛突然想起来什么似的，"方正弘受过你的恩，嘴上不说，心里还是挺感谢的。如果你要求的话，或许他也愿意出个谅解书，对秦川的量刑会有帮助，你觉得呢?"

严峫迎着吕局漫不经心中隐隐透着一丝审视的目光，半晌没有说话。

"……算了吧。"过了很久他才道。

"哦?"

病房窗外阳光灿烂，反衬得这一方惨白空间更加冷清，只有监护仪上闪烁的绿光显示着病床上人余息尚存。

严峫沉沉地呼了口气。

"秦川在最后的围剿行动中是有功的，如果不是他，第二拨爆炸会更加提早，老康那一组特警和卧底估计得当场交待在那儿。另外他几乎是用生命的代价拖住了金杰，虽然当时您已经预料到峡口有第三拨炸弹，而且已经把防爆小组派到那里开始拆弹了，但如果没有他打的那十几分钟时间差，警方的损失会比现在大。

"除了实际起到的作用之外，他还试图让黑桃 K 错过最佳的逃跑机会，令警方有时间冲上来包围车队，然后趁黑桃 K 自顾不暇的时候亲手从身后给他致命一击。虽然这个方案失败了，但主观上的立功意识确实是存在的。"

"那跟老方的事又有什么……"吕局挑眉问。

"我愿意做一切努力，来请求法院考虑到这些立功表现，甚至没有表现成功的立功意图，但有些事人力不可为。"严峫苦笑起来，"如果老方就谅解书的事来找我，那么我会开口请求他，但我不会主动去跟他提。否则对那些清清白白又无辜遭殃的人来说公平又在哪里?”

吕局眼底闪烁着复杂的神采，他得到了满意的答案，但又有些怅然，伸手拍了拍严峫的肩。

这时门被敲了几下，护士进来给药了，他们两人便退出病房，在主任医师的带领下来到楼下办公室去看脑部扫描，商量后续治疗方案和可能的苏醒时间。吕局到底还是对岳广平唯一的儿子放心不下，但秦川这个现状大家也确实都没办法，只能寄希望于时间和奇迹了。

少顷吕局手机响起，他扶着老花镜一看：“呦，江队那边完事了，走吧。”

“你的情况非常复杂，恭州市局会仔细研究处理办法，在此期间——”

江停了然道：“我明白，我任凭组织处理。”

胡副局长这才有些满意的模样，起身敷衍地点点头，转身走向病房门。

江停也费力地翻身下床：“我送送您二位吧。”

陈处看着不忍，想叫他躺着就行，但江停在待人接物方面可比这位技术出身的古板处长灵醒得多，坚持送到了电梯口。正好吕局和严峫从楼上下来，索性大家一起进电梯下楼，严峫扶着江停，慢慢将三位领导送到了住院大楼门口。

“行啦，你们回去吧!”吕局顺手一拍严峫后脑勺，呵斥，“成天不干正事，尽跟那儿混！休息好了早点出院，十多本案卷还等着季度总结，老魏正寻思着找碴骂你呢!”

严峫：“知道知道……”

吕局转向胡副局长，刚要含笑说什么，就在这时熙熙攘攘的住院大厅突然发生了骚动，人群里隐约传来阵阵骂声，他们都循声回过头。

“瞅啥瞅，干吗呢?!”

“看这素质！……”

吕局敏锐的第六感一动，眼皮突然狂跳。这时只见一名男子匆匆冲出人群，直奔这边而来，赫然竟是刚才楼上的便衣刑警!

“吕局！吕局不好了——”

众人心头同时一撞，吕局脱口而出：“怎么回事?!”

“嫌疑人、嫌疑人秦川，”便衣神情肃厉脸色煞白，颤抖道，“他，他——”

第37章

他跑了。

反水小王子秦川，在奇迹般骗过了主治大夫的判断和所有便衣的监视之后，趁着守卫交接的短短间隙，顺利挣脱手铐，翻窗而遁，消失得无影无踪。

吕局从得知事态到紧急布控只花了不到半个小时，然而天罗地网没有网住这条狡猾的鲨鱼。从病床手铐到窗台外墙布满了他的DNA，视侦对着监控视频奋战两天，最后只在某高速公路出口处找到他模糊的半边背影以及在风中向后扬起的手。

那姿态仿佛是在告别。

没人知道秦川为什么选在那天逃跑，也许是因为他终于休养生息到了可以行动的地步，也许是因为那天守卫换班途中确实有所疏忽。秦川捉摸不定的善恶没人能摸到头绪，吕局却说："也有可能是因为一直在等你吧。"

严峫："啊？"

"啊什么啊，你想想咱们那天在他病床前说话的时候，其实他一直醒着，一字不漏全听在耳朵里，等我们这边出门他那边立刻爬起来逃跑，你觉得这怎么解释？"

严峫一时无言，吕局叹道："既然那么不想坐牢，为何当初要鬼迷心窍呢！"

吕局站在办公室窗前，枸杞菊花冰糖茶在搪瓷大茶缸里荡漾，冒出袅袅热气，老花镜上凝成一层淡薄的白雾。他就这么定定望着远处繁忙的街道，眼底闪烁着细碎微光，半晌又长叹了口气："秦川这个人，他性格中是有正义、忠诚那一面的，是我没有尽到引导的责任。老岳刚走那阵子我怀疑过他，那时其实还来得及悬崖勒马，但他这个人展现给外界的模样太游刃有余了，从来没有固定下来的时候，自始至终都在变化……”

“老啦，老啦!”吕局最终自嘲地作了总结。

严峫想出言安慰，却又不知该说什么。吕局转身走到大办公桌前，唰唰签下协查公告，将一纸通缉令举到面前，感慨地眯起了眼睛。

“……我会把他抓回来的。”最终严峫低声道。

吕局点点头，两人都注视着通缉令，秦川斯文俊朗的脸正向他们微笑回视。

“等你?”江停靠在病床床头，啪地合上《DNA 甲基化在法医实践中的意义(作者苟利)》，失笑道，“等你干什么，你跟吕局的情感也太丰富了吧。姓秦的跑路绝不是他一人策划的，极可能有同伙接应，之所以选择那天只是因为那天时机恰好成熟，哪儿来那么多有的没的?”

杨媚坐在单人 VIP 病房的沙发椅上喝海鲜汤，好喝得哧溜哧溜，一边“嗯嗯”地点头。她对秦川不熟悉，但秦川曾经在她江哥脸上划破了一道，因此至今高居她记仇小本本第三名，第四名是搞掉了她钻石项链的恭州夜总会领班，第五名是不夜宫隔壁跟她抢生意的 KTV 老板。

至于第一第二名，都已经死了。

“瞧你这出息，还喝，还喝!”严峫教训她，“这是我让人煲好送来给你江哥补身体的，怎么都你喝了！看你这俩月胖了一圈，头也不洗了妆也不化了，以后还想不想结婚嫁人?”

江停刚要出言维护杨媚，一听到“结婚”二字，登时也有了紧迫感，责备地盯着杨媚。

“嫁人干吗?”杨媚抹抹嘴，冷冷道，“老娘一个人过也挺好，赚钱买包买房买珠宝，周末跟韩小梅一道去吃大餐上瑜伽班，比什么不强?”

“虽然，但是……”严峫还没放弃。

杨媚的下一句话令他哑口无言:“没有但是，不夜宫的利润一年翻三番，老娘有的是钱!”

深知有钱的好处的严峫不得不承认这话很有底气。

江停笑着无奈摇头，再次打开苟主任最新力作（签名版本），漫不经心问:“协查通告发了吗?”

“早发了，不发还等过年哪。”严峫唏嘘道，“不过根据最新进展来看，他可能已经逃出了S省，短时期内抓回来的希望是比较渺茫了吧。”

江停说：“我觉得他可能会出国。”

“出国？”

江停翻过一页，嘬嘴“唔”了声：“秦川这人做事不做绝，习惯借刀杀人，喜欢留后手，当初效忠黑桃K的那阵子就暗下示好汪兴业，否则也不会在民用监控中留下破绽，以至于被吕局抓住。除了汪兴业那么个成事不足败事有余的玩意儿之外，我估计他还有其他联络人，可能早就给自己铺了不止一条后路。”

严峫若有所思，江停又道：“我觉得你们早该看清楚这点，秦川跟常人迥然相异的地方在于，他人格中的善和恶是流动不定的。闻劭之所以在十多年前就开始引诱他下水，不仅因为他是岳广平亏欠良多的独生子，更因为他嗅到了秦川身上与自己相似的那一面——他们都喜欢那种将邪恶控制在手上的感觉。秦川故意当着我的面问阿杰要回那把九二警枪时，用枪口虚指阿杰的头作势要打，丝毫不顾阿杰已经起了疑心，因为他享受那种在重重人心中火中取栗的刺激感。跟闻劭相比，秦川心里只是多了一道紧箍咒而已。”

“如果有可能的话，最好还是尽早把他绳之以法，”顿了顿江停总结道，“否则我怕他很可能会在外力作用下，渐渐演变成第二个黑桃K。”

秦川会走上那条不归路吗？

没人说得清这一点，但严峫却觉得他心里比黑桃K多的并不仅仅是一道紧箍咒，还有些别的东西。

然而，这只有等将来他亲手抓住秦川的那一天才能知道了。

江停的处理结果一直没下来，吕局说那是因为S省厅一直在跟恭州市局扯皮的关系。自从那次胡副局长来做过笔录之后，江停又接受了好几次审问，每一次出来他的心情都更紧张几分，但后来因为总等不来结果，慢慢他心态也就平和下来了，跟严峫说哪怕真判他坐几年牢也不怕，他把苟利的最新著作和《般若波罗蜜多心经》带进看守所里去，等刑满释放时他就是个多才多艺的掌刀法师了。

严峫苦笑说“我别的做不到，这个一定给你申请保外就医，你就放心吧”。

三月开春时，江停终于从高级单人病房出院了，也正式结束了严峫市局、家里、医院三头跑的日子。

他的头发不仅长出来了，还长得非常柔软黑亮，连严峫都啧啧称奇，得空就上手去摸。然而江停已经习惯了光秃秃凉飕飕的利落感，委婉表示了一下他想剪板寸头的心愿——这次不仅严峫，连杨媚、马翔、韩小梅等一干审美正常的群众都表示强烈反对，于是他只好作罢。

到底还是家里舒服，江停成天吃了睡睡了吃，无聊时就下楼去小区公园喂小猫。曾翠翠女士每两天来送一次汤，把他当个大宝宝一样去喂，导致他出院没多久就感觉自己长胖了，往称上一站发现果然重了三公斤。

“严峫！”江停从浴室里探出头吼道，“你答应重五斤就带我去恭州的，过来看！”

严峫在客厅跷着脚看球，闻言立刻搓着手起身，自言自语道：“养肥了……”

江停想去恭州烈士陵园。这是他自一〇〇九塑料厂爆炸案之后，第一次主动提出这个要求。

严峫倒不是不愿意开车带他，主要是医生说江停心脑血管还很虚弱，无法经受太大的情绪波动，吕局也觉得从江停的表现来看他很有可能在墓碑前昏厥过去。直到天气更暖和了一点，四月中旬之后，复查结果非常不错，严峫才终于在医生的许可下带着江停出了门。

跟文艺作品渲染的不同，他们抵达陵园时不仅没有阴天细雨，也没有愁云惨雾，相反天气还很好。树枝梢头嫩芽萌发，一簇簇小花在青青草地上迎风摇曳，连灰沉沉的墓碑石都反射出经年温润的微光。

严峫说：“我给你找个马扎坐会儿吧，你哪能站那么久啊。”

江停不言语，抱着花束在十几座墓碑前来回走了几圈，不知道嘴里在喃喃地念叨什么。半天他终于走不动了，提起裤脚席地而坐，长长吁了口气。

“行，我单独待会儿，”他随意道，“待会儿我出去找你。”

严峫拍拍他肩膀，从兜里摸了根烟叼在嘴上，单手插在裤兜里出去了。

刑警是和平年代里最危险的职业之一，越是老刑警越能见识到这世上邪恶的人心能有多恶，善良的灵魂能有多善，生命的存在有多可贵，死亡和离别又来得有多轻易。

正因为生命太脆弱易消逝，所以才要用期待重逢的心态来告别逝者，用严刑厉法来保护生者。

严峫走出陵园，深深吸了口混合着草木清新的空气，突然感觉到口袋里手机在振。

“喂，吕局？”

余队提出病退，严峫正式接班也被提上了日程。升上正处以后就算中层领导岗了，也不方便骂了，吕局跟魏副局好像要逮着这最后的几天工夫把下半辈子骂够本一样，现在只要看到他就忍不住要撸袖子，导致严峫对接两人电话产生了相当大的心理阴影。

“你在哪儿招猫逗狗呢，恭州？”

“……”

严峫还没来得及争辩“这是你亲自批假的”，只听吕局继续道：“部里对江停的处理意见批下来了。”

严峫面颊一紧：“怎么样？”

电话那边有气流涌过，听上去像是一口悠长的叹息，吕局说：“到最后还是多亏了老岳啊！”

在江停所有可能触线的点当中，枪杀齐思浩倒不算非常严重，因为他当时已经投靠了黑桃K，并向毒贩出卖了严峫的存在，所以这一点是有可争议之处的。真正严重的是他早年刚入警时为吴吞办过的一些事，以及后来被黑桃K吩咐掩护过的几个拆家——胡伟胜就是其中一例典型，以及一〇〇九事件后江停“殉职”，恭州上层个别大老虎顺势把自己办过的事栽给了他，现在已经完全说不清了。

虽说是有功过相抵这么一说，但具体功算多少，过算多少，这里面的水非常深，扯起皮来那简直是一个没完没了。

S省厅、建宁市局和恭州市局三方扯皮两个月，最后终于惊动了公安部。四月初，公安部派人彻查，调出大批十年前的旧案卷，在清查江停早年办案的违纪之处时，搜出了很多他被栽赃的证据，于是顺藤摸瓜以光速逮捕了两名已退休的市委领导；之后部里再深入查，就发现江停早年的一些纰漏后来都被人用各种手段补上了。

——是岳广平。

江停向岳广平坦承自己的身份，并提出一〇〇九行动计划之后，这位老局长悄无声息翻出他早年所有有问题的案卷，补上了批示和签字。他这么做等于是把锅扛到了自己身上，虽然补批示的合规性不足，但万一将来某天江停被人非议，岳广平便能作为屏障，为他围起最后的一片缓冲余地。

逝者已去，余荫尚存。在这些旧案卷被曝光之前，没人知道岳广平曾经做过什么，甚至连江停本人都不知道自己身后始终有一双衰老有力的手支撑着无形的保护伞。

“公诉不至于，党内严重记过免不了，回头让江停自己引咎辞职吧……”

那事实上就是开除，他不可能再穿上制服回到警察的队伍中去。但比起公诉入狱来说，这个结局已经算非常好，甚至值得庆祝了。

“……我明白，”严峫默然良久，感慨道，“好，没关系……我去跟他说。”

吕局叮嘱两句，挂了电话。

严峫攥着手机，深吸一口气定定心神，举步走向开春绿意盎然的陵园。他皮鞋轻轻踩在柔软的草地上，穿过重重苍灰石碑，站定在江停身边，低头迎着他明亮的眼睛笑了笑。

“是这样的，刚才吕局打来电话，他说……”

碧空瓦蓝如洗，流云飘絮飞转，一缕光线破云而出。随即千万金光就像天神射出的黄金利箭，于尘世中贯穿天地，照亮了祖国西南广袤的山川、河流、城市与村庄。

恭州烈士陵园中，重重松柏苍翠挺劲，无数石碑屹立向天。

江停把脸埋在掌心里，尽管竭力压抑却无法控制住颤动的肩膀，滚烫的热泪从指缝中滚落，一滴滴打在掩埋着战友忠骨的黄土地上。

严峫用力把他拉过来，长长叹了口气。

杏花如雨，纷纷飒沓，拂过成排安详静默的石碑与江停通红湿润的眼角，在风中旋转直上天穹。

一年后。

晚上九点半。

建宁市泰平区禹城路一小区平房内，地上铺满了勘察板，刑事拍照的咔嚓声不绝于耳。拎着手提箱的苟利带人匆匆赶到现场，警戒线外挤满了指指点点的好奇人群，实习警察不时驱赶吆喝两句。

“怎么样，严哥？”韩小梅面不改色，冲尸块扬了扬下巴。

“我就知道劫匪会因为分赃不均内讧起来，但能闹出人命还真没想到。”严峫接过出警备案板签字，头也不抬地吩咐，“立刻发协查通告给火车站、汽车站、高速公路收费站，交警大队调今晚六点到九点禹城路北段监控视频送交物证技术组，马翔！那批失窃钻石的腰码拿来给痕检做对比！我二狗呢？法医到位没有？”

“谁是你二狗！”苟利怒吼，“叫苟主任，主任！”

严峫笑起来，探头望向门外：“哎，你们江老师怎么还没到?”

一辆车从远处驶来，于众目睽睽之下，缓缓停在了小区大门口。

建宁警院侦查系江副教授躬身钻出车，一手插在口袋里，一手拢起风衣衣襟，在纷纷议论中快步穿过人群。实习警早就习以为常，隔老远就笑着向他打招呼，递过手套、鞋套，殷勤地为他抬起警戒线。

江停道了谢，抬头正对上不远处严峫含笑的注视。

没人能看清江停眼底涌起的那一丝笑意，他戴上手套，迎着红蓝交错的闪烁警灯，大步走向了犯罪现场。

番外

建宁男团出道记（下）

严峫有一大好处，就是在非原则性问题上非常好说话。

三只鹌鹑崽回到技术队，哭哭唧唧地重做了鉴定分析，为了“谁当出头的椽子把新报告交给隔壁严姓小阎王”这件事而你推我搡了整整半个小时，恰逢救苦救难的江顾问端着保温杯经过，仿佛金光闪闪的神仙下凡，大发慈悲地解救了半个愁云惨雾的技术队。

江顾问循循善诱，诲人不倦，徒手把大学四年技术课重点拎出来组成一个框架重讲了一遍，可谓是深入浅出、字字珠玑，中间喝干了严支队的两大杯老同兴，讲完还不尽兴，亲手把三个女实习生的辨听报告重改了两遍——整本报告除了三人的名字没改之外基本每个字都改了。

三只鹌鹑崽“跪”着听完，“三拜九叩”谢过江顾问再造之恩，捧着金光闪闪的新版报告去敲支队长办公室的门，壮起胆子：“报报报告严队，鉴鉴鉴定报告改完了！”

呼的一声门被拉开，三人心脏同时吊上喉咙口，下一刻却惊呆了。

严峫俊美潇洒，面带微笑，犹如三春暖阳普照大地，又如徐徐春风沐浴众生，左边脸上写着四个无形的大字：随和亲切，右边脸上也是四个大字：温情似水。

“改完了吗？我看看。”严峫认真翻了几页，赞扬道，“很好！写报告就是要这样详细扎实！不愧是我亲手挑出来的优秀实习生！”

从优秀实习生的表情来看她们大概觉得严峫吃错药了。

“快回家吧，这都几点了！路上小心啊，拣那有路灯大街走，别抄近路穿小道小巷子哈，到家在群里发个消息报个平安！欸，拜拜！”

门咔嚓一声关上，三个实习警面面相觑，表情如坠梦中，好半天才挤出声音：“……是严队疯了还是我们疯了？”“幻觉吧？这是幻觉吧？”“我们、我们得了什么绝症被他知道了对吗？”

与此同时办公室里，严峫唰地回过头，双手用力揉因为挂满假笑而肌肉酸疼的俊脸，呼噜扑上去结结实实摁住了沙发上的江顾问，恶狠狠道：“江！停！”

下一秒，放大的手机屏幕糊了他满脸，江停冷静道：“倒数第八。”

严峫：“……”

“我这一生，任何百分制的考试都没下过九十，一百五十分制的考试没下过一百三；超过十个人的竞赛没下过前三，超过一百个人的竞赛没下过前五。那年围剿黑赌场，我扮作赌客潜伏下注，经过严谨的观察分析、精密的数学计算，行动结束时把队里批的四千块经费翻成了两万。”

江停仰躺在沙发上，用力拍了拍严峫的肩：“出不出道无所谓，我们不允许有五十个竞争者还排不上前五的事情发生。放心，严峫。你这么优秀，我要让全世界都认识到你的优秀！”

严支队被迫转型了。

严支队从“隔壁那个凶残严厉夜止婴啼的可怕小阎王”摇身一变，成了温柔讲理、和蔼可亲、沉稳耐心、自掏腰包为值夜班的女同事们订面膜的严姓小哥哥，变化之大令全队震惊。秦川甚至专门请了个“专家”来刑侦支队，马翔他们声泪俱下地拉着“专家”的手：“高人！高人你救救我们严哥啊！他才三十多岁，到底是被什么妖魔鬼怪蛊惑了!!”

那位姓江名停的妖魔鬼怪“法力”无边，把严支队从冷酷实力派硬拗成了偶像演技派，每次严峫面对韩小梅那鬼画符似的现场笔录，刚深吸一口气要怒吼，都会突然感觉背上一凉，紧接着无处不在的江顾问便从天而降，将严峫的满腔怒火瞬间硬生生扭成一脸假笑：“小梅啊，辛苦啦，你看你字写这么潦草是因为笔用得不习惯吗？严哥这里有支八千块的万宝龙，拿着吧啊。”

韩小梅战战兢兢：“不用了严哥，我那一票已经投给你了，不信你看我这儿还特地留了截图……”

严峫光速恢复一脸凶残：“字写这么潦草是想给鬼看吗!! 这点活儿都干不好，你脑子呢!!”

江停拿过笔录，只看了一眼就说：“票真的投了？”

韩小梅低头双手奉上手机截图。

江停点点头：“今晚回去练字，把我上次勾出的司法考试重点抄写十遍，明天上班交给我检查。”

韩小梅：“!!”

功夫不负有心人，在江老师的倾情指导下，不仅年轻女同事们的业务水平得到了显著提高，连严峫的票数也一路飞涨。某天秦川路过技术队，无意中看见大办公室里竖了块白板，底下围坐一圈求知若渴的女警，江老师一手保温杯一手激光笔地站在白板前：“针对目前社会上多发的网络诈骗现象，我个人总结了一些侦查手段愿意和大家分享，但在正式开始授课之前，请大家先打开投票小程序，我有些关于票数上的疑问想请教大家……”

秦川默默打开自己的手机投票页面，下一刻他跟部门里的女同事们一起心领神会了江老师的疑问是什么——

为什么严峫还屈居第二，没有干掉禁毒支队那个姓秦的当第一呢？

“呦，干吗呢你？”严峫从后面风风火火地路过，一拍秦川的背，“买票了吗你，就跟这儿偷听我们江老师开讲座？”

秦川示意他看手机屏幕，票数榜上第二名严峫正以肉眼可见的速度缓慢靠近第一名。

“这一切都值得吗，兄弟？”秦川沉痛地问。

“哎呀，自家兄弟不要计较那么多嘛。”严峫谦虚道，“票数第二友谊第一，再说江老师这不也是为了调动女同志参加活动的积极性吗？创建良好工作氛围，从深入群众开始做起，从寓教于乐开始做起，从你我开始做起……”

深人群众的江老师的声音正从门缝里传出来，充满了温和的疑惑：“这个有关票数的疑问是我昨晚发现的，当时我正在帮技术队看那个诈骗案卷……嗯嗯，我就想知道这个投票系统是否存在什么bug……”

“放心吧江顾问！”技术队王姐铿锵有力地表示，“严支队的票数怎么会比第一名少这么多呢，肯定是系统数错了！你尽管安心搞案子，其他的交给我们！”

“是啊是啊这种小bug！”“今天下午就帮您解决！…‘人多力量大，江顾问放心！”

秦川瞪着严峫深吸一口气，下一刻被严峫一把拉住，强行勾到墙角：“嘘！”

“你看这简直是——”

“江停这几天各科室轮转，帮局里破了两起盗窃、三起抢劫、四起网络诈骗案，吕局说谁也不准打击他的积极性，否则按背叛市局罪论处！！”

“……”

秦川一手扶额，久久无言，半晌终于叹了口气：“我算是明白了。什么帅哥啊，偶像啊，平常叫得好听，一遇到案子就啥也不是了。世态炎凉啊！”

“就是，这年头的女同志太现实了，怎么能这样呢！回头一定批评她们！”

严峫一脸虚伪地同仇敌忾，秦川从眼镜上方缝隙里凉凉地瞅着他，半晌终于问：“你知道票选前五名的奖品是什么吗？”

“哎呀友谊第一票数第二，什么奖不奖品的。”严峫立刻扭捏起来，“就听说前五名有锦旗拿，年终晚会还C位出道什么的……”

秦川意味深长地点点头，拍拍严峫的肩："兄弟，我看好你，放心。C 位一定是你的。"

"？"

严峫还没反应过来，只见秦川微微一笑，眼镜片反射出一片雪亮的光，然后飘然而去了。

在吕局的热切期望和全市局的紧密配合之下，江老师的工作热情持续上升，创造了连续勘破系列要案的纪录。与此相对应的是女同志们为江老师解决"投票系统 bug"的热情也非常高，高到严峫一路飘红高歌登顶，大家才纷纷放下了手机，满意地宣布："bug 解决了！""票数终于正常了！"

某严姓支队长当时正带人跨省追捕，捣毁了一个贩卖婴儿团伙，把十余个嫌疑人成串押上警车，山窝窝里救出来的四个婴儿正躺在后座上齐声哇哇大哭。严峫腰别着警枪、袖子撂在胳膊肘上，手忙脚乱地打视频电话给局里女同事现场学习换尿不湿，突然只见女同事一刷手机，又惊又喜："严队！严队你成功当选建宁市局男性偶像第一名啦！恭喜恭喜！"

严峫一边忙得满头大汗一边谦虚："好说好说，都是江老师给力……你干吗？！"

女同事咔嚓截了个屏，随手打开一个叫作"隔壁支队严姓大魔王黑历史档案"的微信群，把图扔了进去。

"别截丑照！"严峫怒吼，"起码等我把用过的尿不湿放下来吧，喂！"

同一时刻，建宁市局，吕局满意地看着手机，拍拍江停的肩膀："很好。"

江停："？"

吕局怀里是厚厚的结案报告，如同抱着自己三代单传的独苗，每个字都洋溢着欣慰："既然票数已定，那么向前五名幸运儿宣布奖品的激动时刻终于来到了！"

严峫千里迢迢赶回建宁，还没来得及下警车，就只见江停一手公文箱、一手拎着大衣，三步并作两步冲下公安局门口台阶，吕局抱着一堆案卷追到大门口："江顾问！真不留下来再看看吗！你最感兴趣的连环分尸特大杀人案，这可是特地给你留的啊！"

严峫："？"

严峫莫名其妙地眨巴着眼睛，被江停迎面一把拉住了："我去出个差。"

"出差?"

"隔壁津海请我去讲课，放心，过两天就回。"

严峫："啥?"

严峫心说怎么我一回来你就要走啊?再说津海啥时候请你的我怎么不知道?这种讲座不一般都过了年才开的吗?正在他满脑子问号的时候就只见江停一把按住他双肩，殷切凝视着他的眼睛，诚恳道："相信我严峫，你们市局开年终晚会那天我一定赶回来!"

严峫："啊那倒不重要，不如你先等等，咱俩吃个晚饭……"

江停扭头就走。

"对了，恭喜你得了市局偶像第一名!"走到一半江停又想起什么，隔老远把手拢在嘴边喊道，"我相信你!你一定能做到!"

做到什么?

严峫丈二和尚摸不着头脑，一头雾水地目送江停逃难似的跑了，然后一转身，正撞上了欣喜的吕局："呦小严，回来啦!"

"江停这是……"

吕局说："哦没事，没事，恭喜你得了咱们局最受欢迎男警察第一名——我刚想让他转告你奖品是什么，他就急急忙忙地跑了，可能是突然想起了什么急事吧!"

严峫内心终于迟钝地生出了一丝不祥。

一老一少在公安局门口面面相觑，吕局一脸慈祥，严峫满心警惕，半晌终于定了定神："所以奖品到底是什么?"

两天后，万众期待的年终庆祝晚会终于隆重召开。

躲在警院办公室里猫了两天的江停挣扎再三，终于还是没拗过自己的良知，低调谨慎地来到市局礼堂，拣了个角落里的位置，还竖起大衣领挡住了半边脸。只见周围女同志们一反往日披头散发、脚不点地的形象，个个小裙子、小高跟，一边愉快吃瓜一边纷纷拿出手机对大舞台录像，晚会主持人——苟法医正热情洋溢地对着话筒，每个字都充满了激情："接下来就是我们建宁市局每年辞旧迎新的传统节目了!大家期待吗?!"

“期——待——”

“那么有请我们建宁公安最受欢迎男偶像前五名获胜者登台，灯光准备!!”

嘭的一声大灯亮起，热烈掌声几乎掀翻屋顶，汇聚成欢乐的海洋。

吕局穿着他每年登台演唱都要穿的红色超大码西装和绣着金马奔腾的宽领带，笑容满面、憨态可掬，后面站着五个怨气几乎要凝成实质的身影，从左到右依次是康树强、秦川、严峫、交警大队新来的校草，以及被人半道绑架而来的省厅法医大主任。

最璀璨的灯光打上正中，照出了C位上严峫铁青的脸。

“经过群众的踊跃参与和大家的公正选举，我们终于决出了本届出道的公安男团成员。为了继承我们建宁公安的优良传统、发挥大家有志一同的参与精神，我郑重地决定——”

吕局吸了口气，大手一挥：“我要亲自向五名幸运儿颁发奖品，奖励他们与我一同登台演唱压轴节目，《正义之道[①]》!”

省厅法医大主任瞬间跳起来就往台下跑，被以余队为首的一帮中老年女粉丝死活薅住，七手八脚地扭送回了台上。原本位列第五但被严峫后来者居上的苟利惨遭淘汰，怀着激动的心情振臂怒吼：“大家鼓掌!!”然后忙不迭逃下了台，那速度快得连严峫、秦川同时扑出去都没赶上。

音乐响起，环绕和声，吕局带头清了清嗓子：

“抬起头望一望，天与地两茫茫……”

“今生就做朋友，就算天高地厚咱也要一起走……”

C位出道的严峫面无表情：“时间像流水，就像黄河水在流——”

第二名秦川闭着眼睛：“多少时光就一去不再回头——”

所有人一同：“正道的光，照在了大地上——”

江停侧着头，几乎把自己整张脸都挡在了大衣领下，还是没挡住台上严峫幽怨而又如影随形的目光。

“韩小梅，”江停终于听不下去了，侧身小声道，“我突然想起来办公室里教案还没备，就先走一步了。待会儿你严哥要是问，就说津海那边突然发生特大绑架①出自歌曲《正义之道》。案叫我过去协助调查，明白了吗?”

韩小梅往那被滚滚黑色怨气笼罩的台上偷觑一眼，同情地问：“江哥，你说的特大绑架案难道不是正发生在我们建宁市局舞台上吗……”

江停捂着眼睛摇摇头，借着那群兴高采烈的女同志的遮挡，起身猫腰从人群中穿了出去，神不知鬼不觉溜到礼堂外，在震耳欲聋的“正道的光，照在了大地上——”大合唱中如释重负松了口气。

停车场里安静无人，江停点了根烟，溜溜达达地踱到自己的车边，刚要开锁上车，突然动作一僵。

一只手从他身后伸来，从他齿缝间拿走了烟，然后不由分说把他反过来一把摁在了高高的车门上：“江老师。”

“……”江停咽了口唾沫，“严支队。”

严支队那张俊脸冷若冰霜，近在咫尺，高高的身影投下巨大的压迫感。江停被迫仰着头，喉结再次上下攒动了一下，沉思两秒后果断道：“严支队你刚才在舞台上的表现太震撼了，不愧是可以C位出道的偶像，你的歌喉在我脑海中久久盘旋萦绕不去……”

严峫居高临下道：“是吗，我也这么觉得。”

空气一片死寂。

紧接着只见严峫微微一笑：“津海发生了特大绑架案？”

江停立刻诚恳道：“是。”

“多大？”

“丧心病狂，令人发指，全城震动！”

“所以你今晚就立刻赶去，一刻都不能耽搁？”

“绝对不能！”

严峫肃然道：“好。”紧接着弯腰一把扛起江停，一手打开车门，不顾挣扎把人毫不留情地摁进了副驾，怒吼，“我今晚就让你见识到什么叫丧心病狂令人发指的特大绑架案!!”

“严……严峫你冷静点！”

严峫重重甩上车门，从另一侧上车锁死，在江顾问难得失态的呼救声中一脚油门踩到底，大G如离弦的箭一般呼啸而去。滚滚尾气中只见韩小梅从礼堂追出来，装模作样焦急大喊：“江顾问——江顾问你还好吗——来人救命啊——”

车头一拐，消失在街道上，韩小梅立刻光速恢复正常，摸出手机打开一个名叫“这些年来被江老师支配的恐惧”的微信群。

是韩小梅不是韩梅梅：“最新进展汇报，明天江顾问绝对不会来上班啦！大家要交的罚抄要背的法条都能延迟到后天再交了!”

安安静静的群瞬间爆炸，欢呼雀跃、喜气洋洋，各种庆祝迅速刷屏。与此同时远处车里的声音正随风越去越远：“严峫你冷静下，上台唱唱歌也没什么不好的……”“住口！你个人质！我现在就让你唱足!!”

“一路走好啊江顾问!”

韩小梅同情地挥手高喊，然后转身哼着歌，一边嗑瓜子儿一边开开心心地溜了。

图书在版编目（CIP）数据

破云．大结局/淮上著．- - 南京：江苏凤凰文艺出版社，2021. 3

ISBN 978 - 7 - 5594 - 5275 - 7

Ⅰ. ①破… Ⅱ. ①淮… Ⅲ. ①长篇小说 - 中国 - 当代
Ⅳ. ①I247. 5

中国版本图书馆 CIP 数据核字（2020）第 198418 号

破云．大结局

淮上 著

责任编辑　张　倩
特约编辑　月　月
封面设计　46 设计
出版发行　江苏凤凰文艺出版社
　　　　　南京市中央路 165 号，邮编：210009
网　　址　http：//www. jswenyi. com
印　　刷　河北鹏润印刷有限公司
开　　本　700mm × 980mm　1/16
印　　张　27
字　　数　487 千字
版　　次　2021 年 3 月第 1 版 2021 年 3 月第 2 次印刷
书　　号　ISBN 978 - 7 - 5594 - 5275 - 7
定　　价　49. 80 元

江苏凤凰文艺版图书凡印刷、装订错误，可向出版社调换，联系电话 025 - 83280257